Chaim Be'er

Stricke

Roman

Aus dem Hebräischen
von Anne Birkenhauer

W0211077

Deutscher Taschenbuch Verlag

Deutsche Erstausgabe
Oktober 2000
Deutscher Taschenbuch Verlag GmbH & Co. KG, München
www.dtv.de
© 1998 The Institute for the Translation of Hebrew Literature
Titel der hebräischen Originalausgabe:
Chavalim (Am Oved Publishers Ltd., Tel Aviv)
© 2000 der deutschsprachigen Ausgabe:
Deutscher Taschenbuch Verlag GmbH & Co. KG, München
Die Übersetzung dieses Romans wurde vom
Deutschen Übersetzerfonds e. V. gefördert.
Der Autor hat die deutsche Fassung autorisiert.
Umschlagkonzept: Balk & Brumshagen
Umschlagfoto: © Arie Bar Lev
Satz: Fotosatz Reinhard Amann, Aichstetten
Gesetzt aus der Bembo 10,5/12,75· (QuarkXPress)
Druck und Bindung: Kösel, Kempten
Gedruckt auf säurefreiem, chlorfrei gebleichtem Papier
Printed in Germany · ISBN 3-423-24219-1

Meinen Enkeln
Or, Noga und Tal
in Liebe

Dos sennen gewejn ganze ssforim mit inhalt.
Fun tog zu tog is der tatte kliger geworn mit a wort,
di mamme – farschtendiker mit a schmejchl.
Sejre werter hoben sich bisslechweis
gesammelt un gekrogn main.

Jaakov Glattstein: *schnejike schnitn*

Das waren ganze Bücher voller Inhalt.
Von Tag zu Tag wurde mein Vater um ein Wort klüger,
meine Mutter – um ein Wort verständiger.
Ihre Wörter kamen nach und nach
zusammen und bekamen Sinn.

Jaakov Glattstein: *Schneeschnitte*

I. Das reine Element der Zeit

I

Großmutter hatte Angst vor dem Tod. Sie gab es zwar nicht zu – sagte sogar mit einer Bescheidenheit, die von nicht geringem Hochmut zeugte, sie fürchte allein das Gericht Gottes, vor dem sie eines Tages stehen werde – doch ich hatte ihre Angst entdeckt, als sich uns im Biblischen Zoo einmal ein Pfau in den Weg stellte.

Die Kunde vom Zoo, den Vater und ich bereits an jenem Schabbat besuchten, da er dem Publikum erstmals seine Tore öffnete, hatte Großmutter von unserem Nachbarn Reb Jizchok Bak vernommen, einem Künstler, der naiven Laubhütten-Schmuck und *Misrach*-Bilder malte. »Wirklich, wie lebendig«, hatte Großmutter seine vier Tierdarstellungen gelobt, die an der Saaldecke der großen Talmudschule in Mea Sche'arim den Lernenden das Gebot veranschaulichen sollten: *Sei mutig wie ein Leopard, leicht wie ein Adler, schnell wie ein Hirsch, und stark wie ein Löwe, den Willen deines Vaters im Himmel zu erfüllen*; und dann hatte sie gesagt, in ihren Augen sei er ein ebenso verständiger Künstler wie Bezalel ben Uri, der in biblischer Zeit die Stiftshütte und das kunstvolle Gerät für den Tempel gefertigt hatte. »Wahrhaft groß aber sind die Werke unseres Gottes«, hatte darauf der gottesfürchtige Bak bescheiden geantwortet, sich den spitzen Bart gestrichen und sich mit den Fingern durch das ergrauende Haar fahrend, hatte er gemeint, statt dieser armseligen Imitation von Menschenhand solle sie doch lieber in den Zoo gehen und mit eigenen Augen das Werk Seiner Hände bewundern, *denn wer in den Wolken könnte Gott gleichen, und wer ihm gleich sein unter den Gottessöhnen?*

Seitdem besuchte Großmutter regelmäßig den kleinen Jerusalemer Zoo am nördlichen Ende der Stadt, der in Folge des Unabhängigkeitskrieges vom Scopusberg hierher verlegt worden war. Hin und wieder kam sie unter der Woche vormittags zu uns und holte mich ab. Sie hatte Mutters ausdrückliche Einwilligung, die meinte, es werde ihrem Sohn schon nicht schaden, wenn auf seinem Jahreszeugnis der dritten Klasse einige Fehltage stünden.

Die Gründer des Zoos hatten sich vorgenommen, hier alle Tiere zu versammeln, die namentlich oder auch nur in Andeutungen in der Bibel erwähnt werden – angefangen bei der Schlange, *die listiger war als alle Tiere auf dem Felde*, und dem Krokodil, *großer Drache, der in seinem Strom liegt*, bis hin zum Wiedehopf, jenem legendären Wildvogel, der im Auftrag des Königs Salomo zur Königin von Saba geflogen sein soll, um ihr im Schnabel den Drohbrief des Königs zu überbringen. Der Zoo beflügelte Großmutters Phantasie. Ohne es zu merken, war sie dem Zauber des zionistischen Traums gefolgt, der die Realia von Flora und Fauna aus biblischer Zeit, welche über Generationen als wilde Zyklame oder abgestreifte Schlangenhaut zwischen den Seiten des Buches der Bücher vor sich hingetrocknet waren, wieder mit den konkreten, ziemlich wilden Landschaften dieses Landes verbinden wollte.

Großmutter ging gerne mit mir dort spazieren, zwischen den Käfigen in dem kleinen Kiefernwäldchen, welches in das einsame Wadi hinabführte, dessen Verlauf die Grenze zu Jordanien markierte. Mit einer Mischung aus Angst und Staunen beobachtete sie die syrischen Bären, die sich im Kampf ineinander verbissen, las danach die Worte des weisen Königs Salomo mit der ihr aus der Synagoge bekannten Melodie, denn Salomo hatte verstanden, was ein röhrender Esel sagte und was ein zwitschernder Vogel sprach: *Lieber einer Bärin begegnen, der die Jungen geraubt sind, als einem Toren in seiner Torheit.* Die Verse standen immer neben dem wissenschaftlichen Namen der Tiere auf kleinen Tafeln. Großmutter suchte nach den Klippdachsen, die sich in den künstlich geschaffenen Felsspalten versteckten, und las dort: *Die Klippdachse sind ein schwaches Volk, dennoch bauen sie ihr Haus in den Felsen*, oder sie blieb am Gehege der Strauße stehen, betrachtete lange ihre großen, auf der Erde liegenden Eier, und nachdem sie mit großem Pathos die Worte Gottes aus dem Wettersturm an Hiob rezitiert hatte, *Lustig schlägt der Fittich der Straußin ... sie übergibt ja ihre Eier dem Erdreich, läßt sie erwarmen im Staub*, erzählte sie mir, ihr Vater, der Erste Sekretär des Konsuls von Österreich-Ungarn in Jerusalem, habe in Wien gelernt, in winzigen, kunstvollen Buchstaben auf Straußeneier zu schreiben.

Auf dem Heimweg, am Grundstück des Schneller-Waisenhauses, wandte sich Großmutter stets von dem drohenden Kirchturm ab, um das in Stein gehauene deutsche Lamm Gottes nicht sehen zu müssen, das dort stolz, mit einer Kreuzritterfahne am Schwanz, seinen Huf auf den Erdball setzte. Wir Juden müßten stolz auf unsere Vorfahren sein, sagte sie, weil sie der Welt das Buch der Bücher gegeben haben – in dem, wie wir ja gesehen hatten, alles geschrieben stand, denn es gebe kein vollkommeneres Buch als dieses, *nicht oben im Himmel und nicht drunten auf der Erde.*

Nur einem Tier im Zoo wollte Großmutter auf keinen Fall von Angesicht zu Angesicht begegnen; mit den verschiedensten, unglaubwürdigen Ausreden mied sie – den Pfau. Der Name dieses Vogels aus der Familie der »Fasanenartigen« erscheint zwar nicht ausdrücklich in der Bibel, doch derjenige, der den Zoo eingerichtet hatte, berief sich vermutlich auf die aramäische Bibelübersetzung *Tirgum Jonathan* und auf die *Vulgata*, wo jene *tuki'im*-Vögel, die König Salomo auf Schiffen von Tarsis zusammen mit einer Herde Affen ins Land hatte bringen lassen – als »Pfaue« übersetzt wurden, weshalb man auch sie in den Zoo aufgenommen hatte. Die erwachsenen Pfaue liefen zwar frei auf dem Zoogelände herum, zogen sich aber gerne in entlegenere

Winkel zurück, in die keine Besucher kamen, und nur manchmal, vor allem in den Morgenstunden, erschienen sie plötzlich aus ihrem Versteck und stolzierten auf den Wegen.

Eines Morgens – es sollte, wie mir später klar wurde, unser letzter gemeinsamer Zoobesuch sein – tauchte plötzlich ein Pfau vor uns auf. Großmutter versuchte, schnell einen anderen Weg einzuschlagen, doch ich blieb wie angewurzelt stehen und betrachtete verzaubert diesen Vogel, der seinen langen, königlichen Schwanz schwer über die lehmige Erde schleifte. Der Pfau blickte uns mit kleinen Augen an, hob dann, wie auf einen inneren Befehl in einer unbeschreiblichen Bewegung die Schwanzfedern und spreizte sie zum Fächer, so daß uns unzählige in Grün, Blau und Gold leuchtende Augen anschauten. Die Vorstellung war atemberaubend. Großmutter verhüllte ihr Gesicht mit dem Schal, den sie um die Schultern trug, so wie Elia auf dem Berg Horeb sein Antlitz mit seinem Mantel verhüllt hatte, doch als der Vogel seinen Schwanz und seine Flügel erzittern ließ, den Schnabel aufsperrte und schrie, daß einem das Blut in den Adern gerann, ergriff sie fest meine Hand, zog mich fort und murmelte entsetzt: »Wir dürfen hier nicht länger sein.«

Ohne ein Wort zu sprechen eilten wir nach Hause, rannten beinahe zwischen den Steinhäusern mit den roten Dächern entlang, in denen die Lehrer der Schneller-Schule wohnten, und erst als wir schon mitten in Mekor Baruch waren, und die schrillen Brunstschreie des Pfauen von anderen Geräuschen des Lebens übertönt wurden, erst da brach Großmutter ihr Schweigen, ließ meine Hand aber noch immer nicht los, und sagte: »Hast du die tausend Augen gesehen, mit denen er uns angeschaut hat?«

Abends erzählte ich meinen Eltern von diesem Erlebnis, und Mutter erklärte mir gegen Vaters ausdrücklichen Willen, Großmutter habe in dem Augenfächer des Pfauen den Todesengel gesehen. »Genug«, protestierte Vater, »das Kind muß noch nicht alles wissen!«, doch Mutter, die sich immer geweigert hatte, mir etwas zu verheimlichen, fuhr fort: »Unsere talmudischen Weisen haben sich den Todesengel als ein Wesen mit vielen Augen vorgestellt, dessen Blick vom einen Ende der Welt zum andern wandert«; und in der Todesstunde stehe er mit gezücktem Schwert zu Häupten des Menschen.

Großmutter sprach nicht mehr von dieser unangenehmen Begegnung, die Vater »den Inzident mit dem *pave*« nannte, doch einige Wochen später, als wir am späten Vormittag aus Petach Tikwa zurückkamen, von der Hochzeit von Tante Nechamas Sohn Netan'el am Abend zuvor, tauchten die verdrängten Bilder wieder auf. Der Omnibus kroch mühsam die schmale Bergstraße nach Jerusalem hinauf. Großmutter, die nicht gern in anderer Leute Betten schlief, auch nicht bei ihren eigenen Kindern, war auf der Bank hinter uns an Vaters Seite eingenickt. Mutter saß ungeduldig neben mir. Sie fürchtete, unsere Stammkunden könnten, wenn sie vor unserer verschlossenen *Tnuva*-Filiale stünden, zu den Läden der Konkurrenz gehen, und so redete sie in einem fort.

Sie betrachtete die verlassenen, aus nur grob behauenem Stein gebauten Häuser von Lifta, die sich wie sture Ziegen an den steilen Abhang links unterhalb der Straße klammerten, und fragte mich, ob ich eigentlich wisse, daß im Namen dieses arabischen Dorfes, dessen Bewohner 1948 geflohen sind, der alte jüdische Name Menephtoach aus dem Buch Josua anklinge. Für Mutter war diese Busfahrt reine Zeitverschwendung, und sie wollte die Gelegenheit wenigstens nutzen, mir etwas beizubringen.

Großmutter hatte im Halbschlaf den Namen Menephtoach gehört, schlug erschrocken die Augen auf und fragte, ob *Pessach* schon vor der Tür stehe, denn sie hatte noch nicht mit den Vorbereitungen für das Fest begonnen, ja noch nicht einmal die vielen Eier für die Festwoche eingekauft. Mutter lachte und meinte, wenn dieser Bus weiter so krieche, kämen wir wirklich erst zu *Pessach* nach Hause.

Vater musterte eingehend das langgestreckte, direkt am Ortseingang gelegene kasernenähnliche Gebäude auf der linken Seite, dort, wo heute die zentrale Busstation gebaut wird. Die kleinen, vergitterten Fenster, die bis zur Hälfte unter der Erde lagen, schauten uns mit verschleierten Augen an. Hinter den staubigen, zerschlissenen Vorhängen verbrachten die Bewohner des »Allgemeinen Altersheims« ihre letzten Tage und warteten auf den Tod; viele nahe und entferntere Bekannte von Großmutter lebten hier. Dann blickte er nach rechts, wo in einem düsteren Gebäude, dessen Untergeschoß hinter einer hohen Steinmauer mit verschlossenem Eisentor verborgen lag, die Anstalt für Nervenkranke *Esrat Naschim* untergebracht war. Auf dem Balkon, der sich über den ganzen zweiten Stock entlangzog und übermannshoch wie ein Käfig vergittert war, huschten Geistergestalten in Pyjamas hin und her, manche schrien und weinten mit grauenvollen Stimmen. Nachdem Vater sich an den Verrückten sattgesehen hatte, hob er, was mich sehr verlegen machte, zu einem Klagegesang an, wie es die Vorbeter an den Hohen Feiertagen tun: *Verwirf mich nicht im Alter, und wenn meine Kräfte schwinden, laß du mich nicht allein.* Er sang diesen Psalmvers mit flehender Stimme, zeigte dabei mit der Hand zuerst nach links auf das Altersheim und dann mit einer grandios anmutenden Bewegung nach rechts auf das Irrenhaus und fuhr fort: *und nimm den Geist deiner Heiligkeit nicht von mir.*

»Da hat dein Vater einmal recht«, sagte Mutter, lauter als nötig gewesen wäre. »Vor dem Schicksal der untätig auf ihren Tod wartenden Alten und vor dem Geschrei der Irren aus diesem Käfig, davor muß der Mensch sich fürchten, aber doch nicht vor den Schreien irgendwelcher dummer Vögel, die in der Brunstzeit nach ihrem Weibchen rufen.« Dann drehte sie sich um und wollte sehen, ob Großmutter den Wink verstanden hatte.

Wohl dem, der sich immerzu fürchtet, zitierte Großmutter, um keine Antwort schuldig zu bleiben, und rechthaberisch setzte sie hinzu, *wir Menschen, die wir in einer sterblichen Hülle aus Lehm und Staub leben*, müssen uns davor fürchten, wenn die Wehen des Alterns einsetzen, und auch vor der letzten Geburt selbst müssen wir uns fürchten.«

»Ich habe nie verstanden, warum du über den Tod immer in Metaphern von Geburt und Leben sprichst«, schimpfte Mutter.

»Jetzt hör schon auf damit. Ich komme schließlich gerade von der Hochzeit meines Enkels«, unterbrach Großmutter sie und fragte, um das Thema zu wechseln, warum der Bus denn noch immer so langsam fahre.

»Weil ein Lastwagen vor Wallach eine Panne hat und die Straße versperrt«, antwortete Vater, der nach vorne gegangen war und gerade zurückkam. Und tatsächlich, neben der Leichenhalle des *Scha'arej Zedek*-Hospitals von Dr. Wallach – dem Krankenhaus *fun dem meschiggener daitsch*, wie wir es nannten – stand ein mit Hühnern beladener Lastwagen, und hinter ihm, Ladefläche an Ladefläche, ein zweiter Lastwagen, und Arbeiter luden schnell die Hühnerkäfige vom einen Wagen auf den anderen um.

»Siehst du, mein Kind«, sagte Großmutter, als Mutter und Vater kurz vor der Polizeiwache am Machane Jehuda sich zum Aussteigen bereit machten, »wenn ein Automobil kaputt geht und nicht mehr fahren kann, muß ein anderes Automobil kommen und ihm die Hühner abnehmen, damit sie nicht sterben.« Und nachdem sie mich prüfend angeschaut hatte, um zu sehen, ob ich sie auch verstand, sagte sie, sie würde sich freuen, wenn ich am Abend zu ihr käme, denn auch wir müßten so eine Art Übergabe machen.

2

Großmutter erzählte gerne Geschichten. Vom frühen Morgen an saß sie am Tisch, aufrecht, als wäre es ihr Beruf, und las mit unersättlicher Begierde alles Gedruckte, was sie in die Hände bekam. »Wie eine Biene«, sagte sie – ob entschuldigend oder stolz, war nicht ganz klar –, wenn jemand zu Besuch kam und über die Haufen von Büchern, Broschüren und Zeitungen staunte, die sich während der Woche auf ihrem runden Eßtisch mit dem geblümten Wachstuch stapelten, auf dem Tisch, dessen beide Enden man ausziehen konnte, damit es am Schabbat genug Platz für alle gab.

Auf eben diesen Ausspruch bezog sich meine Mutter, als erstmals ein Stück Prosa von mir in einer Literaturbeilage veröffentlicht wurde; es war der Anfang von *Federn*. Mit scharfem Blick hatte sie meinen eklektischen Schreibstil sofort erkannt – in ihren Augen ein minderwertiger Zug – und meinte, mir etwas dazu sagen zu müssen. Nachdem sie mich ausgiebig gelobt und ermutigt hatte, kam sie plötzlich unvermittelt auf ihre Mutter zu sprechen. »Blut ist wirklich dicker als Wasser«, gab sie zu bedenken und sagte, niemand werde bestreiten, daß ich meine Begabung, Geschichten zu erzählen, von Großmutter geerbt habe; ich täte aber gut daran, sie nicht nachzuahmen. »Du mußt dein Material in dir selbst suchen, es nicht aus dem Leben anderer Leute wie aus einem Steinbruch herausbrechen, sondern, wie der Dichter Bialik schrieb, aus dem Fels deiner Seele.« Daß Großmutter sich so sehr mit den Geschichten anderer beschäftigte, konnte Mutter sogar verstehen, denn jemand, der die meiste Zeit gezwungen war, an einem Ort zu sitzen, so sagte sie, müsse sich eines Gehstocks bedienen, wenn er im Alter plötzlich auf Reisen gehen wolle; ein junger Mensch aber müsse auf die eigenen Kräfte vertrauen und bestrebt sein, ohne Stützen zu gehen. »Du erinnerst dich sicher, daß Großmutter immer gesagt hat, sie wäre wie eine Biene.« Ein symbolistischer Dichter hätte vermutlich über sie geschrieben, sie bewahre den eifrig gesammelten Nektar in den verborgenen Waben ihrer Seele, um daraus jenen Zauberhonig zu bereiten, mit dem sie sich ihre letzten Tage versüßte.

Zuerst hatte Großmutter die zufällige Ansammlung von Büchern gelesen, die sich in ihrer Wohnung befand – ungefähr eineinhalb Dutzend, auf dem obersten Brett in der Speisekammer zusammengedrängt; im wesentlichen die letzten Überreste des Bücherschatzes, den sie und Großvater von ihren Eltern geerbt hatten. Während der Hungerjahre im Ersten Weltkrieg – sie nannte ihn immer »den Weltkrieg« –, waren sie aber gezwungen gewesen, die meisten ihrer Bücher, darunter seltene Erstdrucke aus Jerusalem, für wenige Groschen zu verkaufen, um Gerstenbrot zu erwerben, etwas Sorghumhirse und fünf Pfund *Portugalen*, wie man damals Orangen nannte, damit sie für ihre Kinder etwas zu essen hatten.

Nach Großvaters Tod waren weitere Bücher verschwunden: Ausgaben der Fünf Bücher Mose, *Midraschim* und einige Talmudtraktate, die, nach Großmutters Aussage, der Bruder des Großvaters in der Trauerwoche mitgenommen habe, als sie noch ganz durcheinander gewesen sei. In ihrem Besitz verblieben nur das in Olivenholz gebundene Gebetbuch *Siddur Korban Mincha* mit einem Relief von Rachels Grab, das sie zur Hochzeit bekommen hatte, zudem ein Frauengebetbuch mit tränenvergilbten Seiten und das Buch *Menorat haMa'or* des Gelehrten Rabbejnu Jizchak Abuhav haSepharadi. Dieses Buch mit den grünlichen Seiten – die Spuren des Wassers, mit dem man das Papier 1828 in Slawita getränkt hatte, damit man es unter die Druckerpresse legen konnte, waren noch immer zu erkennen – enthielt auch eine Übersetzung in *Jüdischdeutsch*, um in den Herzen der Frauen, für die es geschrieben war, die Furcht vor Gott zu entfachen. Außerdem lagen im Wandschrank zwei Bände des ganz im Sinne der Aufklärung geschriebenen Buches *Schwilej Olam (Die Wege der Welt)*, das Großvater, den immer danach gedürstet hatte, umherzuziehen und zu reisen, seinerzeit von seinen letzten Groschen gekauft hatte. Doch da es sein Schicksal war, Jerusalem nie zu verlassen, noch nicht einmal, um nach Jaffa zu fahren, fand er in seinen wenigen freien Stunden in der Lektüre der Bände dieses jüdischen Baedekers vom Ende des letzten Jahrhunderts wenigstens etwas Trost.

Es gab auch ein dickes deutsches Buch über Medizin, in gotischen Buchstaben gedruckt, voll bunter Zeichnungen des menschlichen Körpers. Meinem Urgroßvater, Reb Mosche Jules, einem Arzt, der sich die Medizin selbst beigebracht hatte, hatte es oft gute Dienste erwiesen, so daß er in Jerusalem sogar dafür bekannt war, den Leistenbruch des Brisker *Gaon* zurückgedrängt zu haben. Reb Jehoschua Lejb Diskin der Brisker, so erzählte man, litt an einem Bruch, der sich von Zeit zu Zeit einklemmte, oder, in Mutters Sprache, »sich ab und zu einen eigensinnigen Spaß erlaubte«, und da der greise Jerusalemer Gelehrte nicht bereit war, »sich unters Messer zu legen«, weil er der Chirurgie nicht traute, ließ man dann den gottesfürchtigen »Doktor von Preßburg« zu ihm rufen, damit er hingebungsvoll und ehrfürchtig die festsitzenden Gedärme zurückschiebe. Nach dem Tod von Reb Jehuda Jules hatte das Buch an Bedeutung verloren; es war erst seinem Sohn zur Aufbewahrung übergeben worden, dann dessen Witwe, meiner Großmutter. Bei ihr hatte es vor allem zur Unterhaltung der Enkel gedient, welche, nicht zuletzt dieses Buches wegen, gerne zu Besuch kamen, denn auf seinen Seiten begegneten sie zum ersten Mal in ihrem Leben der Anatomie des menschlichen Körpers und konnten ihre Neugier nach Brüsten und Genitalien befriedigen.

Außer dem »roten Buch« – so nannten wir das geheimnisvolle

medizinische Werk – lagen in Großmutters altem Schrank noch einige Bücher meiner Mutter, etwa das englisch-hebräische Taschenwörterbuch von Waldstein, dessen Vokabeln Mutter mit Hingabe gelernt hatte, solange sie noch glaubte, ihrem Schicksal entrinnen und nach Amerika auswandern zu können, um wenigstens dort, in der »neuen Welt«, ein neues Leben zu beginnen; darüber hinaus der zweite Band der Schriften von Schalom Ash, alte Übersetzungen von Romain Rollands *Verzauberte Seele* und *Salambo* von Flaubert, das ihr der verfluchte Mann ihrer Jugendjahre zur Verlobung gekauft hatte. Diese Bücher und einige weitere Gegenstände, die man nach dem Scheitern der ersten Ehe aus den Händen ihres Mannes hatte retten können, waren in ihr Elternhaus gebracht worden, wo auch sie selbst Zuflucht gefunden hatte. Als sie meinen Vater heiratete, blieb alles dort, wo sie es hingelegt hatte; vermutlich war die Erinnerung an jenes Kapitel ihres Lebens zu schmerzhaft. Nur zwei Bücher aus dieser Zeit, *Anna Karenina* und *Madame Bovary*, fand ich bei uns zu Hause. In ihnen hat Mutter in schweren Tagen wohl Trost gefunden; mit den Lebensgeschichten dieser Heldinnen konnte sie sich identifizieren.

Großmutter war zu der Zeit, die ich hier beschreibe, eine Frau von etwa achtzig Jahren. Bis zu ihrem fünfzigsten Lebensjahr konnte sie weder lesen noch schreiben. Sie besaß nur eine gewisse Fähigkeit, dem Gemurmel des Vorbeters in der Synagoge mit zögerndem Finger im Gebetbuch zu folgen. Noch heute, so viele Jahre nach ihrem Tod, fällt es mir schwer, die Worte »Großmutter war Analphabetin« auszusprechen. Die fanatisch gottesfürchtigen Männer, die ihr Leben beherrschten, zuerst der Vater, später der Mann, hatten ihr aufgrund religiöser Anschauungen das Recht verwehrt, Wissen zu erwerben – ein Recht, das ausschließlich Männern vorbehalten war. Seit sie denken konnte, seit den achtziger Jahren des 19. Jahrhunderts – Jerusalem lag damals im traurigen Dämmer ottomanischer Dekadenz – hatte man ihr mit den Worten des Psalmisten, *die Würde der Königstochter zeigt sich im Hause*, beigebracht, daß sich ihre Welt auf Kinder, Küche und die Frauenabteilung der Synagoge zu beschränken habe. Ihr Name, Channa, barg, wie sie mir einmal erzählte, die Anfangsbuchstaben der drei Gebote in sich – *Challa, Nidda*, und das *A*nzünden der Schabbatkerzen – von denen es heißt, daß Frauen, die sie nicht gewissenhaft beachteten, im Kindbett stürben. Mutter pflegte zu sagen, Großmutters eingeschränkte Welt beginne dort, wo die Wünsche und Forderungen der Männer in ihrem Leben aufhörten.

Doch als Witwe, nachdem vier ihrer acht am Leben gebliebenen Kinder nach Amerika ausgewandert und die andern, außer Mutter, die in Jerusalem blieb, nach Tel Aviv und Ramat Gan gezogen waren, erblühte sie wie eine späte Rose. Heimlich und ohne fremde Hilfe brachte sie sich Lesen bei, mehr als das Mitlesen der Texte beim Gebet und beim Vorlesen aus der Tora, und, viel wichtiger noch, sie lernte auch Schreiben. Mutter hatte sich in jener Zeit gewundert, was die Bücher von Flaubert und Romain Rolland auf ihrem Tisch zu suchen hatten und was die mysteriösen Tintenflecken an ihren Fingern bedeuteten, doch wenn sie danach fragte, errötete Großmutter, als fühlte sie sich ertappt, und sagte, alte Bücher müsse man hin und wieder auslüften, sonst würden die Motten sie fressen, und die Tintenflecke erklärte sie damit, daß sie, wenn auch nicht sehr erfolgreich, versuche, die Pullover und Westchen, die in Paketen aus Amerika kamen, schwarz oder dunkelblau zu färben, denn es sei ja unmöglich, daß eine alte gottesfürchtige Frau aus den *Ungarsch Häusern* draußen in frechen bunten Kleidern herumlaufe wie ein junges Mädchen in New York.

Diese Erklärungen waren an den Haaren herbeigezogen, doch Großmutter schwieg bis zu jenem Vorabend von *Rosch haSchana*, als sie alle ihre Kinder und Kindeskinder, von der ältesten Tochter in Wilmington/Delaware bis zur Urenkelin in New York, mit selbstgeschriebenen Neujahrsbriefen überraschte. Das Papier war zwar zerkratzt und löchrig, die Handschrift eckig, zittrig und unerfahren; Großmutter konnte die Bewegung der Feder noch nicht richtig lenken und wußte auch nicht, wann sie die Spitze ins Tintenfaß tauchen mußte, weshalb die Schrift mal breit und mal fein war. Ihre Formulierungen und die Tatsache, daß sie keine Schreibfehler gemacht hatte, deuteten darauf, daß Großmutter die Briefe, so wie sie waren, aus einem alten Briefsteller abgeschrieben hatte, der in ihrer Wohnung noch aus jener Zeit herumlag, da Großvater in der Hoffnung, ein erfolgreicher Kaufmann zu werden, viele Geschäftsbriefe nach Odessa, Preßburg und Wien geschrieben hatte.

Großmutter selbst versuchte damals, die Bedeutung des Ganzen herunterzuspielen, und gab die rein praktische Begründung, sie wolle den Briefkontakt mit ihren Kindern aufrechterhalten, die sich im Laufe der Jahre über die ganze Welt verstreut hatten, und sie wolle nicht von jemandem abhängig sein, der nach ihrem Diktat schreibe, denn dann würden Geheimnisse bekannt, die nicht aus dem Familienkreise dringen sollten. Mutter sah darin hingegen den Sieg des menschlichen Geistes über die widrigen Umstände des Lebens, einen Sieg des Wissensdurstes über jene Unbildung und Rückständigkeit, die in unserer Familie schon seit Generationen wie eine Krankheit vererbt wurde. Großmutters Begründung lehnte sie rundweg ab. Sie sah in ihr vielmehr eine der schlauen Taktiken von Frauen, die es sich von jung auf angewöhnt hatten, Streitereien abzuwiegeln, schlafende Hunde nicht zu wecken und Menschen, die ihr Böses wollten, mit einer sanften Antwort abzuschütteln.

»Hüte bloß Großmutters Briefe gut«, hatte mich Mutter kurz vor ihrem Tod gemahnt, »sie sind ein so wunderbar menschliches Dokument und vielleicht wertvoller als die Briefe der renommierten Dichter, die du so sorgsam in deinem Archiv aufbewahrst.«

Nachdem Großmutter Schreiben gelernt hatte, pflegte sie jeden Tag zwei bis drei Briefe zu schreiben, die sich im Laufe der Zeit von den steifen Standardversionen des Briefstellers weitgehend lösten und zu persönlichen Aufsätzen wurden, in denen sie ihre Sicht der Welt darlegte und von Dingen berichtete, die in ihr und in ihrem Leben passierten.

Besonders versessen aber war sie aufs Lesen. *Das ist mein Trost in meinem Elend, daß dein Wort mich erquickt*, zitierte sie oft aus den Psalmen, die sie jeden Morgen, gleich nach dem Aufstehen, gewissenhaft von Anfang bis Ende las, bevor sie sich den außerkanonischen Büchern zuwandte. Als sie die in der Wohnung befindlichen Bücher ausgelesen hatte, lieh sie sich von Nachbarn und Freunden *Mussar*-Bücher und chassidische Legenden, und kaufte sich sogar für richtiges Geld, das sie sich mühsam von der Summe absparte, die ihr die Kinder jeden Monat schickten, einige Bücher in den dunklen Buchläden von Mea Sche'arim, wo ihr Erscheinen in der Welt der Männer eine Ausnahme war und Neugier weckte. »Deine Großmutter war eine Frau von Format, wie Deborah«, sagte mir einmal Reb Avrum Rubinstein, einer meiner Bekannten, ein Buchhändler, und fügte mit einem Lächeln, das seine Bewunderung nicht verbarg, hinzu: »Zur Zeit der biblischen Richter hätte diese Frau unter der Palme gesessen, und die Kinder Israel wären zu ihr hinaufgezogen zum Gericht.«

Später bat Großmutter Mutter, in der *Bnej Brith*-Bücherei in der Abessinier Straße für sie schöne Literatur und populärwissenschaftliche Schriften vom Anfang des Jahrhunderts auszuleihen. Sie selbst setzte ihren Fuß nicht über die Schwelle dieser Bücherei. »Es würde nicht gut aussehen, wenn sie die Bücherei beträte«, erklärte mir Mutter, die ihr diesen Wunsch gerne erfüllte, »denn ihre Vorfahren haben den alten Bann unterzeichnet, der jenem, der, wie es dort hieß ›die Zäune einreiße, und es wage, diese Bibliothek zu besuchen‹, mit glühenden Kohlen drohte.« Von mir lieh Großmutter sich Anthologien, Bände der Jugendenzyklopädie *Ma'ajan*, in denen von abgelegenen Stämmen in Borneo und Äquatorialafrika erzählt wurde, und von den Einwohnern Chinas und Indiens. Sie las auch in populären Büchern über wissenschaftliche Neuheiten, von der Entdeckung des Dampfes und des Stroms bis hin zur Erfindung des Telegrafen und des Radars. Besonders amüsierten sie die jiddischen Zeitungen, die ihr mein Onkel Jizchak, den sie noch sehr spät geboren hatte, jeden Monat auf dem Seeweg aus Amerika schickte; dort erschienen in Fortsetzung unter dem Pseudonym Warschawski Geschichten von Isaac Bashevis Singer. Großmutter war wie ein Kind, das den Zauber des Lesens entdeckt; schon bald kannte sie sich in den talmudischen Legenden aus, in der Geschichte der Juden im Mittelalter, wußte Bescheid über Astrologie und Alchemie, über die wundersamsten Tiere auf dem australischen Kontinent, die Reisen von Marco Polo, Kolumbus, Vespucci, Vasco da Gama, und kannte sogar die Route der transsibirischen Eisenbahn. Was sie bei ihrem fieberhaften Lesen gelernt und erfahren hatte, behielt sie nicht für sich. In den Nachmittagsstunden stellte sie ihren Stuhl in die offene Tür auf den schmalen, steingepflasterten, zwischen den beiden Häuserreihen der *Ungarsch Häuser* gleichsam eingeschlossenen Hof, und alle ihre betagten, mittellosen Freundinnen des *Alten Jischuw* kamen aus ihren Wohnungen, jede Frau mit einem Stuhl in der Hand, setzten sich um sie herum, und Großmutter erzählte ihnen, wie die Geschichtenerzählerin des Stammes, das Gleichnis vom Rabbi Nachman von Bratzlaw über den Königssohn, der eines Tages glaubte, ein Truthahn zu sein, oder vom Bau der Chinesischen Mauer und unglaubliche Geschichten über Pygmäenstämme in Afrika. Sie verkniff sich auch nicht die Erzählung über jene Scheinheiligen, die so darauf bedacht waren, keinem ein Leid zuzufügen, daß sie sich der kleinen Würmer erbarmten und versuchten, beim Gehen nicht auf sie zu treten – und die über Menschen doch nur böse Gedanken im Herzen trugen. Später, zwischen dem *Mincha-* und dem *Ma'ariv*-Gebet, als die Männer alle in der Synagoge waren, berichtete sie vom Tagesgeschehen: über den Koreakrieg und die Atombombe, den Prozeß und die Hinrichtung des kommunistischen Ehepaars Rosenberg in Amerika, über die jüdischen Finaly-Söhne, welche die katholischen Nonnen nach der Schoah nicht an ihr Volk zurückgeben wollten, über die Machtkämpfe im Kreml nach dem Tod des georgischen Unholds, je nachdem, was sie gerade im *Forwärts* und im *Amerikaner* der letzten Woche gelesen hatte. Die Namen der großen Führer und Politiker verballhornte sie ungewollt auf ihre ganz eigene Art: Der Name Ben-Gurion klang, wenn sie ihn aussprach, wie ein Beruhigungsmittel für Nervenkranke oder wie eine Blume, und der Name Winston Churchill wie der Name eines wüsten Darmparasiten, den man verfluchte.

Einmal war ich dabei. Großmutter, die genau wie Großvater nie das Land Israel verlassen und noch nicht einmal Safed oder Tiberias gesehen hatte, ließ mitten in dem bescheidenen engen Hof der *Ungarsch Häuser* die Hauptstadt des untergehenden österreichisch-ungarischen Kaiserreiches erstehen. Mit eindrücklichen Worten und hypnotischer Macht rammte sie das Schwert aus hehrem Gold zwischen die Pflastersteine, welches Maria Theresia bei ihrer Krönung mit der ungarischen Krone am Gürtel trug, und legte von da aus die Linien für ihr imaginäres Wien aus. Sie führte die Frauen über die siebenhundertdreiundfünfzig Steinstufen auf den Turm des Stephansdoms, damit sie die prächtigen Hallen und die an einem Kanal gelegene Innenstadt sehen konnten; dann führte sie ihre ängstlich zitternden Zuhörerinnen hinunter in die kühlen, finsteren Keller der Kapuzinergruft, wo in einem riesigen, reich geschmückten Sarkophag neben anderen Kaiser Franz Joseph aus dem Hause Habsburg lag, sie schlenderte mit ihnen durch den Prater und durch die Straßen der Stadt, überquerte Brücken, blieb vor den Denkmälern der Herrscher stehen und führte sie schließlich mitten in den »Schweizerhof«, den Sitz des Kaisers und der Kaiserin, jenen wunderschönen, prunkvollen Gebäudekomplex voll erlesener Kostbarkeiten.

Diese Stadtwanderung hatte Großmutter, die letzte treue Untertanin der k.u.k.- Monarchie, nach einer alten, 1880 in Josefov erschienenen Reisebeschreibung von Abraham Mendel Mohr angelegt, und am Graben Ecke Kärntnerstraße beendet. An dieser Hausecke, sagte sie, sei ein mächtiger Balken angebracht, sieben Fuß hoch, voll mit eingeschlagenen rostigen Eisennägeln und Keilen, und ganz oben hänge ein großes Schloß. Vor langer

Zeit, so erzählte Großmutter dem ihr mit offenem Mund lauschenden Publikum, sei ein Eisenschmied hier vorbeigekommen, habe an einem großen Stamm, der auf dem Platz stand, ganz oben ein Schloß angebracht, den Schlüssel dazu in die Donau geworfen und versprochen, er werde demjenigen, dem es gelänge, dieses von ihm gefertigte trickreiche Schloß zu öffnen, eine Krone aus Gold machen lassen. Viele Handwerker versuchten ihr Glück – vergeblich –, und bevor sie beschämt abzogen, trieben sie zum Andenken einen Keil oder einen Nagel in den Stamm. Die Frauen rückten ihre Kopftücher zurecht, blickten zu Großmutter auf, und die lächelte süß und zitierte beiläufig: *Wenn dir einer sagt, es gebe Kultur bei den Gojim, so glaube ihm, wenn er dir aber sagt, sie hätten die Tora, so glaube ihm nicht*, und eine Nachbarin meinte zur andern, wie es denn möglich sei, hier in der Heiligen Stadt zu sitzen und von Luftschlössern am anderen Ende der Welt zu träumen.

Ungefähr dreißig Jahre später, ich war das erste Mal mit meiner Frau in Wien, führte ich sie spät abends direkt nach unserer Ankunft an diese Stelle. Ohne Stadtplan und ohne jemanden nach dem Weg zu fragen, durchquerten wir zielstrebig die fremde Stadt, über der ein tiefer, schwerer Dezemberhimmel hing, und blieben nahe dem Stephansdom an einer Straßenkreuzung vor dem Eingang eines Bankgebäudes stehen. Zwei in orangefarbene Gewänder gehüllte junge Leute mit kahlgeschorenen Köpfen boten uns höflich die Bücher ihrer Sekte an. »Das ist der Platz«, sagte ich ohne zu zögern, blickte nach oben und zeigte auf die Hausecke. Der alte Holzbalken war tatsächlich dort angebracht, das große Schloß in der Mitte befestigt und drum herum unzählige im verzaubernden, fahlen Licht einer Straßenlampe funkelnde Nägel. Und nur die halbrunde Fiberglashülle, die den Balken umgab, um ihn vor dem Zahn der Zeit zu bewahren, war mir neu.

3

Abends, wenn Großmutter alleine war, einsam wie ein Stein auf dem Feld, wenn das Dunkel und die Angst vor dem Vergehen ihr kleines Zimmer belagerten – wo, wie Gerschon Scholem seine Begegnung mit dem *Alten Jischuw* in Jerusalem einmal beschrieb, der Lauf der Generationen in einer merkwürdigen Mischung von Unsterblichkeit und Verfall stillzustehen schien –, dann waren die Geschichten ihre einzigen Verbündeten.

Hinter den beiden großen Fenstern, die auf die St. Paul Straße hinausgingen, jenseits des so streng, bescheiden und zurückhaltend gebauten einstöckigen Hauses von Herrn Doktor Ticho und seiner Frau Anna und der rumänischen Kirche mit den rosa Mauern, deren achteckiger Turm von einer feindlichen Granate gestutzt worden war, flackerte im Mondlicht die Grenze, ein Feld, bedeckt von wilden weiß-gelben Kamillenblumen. »Laß dich von dieser scheinbaren Ruhe nicht täuschen«, hatte Mutter mich immer wieder gewarnt, denn zwischen den riesigen herodianischen Steinen – Steinen der dritten Stadtmauer, die der König Agrippas hatte bauen lassen – dort, in den Gräben, die man nicht sehen konnte, lägen Minen. Ein Esel, der sich einmal verirrt hatte und auf der Suche nach Futter zwischen die Stacheldrahtzäune geraten war und dessen zerrissene Glieder später weit zerstreut lagen, verliehen ihren Worten Nachdruck, ebenso wie die Explosionen, die hin und wieder die mittägliche Ruhe gegen Ende des Sommers störten und in den Dornen ein plötzliches Feuer entfachten.

Draußen, bei den im Niemandsland eingeschlossenen, dicht zusammen stehenden verlassenen Häusern und den zerschossenen, durchlöcherten Fassaden, huschten Schatten vorbei, Geister von Legionären, die Gesichter mit rot-weißen Kaffije-Tüchern verhüllt, und allerlei Infiltranten mit bösen Plänen; drinnnen bebten die Wände des engen Zimmers in der Angst vor der Belagerung, es roch nach dem Qualm einer Petroleumlampe, nach Kampfersalbe und ungelüftetem säuerlichem Bettzeug, und das Zimmer sank langsam in Schlaf.

Oft blieb ich über Nacht dort. Großmutter saß zusammengekauert an ihrem Platz, wie seinerzeit *Eli im Hause des Herrn in Silo*, stöberte in der Asche der Erinnerungen, grub Dinge aus und warf sie hinter sich, um die Geister der Nacht zu beschwören und ihre eigene Angst zu vertreiben. Sogar ihre Vorväter rief sie an, die schon in Erde und Staub ruhten – Rabbiner, von denen man berichtete, zur Stunde ihres Todes sei eine Feuersäule aus ihrem Körper emporgestiegen –, und sie erzählte ihnen die Geschichte ihrer alten, nun auseinanderbrechenden Familie, die – einst stolz und von angesehener Herkunft – nun von Generation zu Generation an Bedeutung verlor; es war eine Geschichte mit vielen überraschenden Wendungen, durcheinander, mit Wundern und Versuchungen, voll unerwarteter Gäste, Grafen und Könige.

Schatten wanderten über die dicken Steinmauern und verdunkelten abwechselnd die Familienphotos, und sie sprach aus großer Ferne zu mir, *die Lampe Gottes war noch nicht verloschen*, und ich empfand, vielleicht wie Samuel, als er unter Eli diente, was Nabokov in *Erinnerung, sprich* schreibt, und fühlte mich mit einem Male in ein strahlendes und bewegliches Medium gestürzt, das nichts anderes war als das reine Element der Zeit.

Eine große Zuneigung, geradezu Vertrautheit, empfand Großmutter gegenüber Bonaparte.

»Weißt du, wer Bonaparte war?« fragte sie eines Abends, als ich zum Schlafen bei ihr geblieben war, und da sie von der Erziehung, die mir in der Schule zuteil wurde, nicht viel hielt, wartete sie meine Antwort erst gar nicht ab, sondern wanderte sofort in die entlegensten Gefilde der Vergangenheit.

Mit mächtigen Worten beschrieb diese Frau, die Jerusalem, wie gesagt, nie verlassen hatte, die endlosen, schneebedeckten Weiten Rußlands, in denen sich im Jahre 1812 die hungrigen Regimenter Napoleons nach ihrer Niederlage vor Moskau auf dem Rückzug gen Westen durchschlugen, verfolgt von reitenden Kosaken, die immer wieder ihre Nachhut angriffen und ihnen in Wäldern und Dörfern nachstellten.

Eines Tages, so erzählte Großmutter, sei ein reicher jüdischer Kaufmann aus Mohilew, Reb Josef Jona ben Jaakow Ahron Lurje, zu seinem großen Warenlager in Smolensk gefahren. Anders als sonst blieb er an diesem Tag länger in seinem Lager am Rande des Waldes, nämlich bis zum Nachmittag, und betete dort alleine *Mincha*. Und siehe da, während er zum Achtzehngebet nach Osten gewandt dastand, kam aus dem Wald auf einem müden Pferd ein einsamer Reiter daher, hielt nahe dem ins Gebet vertieften Juden bei dessen Lagerhaus an und wartete, bis dieser fertig war.

»Lieber Jude! Ich, Napoleon, Kaiser der Franzosen, lege mein Leben in eure Hand. Bitte rettet mich!« Großmutter weidete sich an der Bitte des geschlagenen Heerführers. »Zeigt mir doch, welchen Weg ich nehmen muß, um zurück in mein Land zu gelangen.«

Der überraschte jüdische Kaufmann antwortete unverzüglich und wies auf den Weg, der mitten in den dichten Wald hineinführte, doch gerade diese schnelle Antwort weckte bei Napoleon den Verdacht, es könne sich um eine List handeln, und er begann, Lurje anzuflehen, er dürfe ihn nicht den Russen in die Hände treiben.

Hier hielt Großmutter inne, um die Spannung zu steigern, aber auch um in mir die gebührende Hochachtung und Bewunderung für diesen Vorfahren unserer Familie zu wecken, dann sagte sie: »Reb Josef Jona war ein Nachkomme des Rabbi Schlomo Lurje, der das Buch *Jam schel Schlomo* geschrieben hat, in dem du, wenn du groß bist, sicher noch lernen wirst.«

Immer, wenn sie von der Familie ihrer Mutter, Familie Lurje, erzählte, schwang in ihrer Stimme eine Art königlicher Stolz. Die Wurzeln der Familie reichten bis ins frühmittelalterliche Mainz. In einer Gegend mit Weinbergen, nahe der Stelle, wo der Main in den Rhein fließt, stand vor ungefähr tausend Jahren der Stammvater unserer Familie der dortigen jüdischen Gemeinde vor: Rabbenu Kalonymus ben Rabbenu Meschulam ben Rabbenu Kalonymus aus Lucca – nach einer alten Familienlegende hatte Kaiser Karl der Große ihn aus dem Lombardenreich nach Mainz gebracht.

»Das glaubst du nicht?«, fragte sie und begann mit trauriger Stimme voller Sehnsucht im Dunkel nach der Melodie ihrer Vorväter die Verse aus dem Rabbi Amnon von Mainz zugeschriebenen Gebet *Unetanej Tokef* zu singen: *Wetiskor kol haNischkachot, wetiftach et Sefer haSichronot … – Du gedenkst alles Vergessenen, du schlägst das Buch der Erinnerungen auf, und sie sprechen für sich selbst.* Am dritten Tag, nachdem Rabbi Amnon auf Geheiß des Bischofs von Mainz den Märtyrertod hatte sterben müssen, so erzählte sie, war er unserem Rabbejnu Kalonymus nachts im Traum erschienen, hatte ihn dieses Gedicht gelehrt und ihm aufgetragen, es zum Gedenken in alle Gemeinden der Diaspora zu senden, und tatsächlich stehen diese Verse ja bis heute in den Gebetbüchern für *Rosch haSchana* und *Jom Kippur.*

Auf diese Geschichte von Großmutter kam ich erst vierzig Jahre später wieder zurück, an einem Vormittag im Frühjahr 1995 in der Synagoge neben dem alten *Bejt Midrasch,* in dem vermutlich Raschi gelehrt hat (auch er übrigens ein Nachfahre von Rabbi Kalonymus), im Herzen des Judenviertels von Worms. Eine kleine Gruppe von israelischen und deutschen Schriftstellern hatte sich dort versammelt, und ich stieg die steinernen Stufen hinauf, von denen aus man über viele Generationen lang bis zur Zerstörung des Gebäudes in der Kristallnacht die Tora vorgelesen hatte, und las mit bebender Stimme dieses Gedicht. Es herrschte absolute Stille, und im Echo der gotischen Gewölbe kehrte die Stimme meiner Großmutter zu mir zurück. Als danach mein Freund, der Dichter Friedrich Christian Delius, an derselben Stelle die deutsche Übersetzung des Textes las, meinte ich von den Mauern einen Widerhall seines Vaters, eines protestantischen Pfarrers aus Hessen, und seines Großvaters zu hören, der Bischof von Mainz gewesen war.

»Bist du noch wach?« fragte Großmutter. Sie genoß allein schon die Beschreibung des fliehenden Korsen, wie er demütig vor einem Nachfahren Raschis und des Rabbi Kalonymus stand, ein *Goj* vor einem Juden, so wie es sich ihrer Meinung nach gehörte, und zählte alle Details des jüdischen Religionsgesetzes auf, in denen der Kaufmann von Mohilew seinen unerwarteten Gast unterrichtete. Lurje beruhigte den Kaiser, er brauche sich nicht zu fürchten, denn die jüdischen Gelehrten hätten bestimmt, daß man einen König nicht einem anderen König ausliefern dürfe, und ein gottesfürchtiger Jude würde ein solches Verbot niemals übertreten.

Er lud Napoleon ein, in seinem Warenlager etwas auszuruhen, brachte ihm zu essen und zu trinken und führte ihn, als die Nacht anbrach, sieben Parasagnen weit in den dichten Wald, bis sie auf den Weg kamen, der nach Westen führt. Als sie sich dort trennten, fuhr Großmutter fort, legte Napoleon seinen Mantel, einen grünen Samtmantel, ab, gab ihn dem Kaufmann und sagte, er gebe ihm den als Zeichen des Dankes für die ihm erwiesene Gnade, und Lurje, gerührt von dieser kaiserlichen Geste, zog seinen Judenmantel aus und legte ihn um die Schultern des vor Angst und Kälte zitternden Franzosen.

Wie immer in solchen Geschichten fiel der jüdische Kaufmann auf dem Heimweg im Wald unter die Räuber. Sie wollten ihm den Mantel nehmen, doch es gelang ihm, sie dazu zu bringen, nur die goldenen Buchstaben »N.B.« auf dem Revers und die Goldknöpfe abzutrennen, und ihm den Mantel selbst zu lassen. Den verbarg er zu Hause. Denn wenn herausgekommen wäre, daß er den Kaiser gerettet hatte, hätte das nicht nur ihn den Kopf gekostet, sondern möglicherweise seine ganze Familie ins Unglück gestürzt oder gar die ganze jüdische Gemeinde von Mohilew und womöglich überhaupt alle Juden in Rußland. Erst drei Jahre später, als die Wirren des Krieges vergessen waren, holte er den Mantel aus dem Versteck, ließ daraus einen Vorhang für den Toraschrein nähen und gelobte, ihn eines Tages nach Jerusalem zu bringen, in die *Stadt des großen Königs*, wie es sich für ein königliches Gewand ziemte.

»Und was einst einen irdischen König schmückte«, sagte Großmutter mit der Bescheidenheit der Sieger, »ehrt nun unseren König im Himmel.«

Als der Sohn von Reb Josef Jona, Reb Zeev Wolf Lurje, 1851 nach Erez Israel reiste, wickelte er sich den Vorhang um den Leib, brachte ihn auf diese Art sicher nach Jerusalem und übergab ihn zunächst der Menachem Zion Synagoge seines Schwiegervaters Reb Jeschajahu Bardaki, die im Hof der Churwa Synagoge steht. Als später sein Sohn Netan'el Lurje und dessen Frau Channa raus aus der eigentlichen Stadt, nach Jemin Mosche, zogen, nahmen sie den Vorhang mit zu sich nach Hause und trugen ihn nur zu besonderen Schabbattagen und Feiertagen in die Synagoge ihres Viertels.

»Und wie du ja weißt, war Reb Netan'el Lurje mein Großvater«, sagte Großmutter zum Abschluß der Geschichte, »und ich heiße Channa, nach seiner Frau.«

Großmutter wollte nun schlafen, doch als einer, dem seine Mutter beigebracht hatte, alles anzuzweifeln, plagte ich sie mit einer ganzen Reihe von Fragen. Zunächst, meinte ich, sei es vielleicht gar nicht Napoleon gewesen, den unser Vorfahr dort getroffen habe, sondern nur einer seiner Heerführer, und außerdem fragte ich, in welcher Sprache die beiden sich denn unterhalten hätten, wenn sie sogar Zitate unserer Weisen in ihr Gespräch hatten einflechten können, und zum dritten konnte der Franzose dem Juden seinen Umhang auch gegeben haben, um ihn loszuwerden, da ihn das Gewand auf seiner Flucht gen Westen nur verraten hätte. Als schlagendes Argument zur Krönung all meiner Einwände verkündete ich, ich glaubte sowieso nur, was ich mit eigenen Augen sähe, und fragte, ob sie mir den Vorhang einmal zeigen könne oder zumindest wisse, wo er sich heute befinde.

Hier wurde Großmutters Stimme zornig und traurig zugleich, und sie erzählte, der Enkel ihres Großvaters, der Sohn von Jaakow

Aharon, ein Herr Jeschajahu Lurje, habe den grünen, mit Gold und Silber bestickten Samtvorhang mitgenommen, als er nach Port Said zog, um dort die Filiale der Weinhandlung ›Carmel Misrachi‹ zu leiten, und niemand wisse, was dann mit dem Mantel geschehen sei.

»Wenigstens die Geschichte ist uns noch geblieben«, sagte sie, stand auf, um die Lampe zu löschen und das Fenster einen Spalt weit zu öffnen, »und sollte einer meiner Enkel einmal ein Dichter werden, so wird er der Familie den napoleonischen Mantel – aus Worten gewebt – zurückgeben, und Worte überdauern bekanntlich jeden anderen Stoff.«

Viele Jahre später erst erfuhr ich beinahe zufällig, daß Herr Jeschajahu Lurje, dem Großmutter die Sache so unversöhnlich nachtrug, den Vorhang gar nicht für sich selbst behalten, ihn vielmehr dem Museum für Ethnographie und Folklore in Haifa zur Aufbewahrung übergeben habe. Der dortige Kurator hatte das Stück nach Frankreich geschickt, wo sich herausstellte, daß der grüne Samt und die kostbare Stickerei tatsächlich der zu Napoleons Zeit üblichen Mode entsprachen.

1985 wurde der Vorhang im Israel-Museum in Jerusalem gezeigt, im Rahmen einer Ausstellung mit dem Titel: ›Vom Profanen zum Heiligen – die Wiederverwendung von Gegenständen in der jüdischen Kunst‹. Als ich vor dem verlorenen Vorhang meiner Kindheit stand und ihn betrachtete, sah ich, daß er tatsächlich aus Mantelstücken zusammengenäht war, und konnte sogar kleine Stoffecken ausmachen, wie jene, die man unter den Achseln einnäht. Auch war im Samt noch der Abdruck der Knöpfe zu sehen, jener großen Goldknöpfe vom Mantel der kaiserlichen Uniform, die der wohltätige Josef Jona ben Jaakow Ahron Lurje von Mohilew, möge sein Licht uns leuchten, vor über hundertundsiebzig Jahren im Wald hatte abreißen und den Räubern aushändigen müssen.

Der prächtige Mantel und der Glaube – sind allein ihm, dem Ewigen, klangen die Verse von *Jom Kippur* in Großmutters Siegerstimme durch den lichten, luftigen Raum des Museums, klar und frisch wie ein Morgenwind.

4

Meine Mutter ertrug Großmutters zwanghafte Beschäftigung mit der Familiengeschichte nicht und schimpfte, weil ich mich zu den nächtlichen Geschichten so hingezogen fühlte. Wenn ich es ihrer Meinung nach mal wieder übertrieben und mehr Nächte in dem kleinen Zimmer in den *Ungarsch Häusern* als zu Hause verbracht hatte, überfiel sie mich mit den Worten: »Wer waren unsere Vorfahren überhaupt, daß ihr beide, du und deine Großmutter, so stolz darauf seid, euer Lager mit ihnen zu teilen? Sie bekämpften das Licht und die Aufklärung! Wenn du, Gott behüte, unter deren despotischer Herrschaft hättest leben müssen – du hättest den Tag deiner Geburt verflucht.« Ich war in ihren Augen bestenfalls ein naiver Narr, dem die Nostalgie den Kopf verdreht hatte, oder aber, was sie noch entschiedener behauptete, ein ahnungsloses Kind, und dieses Begehren würde mich und andere noch ins Unglück stürzen. Um all dem noch mehr Nachdruck zu verleihen, erzählte sie, wie sie beim Spielen in dem muffigen Keller, der sich tief in der Erde unter der ganzen Länge der *Ungarsch Häuser* erstreckte, zwischen den dort eingelagerten Holzwänden für die Laubhütten im Herbst ganz feine goldene Fäden gesehen hatte, sie glänzten und bebten, eine wahre Lust für die Augen, und nur der Schrei ihrer älteren Schwester Rachel habe sie im letzten Moment davon abgehalten, sie anzufassen, denn es waren nichts anderes als frisch ausgeschlüpfte Schlangen. »Unsere Vorfahren waren ein Vipernnest.

Jeder, der die Hand in dieses Nest steckte, zahlte mit dem Leben dafür«, sagte sie hart und zählte dann alle Untaten ihrer Familie auf.

Der Anfang allen Übels war nach ihren Worten Reb Jeschajahu Bardaki, Großmutters Urgroßvater und der Schwiegersohn von Rabbi Jisrael aus Schklov. Er war der Stammvater unserer Familie im Heiligen Land, der vor fünf, sechs Generationen die Gemeinde der aschkenasischen Juden in Jerusalem anführte und zum Heiligen Krieg gegen alle Versuche, an den Jerusalemer Schulen auch Allgemeinbildung zu vermitteln, aufrief. Reb Jeschajahu war ein erzkonservativer Führer, charismatisch und unbeugsam; er hatte zunächst das Amt des Konsularagenten des russischen Konsuls inne und später auch das des Konsularagenten der Juden aus Österreich-Ungarn – beides Ämter, die ihrem Träger im korrupten, sich auflösenden Ottomanischen Reich große Macht verliehen. Diese Stellung brachte ihm die offizielle Anerkennung durch die türkischen Behörden ein; ihm wurde ein »Dolmetscher« beigestellt, das heißt ein persönlicher Sekretär, und auch ein Leibwächter in Uniform, der vor ihm herging und mit einem Stab mit silbernem Knauf auf den Boden klopfte, um ihm den Weg durch das Gedränge der engen Gassen in der Altstadt zu bahnen. Reb Jeschajahu kämpfte, so erzählte mir Mutter, in vorderster Linie gegen den jüdischen Dichter Ludwig August Frankl aus Wien, der mit dem Auftrag von Elise Herz angereist war, hier im Andenken an ihren Vater, den Adligen von Lämel, die erste moderne Schule zu gründen. »Und statt seine Schabbatkleider anzulegen, ihm entgegenzuziehen und den bedeutenden Gast, der das Licht der Aufklärung nach Jerusalem brachte, mit Brot und Salz willkommen zu heißen, hat er seinen Stempel oben auf die Liste der Unterzeichner des Bannes gegen Frankl gesetzt und die Blätter mit dem Bann streunenden Hunden an den Schwanz binden lassen, damit sie die Kunde durch die ganze Stadt trugen und Frankl noch mehr beschämten.« Mutter holte tief Luft und sagte mit bitterem Spott, wir müßten doch zugeben, daß wenn, Gott behüte, Reb Jeschajahu und seine Schäfchen hier heute das Sagen hätten, ich nicht auf einer fortschrittlichen Schule lernen könnte, die mich auf das Leben als moderner Mensch vorbereite, und Großmutter es niemals erreicht hätte, selbst Bücher und Zeitungen zu lesen und Briefe zu schreiben. »Großmutter und du, ihr interessiert euch doch nur für die dummen Legenden um religiöse Reliquien, wie jene Christen, die einen Holzsplitter vom Kreuz verehren, oder die Moslems, die Haare aus dem Bart des Propheten in kunstvollen silbernen Behältnissen aufbewahren!« Sie lachte. Das war eine Anspielung auf die Geschichten von der besonderen Schreibfeder und dem Kissen, das Schejndl, die Tochter von Rabbi Jisrael aus Schklov als Mitgift in die Ehe mit Reb Jeschajahu gebracht hatte – beides Geschichten, die Großmutter besonders gern erzählte:

In der Stadt Selets in Litauen lebte einmal eine Frau, die ging mit ihrem Baby im Arm über eine Brücke in einen nahegelegenen Ort. Plötzlich stolperte sie, und das Baby fiel samt dem Kissen, auf dem es lag, in den Fluß. Die entsetzte Mutter und die Passanten sahen hilflos zu, doch siehe da, zur großen Überraschung aller wurde das Kissen mit der Kleinen darauf von der Strömung getragen, die zudem ihre Richtung änderte und es behutsam ans Ufer spülte. Das so vor dem Ertrinken gerettete Mädchen hieß Trejne, und Trejne war die Mutter des *Gaon* von Wilna. Die Familie des *Gaon* schenkte das Kissen der Frau von Rabbi Jisrael aus Schklov, der ein Schüler des *Gaons* war, vor deren Reise ins Land Israel, damit es sie auf der Fahrt über das Mittelmeer beschütze, und sie gab es später an ihre Tochter Schejndl weiter, zur Mitgift in die Ehe mit Reb Jeschajahu Bardaki. Rabbi Jisrael seinerseits hatte seinem Schwiegersohn als Hochzeitsgeschenk den Gänsekiel vermacht, den er selbst von den Söhnen des Wilnaer *Gaons* bekommen hatte. Mit diesem Gänsekiel, so erzählte Großmutter, hatte der *Gaon* den *Brief des Eljahu* geschrieben, mit dem er sich unmittelbar vor seiner Abreise nach Erez Israel – eine Reise, die aus uns verborgenen Gründen letztlich nicht zustande kam – von seinen Freunden und Bekannten verabschiedete. Reb Jeschajahu hatte den Kiel nur ein einziges Mal selbst benutzt, als er sich nämlich ganz oben auf die Liste jener Jerusalemer Gelehrten und Rabbiner setzte, die diese furchtbare Bannschrift gegen den Dichter Frankl und jene Schulen verfaßt hatten, an denen Fremdsprachen und wissenschaftliche Fächer unterrichtet wurden. Seither wußte man nichts mehr über den Verbleib des Schreibgerätes. Mutter konnte die Geschichte schon nicht mehr hören, und so fügte sie bissig hinzu, daß sogar die Motte, die, Gott sei gepriesen, den hundertjährigen Gänsekiel wohl letztlich gefressen habe, moderner und fortschrittlicher gewesen sei als diese engstirnigen, primitiven Gesellen.

»An ihren Früchten sollt ihr sie erkennen«, sagte Mutter, wohl ohne zu wissen, daß sie damit Jesus von Nazareth zitierte, und beendete mit Großvaters Brüdern die Aufzählung von Vorfahren, die den finsteren Weg von Reb Jeschajahu fortsetzten: »Du hast sie ja nicht gekannt, diese Brüder Walles, die tagsüber Gebetsriemen fertigten, Schaufäden für Gebetsmäntel flochten und mit ihren hellblauen Fransen und heiligen Lederriemen die Engel auf die Erde herunterzwingen wollten, die sich aber noch vor Morgengrauen zum Haus der Frau ihres verstorbenen Bruders schlichen, um einen Nachttopf vor ihrer Tür auszuleeren oder ihre Schwelle mit Teer zu beschmieren, weil ihre Kinder rebellierten und den Vorstehern der kleinen Gemeinde, von der sie ihren Unterhalt bezog, nicht mehr gehorchten, sich vielmehr die Schläfenlocken abgeschnitten, die schwarzen Kleider des Exils abgelegt hatten und es wagten, in das Seminar zu Lehrern des *Misrachi* zu gehen und dort eine breitere Bildung zu erwerben.«

Nach Mutters Theorie hatte Großmutter immer versucht, sich diesem düsteren Leben ihrer Vorfahren anzuschließen, das sich gleichsam wie ein trübes Wasser in gewundenen Gräben von Anbeginn an durch die jüdische Geschichte zog, um auf ihm zuletzt ans Ende der Tage zu gelangen. »Deine Großmutter fürchtet sich vor dem Tod – das weißt du doch, seit ihr beide den Pfau mit den gespreizten Federn gesehen habt – und in ihrer schlauen Einfalt, die so typisch ist für unterdrückt lebende Frauen, glaubt sie, unter dem Schutz der Zeit ans Ende der Tage zu gelangen und dem Tod zu entwischen oder ihn wenigstens noch ein Weilchen auf Abstand zu halten. – Mit dem Todesengel hat aber noch keiner einen Kontrakt gemacht«, schloß Mutter dann trocken. Sie selbst blickte ihn furchtlos an; nachdem ihre beiden kleinen Mädchen aus erster Ehe gestorben waren, lehnte sie jedes Geschäft, jede Art von Verhandlungen mit ihm ab und war zu dem Schluß gekommen, nur die Kunst könne seinen knochigen Fingern ein bißchen Leben entreißen und diesem Ewigkeit verleihen.

Diese Sicht der Dinge, die für Mutter so revolutionär und mutig war, daß es schmerzte, verdankte sie der Malerin Anna Ticho.

An einem Schabbat hatte Mutter mich in die kleinen Pavillons des »Künstlerhauses« beim »King David Hotel« in eine Ausstellung ihrer Bilder mitgenommen. Lange liefen wir schweigend durch die Baracken mit den hübschen Dächern aus galvanisiertem, weiß gestrichenem Blech, in denen gegen Ende der Mandatszeit Regierungsbehörden untergebracht gewesen waren, und betrachteten Anna Tichos Bilder, auf denen sie Randbezirke von Jerusalem einfing; wir verfolgten die unsichtbaren Bewegungen der Bergrücken – Terrassenlandschaften an Berghängen, steile Schluchten und tiefe Täler, das unermüdliche und langsame Eingreifen des Menschen, der Mauern aus den lebenden, unbehauenen Steinen aufschichtet; doch ohne etwas, was sie zusammenhält, zieht es die Steine fort, sich wieder dem ununterbrochenen Fließen der Natur anzuschließen, nach unten, immer weiter hinunter, kraft der Wassermassen, die in den Flußtälern alles mitreißen, um zu ihren Geschwistern zurückzukehren, die irgendwann in der Vorzeit von einer Strömung weggeschwemmt und zu glatten, lila schimmernden Steinchen im Flußbett wurden. Nachdem wir uns die Zeichnungen angesehen hatten, mit den unzähligen Versuchen, das geheime Wesen Jerusalems zu entschlüsseln, den Code herauszufinden, nach dem sich

Felsbrocken, Dornbüsche, ein einzelner Ölbaum und das Licht zu einer harmonischen, unverwechselbaren Landschaft zusammenfügen, sagte Mutter, Anna Ticho sei der rote Faden Hoffnung in ihrer Kindheit gewesen.

Wir verließen die Ausstellung und setzten uns vor dem prächtigen Hotel auf ein Mäuerchen; gegenüber, vom Turm des YMCA-Gebäudes, ragte der steinerne Seraph mit den sechs Flügeln aus Jesajas Vision auf, und Mutter begann von sich zu erzählen: Ein bescheidenes, schüchternes Mädchen aus den *Ungarsch Häusern*, dessen ganze Welt sich auf den Bereich zwischen den Stiegenhäusern, Steinbögen und langen Balkonen beschränkte, die sie heute im fahlen Licht der Dämmerung an die metaphysischen Bilder von de Chirico erinnerten. In der Melancholie und Mystik der engen Gänge wurden die Schatten in den Hausöffnungen länger, und sie, ein sauberes, eben aus dem Bad gestiegenes junges Mädchen, stand am Fenster und flocht ihren Zopf und schaute sehnsüchtig zu dem Steinhaus auf der anderen Seite der St. Paul Straße hinüber; dort wohnten der wunderbare Augenarzt, der schon viele Menschen vor Blindheit bewahrt hatte, und seine edle Frau, die Malerin mit dem sanften Blick. In Mutters von Fanatismus, Leid und Hunger vollgesogener Welt besaß der Name Anna Ticho einen Klang, den ich nur annähernd mit dem Wort »kultiviert« beschreiben kann.

In jenem Haus hatte sie zum ersten Mal eine andere Welt kennengelernt, eine Welt voll Geistigkeit, durchsichtig und von einer Schönheit, die sie faszinierte. Manchmal, wenn ihre Mutter Waschtag hatte und im Haus ein einziges Durcheinander herrschte, war sie hinübergeschlichen in den Hof auf der anderen Straßenseite, in das Haus, in dem nun die ultraorthodoxe Schule »Töchter Jerusalems« untergebracht ist und durch dessen Tore heute junge Mädchen ein- und ausgehen, die sie daran erinnern, wie sie aussah, als sie jung war. Sie war an den Büschen im Garten vorbeigegangen, Rosensträucher, wenn ich mich recht erinnere, und hatte durch ein Fenster in den Hausflügel hineingeschaut, wo das Wiener Ehepaar wohnte. Einmal hatte »Frau

Ticho«, wie Mutter sie zu nennen pflegte, sie entdeckt und eingeladen, doch hereinzukommen. Seitdem war sie bei der Malerin, die selbst keine Kinder hatte, ein willkommener Gast. Dort öffnete sie sich dem Geist von Kultur, dem weiten Wissenshorizont dieses europäischen Hauses mit seinen sorgfältig ausgewählten Teppichen und Möbeln und den Bildern an den Wänden, Bilder, die für sie wie Gucklöcher in die Weiten unendlicher Anblicke waren. Frau Ticho servierte ihrem kleinen Gast mit den dünnen kastanienbraunen Zöpfen dann Tee, goß ihn in mit zarten Lavendelblüten bemalte Porzellantassen, schnitt für Mutter ein Stück Apfelkuchen ab und lud sie danach in ihr Studio ein, und da durfte sie ihre Bilder anschauen und dabeisein, während sie malte.

»Sie hat mir sogar einmal ein Stück Kohle und ausländisches Papier gegeben und mir gezeigt, wie man einen Baum malt.« Mutter strich sich über die Finger, rieb unsichtbare schwarze Flecken weg, befeuchtete die Spitze ihres Taschentuchs mit Spucke und putzte mein Kinn ab, und während ihr Blick zwischen den staubigen Zypressen vor dem YMCA-Gebäude umherwanderte, sagte sie: »Am liebsten wäre ich Malerin geworden.«

5

In den langen Nächten, die ich bei Großmutter verbrachte, erwählte mich Großmutter zu dem, der später einmal den Stammbaum unserer Familie aufzeichnen sollte, und um mich auf diese verantwortungsvolle Aufgabe vorzubereiten, erzählte sie mir nicht nur die verworrene, sich über Jahrhunderte hinziehende Geschichte, sondern lehrte mich auch immer wieder die Reihenfolge der Generationen.

Dabei zitierte sie die Bitte Jesajas an seine Volksgenossen, *Schaut auf den Fels, daraus ihr gehauen, und auf den Grubenschacht, draus ihr erbohrt*, und forderte, ein Jude müsse wissen, wer seine Väter und Vorfahren seien, soweit er es nur irgend herausbekommen könne.

Ähnliches hörte ich einige Jahre später im Buchladen des Reb Avrum Rubinstein von einem Mann, der meine literarische Welt mehr als jeder andere hebräische Dichter prägen sollte. In diesem Laden am Ende der Mea Sche'arim Straße, nicht weit vom Platz der inzwischen abgerissenen großen Mehlmühle, an deren Stelle heute die *Jeschiwa* der Brazlawer Chassiden steht, gegenüber den *Nejten's Häusern*, verbrachte ich von meiner *Bar Mizwa* bis zu meiner Heirat mehr Zeit als an irgendeinem anderen Ort. Der dunkle Laden, er hatte nur eine schmale Öffnung zur Straße hinaus, hieß ›Licht‹, das verkündete ein viereckiges Metallschild, dessen schwarze Toraschreiberbuchstaben durch Regen und Sonne schon fast ganz verblichen waren. Reb Avrum selbst glich einer

Gestalt von Dickens. Zusammengekauert saß er hinter dem mit Büchern bepackten Ladentisch; man sah nur seinen Kopf. Ununterbrochen drehte er seine Schläfenlocken, die vom Schweiß oder weil er zuvor in der *Mikwe* gewesen war, immer feucht waren; er lutschte Pfefferminzbonbons, und seine kleinen, glanzlosen Augen fragten gleichsam ihren Herrn, was denn er in diesem Jammertal verloren habe. Vom ersten Tag an mochte er mich und machte mit mir zusammen gerne seine Schriftgelehrtenrätsel. Einmal stellte er eine Kiste mit neu gekauften Büchern vor mich hin und sagte, wenn ich herausfände, welches das wertvollste Buch darin sei, würde er es mir schenken. Bis heute steht es in meiner Bibliothek: *Merkawah schelemah*, ein Grundwerk der Hechalot-Literatur, das Rabbi Schlomo Mussajow im Jahre 1921 herausgebracht hatte, ein Andenken an das schönste Rätsel, an dessen Lösung ich mich je versucht habe. In einer Ecke dieses Ladens hockte eines Tages ein Mann in Anzug und Hut; er sah aus wie ein wohlhabender Händler, der wahrscheinlich früher einmal Tora gelernt hatte und im Alter zu seiner Jugendliebe zurückkehrte. Als er unserem angeregten Gespräch auf Jerusalemer Jiddisch lauschte, richtete er sich auf und fragte mich, wer ich sei. Ich sagte es ihm. Er fragte nach den Namen meiner Eltern. Ich antwortete. So fragte er mich nach den Namen all meiner Vorfahren. Als ich bei Rabbi Jisrael aus Schklov, dem Urgroßvater meiner Großmutter anlangte, sagte ich ihm, wie Rabbi Jisrael aus Schklov in seinem Buch *Pe'at haSchulchan* schreibe, sei er der Sohn des Rabbi Schmuel, Sohn des Rabbi Esriel, Sohn des Rabbi Mosche und seiner Frau Bracha, der wiederum ein Sohn von Rabbi Menachem Mendel war, dem Vorsitzenden des allrussischen rabbinischen Gerichtshofes. »Und wer war der Vater von Rabbi Menachem Mendel, dem Vorsitzenden des allrussischen rabbinischen Gerichtshofes?« fragte der Fremde weiter. Ich zuckte mit den Schultern und meinte, das wisse ich nicht. Da schaute er mich an und erklärte, ein Jude müsse wissen, wer seine Väter und Vorfahren seien, soweit er es nur irgend herausbekommen könne, aber mindestens bis zum ersten Menschen.

Nachdem der Fremde sich verabschiedet hatte und um die nächste Ecke gebogen war, meinte Reb Avrum Rubinstein, ich müsse mich von diesem galizianischen Witz nicht allzusehr beeindrucken lassen, und er fragte, ob ich wisse, wer dieser Herr gewesen sei. – Es war Schmuel Josef Agnon.

An einem Schabbat im Winter, als Großmutter nicht mit ihrem *bureau* – einem in jener Zeit seltenen Kugelschreiber, den sie aus Amerika bekommen hatte und wie ihren Augapfel hütete – die Namen unserer vielen Vorfahren auf die Rückseiten der täglich abgerissenen Kalenderblätter, die sie wie Spielkarten vor mir ausbreitete, schreiben konnte, demonstrierte sie mir die Abfolge unserer Dynastie auf eine Art, die den Schabbat nicht entweihte. Sie nahm eine Handvoll Erdnüsse, löste sie eine nach der anderen aus ihren Schalen, pellte die trockene Haut ab, die die Früchte umschließt, schob den Fingernagel in den Spalt und zerteilte die Nüsse in ihre beiden Hälften. Die glatten Hälften sammelte sie in der einen Hand, und jene mit dem kleinen Keim, dem Würzelchen am Ende, legte sie auf die gestärkte weiße Schabbat-Tischdecke, immer auf die gewölbte Seite und stets darauf bedacht, die kleinen Körperchen nicht zu verletzen, aus denen ein Samen gekeimt wäre, hätte man sie nicht im Ofen geröstet und so ihrer Lebenskraft beraubt. Eine Reihe von kleinen Skulpturen, winzigen Köpfchen mit spitzen Bärtchen, legte sie vor uns auf dem Tisch aus, einen Hohen Rat der Greise, deren Leben kurz vor Beginn erstarrt war. »Das da bist du«, sagte sie, indem sie auf die kleine, verschrumpelte Erdnußhälfte am linken Ende der Reihe zeigte und nannte dann rückwärts unsere Väter und Vorväter und legte neben jeden eine glatte Erdnußhälfte und nannte dazu den Namen seiner Frau.

Das Bild des Stammbaums, das Großmutter aus den Büchern anderer alter Familien, die sie oft anschaute, kannte, faszinierte sie dermaßen, daß sie sich nicht selten ganz darin verlor. Wenn sich die Nacht über die *Ungarsch Häuser* legte und die kleine Flamme der Petroleumlampe einen gedämpften Goldton auf ihr faltiges Gesicht warf, wühlte Großmutter in den Urgründen der verschlungenen Vergangenheit. Der modrige Geruch weit entfernter Erde drängte sich in die trockene Wüstenluft, wenn sie in dunklen Tiefen nach den Wurzeln forschte, die ihre Feuchtigkeit aus der Nähe des Grundwassers ziehen, bis Großmutter auf jene undurchlässige Felsschicht stieß, die zu durchdringen die menschliche Erinnerung nicht vermag. Das war, wie gesagt, das Mainz zu Beginn des Mittelalters. Die Wurzeln unseres Stammbaums, unsere Vorfahren, waren Rabbiner, Richter an rabbinischen Gerichten, Gemeindevorsteher, Chassiden und Mystiker gewesen, Bibelausleger und Dichter, die religiöse Gesänge verfaßten – Menschen, die über tausend Jahre quer durch Europa gezogen waren, von Italien und den Weinbergen am Rhein bis in die ärmlichen russischen Schtetl, die verloren in geheimnisvollen, nach Moder riechenden Birkenwäldern lagen. Sie suchten keine inspirierenden Landschaften und kein Leben in Wohlstand, sondern einen ruhigen, sicheren Ort, an dem sie Tora lernen, ohne Aufsehen ihrem verborgenen, unsichtbaren Gott dienen und nach ihren Vorstellungen eine funktionierende menschliche Gesellschaft der Barmherzigkeit und Gerechtigkeit aufbauen konnten. Die Zweige dieses Baumes sind die hier geborenen Generationen, und ich, ihr Enkel, bin eines der zarten Blätter, die sich dem starken Glanz des orientalischen Himmels zuwenden. Der Stamm war immer Stammvater Rabbi Jisrael aus Schklov, der Ende des Sommers 1809 auf einem leichten Segelboot die Küste des Mittelmeeres entlangschiffte, bis er den alten Fischerhafen von Akko erreichte. Er war mit der ganzen Familie nach Erez Israel aufgebrochen, samt seinen alten Eltern und verheirateten Töchtern und einer ganzen Gruppe junger begeisterter Menschen; und gleich nach der Ankunft schlossen sie sich der kleinen Schar von Schülern des Wilnaer Gaons an, die bereits vor ihnen gekommen waren und schon seit zwei Jahren in einer kleinen heiligen Stadt im Oberen Galiläa lebten.

Safed war in der Vorstellung von Rabbi Jisrael wahrscheinlich eine himmlische Stadt, an deren Firmament die Wolken der göttlichen Herrlichkeit hingen, umgeben von Feldern mit Granatapfelbäumen und jenen heiligen Äpfeln aus dem berühmten Schabbatlied *Ich singe Hymnen vom Gang zu den Toren des Feldes der Äpfel, die heilig sind*, und mit *Sefirot*-Bäumen, deren Früchte von weitem im duftenden Glanz der Mystik erstrahlten. So stellte man sich die galiläische Stadt der Kabbala, die Stadt der Mystiker Cordovero, Lurja und Alkabez vor. Tatsächlich war das Safed jener Zeit ein armselig aussehendes arabisches Dorf. Die aus kaum behauenem Felsgestein gebauten Häuser drängten sich eng am steilen Abhang des Berges, und die Dächer der unteren Häuser dienten den oberhalb gelegenen Häusern als Fußweg. »Auch zum Haus unseres Urahn, das am Abhang des Felsens stand und dessen Fenster auf einen steilen Abgrund hinausgingen, gelangte man über die Dächer anderer Häuser.« Mit diesen Worten begann Großmutter ihre detaillierte Beschreibung, obwohl sie selbst ja nie in Galiläa gewesen war. Einmal sei unter einem Kamel, das so einen Weg über die Dächer benutzte, ein Dach eingebrochen, und es sei ins Haus eines der Schüler von Rabbi Jisrael gestürzt und habe sich das Bein gebrochen. »Der Hausbesitzer forderte von dem Besitzer des Kamels eine Entschädigung, und der Besitzer des Kamels forderte den Wert des Kamels vom Besitzer des Hauses«, erzählte sie, »und der Kadi urteilte natürlich zugunsten des Kamelbesitzers, der, wie er selbst, Moslem war.«

Rabbi Jisrael hatte sich in der neuen Stadt noch nicht eingelebt, da forderten seine Gefolgsleute ihn schon auf, außer Landes zu fahren und Gelder für die Gemeinde in Not zu sammeln. Nach dem *Purim*-Fest gab er ihren drängenden Bitten nach und fuhr, da der Seeweg nach Europa wegen des russisch-türkischen Krieges nicht passierbar war, auf dem Landweg nach Konstantinopel. Von dort gelangte nach vielen Abenteuern nach Litauen. Der Brief, den er auf seine Reise mitgenommen hatte, ist zweifellos eines der aufregendsten Dokumente, die in Erez Israel zu Beginn des neunzehnten Jahrhunderts, als das Land ein vernachlässigter, gottvergessener Winkel des Ottomanischen Reiches war, geschrieben worden waren. Dieses Schreiben ist eine Art Manifest einer neu entstehenden aschkenasischen Gemeinde, die – obwohl zu dieser Zeit noch sehr klein – eine strahlende Zukunft erwartete. Wunderschön ist der gereimte Anfang dieses Briefes:

Des Landes Kunde wird gehört
Des Landes Regsamkeit man nun erfährt.
Was ist es, das das Land erklärt?
Gottlob, daß niemand mehr entbehrt
Der Tora Sinn wird klar gelehrt
Die Gottesfurcht sich stark vermehrt.
Befreit die Seele und verklärt.

Unser Stammvater zog durch ganz Osteuropa, und trotz der Zeit des napoleonischen Krieges hatte seine Mission Erfolg, und er schaffte es sogar noch, in Minsk sein Buch *Taklin chadatin* über den Traktat *Schekalim* aus dem *Talmud Jeruschalmi* drucken zu lassen. Großmutter war sehr stolz auf ihn und erklärte mir, damit habe er im Grunde den Weg seines Großvaters Rabbi Esriel weitergeführt; der sei schon etwa drei Jahrzehnte vorher nach Erez Israel gekommen und habe versucht, dort eine aschkenasische Gemeinde aufzubauen, sei dann aber mit einem Auftrag nach Rußland geschickt worden und auf dem Rückweg in Izmir gestorben und dort auch begraben. Ihr Großvater, Rabbi Jisrael, so erzählte sie, habe bei einer seiner Reisen nach Wien einen Umweg über Izmir gemacht und vergeblich nach dem Grab seines Großvaters gesucht. »Wie bei *Mosche Rabbejnu*, möge er in Frieden ruhen, kennen wir auch von Rabbi Esriel und seinem Enkel Rabbi Jisrael aus Schklov nicht den Ort, wo sie begraben sind.« Rabbi Jisrael, der sich selbst den Beinamen »Staub aus Erez Israel« gegeben hatte, war im Sommer 1839 aus Jerusalem nach Galiläa zurückgekehrt, um Sir Moses Montefiore zu treffen und bei dieser Gelegenheit in den heißen Quellen von Tiberias zu baden, und war dort an einer Seuche gestorben. Über hundertundvierzig Jahre wußte man nicht, wo er begraben lag, und erst vor wenigen Jahren entdeckte nach langwieriger Suche eine seiner Nachfahren, die im Kibbuz Aschdod Ja'akov lebt, auf dem alten Friedhof von Tiberias sein Grab und ließ den schon unlesbar gewordenen, zerfallenden Grabstein wiederherstellen.

Großmutter entschuldigte sich, daß sie, wie so oft, in ihrer Ungeduld das Ende der langen Geschichte vorweggenommen habe, und erzählte nun der Reihe nach: Rabbi Jisrael sei also drei Jahre nach dem Aufbruch zu seiner großen Reise nach Safed zurückgekehrt, doch noch bevor er sich von den Anstrengungen der Reise erholen konnte, sei in Galiläa die Cholera ausgebrochen. Er habe sofort Maultiere zum Lastenziehen gemietet und sei mit seiner Familie nach Jerusalem geflohen. Unterwegs starb ihm seine Frau; sie wurde in dem arabischen Dorf Schefar'am auf dem Gräberfeld der alten jüdischen Gemeinde beerdigt. »Genau wie Jakob unsere Stammutter Rachel auf dem Weg nach Efrata begraben hat«, sagte Großmutter, die immer versuchte, etwas vom Glanz der ersten Urahnen des jüdischen Volkes auf die Vorfahren unserer Familie abzuleiten. Die Seuche verfolgte Rabbi Jisrael bis nach Jerusalem. In jenem Sommer starben dort seine beiden Söhne und die beiden Töchter samt ihren Männern. Seine alten Eltern, so erinnerte sich Großmutter auf meine Frage hin, waren noch in Safed erkrankt, dort gestorben und begraben worden. Und auch ihn und seine kleine Tochter Schejndl, die ihm von all seinen Nachkommen als einzige noch geblieben war, befiel die Cholera. Da tat Rabbi Jisrael, »der Hiob in unserer Familie«, wie Großmutter zu sagen pflegte, ein Gelübde: Wenn er am Leben bliebe, schriebe er ein Buch über die besonderen religiösen Gebote, die man als Jude in Erez Israel beachten müsse. Und in derselben Nacht sah er im Traum einen Mann über sich stehen, der ihm geheimnisvolle Worte ins Ohr flüsterte: »Befallen und geheilt, befallen und geheilt«, und am nächsten Morgen standen er und seine Tochter gesund vom Krankenlager auf.

»Schau nur, wie viele Gräber unserer Vorfahren in dieser bitteren Erde liegen, auf der wir leben«, sagte Großmutter und konnte die Tränen nicht länger zurückhalten, die nun über ihr Gesicht rollten. »Wenigstens du sollst, anders als deine Onkel und Tanten, unser Land niemals verlassen. *Denn das Land Israel wird durch schwere Prüfungen erworben.*« Von draußen, durch das blauschwarze samtene Viereck, das einem Vorhang gleich hinter den beiden Fenstern hing, hörte man aus der Richtung des verminten Niemandslandes das hartnäckige Jaulen eines verirrten Schakals, danach einen einzigen Schuß, und das Jaulen brach ab.

Als die Seuche vorüber war, kehrte Rabbi Jisrael mit seiner Tochter nach Safed zurück. Rabbi Jisrael heiratete zum zweiten Mal, und zwar »die Tochter des Jampoler Rebben«, erklärte mir Großmutter mit großem Nachdruck – hatte sie mich doch dazu auserkoren, später die Generationenfolge unserer Familie aufzuschreiben. Als Schejndl alt genug war, verheiratete ihr Vater sie mit einem Einwanderer, einem jungen Witwer, der gerade mit zwei kleinen Kindern aus Pinsk nach Erez Israel gekommen war; sein Name war Reb Jeschajahu Bardaki.

Von dem Wunder, das Reb Jeschajahu bei dieser Reise widerfahren war, erzählte Großmutter gerne am Vorabend des Laubhüttenfestes, wenn sie ihre Bücher und Zeitungen vom Tisch räumte und buntes Papier in Streifen schnitt, um Papierketten und *Rojsalach* als Schmuck für die Laubhütte zu fertigen. Die letzte Etappe des Weges von Beirut nach Akko hatte Reb Jeschajahu mit seinem Sohn und seiner Tochter nämlich am Vorabend des Laubhüttenfestes bewältigt, auf einem ziemlich wackeligen Floß, das Zedernholz aus dem Libanon für den Palast eines reichen Efendi in der Nähe von Akko transportierte. Kurz nachdem sie Beirut verlassen hatten, trieb ein starker Wind sie von der Küste aufs Meer hinaus, der Schiffer verlor die Orientierung, und Reb Jeschajahu, der fürchtete, das Laubhüttenfest auf dem Floß verbringen zu müssen, errichtete sich aus dem Zedernholz eine provisorische Laubhütte. Unterdessen wurde der Wind stärker, Wellen warfen das Floß hin und her, bis es vor der Küste bei Akko auf eine Sandbank auflief und auseinanderbrach. Da setzte sich Reb Jeschajahu seinen Sohn auf die Schultern, nahm das kleine Mädchen auf den Arm und band sich an einer der Holzwände der Laubhütte fest, die durch ein Wunder selbst zu einem

Floß wurde und die drei unversehrt an die Küste von Erez Israel trieb.

Den alten Rabbi Jisrael suchten jedoch auch nach der überstandenen Cholera Not und Unglück heim und machten ihm das Leben bitter. Abdalla Pecha, der tyrannische Regent, der in der halbzerfallenen Kreuzritterfestung über Safed herrschte, ließ ihn für lange Zeit in den Kerker werfen, um von den Mitgliedern seiner Gemeinde ein hohes Lösegeld zu erpressen, und die beiden Söhne, die seine zweite Frau ihm gebar, starben. Und in einer Winternacht, als die engen Straßen der Stadt wie die Arme eines Wildbaches aussahen und der starke Regen durch die flachen Dächer drang, stürzte auch noch sein Haus über den Bewohnern ein. Rabbi Jisrael, so erzählte Großmutter, sah in den immer neuen Unglücken ein Zeichen, daß der Himmel ihn an die Einlösung des Gelübdes aus jener schrecklichen Nacht in Jerusalem mahnte, endlich sein Buch zu schreiben.

Eines der weniger bekannten Unternehmen, bei denen er als treibende Kraft wirkte, war folgendes: Er sandte einen Boten zu den zehn verlorenen Stämmen Israels. »Jenseits des Flusses Sambation, der die ganze Woche über Kristallsteine spuckt und nur am Schabbat auf wundersame Weise ruht und nicht zürnt, in fernen Ländern, die noch kein Lebender gesehen hat, dort leben die zehn verlorenen Stämme und warten darauf, daß ihre Brüder sie zur Hilfe rufen. Sie leben dort als freie Juden, mit prächtigen Gebetsriemen geschmückt, schwenken auf ritterlichen Pferden glänzende Schwerter, auf deren Klingen die Buchstaben »Maccabi« graviert sind, die Anfangsbuchstaben des hebräischen Verses *Wer ist wie du unter den Göttern, Herr und Gott.*«

Großmutter gab sich große Mühe, mich mit dem fesselndsten Mythos des Judentums in Staunen zu versetzen. Sie prüfte, welchen Eindruck diese Worte auf mich machten, und erzählte erst dann, daß ungefähr zehn Jahre, nachdem Rabbi Jisrael nach Safed gekommen war, bei den Juden in Galiläa das Gerücht umging, die Angehörigen des verlorenen Stammes Dan hätten im Süden der Arabischen Halbinsel jenseits der furchterregenden

Grenze des »Todeshofes« Hadramaut einen eigenen unabhängigen jüdischen Staat. Rabbi Jisrael, der wie sein Lehrer, der *Gaon* von Wilna, glaubte, vor der Ankunft des Messias müsse es ein »Erwachen von unten« geben, welches sich darin ausdrücke, daß das Land Israel bebaut und sich die Juden von allen Enden der Welt hier versammeln würden, war außer sich angesichts der Möglichkeit, endlich vielleicht einen der verlorenen zehn Stämme zu finden, und übersetzte diese Gefühle, wie es seine Art war, sogleich in Taten. Er organisierte die Aussendung eines besonderen Boten und wählte für diese Aufgabe seinen Schüler Reb Baruch ben Schmuel aus Pinsk, einen mutigen und erfolgreichen Arzt. Reb Baruch reiste also von Safed nach Damaskus, von Damaskus nach Aleppo, von Aleppo nach Kurdistan, von Kurdistan nach Bagdad, von Bagdad nach Aden und von Aden nach San'a. Aus der Hauptstadt des Jemen versuchte er, in die Wüste Chajdan zu ziehen und dort den verlorenen Stamm zu suchen, doch gab er diesen Plan alsbald auf und ging zurück nach San'a, wurde dort der Arzt des Imam Al-Mahdi, und wie es sich für den Leibarzt eines Alleinherrschers ziemt, nahm er sich nicht nur dessen Krankheiten, sondern auch der Regierungsangelegenheiten an und wurde schließlich von seinem Herrn zum Tode verurteilt. So platzte der Traum, die zehn verlorenen Stämme zu finden und die Erlösung zu beschleunigen. Hier unterbrach ich Großmutters Redefluß und fragte mit einem leichten Anflug von Ironie, ob die Einwanderer aus Chabban mit ihren ausdrucksstarken, ovalen Gesichtern, dem furchtlosen Blick und den prächtigen Zöpfen, welche die Männer trugen und die einen an das Haar Samsons erinnerten, der ja auch vom Stamme Dan war, ob sie vielleicht jene verlorenen Juden seien, die Rabbi Jisraels Bote damals gesucht habe. Großmutter sagte: »Du stellst Fragen, von denen ich nichts verstehe. Aber die zehn Stämme, das sind diejenigen, die man immer suchen und niemals finden wird«, und sah ein, daß sie mir lieber nur von Dingen erzählen sollte, mit denen sie sich auskannte.

Schließlich habe Rabbi Jisrael sein Buch geschrieben, fuhr sie fort. Er habe es *Pe'at haSchulchan [Ecke des Tisches]* genannt, was zweierlei bedeute: einmal, daß es eine Ergänzung des *Schulchan Aruch [Gedeckter Tisch]* von Rabbi Josef Karo sein wolle, zum andern klinge in ihm aber auch das Gebot an, die »Ecken« des Ackers nicht abzuernten, sondern für die Armen stehen zu lassen – ein Gebot, das nur im Lande Israel gelte, und um eben solche Gebote gehe es ja in seinem Buch. Rabbi Jisrael hatte geplant, nach Rußland zu fahren und den Druck des Buches selbst zu überwachen, doch inzwischen war Rabbi Jisrael Bak, der Urgroßvater des naiven *Misrach*-Malers Jizchok Bak aus Jerusalem, nach Safed gekommen, hatte in einem kleinen Zimmer die aus Berdiczew mitgebrachte Holzpresse aufgestellt und nach zweihundertfünfzig Jahren in Erez Israel die erste hebräische Druckerei wiedereröffnet. Ihm übergab Rabbi Jisrael freudig die Handschrift seines Buches. Mitten im Druck jedoch brach in Galiläa ein Aufstand aus – die Fellachen lehnten sich gegen Ibrahim Pecha auf, den ägyptischen Herrscher, der das Land zwei Jahre zuvor erobert hatte. *Da kamen Ungläubige über deinen Besitz*, schrieben die Chronisten jener Tage: Sie ermordeten Männer und Kinder, vergewaltigten Frauen auf den Vorhängen, die sie von den Toraschreinen rissen, und aus den Pergamentbögen der Torarollen schnitten sie Riemen für ihre Pferde und machten sich Schuhe. Rabbi Jisrael floh auf den Friedhof und versteckte sich in einer Höhle, doch die Gewalttäter spürten ihn auf und blendeten ihn. Sie brachen auch in die Druckerei ein, machten sich über Bak her, verbrannten die Bücher, die gerade gedruckt wurden, zerstörten die Arbeitsgeräte und gossen aus den Bleibuchstaben Gewehrkugeln. »Nur das Manuskript des Buches unseres Urgroßvaters wurde durch ein Wunder gerettet«, erzählte Großmutter, und ein Jahr später, nachdem die Druckerei wiederaufgebaut war und Bak neue Buchstaben gegossen hatte, feinere und schönere als die ersten, vollendete er den Druck und brachte endlich *Pe'at haSchulchan* heraus.

»Kann ich das Buch einmal sehen?« bat ich Großmutter, und sie stand widerwillig auf und zog aus den Tiefen des Wandschranks einen alten, von Motten zerfressenen ledergebundenen Band, der in einen Kopfkissenbezug gewickelt war. »Jedesmal, wenn einer der Nachfahren des Verfassers schwer krank war oder wenn eine seiner Enkelinnen eine schwere Geburt hatte, riß man eine Seite aus dem heiligen Buch und machte ein Amulett daraus, das man um den Hals des Kranken oder über das Bett der Wöchnerin hängte, und nach all den Plagen, die uns in den letzten hundertundzwanzig Jahren heimgesucht haben, ist alles, was noch übrig ist, ein leerer Einband.« Großmutter legte den heiligen Gegenstand zur sicheren Aufbewahrung wieder weg und sagte, wir müßten uns danach gut die Hände waschen, und das habe nichts mit der Heiligkeit des Buches zu tun. Erst dieses Jahr ist es mir nach jahrelanger Suche gelungen, in einem Jerusalemer Antiquariat ein seltenes Exemplar dieses Buches zu erwerben, zu einem Preis, für den man das ganze Buch hätte neu drucken lassen können.

Ein Jahr nach Erscheinen des Buches gab es in Galiläa ein furchtbares Erdbeben. »Wie ein Feigenbaum im Herbst die Blätter abwirft, so schüttelte Safed seine Häuser ab.« Mit diesen Worten beschrieb Großmutter das Erdbeben von 1837, und ihre Beschreibung hatte verblüffende Ähnlichkeit mit der Beschreibung des Unglücks durch den niederländischen Reisenden Van de Velde. Safed lag nahe am Zentrum des Bebens und wurde völlig zerstört; die Häuser, die in Terrassen übereinander in den Hang gebaut waren, fielen zusammen und begruben die Nächsttieferen unter sich. Wer nicht erschlagen wurde, verhungerte danach. »Ein Mann, der versuchte, seine Familie aus den Trümmern zu bergen«, erzählte Großmutter, »fand sie alle tot. Seine Frau lag mit zertrümmertem Schädel unter dem eingestürzten Dachbalken, eines der Kinder unter ihrem einen Arm, und das Baby auf ihrem anderen Arm hatte die Mutterbrust noch im Mund.«

An jenem furchtbaren Tag, an dem die Tiefen der Welt dröhnten und die Erde mit aufgerissenem Maul wie betrunken taumelte, war Rabbi Jisrael im Auftrag seiner Gemeinde in Jerusalem unterwegs, und seine Tochter Schejndl war mit ihrem Mann und den großen Kindern nach Tiberias gefahren, um sich von der Kälte in Safed etwas zu erholen.

»Wenn du groß bist, wirst du auch einmal nach Tiberias fahren, und dann schaust du alles für mich mit an«, versprach Großmutter, die damit nicht nur das bedrückende Gefühl, das die Unglücke der Vergangenheit in dem engen Zimmer hinterließen, vertreiben, sondern auch die Dramatik der Geschichte etwas mildern wollte, und sie erzählte, stille Geister, Sklaven des König Salomo, seien am Grunde des See Genezareth angekettet und erwärmten seine Quellen, und an seinem Ufer gebe es keinen Sand, sondern vielmehr runde Steine, so glatt wie Straußeneier, und die Häuser seien aus schwarzem Stein gebaut – Basalt aus den Tagen Lots. Und während sie noch redete, kruschtelte sie in einer ihrer mit Photographien von Kindern und Kindeskindern vollgepackten großen Handtaschen – Abschiedsbilder am Flughafen von Tel Aviv, Bilder von Beschneidungsfeiern und Hochzeiten, von Babys und ihren ersten Milchzähnen – und holte das Negativ des Jerusalemer Hauses heraus, vor dem sich ihre Kinder hatten photographieren lassen, bevor sie in die Fremde zogen. Wenn ich mir dieses Stückchen Zelluloid im Licht anschaue, sagte sie, könne ich darauf etwas von der Atmosphäre von Tiberias spüren, so wie wir beim Schlafen ein bißchen vom Tod kosten.

In Safed sei damals nur das Baby zurückgeblieben, dem die Mutter den mühsamen Weg nach Tiberias habe ersparen wollen, erzählte Großmutter weiter; sie hätte die Kleine ja ohnehin nicht in die warmen Quellen mit hineingenommen. Alle seien sicher gewesen, daß das Mädchen beim Erdbeben zusammen mit den Tausenden Juden von Safed umgekommen sei, »doch meine Großmutter, *bobbe* Channa, ist durch ein Wunder gerettet worden, und der in den Höhen thront, und sich Bienen oder Spinnen bedient, um sein Werk zu verrichten, benutzte als Boten diesmal das *kessele*«, erzählte Großmutter und zog unter dem Bett einen tiefen kupfernen Waschbottich hervor, dessen ganzen verbeulten Boden ein langer Riß durchzog. Dieser Bottich sei wie eine Haube auf das Baby gefallen, und durch den Spalt im Boden, den ein Stein gerissen hatte, habe es Luft bekommen. *Denn er deckt mich zur bösen Zeit, birgt mich im Schutz seines Zeltes,* rezitierte Großmutter und hob dankbar die Hände zu dem, der in den Höhen thront. Nach zwei Tagen – »zweimal vierundzwanzig Stunden« in ihrer Sprache –, als die Bergungstruppe Großvaters Haus erreichte, habe man das Nachbarmädchen tot unter Balken und Felsbrocken gefunden, und in dem umgekippten Waschbottich schwach wimmernd, aber gesund und unversehrt, die *bobbe* Channa in einer blaugrünen Stoffwindel, die sie gegen die beißende Kälte geschützt hatte. Und aus diesem indigofarbenen Wolltuch, das einst von den feinen, frommen Händen einer unbekannten Frau in Safed gewebt worden war, habe Schejndl einen Torawimpel genäht und ihn der Menachem Zion Synagoge vermacht, die ihr Mann später im Hof der alten Churva Synagoge in Jerusalem errichtete. »Doch im Unabhängigkeitskrieg, als Legionäre die Synagogen der Altstadt in Brand legten, verbrannte auch dieses Wickelband und stieg als Sündopfer zum Himmel auf«, erzählte Großmutter.

»Diesem Bottich verdanken wir alle unsere Existenz«, sagte Mutter einmal und stieß mit dem Fuß gegen ihn, als sie, wie immer vor *Pessach,* Großmutter beim Hausputz half. »So wie die gesamte russische Literatur aus den Falten von Gogols Mantel kam, so ist unsere ganze Familie aus diesem Riß gekrochen.« Doch Großmutter machte ein strenges Gesicht und sagte, solche Späße seien die schlauen Ränke des Bösen Triebes; unser Leben verdanken wir allein dem, *der uns eine reine Seele eingehaucht hat und sie in uns erhält.* Mit sichtbarer Mühe hob sie den Bottich hoch, stieß Mutter, die ihr helfen wollte, zornig beiseite, stellte ihn auf ihr Bett, wischte ihn mit einem feuchten Lappen ab und erzählte, sie habe ihn von ihrer Mutter geerbt, weil sie den Namen der *bobbe* trage, der das Wunder widerfahren sei. Und sie fügte hinzu, der Bottich solle später an die erste Enkelin oder Urenkelin weitergegeben werden, die ihren Namen trage. Heute lebt im Nordosten von New York zwar Channa, die einzige nach Großmutter benannte Urenkelin, doch der Bottich gelangte nie in ihren Besitz, denn einer der Erben, der dem Bottich gegenüber gleichgültig war oder seine Geschichte vielleicht gar nicht kannte, hatte ihn weggeworfen, als die Wohnung nach Großmutters Tod aufgelöst wurde.

Nach dieser Kette von Unglücksfällen – Mutter nannte sie »die schwarzen Perlen der Familie, welche Großmutter zu Fest- und Feiertagen anlegt« –, kamen Rabbi Jisrael aus Schklov und sein Schwiegersohn Reb Jeschajahu Bardaki zu dem Schluß, daß der Himmel sie wohl strafe, weil sie sich – als sie in Erez Israel ankamen – statt nach Jerusalem zu ziehen für Safed entschieden hatten, und sie verließen mit der ganzen kleinen Schar ihrer Frommen Galiläa und zogen nach Jerusalem, um sich nahe der Heiligen Stätte niederzulassen.

»In Jerusalem wurde Channa mit Rabbi Netan'el Lurje verheiratet, und ihre Tochter Gittl-Lea mit Rabbi Elieser Dovid Hakohen, und deren Tochter bin ich, deine Großmutter«, sagte sie, sammelte die männlichen und die weiblichen Hälften der Erdnüßchen auf und reichte sie mir mit den Worten: »Und jetzt sprich den Segen und iß die Nüßchen. Mögen sie dir Kraft geben, eines Tages unseren ganzen Stammbaum zu zeichnen.«

6

Schöner und spannender als jedes *Cinema* waren für Großmutter ihre Familienphotos. Dem forschenden, neugierigen Blick anderer konnten sie als Sehschlitz dienen, der den Blick in das Labyrinth von Großmutters Seele öffnete, aus dem auch sie selbst nicht immer den Weg fand.

Die Photographien ihrer Nachkommen lehnten an leeren Marmeladegläsern auf der Kommode, dicht neben der japanischen Vase, auf die eine dicht in ihren Kimono gehüllte, sitzende Geisha mit weißem Gesicht und verschlossenem Blick gezeichnet war. In der Vase war stets ein wohlriechender Zweig vom Rautenbusch, um Großmutters Nachkommen vor dem bösen Blick zu schützen; sie erneuerte ihn jeden Freitag vor Beginn des Schabbat. Rechts von der Geisha lehnte immer das Photo ihres Lieblingssohnes Jizchak – dem späten Nachkömmling –, aufgenommen, als er flügge wurde und nach Amerika ging, und links davon ein etwa zehn Jahre später entstandenes Bild von ihm in Philadelphia, als er schon mitten im Leben stand, samt seiner Frau Cunni und der Tochter Alisa. Die anderen Bilder wurden jeden Tag etwas verrückt und gaben Aufschluß, wer Großmutter gerade näher stand und wer ferner, wer ihr geschrieben und wer dies versäumt hatte, wer sie mit überflüssigem Gerede betrübt oder aber ihr mit einem Pullover oder einem wollenen Tuch eine Freude gemacht hatte.

An den Wänden hingen die Bilder der Toten, und auch sie waren mit Bedacht angeordnet.

Gegen ihre Schwiegermutter hatte Großmutter schon immer etwas gehabt und diese Feindschaft dadurch ausgedrückt, wie sie deren Porträt an der Wand über der Kommode neben dem ihres Schwiegervaters plazierte. Sie hatte ein Bild der Schwiegermutter aus deren letzten Jahren gewählt, auf dem sie schon alt aussah, zahnlos und mit eingefallenen Wangen. Dagegen stammte das Photo ihres Schwiegervaters, Rabbi Mosche Jules, der sich, wie gesagt, als Autodidakt Medizin beigebracht hatte, aus seiner Jugend, als er noch an einer der ungarischen Talmudschulen lernte: ein junger Student an der *Jeschiwa* mit schwarzem Haar und glatter Haut. »Wer sind denn die beiden?« fragte jeder, der in ihre Wohnung kam, beim Anblick des merkwürdigen Paares. »Die Eltern meines Gatten, mögen sie in Frieden ruhen«, pflegte Großmutter zu antworten und ihr Lächeln dabei zu verstecken. »Das ist ja unglaublich«, staunten die Besucher dann, »er so jung und so schön, ein richtig hübscher junger Mann, und sie so alt und häßlich. Sie wird ein Drachen gewesen sein und ihn wahnsinnig gemacht haben.« Und darauf antwortete Großmutter scheinheilig: »Wer kann die Gedanken des Menschen begreifen? Ist es nicht der Heilige, gepriesen sei Sein Name, der in Seinen heiligen Wohnungen sitzt und die Paare zusammenführt?«

»Warum ist Großmutter der *bobbe* Rivka denn noch immer so böse?« fragte ich meine Mutter an einem jener Schabbatnachmittage, als wir von den *Ungarsch Häusern* durch die wegen der trockenen Hitze menschenleeren Straßen zurückkehrten. Und da ich ein altkluges Kind war und mich in den Angelegenheiten der Erwachsenen schon auskannte, fügte ich hinzu: »Liegt es daran, daß Frauen ihre Schwiegermütter immer hassen?« Mutter unterdrückte ein Lachen, prüfte, ob Vater uns nicht hören konnte, der vor einem Schaufenster des Silberschmieds ›Ehrenthal & Co‹ stehengeblieben war und begehrlich die als kleine Kirchtürme gearbeiteten *Bessomim*-Büchsen betrachtete, und flüsterte: »Weil *bobbe* Rivka, genau wie ihr Vater, die Schläue des Fuchses, die Raublust der Katze, die Frechheit der Hunde und die Bosheit hinterlistiger Bären besaß.« Mutter schwieg einen

Moment, wollte sehen, wie diese Anklage im Stil des Dichters Alcharisi auf mich wirkte, und meinte dann, wenn ich wirklich etwas über Reb Dovid Jules und seine Tochter Rivka wissen wolle, solle ich die Geschichte hören, wie die beiden Reb Mosche als jungen Mann mit List und Tücke in ihre Familie entführten. Ende der sechziger Jahre des neunzehnten Jahrhunderts waren drei junge ungarische Juden aus der Stadt Weizen in Jerusalem aufgetaucht. Sie erzählten den Gemeindevorstehern, sie seien aus dem emanzipationsverseuchten Europa geflohen, zehn Tagesreisen zu Fuß nach Triest gezogen, hätten sich dort im Hafen eingeschifft, in Jaffa das Segelschiff wieder verlassen und seien ungesehen ohne Pässe oder Visa an Land gegangen. Reb Dovid Jules, der Schwiegersohn des *Gaon* von Kojbersdorf, ein leicht erzürnbarer Fanatiker, der sich mit dem Heiligen Krieg gegen den französischen Archäologen de Saulcy, welcher seinerzeit die Königsgräber in Jerusalem ausgrub, einen Namen gemacht hatte, lud die mutigen jungen Männer in sein Haus und nahm ihren Anführer, Mosche Walles, schon bald unter seine Fittiche. »Aber das tat er nicht selbstlos, nicht etwa aus Mitleid mit dem einsamen jungen Mann«, erklärte Mutter, »sondern weil er ihn als standesgemäßen Bräutigam für seine erwachsene Tochter wollte, für die *alte moid*, die gelangweilt zu Hause saß. Damit der zarte Jüngling, noch müde von der Reise, keine Zeit hatte, es sich anders zu überlegen, hielt man die Hochzeit noch in derselben Woche. Der Vater hatte die häßliche, schwarzgallige Jungfer dazu gebracht, sich einige Tage anders als sonst zu benehmen und mit ihren schmalen Lippen einmal zu lächeln. Und damit die Türken seinen Schwiegersohn nicht des Landes verweisen konnten, gab er ihm seinen Familiennamen Jules.« Erst die Söhne von Rabbi Mosche, unter ihnen auch Großmutters Vater, nahmen, als sie heirateten, ihren ursprünglichen Familiennamen wieder an, erklärte Mutter und meinte, es wundere sie, daß ich nie gefragt habe, warum in unserer Familie Vater und Sohn verschiedene Familiennamen führen.

Über den Bildern der Schwiegereltern gab es viele Jahre lang einen viereckigen hellen Fleck an der Wand. Hier hatte das Porträt des Gaon von Kojbersdorf, Rabbi Avrum Schag, des Vaters von Großvaters Familie, gehangen, das sogar die geschwungene Unterschrift des großen Rabbiners trug. Als Großvater, der nach dem *Gaon* benannt war, starb, kam nach der *Schiw'a* einer seiner Brüder und nahm das Bild mit Gewalt an sich. Großmutter war untröstlich und ließ den weißen Fleck an der Wand, so wie man in vielen jüdischen Häusern einen Flecken an der Wand sehen kann, der nicht verputzt und überstrichen wird, um an die Zerstörung des Tempels zu erinnern. Jedesmal, wenn sie sich an den gemeinen Diebstahl ihres Schwagers und an die besondere Schönheit des verlorenen Bildes erinnerte, erzählte sie die Wundertaten dieses gottbegnadeten großen Mannes, dessen Gesicht wie eine Fackel geleuchtet und der nur weise, schöne Worte gesprochen habe.

Besonders gerne erzählte Großmutter eine Geschichte, die sie von ihrem Verwandten Rabbi Dovid Halevi Jungreis, Richter am rabbinischen Gericht, gehört hatte: Der Mutter des Gaon von Kojbersdorf war ein Bote Gottes erschienen und hatte ihr die bevorstehende Geburt eines Sohnes verkündet. Eines Abends war im Hause des Gemeindevorsitzenden in der ungarischen Stadt Freistadt, Rabbi Jehuda Leib Schag, ein geheimnisvoller Gast erschienen. Der Fremde zog sich mit dem Gastgeber zurück, und als es auf Mitternacht ging und die beiden noch nicht wieder aus dem Zimmer herausgekommen waren, schaute Jehuda Leibs Frau durch das Schlüsselloch und sah ein erschreckendes Bild: Der Gast stand wie ein Engel in Flammen und war mit ihrem Mann in eine religionsgesetzliche Diskussion vertieft. Verängstigt, aber auch neugierig wartete die Frau vor der verschlossenen Tür, schaute hin und wieder durch das Schlüsselloch, und als der Fremde in der Morgendämmerung aus dem Zimmer kam, fand er die Frau auf der Schwelle lauern. Sie entschuldigte sich und sagte, sie habe seine Auslegungen der Tora hören, aber nicht stören wollen und sei deshalb nicht eingetreten. »Womit soll ich euch segnen?« fragte der Mann, um sie zu beruhigen. »Segnet mich, daß ich einen Sohn bekomme, so heilig, wie Ihr es seid.« – »Eure Bitte soll euch erfüllt werden. In einem Jahr um diese Zeit sollt Ihr einen Sohn gebären, und sein Gesicht wird scheinen wie das des Engels des Herrn Zebaoth.« Nachdem der Gast gegangen war und die Frau ihrem Mann erzählte, was er ihr verkündet hatte, schwang sich Rabbi Leib schnell auf sein Pferd und jagte dem Gast nach, und als er schon außerhalb der Stadt war, sah er ihn auf dem Gipfel eines hohen Berges stehen, und ein Lichtschein umgab wie ein Kranz seinen Kopf. »Wie soll der Junge, der geboren wird, heißen?« fragte Rabbi Leib, und der Fremde antwortete: »Nach mir sollt Ihr ihn nennen.« »Aber Ihr habt mir Euren Namen nicht gesagt«, rief der Rabbi besorgt. »Nenn ihn Abraham, so wie den ersten Juden«, schallte ein Donner über die bewaldeten Berge.

Als ich Mutter diese Geschichte erzählte, lachte sie und meinte: »Eine christliche Legende, die von den Müßiggängern im *Bejt Midrasch* in Preßburg jüdisch eingefärbt wurde.« Solche Motive, erklärte sie mir, »wandern schneller als Münzen von einem Ort zum andern.« Die helle, durchsichtige Haut der Nachkommen des Rabbi Avrum Schag, die leicht erröten und dann wie in Flammen stehen, stimme allerdings nachdenklich. »Es genügt, daß dein Vater mich aufregt oder daß ich eine viertel Stunde an der Sonne bin, und schon sehe ich aus wie einer der heiligen Engel. Vielleicht ist doch etwas dran an der Geschichte.«

Etwa ein Jahr vor Großmutters Tod bemerkte ich eines Tages, daß Großvaters Photo, das normalerweise unterhalb der Bilder seiner Eltern und Vorfahren an der Wand hing, auf die Kommode exiliert worden war. Über die Schultern seiner lächelnden Söhne und Töchter hinweg sah mich mein Großvater von einem postkartengroßen Bild an, das man aus einem ein oder zwei Jahre vor Beginn seiner Lähmung aufgenommenen Familienphoto herausvergrößert hatte. Reb Avram Halevi Walles – nun zurückgesetzt und beschämt.

An einem Schabbat, als ich zu spät aufgestanden und nicht mit Vater in die Synagoge gegangen war, nahm ich meinen ganzen Mut zusammen und erzählte Mutter von dieser Entdeckung. Sie schwieg, was sonst gar nicht ihre Art war, und zwar so lange, daß man ihr den Zweifel ansah, ob sie das, was sie wußte, erzählen oder mich lieber mit einer nichtssagenden Antwort abspeisen sollte. »Schön, daß dir das aufgefallen ist«, antwortete sie schließlich, vielleicht weil der Vater nicht zu Hause war, »es ist wirklich an der Zeit, daß du dich für die Menschen und ihre verworrenen Beziehungen interessierst.« Und dann setzte sie sich auf meine Bettkante, nahm mich aus einem Gefühl großer Nähe heraus in den Arm und sagte, als der Geruch ihres Körpers vermischt mit dem Duft des Morgenkaffees und ihrer Handcreme mich einhüllte, sie mache sich schon lange Sorgen, daß ich jemand werden könnte, der sich vom Zauber der Legenden einwickeln läßt und nicht den Drang und die Neugier verspürt, die verborgenen Mechanismen der menschlichen Seele aufzudecken.

Aus der Schabbatruhe draußen drang ein süßer Gesang zu uns herein, dessen monotone Traurigkeit ab und zu von einem Freudenstrudel unterbrochen wurde, der aber sofort wieder verebbte. Ich wand mich aus Mutters Umarmung und trat ans Fenster. Sehnsucht und Verlangen, Sanftheit und Entschlossenheit pulsierten in der kleinen vorbeiziehenden chassidischen Gemeinde, deren Mitglieder in ihren goldgestreiften Kaftanen und den braunen Wollmänteln aus Kamelhaar alle wie Fürsten der Wüste aussahen. Sie gingen mitten auf der Straße und begleiteten einen jungen Mann mit kastanienbraunem dünnem Bart und silbrigem Seidenschal zur Synagoge. Mit seinem scheuen Blick, den gesenkten, schweren Augenlidern und der Röte, die auf seinen Wangen erblühte, glich er eher dem Heiland auf italienischen Renaissance-Gemälden als einem Bräutigam, dem man diese Woche ein Mädchen zur Braut geben wird und der jetzt in die Synagoge geht, um zum Toralesen aufgerufen zu werden. Ich summte die Weise der Chassiden mit und sagte, Vater meine, dies sei der Gesang der Engel, die unseren Stammvater Jakob begleiteten, als er das Land Kanaan verließ, um sich in Haran eine Frau zu suchen. Doch Mutter mißbilligte Vaters Worte und sagte: »Das ist doch eine Melodie der *Gojim* in den Karpaten. Die kleinen Hirtenmädchen haben sie gesungen, wenn sie gegen Abend die Gänse von der Wiese zusammentrieben.«

Mutter stand hinter mir und schaute ebenfalls dem sich entfernenden Zug der Chassiden nach, und als das Singen verklungen war, sagte sie, genau wie dieser Jüngling sei Großvater gewesen, er habe den Geschmack der Muttermilch noch auf den Lippen gehabt, als man ihn und Großmutter irgendwann Ende des neunzehnten Jahrhunderts unter den Traubaldachin führte: ein schmächtiger ungarischer Jüngling, verängstigt und wenig ambitioniert. Bis dahin habe er unter der Fuchtel seiner ungebildeten Mutter gestanden, die sich durch die Sturheit der Bauersfrauen in den hintersten Dörfern von Siebenbürgen auszeichnete, und unter der Herrschaft der fanatischen Tradition seiner väterlichen Vorfahren, allesamt Schüler des Chatam Sofer, der für seinen Ausspruch »Das Neue ist von der Tora verboten« bekannt ist.

»Damit du dir vorstellen kannst, wer diese Ungarn sind, erzähle ich dir eine Geschichte«, sagte sie. »Einmal, zu Zeiten des Chatam Sofer, spendete ein reicher Mann in der Preßburger Gemeinde der *Jeschiwa* eine Uhr und ließ sie im großen Saal über der Tür gegenüber dem Toraschrein anbringen. Es waren kaum ein paar Minuten vergangen, da kam eine Gruppe von Talmudstudenten mit Stöcken und Hämmern bewaffnet in den Saal und schlug vor den begeisterten Augen der anderen Schüler die Uhr in Stücke. Verstehst du, was das bedeutet?« fragte Mutter, wartete meine Antwort aber nicht ab, sondern fuhr fort: »Sie kämpften gegen die neue Zeit. Sie wollten, daß die Zeit stehenblieb. Deshalb waren sie auch aus Mitteleuropa geflohen, wo Mitte des neunzehnten Jahrhunderts das Licht der jüdischen Aufklärung erstrahlte. Und dann wollten sie hier, mitten im Orient, geschützt von einer unfähigen türkischen Regierung und im Dämmer beduinischer Gelassenheit ihr tausendjähriges Ghetto weiter bewahren. Deshalb soll Großmutter nicht immer mit ihren Geschichten ankommen, von wegen, du müßtest stolz auf deine Vorfahren sein, die lange vor den *Bilu*-Leuten nach Erez Israel kamen und die wahren Zionisten seien.«

Großmutter war eine stolze und schöne Frau. »Ihre Schönheit habe ich nie gemocht. Als sie jung war, hatte sie einen ausladenden, rosa Körper und ein sattes, schönes Mondgesicht«, sagte Mutter. »Wie alle Frauen in unserer Familie, aber das war bei den Juden um die Jahrhundertwende das Schönheitsideal. Und als ob das nicht schon ausreichte, hatte sie es auch sehr mit ihrer Herkunft und war furchtbar stolz auf ihren Stammbaum, der bis zu König David und Ruth der Moabiterin zurückreicht. – Und jetzt stell dir dieses junge Mädchen vor, dessen Vater mit ausländischen Konsuln und orientalischen Regenten so verkehrte, wie ich mit den Milchmännern von der Genossenschaft, der gutes Deutsch sprach, das er an der Orientalischen Akademie in Wien gelernt hatte, und mit Familie Rothschild und Sir Montefiore korrespondierte, dieses junge Mädchen, das aussah wie eine Frau von Rubens' Bildern, wurde, nicht etwa, weil sie es wollte oder aus Liebe, sondern aus kühler Berechnung ihres Vaters, der seine eigene Abstammung mit einer Familie der steil aufstrebenden ungarischen Elite verbinden wollte, ohne viel Aufhebens in die Arme dieses scheuen provinziellen Jünglings geworfen, und bevor sie überhaupt versteht, was passiert, schwillt ihr Bauch und bringt alle zwei Jahre ein Kind hervor.«

Mutter goß sich noch eine Tasse Kaffee ein und führte kalt und grausam ihren scharfen Meißel weiter: »Großmutter hat Großvater im Grunde nie geliebt. Das kluge Mädchen, das in einem Haus aufgewachsen war, in dem es an nichts fehlte, konnte diesen Ehemann nicht achten, der mühsam mit seiner Hände Arbeit die Familie ernährte, erst als Laufbursche vom Metzger der aschkenasischen Metzgerei in der Altstadt, dann als Schächter im Schlachthaus von El-Asarija an der Wegkreuzung auf der Straße nach Jericho. Und als er von den Vierbeinern genug hatte, versuchte er es mit den Zweibeinern und eröffnete auf dem Markt von Mea Sche'arim einen kleinen Lebensmittelladen. In Ruhe gelassen wurde er nur bei den Totengräbern.« Großvater meldete sich freiwillig zum ersten Mann der Beerdigungsbrüderschaft und war für die nächtlichen Beerdigungen verantwortlich. »Wenn er um zwei Uhr nachts vom Ölberg zurückkam und der modrige Geruch von Kreideerde und Tod noch in seinen Kleidern hing, konnten wir Großmutters Schimpfen hören, wie sie ihn abwies, wenn er sich zu ihr ins Bett drängte.« Mutter blickte mir direkt in die Augen und sagte: »So ist das, wenn alle, Eltern und große Kinder, zusammen in einem Zimmer schlafen.«

Mutter wischte ihre beschlagene Brille ab und sagte, wobei ihr Gesicht bebte wie das des *Gaon* von Kojbersdorf: »Auch uns, ihre Kinder hat Großmutter im Grunde nicht geliebt. Sie hat uns geworfen, wie eine Katze, sich mit dem Instinkt eines Muttertiers um die Babys gekümmert und sie, sobald sie etwas größer waren, von sich gestoßen. Nie hat sie mit mir geredet, nie versucht zu erfahren, was mich bedrückt. Sie hat nie gesprochen, immer nur Befehle empfangen, von ihrem Vater und ihrem Mann, und Befehle weitergegeben, an uns Kinder. Sie ließ sich gehorsam regieren und führte selbst ein erbarmungsloses Regiment.«

Erst als Erwachsene, nachdem Mutter selbst ihre zwei Töchter verloren hatte, ahnte sie, daß Großmutters Unfähigkeit, eine Beziehung zu ihren Kindern aufzubauen, wohl einem Gefühl des Selbstschutzes entsprang, um den fast zu erwartenden Tod der Kleinkinder nicht an sich herankommen zu lassen. »Einmal, zwischen Tante Chaja und Onkel Jizchak, haben wir noch ein Geschwisterchen bekommen, ein Mädchen, und es ist mit zwei Jahren an einer Lungenentzündung gestorben. Weißt du, damals gab es noch kein Penicillin. Großvater hat den kleinen blauen Körper schnell in der Nacht begraben. Sie haben schweigend *Schiw'a* gesessen und noch nicht einmal einen Grabstein auf das Grab gestellt. Nach dreißig Tagen nähte Großmutter den Riß an ihrem Morgenmantel wieder zusammen, so, als hätte es das kleine Mädchen nie gegeben. Im Grunde hatten sie damit ein hungriges Maul weniger zu füttern.«

Im Hof waren Vaters Schritte zu hören. Er kam aus der Synagoge zurück. »Niemand braucht zu wissen, worüber wir geredet haben«, sagte Mutter abschließend und lief ins Badezimmer, um sich das gerötete Gesicht zu waschen.

Die ganze Woche lastete dieses Gespräch auf mir, es ließ mir keine Ruhe. Mutters Offenherzigkeit war für mich eine Qual, und diese verbitterte Abrechnung rührte meiner Meinung nach daher, daß Großmutter – obwohl Mutter die einzige war, die sich die ganze Zeit um sie kümmerte und für sie sorgte – alles, was Mutter tat, für selbstverständlich hielt und kein Wort der Anerkennung oder des Dankes für nötig hielt; nie lobte sie Mutter, zählte statt dessen die edlen Seiten der Schwestern auf und vor allem die guten Eigenschaften ihres jüngsten Sohnes Jizchak. Diese Einstellung spiegelte sich auch in Mutters Platz auf der Kommode; ihr Bild stand nahe dem des Großvaters.

Die ganze Woche wartete ich auf den Schabbat, um mit Mutter reden und ihr beweisen zu können, wie sehr sie irrte. Nachdem Vater am Schabbat in die Synagoge gegangen war, weckte ich sie und sagte, ohne abzuwarten bis sie aufstand, was sie über Großmutter erzählt habe, passe nicht zu der warmen, herzlichen und klugen Frau, die ich kenne.

»Großmutter hat sich wirklich sehr verändert«, gab Mutter zu. »Als Großvater starb, nachdem er zwölf Jahre lang halbseitig gelähmt zu Hause gelegen hatte, empfand sie das als eine große Erleichterung, die sie schließlich in geistige Freiheit übersetzte, indem sie sich selbst Lesen und Schreiben beibrachte und sich in die Welt der Bücher stürzte.«

»Aber Großmutter spricht mit unverhohlener Liebe und großer Sehnsucht von Großvater«, unterbrach ich sie.

Mutter lächelte und sagte, Hinterbliebene neigten dazu, nicht nur die Möbel zu verrücken, sondern auch ihr Verhältnis zu dem Verstorbenen in anderem Licht darzustellen; oft machten sie ihn größer als er zu Lebzeiten tatsächlich war und schrieben ihm erhabene Charakterzüge zu, die er gar nicht hatte. In der ganzen Sicht auf die Vergangenheit vollziehe sich dann eine Art Revolution, sagte Mutter und fragte, warum denn meiner Meinung nach in Großmutters Haus nichts mehr von den Gebetbüchern, den Fünf Büchern Mose und den anderen religiösen Büchern zu finden sei. Ich antwortete, laut Großmutter seien, als sie vom

Schmerz noch ganz benommen war, Großvaters Brüder zu ihr gekommen und hätten alles gestohlen. Mutter lächelte traurig. »Nach Großvaters Tod haben Jizchak und Secharja die unbrauchbar gewordenen Bücher in eine *Geniza* gebracht, denn sie waren vom jahrelangen Speichel aus dem gelähmten Mund löchrig und verschimmelt, nachdem Großvater über ihnen gelernt und gebetet hatte, um die Worte des Psalmisten zu erfüllen: *Wär deine Lehre nicht meine stete Beschäftigung, so wär ich in meinem Elend schon untergegangen.* Da siehst du, daß es nicht weniger schwer ist, zu sagen, was die Zukunft bringt, als vorauszusagen, wie die Vergangenheit später einmal dargestellt werden wird.«

Kaum war dieses Hindernis aus dem Weg geräumt, sagte Mutter, erst jetzt, da Großmutter frei von der Angst vor ihrem Mann sei, der in ihren Augen immer ein Versager geblieben war, und nachdem die Zeit der dauernden Schwangerschaften und fordernden Babys, die ihre Milch saugten, vorüber war, erwache in ihr das uns so natürlich erscheinende Bedürfnis nach einer Beziehung zu einem Kind, und deshalb habe sie mich so gern in ihrer Nähe. »Jetzt kann sie dich lieben, ohne sich dabei ausgebeutet zu fühlen, und sie tut es auf ihre ganz eigene Art. Aber das ist eine verspätete Beziehung, keine echte. Alles in allem benimmt sie sich doch wie eine Prinzessin. Hat sie sich je um dich gekümmert? Hat sie an deinem Bett gesessen, wenn du krank warst? Erinnere dich, wie sie dich anfaßt, wenn sie es überhaupt einmal tut – entweder zerrt sie dich her oder sie schiebt dich weg, als ob sie etwas berührt, das in ihr Abscheu weckt. Hat sie dir jemals einen Kuß gegeben?«

»Sie sagt, Küsse übertragen Krankheiten«, versuchte ich, meine Großmutter zu verteidigen.

»Küsse so zu betrachten ist nun sicher keine gute Vorbereitung auf das Leben«, rief Mutter und ließ mich nicht ausreden. Die einzige Beziehung, die Großmutter zu mir eingehe, sei über ihre Geschichten, sagte sie. »Sie fragt dich nie, was dich bedrückt oder was du gerne hast. Und sie läßt auch niemand anderen an ihren Gefühlen teilhaben. Sie kann nur eines: Geschichten erzählen. Und Geschichten sind letztlich ein ziemlich erbärmlicher Ersatz für das Leben.«

Mutter schwieg, prüfte, ob ich noch einen Stoß gegen mein wackelndes Bild von Großmutter aushielt, und sagte dann, Großmutter verhalte sich mir gegenüber im Grunde wie zu einem Bräutigam. »Sie versucht, dich zu beeindrucken, vielleicht sogar, dich zu verführen, und das einzige Mittel dazu, das sie in ihrem Alter noch hat, sind ihre Geschichten. Sie benimmt sich wie eine fromme Braut, die sich bei ihren kurzen Begegnungen mit dem für sie bestimmten Verlobten ihrer familiären Abstammung rühmt – das ist schließlich das einzige Modell, das sie kennt.«

Mutter sah den Schrecken in meinen Augen, stand aus dem Bett auf und sagte, zum Schluß wolle sie mir noch zwei Dinge sagen: Nur wer mit nacktem Finger auf sich selbst zeigen könne, dürfe es auch bei anderen. Außerdem, und das sollte ich mir gut merken, seien unsere Eltern nicht nur Vater und Mutter, sondern auch einfach Menschen – Söhne, Brüder, Ehemänner und sogar Liebhaber, denen mal jemand die Tür vor der Nase zugeschlagen hat. Sie hätten wie alle Menschen viele verschiedene Seiten, und das gelte für Großmutter und natürlich auch für sie selbst.

»Und dennoch – wen liebt Großmutter wirklich?« Ich ließ nicht locker.

»Großmutter bewunderte ihren Vater, und sie ist noch immer in ihn verliebt«, schloß sie und sagte, gleichsam zu sich selbst, sie werde am nächsten Tag in die *Bnej Brith*-Bücherei gehen und in einem Psychologiebuch nachschlagen, wie man den Ödipus-Komplex mit vertauschten Geschlechtern nenne.

7

In den Stunden der Dämmerung, wenn Großmutters trauriges, von Fenstern umgebenes Zimmer sich mit wohlriechenden Dämpfen füllte, die wie *die Weihrauchwolke über dem Deckel der Bundeslade* lagen, wußte ich, daß ihr Vater bald erscheinen würde. Dann stand sie in der Kochecke im Gang über den Petroleumkocher gebeugt, brühte einen Tee aus Heilkräutern auf und sagte, wenn man alles gut zerreibe und sich bei ihrer Zubereitung darauf konzentriere, befähigten sie denjenigen, der den Tee trinke, *die schönen Gottesdienste des Herrn zu schauen, und seinen Tempel zu betrachten.*

Die kleinen weißgelben Kamillenblüten und Rosmarinzweige hatte Großmutter im Frühling in den Morgenstunden, wenn es gerade hell wurde und Tau noch die Erde bedeckte, auf den kleinen Hügeln zwischen den *Ungarsch Häusern* und dem Grenzposten am Mandelbaumtor gesammelt. Diese Hügel bestünden aus nichts anderem als der Asche der Opfertiere, welche die Leviten zur Zeit des Tempels am Fuße des Altars zusammengefegt und auf die wilden Felder außerhalb der Stadt gebracht hatten, behauptete sie. Mutter hatte diese Legende seit ihrer Kindheit unzählige Male gehört, konnte sich nicht beherrschen und erwiderte an dieser Stelle immer, wenn man eine Aschenprobe entnähme und sie im Labor der Universität untersuchen ließe, würde sicher herauskommen, daß es bloß der Abfall aus der Seifenfabrik in der Altstadt sei. Doch Großmutter gab nicht nach und erklärte, an Regentagen saugten die wilden Pflanzen dort die Reste der Heiligkeit aus der Opferasche und lagerten sie in ihren Blüten und Blättern ab, und wenn man auf die getrockneten Blüten Wasser gieße, erwachten sie zu neuem Leben, und der verborgene Duft der fernen Vergangenheit steige auf und breite sich aus, und alles werde von einer unermeßlichen Süße durchdrungen.

»Der Tempel war, mit Verlaub, ein riesiges Schlachthaus«, warf Mutter ein, die damals gerade auf dem Höhepunkt ihrer vegetarischen Phase war, »und der Geruch, der von dort aufstieg, war der abstoßende Gestank von den Exkrementen der geschlachteten Tiere, von Blut und vom Schweiß der Priester, die von morgens bis abends das gebratene Fleisch aßen.«

Kein Fremder soll dein Heiligtum betreten, zitierte Großmutter und versuchte, Mutter mit dem Argument zum Schweigen zu bringen, jemand, der vom Geschlecht des Priesters Aharon abstamme, solle nicht ungebührlich über den Tempel reden. *Das große heilige Haus, über welches Sein Name genannt ist*, sei voll himmlischer Wohlgerüche gewesen, die sich ein Sterblicher heute gar nicht vorstellen könne.

»Und du, woher hast du das? Warst du etwa dabei?« bohrte Mutter weiter.

»Natürlich war ich dort! Ich bin schließlich die Tochter eines *Kohen*!« rief Großmutter und hob ihren Blick in einer Mischung aus Gottesfurcht und Bitte um die Vergebung ihrer Sünden zu dem Bild an der Wand, gegenüber dem Platz, an dem sie immer saß, und murmelte wie zu sich selbst aus der *Jom Kippur*-Liturgie, *Oj, tatte, liber tatte, ›gleich dem Diadem, geschlungen um des Königs Stirn, war des Priesters Gestalt‹.*

Wenn ihr Vater, Rabbi Elieser Dovid Hakohen, der oberste Sekretär des Konsuls von Österreich-Ungarn, gegen Abend in sein Haus in der Rechov haSchalschelet zurückkam, pflegte er die kaiserliche Uniform abzulegen, und es war, als kämen darunter die sieben priesterlichen Gewänder zum Vorschein, aus Gold, blauem und rotem Purpur, aus Karmesin und gezwirntem Byssus. Hinter der verschlossenen Türe – seinen Leibwächter mit dem *Kawass*-Stab ließ er in dem engen, überdachten Durchgang stehen, durch den jeden Freitag Tausende von Moslems zum Tempelberg strömten – nahm er die weltliche Kleidung dessen ab, der auf kaiserlichem Papier wichtige Schreiben verfaßte und sie mit dem Stempel des Doppeladlers versehen in die ganze Welt verschickte, und offenbarte seine heilige Gestalt, die sich aus der Kraft eines tiefen, kompromißlosen Glaubens gebildet hatte, im Glanz der Ikone eines Priesters, der im Heiligtum Dienst tut. Er war Priester in einer Zeit, da Gott sein Antlitz verbarg, und sein Leben war der beinahe verzweifelte Versuch, die unerreichbare wunderbare Vergangenheit seiner Vorfahren von Dienern Gottes weiterzuführen, jener, *die in seinem Hause stehen, am Morgen seine Barmherzigkeit verkünden und seine Treue des Nachts.*

Das Priestertum sei aber eben kein »lebendiges Wasser« und nicht wie ein starker, frischer Bach in den Bergen, wandte Mutter ein, sondern »heiliges Wasser«, stehendes Wasser, das in den kupfernen Wannen im Zwielicht des Tempelvorhofs langsam verschimmle. Und nachdem sie Luft geholt hatte, fuhr sie fort: »Wenn deine Lehrer in der Schule des *Misrachi*, jene alten Jecken vom Rabbinerseminar in Breslau, welche religiöse Bildung und Praxis mit weltlichem Leben und Kultur vereinbaren wollten, wenn die nur den Mut aufbrächten, mit euch *Priester und Prophet* von Achad Ha'am zu lesen, dann würdest du den genauen Unterschied verstehen zwischen den Priestern, die das Bestehende nur bewahren und es dabei immer mehr einengen, und den Propheten, den wahren Propheten, die sich über Völker- und Landesgrenzen erheben und allen Menschen Recht und Gerechtigkeit predigen.«

Eines Abends, ich war am Tag zuvor von einem Jahresausflug mit der Schule nach Rechovot und Rischon leZion zurückgekehrt, erzählte ich Großmutter begeistert, wie wir in die kühlen, nach Alkohol duftenden Weinkeller von ›Carmel Misrachi‹ hinabgestiegen waren, doch, obwohl ich andeutete, ich wolle lieber den Kakao aus dem Paket aus Amerika, goß sie mir von ihrem

Kräutertee ein und sagte mit unverhohlenem Stolz, ihr Vater habe unter der Woche niemals Wein getrunken.

Von der Wand schaute ihr Vater uns an, stützte den gebeugten Kopf in, wie es schien, unendlichem Schmerz in die sehnige Hand. Viele Jahre später sollte ich in Amsterdam vor Rembrandts ›Jeremia, der über die Zerstörung Jerusalems trauert‹ stehen, und je länger ich den alten Propheten der Zerstörung betrachtete, wie er einsam im Eingang seiner öden Höhle sitzt, mit einigen noch aus dem Tempel geretteten goldenen Gefäßen neben sich – ein albtraumhaft goldenes Licht von den Flammen aus der geschändeten Heiligen Stadt fällt auf seine Stirn, sein Profil und auch auf seine Hand – um so mehr verband sich die Figur des Jeremia, Sohn des Hilkia aus dem Priestergeschlecht zu Anatot, mit dem Bild meines Großvaters Rabbi Elieser Dovid Hakohen.

»Großvater trank aus Trauer über die Zerstörung des Tempels keinen Wein«, sagte ich, glücklich, mein neu erworbenes Wissen anbringen zu können, und erzählte Großmutter, unsere Lehrerin, Frau Lea Bacharach, habe uns beim Verlassen des Weinkellers von den *Trauernden um Zion* erzählt, die weder Fleisch aßen noch Wein tranken, *denn wie können wir Fleisch essen, von dem man auf dem Altar Opfer bringen muß, nachdem es keinen Opferdienst mehr gibt, und wie können wir Wein trinken, von dem man über den Altar gießen muß, wenn es heute keinen Tempel mehr gibt?*

Großmutter lächelte und meinte, die Erziehung des *Misrachi* habe sich zwar deutlich verbessert, doch ihr Vater habe andere Gründe gehabt. Der dritte, zukünftige Tempel zu Jerusalem werde nämlich ganz plötzlich vom Himmel herunterfahren, und er werde kunstvoll eingerichtet sein, eine reine Pracht. »Morgens und abends hat Vater uns daran erinnert: Im Nu wird der Tempel erbaut sein, und wenn er dann am Ende aller Wunderzeiten plötzlich an seinem Platz steht, wird man in ganz Jerusalem nach Priestern suchen, die sofort eintreten und ihren Dienst beginnen können.« Sie schaute mich an, ob ich verstand, worauf sie hinauswollte, und fügte hinzu, ich wisse doch sicher, daß Betrunkene im Tempel nicht Dienst tun dürfen.

»Sein Leben lang hat er auf diesen Moment gewartet«, prahlte Großmutter. Ihr Vater habe die Gebote für das Darbringen der Opfer studiert, die Abfolge des Opferdienstes auswendig gelernt, und wenn er sein Studium kurz unterbrach, sei er ans Fenster getreten und habe sehnsüchtig auf die Moscheen im Hof von Al-Charm a-Scharif geblickt, im sicheren Wissen, daß in Wahrheit eben dort das Haus Gottes stehe und das Tor zum Himmel sei.

»Und wenn er den Docht in der Petroleumlampe auf dem Tisch zurechtmachte, war es, als stünde er wie bei den vierundzwanzig Abteilungen der diensthabenden Priester und versähe die Leuchter im Tempel.« Großmutters Stimme versagte fast, und scheinbar ohne jeden Zusammenhang fügte sie hinzu: »Bei uns zu Hause hat man auch nie auf dem Tisch gesessen, denn das Essen ist wie der Opferdienst, und jeder Tisch gleicht dem Altar.«

Großmutter nahm den letzten Schluck Tee, saugte die vollgesogenen Kamillenblüten aus und ließ die Vergangenheit in sich lebendig werden. »Hör doch, eine Stimme vom Himmel bestätigt meine Worte«, flüsterte sie und gab mir ein Zeichen, still zu bleiben. In der nächtlichen Stille erhob sich leise von einem der Nachbarhäuser das sehnsüchtige und hoffnungsvolle Gebet eines alten Mannes, der immer wieder vor sich hinsang, *Der Tempel wird wieder gebaut, die Stadt von Zion wieder bevölkert sein, dort singen wir dann ein neues Lied und ziehen mit Jauchzen hinauf.* Lange blickte sie in die beiden dunklen Fenster, in denen die Umrisse des Hauses immer klarer wurden, dann stellte sie die Flamme der Petroleumlampe kleiner und rezitierte verhalten die wunderbaren Worte aus der *Jom Kippur*-Liturgie über den Dienst des Priesters: *Gegenüber sieht er die heiligen Gefilde, da steht er und wartet. Gleich einer leuchtenden Kerze zwischen den Fenstern war des Priesters Gestalt.*

Als ich ihr eine Woche später meinen Aufsatz über den Ausflug zur Weinkellerei zum Lesen mitbrachte, sagte Großmutter, ihr Vater habe auf der Orientalischen Akademie in Wien auch Kalligraphie gelernt, und zur Prüfung habe der Lehrer von Franz

Joseph ein Blatt Papier auf ein Wasserbecken gelegt, und die Schüler mußten mit der Schreibfeder schnell und leicht darauf schreiben – schnell, bevor sich das Blatt vollsog, und leicht, damit die Feder nicht einsank. Dann begutachtete sie meine Handschrift und sagte mit einem Blick, der in die unsichtbare Zukunft gerichtet war: »Streng dich doch ein bißchen an, so schnell und leicht wie dein Großvater zu schreiben.« Doch ich habe leider nichts von beidem mitbekommen.

Da die Stunde günstig schien, fragte ich Großmutter, ob sie vielleicht ein Beispiel der Handschrift ihres Vaters habe. Dafür reichte ihr das Licht der gewöhnlichen Petroleumlampe nicht aus. Sie zündete auch die kupferne Schabbatlampe an, holte aus den Tiefen des Wandschranks ein Knäuel Flachswolle und zog vorsichtig und behutsam ein Straußenei daraus hervor, das mit winzigen, dicht gedrängten Toraschreiberbuchstaben beschrieben war. Ein besonderes Geschenk ihres Vaters, der für sie das Hohe Lied Salomos darauf geschrieben hatte, das Lied über die ewige Liebe zwischen dem Volk Israel und seinem Vater im Himmel. »Das ist das Hochzeitsgeschenk meines Vaters«, sagte sie, »und von all meinen Enkeln sollst du es einmal erben.«

Später, als Großmutter die *Ungarsch Häuser* verließ, um in unserer Nähe zu leben, zerbrach das Ei beim Umzug. *Das ist mein Verdienst für all meine Mühe*, weinte Großmutter und betastete das braune, faserige Knäuel. Nachdem sie sich beruhigt hatte, legte sie es zu ihren Totenkleidern, die in einer Schublade der Kommode für den Tag bereitlagen, an dem sie heimgeholt würde, und sagte tonlos, die Totenwäscherinnen würden, nachdem sie ihren Körper mit der Flachswolle abgerieben und traurig über sie den Vers gesprochen hätten: *Keinem Gerät, das gegen dich gerichtet ist, soll es gelingen*, ihr das weiße Hemd anlegen, gleich den weißen Byssus-Kleidern des Hohenpriesters an *Jom Kippur*, die er anzog, bevor er das Allerheiligste betrat.

8

Gegen Ende des Winters 1959, nachdem der einwöchige Besuch ihres jüngsten Sohnes Jizchak ihr große Schmerzen bereitet hatte – Mutter faßte die Enttäuschung mit den Worten zusammen: »Sehnsüchtig erwartete sie ihren verlorenen Lieblingssohn, und statt dessen trat ein müder Amerikaner in karierten Hosen in ihre Wohnung« –, verlor Großmutter das Interesse am Lesen, und die Bücher und Zeitungen blieben als hoher Stapel auf dem Wiener Korbstuhl in der Ecke des Zimmers liegen; sie erzählte auch keine Geschichten mehr, und als der Frühling nahte, wußten wir, daß ihre Tage gezählt waren.

»*Tatte, liber tatte*«, murmelte sie und warf einen letzten Blick zu ihrem Vater hinauf, und bevor sie die Augen schloß, beschrieb sie mit durchsichtigem Finger einen Bogen von den Wänden zur Kommode und sagte: »Räumt die Bilder weg. Ich brauche sie nicht mehr.« Tante Nechama flüsterte zu Mutter: »*Di mamme* will nicht, daß ihre Väter und Kinder in der Stunde der Geburt bei ihr sind.« Mutter nickte zwar, doch als wir beide in den Hof traten, um den Staub von den Bildern der Toten und der Lebenden zu klopfen, sagte sie mit erstickter Stimme: »Du weißt als einziger, worum sie bittet. Sie will jetzt keine Augen sehen.«

Von dieser Stunde an lag sie wie ein Embryo zusammengerollt in ihrem Bett und weigerte sich, die Augen noch einmal aufzumachen. Nach Schabbatausgang, als die Königin Schabbat uns verlassen hatte, sprach Vater den *Hawdala*-Segen an ihrem Bett, in der Hoffnung, sie werde die Augen doch öffnen, um die Kerzenflamme zu sehen. Er hielt seine Finger gespreizt vor die Kerze, damit sich die Flamme in den Fingernägeln spiegele, so wie der erste Mensch sich nach der ersten Dunkelheit, die er erlebte, mit eben diesem Licht getröstet hatte, und machte mir dann ein Zeichen, Großmutter den mit Dutzenden von Nelken gespickten *Etrog* an die Nase zu halten; sie sollte daran riechen, vielleicht würde ihre Seele noch einmal zurückkehren. Ich hatte den Etrog noch nicht in der Hand, da schlug Großmutter plötzlich die Augen auf und erschrak, als sähe sie jemanden über sich stehen. Ich habe nie wieder solche aufgerissenen Augen gesehen. Tante Miriam kreischte, wollte loslaufen und Dr. Israelit alarmieren, doch Mutter legte ihrer älteren Schwester die Hand auf die Schulter und sagte: »Es braucht keinen Arzt. Es ist schon alles vorbei.«

»Hab keine Angst«, flüsterte Mutter und ließ mich nicht aus dem Zimmer laufen, »das ist noch genau dieselbe Großmutter, die du so geliebt hast, nur, daß sie jetzt tot ist.« Und bevor sie das Laken über Großmutters Gesicht zog, sagte sie mit leiser, beherrschter Stimme: »Schau dir noch einmal gut das Gesicht dieser Frau an, die dich so sehr liebte. Du wirst sie jetzt nicht mehr sehen.«

Am nächsten Morgen kamen die Totenwäscherinnen. Mutter gab ihnen das Bündel mit dem Totenhemd, und sie gingen zu Großmutter hinein. Wir standen vor der geschlossenen Türe, und Mutter umarmte mich. Ich erinnere mich nur noch an den Geruch von Baldriantropfen, verloschenen Paraffinlichtern, zusammen mit den Naphtalinschwaden, die dem weißen Leinen, das ins Zimmer getragen wurde, entströmten.

Plötzlich ging die Türe auf, und für einen Augenblick sah ich Großmutter nackt auf dem Tuch der Totenwaschung liegen, doch Mutter legte ihre Hand über meine Augen und drehte mich weg. Eine Frau kam mit einem Eimer Wasser in der Hand heraus, schwenkte ihn und goß den Inhalt über den gepflasterten Eingangsplatz und auf das kleine, nun öde Stückchen Erde, wo ich im Herbst grüne Zwiebeln und Radieschen gezogen hatte. »Die Menschen sind wie die Blumen auf dem Felde«, sagte Mutter, »manche erblühen, andere welken.« Das Wasser drang zwischen die Pflastersteine und versickerte in der Erde, und unter der Kasuarine lag das vollgesogene Knäuel Flachswolle wie ein verlassenes, vom Winterwind auf den Boden geschleudertes Vogelnest.

II. Das Ersitzen von Häusern

I

Über Mutter zu schreiben heißt zwangsläufig, über die Vergangenheit zu schreiben. Aus der ungreifbaren Entfernung, in der ich der täuschenden Erinnerung eine Falle aus Wörtern stellen will, strecken sich mir zuerst die blutverschmierten Hände meiner Mutter entgegen, die einen der Karpfen für das Festmahl des siebten *Pessach*-Tages halten. Sie hatte damals aus seinen aufgerissenen Innereien die Fischblase herausgezogen und mich heiter gefragt, ob ich mich noch daran erinnere, daß meine Kindergartenfreundin Noemi Kaplan zur Zeit der Lebensmittelknappheit gerne mit diesen Blasen spielte und sie nach dem für Rationierung zuständigen Minister »die weißen Ballons von Dov Josef« nannte.

Ruchama Weber, die damals hereinkam, um eine Tasse Matzenmehl zu borgen, hatte über diese Worte von Mutter gelächelt und gesagt, die längliche, glatte Form der Fischblase erinnere sie aus irgendeinem Grund an den hochwohlgeborenen Grafen Zeppelin, der für wenige Augenblicke über den Himmel ihrer Jugend geschwebt war. »Wann meinst du, ist das gewesen?« fragte unsere lästige Nachbarin mit zusammengekniffenen Augen und strich mit den Fingerkuppen über die glatte Stelle an der Unterseite der Blase, die erzitterte und glitschig vor ihr zurückwich. Sie ignorierte das Beben von Mutters Oberlippe; es müsse im Jahr einunddreißig gewesen sein, sinnierte sie, und zwar genau am Schabbat nach *Pessach*. Viele Jahre war das legendäre Luftschiff ihr nicht mehr in Erinnerung gekommen, und plötzlich, ausgerechnet an diesem Tag, fast genau ein viertel Jahrhundert nach jenem Schabbat im Frühling, als ihre Eltern sie und ihre kleinen Brüder mitgenommen hatten, um das Himmelswunder aus Deutschland zu bestaunen, tauchte der Zeppelin am Rande des Firmaments plötzlich wieder auf. Sie habe dort bei der Mehlmühle in Jemin Mosche gestanden, mit offenem Mund zu den Sehschlitzen der winzigen Führergondel hinaufgeschaut, die unten am Bauch des riesigen Ballons hing, und jene beneidet, die in den Höhen wohnen und auf die Erde hinunterblicken durften, während ihre Brüder angesichts des Zeppelins mit wehenden Schläfenlocken tanzten und bestätigt haben wollten, daß dieser große Luftfisch eben jener Leviathan sei, von dem der *Midrasch* erzählt, er sei für das Festmahl der Gerechten im Garten Eden vorgesehen und erwarte sie dort am Ende der Tage. Der größere der Brüder sei nun Luftfahrtingenieur in Michigan, der kleinere bester Student von Einstein an der Universität in Princeton, klagte Ruchama leise, während sie, die schon damals hochfliegende Träume gehabt habe, hier, am Ende der Welt, mit ihrem Nichtsnutz festsaß. In ihrer großen Dummheit sei sie damals auf seine Schönschrift reingefallen und bei der Lektüre seiner Liebesbriefe dahingeschmolzen, doch heute verdiene er nur mit Mühe das nötige Geld, indem er geschwungene Adressen auf die fürs Ausland bestimmten Schnorrbriefe des Weingarten-Waisenhauses schrieb. »So spielt das Leben«, schloß sie betrübt, so plötzlich wie der Zeppelin aufgetaucht war, sei er auch wieder verschwunden: einige Augenblicke sei die riesige Blase geräuschlos am Himmel über der Altstadt gekreist, dann aufgestiegen und langsam gen Norden, hinter den Bergrücken von Nebi Samuel entschwebt und habe im strahlendblauen Jerusalemer Himmel eine sonderbare Leere hinterlassen.

Anders als sonst ging Mutter entschieden nicht auf die Geschichte von Ruchama Weber ein, so als berührten sie die Worte in keinster Weise, nahm weiter die Karpfen aus und hackte ihnen die Köpfe ab. Zu meinem großen Erstaunen jagte sie auch Vater nicht hinaus, als er den Kopf durch die schmale Seitentür steckte, die unsere Wohnung mit dem elterlichen kleinen Laden der Milchkooperative *Tnuva* verband. Er nutzte die Abwesenheit der Kunden dazu, Mutters Besucherin mit einem abgedroschenen Witz in Verlegenheit zu bringen, von dem kleinen Jungen, der seinen Vater ins Badehaus begleitete und zum ersten Mal im Leben einen ungeheuerlichen Leistenbruch sah, den der ehrbare Gemeindeälteste mit sich herumtrug. »Was ist denn das?« zwitscherte Vater und ahmte die Stimme des Jungen beim Anblick des auf dem Wasser schwimmenden Bruchs nach. »Das ist ein Zeppelin, mein Sohn«, belehrte ihn der Vater. »Und warum schwebt er nicht wie andere Zeppeline in der Luft?« fragte das Kind weiter. »Weil sein Käpten ein Schwanz ist!« Vater brach in wüstes Gelächter aus und verschwand schnell wieder im Laden, nachdem er von Frau Webers Lippen das erhoffte protestierende Stöhnen vernommen hatte, und die fragte Mutter, halb verärgert, halb beleidigt, seit wann ihr Mann, der doch am Wissenschaftlichen Institut in Kiew studiert habe, sich nicht mehr wie ein Gentleman benehme, sondern plötzlich geschmacklose Witze erzähle, wie jene Tagediebe, die um das Grammophon in Weißfischs Zeitungsladen standen und sich den ganzen Tag Synagogengesänge anhörten.

Mutter verschanzte sich weiter hinter der Mauer ihres Schweigens, und Ruchama Weber ertrug es nicht länger und fragte sie mit einem Näseln, mit dem sie ihre Verlegenheit überspielen wollte, wo sie denn gewesen sei, als der deutsche Graf Jerusalem beehrt habe, und ob auch sie, wie alle anderen, auf einen der Hügel hinaufgegangen sei, ihn zu empfangen.

»Er stand dort mit seinem verfluchten, tödlichen Lächeln auf dem Abhang beim Auguste Viktoria Krankenhaus in einer Wiese mit blutrotem Mohn«, antwortete Mutter scheinbar ohne Zusammenhang. Sie spulte diesen Satz ab, als hätte sie sich die Worte schon lange vorher zurechtgelegt und endlose Male wiederholt, und fügte hinzu, wenn sie dem Drängen von Nechama Wallenstein, mit der Mädchengruppe von Miss Landau auf den

Scopusberg zu gehen, nicht nachgegeben hätte, dann hätte sie ihn da nicht stehen sehen, mit einem Mohnstengel zwischen den Fingern wie eine paffende Hure, und dann wäre ihr Leben nicht zu diesem Martyrium geworden.

Mutters Haß auf Mohnblumen war eines jener Geheimnisse, die zu enthüllen ich Mutter nie zu bitten wagte. Zwei Jahre zuvor, als ich von einem meiner Streifzüge durch das Wäldchen bei der Schneller-Schule mit einem Strauß wilder Blumen zurückgekommen war, riß sie ihn mir aus der Hand und zupfte unter Hahnenfuß, Hundskamille und den letzten Alpenveilchen mit spitzen Fingern demonstrativ angewidert die Mohnblumen heraus und warf sie in den Hof. »Ich habe eine Allergie gegen Mohnblumen. Die machen mir die Augen kaputt«, erklärte sie, um diese ungezügelte Gewalt zu entschuldigen, doch ihr Gesicht verriet einen Haß und einen Schmerz, denen ich wenige Monate später in einer Winternacht wieder begegnete. Es war, als wir feierlich ein Paket aus Amerika auspackten, das uns ihr Bruder zu *Chanukka* geschickt hatte. Darin befand sich Bett- und Tischwäsche und auch eine besonders farbenfrohe, rundherum mit Sträußchen von Mohnblumen bedruckte Tischdecke. »Diesen abscheulichen Fetzen brauchen wir nicht in unserem Haus«, zischte sie und schaffte das Stück vor unseren fassungslosen Blicken hinaus in den Schuhschrank, der in dem überdachten Vorbau vor der Eingangstür zu unserer Wohnung stand. »Von mir aus nimm ihn mit in dein Bethaus«, sagte sie zu Vater, »ihr könnt ja am Schabbat Hering und *Kugel* darauf zerschneiden.« Ein böser Geist hatte sie gepackt, ihre Oberlippe schwoll an, und sie meinte, trotz der Armut, in der wir hier im Lande lebten, bräuchten wir nicht die Almosen der feinen Amerikaner, die uns alles schickten, was dort aus der Mode gekommen sei und zu Schleuderpreisen verkauft werde. »Bist du auch gegen gemalte Blumen allergisch?« fragte ich vorlaut. Vater unterdrückte sein verlegenes Lächeln, und Mutter, die zunächst auf der Stelle versteinerte und nur ihren Blick unruhig zwischen den verschiedenen, beschämenden Geschenken hin und her wandern ließ, faßte sich bald wieder und sagte versöhnlich, man müsse sich nicht immer an alles erinnern und auch nicht immer alles sagen. Später, nachdem Vater für das tägliche Talmudstudium in die Achwa Synagoge zu den besseren Leute gegangen war, hatte sie mich überraschend an sich gedrückt und gesagt, wer mit einem guten Gedächtnis gesegnet sei, müsse sich auf viele Schmerzen gefaßt machen. Den Grund für ihren Haß auf Mohnblumen hat sie mir allerdings nicht verraten. Nun, als sie die Fische ausnahm, wußte ich, daß sie das Geheimnis endlich lüften würde.

»Wer stand da? Der Zeppelin?« fragte Ruchama, die noch nicht begriffen hatte, warum Mutter so außer sich war.

»Der *Schwarzjohr*«, zischte sie, ohne den Blick zu heben oder das Tranchieren der Fische zu unterbrechen. Nie hatte ich aus Mutters Mund den Namen ihres ersten Mannes gehört, außer das eine und einzige Mal, als sie mir das Bündel zerschnittener Photographien zeigte, auf das ich später noch zurückkommen werde, und mir ausführlich von ihrer ersten Ehe, dem kurzen Leben und dem Tod ihrer beiden kleinen Mädchen erzählte. Der Bann, den sie über ihn verhängt hatte, war so absolut und unerbittlich, daß sie sogar ihren eigenen Namen in Verbindung mit seinem Familiennamen nicht mehr ertragen konnte. Aus allen ihren Büchern, die aus den Trümmern der zerstörten Familie gerettet und zu ihren Eltern gebracht werden konnten, waren aus den Titelseiten links oben die Ecken, wo ihr Name stand, herausgeschnitten. Und nicht nur das. Als wir nach dem Sechstagekrieg die Gräber der beiden Mädchen auf dem Ölberg fanden und die kleinen Grabsteine säuberten, entdeckte ich, daß auch dort der Name des Vaters verschwiegen und statt dessen der des Großvaters eingemeißelt worden war. Der Totengräber Reb Elle Mintz – »ich bin ein langjähriger Freund des Hauses, ich hab deine ganze Familie begraben«, hatte er mir einmal in einem Augenblick großer Nähe ohne jede Ironie gesagt – erzählte mir, als ich zu ihm kam, um den Grabstein für meine Mutter in Auftrag zu geben, er erinnere sich, als wäre es heute gewesen, wie die Mutter, möge sie in Frieden ruhn, wie ein verwundetes Tier gegen alle Vorsteher der Beerdigungsbruderschaft gekämpft und ihnen gedroht hatte, wenn man ihre Bitte nicht erfülle, auf den Grabsteinen ihrer Töchter nicht den Namen jenes Auswurfs der Menschheit anzugeben, werde sie zum Friedhof gehen und sich an ihren Gräbern mit dem Schächtmesser ihres Vaters umbringen.

Ruchama Weber, die nur in groben Zügen von Mutters gescheiterter erster Ehe wußte, saß in sich gekehrt auf dem »elektrischen Fauteuil« – so nannte Vater den eingesunkenen Sessel, in den Mutter ihn sich setzen hieß, wenn sie ein ernstes Wörtchen mit ihm zu reden hatte –, und ihre Finger wanderten über die in den Stoff gewebten Trichterlilien und beschrieben ein Labyrinth von ineinander verschlungenen Ringen.

»Er lud mich noch am selben Abend zu einem Rendezvous ein«, sagte Mutter und schraubte den Fleischwolf mit demselben Eifer am Rand der Tischplatte fest, wie die Gesellen von Torquemada die Folterwerkzeuge der Inquisition. »Du mußt wissen, was ein Rendezvous ist«, sagte sie zu mir, nachdem sie mich seit der Bemerkung über Noemi Kaplan nicht mehr beachtet zu haben schien. »So nannte man früher, als ich ein junges Mädchen war, ein romantisches Treffen mit einem Jungen. Und am Ende des Abends, auf dem Rückweg vom Cinema Zion, vor dem Eingang zum italienischen Krankenhaus, da drückte mich der *Schwarzjohr* gegen den Zaun und gab mir einen Kuß.«

Auf dem Rückweg von einem Besuch bei Großmutter gingen wir an einem winterlichen Schabbat einmal zusammen dort vorbei. Weich goß sich die kurz zwischen Wolkenfetzen durchblickende Sonne über die regengetränkten Mauern des italienischen Krankenhauses und den Teppich roter Pfefferbaumfrüchte, die der Sturm am Vortag auf die abgewaschenen Bürgersteige geworfen hatte. Mutter schimpfte über diesen Umweg, doch Vater bestand darauf, ein Spaziergang an der frischen Luft könne uns nicht schaden, zumal wir den ganzen Vormittag in Großmutters kleinem Zimmer gesessen und den Petroleumdunst ihres Schabbatkochers eingeatmet hatten. An der Kreuzung von St. Paul und Neviim Straße drückte Mutter mich dann plötzlich an sich, küßte meinen Kopf und sagte, hier, in der Mauernische an dieser Hausecke habe vor dem Krieg eine Statue von Maria mit ihrem Sohn auf dem Arm gestanden. »Es war ein solcher Ausdruck mütterlicher Liebe und Wärme, wie sie ihren Kopf mit der Kapuze zu dem Kind neigt, daß mir das Herz vor Mitleid zersprang.« Doch Vater zerrte sie weiter und fragte, warum ein jüdisches Kind, zudem noch am Schabbat, christliche Legenden über diesen Bastard und seine auf Abwege geratene Mutter anhören müsse, und in dieser Welle jüdischen Eifers fuhr er fort, wir sollten vielmehr den Granaten der arabischen Legion danken, daß sie ihren Auftrag mit einer Treffsicherheit erledigten, die selbst den italienischen Chirurgen, welche hier gearbeitet hatten, bevor die Royal Airforce das Gebäude in Besitz nahm, zur Ehre gereicht hätte.

»Er hat mich auf den Mund geküßt«, wiederholte Mutter in der Küche und sagte, während sich ihre Oberlippe mit dem weichen Flaum blähte, als würde sie gleich weinen, »und zehn Jahre später, um drei Uhr morgens auf der Kinderstation von *Bikkur Cholim*, als ich aus dem Zimmer der Kleinen kam, hab ich ihn da stehen gesehn, am Ende des Flurs im Halbdunkel mit einer Schwesternschülerin im Arm, und er hat sie geküßt. Da kämpft unser kleines Towale unter furchtbaren Qualen gegen die Umarmung des Todesengels, und er küßt eine kleine Hure. Weniger als eine Stunde nach Sonnenaufgang war es aus mit dem Kind. Und mir blieb nichts mehr. Gar nichts. Wie betrunken bin ich zu Mutter gegangen, zu den *Ungarsch Häusern*, denn wozu hätte ich noch in jenes Haus zurückkehren sollen. Dem *Schwarzjohr* wollte ich nie mehr begegnen.«

Mein Cousin Juda, der sie gesehen hatte, wie sie an jenem Morgen mit zerwühltem Haar die Chancelor Straße hinaufkam und den leeren Kinderwagen ihres toten Kindes vor sich herschob, erzählte mir viele Jahre später, als man ihren gemarterten Leib der Erde übergab, daß er dieses entsetzliche Bild sein Leben nicht vergessen werde. Erst jetzt, da ich mich nicht mehr zu jener Selbstbeherrschung zwingen kann, die mich all die Jahre daran gehindert hat, über Mutter zu schreiben, und da ich das erste Mal versuche, Mutters Oberlippe so zu beschreiben, wie ich sie damals gesehen habe, in jener *Pessach*-Woche, als sie anschwoll von der furchtbaren Erniedrigung, der unterdrückten Auflehnung und dem unermeßlichen Schmerz, lege ich meinen Mund auf den ihren und lasse dieses Weinen, das sie immer hinter zusammengebissenen Zähnen zurückhielt, ausbrechen.

Ruchama Weber saß, den Kopf gesenkt, zog die Nase hoch und trocknete sich mit einem Taschentuch die Augen.

»Das wirst du nie verstehen, Ruchama«, sagte Mutter, nahm einige Karpfenstücke und preßte sie in den Schlund des Fleischwolfs. »Seitdem durfte mich niemand mehr auf den Mund küssen. Nur noch der Todesengel persönlich.«

»Genug! Das Kind braucht so was nicht zu hören«, sagte Frau Weber, zeigte mit einer Kopfbewegung auf mich und flüsterte auf jiddisch, damit ich sie nicht verstand: »Wenn Frauen einander endlich näherkommen und sich ihr Herz offenbaren, dann sollte der Junge draußen sein, bei seinen Kameraden.«

Mutter ignorierte ihre Mahnung und sagte, ich solle das ruhig hören. Dann wandte sie sich zu mir: »Ich erzähl dir das mit Absicht. Du mußt alles wissen. Vielleicht wirst du eines Tages etwas daraus machen.«

Die Fischstücke drückten sich durch die Löcher der Eisenscheibe wie rosa Regenwürmer nach dem Regen aus durchtränkter Erde, und nach dem letzten Stück sagte Mutter, sie hege nach vielen Jahren des Lesens kaum noch Zweifel daran, daß Schriftsteller ihre Werke meist auf wahren Tragödien aus dem Leben gründeten, ganz besonders auf solchen, die sich in ihrer Familie ereignet haben. »Wenn du die Quelle kennenlernen willst, aus der Tschechow und Balzac die seelische Kraft geschöpft haben«, verkündete Mutter theatralisch, indem sie mich aus dem Augenwinkel anschaute, »dann mach dich auf und zieh in ihr Land, zu ihrer Verwandtschaft und ins Haus ihrer Väter.«

Ruchama Weber hatte zwar nicht bemerkt, wie amüsant Mutter den göttlichen Befehl an Abraham mit dem Zitat unseres großen Dichters Bialik verbunden hatte, doch sie wollte Mutters so plötzlichen Stimmungswandel nutzen, um sich aus dem »elektrischen Fauteuil« zu erheben und endlich in Empfang zu nehmen, wofür sie gekommen war. »So gib mir doch ein bißchen Matzenmehl; der Himmel wird's dir vergelten«, bat sie mit fast flehender Stimme. Sie hielt Mutter die leere Tasse hin und sagte, wenn sie ihrem verrückten *chossid*, der sich die ganze *Pessach*-Woche beherrscht hatte, jetzt kein *gebrocktes* zu essen, keine Matzenknödel in der Größe von Gänseeiern mache, werde dieser Feiertag ein Trauerspiel. Doch Mutter dachte nicht daran, ihren Vortrag über die Literatur und das Leben mittendrin zu unterbrechen, und fuhr fort, sowohl Balzac als auch die Rebbitzn Lejke Tiktin, die gegen Abend auf dem breiten Balkon der *Ungarsch Häuser* sitzt und mit den Nachbarinnen tratscht, sammelten letztlich dieselben Materialien. Dann hielt Mutter für einen Moment inne, prüfte, welchen Eindruck dieser Vergleich auf die Nachbarin gemacht hatte, und Ruchama verzog wie erwartet tatsächlich das Gesicht und sagte, es sei entsetzlich, ja, es grenze an Gotteslästerung, den französischen *Goj* und die Witwe von Raw Mottele dem *dajen* in einem Atemzug zu nennen, aber jetzt, da es in ihrer Küche zugehe wie in Sodom und Gomorrha, sei nicht die Zeit, über solche Dinge zu reden.

Doch Mutter setzte noch eins drauf und sagte, der einzige Unterschied sei, daß Lejke Tiktin die Nöte der Menschen für böses Gerede verwende, während sie in *Vater Goriot* wie durch ein Wunder zu einem unvergänglichen Kunstwerk geworden seien.

»Seid ihr Frauen denn noch immer nicht fertig mit Tratschen?« fragte Vater, der aus dem Laden kam, schnell etwas zu Mittag essen wollte und sich freute, das gern von ihm zitierte Wort der Weisen anbringen zu können, von den zehn Maß Gerede, die der Welt gegeben worden seien, hätten die Frauen neun genommen. *Die Frauen besitzen keine Weisheit außer an der Spindel*, warf er Mutter vor, gab Ruchama, worum sie gebeten hatte, und sagte, auch die Professoren auf wissenschaftlichen Kongressen würden Mittagspause machen.

Mutter wandte Vater den Rücken zu und bat mich, ihr aus der Speisekammer vier oder fünf Zwiebeln zu bringen. »Das Leben ist wie eine Zwiebel«, sagte sie, während sie die lila Zwiebeln auf das Schneidebrett legte, »man schält eine Schale nach der anderen ab, und zum Schluß bleibt nichts mehr übrig.« Dieses Gleichnis habe sie sowohl bei Ibsen in *Peer Gynt* als auch in einer der Geschichten von Rabbi Nachman von Bratzlaw gelesen, und es sei doch erstaunlich, daß zwei Menschen in solcher zeitlicher und örtlicher Entfernung das Leben auf dieselbe Weise begriffen. Es gebe aber einen Unterschied zwischen ihnen: Rabbi Nachman sage nämlich, man habe, wenn man die Zwiebel zu Ende schält, zwar nichts mehr in der Hand, doch es bleibe eine Träne im Auge. Mutter setzte ihre alte Sonnenbrille auf, um beim Hacken der Zwiebeln nicht zu weinen, und sagte, in diese Träne tauchten die Dichter ihre Feder. Sie wirbelte das Hackmesser über den Zwiebeln und fuhr fort, wenn ich eines Tages mal über sie schreiben würde, hätte ich wohl mehr als genug Tinte zum Schreiben.

Ihre Worte »Mein Leben ist ein Buch« wurden über die Jahre zu den feierlichen und fordernden drei Pünktchen, die Mutter unbeirrbar immer wieder an das Ende von Gesprächen setzte, in die wir zufällig gerieten, sei es in der Zeit, als wir noch in Jerusalem lebten, oder später, als sie nach Ramat Gan gezogen war, um in unserer Nähe zu wohnen. Überraschend in diesen Gesprächen war, wie sehr sie ihr Leben von sich abgetrennt hatte, als wäre es ein bereits abgschlossenes Kapitel; sie ließ ihre Erinnerungen gleichsam über ihm schweben, und ein fernes, klares Licht erleuchtete es, so wie das letzte Tageslicht auf den Abschnitt einer gewundenen Gasse zwischen zwei Mauern fällt, für einen Moment deren obere Steinreihen und die unangenehm riechenden Blüten des goldenen, sich zwischen die Steine klammernden Bilsenkrautes berührt; ein Licht, das die länger werdenden Schatten eines Jungen betont, der die Straße hinunter einem rollenden Rad nachrennt und schon weiter gerannt ist, als das Auge reicht.

Mutter hatte nach dem Tod ihrer beiden Töchter den Glauben an Gott verloren (»Da liegt er schläfrig in seinem himmlischen Hühnerstall auf einem Lager von Engelsfedern wie eine Katze, nachdem sie ein paar Küken gefressen hat«), und auch Menschen traute sie nicht mehr sehr. So blieben ihr als einzige Verbündete die Bücher, zumindest ab dem Tag, an dem sie die *Bnej Brith*-Bücherei entdeckte, in die sie sich gegen Abend aus Angst vor ihrem fanatischen Vater rettete. Obgleich sie nicht selten darüber spottete und sagte, sie setze ihre Hoffnung töricht auf Worte, die am Papier klebten wie die Fliegen an den von der Decke hängenden Klebestreifen im Laden ihres Vaters, waren Bücher für sie dennoch das Leben selbst, das sich durch den geheimnisvollen Prozeß der Kunst aus dem Verhaftetsein in der Realität löste und auf die Stufe der Metapher erhob. An ihre eigene schlichte, überhaupt nicht gespreizte Formulierung erinnere ich mich leider nicht mehr. Die Bücher gaben ihr einen gewissen Trost, klaren Verstand und vielleicht sogar das flüchtige Gefühl von Ewigkeit.

»Ich werde ein neues Blatt aufschlagen«, verkündete sie mir eines Abends. Das war gegen Ende der letzten Remission ihrer Krankheit, noch vor dem schlimmen letzten Ausbruch, von dem sie sich nicht mehr erholte. Sie nahm das aufgeschlagene Buch, das sie mit dem Umschlag nach oben aufs Kissen gelegt hatte (eine Ausgabe von Romain Garys *Erste Liebe*, die sie auf meinem Bücherbord gefunden hatte), und sagte in depressivem und gleichwohl grandiosem Ton – zwei Stimmungen, die bei ihr nicht selten zusammentrafen – je mehr sie lese, um so klarer werde ihr glücklicherweise, daß der Schriftsteller, auch wenn das Leben ihn inspiriere, in keinster Weise an die Wahrheit und an das, was tatsächlich geschieht, gebunden sei, sondern allein der Genauigkeit verpflichtet. Der Wunsch nach einer beschränkten, rein formalen Wahrheit, sagte sie und wählte ihre Worte mit Bedacht, um mich nicht zu verletzen, sei besonders für einen zur Obsessivität neigenden Autor gefährlich. Sie schwieg einen Moment und sagte dann, die übertriebenen Bemühungen, herauszubekommen, was tatsächlich geschah, könnten zu einem Schreiben führen, das in höherem Maße beherrscht und kontrolliert sei, als es gut war, und so den Dichter – und natürlich meinte sie mich – dazu verleiten, statt zu versuchen, die Welt zu entschlüsseln, ihren Spiegelungen der Wirklichkeit seine starren Gesetze der Vollständigkeit aufzuzwingen. »Als ich im YMCA den Schwimmkurs machte, nachdem du zur Armee eingezogen worden warst«, erzählte sie und bemerkte nebenbei, sie sei damals bereits neunundfünfzig gewesen, »hat man uns beigebracht, beim Tauchen oder beim Abspringen vom Sprungbrett im kritischen Moment die Muskeln locker zu lassen. Genau das muß auch ein Dichter tun. Um die Welt zu erfassen, muß er spontan sein, er sollte keine Vorurteile und fertigen Konzepte haben, was für einen zwanghaften Menschen besonders schwer ist.«

Nie hat Mutter verheimlicht, daß sie keine Schule besucht hatte. (»Obgleich die Familie, in der ich aufwuchs, mich daran gehindert hat, Bildung zu erwerben, kann man mich wohl kaum einen ungebildeten Menschen nennen«, hatte sie mit einem direkten Blick in die Augen der Studentin gesagt, die für eine statistische Erhebung ein Interview mit ihr führte und nicht verstand, daß diese Frau, mit der sie sich so kultiviert unterhielt, nicht mindestens acht Jahre Grundschulbildung genossen hatte.) Mutter war stolz darauf, ihre Bildung in Abend- und Fernkursen, vor allem durch ständiges, fleißiges Lesen erworben zu haben. Wegen der zu ihrer Rettung geplanten Amerikareise, zu der es dann aber nicht kam, wollte sie ihr Englisch verbessern, nachdem sie ihre ersten Sprachkenntnisse als junges Mädchen erworben hatte, indem sie die Bibel aus einem Laden der Mission auf Hebräisch mit englischer Übersetzung las, das Lexikon von Waldstein auswendig lernte und an einem Berlitz-Fernkurs teilnahm, nach dessen Beendigung sie eine Konversation führen und sogar mit Genuß *Reader's Digest*-Hefte lesen konnte. Als ich begann, meine Gedichte und Prosatexte in Zeitschriften und Literaturbeilagen zu veröffentlichen, entdeckte sie die Literaturkritik und war vor allem von der Form des Essays angetan. Ihr Interesse erreichte, wenn ich mich recht entsinne, seinen Höhepunkt während der ersten Remission ihrer Krankheit, kurz nachdem meine Erzählung *Kreist, Kraniche kreist* erschien, die später zum ersten Kapitel meines Romans *Federn* wurde. Sie hatte sich bei Pollack in der King George Street in Tel Aviv *The Art of Fiction* von Henry James gekauft, las das Buch über einige Monate mit bewundernswerter Ausdauer und schrieb sich mit Bleistift die Übersetzung der Wörter, die sie nicht kannte, in den Text. Als ich darüber einen gewissen Verdruß, vielleicht sogar Verbitterung ausdrückte und fragte, ob sie von der Prosa schon genug habe und nun zur Konkurrenz übergelaufen sei, lachte sie und meinte ironisch, sie könne mich nicht in die Arena treten lassen, ohne wenigstens von der Tribüne aus meine Schritte zu verfolgen.

Jetzt fächelte sie sich mit dem Roman von Romain Gary Luft zu und verkündete, ihr gefielen am meisten jene Bücher, in denen die Figuren ehrlich und dennoch mit Liebe dargestellt werden. Auch wenn es zunächst ganz einfach aussehe, sei es schwierig, das Gleichgewicht zwischen diesen gleichsam widerstrebenden Forderungen zu halten. Wer das Geheimnis der vielschichtigen Beziehungen zwischen Menschen ergründen und in der Tiefe verstehen wolle, welche Kräfte die Menschen einander in die Arme treiben und sie danach wieder voneinander trennen, der müsse lernen, mutig und unparteiisch zu beobachten, und sich vor allem davor hüten, weder die Aufrichtigkeit zu übertreiben noch sich von der Liebe mitreißen zu lassen. Denn wer aus einer absoluten, grausamen Aufrichtigkeit heraus schreibe, werde schließlich jener Unfruchtbarkeit verfallen, die für die Musik so bezeichnend sei. (Mutter haßte die Musik, was mir leid tat. Sie sah in ihr eine unverbindliche, unpersönliche Ausdrucksform, die vorgab, über alle Gefühle erhaben zu sein.) Wer sich aber durch seine Liebe verpflichtet fühle und aus diesem Gefühl heraus schreibe, könne leicht den Ansprüchen der andern zum Opfer fallen. »Wenn du Romain Gary liest, ohne seiner wunderbaren französischen Sentimentalität zu erliegen, dann wirst du verstehen, wie sehr die Liebe einen lähmen kann, und in welchem Maße Mutter und Sohn sich hier, in diesem schönen, etwas kitschigen Roman, vielleicht sogar gegen ihren Willen in die Hände spielen.«

Ein Zittern des Schmerzes lief über ihre Stirn, brachte ganze Wellen von Falten in Bewegung, die dichter geworden waren, seit ihre Krankheit sich verschlimmerte. Sie schloß ihr eines Auge – das andere, das linke, war bei der Entfernung eines Krebsgeschwürs in der Augenhöhle herausoperiert worden – und sagte, wer schreibe, dürfe nie, auch nicht für einen Moment, die Träne vergessen, die im Augenwinkel zurückbleibt. Die Art wie sie das Auge schloß, wenn sich der ganze Schädel vor Schmerz verkrampfte, ließ die drei blauen Venen, die sich von der Nasenwurzel aus wie die drei Arme des Buchstaben *Schin* nach oben streckten, umso stärker hervortreten. (»Wenn der Todesengel kommt und sieht, daß ich am Kopf das *Schin* der Gebetsriemen trage, wird er es sich zweimal überlegen, ob er mich mitnehmen will«, sollte sie wenige Wochen später sagen, als sie nach ihrem Selbstmordversuch erwachte und darum bat, ihr Gesicht im Spiegel sehen zu dürfen, »denn außer Sauls Tochter Michal, die, wie der Talmud erzählt, Gebetsriemen anlegte, und außer einigen Rabbinerinnen des Konservativen Judentums wird man dort, in der Frauenabteilung in den Höhen, so ein Exemplar wie mich noch nicht gesehen haben.«) »Weißt du noch, wann ich dir das Gleichnis von den Zwiebelschalen zum ersten Mal erzählt habe?« fragte sie mich, als der Schmerz vorbei war, und öffnete langsam ihr Auge.

Ich erinnerte sie an jenen lang zurückliegenden Mittag in Jerusalem am Vorabend des siebten *Pessach*-Tages, an die glatten Fischblasen der Karpfen und unsere geschwätzige Nachbarin Ruchama Weber, und um dem Gespräch etwas von seinem Ernst zu nehmen, erzählte ich ihr von einer Zeitungsmeldung, die ich gerade gelesen hatte, über einen Briefmarkensammler, der einen von der ägyptischen Post in Suez gestempelten, verschlossenen Luftpostumschlag gekauft habe, welcher an Bord des »Graf Zeppelin« gewesen sei, während dieser über den Himmel Jerusalems schwebte. Der Umschlag stamme vermutlich aus der Briefmarkensammlung des König Faruk und sei nun für den phantastischen Preis von sechzehntausend Dollar bei einer öffentlichen Auktion verkauft worden. Mutter lächelte und sagte, der Luftfisch mit den Tausenden von Briefen und Postkarten an Bord, die er damals transportiert habe, sei sicher zehnmal mehr wert als jener Schabbatkarpfen, in dem der gottesfürchtige Josef der Legende nach eine kostbare Perle gefunden habe.

»Aber für einen Briefumschlag das Jahresgehalt eines Gymnasiallehrers zu bezahlen?« erwiderte ich beharrlich.

»Im Meer gibt es allerlei Fische«, sagte Mutter und nahm die Perücke ab. (»Ich seh' lieber aus wie Yul Brynner, als daß ich einen *Scheitel* wie eine *pojlische Dribbke von Krakow* trage«, hatte sie die Perückenmacherin angefaucht, die ihren Kopfumfang maß, nachdem Mutter wegen der Bestrahlungen und der Chemotherapie alle Haare ausgegangen waren.) Und nach einer Weile fügte sie hinzu: »Und darunter sind anscheinend auch glatzköpfige Fische.«

Mutter versank in Schweigen; sie blätterte gedankenverloren in den Seiten von *Erste Liebe*, so wie man ein Bündel Geldscheine zählt, bis sie plötzlich versonnen sagte: »Unser Haus war damals wie ein Aquarium.«

Ich fragte sie, ob sie die Wände unseres Wohnzimmers meine, die in einem tiefen Türkis wie das stille Meer gestrichen und mit Abertausenden echter Fischschuppen gesprenkelt waren. Vater hatte bei einem seiner unerklärlichen Liebesausbrüche gegenüber Mutter, die sie rasend machten, sich bei ihr lieb Kind machen wollen und, ohne sich mit ihr zu beraten, einen *Kinstler* aus Zypern bestellt, der von Haus zu Haus gegangen war und – was man damals in Jerusalem noch nicht kannte – verzierte Visitenkarten verteilt hatte, auf denen er sich als Malermeister europäischen Stils anpries. Ungefähr eine Woche arbeitete er an den Wänden und versprach der skeptischen Mutter, sein Handwerk werde unserem Haus eine schillernde englische Pracht verleihen; es werde hier wie in einem Zimmer des englischen Königshauses in Hampton Court oder in Windsor Castle aussehen, all unsere Freunde und Bekannten würden kommen und vor Neid erblassen. Doch schon kurz darauf, als auf der Ge'ula Straße die Milchwagen von *Tnuva* und die Tankwagen der Vereinten Nationen vorbeifuhren, um der kleinen israelischen Garnison in der Enklave auf dem Scopusberg Wasser zu bringen, wackelten die Wände des Hauses, und die Fischschuppen fielen von den Wänden und bedeckten die Sofas und das Buffet mit einem weißlichen Überzug. Da sagte Mutter, dank der guten Werke ihres Mannes sitze sie schon jetzt und nicht erst in der kommenden Welt in einer Hütte aus der Haut des legendären Leviathan, der den Gerechten in der kommenden Welt verheißen ist.

»Du immer mit deinen sentimentalen Kindheitserinnerungen«, sagte Mutter ärgerlich und erklärte, unser Haus sei wie ein Aquarium gewesen, weil Vater in seiner panischen Angst vor klärenden Gesprächen immerzu versucht habe, sie zum Schweigen zu bringen. »Wenn es nach ihm gegangen wäre, hätte ich schweigen sollen wie ein Fisch«, und nachdem sie Luft geholt hatte, fügte sie hinzu, »und du weißt, wie sehr ich Fische hasse.«

2

Jahre bevor ich zur Welt kam, hat meine Mutter zusammen mit ihrem Bruder im Stadtzentrum einen modernen Fischladen gehabt. Ich erfuhr zufällig davon, als sie meinem kindlichen Drängen einmal nicht länger widerstehen konnte und mich zum Fischkaufen mit zu Herrn Mattatiahu Rappoport nahm.

»Matthes Kohen, der Hohepriester« nannten ihn die Brüder Horowitz, die beiden *Leviim* aus Vaters Bethaus humorvoll, wenn sie ihm, bevor er den Priestersegen sprach, die Hände mit Wasser übergossen. Er hatte mich ins Herz geschlossen, was Mutter gar nicht gefiel, denn sie meinte, ich sähe die Welt ohnehin schon mehr aus dem Blickwinkel von Ladenbesitzern, als für einen Jungen meines Alters gut sei. Doch Reb Matthes beherzigte das nicht weiter, hob mich hoch, gab Acht, daß ich nicht an seine stinkende Gummischürze kam, und zeigte mir die Fische, die in einem kleinen Becken hinten im Laden hin und her schwammen. Und wenn sein Gehilfe die Karpfen aus dem Wasser zog, sang der alte Fischverkäufer in eben jener verwunschenen, traurigen Melodie, auf die der Herr Ingenieur Brinker am Laubhüttenfest die Kapitel von Prediger Salomo sang: *Kennt doch der Mensch nicht seine Zeit / gleich den Fischen, die im bösen Netz sich fangen.* Dann fragte er mich, vielleicht um mich von dem Flossenschlagen in der durchlöcherten großen Metallbüchse, die auf die Waage gestellt wurde, abzulenken, ob ich nicht die Karpfen im Becken füttern wolle. Und als ich die Handvoll Brotkrumen aufs Wasser streute und die Fische auftauchten und das Futter schluckten, verkündete er: »*Du gibst ihnen, und sie sammeln auf/ du öffnest deine Hand, sie werden satt des Guten*«. Der Rebbitzn Sorozkin und ihrer Schwiegertochter, die darauf warteten, endlich bedient zu werden, warf er einen Blick zu und sagte in gespielt gottesfürchtigem Ton, sogar die Fische, die sich unentwegt vermehren, sängen dem Heiligen, Er sei gepriesen, ein Loblied, doch könnten unsere groben Ohren diese feinen Stimmen nicht hören.

Ähnlich wie Vater war auch Rappoport ein Jude des Rituals, den es vor allem der Form wegen in die Synagoge zog, nicht wegen der Inhalte oder weil er unbedingt den Gesängen und Gebeten lauschen wollte. Nicht selten stahlen sich die beiden gemeinsam davon, um heimlich bekannte *Chasanim* und Kantorenschüler, denen Kenner eine leuchtende Zukunft prophezeiten, anzuwerben und sie zu überreden, in dem von ihnen gegründeten *Minjan* am Schabbat eine Gastvorstellung zu geben, kostenlos natürlich. (Mutter verabscheute Kantoren und die Verrückten, die sie verehrten; sie machte mir gegenüber einmal die bitterspöttische Bemerkung, Rappoports Seele habe wohl genug vom Gesang der Fische, den er die ganze Woche über unfreiwillig anhören müsse, und verbringe deshalb den Schabbat und die Feiertage in Gesellschaft von Stieren, die wie im Schlachthaus brüllten.) Doch während der Toralesung mochte Reb Matthes nicht bei den Betenden bleiben und entschwand hinaus auf die breite Terrasse vor der Synagoge, wo schon eine ganze Gruppe von Müßiggängern auf ihn wartete, um seine Geschichten zu hören, aus den Tagen, da er und seine Freunde, Kinder von armen Schneidern in der Bronx, sich als Freiwillige zur jüdischen Brigade gemeldet und unter dem Colonel Margolin gedient hatten. Jeden Schabbat erfreute der alte Kohen sie mit Geschichten über die »Fourteen«, jene legendären vierzehn Kerle, die Jugend der New Yorker Unterwelt, die in seiner Kompanie gedient hatten und der Schrecken des gesamten Bataillons gewesen waren, und über die neuseeländischen Reiter, mit denen zusammen er

Schulter an Schulter im September 1918 an den Übergängen des Jordan gekämpft hatte, und über den Schabernack, den Braverman und Winnifer im »camp« bei Jericho mit dem »major« der Royal Fusiliers getrieben hatten. Jetzt, da ich von seinen Armen hochgehalten über den Rand des Beckens blickte und den Geruch des Alters, den er verbreitete, wahrnahm, konnte ich mir nur schwerlich vorstellen, daß Reb Matthes einmal wie Jeremy gewesen sein soll, der kraushaarige »starke Mann« von Sichron Mosche, von dem die größeren Kinder erzählten, er sei ein »fighter« bei den Fallschirmjägern.

Nachdem Reb Matthes mich wieder auf dem Boden abgesetzt hatte, mit der Warnung, meine kleinen Füße nicht zwischen den glitschigen Holzbohlen vor der Theke einzuklemmen, fragte er Mutter, ob sie ihren Mann nicht vielleicht mit einem frischen Seefisch verwöhnen wolle, der vor noch nicht mal vierundzwanzig Stunden in Jaffa gefangen worden sei. »Such ihr einen erstklassigen Fisch aus«, wies er flüsternd seinen neuen Gehilfen an, um nicht den Neid der ungeduldigen Rebbitzn und ihrer Schwiegertochter zu wecken, und dann sagte er zu einem der Männer im Laden, als verriete er ein Geheimnis: »Ihr müßt wissen, Korporal Eppstein, sie ist von der Branche.«

Auf dem Heimweg, wir kamen gerade an der sephardischen Jungenschule vorbei, in deren oberstem Stockwerk Vaters Bethaus untergebracht war, erinnerte ich mich an die sonderbaren Dinge, die Reb Matthes, der Hohepriester über Mutter zu Eppstein gesagt hatte, und fragte sie, warum sie mir denn nie erzählt habe, daß sie zusammen mit Rappoport in der jüdischen Brigade gekämpft habe.

»Ich in der jüdischen Brigade?« fragte Mutter, blieb stehen und stellte die beiden Körbe links und rechts auf dem Gehweg ab.

»Das hat er zu Korporal Eppstein gesagt.«

»Wie kommst du denn darauf? Hast du vergessen, daß ich aus den *Ungarsch Häusern* bin? Außerdem haben sie damals, anders als heute, überhaupt keine Mädchen beim Militär genommen.« Plötzlich schüttelte sie sich vor Lachen und sagte: »Seh ich dir denn schon so alt aus wie der Reb Matthes? Als die Engländer ins Land kamen, da war ich gerade mal dreizehn, fünf Jahre älter als du heute.«

»Aber er hat gesagt, daß du mit ihm in der Branche warst.« Ich beharrte auf dem, was ich gehört hatte, und dieses unbekannte Wort hing für mich mit dem Schwall fremder Wörter zusammen, die Rappoport immer vor den versammelten »Deserteuren« benutzte, wenn drinnen Tora gelesen wurde.

»Er wollte sagen, daß wir beide denselben Beruf haben«, erklärte sie mir und erzählte, sie und Onkel Jizchak hätten einmal einen Fischladen in einer der kleinen Gassen bei der King George Street gehabt, nicht weit von der alten Knesset. »Das war lange bevor du zur Welt kamst, lange bevor ich überhaupt sicher war, daß ich dich je haben würde«, sagte sie und versank in Gedanken, und ich wußte, auch wenn ich dieses Gefühl vielleicht noch nicht in Worte fassen konnte, daß es Gefilde der Zeit gab, die ich nie und nimmer betreten würde; auch wenn ich mich noch so sehr danach sehnte, könnte sie mich, selbst wenn sie wollte, nicht an der Hand nehmen, wie sie es jetzt tat, und mich nicht dorthin mitnehmen.

Als wir schon fast zu Hause waren, befeuchtete Mutter mit der Zunge ihr Taschentuch und putzte mir, was ich überhaupt nicht mochte, die Spuren der gezuckerten Kokosstange, die sie mir auf dem Weg zum Markt gekauft hatte, von Kinn und Lippen und sagte, niemand – und damit meinte sie im Grunde nur Vater – müsse wissen, daß ich Süßigkeiten gegessen habe. »Und außerdem brauchst du dich nicht so zu ekeln«, sagte sie etwas enttäuscht, »das ist bloß die Spucke deiner Mutter.« Um mich zu versöhnen, versprach sie, bevor wir ins Haus traten, mir bei Gelegenheit, wenn wir beide mal wieder allein seien, von dem Fischladen zu erzählen, und dann würde ich verstehen, warum sie diese geschuppten Flossentiere nicht ausstehen könne. »Nur um deinem Vater eine Freude zu machen, koche ich die Fischgerichte, die er so sehr mag«, sagte Mutter traurig, »aber er weiß gar nicht zu schätzen, was ich alles für ihn tue, seit wir zusammen sind.«

Die »Gelegenheit« bot sich erst vier Jahre später, an dem Schabbat, als Linda Ben Atar die Klasse zu ihrer *Bat Mizwa*-Feier einlud. Mutter schlug vor, ich solle sie zuerst in die neue Ausstellung in *Bezalel* begleiten und von dort aus könne sie anschließend zu meiner Klassenkameradin nach Nachalat Schiw'a gehen.

An diesem Schabbat waren wir wieder beide allein, weit weg von zu Hause, von der stets bedrückenden Atmosphäre dort, frei von der düsteren, lähmenden Gegenwart des Vaters, der am Tisch saß, hartnäckig schwieg und uns, Mutter und mich, lange mit verschlossenem, scheinbar ausdruckslosem Gesicht beobachtete. Wenn ich ihm jetzt direkt in die Augen schaue, aus nüchterner Entfernung, ohne die Scheu der Gegenwart, und versuche, das Leben zu glätten, das hinter den Mauern jenes Hauses verborgen wurde, das Leben in einem Haus, welches nur noch in meinem Bewußtsein existiert (unbewußt kommen mir Altermans Verse in den Kopf, *das Geschick der Häuser ist, daß sie verfallen; es ist ihr Geschick nicht zu bestehn*), – bricht mir vor Mitleid das Herz. Es ist das Mitleid von einem, der selbst schon große Kinder hat, mit jenem einsamen Mann, meinem Vater, der lange Abende untätig dasaß und nur immer wieder die geschwungene Narbe an seinem Daumen befühlte, ein Andenken an den gescheiterten Versuch, eine Flasche Schnaps auf dem Junggesellenfest zu öffnen, das seine Freunde in Kiew für ihn gaben, bevor er seine Jugendliebe Ljuba Bat Zion heiratete (ich erinnere mich nicht, ob es der rechte oder der linke Daumen war, doch welche Bedeutung hat dieses Detail jetzt, da sein Körper längst zu Staub geworden ist). Oder wie er alleine in der Küche ziemlich hilflos einen Zaubertrank (Knoblauchzehen in Milch) gegen seine Altersbeschwerden aufkochte, dessen ekelhafter Geruch, wenn er auf dem Herd übergelaufen war, das Haus mit provokativem Protest erfüllte. Und mehr als Mitleid ist es vielleicht eine Trauer, die niemals wird ausbrechen können, über einen Vater, der sieht, wie sein Sohn, sein einziger, der ihm noch im Alter geboren wurde, sich ihm entfremdet und ihm sogar Feind wird, ein

Sohn, der mit seiner untröstlichen Mutter einen Geheimbund geschlossen hat, der sich zwar gegen die ganze Welt richtet, aber nicht weniger gegen ihn, ohne daß er auch nur eine Ahnung hatte, worin er gefehlt hätte und warum das Schicksal es so fügte, daß die beiden sich immer weiter von ihm entfernten. Manchmal faßte Vater sich ein Herz und nutzte Mutters Abwesenheit, und es gelang ihm für eine kurze Weile, einen Weg zu mir zu finden, doch dann erschien sie und stellte den alten Zustand im Nu wieder her. Seine gewalttätigen Wutausbrüche, so denke ich heute, waren unbewußte Versuche, die Mauer der Einsamkeit, die man um ihn errichtet hatte, zu durchbrechen, und diese Mauer war nicht zuletzt aufgrund jener Nachgiebigkeit und mangelnden Entschiedenheit entstanden, die sich schon in seinem Namen ausdrückte. »Wir heißen Rachlewski«, hörte ich ihn einmal einem der bornierten Anhänger von Ben-Gurion erklären, der ihn drängte, er solle seinen ausländischen Familiennamen doch hebraisieren. »Die Vorfahren meiner Väter hatten zwar nicht das Geld, sich bei ihrem ukrainischen Gutsherrn einen schöneren Namen zu kaufen, aber wir haben zumindest versucht, nicht ›angstherzig‹ *[rach-lev]*, sondern nur ›sanftherzig‹ [auch *rach-lev*] zu sein«. Er versuchte nicht nur der ihm aufgezwungenen Einsamkeit zu entkommen, sondern auch, die intime Dreiecksbeziehung Vater-Mutter-Kind neu aufzubauen, was Mutter damals mit allen Mitteln zu stören suchte. An einem Winterabend, als Vater vor dem »Ideal« Petroleumkocher saß, der ein bläuliches raschelndes Licht um sich verbreitete, und die Hände über den dampfenden Emaillekessel hielt, lief Mutter wie ein wildes Tier in Gefangenschaft auf und ab, von einer Wand des Zimmers zur andern, und wühlte in ihren Erinnerungen an eine Untat, die Frau Schlang ihr, sechs oder sieben Jahre zuvor, am Vorabend des *Purim*-Festes angetan hatte, als sie den wunderschönen Cowboy-Revolver mit dem elfenbeinernen Kolben, den ich als Geschenk aus Amerika bekommen hatte, für ihren Sohn, der Soldat war und auf einen Maskenball gehen wollte, auslieh und am nächsten Morgen mit zerbrochener Trommel zurückgab. Mutter konnte einem etwas über viele Jahre nachtragen und sprach schlecht von Frau Schlang; sie sei genau wie ihr Name, *eine Schlange auf dem Weg, eine Otter auf dem Pfad, die in die Fersen beißt das Roß, daß rückwärts stürzt der Reiter.* Sie sprach auch schlecht von ihrem Sohn, einem Spieler und Schürzenjäger, und von ihrem Mann, der ein hoher Beamter im Hadassa-Krankenhaus war und ihr, obwohl ihm im Krankenhaus alle Türen offenstanden, nicht einen besseren Platz in der Warteschlange zu Dr. Beller verschafft hatte. Nachdem Vater den ganzen Abend schweigend dagesessen hatte, explodierte er ohne jede Vorwarnung mit einem Schwall hebräischer und jiddischer Beschimpfungen, gespickt mit russischen Flüchen, und schmetterte schließlich den Kessel auf den Boden. In der furchtbaren Stille nach dem metallenen Klang des aufschlagenden Kessels auf den Steinfliesen betrachtete er dann die Wasserpfütze und die verstreuten braunen Emaillesplitter und sagte, was gewesen ist, sei doch vorbei. Welchen Sinn habe ihre schlechte Angewohnheit, das ganze Leben lang die Vergangenheit immer wieder hochzuholen, zumal Kinder doch mit dem Blick in die Zukunft aufwachsen sollten. Dann wischte er sich mit der Hand über den Mund und sagte: *geschtorbn, bagrobn, arop fun mark!* Was vorbei ist, ist vorbei. Mutter war zuerst erstarrt, zog mich dann in die Küche und schloß sich dort mit mir ein, um abzuwarten, bis Vater sich beruhigte, und ihre Lippen murmelten immer wieder: »Wenigstens hab ich ja dich.«

Wir standen also nach diesem Besuch in den kalten Räumen des *Bezalel*-Museums, der nach meinem Empfinden zu lange gedauert hatte, draußen am Tor. Mutter stützte den Fuß an die dicken Wurzeln des Eukalyptus', der fast die ganze Breite des Gehwegs einnahm, um sich den Schuh zu binden, und sagte, ich hätte an diesem Tag schon genug für ihre Liebe zur Kunst gelitten, was mein betrübter Gesichtsausdruck zeige, auch ohne daß ich es ausdrücklich sage, und so dürfe ich nun entscheiden, wie wir die restliche Zeit bis zu der *Bat Mizwa*-Feier verbringen sollten. Ich nahm an, sie wäre gerne die Ben Jehuda Straße hinuntergeschlendert, um Schaufenster anzuschauen, doch ich überraschte sie mit meinem Wunsch, im Stadtpark spazieren zu gehen, an dessen nordwestlichem Ende, hinter einer überwucherten Steinmauer und einem Gestrüpp von Büschen, meine Schule verborgen lag. »Ich habe die Schule noch nie am Schabbat gesehen«, sagte ich, »und ich bin neugierig, wie der Schulhof wohl aussieht, wenn keine Kinder da sind.«

»Nichts dagegen«, lachte Mutter, »auch ich habe den Fluß *Sambatjon* noch nicht am Schabbat ruhen gesehen.« Doch Jahre später, als wir beide auf winzigen Schulstühlen saßen und auf den Beginn der *Chanukka*-Vorführung warteten, in der ihre Enkelin als eines der *Chanukka*-Lichter auftreten sollte, kam sie plötzlich wieder auf diese Szene zu sprechen, die sie so bewegt hatte. Mit welcher Schlauheit und doch wie schmerzlich durchschaubar ich damals versucht habe, mein Leben zu inszenieren und die Auftritte und Abgänge der Schauspieler nach meinen Wünschen zu lenken. »Einerseits wolltest du, daß ich, wie alle anderen Mütter, mit dir in die Schule komme und mit dir erlebe, was du dort erlebst, und andererseits wolltest du mich nicht den forschenden und vor allem spottenden Blicken deiner Klassenkameraden aussetzen. Der Besuch bei der in tiefem Schlaf versunkenen Schule, für den du eine akzeptable Begründung gefunden hattest, von der du vielleicht gar nicht wußtest, wozu sie diente, war genau die Lösung für dein Dilemma.« Mutter winkte ihrer Enkelin, die sich vor der Bühne mit Freundinnen traf, und die Kleine, mit einer Papierkerze auf der Stirn, warf ihr sogleich einen Handkuß zu, und dann fügte Mutter, mit der Entschiedenheit einer Nadel, die sich ihren Weg durch einen festen Stoff bohrt, noch hinzu: »Du erinnerst dich vielleicht nicht mehr, aber ich werde nie vergessen, wie sich an einem Wintertag, als du wohl in der zweiten oder dritten Klasse warst, der Himmel mit schwarzen Wolken zuzog und ein furchtbarer Regen losbrach, und du weder Galoschen noch Regenmantel dabei hattest. Ich ließ Vater im Laden mit allen Kunden allein und rannte, so wie ich war, zu dir und vergaß sogar, den Schirm mitzunehmen.

Durchnäßt bis auf die Knochen habe ich an dem armseligen Kiosk von Reich auf dich gewartet. Du erinnerst dich an den schmalen Flur, wo er und seine Frau Tee und Butterbrote zubereiteten. Der Geruch von hartgekochten Eiern und geschmolzener Margarine und der Krach der brennenden Primuskocher waren kaum zu ertragen. Und endlich klingelte die Glocke, und ihr kamt aus der Klasse, aber du ignoriertest mich, ranntest vor mir weg wie ein Verrückter, bis ich dich beim Hotel »Eden« eingeholt habe, wo die Polizei den Gehweg abgesperrt hatte, damit Ben-Gurion hineingehen konnte. Ich habe dich nie so beschämt gesehen. Und zu Hause, erst nachdem ich dir bei meiner Ehre versprochen hatte, meinen Fuß nie mehr über die Schwelle der Schule zu setzen, abgesehen von den Elternabenden, zu denen ich notgedrungen gehen mußte, hast du mir mit gesenktem Blick erzählt, daß die Kinder aus der Parallelklasse zu euch hereingestürmt waren und schreiend verkündet hatten, »eure Putzfrau« sei mit den Galoschen und dem Regenmantel für dich gekommen und warte bei Reich. An diesem Mittag war ich in den Kleidern vom Laden wirklich nicht schön und gepflegt und sicher nicht jung wie deren Mütter, die jeden Tag, vormittags und auch nachmittags, im Café »Hermon« oder im »Savion« bei Kaffee und Apfelstrudel saßen. Ich konnte mir noch nicht einmal jede Woche die Haare richten lassen. Ich hatte nicht wie sie das regelmäßige Gehalt eines Professors oder hohen Beamten. Du hast dich zwar vor deinen Klassenkameraden geschämt ...« Die Lichter gingen aus. Die stellvertretende Direktorin schlug mit den Zimbeln, und während die Kerzenkinder bebend wie Flammen auf die Bühne kamen und sich in Form eines *Chanukka*-Leuchters aufstellten, gelang es Mutter, zum feinstimmigen Gesang von ›Meine kleinen Kerzen‹ ihren Satz zu Ende zu sprechen: »... und trotzdem ist eine Mutter, die lebt, auch wenn sie abgelebt und schwermütig ist und den ganzen Tag wie eine Magd im Laden arbeitet, besser als eine tote. Vardit Chijel hat es da viel schwerer.« Ich erinnerte mich gut an die Familientragödie dieser Mitschülerin, deren Mutter Anfang der fünfziger Jahre gestorben war, und daß Mutter noch heute im Präsens davon sprach, verlieh den Ereignissen jene angsteinflößende Verschwommenheit, welche die festen Grenzen der Zeit auflöst, hinter denen wir immer wieder vergeblich versuchen, die Vergangenheit gefangenzuhalten.

Als wir dann die Schmu'el haNagid Straße überquerten und in die Be'eri Straße abbogen, sagte Mutter, sie sei schon Jahre nicht mehr durch diese Straße gegangen, doch jetzt, in Begleitung ihres großen Reisenden Eldad Hadani, fühle sie sich beschützt und sicher, daß ihr auf dem Weg zum Flusse *Sambatjon* nichts Böses widerfahre.

»Hat Großmutter dir nicht von ihm erzählt, von Eldad Hadani?« fragte sie verwundert, da ich schwieg. »Das ist der jüdische Marco Polo«. Gleich am Sonntag solle ich Judith, die Bibliothekarin von *Bnej Brith* bitten, mir ein Buch herauszusuchen, in dem ich etwas über den legendären Reisenden lesen konnte, der vor neunhundert Jahren auf der Suche nach den verlorenen Kindern Moses bis weit nach Ostafrika gereist war, aber unverrichteter Dinge umkehren mußte, da ihm der verzauberte Fluß *Sambatjon*, der die Woche über große Felsbrocken und glühende Steine spie, den Weg versperrte.

Hinter uns, in einem Hof, der etwas oberhalb der Straße lag, standen unter heruntergekommenen Wellblechdächern dicht und aneinandergelehnt viele Grabsteine. Ich warf einen heimlichen Blick in die Steinmetzwerkstatt, las flüchtig die Namen der Toten und erschrak, daß man sie mit unfertigem Namen beim Einmeißeln hatte stehen lassen. Mutter bückte sich wieder, um ihre widerspenstigen Schnürsenkel zu binden, und sagte, wenigstens die Grabsteinbranche könne vom *Obfall* des *Sambatjon* profitieren.

»Hattest du wegen der Grabsteine Angst, hier langzugehen?« wollte ich wissen.

»Jetzt hör mir mal gut zu. Auf der anderen Straßenseite, direkt neben dem Lebensmittelgeschäft von Assis Vater, Herrn Eisland, war unser Fischladen, der Laden von mir und Onkel Jizchak.«

Die Worte schossen aus ihrem Mund, als wollte sie sie tief in mein Herz einmeißeln, und in einer merkwürdigen Mischung von Wegwollen und Hingezogensein blieb sie mit dem Rücken zu den Grabsteinen stehen und betrachtete lange die ausgetretene Eingangsstufe, das heruntergelassene Eisengitter und das staubige Fenster dahinter und sagte, erst jetzt, da ich hier neben ihr stehe, könne sie diesen furchtbaren Jahren direkt ins Auge schauen.

An jenem bitteren Tag, an dem sich die Ereignisse überschlagen hatten, dem Tag, an dem man den kleinen Körper von Towale in die trockene Erde des Ölbergs legte, neben ihre Schwester Jael, die drei Jahre zuvor gestorben war, herrschte im Elternhaus in den *Ungarsch Häusern*, wohin Mutter aus dem Krankenhaus zurückgekehrt war, Hiobsstille. Die Trauergäste, die kamen, um ihr Mitgefühl zu bekunden, setzten sich um sie herum auf den Boden, *und keiner sprach ein Wort, denn sie sahen, daß der Schmerz sehr groß war.* Die Stille wurde nur ab und zu vom verwundeten Stöhnen Großvaters durchbrochen. Er lag halbseitig gelähmt in seinem Bett, den Kopf von vielen Kissen gestützt, damit er nicht zur Seite fiel, und starrte auf die Eintretenden oder in das aufgeschlagene Psalmenbuch, das vor ihm lag, und der Speichel, der aus seinem schiefen Mund rann, wurde vom Papier aufgesogen und machte die Buchstaben unleserlich. Am dritten oder vierten Tag der Trauerwoche, nachdem sich die zum Morgengebet Gekommenen zerstreut hatten und Chaja, Mutters jüngere Schwester, aufstand, um den Großvater mit etwas Brei zu füttern, wies er den ihm gereichten Löffel zurück, zeigte mit der gesunden Hand auf einen Stapel seiner Bücher und murmelte *Russ, Russ.* »Ich glaube, Vater will das Buch Ruth«, sagte Onkel Jizchak, der einzige, der verstand, was er wollte, und seine Wünsche entschlüsseln konnte. Vater zwinkerte mit seinem gesunden Auge, und Jizchak schlug das Buch auf und führte den Finger unter den Zeilen entlang und las ihm leise, dicht an seinem Ohr, die Verse des Buches Ruth vor. Großvater gab sich große Mühe zuzuhören, und als Jizchak bei Noemis Worten, oben auf der dritten

Seite, anlangte, zwinkerte der Kranke wieder schnell mit dem einen Auge und gab ihm zu verstehen, daß er sie laut vorlesen solle. *Und sie sprach zu ihnen, Nennt mich nicht Noemi [die Holde], sondern Mara [die Verbitterte], denn der Allmächtige hat mir viel Bitteres angetan*, las Jizchak schluchzend, *Voll zog ich aus, aber leer hat mich der Herr wieder heimgebracht. Warum nennt ihr mich Noemi, da doch der Herr gegen mich gesprochen und der Allmächtige mich betrübt hat.* Großvaters schiefer Mund öffnete sich wie ein dunkles Loch, und seinem verzweifelten Schrei schloß sich das Weinen aller im Zimmer Versammelten an. »Und nur ich saß da und schwieg in Nechamas Armen«, sagte Mutter, nachdem wir uns etwas von dem gelangweilten Wächter entfernt hatten, der vor der runden Mauer des Knessetgebäudes mit den hohen, von Schlingpflanzen bedeckten Fenstern auf- und abging. »Und wie durch einen Tränenschleier sah ich die beiden kleinen Mädchen in den blau-weißen Pepitahosen, die ich ihnen genäht hatte, wie sie der kleinen Schar von Sperlingen Brotkrumen hinstreuten, worauf die sofort aus der großen Zypresse im Hof unseres alten Hauses dort in der Zephania Straße angeflogen kamen und sich wie ein Fächer auf ihr Futter senkten. Und wie die Kleinen ihr Gezwitscher nachgemacht haben.«

Ihr körperliches Bedürfnis, die Mädchen zu berühren und zu spüren, war damals so stark gewesen, daß sie sich oft vorstellte, sich zum Ölberg zu schleichen, im Dunkel den steilen Weg zwischen den Grabsteinen hinaufzusteigen, mit den Händen in den kleinen Erdhügeln zu graben, die über den Mädchen liegenden Steinplatten herauszureißen und für einen kurzen Moment ihr Blut pulsieren zu fühlen. Trost fand sie in ihren Kleidern, die von unbekannter Hand unter Mühen aus dem untergegangenen Haus gerettet worden waren. Und wenn außer ihrem Vater niemand zu Hause war, kniete sie sich vors Bett, öffnete den darunter liegenden Koffer und drückte ihr Gesicht in die vor den Blicken anderer verborgenen kleinen Kleidchen, die Strümpfe, und atmete den Hauch ihrer Seelen ein, der noch immer, so empfand sie es, an den verwaisten Kleidern haftete. Eines Tages, als sie das tat, spürte sie, daß dieser animalische Trieb sie noch wahnsinnig machen würde, ging hinaus auf das Brachland, das sich damals östlich der *Ungarsch Häuser* erstreckte, an die Stelle, wo man die Fundamente der dritten Stadtmauer entdeckt hatte, legte das wertvolle Bündel auf einen der bis zur Hälfte im Boden versunkenen herodianischen Steine, übergoß es mit Terpentin und zündete es an. Als Andenken hob sie nur zwei festliche Schabbatkleider mit Batistbändchen auf, das weiße von Jael und das rosafarbene, das Towale getragen hatte. »Die kennst du ja; du hast sie schon damals gesehen, als die Patrouille von Dov Josef kam, unser Haus stürmte und durchsuchte und alles, was sie in den Schränken fand, herausriß und auf die Betten warf«.

Keine zehn Jahre, nachdem Mutter türenknallend ihr Geburtshaus verlassen hatte und geblendet ihrer großen Liebe gefolgt war, im Glauben, nun für immer dem Fanatismus ihres Vaters und der Unbildung ihrer Mutter zu entkommen und sich endgültig von dem Fluch, der auf ihrem Leben lag, zu befreien, mußte sie geschlagen und beschämt dorthin zurückkehren. Das Haus, in dem sie Zuflucht fand, nachdem der Mann, auf den sie alle Hoffnungen gesetzt, sie betrogen hatte, war noch unerträglicher als jenes, das sie einst für immer verlassen zu haben glaubte: Die meisten ihrer Geschwister waren ausgezogen, konnten sie nicht mehr unterstützen, ihr Vater lag ans Bett gefesselt im Zimmer, ein gebrochener Mann, den man den ganzen Tag pflegen mußte, doch die größte Enttäuschung war für sie ihre Mutter.

»Deine egoistische Großmutter mit den primitiven Sinnen einer ungebildeten, aber schlauen Bäuerin entdeckte, welche Möglichkeiten sich ihr durch meine unfreiwillige Rückkehr nach Hause auftaten«, sagte Mutter so rücksichtslos und unumwunden, wie sie immer sprach – eine Eigenschaft, die ich erst Jahre später zu schätzen lernte. Die unterwürfige, gehorsame Ehefrau, die bis dahin kaum je das Haus verlassen hatte, habe die Annehmlichkeiten der Freiheit von der Herrschaft ihres gelähmten Mannes entdeckt und angefangen, für viele Stunden das Haus zu verlassen; sie begründete ihre langen Gänge mit dem

Wunsch, etwas für die Seelchen der Kleinen tun zu wollen und für den Kranken, möge er lange leben, und ließ Mutter mit den Depressionen und all den Ansprüchen des Großvaters allein. Montags und donnerstags ging sie zur Klagemauer, am Tag vor Neumond fuhr sie zu Rachels Grab nach Bethlehem, besuchte die Gräber ihrer Vorfahren auf dem Ölberg und warf sich vor ihnen nieder, saß vor allem aber stundenlang in der Synagoge und antwortete, wann immer *Kaddisch* gesprochen wurde, andächtig mit *Amen* und *Sein großer Name sei gepriesen ewig und in alle Ewigkeit*, denn es gab »ja niemanden, der für die Rettung der kleinen Seelen betete, Gott habe Erbarmen mit uns«. Mutter sagte, das alles hätte sie ihr vielleicht noch verziehen, wenn sie ihr nicht eines Morgens, als sie von der *Jeschiwat haMatmidim* nach Hause kam, hinter dem Vorhang in der Zimmerecke – der einzigen Enklave der Intimität, wo man sich umzog und wo Großmutter sich regelmäßig das Kopfhaar abrasierte – erzählt habe, Reb Schlejme Salmen Brisel, der *Maggid*, möge sein Licht leuchten, sehe den Tod ihrer beiden Enkelinnen als Strafe des Himmels dafür, daß ihre Tochter mit bloßen Armen und Beinen herumlaufe, ihr Haar nicht bedecke, wie es jüdische Ehefrauen tun, und stolze, bunte Kleider trage. »Die in Unreinheit gezeugten Kinder haben keine guten Engel, die sie auf ihren Wegen begleiten und sie vor Gefahren und Not beschützen«, zitierte Großmutter die Worte des Rebben, der die treibende Kraft in der »Sittenwächterpatrouille« war, und merkte gar nicht, wie Mutter wortlos hinausschlich. Sie lief den ganzen Tag durchs Viertel, überquerte Straßen, ohne nach links und rechts zu schauen, betete, ein Auto möge sie überfahren, doch mit Einbruch der Dunkelheit kehrte sie in die *Ungarsch Häuser* zurück, zu ihrem im Halbdunkel schluchzenden Vater, der immerzu ihren Namen rief, und zu der sorgenvoll die Hände ringenden Mutter. *Ich bin wie die Eule in der Einöde, wie das Käuzchen in den Trümmern. Ich wache und klage wie ein einsamer Vogel auf dem Dache*, erinnerte sich Mutter und blieb an der Ecke King George und HaMa'alot Straße stehen. In der kleinen Glasvitrine an der Hauswand links vom Eingang zum *Bejt haMa'alot* stellte in diesem Monat Alfred Bernheim, der ein Studio für Kunstphotographie hatte, ein Porträt von Agnon aus. Lange betrachtete Mutter den ironischen, nüchternen Blick des Dichters und sagte, wenn sie auf jene leise Stimme gehört hätte, die sich dennoch deutlich zwischen den Zeilen seiner Geschichten aussprach, hätte sie wissen können, daß eine solche Rückkehr von Anfang an zum Scheitern verurteilt war. »Ich hätte in einen Kibbuz gehen sollen, mir dort ein Zimmer mieten, oder wenn es nicht anders gegangen wäre, in verlassenen Wäschekammern auf den Hausdächern schlafen sollen, nur nicht in die *Ungarsch Häuser* zurückkehren, noch nicht einmal für die Trauerwoche.«

»In diesen Tagen lag ich zerschmettert auf dem Boden eines tiefen Lochs«, sagte Mutter, als wir die am Schabbat menschenleere King George Street überquerten, »und der einzige, der sich unter Lebensgefahr durch die schmale Öffnung zwängte und zu mir herunterkam, der sich nicht vor dem Absturz und nicht vor giftigen Gasen fürchtete, war Jizchak, während alle anderen bloß herumstanden und die Hände über dem Kopf zusammenschlugen. Jetzt, wo sie die Ereignisse »mit mehr Perspektive« sehe, fügte sie hinzu, könne sie sagen, daß von allen allein ihr Bruder nicht nur ihr Unglück, sondern sie als Menschen wahrgenommen habe. (»Du bist ein Einzelkind; du wirst das nie verstehen«, antwortete Mutter mir viele Jahre später, als ich sie über die komplizierten Beziehungen der Kinder von Großmutter und Großvater zueinander befragte – ein verworrenes Knäuel aus Liebe und Haß, Eifersucht und Freundschaft. »Nimm acht Brüder und Schwestern und natürlich Mutter und Vater und pferche sie auf siebenunddreißig Quadratmetern zusammen: zu zweit im Bett oder auf dem Boden nebeneinander auf Matratzen, ohne daß auch nur einer von ihnen irgend etwas Privates hätte, kein Kleidungsstück, kein Buch, keine Schublade, wo man etwas verstecken konnte; so müssen sie ihre ganze Kindheit zusammen verbringen, in furchtbarer Enge, vor den Augen aller ihre Pubertät erleben, die erste Periode, den ersten nächtlichen Samenerguß, und als ob das nicht schon genug wäre, wachen sie auch noch ab und zu nachts auf und hören, wie Mutters Bett sich bewegt, wie Vater stöhnt, und die entsetzliche Stille danach – aus einem so zusammengedrängten menschlichen Leben kann ja nichts Normales herauskommen.« Und immer fügte sie hinzu, es sei ein Glück – das Wort »Wunder« benutzte Mutter nie –, daß dabei nicht Schlimmeres herausgekommen ist.) Daß gerade Jizchak ihr half, erklärte Mutter mit der verborgenen seelischen Bindung, die vom Tag seiner Geburt an bestand: Sie war damals sieben Jahre alt, höchstens siebeneinhalb, als sie eines Tages in der Abenddämmerung unerlaubt bei seiner Geburt zuschaute. Erschrocken, aber direkt hinschauend (»so war ich mein ganzes Leben«, betonte sie), beobachtete sie aus einem Versteck ihre Mutter, mit den hochgelegten nackten Beinen, die sie nie zuvor gesehen hatte, (»ihre weißen riesigen Beine hatten ein eigenes Leben, denn ihr Gesicht sah ich nicht«), hörte ihr Stöhnen und Fluchen, sah die hin- und herrennenden Beine der Hebamme und Mutters Schwester Rachel, die Töpfe mit heißem Wasser hereintrug, sah die Binden voller Blut (»ich dachte, gleich ist ihr ganzes Blut ausgelaufen, und sie wird sterben«), und schließlich die kleine schreiende Puppe mit dem faltigen Gesicht, die in ein weißes Stück Stoff gewickelt wurde, und die Hebamme, die rief: *»Chann'ke, a suhn, a lebediker suhn«*, und das erleichterte Seufzen der weinenden Mutter: *»Danken Gott«*. »Seit dem war ich seine kleine Mama«, sagte sie und beschrieb, wie sie ihn zum Lachen brachte, ihn wickelte, vor allem aber, wie er an ihr hing und hinter ihr her war, nachdem ihre Mutter immer und immer wieder schwanger wurde und mit Fehlgeburten und einer Totgeburt zu schaffen hatte. »Als dann alles zusammenbrach und ich Hilfe brauchte, war er für mich da wie ein Sohn.« Und Mutters Blick ruhte auf meinem Gesicht und verfolgte genauestens jedes Zucken und jede Bewegung meines Kopfes, in dem rührenden, zum Scheitern verurteilten Versuch, die Geheimnisse der Zukunft daraus zu lesen.

Nicht lange nach Mutters Rückkehr in die *Ungarsch Häuser*

kündigte ihr Bruder seine feste Stellung bei den Elektrizitätswerken des britischen Mandats und mietete den Laden nahe der King George Straße, um dort ein Fischgeschäft aufzumachen. Großmutter, die wie alle anderen nicht verstand, was er damit vorhatte, behauptete, er schade damit ernsthaft seinem weiteren Fortkommen im Leben. (»Schaut euch doch Rabinak und Tzelniker an, auch sie sind genau wie mein Jizchakl sommers und winters auf hohe Masten geklettert, um ›Kurzschlussim‹ zu reparieren, aber sie hatten Geduld«, klagte Großmater noch Jahre später, als Jizchak schon längst in Amerika erfolgreich Karriere machte, »und nachdem der Engländer ging, übernahmen sie die Büros und bekamen Gehälter von ›Ministers‹. Sie können jetzt jeden Tag heiß baden, weil der Strom bei ihnen zu Hause wie Wasser fließt, und nur mein Dummerjan mußte unbedingt Fische verkaufen gehen.«) Jizchak hatte das Geschäft, so stellte Mutter es dar, zu ihrer Rettung geplant und aufgemacht. Erst Jahre später verstand sie, daß er ihr ob seiner Feinfühligkeit und Klugheit diese Pläne nicht verraten hatte, in der Sorge, sie würde sein Angebot zurückweisen. »Mehr noch! Er sagte nicht, daß ich ihn brauche, sondern er sei verzweifelt auf meine Hilfe angewiesen, das Geschäft würde zusammenbrechen, wenn ich nicht als Partnerin einstiege.«

So nahm Mutter ihre letzten Kräfte zusammen, um Jizchak, der einzig nahen Seele, die sie auf der Welt hatte, bei seinem Abenteuer zu helfen, und folgte ihm ins Fischgeschäft. »Jeden Morgen mußte ich aufstehen, mich kämmen, mir Lipstick anmalen und etwas Ordentliches anziehen – Rechavia ist schließlich nicht Ge'ula oder *Ungarsch Häuser* – und ins Leben hinaustreten.« Und so wurde Mutter ohne eigenes Zutun von zu Hause getrennt, von ihrem Vater, der sie in seinem Elend tyrannisierte, und von ihrer Mutter, die es sich zu all ihrem bisherigen scheinheiligen Tun auch noch zur Gewohnheit gemacht hatte, nach jedem schlechten Traum einen Wundertäter im alten Bejt Israel Viertel aufzusuchen, um die böse Verheißung abzuwenden. Doch Mutter begann, wieder ein wenig über ihr eigenes Schicksal hinauszugucken. Die Arbeit war aufreibend. Besonders schlimm waren die Flossen der Meeresfische, deren spitze Stacheln ihre Hände blutig rissen und häßliche Narben hinterließen. Wenn der Fisch infiziert war, bekam sie manchmal sogar Blutvergiftungen. (»Genauso sahen meine Hände aus, als ich mit den Fischen gearbeitet habe«, sagte sie einmal unbedacht, als sie in einem Kunstband blätterte und auf Bilder von Jackson Pollock stieß.)

Dennoch wirkte das dauernde Zusammensein mit wechselnden fremden Menschen tagsüber (»Ich durfte ja auf keinen Fall vor der ›klientura‹ plötzlich losheulen«, erklärte Mutter. »Wenn ich nicht die Fassung bewahrt hätte, wären uns die Kunden weggeblieben. Wer will schon seinen Fisch für den Schabbat mit Tränen salzen.«), und nachts tat die große Müdigkeit das übrige. »Der Schmerz wurde zwar nicht schwächer, aber er nahm ein bißchen weniger Raum ein«, erinnerte Mutter sich, als wir uns auf eine der neuen, von der Stadtverwaltung aufgestellten Bänke setzten. Jene Bänke, die entlang der während des Krieges in aller Eile errichteten Betonmauer standen, durch die Passanten vor den Schüssen der arabischen Scharfschützen auf der Altstadtmauer geschützt werden sollten. »Aber der Schmerz hat sich nicht von alleine zusammengezogen, er wurde nur zusammengedrückt, wie eine Metallfeder, und wenn er aufsprang, durchstieß er meine Brust und zerriß mich von innen wie ein Dum-Dum-Geschoß.«

Das passierte meist in der Mittagspause. Ihr Bruder nutzte diese Zeit, um mit den Händlern vom Großmarkt die Geschäfte zu regeln, während sie hinter dem halb heruntergelassenen Gitter alleine im Laden blieb, um ihn zu putzen und für den Nachmittag vorzubereiten. In der Stille des plötzlich leeren Geschäfts brach ihr Leben wieder auseinander, und sie sah die kleine Jael vor dem Aquarium sitzen, das Tante Ajala ihr geschenkt hatte, wie sie mit ihren kleinen Lippen ganz nah an die Glasscheibe ging und die Mundbewegungen der beiden kleinen Guppys nachmachte. Dann entglitt Mutter der Fisch, den sie gerade putzte, und sie schlug sich die schmierigen Hände vors Gesicht, die nach Tod und Meer rochen. »Ich hielt es nicht mehr aus, ich mußte raus auf die Straße, und dann schlich ich wie ein Schatten an den Steinmauern der Häuser und Gärten entlang.« Ihr ausgestreckter Arm wies zur gegenüberliegenden Straßenseite und beschrieb die Route des Untergangs, auf der ihr Leben sich damals bewegte.

»Manchmal, wenn ich es gar nicht mehr ausgehalten hab, bin ich heimlich auf die Dächer gestiegen.« Mutter hatte die ganze Zeit den Verschluß ihrer Handtasche auf- und zuschnappen lassen. Plötzlich schwieg sie, nahm meine Hand, drückte sie fest an sich, und sagte, es gebe sicher Leute, die sagen, daß all diese Geschichten meiner Seele furchtbar schadeten, »aber ich weiß aus eigener Erfahrung, daß man die Vergangenheit wohl erdrosseln und in der Tiefe verstecken und vergraben kann, doch dann werden ihre Schatten wachsen und vergrößert über die Mauern des Lebens fallen«, und außerdem, sagte sie, kenne niemand mich und meine Seele so gut wie sie, und sie habe keinen Zweifel, daß das, was ich heute von ihr hörte, mich nur stählen und aufs Leben vorbereiten werde.

Mutter machte sich wieder an dem Verschluß ihrer Handtasche zu schaffen und fragte, ob ich wisse, daß eine junge Frau einmal im Monat eine Periode bekäme; dies sei das Zeichen, daß der Körper sich wieder auf eine Schwangerschaft vorbereite. Nicht nur, daß ich diesen merkwürdigen Themenwechsel nicht verstand – es klang, als wollte sie wie die Schulschwester eine Aufklärungsstunde beginnen –, ich errötete auch. Noch verlegener wurde ich, als Mutter sagte, ein Junge, der auf die *Bat Mizwa*-Feier einer Klassenkameradin eingeladen sei, müsse erwachsen genug sein, solche Dinge gelassen anzuhören, ohne verlegen auf dem Stuhl herumzurutschen.

»Ich kannte hier alle Dächer, ab drei Stockwerke aufwärts«, fuhr sie fort und kehrte nach diesem kleinen Exkurs, dessen Bedeutung mir erst später klar wurde, zu ihrer Geschichte zurück. Mit nach oben gerichtetem Blick prüfte sie die hohen Häuser auf der anderen Straßenseite und um uns herum und sagte: »Verstehst du? Ich wollte mich umbringen. Jedesmal, wenn ich auf eines der Dächer stieg, traute ich mich noch einen Schritt weiter näher an den Rand, und spürte ein süßes, hypnotisierendes Begehren, in die Hinterhöfe hinunterzuschauen und auf die Straßen, die so nah dort unten lagen. Ich trainierte, um im entscheidenden Augenblick die Kraft zu haben, den kleinen, letzten Schritt in den befreienden Untergang zu tun, wo keine Trauer und keine Sehnsucht mehr wäre.«

Heute, da ich diese Zeilen schreibe, mich vergeblich dazu zwinge, das gesamte Bild präzise zu rekonstruieren und mich nicht mit jenen ausgesuchten Momenten zu begnügen, welche die Erinnerung mit ihrer Liebe fürs Detail in der ihr eigenen Unordnung aufbewahrt hat, so beschäftigt mich weniger die Frage, die mich all die Jahre umtrieb – woher Mutter damals, an jenem Schabbatnachmittag, als wir das *Bezalel*-Museum verließen, die Kraft nahm, ihre innere Welt so unverhohlen vor mir auszubreiten, – als die viel quälendere, grausamere Frage, warum sie das tat. Auch meine Mutter hatte wohl egoistische Bedürfnisse, derer sie sich nicht bewußt war und die sie auf mich übertrug. Ob sie wohl je daran gedacht hat, daß sie mich wenigstens zur Erfüllung ihrer narzißtischen Wünsche brauchte, daß ich von ihr tatsächlich unbewußt manipuliert wurde und – wie jedes Kind, das von seiner Mutter ausgenutzt wird – diese empfindlichen Fühler entwickelte, um die Sensibilitäten des anderen wahrzunehmen? Doch sind nicht diese Gedanken, ihr Niederschreiben, ein Hinweis darauf, daß man durch die Trauerarbeit des Schreibens Befreiung erlangt und sich jene ersehnte eigene Ursprünglichkeit offenbart, die unter den Schichten von Verstellung, Verdrängung und Selbstentfremdung überdauern konnte? Trotz der ausnutzenden, vielleicht sogar destruktiven Gestalt von Mutter, die ich hier oft mit so viel unterdrückter Wut beschreibe, ist es ihr aber doch gelungen, ihre Vergangenheit in den Griff zu bekommen, sich sogar davon zu befreien, weshalb sie an jenem Schabbat auch in der Lage war, mir mit Empathie und Würde zu begegnen und auf meine Bedürfnisse, so wie sie es verstand, Rücksicht zu nehmen.

Während ich mich über den bewußtlosen Körper der Erinnerung an jene schon lang zurückliegenden Schabbatnachmittage beuge und versuche, sie wiederzubeleben, wieder zu Bewußtsein zu bringen, erlebe ich, wie widerspenstig die Erinnerung sein kann. Ich kann ihr zwar so lange zureden, bis sie bereit ist, die Farbe von Mutters Seidenbluse zu verraten (ein mattes Hellblau ohne jede Süße, eben nicht wie Wedgwood Porzellan), oder den Geruch zurückzubringen, der uns am Beginn der King George Street entgegenschlug (der Gestank der Polizeipferde, die kurz zuvor hier entlanggaloppiert waren, unterwegs, eine Demonstration von *Neturej Karta*-Leuten aufzulösen, und ihren Mist auf der Straße hinterlassen hatten, vermischt mit dem Duft blühenden Ginsters); ich kann mich auch erinnern, was ich mit den Händen machte, während Mutter sprach (zu Mutters Mißfallen faltete ich die Informationsblätter, die wir im *Bezalel*-Museum bekommen hatten, zu einer Harmonika, und sie sagte: »Willst du jetzt eine Fabrik für Plissee-Röcke aufmachen?« und bat mich, damit aufzuhören, weil sie sich so nicht konzentrieren könne). Aber meine Erinnerung weigert sich, mir irgendeine Antwort auf die Frage zu geben, was ich damals gedacht, was ich in diesem Moment empfunden habe. An diese Details – und es gibt nichts besseres als sie, um diese Welt wieder zum Leben zu erwecken – ist schwerer heranzukommen. Es scheint, als seien die Gedanken und Empfindungen, die doch so körperlos und flüchtig sind, das erste, das von den Wellen des Vergessens zerdrückt wird; nur wenn sie in der Konkretheit des Sprechens, in einer Gebärde oder einer Handlung gefangen sind, bewahren sie ein Bild ihrer ursprünglichen Form, wie jene Fliege oder jenes Käferchen, die das Unglück hatten, im Harzstrom urzeitlicher Urwälder festzukleben und wegen dieses über sie verhängten Erstickungstodes in den Dekolletés feiner Damen in schmucken Anhängern aus durchsichtigem Bernstein ewiges Leben zu erlangen.

Indessen steht Mutter in ihrer Geschichte noch immer am Rande des Daches, der starke Wind dort oben schiebt sie von hinten, drängt sie in den aufgerissenen Abgrund unter ihr, lockt sie mit leeren Versprechungen ewiger Ruhe, und ich zerreiße wie von Sinnen die Papiere und flüstere in Angst, Zorn und vor allem furchtbar gekränkt: »Verrückt bist du, völlig verrückt. Was machst du da. Wenn du da runtergefallen wärst, dann gäbe es auch mich heute nicht.«

»Aber du lebst doch«, sagte Mutter leise und strich mir über den Kopf, »und ich habe mein Leben allein dir zu verdanken.« Dann schaute sie auf die Uhr, erhob sich von der Bank und schlug vor, wir sollten jetzt, wie ich es mir gewünscht hatte, meine Schule anschauen gehen. Und dann erzählte sie mir von dem letzten Mal, als sie auf die Dächer gestiegen war, um sich das Leben zu nehmen. Es war auf dem Dach des nahegelegenen *Bejt haMa'alot* gewesen. Als sie schon fast den Bürgersteig unter sich sah – die Baumkronen hatte sie bereits gesehen, so nah stand sie am Rand –, da habe sie plötzlich gespürt, daß sie ihre Periode bekam. »Und, wie von einem Blitz getroffen, wußte ich, daß ich nicht verloren war, daß ich noch immer jung genug war und neues Leben in mir wachsen könnte, daß ich, wenn ich nur wollte, noch einmal ein lebendiges Kind haben könnte.« Mutter zog den Lippenstift aus der Tasche, schaute in den kleinen lila Spiegel, den ich ihr zum Muttertag geschenkt hatte, malte sich mit großer Genauigkeit ihre Oberlippe an und preßte dann mit leichten Kußbewegungen die Unterlippe dagegen. Überströmt von kaltem Schweiß, erzählte Mutter, ging sie damals rückwärts, hielt sich mit aller Kraft an den rostigen Wassereimern fest, die in einer Reihe auf der ganzen Länge des Daches standen, bis sie die Öffnung zum Treppenhaus erreichte und langsam, ganz langsam hinunterstieg, ein Stockwerk nach dem andern. Als sie auf die von der Mittagssonne lichtüberflutete Straße hinaustrat, schlug sie ihre von rostigem Staub fleckigen Hände vors Gesicht und begann zu weinen, daß es sie schüttelte; es war ihr allererstes Weinen. »Und seither ist Leben für mich der Geruch von Rost und Tränen.«

3

Ich wollte mit der Haussuchung durch die Patrouille des Ministeriums für Bewirtschaftung beginnen. Und erst nachdem ich angefangen hatte, den ersten Faden aus dem Knäuel der Geschehnisse um Mutters beide Töchter herauszulösen, wurde klar, wie töricht und naiv das gewesen wäre – natürlich war das auch gar nicht der Zeitpunkt, an dem die Mädchen ohne jede Vorwarnung das erste Mal in mein Leben getreten waren. Sie hatten schon vorher eine versteckte und doch wesentliche Rolle in meinem Leben gespielt. Die kleinen Händchen, die sie mir aus ihrem Schattenreich entgegenstreckten, waren ja die ersten, die mich empfingen; und nach einer ganz eigenen Geometrie der Toten, deren Beziehungen mit den Lebenden nicht abbrechen, zogen sie um meine Wiege ihre Kreise, deren Eindruck, obgleich dem Auge verborgen, niemals verwischen wird. Aber ich irrte mich in der Annahme, daß der Vorhang, den Mutter vor dem Leben und Tod der beiden heruntergelassen hatte, um mich von ihnen zu trennen, von der Wirklichkeit zum ersten Mal an eben jenem Nachmittag aufgetan worden sei, als wir von einem Besuch bei einer von Mutters Freundinnen zurückkamen und unsere an Basedow leidende Nachbarin, die gerade die Fenster ihrer Wohnung blankrieb, uns mit unverhohlener Schadenfreude mitteilte, die Patrouille des Militärgouverneurs Dov Bernard Josef sei in unsere Wohnung eingedrungen und habe dort einen Pogrom veranstaltet.

Drinnen fanden wir Vater zwischen Bergen von Kleidern und aufgerissenen Schränken sitzen und vor sich hin starren. Mutter versteinerte. Schließlich schlug sie die Hände über dem Kopf zusammen und fragte tonlos, worin sich dieser Anblick von dem Pogrom in Hebron unterscheide, über den die Zeitungen nach den Unruhen von 1929 berichtet hatten. Kopflos lief sie zwischen den Betten hin und her, auf denen alles aufgehäuft lag, bis sie sich schließlich auf eines fallen ließ und ungezügelt jenen unbekannten, undankbaren Kunden verfluchte, der Mutter und Vater bei den Oberen denunziert hatte und sie verleumdete, sie hätten etwas mit dem Schwarzmarkt zu tun. Vater saß verloren am Fenster. Die Schatten der Gitterstäbe legten sich ihm fremd und zart über Gesicht und Schulter. Er sprach wie zu sich selbst und murmelte immer wieder, diese Scheißkerle hätten am Ende ihrer gründlichen Haussuchung nichts weiter beschlagnahmt als eine Blechbüchse mit ein paar Pfund ungeschälten Mandeln, die Mutter bei der Vereinigung der Vegetarier im Austausch gegen die Fleisch- und Fischrationen, die sie selbst nicht aß, erhalten hatte. Ich lehnte mich an Mutter, die ihr Gesicht in einem Haufen ihrer Kleider vergrub, und langsam wich die Angst von mir, und die unerwarteten Kostbarkeiten aus der Schatzgrube weckten meine Neugier. Besonders interessierte mich ein kleines Röllchen, ähnlich einem Lippenstift, das sorgfältig in ein Stoffband eingenäht war, und die beiden Kleider der Mädchen, eins rosa und eins weiß, die auf einem der Kleiderhaufen lagen. »Von wem ist denn das?« fragte ich Mutter, indem ich auf die Kleidchen zeigte und den merkwürdigen Gegenstand fest in der Hand hielt. Mutter schaute mich mit halbgeschlossenen Lidern an. Doch dann kam sie zu sich, stand auf und hängte die Kleidchen wortlos auf einen Bügel, darüber drei Kleider, die sie schon lange nicht mehr trug, und tat diese schnell in den leeren Schrank. »Gib mir das Röllchen«, bat sie mich, »heute Abend, wenn ich das Haus aufgeräumt habe, erzähle ich dir, was es mit dem darin aufbewahrten Amulett auf sich hat.« Das hatte sie, wie sich herausstellte, von einem greisen babylonischen Kabbalisten und

Handleser an dem Tag bekommen, als die Universität auf dem Scopusberg ihre Pforten öffnete. »Und die Kleider? Hattest du einmal Töchter?« Ich ließ nicht locker; eine alte, verborgene Erinnerung stieg auf und begann, sich in mein Bewußtsein zu drängen. Doch Mutter, die wie ein geübter und mutiger Schachspieler bereit war, eine weniger bedeutende Figur zu opfern, um die Königin zu retten, ignorierte mein Nachfragen und gab mir ein Zeichen, ihr in die Küche zu folgen. Dort flüsterte sie mir, ohne daß es an Vaters Ohren drang, zu, ich könne stolz darauf sein, daß sie mich für reif genug und vor allem für würdig erachte, mir die verborgensten Geheimnisse zu offenbaren, die sie bisher mit niemand anderem habe teilen wollen. Letztlich erfuhr ich an jenem Abend aber doch nicht, was der Kabbalist in ihrer Hand gelesen und was er ihr über ihre Zukunft geweissagt hatte, denn kurz nachdem Vater sich in die Küche zurückgezogen hatte, um sich seinen Zaubertrank zu brauen, drang unter der geschlossenen Tür der Geruch der Baldriantropfen zu uns. »Vaters Herz«, rief Mutter, sprang auf und lief zu ihm. Sie fand ihn in einer Ecke kauern, und sein entsetztes, fahles Gesicht verschwamm unter Tränen. Er hielt sich die Brust und murmelte »GPU ... GPU.« Mutter führte ihn zum Bett und sagte, er könne Gott danken, daß die *aparatschiks fun der jiddischer medine* ihn nicht zur Polizeistation im Russian Compound geschleppt hätten, und sie gab mir ein Zeichen, schnell zu Dr. Israelit zu laufen.

Doch diese Szene – die tatsächlich der erste Faden war, den ich aus jenem verworrenen Knäuel der Vergangenheit herauslöste, in der Absicht, später weitere, nacheinander einzeln freigelegte Fäden damit zu verknüpfen und sie wieder ins Gewebe des Lebens einzuweben, das ununterbrochen, dunkel und voller Veränderungen weitergeht, – ging schon in etwas veränderter Form in meinen Roman *Federn* ein. Jetzt, da sich der Mensch in mir gegen den Geschichtenerzähler empört, wie Nabokov es beschreibt, und ich daran gehe, diese Szene aus der Gefangenschaft zu befreien und wieder an ihren ersten Platz zu stellen, begreife ich, daß sie in der neuen, literarischen Umwelt, in die ich sie ohne großes Zögern geworfen hatte, ganz und vollständiger aufgegangen war, als im Kontext des früheren, tatsächlichen Erlebens, da sie vor der Zudringlichkeit des Künstlers noch sicher gewesen war.

Und als ich glaubte, sie erfolgreich gerettet zu haben, wenn auch begleitet von dem drückenden Gefühl der Scham über meine Leichtfertigkeit beim Schreiben von *Federn*, hatte ich einen jener gesegneten Momente, in denen sich einem plötzlich weite Gefilde des Lebens auftun und man in völliger Klarheit Anblicke sieht, die in der direkten Sprache des Gegenwärtigen zu einem sprechen, obgleich sie aus anderen Zeiten stammen.

In der Entfernung längst vergessener Tage und scheinbar unwiederbringlich ausgelöschter Stunden sah ich mich, noch ganz verschlafen, zusammen mit anderen Männern neben Vater auf eine Bank gequetscht im hinteren Teil der Achwa Synagoge um einen ausgezogenen groben Holztisch sitzen. Es war am Tag vor *Pessach* in der Morgendämmerung. Ihre Köpfe auf nackte, schlaffe Arme gestützt, auf denen der Abdruck der eben erst abgelegten Gebetsriemen noch zu sehen ist, lauschen die besseren, aber schon etwas glanzlosen Leute dem Gelehrten Mosche Lejb Schachor, der ihnen den Schluß des Traktats *Pessachim* im Talmud erklärt. Ich saß bei ihnen und schaute mich um, zählte nacheinander alle grünen, blauen und roten Lichtpfützen, die sich auf dem Steinboden bildeten, und die Lichtstrahlen, die durch das bunte Glas des Misrachfensters hereindrangen. Vater hatte mich im Morgengrauen aufgeweckt, um mich zum »Mahl der Erstgeborenen« mitzunehmen. Auf dem Weg durch die leeren Straßen hatte er mir erzählt, wir Erstgeborene müßten an diesem Tag eigentlich fasten, als Zeichen unserer Dankbarkeit gegenüber dem Herrn der Heerscharen, weil er uns von den Erstgeborenen der Ägypter ausgesondert und bewahrt hat. Dieses Fasten könne man aber durch die Teilnahme an dem rituellen Festmahl ersetzen, welches zum Abschluß des Studiums eines Talmudtraktats gegeben wird. Und während Vater diese furchtbare Stunde beschrieb, da *um Mitternacht Gott durch Ägyptenland zog, und alle Erstgeburt in Ägyptenland schlug, angefangen vom ersten Sohn des Pharao, der auf seinem Thron sitzt, bis hin zum ersten Sohn der Magd, die hinter ihrer Mühle hockt*, entschwand er immer weiter in die mythische Zeit. Und auch ich, der ich zusammen mit all den anderen Erstgeborenen Israels früh aufgestanden war – *möge uns dies zum Leben und zum Frieden gereichen* – wurde zusammen mit Vater zu einer jener Abertausend Spiegelungen, von denen keiner weiß, wer genau sie waren und in welcher Generation sie lebten, deren letzte Nachfahren von den großen Marmortafeln an den Wänden des Gotteshauses auf uns herabschauten, wo die Namen unserer vergessenen, fernen Vorfahren in einem Durcheinander der Zeiten verewigt sind. »*Hadran alach, hadran alach*, wir haben uns in deine Pracht gekleidet, Traktat *Pessachim*, und dir Pracht verliehen, indem wir dich lernten«, las Rabbiner Mosche Lejb Schachor die uralten Worte, und sein Antlitz leuchtete, und die vielen Generationen, die in seiner Stimme mitklangen, verliehen seinen Gesichtszügen Erhabenheit, und wir antworteten ihm wie ein Echo: »*Hadran alach, hadran alach*«. Bei diesem Ruf des Vorbeters war Herr Riwkes von seinem Stammplatz in der Nische aufgesprungen. Der Synagogendiener hatte nur auf diesen Moment gewartet, zog seine schon aus der Mode gekommene Krawatte wie ein Galgenseil fest und schickte seine beiden Gehilfen, Flaschen und Schnapsgläser auf den Tisch zu stellen und aus dem Alkoven die Teller mit dem Hering zu bringen, während er selbst die traditionellen Kuchen verteilte, die bei diesem rituellen Mahl gegessen werden – runde, nadelkissenförmige Küchlein, mit Hagelzucker bestreut. Als Riwkes zu mir kam, kniff er mich mit seinen knochigen, gichtigen Fingern in die Wange; sie rochen ekelhaft, süßlich nach Vanille, Cognac und der Sauce des eingelegten Fischs, und er sagte, vom religionsgesetzlichen Standpunkt aus müsse er mir gar keinen Kuchen geben. »Du hast nicht *als erster den Mutterschoß durchbrochen*, Freundchen«, verkündete er mir mit den biblischen Worten, und als er sah, daß ich ihn nicht verstand, erklärte er noch einmal in modernem Hebräisch, »du bist nicht der Erstgeborene deiner Mutter. Haben sie dir nicht erzählt, daß deine Mutter Kinder hatte, die gestorben sind, bevor du zur Welt kamst?« Vater schob ihn mit einer zornigen Handbewegung fort und schimpfte, er solle in diesem Gotteshaus keine Gerüchte verbreiten, und brach mir die Hälfte von seinem Kuchen ab; »Für mich bist und bleibst du mein Erstgeborener«, sagte er. Ob seine Stimme am Kuchen fast erstickte oder am Schmerz, wußte ich nicht. Als wir die Synagoge verließen, hatte Vater sich schon wieder gefaßt. »Hör lieber gar nicht hin, was die Leute in ihrer Leichtfertigkeit so erzählen.« Und um seinen Worten Nachdruck zu verleihen, fügte er hinzu, Riwkes sei, seit seine jüngste Tochter verbrannte, als ihr Hausmantel aus Nylon an den Schabbatkerzen Feuer fing, nicht mehr ganz normal; er sehe überall nur noch tote Kinder. Doch als er seine Bemühungen, den mit Mutter gegen mich geschlossenen Schweigepakt zu retten, scheitern sah, erklärte er mir, es sei kein Zufall, daß die Schöpfung mit dem Buchstaben ב *bet*, dem zweiten Buchstaben des Alphabets beginne, der an drei Seiten geschlossen und nur zu einer Seite hin offen ist. Dies solle den Menschen lehren, sich nicht in müßigen Nachforschungen zu ergehen und sein Hirn nicht mit Fragen zu ermüden, was über ihm und was unter ihm sei, und vor allem nicht zu versuchen, das zwar verlockende, aber doch völlig bedeutungslose Geheimnis zu lüften, was war, bevor er geboren wurde, sondern vielmehr mutig nach vorne in die Zukunft zu blicken. Er dachte nach und fügte dann hinzu, er vertraue mir, daß ich diesen dummen »Inzident« aus der Synagoge bald vergesse, und daß ich vor allem Mutter nicht danach fragen werde, denn sie habe mit der Arbeit im Geschäft und mit den Vorbereitungen für das Fest schon genug zu tun und den Kopf nicht frei, mir auf solche Fragen zu antworten.

Warum ich damals nicht protestierte, als Vater mich schnell und entschieden von dem Abgrund wegzog, der sich zu meinen Füßen zwischen den bunten Lichtpfützen auftat, warum ich meine Neugier unterdrückte und nicht darauf bestand, herauszubekommen, was der Synagogendiener mit dem verstörten

Blick gemeint hatte, weiß ich nicht. War der Sog des Abgrunds so bedrohlich und verführerisch, daß ich dem Vater widerstandslos folgte, der mich fest an der Hand hielt, damit die gähnende Leere mich nicht verschlang? Oder hängt die Antwort mit einer anderen, komplizierteren Frage zusammen, die aus der ersten hervorgeht, wie eine Schachtel in einer Schachtel? Mit der Frage nämlich, warum die Verdrängung dieses dummen »Inzidents« dermaßen erfolgreich war, daß die Erinnerung daran erst jetzt zurückkehrt und sich mir in ihrer ganzen Lebendigkeit zeigt?

In dem Essay *In eineinhalb Zimmern* über seine Jahre in Leningrad schreibt Josef Brodski, der Erinnerung und der Kunst gemeinsam sei die Fähigkeit auszuwählen und das Gespür für die Bedeutung von Einzelheiten. Doch diese Feststellung, die der Kunst, und gewiß der Erzählkunst zu schmeicheln scheint, beleidigt die Erinnerung. Aber sollten die parallelen Mechanismen des Präferierens und Verwerfens von Materialien in der Kunst und der Erinnerung, auf die Brodski hier hinweist, vielleicht doch helfen können, zu verstehen, warum die Szene aus der Synagoge von der viel späteren Erinnerung an die Haussuchung völlig verdrängt wurde? Womöglich verstellte die Präferenz dieser einen Erinnerung, die durch dauernde Pflege und fleißiges Wiedererzählen wach gehalten wurde und erst dadurch jene klaren Umrisse erhielt, die ihre künstlerische Gestaltung überhaupt ermöglichten, der früheren den Weg, die zwar sehr vital, aber noch formlos war, und hinderte sie, an die Oberfläche zu gelangen. Und wer weiß, ob diese frühere Erinnerung, nachdem sie selbst endlich aufgestiegen und ins Bewußtsein gekommen ist, nicht wieder etwas anderes zurückdrängt, das durchbrechen und von jenen innersten Orten, die keine Ruhe kennen, aufsteigen könnte? Wenn eine Hand diese unfaßbaren Dinge ergreifen will, die jetzt noch keine Form haben, sondern das Wesen an sich sind, so wird es ihr nicht gelingen.

Erst in den Sommerferien zwischen dem sechsten und siebten Schuljahr sollte es soweit sein. An einem jener behaglichen, von jeder Verpflichtung freien Tage, die tatenlos vergehen und keine Spur in der Erinnerung hinterlassen, traten die beiden Mädchen zunächst unbemerkt, aber doch ganz offen in mein Leben, als ich die Abwesenheit von Vater und Mutter dazu nutzte, plötzlich meine Hand in die Tiefen des Kleiderschrankes zu stecken, und dort ihre Photographien fand.

»Die unglaublichsten Dinge können passieren, wenn man ein Kind unbeaufsichtigt zu Hause läßt!« hörte ich in jener Nacht Tante Nechama mit Mutter, die neben ihr im Dunkel lag, schimpfen; sie quälte Mutter mit den schlimmsten Vorwürfen, weil sie mir Dinge erzählt habe, die ein Kind in meinem Alter nicht zu wissen brauche.

Einige Male im Jahr, immer an einem Dienstag, wenn Geschäfte und Büros nachmittags geschlossen hatten, versteckte Tante Nechama an einem geheimen Ort ihren »Trödelladen«: Eine große Ledertasche, vollgepackt mit Briefmarken, Steuermarken und allerlei Lotteriescheinen, mit der sie die verwahrlosten Treppenhäuser der Tel Aviver Südstadt hinauf- und hinunterstieg, um Rechtsanwälten, Rechnungsprüfern und Zollbeamten ihre Aufwartung zu machen. Sie bereitete die Mahlzeiten für Onkel Jakob und ihren Stiefsohn Isser vor und fuhr nach Jerusalem, um Mutter zu besuchen, ihre »ganz private Klagemauer«, wie sie sagte. An diesen Abenden zog Vater aus seinem Bett aus und schlief bei mir, und die beiden lagen wie in ihrer Kindheit in den *Ungarsch Häusern* nebeneinander und schütteten sich im Dunkeln das Herz aus, bis ihnen die Augen zufielen. Wenn ich sie belauschte, was ich des öfteren tat, hörte ich Tante Nechamas langen, ausführlichen Monolog, wie sehr sie und Onkel Jakob sich abrackern mußten, nachdem sie ihren Großmarkt verloren hatten, und daß Onkel Jakob auf seine alten Tage nun jeden Morgen in ein Geschäft zur Arbeit gehen müsse, das heute ein Fremder führe. Ich erfuhr von der Untreue von Verwandten und Freunden, von dem sie ständig begleitenden Gefühl der Schmach und Schande, wenn sie sich auf ihren geschwollenen Beinen von einem Büro zum nächsten schleppte, angewiesen auf das Erbarmen wohltätiger Menschen, die sich noch an ihre besseren Tage erinnerten. Pflichtbewußt und wie um sich selbst zu überzeugen sagte sie dabei immer wieder »Aber man darf sich doch nicht versündigen«, was nach außen Schicksalsergebenheit demonstrierte, in Wirklichkeit aber wohl eher ihre unterdrückte Rebellion verbarg.

Tatsächlich war ich an jenem Tag, wie Tante Nechama sagte, »unbeaufsichtigt« geblieben. Vater war seit Freitag bei seinem Bruder in Nahalal gewesen. Er war, wie jedes Jahr, dort hingefahren, um das Grab seiner Mutter, der *bobbe* Mindl, zu besuchen, deren Jahrzeit dieses Jahr auf einen Sonntag fiel, und hatte seinen Aufenthalt noch etwas verlängert, um die Verwandten und die Leute der Stadt zu sehen. (Wenn Vater *schtotike* sagte, klang das so intim, als wolle er damit klarmachen, daß es sich hier um einen privaten Bereich handelte, zu dem wir, Mutter und ich, keinen Zutritt hatten). Mutter nutzte die Nachmittagsstunden bis zur Ankunft von Tante Nechama, um an einer Veranstaltung der Vereinigung der Vegetarier im *Bejt haChaluzot* in Rechavia teilzunehmen: Es war die wöchentliche Yoga-Stunde mit einem Vortrag von Dr. Nezach, dem »Führer der Verwirrten« aus Mischmar haSchiw'a, der über Ökologie sprach, die Eigenherstellung von Hauskompost anpries, vor den Gefahren gespritzten Obsts und Gemüses warnte und sein Publikum mit neuesten Erkenntnissen über die Kombination verschiedener Arten von Nahrungsmitteln in Atem hielt. Bevor Mutter mich mir selbst überließ, hatte sie mich zwar ermahnt, die Aufgaben fertigzumachen, die ich bis zum Beginn des neuen Schuljahres zu erledigen hatte, doch die Hefte zur »selbständigen Arbeit« in den Schulferien waren so langweilig, daß ich Mutters Abwesenheit lieber dazu nutzte, in ihren Schränken zu kramen und nach Schätzen zu suchen.

»Vaters Seite«, wie Mutter seinen Teil des dreitürigen Kleiderschranks nannte, war für mich das Land der unbegrenzten Möglichkeiten. Vater hatte eine Sammlerseele, was aber nur selten zum Ausdruck kam. Einmal, als er beim Anblick eines Luftpostumschlags, den Frau Meliz aus Argentinien bekommen hatte, mit drei unterschiedlich dotierten Briefmarken, alle mit dem Porträt Evita Peróns, einen Funken Sehnsucht in meinen Augen erblickte, sagte er, als einer, der sein Leben lang unstet umhergezogen sei, habe er seinen Sammlertrieb gewaltsam unterdrücken müssen, und auch jetzt im Alter, da er die letzte Station seiner Wanderung erreicht habe – *di lezte stazje*, sagte er – dürfe er nicht tun, was er wolle. »Dein Vater war ein Sammler im Exil, der, da er keine andere Wahl hatte, in einem Land um politisches Asyl bat, in dem der funktionale Realismus herrscht«, sagte Mutter viele Jahre nach seinem Tod, und ich meinte aus ihrer Stimme einen Anflug von Reue herauszuhören, obgleich sie diese Trauer nie offen ausgesprochen hatte.

Als erstes untersuchte ich den Schuhkarton, in dem Vater Familiensouvenirs aufhob: Ein alter Silberbecher mit zwei eingravierten Schlössern und einem Fluß dazwischen, der *Kiddusch*-Becher seines Urgroßvaters, der aus den ukrainischen Steppen zu uns gelangt war und den wir an Festtagen benutzten; der sowjetische Paß voll gezielt falscher Angaben, dank derer Vater sich aus der Sowjetunion hatte retten können (das bärtige Gesicht jenes externen Studenten aus den Tagen des Zars war so anders als das des geschlagenen, geknechteten, verlorenen Mannes, das ich kannte, so anders als das Gesicht des Fremden in diesem Land, in dem seine Liebe nicht erwidert wurde; es schaute mich jedesmal anklagend an, wenn ich in dem rot eingebundenen Paß blätterte), das Wochenblatt aus einem Kalender von 1945, auf dem er mit ungespitztem Kopierstift meine Geburt verzeichnet hatte; Kinderbilder von mir aus dem Kindergarten und mein erster Schulaufsatz über den Ölstrahl, der bei den ersten Bohrungen hier im Land aufgeschossen war. Auch zehn Briefe der »Volksanleihe« fanden sich in diesem Karton (er hatte sie in einem Anfall patriotischer Gefühle erworben, während Mutter ärgerlich meinte, man solle für das Geld lieber neue Federbetten anschaffen, und prophezeite, es werde mit diesen Pfandbriefen enden wie mit denen Franz Josephs, welche ihr Großvater seinerzeit im Vertrauen auf den Gott des Kaisers von Östereich-Ungarn erstanden hatte und mit denen dessen Urenkel dann ihren Puppen den Hintern abwischen konnten), die schriftliche Erlaubnis für den Besitz eines kabellosen Rundfunkempfängers und eine meiner Locken, die abgeschnitten wurde, bevor ich in den Kindergarten von Rivka Strikowski kam.

Danach schaute ich in seinen »zionistischen Knochenkasten« – wie Mutter den Karton nannte, in dem Vater die unverweslichen Überreste des Staates aufhob, nachdem dessen Fleisch schon zerfallen war. Seine Begeisterung für den nach zweitausend Jahren wie Phönix aus der Asche wiedererstandenen Judenstaat, die erst durch den Besuch der Patrouille des Ministeriums für Bewirtschaftung bei uns zu Hause erschüttert wurde, brachte ihn dazu, eifrig die verschiedensten Manifestationen dieses Neuerstehens zu sammeln: die ersten, von der Übergangsregierung gedruckten Geldscheine, Briefmarken der »hebräischen Post«, Ersttagsbriefe, Zeitungsberichte über historische Ereignisse, etwa die Befreiung der Wüste Negev und den Fall Gusch Ezions und der Altstadt, die Unabhängigkeitserklärung des Staates Israel, die Überführung der Gebeine des alten Herzl ins Gelobte Land, Fibeln für die häusliche Feier zum Unabhängigkeitstag und Rezepte für das Festessen. Seine besonderen Lieblingsstücke waren militärische Landkarten über die Verlagerung der Front im Süden und eine Teilnehmerkarte vom Ersten Zionistischen Kongreß in Jerusalem; beide hatte er während der Lebensmittelknappheit im Austausch gegen Eier und Butter von Joske Sorek, dem Sohn des alten Sirkis erworben, der in der Negev-Brigade Offizier gewesen war.

Vaters prächtigster Besitz war jedoch eine Kollektion von *Seder*-Schüsseln, die er sich zugelegt hatte – ein Akt offener Rebellion gegen Mutter. Immer wieder sagte sie überheblich und voller Verachtung, sie wisse wirklich nicht, wieviele Sederschüsseln ein Mensch für eine Festmahlzeit brauche, die einmal im

Jahr stattfinde. Vater ignorierte ihr Reden, zog vielmehr hin und wieder unter dem Sofa die Valencia-Orangenkiste hervor, die noch immer nach der süßlichen Lösung roch, mit der man die Zitrusfrüchte behandelte, holte seine Schüsseln heraus und stellte sie nebeneinander auf, und wenn er sie dann liebevoll betrachtete, sagte er, die Veranstalter der »Hobby-Ausstellung« hätten inzwischen ja zugegeben, daß es eine Dummheit gewesen sei, Vaters Einladung nicht zu folgen und zu prüfen, ob seine Sammlung es wert wäre, bei ihnen ausgestellt zu werden. Vater besaß eine jemenitische *Seder*-Schüssel aus Kupfer, die ein irischer Offizier, der im Schneller-Camp unweit unseres Hauses Dienst tat und nun Bargeld brauchte, aus der britischen Kronkolonie Aden nach Israel mitgebracht hatte; außerdem zwei Schüsseln aus schwarzem Ölschiefer, Arbeiten eines unbekannten Jerusalemer Künstlers, und eine Messingschüssel, die er von einem Überlebenden der Schoah aus Polen erstanden hatte. In ihrer Mitte war eine Schlange eingeprägt, und darüber stand der Vers: *Denn aus der Wurzel der Schlange wird eine giftige Natter hervorgehen.* Erst viele Jahre, nachdem Mutter Vaters Sammlung an einen Antiquitätenhändler aus der Schlomzion haMalka Straße verkauft hatte, wurde mir klar, daß dies eine äußerst seltene sabbatianische *Seder*-Schüssel gewesen war, welche die Anhänger des falschen Messias gebrauchten. (Natan aus Gaza hatte Sabbatai Zwi »die heilige Schlange« genannt, erzählte mir ein Judaica-Sammler; er rang die Hände, als er vom Verkauf der Schüssel hörte: »Ich hätte jeden Preis der Welt für dieses Stück gezahlt.« In der volkstümlichen Kunst sei der von sabbatianischen Juden adoptierte *Midrasch* häufig verwendet worden, nachdem die Prophezeiung aus Jesaja: *Denn aus der Wurzel der Schlange wird eine giftige Natter hervorgehen*, sich auf den *Messias ben David* beziehe, und das Wort Schlange *[nachasch]* denselben Zahlenwert habe wie das Wort ›Messias‹.) Neben antiken *Seder*-Schüssel besaß Vater auch neue, deren Bilder der Sammlung des jüdischen Volkes aus allen Teilen der Welt huldigten und der Besiedlung und Neubelebung des Landes Israel. Den Ehrenplatz nahm eine super-patriotische *Seder*-Schüssel ein, die unser Nachbar, Herr Har-Scheleg, in seiner kleinen Werkstatt für Ritualgegenstände getrieben hatte. Er war unter den Gründungsmitgliedern des *Brith haChaschmona'im* und gehörte zu den regelmäßigen Betern in der Achdut Israel Synagoge, wo viele Männer des *Etzel* und des *Lechi* beteten. In der Mitte der Schüssel waren die Porträts von Herzl, Raw Kook, Lord Balfour und Jabotinsky mit den für sie charakteristischen Szenen: auf dem Balkon in Basel, an der Klagemauer, bei der Grundsteinlegung für die Hebräische Universität auf dem Scopusberg, bis hin zum Gefängnis der Mandatsregierung, in dem die Briten den »Schützer Jerusalems« Jabotinsky gefangengehalten hatten. Frau Har-Scheleg zeigte nur wenig Verständnis für die künstlerischen Aussagen ihres Mannes und beklagte sich bei Mutter, bei ihr müsse man am *Seder*-Abend das Bitterkraut aus Herzls Bart herauslesen und die *Charosset* zwischen den unreinen Lippen Balfours; und augenzwinkernd fügte sie hinzu, Efraim-Fischl, ihr Cousin, der an der Ez Chajim Jeschiwa lerne, weigere sich, von der süßen Mörtelpaste zu essen, unter dem Vorwand, der englische Goj habe mit seinen Lippen den Wein, der in der *Charosset* verarbeitet ist, für Juden ungenießbar gemacht. Einmal, während des Sinai-Feldzugs, als Vater abends, über das Radio gebeugt, die weit in den Sinai eindringenden Truppen begleitete, kam Mutter aus dem Laden herein und berichtete: »Frau Har-Scheleg erzähle, ihr Goldschmied habe schon begonnen, eine neue Schüssel zu hämmern, auf der man Mosche Dayan am Fuße des Berges Sinai sehe, zusammen mit *Mosche Rabbejnu*, der die Bundestafeln trage, und sie reichten einander versöhnlich die Hand. Darüber stehe geschrieben: *Von Mosche bis Mosche gab es keinen wie Mosche.*« Als Vater von der neuen Initiative des Goldschmieds mit dem Sinn fürs Aktuelle hörte, sagte er anzüglich grinsend, wenn man beim nächsten *Seder*-Abend dem *Abbu Jilda* aus Nahalal statt einem zwei Eier in den Schoß legte, würde sich sein bestes Stück wahrscheinlich zu einem militärischen Gruß aufrichten. Schon am nächsten Tag erfuhr Mutter, daß Vater eine solche Sieger-Schüssel bereits bestellt, und darüberhinaus sogar mit feierlichem Handschlag verbindlich zugesagt hatte, wenn der Tag komme, auch eine Schüssel mit dem Bild von Menachem Begin, der auf dem Tempelberg die israelische Fahne schwenke, zu erwerben.

Obwohl Vaters Seite reich und wie ein Antiquitätenladen voll verborgener Überraschungen war, schlug mein Herz doch mehr für Mutters Seite. Es rührte mich an, wie schlicht und ohne jede Anmaßung die wenigen Schmuckstücke und das zufällige Bündel von Dokumenten, das alle Selektionen und Brände überdauert hatte, dort durcheinander lagen und von ihrer Verachtung bedeutungsloser Besitztümer zeugten. Mutter würde sich von dieser letzten Formulierung vermutlich distanzieren und Begriffe aus einem vorsichtigeren, bescheideneren Register vorziehen: etwa »waren ein Ausdruck ihres Desinteresses an Gegenständen«.

Das Geheimnisvolle, Rätselhafte dieser Gegenstände und der Stimmung, die sie in ihrem Teil des Schrankes schufen, rührte nicht von den Dingen selbst, sondern von ihrer Bedeutung in den verschiedenen Kontexten von Mutters Leben. Das Zahlheft, in das die monatlichen Raten eingetragen wurden, mit denen sie die nach der Schließung des Fischgeschäftes angeschaffte Nähmaschine abbezahlte, wurde erst zu einem aufregenden Dokument, nachdem ich mitgehört hatte, wie sie Chajka Kipnis einmal erzählte, unter welchen Mühen Mutter diese »Singer« erworben hatte, wie sie sich zwei Jahre lang kein neues Kleid und noch nicht einmal einen Büstenhalter geleistet habe, um die Ratenzahlungen einhalten zu können. »Wer zehn Finger und gutes Arbeitsgerät hat und keine Mühen scheut, wird niemals Hunger leiden«, sagte Mutter und erzählte, es habe Tage gegeben, an denen sie sich ihren ganzen Kummer »von der Seele genäht habe«, bis ihr die geflügelte Sphinx, die schwarz und gelb auf den Arm der Nähmaschine geprägt war, wie die *Schechina* Gottes mit den zerbrochenen Schwingen erschien, die über die Zerstörung des Tempels weint. Auch Mutters Korallenkette faszinierte mich nicht unbedingt wegen des roten Scheins, der von den Perlen ausging, obwohl es wirklich keine schöneren Perlen auf der Welt gibt, sondern wegen des feinen Duftes der Erinnerung, der den Korallen entströmte, wenn man sie aneinanderrieb. Zu einer *Purim*-Feier, als ich mich als Efendi verkleidete, hatte ich zu Mutters Leidwesen die Kette mit auf den Maskenball in der Schule genommen, um sie als Gebetsschnur zu benutzen. Und während ich die Perlen durch die Finger gleiten ließ wie die Moslems, die dabei die verschiedenen Namen Allahs aufzählen, riß die Schnur, und die Perlen fielen auf den Schulhof und sprangen in alle Richtungen. Wie verstört war ich, als ich nach Hause kam, wie heiß vor Scham, mit den aufgelesenen Perlen in der Hosentasche des eleganten Anzugs, während der angemalte, geschwungene Bart unter Tränen zerfloß. Mutter drückte mich an sich, küßte mich auf die Wangen (nie werde ich ihre schwarzen Lippen danach vergessen) und sagte, es sei doch gar nichts passiert. Die Perlen hätten eben auf den Grund des Tethys-Meeres zurückkehren wollen, und ob ich denn nicht wisse, daß man jemanden, der mit ganzem Herzen in seine Heimat zurückkehren will, nicht aufhalten könne. »Wenn euer Erdkundelehrer seine Seele nicht den Finsteren verkauft hat, wird er euch eines Tages beibringen, daß Jerusalem vor Millionen von Jahren von einem Urmeer bedeckt war«, meinte sie, und um mich wieder zum Lachen zu bringen, fügte sie hinzu, es komme auch nicht von ungefähr, daß die Abkürzung für Jerusalem *»J-m«* sei, wie *»jam«*, das Meer.

Einige der Dokumente und Schmuckstücke hatte Mutter auch spontan zu pädagogischen Hilfsmitteln umfunktioniert, um mir ihre Wertvorstellungen zu veranschaulichen. Etwa den nach dem kleinbürgerlichen Geschmack der frühen fünfziger Jahre gestalteten goldenen Armreif aus hohlen Würfeln, die wie die Waggons einer Eisenbahn miteinander verbunden waren. (Mutter hatte sich einmal von Herrn Har-Scheleg überreden lassen, ihm einen alten Schmuck zu geben, der in ihren Augen nichts wert war, damit er ihr daraus einen modernen Armreif mache.) Sie trug ihn nie, aber immer, wenn sie mir zeigen wollte, wie kapriziös und absurd der Geschmack der Leute war, holte sie ihn hervor. Wie ein Zauberer öffnete sie dann die blaue Pappschachtel, in der er auf einem Wattepolster lag, und sagte, dieser goldene Reif, der unter den Händen von Har-Scheleg entstanden sei, beweise nicht nur, wie schnell und leichtsinnig die Leute ihren Geschmack änderten und wie etwas, das gerade noch als modernes Kunsthandwerk galt, heute schon veralteter Kitsch sei, sondern er lehre uns auch, daß das Gold dem Menschen überlegen sei: »Gold kann man immer wieder verwenden, und wer auch immer einmal deine Frau wird – du kannst diesen erbärmlichen Armreif einschmelzen und ihr ein neues Schmuckstück nach dem Geschmack ihrer Zeit anfertigen lassen. Menschen dagegen sind nur zum einmaligen Gebrauch gemacht, wie ein Stück Watte, mit dem man nur einmal Eiter aufsaugen kann.«

Auf Mutters Seite lag auch ihr Affidavit, das ihre Schwester und ihr Bruder aus Amerika geschickt hatten. (Dieses fremde Wort, das Mutter hin und wieder in ihre Geschichten einflocht, hatte für mich keine Bedeutung, aber die Würde, mit der sie es aussprach, mit einer bedeutungsvollen Pause zwischen »Affi« und »David«, so betont, als handelte es sich um zwei einzelne Wörter, verlieh diesen beiden geheimnisvollen amerikanischen Gestalten große Macht, weil es scheinbar an ihrer Verbindung lag, ob Mutters Träume wahr würden oder nicht.) Und da war der Paß aus der Mandatszeit, den sie sich in dem Moment ausstellen ließ, als sie das amerikanische Dokument in Händen hielt. (Ich mochte ihr Gesicht, das zwischen zwei Seiten durch einen lilafarbenen Spalt herausschaute mit dem schräg darüber gestempelten Wort »Palestine«, ihren gereckten, bloßen Hals, ihren unverstellten, in die Weite schweifenden Blick und vor allem ihre stolz und doch ohne Verachtung und Überheblichkeit zusammengepreßten Lippen, als wolle sie sagen: Danke, aber ich brauche eure ermutigenden und tröstenden Worte nicht; ich werde meinen Weg schon selber finden.) Sie dienten Mutter als Beweis, daß nicht der Mensch den Lauf seines Lebens bestimme, sondern ein in Urzeiten verhängtes Geschick. Mutter klopfte die beiden längst abgelaufenen Dokumente immer gegeneinander und sagte, trotz allem habe sich die Prophezeiung des alten Kabbalisten erfüllt, der, als sie ein Mädchen von zwanzig Jahren war, in ihrer Hand gelesen habe, daß sie nie in ihrem Leben die Grenzen Israels verlassen werde. Und tatsächlich trat zwei Wochen, nachdem sie alle Dokumente beisammen hatte und das Schiff, das sie mit nach Amerika nehmen sollte, schon auf dem Weg nach Palästina war, Vater in ihr Leben und machte alle ihre früheren Pläne zunichte. »Anscheinend wolltest du - noch in den anderen Welten – unbedingt geboren werden und unternahmst alles, um nicht das dumpfe Tuten der »Abraham Lincoln«, die in den Hafen einlief, hören zu müssen.« Dann legte sie den Paß und das Affidavit aufeinander und fügte hinzu: »Wenn du dich einmal an dieses Gespräch erinnern und dich fragen solltest, wie diese beiden Gegensätze – der Fatalismus und der Anspruch an sich selbst – so harmonisch zusammenlebten, dann denke an jenen ›konstruktiven Pessimismus‹, den ich seinerzeit bei Esther Kaleko von den Arbeitern in der Gewerkschaft gelernt habe – er ist für mich der Schlüssel zum Verständnis dieses Paradoxes.«

Das einzige Schmuckstück, an dem Mutter wirklich hing, war eine Silberbrosche, die sie sich Anfang 1945 gekauft hatte. Ich war gerade zwei Monate alt, als sie mit mir ihren ersten Spaziergang ins Zentrum Jerusalems machte. Es zog sie zu dem Leben, von dem sie während des langen Liegens in der Schwangerschaft abgeschnitten gewesen war. Im ersten Schaufenster von Mehrain, dem edlen Schmuck- und Antiquitätenladen am Zionsplatz, verliebte sie sich in eine rechteckige Brosche mit abgerundeten Ecken, deren Farbe ein stumpfes Stahlgrau war. Darauf war ein Zweig, und die minimalistische Schönheit dieses einsamen Zweiges mit den drei länglichen, wie bei einer Trauerweide herabhängenden Blättern, die vielleicht weinten, sich vielleicht aber auch dankbar verneigten, und die eine, winzige Frucht, ein Kügelchen am Ende des Zweiges, waren für sie eine Art Metapher für ihr Leben. Lange stand sie vor der Auslage, schob den Kinderwagen hin und her und konnte den Blick nicht davon lösen, bis schließlich die Besitzerin, Rebekka Mehrain, zu ihr herauskam und sie ins Geschäft bat. So faßte sie den Mut, sich ohne irgendwelche Vorbereitungen das Schmuckstück zu kaufen. Vater und sie hatten kein Geld, und vom Preis dieser Brosche konnte ein Ehepaar mit Kind zwei Wochen lang leben, doch Frau Mehrain meinte, der Freudenfunke in den Augen einer Kundin, die so genau zu unterscheiden wisse, sei für sie mehr wert als der finanzielle Gewinn. »Kunstgegenstände müssen bei Leuten sein, die ihrer würdig sind«, sagte sie, ließ Mutter einen Teil des Preises nach und bot ihr an, den Rest in Raten abzuzahlen, jedesmal wenn sie etwas Geld habe. »Ich habe keinen Zweifel, daß Sie mir die ganze Summe bezahlen werden. Die aufgerissenen Augen des Kleinen sind der Garant dafür.«

»Dieses Geschenk habe ich mir zu deiner Geburt gekauft. Es ist das einzige. Niemand kam darauf, mir noch etwas zu schenken, nachdem ich dich als Geschenk des Himmels bekommen hatte«, sagte Mutter, als sie sich zur Hochzeit eines Enkels ihrer Schwester einige Monate vor ihrem Tod die Brosche zum letzten Mal ansteckte. In dem kleinen, engen Laden von Mehrain hatte Mutter die Brosche an sich gedrückt, zwischen ihre Brüste, die nun wieder Milch gaben. (»Seit damals, als die Mädchen starben, bis er geboren wurde, habe ich sie gehaßt. Von mir aus hätte man sie mir sogar abnehmen können«, hatte sie einmal zu Tante Miriam gesagt, als diese dabeistand, während Mutter sich anzog, und meinte, ihre Brüste seien so schön wie die eines jungen Mädchens.) So hatte sie sich zu ihrem Siegesmarsch aufgemacht, mich auf eben jenem Leidensweg vor sich herschiebend, auf dem sie viele Jahre vorher den leeren Kinderwagen vom Krankenhaus zur Wohnung ihrer Eltern geschoben hatte.

Die Hauptattraktion in Mutters Teil des Schrankes war jedoch die Sammlung von Familienphotos in ihren Lederhandtaschen. Hier versammelten sich kraft der Illusion aus dem Photoapparat all jene, die aufgrund von Schicksalsentscheidungen weit verstreut lebten; Lebende und Tote, Nahe und Ferne, Feinde und Liebende – Anblicke aus weit zurückliegenden Zeiten, die für mich in mythischem Dunkel lagen, und solche, an die ich mich noch erinnere, alle in einer unwirklichen Nähe und Intimität zusammengepackt. Wenn es am Schabbat regnete, holte Mutter ein Bündel Photographien aus einer der Handtaschen und entwarf vor meinen Augen komplizierte Miniaturen unseres Familienlebens, voll Neid, Habgier, Armseligkeit und Schmerz: Sie erzählte von einer Kusine, einer ungebildeten Frau, die einen belesenen und studierten Mann heiratete und dann vor Eifersucht auf ihn und seine Welt verrückt wurde, bis sie eines Tages in einem Anfall von Wahn Heizöl über seine Bibliothek und die zum Korrigieren mit nach Hause genommenen Hefte seiner Schülerinnen goß, sie anzündete, sich selbst ins Gesicht schlug und schrie, dies sei das Ende seiner geheimen, romantischen Machenschaften. Mutter erzählte von der Schwester ihres Schwagers, einer amerikanischen *alte mojd*, »schön wie die Nacht«, die sich für eine Greencard einen zarten Jerusalemer Burschen kaufte und ihn nach Brooklyn holte, wo er sein Leben lang als Konfektionsschneider arbeitete, während aus ihm hier ein geachteter Lehrer am *Misrachi*-Lehrerseminar geworden wäre. Sie erzählte vom Stiefsohn einer anderen Kusine, einem herzlosen Schwindler, der nach Amerika ausgewandert war, im Mittleren Westen ein illegales Spielkasino eröffnet, und sich jede Nacht, nachdem er das ganze unrechtmäßig erworbene Geld gezählt hatte, zu irgendeiner dummen, gojischen Kellnerin legte, mit glattem maisgelben Haar, gelb wie der Fadenschopf der Maisstengel, die dort wachsen, so weit das Auge reicht.

Jetzt, im elterlichen Schlafzimmer, ohne Mutters Geschichten mit den überraschenden Wendungen, während sie wie eine Lotusblüte auf dem Boden im *Bejt haChaluzot* in Rechavia saß, waren die Photographien aus ihrer Handtasche nur verblichene Blätter mit dem traurigen Geruch des Alters, und die Personen darauf eine zufällige Ansammlung von verschwommenen Gesichtern ohne Identität.

In den Tiefen des Schrankes, hinter Stößen ordentlich zusammengefalteter und gestapelter Bettwäsche, stieß meine blind suchende Hand auf eine weitere Handtasche. Sie hatte eine andere Form; ihr Leder war viel weicher und angenehmer anzufassen als die übrigen Photohandtaschen, die ich kannte. Ich zog sie vorsichtig aus dem Spalt zwischen zwei Stößen Bettlaken, um sie, bevor Mutter zurückkam, wieder zurückzustellen. Es war eine elegante Ledertasche, die man unter der Achsel trägt, und das ins Purpur gehende Rot erinnerte an die Farbe des Lippenstiftes, den Mutter benutzte. Als ich sie öffnete, umgab mich ein ferner, süßlicher Geruch von Rosen und verdrängte den frischen, sauberen Duft der Lavendelseifen, die Mutter überall im Schrank verteilt hatte. Das darin aufbewahrte kleine Bündel von Photographien hatte ich noch nie gesehen.

Auf den meisten Bildern – einige von ihnen waren beschädigt, es fehlte eine Hälfte oder ein Stück war aus ihnen herausgeschnitten – war eine junge Frau zu sehen. Das war Mutter, aber viel jünger, zufrieden lächelnd, viel ähnlicher dem jungen Mädchen mit dem weichen, wunderschönen Gesicht, das ich von ihren Jugendporträts kannte, als der angespannten Frau von heute mit ihrem ergrauendem Haar und dem immer schmerzerfüllten Gesicht.

Doch unter den kleinen Kindern, die Mutter auf dem Arm hielt oder ihre ersten Schritte laufen ließ, war nicht ich; und auch der Hof war nicht der unseres Hauses, und der Fensterladen im Hintergrund war nicht der Eisenladen vor unserem Fenster. Es waren zwei fremde Mädchen vor einem unbekannten Hintergrund; das eine, anrührend mit dem Zögern und Staunen auf dem ovalen Gesicht, das dem meiner Mutter so ähnlich war, lutscht Daumen oder streckt die Ärmchen, damit man es hochhebt, das andere, lausbubenhafter, lacht und schlägt mit den Fäusten auf eine Trommel oder beugt sich wie eine kleine Mama über einen zerzausten Teddy und füttert ihn hingebungsvoll.

Ich weiß nicht, wie lange ich mich in diese Bilder versenkte; ich stand zwischen den beiden offenen Schranktüren, an deren Innenseiten je ein Spiegel hing, und in all meinen Spiegelbildern, die mich plötzlich anschauten, war ich gleichzeitig Betrachtender und Betrachteter der gewaltigen Entdeckung, die mein Gesicht erstarren ließ. Gefühle ballten sich zusammen und zerrissen wieder, flammten auf und erloschen, glänzten und gingen verloren, rasend, einem einzigen Moment entgegen, und wenn ich heute über ihn reden will, kann ich nicht anders als ihn statisch und leblos ausbreiten wie die Haut eines Kadavers. Die Gefühle vermischten sich: Entsetzen angesichts des Verrats, des furchbaren Verrats, den Mutter an mir begangen hatte, an ihrem einzigen Sohn, indem sie es gewagt hatte, ihre Liebe anderen Kindern zu schenken, sie an ihre Brust zu pressen, sich nachts über sie zu beugen, ihre Lippen an ihre Schläfen zu drücken und ihnen Zauberformeln ins Ohr zu flüstern, um böse Träume zu verjagen, – und das Mitleid mit Vater, den sie ja genauso betrogen hatte, ein Mitleid, aufgrund dessen ich mich sofort auf seine Seite schlug und einen Bund mit ihm gegen Mutter schloß. Und Neid. Ich beneidete die beiden Mädchen um ihre junge Mutter mit dem herzlichen, arglosen Gesicht; sie trug ärmellose, geblümte Sommerkleider und hatte schöne Arme wie ein junges Mädchen, und ich spürte wie sehr sie mich mit dem Lügenkokon verletzte, den sie um mich gesponnen hatte, um ihrem Sohn, der ihr doch rückhaltlos vertraute, ihr größtes Geheimnis zu verbergen, und auch damit, daß sie Vater da mit hineingezogen hatte. Und dann war da diese immer wiederkehrende Angst – nicht nur, daß ich vernachlässigt wurde, sondern daß Mutter eigentlich nichts anderes mehr war als eine unendliche Reihe von identisch aussehenden Frauen mit gleichem Namen, wie die Joghurtflaschen auf dem Fließband in der *Tnuva*-Molkerei, die ich mit Vater besichtigt hatte: sie kommen für einen kurzen Moment und verschwinden, wenn die nächste erscheint und sie wegschiebt, und immer weiter so, in einem fort.

Der Sturm, der mich gebeutelt hatte, blieb Mutters prüfenden Blicken, als sie hereinkam, nicht einen Augenblick verborgen, obwohl ich versuchte, mich gelassen zu geben. Sie erschrak schon auf der Schwelle, und war vergeblich bemüht, meinen ihr ausweichenden Blick einzufangen – warum ich ihr so böse sei, wollte sie wissen. »Einem Mutterherz kann man nichts vormachen«, sagte sie und wiederholte ihre Frage.

»Du bist überhaupt nicht meine Mutter«, brach es aus mir heraus, »du bist eine Lügnerin, eine Betrügerin.«

»Was ist denn passiert, mein Kind?« Sie wollte mich umarmen, aber ich riß mich grob los und schlug mit geballten Fäusten auf sie ein.

»Und ich bin auch nicht dein Kind«, schrie ich, »ich weiß jetzt die Wahrheit. Du hast zwei andere Mädchen, und dein wirklicher Mann ist ein anderer Mann, nicht Vater.« Mutter war fassungslos. »Ich habe eure Bilder gefunden. Sie waren im Schrank versteckt, in einer roten Handtasche, zwischen den Laken.«

Was ich sagte, versetzte sie zu meiner Überraschung weder in Wut noch in Staunen. Sie stritt auch nichts ab, sondern sagte leise, sie gebe zu, es sei falsch gewesen, auf Vater zu hören und mit der Begründung, es sei zum Wohle des Kindes, vor mir zu verheimlichen, daß sowohl sie wie auch er früher schon einmal verheiratet gewesen waren. »Du hast völlig recht, und ich werde dir alles erzählen«, sagte sie, und es schien, als wäre ihr ein großer Stein vom Herzen gefallen.

Und so setzte sie sich aufs Sofa, das Paket Meeresalgen, das sie im Laden der Vereinigung der Vegetarier gekauft hatte, auf den Knien, und zählte sachlich, in etwas distanziertem Ton, ohne viele Details, die Hauptstationen aus den mir unbekannten Kapiteln ihres Lebens auf: Wie sie sich in einen jungen, leichtlebigen Druckereiarbeiter verliebt hatte, der ihr mit seinen Streichen und seinem Lachen den Kopf verdreht habe (»mit Brillantine im Haar und schmalen Koteletten war er der rettende Engel, der mich aus den *Ungarsch Häusern*, wo ich lebendig begraben war, befreite; er nahm mich mit auf einen Ball im *Menora*-Club, in einen Film im Cinema Zion, und versprach, er werde mir *arobnemen a goldern tellerl fun himmel*«); von der eilig geschlossenen Ehe, vor der ihre Freundinnen sie gewarnt hatten, denn diese Verbindung sei wegen seines untreuen Charakters, seiner pathologischen Lügerei und der Tatsache, daß er Frauen dauernd irgendwie betrog, von Anfang an zum Scheitern verurteilt – (»aber ich stand auf dem Hausdach unter dem Traubaldachin und hielt mich für den Edison der Liebe); von dem gemeinsamen Leben in eineinhalb Zimmern, die sie in der Zephania Straße gemietet hatten; von der Geburt von Jael und der kleinen Towa und dem baldigen Zerfall der ehelichen Gemeinschaft (»ich war noch mit der Kleinen schwanger, da wußte ich schon ganz sicher, daß alles verloren war; der *Schwarzjohr* verschwand jede Nacht von zu Hause und kam erst morgens zurück, und seine Hemden stanken nach Frauen; ich wollte mich wehren, aber wegen der kleinen Mädchen habe ich alles geschluckt und mich verzweifelt und mit letzter Kraft an die äußere Fassade geklammert, denn innen drin war längst alles hohl«). Und dann kam der Tod. Brutal und unerwartet. Zuerst stellte man bei der Großen einen schlimmen Eisenmangel im Blut fest, und als die sogenannten Leberspritzen nichts halfen, beschlossen die Ärzte, es mit einer Bluttransfusion zu versuchen, aber man gab ihr irrtümlich die falsche Blutgruppe, und sie starb binnen weniger Minuten. Wenige Jahre später bekam die Kleine Diphterie, und obwohl sie im Krankenhaus lag, konnte man sie nicht retten, und sie hatte einen schrecklichen Tod. »Die beiden Mädchen sind in meinen Armen gestorben. Jede an etwas anderem, aber ich weiß, sie waren von den tödlichen Bakterien befallen, die aus den verfluchten Mauern dieses zerfallenen Hauses kamen.« Mutter hatte die ganze Zeit in der Tasche auf ihren Knien gekramt; nun grub sie ihre Fingernägel in das Packpapier, und die ganzen Algen fielen zu Boden und zerstreuten sich. »So war ich damals«, sagte Mutter, »wie eine Ertrinkende auf dem Meeresgrund.«

Und ich saß zusammengekauert auf dem »elektrischen Fauteuil« und hörte Mutter zu, wie ich ihr noch nie zugehört hatte; ich starrte auf den geschlossenen Kleiderschrank, in dessen Tiefen einige wenige Beweise dieses zarten Lebens verborgen waren, das von einer nicht zu rechtfertigenden Macht beendet worden war. Das Furnier der drei Holztüren hatte Holzadern, die zu länglichen, nach innen hin immer schmaler werdenden Halbringen verbogen waren, einer im andern. Auf halber Höhe war das Furnier von einer beinahe unsichtbaren feinen Bruchlinie durchschnitten, wodurch die untere Hälfte zum genauen Spiegelbild der oberen wurde. Meine Gedanken liefen ängstlich an den klaren Umrißlinien der Maserung entlang, erkletterten mit ihnen abwechselnd die Gipfel, strauchelten und fielen in schmale, enge Felsspalten, kehrten um, erklommen die Hochebenen und von ihnen aus weiter die Berge in den Höhen, von denen es kein Zurück gab, nur wieder den Absturz in die Tiefe, bei dem man sich alle Knochen brach.

»Auch hier hat das Tethys-Meer wohl noch nicht sein letztes Wort gesprochen«, unterbrach sich Mutter plötzlich und hockte sich auf den Boden, um die verstreuten Algen aufzulesen. »Erinnerst du dich noch an die Geologiestunde, die ich dir irgenwann an *Purim* vor drei oder vier Jahren gegeben habe? Anscheinend sind Algen genau wie Korallen«, sagte Mutter, und ich sah nicht, ob sie lächelte oder ob sie es ernst meinte: »Obwohl man sie von der Quelle ihrer Lebenskraft entfernt hat und das letzte Tröpfchen Meerwasser in ihnen vertrocknet ist, speichern sie die frühe Erinnerung an das große Meer irgendwo in ihren Atomen und versuchen, den Weg dorthin zurückzufinden.«

Die Schnelligkeit, mit der ihre Stimmung umschlug, mit der sie von der verhaltenen Klage über ihre gescheiterte Ehe und den Tod der Mädchen zu diesem Scherz überging, erschreckte mich; auch Mutter blieb das nicht verborgen.

»Keine Angst, ich bin nicht verrückt«, versuchte sie mich zu beruhigen. Sie richtete sich auf, kniete nun aufrecht und sagte, die Zeit, zwischen dem Reißen der Tüte und dem Moment, da sie sich hingehockt habe, um die Algen aufzulesen, habe ihr in Gedanken schon ausgereicht, um aufzuhören, wie eine Wahnsinnige den leblosen Körper des Mädchens zu schütteln, um das erste graue Morgenlicht wahrzunehmen, das für immer erstarrte Gesichtchen zu berühren, das Rennen des erschrockenen Arztes auf dem Krankenhausflur zu hören, *Schwarzjohr* zu sehen, wie er die Nachtschwester küßt, aber gleichzeitig auch Vaters vergessene Schuhe unter dem Sofa stehen zu sehen, neben dem Geographieheft, das Hanna Granat mir ausgeliehen hatte, und in Gedanken in dem Buch *Entdeckungen der Wissenschaft* aus der *Bnej Brith*-Bücherei zu blättern, das sie sich ausgeliehen hatte, und sich über jene Vandalen aufzuregen, die auf die Seitenränder pfeildurchbohrte Herzen zeichneten, und auch die auf dem Schulhof verstreuten Korallen noch einmal aufzulesen und auf ihren Lippen die Kohlestückchen zu spüren, mit denen sie meinen Efendi-Bart gemalt hatte. Auch während ich dies schreibe, tauchen Gedanken aus unergründlichen Tiefen auf, stoßen sich aneinander, brechen auseinander, sammeln sich wieder, bewegen sich auf verschiedenen Ebenen und in entgegengesetzten Richtungen. Und obwohl der Sprecher sie alle in ihrer Vielgesichtigkeit berücksichtigt und sie in sein Nachsinnen einbeziehen kann, bestimmt nicht er, auf welche Art ein nur winziger und zufälliger Teil von ihnen den Weg an die Oberfläche findet; auch hat er keine Macht über die scheinbare Harmonie, in der sich die Gedanken einer nach dem andern ordnen, wenn sie in die Form des Sprechens übergehen.

Mutter sagte, ich müsse mit dem Paradox leben, daß sich die Gedanken in uns in einer geometrisch ansteigenden Kurve vermehren, während das Sprechen, wie schnell es auch sein möge, in einer arithmethischen Reihe, meist abgehackt, aus uns herauskomme, und es den Worten nur selten gelinge, mit den Gedanken mitzuhalten, selbst wenn beide immer demselben Ort entsprängen. »Wenn du erst am Gymnasium Mathematik lernst, wirst du dieses Gleichnis sicher richtig verstehen.«

Obwohl Tante Nechama jeden Moment hereinkommen konnte, beantwortete Mutter geduldig meine Fragen. Als ich allerdings wissen wollte, warum sie ihre Wut an den Bildern ausgelassen und mit solcher Sorgfalt jede Erinnerung an ihren ersten Mann getilgt habe, verbarg sie ihre Enttäuschung nicht. »Ich habe gehofft, daß du wenigstens das von alleine verstehst«, meinte sie zähneknirschend und fügte hinzu, der »*Schwarzjohr*, möge er überfahren werden wie eine räudige Katze«, sei das letzte Geschöpf auf der Welt, das sie noch einmal sehen wolle. Wenn sie an diese schrecklichen Momente zurückdenke, habe sie manchmal plötzlich das Gefühl, sich nicht mehr an die Gesichter der Kleinen erinnern zu können; dann schließe sie sich mit dem Bündel von Photos im Badezimmer ein und präge sich jede Locke ihres Haars, jede Falte ihrer kleinen Beinchen wieder ein. »Wen haben sie in dieser Welt denn noch außer mir?« So saß sie dann auf dem Boden, eingezwängt in den kleinen Zwischenraum zwischen Badewanne und Wand, die Bilder auf dem Schoß, und biß sich in den Arm, bis das Blut kam, und unterdrückte ihr Heulen, um den häuslichen Frieden nicht zu stören. »Jetzt weißt du wenigstens, warum ich auch im Sommer so oft lange Ärmel trage.«

Ein Bild ihres ersten Mannes sah ich erst ungefähr fünf Jahre nach Mutters Tod. Tante Ajala hatte angerufen und mich gebeten, zu kommen, sie müsse mit mir reden. Ajala war eine mutige und erstaunlich offenherzige Frau. (»Unsere Rebellin« hatte Mutter diese Schwester mit mehr als bloß einem Anflug von Bewunderung genannt und erzählt, sie habe sich als erste gegen die Eltern aufgelehnt, den Namen »Hinde« abgelegt und sich einen modernen hebräischen Namen zugelegt, sie habe sich auch als erste den Zopf abgeschnitten, eine Kurzhaarfrisur machen lassen und sich an der Schwesternschule zur Ausbildung eingeschrieben – alles rebellische Taten, die bis dahin noch kein Mädchen aus den *Ungarsch Häusern* gewagt hatte. »Nur mit einem universalen Beruf ist man wirklich frei und kann tun und lassen, was man will«, war das Motto ihres Lebens. Tante Ajala überraschte uns immer wieder mit ihrer Originalität: Sie war Vegetarierin aus Überzeugung, machte Yoga, beharrte stolz auf ihren atheistischen Ansichten, bewunderte die Suffragetten und achtete ihr Leben lang darauf, keinerlei Autorität über sich zu dulden.) Dennoch konnte ich das Zögern in ihrer Stimme nicht überhören, als sie mir einen alten Briefumschlag reichte und sagte, dieses Pfand bewahre sie schon etwa fünfzig Jahre für mich auf. Noch während der Trauerwoche um Towale, so erzählte sie, sei sie bereit gewesen, mit Mutters Mann in Kontakt zu treten und die Wohnung der gescheiterten Ehe aufzulösen: die Windeln und die Bettwäsche, in denen noch der Geruch des Todes steckte, zusammenzupacken und an das Waisenhaus zu geben, zu vernichten, was vernichtet werden mußte, und Mutters Habseligkeiten, ihre Kleider und ein paar Andenken mitzunehmen. Für sich selbst habe sie aus irgendeinem Grund nur zwei Dinge mitgenommen: Ein gemeinsames Photo von Mutter und dem, der ihr Mann gewesen war, aus der Zeit vor der Hochzeit, und ein Kartenspiel mit dem Namen *OHF – Origineller hebräischer Flirt.* »Du wirst schon etwas damit anfangen können«, sagte Ajala. »Jedenfalls gehört das dir.« Lange betrachtete ich die Gestalt des verfluchten Mannes, der plötzlich ein Gesicht bekam. Die Art, wie er zurückhaltend, ein bißchen wie für sich allein, dasitzt, obwohl er den Arm um Mutters Schulter gelegt hatte, sagte etwas über die Zukunft der beiden aus, meinte ich, und auch sein hohler, an nichts haftender Blick und die zusammengepreßten Kiefer. Doch Ajala ließ mich nicht weiterreden und meinte, das sei doch Mutters Stimme. Sie sammelte die Spielkarten ein – auf ihnen standen schmeichelnde und provokative Sätze, mit denen sich in den dreißiger Jahren Verliebte zu Beginn ihrer Bekanntschaft amüsierten –, mischte sie und sagte, ich müsse die Dinge nun endlich mit eigenen Augen sehen, so wie sie wirklich gewesen sind, und erkennen, daß sie um vieles komplexer und komplizierter waren als das einfache, eindimensionale Bild, das Mutter mir in jungen Jahren eingepflanzt hatte. »Die Ehe deiner Mutter war von Anfang an zum Scheitern verurteilt«, sagte meine Tante; das habe jeder gespürt, der an jenem weit zurückliegenden Tag in der Abenddämmerung dabei war und das Paar betrachtete, das oben auf dem Dach, zwischen Wäscheleinen und rostigen Wassertanks, unter dem Traubaldachin stand. Ohne Eltern, ohne Verwandtschaft und kleine Kinder, nur von eineinhalb Dutzend gleichaltrigen Freunden und Freundinnen umgeben, glichen die Braut in ihrem Alltagskleid unter dem aus einem Stück Stoff improvisierten Trauhimmel, der Bräutigam mit geliehenem Hut und der Rabbiner, der gegen den Wind kämpfte, welcher ihm den Ehevertrag entreißen wollte, alle eher den Zöglingen eines Waisenhauses oder Bewohnern eines Flüchtlingslagers bei den Proben für ein *Purim*-Spiel. Als der Bräutigam das Glas zertrat, flüsterte eine Frau, die ganze Sache werde höchstens von *Ta'anit Esther* bis *Purim* halten, doch niemand hatte wohl damit gerechnet, daß diese Prophezeiung so schnell in Erfüllung gehen würde, nur umgekehrt: es begann mit einem fröhlichen Freudenfest und endete auf so tragische Art und Weise mit furchtbarer Kasteiung. Und während sie die Karten weiter mischte, fügte Ajala hinzu, auch sie habe das damals geahnt, nicht weil die Szene so grotesk war und nicht wegen der traurigen Einsamkeit der beiden, sondern wegen Mutters Charakter. Sie warf einen Blick auf mich und einen in die aufgefächerten Karten in ihrer Hand und holte zum nächsten Schlag aus. »Wenn du sie anschaust, betrachtest du sie wie ein Sohn seine Mutter; deshalb entgeht dir immer das Wichtigste. Wenn du sie wirklich verstehen willst, mußt du eure Beziehung ignorieren und sie als Frau anschauen. Als Schriftsteller weißt du wahrscheinlich, was ich damit meine.« Ihrer Meinung nach waren das Auseinanderbrechen der ersten Ehe und die traurigen Ehejahre mit meinem Vater eine Folge von Mutters Charakter. »Deine Mutter war ihrem Wesen nach nicht in der Lage, eine wirklich liebende Verbindung mit einem Partner einzugehen. Liebe hatte für sie nichts mit Gegenseitigkeit und gemeinsamem Arbeiten zu tun, sondern mit Ausbeutung. Nicht selten, wenn wir zusammen spazierengingen und über Männer und Frauen sprachen, sagte sie: ›Du vertraust deinem Partner, glaubst ihm, offenbarst ihm deine Geheimnisse und deine Schwächen, und zum Schluß wirst du doch immer ausgenutzt, betrogen, erpreßt und wie ein verbrauchtes Ding weggeworfen. Wenn du dein Leben und deine Freiheit behalten willst, mußt du vorsichtig sein, zurückhaltend, und vor allem immer auf der Hut und mißtrauisch.‹« Ajala meinte dagegen, für Frauen wie Mutter gebe es nur einen Weg, die in ihr angestaute Liebe auszudrücken: die Zuwendung zu einem Kind. »Die Liebe ist wie Milch, die die Brüste prall macht. Wenn man sie nicht herausläßt, durch Stillen, Abpumpen oder das Auflegen kalter Kompressen, führt sie zu Entzündung und Fieber.« Hier sprach die Krankenschwester aus ihr. Das Kind sei die ideale Verkörperung des Geliebten und dabei nicht bedrohlich. »Du schenkst deine Liebe nicht einem anderen, einem barbarischen Fremden, der in dein Leben eingedrungen ist, sondern investierst sie in dich selbst, in ein Abbild deiner selbst. Im Grunde eine ganz schlaue Form des Narzißmus.« So habe Mutter sich das Kind zum Verbündeten gemacht, zum Mitwisser ihrer Geheimnisse, zum Objekt ihrer Hoffnungen und ihrer scheinbar so reinen Liebe; es habe alles bekommen, was sie dem vernachlässigten Mann vorenthalten habe. »Seit die Mädchen geboren waren, wie auch vom Tag deiner Geburt an, brauchte deine Mutter schon keinen Mann mehr. Der hatte seine Aufgabe erfüllt und sollte am besten verschwinden, sich auflösen, in den Tod stürzen, wie das Männchen nach der Befruchtung der Bienenkönigin«, sagte Ajala und erklärte, wenn Mutter genügend Mut gehabt hätte, wie Ziona Tagar oder Channa Rowina, dann hätte sie ohne zu heiraten ein Kind zur Welt gebracht. »Aber deine Mutter war konservativ, und um die Fiktion des heilen Familienlebens aufrechtzuerhalten, weil das Kind doch einen Vater brauche, war sie bereit, den Preis zu zahlen und die Haushälterin des Vaters ihres Kindes zu sein, für ihn zu kochen, zu waschen und zu putzen. Aber bis hierher und nicht weiter.« Ajala legte die Karten auf den Tisch und schaute mich an, um zu sehen, ob es ihr gelungen war, das Bild, das ich mir zurechtgemacht hatte, zu erschüttern oder zumindest seine hellen Farben etwas zu verdüstern; danach flüsterte sie, wie jemand, der im Dunkel etwas gesteht: »Ich weiß doch, wovon ich rede. Die Unfähigkeit zu lieben wird in unserer Familie wie eine Krankheit vererbt«, und um mich zu überzeugen, führte sie verschiedene Beispiele an. Tante Ajala mischte die Karten erneut, ohne mich anzuschauen: »Wenn du die beiden Ehen von Mutter ehrlich und unparteiisch vergleichst, die mit deinem Vater und die mit ihrem ersten

Mann, dann siehst du, daß sie in beiden nach ein und demselben Muster gehandelt hat. Nur war dein Vater schon zu alt, zu hart vom Leben gezeichnet, zu müde und resigniert, um noch auf etwas zu beharren; er mußte gegen seinen Willen die diktierten Kapitulationsbedingungen deiner Mutter akzeptieren, während ihr erster Mann, jung und lebenshungrig, darauf bestand, daß seine Frau nicht nur die Mutter seiner Töchter war, sondern ihm auch als Partnerin für seine intimen und anderen Freuden erhalten blieb. Als deine Mutter sich in ihrer Mutterschaft verbarrikadierte und sein Werben und seine Einladungen immer wieder zurückwies, zog der Mann die Konsequenz und ging alleine zu Festen und Tanzbällen, und von da gab es schon keinen Weg mehr zurück.« Ich versuchte, mich zu beherrschen, doch es gelang mir nicht, und ich unterbrach ihre feurige Anklage und sagte, das gehe über meine Kräfte. »Ich war schon immer der Advocatus Diaboli« gab sie zurück und ließ sich nicht unterbrechen: »Nur, wer mutig genug ist, für eine Weile seine traditionelle Sicht aufzugeben und die Dinge von anderen Seiten zu betrachten, gelangt zu einem vollen Verständnis der Realität. – Keine Angst, sie sind ohnehin schon alle tot. Aber du mußt die fest etablierten Bilder aus der Vergangenheit in ihre kleinsten Teilchen zerlegen und wieder neu zusammensetzen, in ihrer ganzen Ambivalenz und Kraft. Ein Erwachsener kann sich nicht sein Leben lang an Kinderwahrheiten klammern.« Ajala richtete sich auf und betrachtete lange ihre Schwester in den Armen ihres jungen Geliebten, reichte mir dann das Bild wieder und sagte: »Und jetzt versuche, ihn einmal mit anderen Augen anzusehen. Jeder Mensch hat noch ein anderes Gesicht, auch der M.G.«

Sein Name war in unserem Haus nie ausgesprochen worden, auch nicht in den langen Nachmittagsstunden, nachdem ich das Versteck der Photos gefunden hatte. Mutter hatte, während sie mir ihre Lebensgeschichte erzählte, immer drumherum geredet, genau wie ich es seit dem auch tat; sie wollte seinen Namen nicht aussprechen. Aber da sie versprochen hatte, mir nichts zu verbergen, fand sie einen Weg, das selbst auferlegte Verbot zu umgehen.

Sie schrieb den Namen ihres ersten Mannes auf die Rückseite einer Busfahrkarte, die mehrfach gefaltet unter ihrem Uhrarmband steckte, und nachdem ich ihn gelesen hatte, zündete sie ihn mit einem Streichholz an und warf ihn in den für Tante Nechama bereitstehenden Aschenbecher. Das Feuer leckte an dem Papierchen, und Mutter verfolgte gespannt, wie es die Buchstaben tilgte; dabei zischte sie zwischen den Zähnen: »Soll sein Name ausgerottet werden, und sein Andenken auch.«

Ein einziges Mal kehrte der verbannte Name zurück. Im Sommer 1974, etwa zwanzig Jahre, nachdem er so verbrannt worden war, und erhob sich wie eine Flamme, die nie wirklich erloschen war. Ich besuchte Mutter, die damals schon in Ramat Gan wohnte, jeden Nachmittag und brachte ihr die Abendzeitungen. Sie hatte eine lustige Technik, Zeitung zu lesen: Sie legte sie zunächst zwei, drei Wochen beiseite und las sie erst dann. So, erklärte sie mir, erspare sie sich das ganze Geschwätz, die Hypothesen und Prophezeiungen, die sich inzwischen als falsch erwiesen hatten, denn die verstreichende Zeit liefere die Auswahlkriterien von ganz allein. Davor las sie nur die Todesanzeigen, »die einzigen unerschütterlichen Wahrheiten«, um zu wissen, wer sich inzwischen aus dem Staub gemacht hatte. Auch an jenem Tag, von dem ich erzählen will, überflog Mutter die Namen der Toten, bis sie plötzlich innehielt, aufstand und in ihr Schlafzimmer verschwand. Da sie lange nicht zurückkam, folgte ich ihr und sah sie dort auf dem kleinen Stück zwischen Bett und Kleiderschrank hin- und herlaufen wie ein gefangenes Tier. Ich versuchte sie zu fragen, wessen Tod sie so errege, doch sie schob mich mit einer ungeduldigen Handbewegung hinaus, was sie nie zuvor getan hatte, und sagte: »Auch eine Mutter braucht manchmal ein Minimum an Privatheit.« Sie bat mich, zu gehen und sie alleine zu lassen. Ich verließ ihre Wohnung und kaufte mir sofort noch eine Zeitung. Sorgfältig las ich die Todesanzeigen. Da war M.G. Frau und Söhne gaben bestürzt und in tiefer Trauer das viel zu frühe Hinscheiden ihres Ehegatten und liebenden Vaters bekannt, der beim Überqueren einer Straße überfahren worden war. Am nächsten Tag war Mutter schon wieder die alte, sie erwähnte den Vorfall mit keinem Wort. Einige Monate später begannen dann ihre furchtbaren Kopfschmerzen, und ihr linkes Auge sah plötzlich nur noch unscharf. Das waren die ersten Anzeichen ihres bösartigen Tumors an der Schädeldecke, der begonnen hatte, in ihr Hirn und in die Augenhöhle zu dringen. Doch erst sieben Jahre später, als ich Tante Ajalas Wohnung mit dem Photo in der Hand verließ, erinnerte ich mich an die Worte, die ich einmal im *Zauberberg* gelesen hatte, daß das Krankheitssymptom verkappte Liebesbetätigung sei, und alle Krankheit verwandelte Liebe.

4

Ich bin nicht in der Lage, Mutter Gestalt zu verleihen, ich gebe es zu. Das Wesen des Lebens zwingt den Menschen zur Abwesenheit einer eindeutigen Gestalt; ich strebe nach Symmetrie und Ausgewogenheit, aber jedes von Mutters Gesichtern, die ich hier vorgestellt habe, wird ihr und dem Tohuwabohu ihrer Existenz auf unverzeihliche Weise nicht gerecht. Auch die Illusion, all jenen Details von Ereignissen, Gefühlen und Gesprächen, die mir die Erinnerung zuspielt, Vollständigkeit und Beständigkeit verleihen zu können, mußte ich letztlich aufgeben, weil Mutters innere Konflikte und Triebe sich wie ein bockendes Fohlen jeder schriftstellerischen Manipulation widersetzen. Selbst die Absicht, als außenstehender Beobachter die auf- und absteigenden Bewegungen ihres Lebens einfach nachzuzeichnen, wird scheitern, wenn ich nicht den Mut aufbringe, in die Tiefe durchzustoßen und das im Innern Versteckte aufzudecken, jenes verborgene Flackern, das dem Durcheinander ihrer widersprüchlichen Handlungen und auseinanderstrebenden Wünsche seine Bedeutung und einen flüchtigen Zusammenhang verleiht. Gerade Mutters weise Zurückhaltung und Selbstbeherrschung – Eigenschaften, dank derer sie es immer wieder schaffte, die Stürme und Erschütterungen ihres Lebens mit entschiedener Vernunft zu bezwingen und sich aus ihnen zu retten – weckten in mir, so scheint mir, den dumpfen, mit der Zeit zur Gewißheit werdenden Verdacht, daß hinter dieser zur Schau getragenen Rationalität ein düsteres, völlig irrationales Element in ihr regierte, das niemals ruhte und von dem sie ununterbrochen zehrte.

Am Anfang stand der Besuch beim Handleser.

Mutter war das erste Mal bereit, darüber zu sprechen, als sie einmal spät von einem Elternabend zurückkam, ganz außer sich nach jenem Gespräch, zu dem man sie mit einem persönlich adressierten, verschlossenen Brief geladen hatte. Ich schließe die Augen und sehe sie ins Haus stürzen; ihr gerötetes Gesicht und das zerzauste Haar zeigen, daß sie in der Schule auf einem dieser kleinen, den Rücken malträtierenden Stühle hatte sitzen und – wenn auch skeptisch – den verbalen Angriff unserer Klassenlehrerin wegen meines schlechten Betragens und meiner Verstöße gegen die Schulordnung hatte erdulden müssen, einen Angriff, der indirekt gegen sie gerichtet war, da sie immer zu mir stand. »Diese *kurve* aus Berlin hat keinen Blick von ihrem Notenheft gehoben, sie hat mich noch nicht einmal angeschaut, als sie mit mir sprach«, sagte Mutter, während sie wie angewurzelt mitten im Zimmer stand und ihre Finger das Taschentuch zerknüllten, mit dem sie sich auf dem ganzen Heimweg die Tränen abgewischt hatte. Nachdem sie sich davon überzeugt hatte, daß Vater noch nicht vom Studium der täglichen Seite Talmud zurückgekommen war, öffnete sie mit einer melodramatischen Geste den Kleiderschrank und zog die rote Handtasche heraus. Es sei an der Zeit, daß ich die einzig relevante Einschätzung meiner Person erfahre, sagte sie, während sie fieberhaft zwischen den Photos nach dem Amulett des alten Kabbalisten suchte; ich solle mich nun ein für alle Mal gegen all jene wappnen, die versuchen werden, mir Steine in den Weg zu legen.

Es war einmal ein junges Mädchen, das war noch keine zwanzig Jahre alt. Manchmal, wenn ihm das gerade erst erblühende Leben zuwider war, kehrte es den Näharbeiten im Handarbeitsinstitut ›Schoschana‹, das Frau Heller in der Melissanda Straße eröffnet hatte, oder den bösen Geistern im Hause seiner Eltern den Rücken, und lief fort, wohin seine Füße es trugen. Es achtete nicht auf die begehrlichen Blicke der Passanten mit ihren abgearbeiteten, staubigen Gesichtern; es erforschte neugierig das wie dreckige Pfützen dahindümpelnde Leben, schaute in Zimmer, deren niedrige Fenster auf die Straße hinausgingen, betrachtete zerwühlte Betten mit aufgehäuftem Bettzeug, zerbrochene Wandschränke und Tische, an denen einsame Alte saßen. Nicht selten war es in Begleitung seiner Freundinnen; dann kreiste das Gespräch stets um Bücher, die sie süchtig verschlangen. Sie irrten in ihren Phantasien durch Gefilde, die nur im Reich der Wörter existieren, Gegenden, in denen Männer mit Zylindern junge Mädchen umarmen, in denen sich Frauen, enttäuscht von dem, den sie lieben, unter die Räder fahrender Eisenbahnen werfen. Sie übten pausenlos, sich aus ihrer an Überraschungen so armen Welt zu lösen, die ebenso welk und ledrig aussah wie die von armen Händen auf den Fensterbrettern gezogenen Geranien, die das Draußen von dem privaten Drinnen trennen sollten.

Obwohl es um lang zurückliegende Zeiten und längst vergessene Ereignisse ging, sprach Mutter mit großer Trauer und Nähe über Menschen, die schon gestorben oder verschollen waren, und über längst vom Erdboden verschwundene Häuser und Straßen und machte diese ferne Zeit, bevor ich auf die Welt kam, zu einem untrennbaren Teil meiner Gegenwart; und die damaligen Ereignisse geschahen gleichsam jetzt.

An jenem historischen Tag, als auf dem Scopusberg der Festakt zur Eröffnung der Hebräischen Universität stattfand, verirrte sich das junge Mädchen auf einem seiner ziellosen Streifzüge im Gewirr kleiner Gäßchen nahe beim Machane Jehuda. Wie ein Schmetterling flatterte es zwischen den langen Häuserfronten der schmalen Gasse hin und her; ab und zu trat es aus Angst vor Gemüsewagen oder einem lastentragenden Maultier auch in die für den Regen bestimmten Vertiefungen des Rinnsteins. Über einem der Hauseingänge wehte im Wind ein Schild mit einer aufgemalten Hand, und darunter stand in Toraschreiberbuchstaben: ›Chiromantie – Handlesekunst‹. Fasziniert betrachtete es die geheimnisvollen Linien, die sich auf dieser Hand in alle

Richtungen zogen, einander kreuzten und sich schließlich hinter den nächsten Hügelchen verloren, wie ein Netz nicht zu deutender Wege in einer verlorenen Stadt; noch mehr faszinierten es die beiden Worte, von denen jedes eine so klar umrissene Bedeutung hatte, die jedoch in ihrer Verbindung eine neue, geradezu metaphysische Aussage zu bekommen schienen. Es tastete nach dem kleinen Bündel Geldscheine, das es mit seiner stupiden Näherei verdient hatte, und in einem plötzlichen Entschluß, hinter den Vorhang, der unsere Zukunft verdeckt, schauen zu wollen, was immer auch komme, stieß es die angelehnte Türe auf und trat ein. Eine saubere Leere herrschte in diesem Zimmer. Niemand war zu sehen. Die Nachmittagssonne hinter den Eukalyptusbäumen im Hof warf durch das weit geöffnete Fenster ein weißes Rechteck, dessen oberes Ende an der nackten weißen Wand hing und eine Art Eingangstor zu einer Wunderwelt bildete, während das untere Ende wie ein strahlender Teppich auf dem frisch gewischten Steinboden lag.

Zwei-, dreimal rief eine leise Stimme, bis Mutter entdeckte, woher sie kam. Am Ende des angrenzenden hinteren Zimmers lag auf einer Art Pritsche ein Greis, der aussah wie die sephardischen Kabbalisten, die sie schon ab und zu in der Altstadt auf ihrem Weg zur *Jeschiwa* der Mystiker gesehen hatte. Er gab ihr mit seiner verschrumpelten Hand ein Zeichen, hereinzukommen und sich auf den Schemel zu setzen. Eine auf einem steinernen Sims brennende Petroleumlampe tauchte seine Umrisse in ein gedämpftes, goldenes Licht und betonte die weichen Wellen seines weißen Bartes und die alten Buchrücken in einer Nische hinter ihm in der Wand. Mutter beschrieb diesen lang zurückliegenden Anblick mit den Worten: *Und die Lampe Gottes war noch nicht verloschen.* Dieser von ihr so trefflich gewählte Vers verlieh dem Bild etwas von der geheimnisvollen Schicksalhaftigkeit, die den vor Eli im Tempel in Silo dienenden Knaben Samuel an jenem Abend auf seinem Lager vor der Lade Gottes umgab, als Gott ihn hörbar ein ums andere Mal aus der Finsternis rief.

Der Alte stellte die Flamme höher, nahm die hingestreckte Hand und hielt sie gegen das Licht. Lange schwebten seine Finger durchsichtig und luftig über den Linien der in seiner Hand liegenden, bebenden Hand. Der Mann schloß die Augen, und die junge Frau, die sah, wie seine Augenbrauen sich zu Bogen spannten, verfolgte schüchtern den Kampf, der sich über die Hügelketten seiner Stirn und seine gewaltigen Augenlider ausbreitete. Als er endlich die Augen aufschlug, mit dem Blick eines Menschen, der bereit war, jeder Gefahr und jedem Schmerz ins Auge zu blicken, überwanden seine Worte gewaltige Entfernungen und bahnten sich traurig zögernd, wie Soldaten bei der Rückkehr von einer Niederlage, den Weg zu ihr. Abgründen werde sie begegnen – sagte er im Halbdunkel wie zu sich selbst – oft werde sie sich hinunterstürzen wollen und erst im letzten Moment innehalten und umkehren; es werde ein Tag kommen, an dem sie beschließen werde, vor all dem zu fliehen und ans andere Ende der Welt zu ziehen, doch sei ihre Seele der Seele Isaaks, möge er in Frieden ruhn, verwandt und wie die seine an den Altar und damit an das Land Israel gebunden; er werde sie nicht gehen lassen, denn wie über den gebundenen Sohn Abrahams sei auch über sie bestimmt, daß sie Erez Israel nie verlassen solle. Die junge Frau meinte bewußtlos zu werden, doch plötzlich wurde die Stimme des Kabbalisten klar, und er sprach ihr Mut zu, und sie faßte sich wieder. Es gelang ihm nicht, ihr die Angst ganz zu nehmen, doch seine folgenden Worte merkte sie sich bis zu ihrem letzten Tag: »Einen teuren, ganz besonderen Sohn wirst du haben; bei seiner Geburt wird sich dein Haus mit Licht erfüllen. *Gepriesen sei der Herr, der dir einen Erlöser nicht versagt.*« Der Kabbalist, dessen Namen Mutter nicht kannte, ließ ihre Hand los, die kraftlos in ihren Schoß fiel. »Ich schreibe dir einen Schutz«, sagte er, beugte sich über ein kleines Stückchen Pergament und schrieb schnell und ohne ein weiteres Wort einige Buchstabenverbindungen darauf. Dann rollte er es wie eine Schriftrolle zusammen, hüllte ein Stück Stoff drumherum, und bei jedem Stich, mit dem er es zunähte, murmelten seine

Lippen: *Um diesen Knaben habe ich gebetet, und der Herr hat mir meine Bitte gewährt.* Er wies die Münzen zurück, die Mutter ihm geben wollte, und meinte, sie müsse ihm dafür aber versprechen, daß sie und alle ihre Nachfahren es niemals wagen würden, das Amulett aufzutrennen und zu lesen, weil der Segen darin sonst entweiche.

Über diese beiden Ereignisse, die mysteriöse Begegnung im Hause des Kabbalisten und Mutters aufgeregte Heimkehr vom Elternabend zu schreiben, und die Tatsache, daß ich sie nebeneinanderstelle, obwohl dies unerläßlich ist, um das Verborgene unter der offenbaren Schicht von Mutters Leben zu erkennen, erfüllt mich mit Scham. Schon die Worte des Handlesers wiederzugeben hat etwas von Prahlerei, ist zumindest unbescheiden und deshalb nicht zu empfehlen, schon gar, wenn man die Geschichte in der ersten Person erzählt. (Wer jedoch die Warnung eines klugen Gelehrten in den Wind schlug, daß man ein Erzählmodell in der ersten Person in einem langen Roman nicht durchhalten könne, der soll jetzt keine Nachsicht erwarten, wenn er mit voller Wucht gegen die Grenzen anrennt, die ihm der autobiographische Roman setzt, und die er eben nicht überwinden kann.) Die eigentliche Verlegenheit und innere Unruhe rührt jedoch von der – zugegeben – spät erlangten Erkenntnis, daß die Begegnung mit dem Wahrsager vom Machane Jehuda Mutters Leben und mindestens ebenso auch mein eigenes geprägt und genährt hat. Was sie mir erzählte, als sie so gedemütigt aus der Schule nach Hause kam, deckte eine Wahrheit auf, die zu sehen ich mich bis dahin hartnäckig geweigert hatte. Ob der nebulösen Prophezeiung dieses Mannes war ich gezwungen, mein Leben als Widerhall zu führen, oder vielleicht richtiger: ich verfing mich in einem falschen Bild meiner selbst, das mich vom Tag meiner Geburt an, und im Grunde schon viel früher, dazu verpflichtete, eine Bestimmung zu erfüllen, die ich mir nicht gewählt hatte, die zu akzeptieren oder abzulehnen mir nie freigestanden hatte; und so trug ich einen verfluchten Mantel, dessen äußere Seite Grandiosität, dessen innere aber quälende Verzweiflung war.

Im Laufe der Jahre geriet das Amulett bei Mutter in Vergessenheit, es wurde immer tiefer in das kleine Schränkchen geschoben, in dem sie damals ihre wenigen Habseligkeiten aufbewahrte, und die Prophezeiung des Kabbalisten rückte an den Rand ihres Gedächnisses. Zunächst erwachte ihre alte Angst zwar noch hin und wieder und legte sich ihr um den Hals, vor allem, wenn sie an jenem Haus beim Machane Jehuda vorbeiging, doch nach der Geburt ihrer ersten Tochter und noch mehr nach der Geburt der zweiten sah sie diese Dinge als völligen Unsinn an und wischte sie weg, so daß sie ihr Herz nicht mehr bedrückten. Selbst später, als sie auf dem Dach stand und die plötzlich einsetzende Periode als Zeichen ihrer Weiblichkeit sie davor bewahrte, sich auf die King George Street hinunterzustürzen, war die Zeit noch nicht reif, um den Zauber jener Nachmittagsstunde im Hause des Alten wieder wachzurufen. Wenn ich einmal Geschichte lernen werde, hatte Mutter mir irgendwann einmal gesagt, werde ich sehen, daß nach dem Auftreten einer wichtigen Persönlichkeit, dem Formulieren eines wichtigen Gedankens oder dem Erscheinen eines literarischen Werkes immer eine Art Latenzzeit vergehen müsse, in der sie in der Versenkung verschwänden, als sei jede Erinnerung an sie vergessen, als hätten sie überhaupt keinen Anteil mehr an dem, was heute unter der Sonne geschieht; erst danach kehrten sie ins Leben zurück und begännen zu wirken. Als sie damals vom Dach stieg, sei die Sehnsucht nach Mutterschaft wieder in ihr erwacht, und so fing sie an, sich mit Männern zu treffen. Die verbitterten, schweigenden Kellner, die wie Totengeister im Café Sichel und im Café Atara zwischen den Gästen dahinschwebten, wurden Zeugen ihrer schüchternen Versuche, einen Partner zu finden. Doch alle Männer, die sie traf, erschienen ihr mehr oder weniger Doubletten des *Schwarzjohr* zu sein, und sie verabschiedete sich schnell, manchmal noch bevor sie ihren Kaffee ausgetrunken hatte. Inzwischen hatte ihr Bruder seinen Traum verwirklicht und war nach Amerika gereist. Selbst an dem Tag, da sie gemeinsam das Fischgeschäft eröffnet hatten, trugen seine Gedanken ihn schon in die Ferne, und auch wenn er in dem kleinen Laden, nicht weit von der Bezalel Straße, mit ihr hinter der Theke stand und seine Hände mit den Fischen beschäftigt waren, er ihnen geübt Flossen und Schwänze abhackte, verschleierten sich seine Augen, sobald er von den unendlichen Möglichkeiten zu reden begann, die sich ihnen beiden auf dem neuen Kontinent eröffnen würden, falls sein Plan, Brückenkopf zu sein und Mutter später nachzuholen, nur gelänge. Vor seiner Abreise schlossen sie den Fischladen, und Mutter fand nach vielen Wochen der Arbeitslosigkeit schließlich eine Beschäftigung in einer »Nähstube« der gewerkschaftlichen *Lischkat haPoalot.* Zehn Stunden stand sie jeden Tag in einem modrigen Keller am Schneidetisch und fertigte Daunendecken an. Nachdem sie sich vorher an den Fischen gestochen hatte, waren ihre Hände nun von Daunen und Nadeln zerkratzt (»Ich mußte die Nadel spüren«, erklärte sie auf meine Frage, warum sie keinen Fingerhut verwendet habe). Doch nie zuvor hatte sie sich so angenommen und geliebt gefühlt. Esther Kaleko, die Verantwortliche für die Arbeitsstätten der *Lischkat haPoalot,* hatte Mutters Organisationstalent, ihr Verantwortungsgefühl und ihre Zuverlässigkeit entdeckt und ließ sie schnell aufsteigen. Zuerst wurde sie zur Vorarbeiterin einer Gruppe Arbeiterinnen an einem Tisch befördert, dann übertrug man ihr die Verantwortung für die ganze Werkstatt. »Sie vertraute mir und hat mir sogar die Kasse übergeben«, erzählte Mutter stolz, »und alles, was ich anfing, gelang mir auch. Ich habe Esther Kaleko einfach gefallen, und sie zog mich groß als wäre ich Josef in Ägypten. Die Sozialisten betrachteten mich als gleichwertigen Menschen; sie waren nicht arrogant, stöberten nicht in meinem Privatleben. Hätte ich dort weitergemacht, wäre ich heute vielleicht die Sekretärin von Golda Meyerson.« Seitdem blieb Mutter der Arbeiterbewegung treu, aus Dankbarkeit, daß man ihr dort den Glauben an die Menschen wiedergegeben hatte. Jizchak sprach ihr in seinen wöchentlichen Briefen Mut zu und wiederholte sein Versprechen, sie gewiß nicht zu vergessen – eben das hatte er ihr auch ins Ohr geflüstert, als er sie auf dem Anleger im Tel Aviver Hafen fest umarmte. (Das Photo, auf dem Mutter in den Armen des hoch aufgeschossenen, scheuen jungen Mannes mit Schirmmütze zu sehen ist – sie stehen vor den hohen Eisengittern, und dahinter liegt ein kleines Versetzboot, das ihn bis zum Schiff bringen sollte – ist eines meiner Lieblingsbilder, und nun sitze ich tränenüberströmt hier, in dem stillen englischen Dorf, in das ich mich vor einigen Monaten zurückgezogen habe, um Mutters Lebensgeschichte aufzuschreiben, und grüble über dem Bild, nachdem ich gerade einen Anruf aus Israel bekam, mein Onkel Jizchak habe in Wilmington/Delaware, wohin er meine Mutter vor beinahe vierundfünfzig Jahren hatte nachholen wollen, seine Seele dem Schöpfer und Herrn der Seelen zurückgegeben.) Es dauerte nicht lange, und Jizchak war in der Lage gewesen, sein Versprechen einzulösen; zusammen mit den Geschwistern Secharja und Rachel, die in Amerika schon Fuß gefaßt hatten, schickte er das Affidavit und die Greencard. Mutter beantragte sofort einen Paß und bestellte eine Schiffskarte. Und als sie alle Papiere zusammen hatte, die ihr das Tor zur neuen Welt öffnen sollten, traf sie zufällig den Mann, der mein Vater wurde. So geschah es, daß etwa fünfundzwanzig Jahre, nachdem der Finger des Kabbalisten über den Lebens- und Schicksalslinien in Mutters ausgestreckter Hand gekreist war, diese verlorene Szene in ihr Bewußtsein zurückkehrte, nachdem sie sich einer spontanen Anwandlung folgend entschied, die Amerikareise abzusagen und ihr Leben mit dem eines Fremden, den sie eben erst einen Tag kannte, zu verbinden. Die wenigen Worte des wundersamen Alten unter dem Siegel der Ewigkeit betonten, wie vergänglich die Zeit war. Die Vergangenheit mit ihren verschiedenen, ineinander strömenden Zeiten, die plötzlich interagieren mit dem, was über oder unter ihnen liegt, tauchte ab und sammelte sich in einem bestimmten Moment konzentriert und vollständig an einem einzigen festen Punkt. Die Ereignisse, die der Alte vorhergesagt hatte, waren, das wurde Mutter plötzlich klar, alle eingetreten. Die kleinen Mädchen, deren Existenz er nicht gesehen hatte, waren aus dem Nichts gekommen und ins Nichts zurückgekehrt, ihr kurzes Leben, ihr furchtbarer Tod hatten keine Spuren hinterlassen, und die Verzweiflung, die Mutter trieb, sich vom Dach stürzen zu wollen, brachte sie doch nicht so weit, den letzten Schritt auch zu tun, und die Reise, für die schon alles bereit gewesen war, trat sie nicht an. Der erste Teil der Prophezeiung hatte sich in jedem Punkt als wahr erwiesen, nun sollte sich auch der zweite Teil erfüllen. In jenem Augenblick hatte sie die lastende Vergangenheit abgeworfen und sah ihre Zukunft schon vor sich: vollkommen, licht und tief erstrahlte sie über dem Horizont ihres Lebens wie die Scheibe des Mondes, wenn er über der Wüste Juda aufgeht. Der Endpunkt wurde zum Neubeginn, ohne daß sie es geplant hatte.

»Was fand ich an diesem fremden Mann, der dann dein Vater wurde?« fragte Mutter und versank in ein langes Schweigen, und ihre Finger, die das Amulett streichelten, krümmten sich, ohne daß sie es merkte, wie die Klauen eines Raubvogels. Erst Jahre später, als wir für meinen Vater *Schiwe* saßen, sollte Mutter so weit sein, auf diese Frage zu antworten. Es war spät abends, die letzten Trauergäste hatten das Haus verlassen, und wir waren wieder allein, frei für eines jener langen Gespräche, wie in den alten Tagen, wenn Vater nicht zu Hause war, und wir spürten beide deutlich das Gefühl einer bitteren Niederlage, da uns sein Stören fehlte. Kurz davor hatte Mutter einen Teil der Lampen gelöscht und im Dunkel den Schmutz und Staub, den die Besucher an ihren Schuhen hereingetragen hatten, weggewischt. Sie hielt die religiösen Gebote zwar nicht mehr, ja verachtete sie sogar, doch sie befolgte die Trauerbräuche bis ins Detail, damit die Nachbarn nicht schlecht über sie redeten. Dann legte sie die Matratzen wieder auf den Boden, wechselte die Bettwäsche und sagte – entschuldigend oder rebellisch –, unser Leid sei groß genug und wir müßten unseren Leib nicht noch weiter kasteien. Sie warf sich auf die Matratze, und das Jahrzeitlicht, das auf dem Tisch zwischen den abgegriffenen Gebetsbüchern aus der Synagoge flackerte, begleitete Mutters Schluchzen und warf seine Schatten auf den mit einem Kopfkissenbezug verhängten Spiegel und die in einen Gebetsschal gewickelte Torarolle, durch die das Zimmer wie ein Totenzimmer wirkte.

»Vater hatte mir nichts zu bieten«, fuhr sie mit leiser Stimme dort fort, wo sie damals, als sie vom Elternabend zurückgekommen war, innegehalten hatte, und ihre Worte bahnten sich endlich einen Weg zu mir, gequält, versöhnt, unter der Last einer nie erblühten Liebe.

Vater war im Erez Israel der dreißiger Jahre ein Emigrant ohne Sprache gewesen; er verdiente seinen Unterhalt mit allen möglichen Tätigkeiten, die ihm keine besondere Ehre machten: zum Beispiel als Hersteller eines Wundertrankes zur Auflösung von Nieren- und Gallensteinen. (Im *Allgemeinen erez-israelischen Branchenverzeichnis 1940* erscheint sein Name und der seiner Firma in der Liste der Soda- und Mineralwasserproduzenten Jerusalems: Labor Palme, Machane Jehuda, Josef ben Mattatjahu Straße 8.) Als er ins Land gekommen war, hatte er in seinem dünnen Seesack einen üppigen, schleimigen Pilz aus den Flüssen der Mandschurei mitgebracht, den er in Gläsern mit gesüßtem Teewasser wachsen ließ, welche dann in Regalen aufgereiht in seiner Kammer standen. Das *fluchbringende Wasser*, in dem der Pilz fermentierte, war ekelerregend säuerlich, und der Geruch übertrug sich auf seine Haut, seine Kleider und jeden Gegenstand in seiner Wohnung. Kranke, denen die konventionelle Medizin nicht mehr helfen konnte, ließen auf Geheiß angesehener Ärzte, wie etwa Dr. Muntner, der die medizinischen Schriften des Rambam erforschte, nach ihm schicken, und Vater füllte ihnen den Trank in Flaschen, von denen keine der anderen glich. Mutter hatte über Vaters »Urinwasser« gespottet, doch in den neunziger Jahren, als es hier üblich wurde, daß die jungen Soldaten nach

Beendigung ihres Wehrdienstes in den Fernen Osten reisten und auch alte chinesische Heilverfahren kennenlernten, wurde die geheime Heilkraft des Wunderpilzes wiederentdeckt. Der Kombucha-Pilz, aus dem Millionen Japaner ihren Gesundheitstee bereiten, wird heute in Reformhäusern verkauft und gilt als Jungbrunnen, der das Haar der Alten dunkeln läßt, ihre gebeugte Haltung aufrichtet und Krankheiten vertreibt.
Vater führte seine illegale Heilmittelproduktion so lange, bis das Gesundheitsamt der Mandatsregierung sie beendete. Damit war seine Lebensgrundlage zerstört, und er zog in die Ge'ula Straße um, in das Haus, in dem ich meine Kindheit und Jugend verbrachte. Dort eröffnete er, wie Mutter es darstellte, eine zweifelhafte Herberge für allerlei Vagabunden; Gestalten mit niederer Stirn und fleischigen Lippen fanden dort angeblich stundenweise Unterkunft, aber auch arme Frauen, die Zuflucht vor ihren betrunkenen Männern suchten. Nebenbei versorgte er seine auserwählte kleine Gemeinde treuer Kunden zu Mutters Leidwesen heimlich weiter mit seinem Wundertrank.

»Er hatte wirklich gar nichts. Nicht einmal anständige Alltagskleider«, klagte Mutter, und das erste Mal empfand sie Mitleid mit dem müden, einsamen Mann, der schon damals, als er plötzlich in ihr Leben trat, mit Schabbathut und seinem einzigen Anzug, älter aussah als seine fünfundfünfzig Jahre. Der Anzug war zwar zu klein und abgetragen, aber immer sauber und ordentlich; den Geruch des Benzins, das er zum Reinigen des Stoffs benutzte, versuchte er durch den Duft des Eau de Cologne, mit dem man ihn beim Friseur großzügig besprühte, zu kaschieren. »Er hatte sich zu diesem Treffen wie ein Bräutigam herausgeputzt«, lachte Mutter unter Tränen; ein warmer, sanfter Stolz klang in ihrer Stimme. Als sie ihm jedoch damals gegenübersaß und sein Gesicht betrachtete, amüsierten sie besonders sein zurechtgestutzter Schnauzbart, die von der Rasur geröteten Wangen und die abgeschnittenen grauen Härchen, die noch auf den breiten Schultern und dem Jackettkragen lagen, weil der Lehrjunge ihn nicht, wie es sich gehört, abgeklopft hatte.

In seiner unverhohlenen, offenherzigen Neugier bat er sie ohne jede böse Absicht, von ihrem Leben zu erzählen, und als er sah, wie sie sich völlig zurückzog und erschrocken ihre Privatsphäre verteidigte, ließ er ab und erzählte von sich selbst. Unverstellt und schüchtern sprach er von der Sehnsucht nach seinen Brüdern und deren Familien, die in der Jesreel-Ebene lebten und das Land bebauten, von seiner geliebten alten Mutter, die bei ihnen wohnte und die er nur noch selten sah, nachdem seine große Hoffnung, in Nahalal als Lagerist oder Molkereiarbeiter zu arbeiten, sich zerschlagen hatte. Er erzählte, wie schwer es war, seinen Lebensunterhalt zu verdienen, und wie sehr er unter Einsamkeit litt, seit er verwitwet war; diese Einsamkeit würde ihn noch um den Verstand bringen, vor allem am Schabbat, wenn es nicht die Leute aus seiner früheren Stadt gäbe, die ihn sozusagen adoptiert hatten und sehr warm aufnahmen: »Nachdem meine Ljuba mir gestorben ist, lebe ich nur noch halb.« Mutter konnte in allen Fasern ihres Körpers das Ausmaß der Leere spüren, als er ihr, der er gerade erst begegnet war, von seiner Jugendliebe erzählte. »Sie war Pianistin. Sie hat so wundervoll Schumann gespielt« hatte Vater gesagt und seine Tränen geschluckt, doch als sie mit ihm nach Palästina einwanderte, in das Land, von dem ihr Vater immer geträumt hatte – er gehörte zum Kreis der *Chowewej Zion* und hatte ihr den schönen Namen Ahuva Bat Zion gegeben – da welkte sie im Nu dahin. Sie haßte die starke Sonne und den von der Wüste kommenden Ostwind, der ihre seidene Haut verbrannte, und zog sich ins Haus zurück, saß ganze Tage hinter schweren karmesinroten Brokatvorhängen im Halbdunkel und sang ihrem Spiegelbild *Eugen Onegin* vor oder las die russischen Klassiker, die sie sich hier mühsam zusammengesucht hatte, und abends bewirtete sie mit einer Tasse Tee und Konfitüre ihre Freundinnen. »Wenn ich ihr wenigstens ein Klavier hätte kaufen können«, quälte Vater sich, doch seine Frau hatte sich die Ohren mit Watte verstopft, nicht nur wegen der bellenden Hunde und der spielenden Nachbarskinder, sondern auch, um seine Entschuldigungen nicht zu hören, und gesagt, Beethoven habe in seiner Taubheit die Engel singen gehört. »Komm, o Tod von Nacht umgeben, leise komm zu mir gegangen, daß die Lust, dich zu umfangen, nicht zurück mich ruft ins Leben«, sang sie, tanzte um den Tisch und streckte ihre nackten weißen Arme aus, und die Rosen, mit denen sie sich umgab, welkten in dem dunklen Zimmer; sie verströmten den süßlichen Duft von Verwesung und Tod, der dann auch wirklich nicht mehr lange auf sich warten ließ.

Mutter sprach aus dem Dunkel, und ich lag auf meinem Platz und starrte den »Spinnenlüster« an – so nannte ich den Kronleuchter seit meinem vierten Lebensjahr, da mir an einem Winterabend, als in unserem Haus bei einem Gewittersturm der Strom ausfiel, der Kronleuchter wie eine riesige Spinne erschienen war, die ihre schwarzen Arme von der Decke zu uns herunterließ. Es fiel mir schwer, die unbeständige Natur des Menschen zu begreifen. Nur zwei Tage zuvor, einige Stunden, nachdem Vaters Leib auf dem *Har haMenuchot* in die Erde gesenkt worden war, hatte Mutter ihn vor den Trauergästen in höchsten Tönen gelobt und erzählt, wie barmherzig er war und ohne Rücksicht auf seine Gesundheit jedem half, der etwas brauchte. Eben das aber hatte sie früher immer aufgebracht; oft hatte sie behauptet, diese Freundlichkeit und Großzügigkeit gehe im Grunde auf unsere Kosten, Fremde stünden ihm näher als seine Frau und sein eigener Sohn, und er tue das alles nur, um gemocht zu werden. Als ich später am Abend in meiner Torheit sagte, ich staune über ihren so plötzlichen Gesinnungswandel, wies sie mich zurecht. Dies sei schon immer ihre Meinung über Vater gewesen, und wie könne ich es wagen, ihr mit solchen falschen Anschuldigungen zu kommen, wo sie noch das Gepolter der hinuntergeworfenen Erdbrocken und Steine im Ohr habe.

Diese neue Gestalt des Vaters, die sich unter Mutters gnädigen Blicken von seiner sterblichen Hülle erhob und rein und geläutert über ihr schwebte, überraschte mich allerdings weitaus weniger als der dramatische Wandel in ihrem Verhältnis zu der vergessenen Frau seiner Jugend. Ljuba war ihre Nebenbuhlerin gewesen; sie hatte Vater wirklich geliebt. Immer hatte er sich in die Erinnerung an sie flüchten und bei ihr Trost finden können, wenn er mit Mutter, seiner lebendigen Frau, eine Krise hatte. Wie ein absolutistischer Herrscher, der, kaum an die Macht gekommen, das Andenken seines Vorgängers grausam und gründlich auslöscht, hatte Mutter nach der Hochzeit ihren Kampf gegen Ljuba aufgenommen und Vater gezwungen, sofort und auf der Stelle alle Photographien und Briefe von ihr zu vernichten und sogar das Bündel mit ihren Lieblingsbüchern wegzugeben. Im Haus beseitigte sie sämtliche Spuren von Ljuba, riß die Brokatvorhänge unter dem Vorwand ab, sie seien schon alt und völlig verstaubt, und schaffte den Samowar aus dem Haus. Das mit violetten Orchideen bemalte Service, Porzellanschälchen und Tellerchen, auf deren Unterseite der herrschaftliche Adler des Zaren gestempelt war, wurde zum *Pessach*-Geschirr deklariert und auf dem Dachboden verstaut, damit sie es nur eine Woche im Jahr sehen mußte.

Vater versuchte auf alle nur möglichen Arten, einer Konfrontation mit Mutter aus dem Weg zu gehen; er zündete die Jahrzeitkerze an Ljubas Todestag schon nicht zu Hause an, sondern in der Synagoge, in der er unter der Woche betete. Wie viele andere Dinge, erfuhr ich auch dies nur zufällig, als ich ihn an einem Herbsttag zum *Mincha*-Gebet in die Achwa Synagoge begleitete. Vater hatte Würdenämter und Ehrenaufgaben zeitlebens gemieden. Er legte nie Wert darauf, zur Tora aufgerufen zu werden, doch an diesem Tag bat er vorbeten zu dürfen und am Ende des Gebetes sagte er das Waisenkaddisch. Als er danach am Fensterbrett vor der niedergebrannten, nur noch flackernden Gedenkkerze verweilte, fragte ich ihn, für wen er bete. Er erzählte es mir, und betrachtete dabei eine Motte, die sich in die Flamme gestürzt hatte, in das Paraffintöpfchen gefallen war und nun einbalsamiert auf dem Boden schwamm. Der Tag neigte sich und warf beim *Ma'ariv*-Gebet seine Schatten auf das Gesicht des Vorbeters, der andächtig und mit ehrfürchtiger Stimme anhob, *Er ist barmherzig und vergibt die Schuld*, und Vater flüsterte: »Ich bin mir sicher, sie hätte dich sehr lieb gehabt.«

Mutters größter Kampf galt nicht der Synagoge, die Vater zu Ljubas Andenken gegründet und der er den Namen »Bat Zion« gegeben hatte, sondern Ljubas Freundinnen; sie erinnerten Vater schmerzvoll an jene Welt, von der Mutter ihn wegreißen wollte. Wenn sie zu uns nach Hause kamen, *»nachdem sie sich mit kostbarer Spezerei gepflegt und geschmückt hatten«*, wie Mutter sagte, fielen sie ihm um den Hals und hinterließen Abdrücke von Lippenstift, Haare aus ihren Fuchspelzen, und Mutter war ihnen sehr böse. Einmal fand sie bei ihrer Rückkehr überraschend Olga Parachodnik – eine Zahnarzthelferin und die Leitkuh seiner russischen Verehrerinnen – wie sie völlig unbefangen Vaters Hüften umschlang und seine Wangen und seine Ohrläppchen leckte, und wurde fuchsteufelswild. Sie warf die Frau hinaus, knallte die Türen, riß die Fenster auf, um das Haus vom Myrrhenöl und den Parfums der Damen zu lüften, und schrie in Richtung Küche, wo Vater beschämt stand: »Der Sumpf von Kiew wird jetzt für immer trockengelegt, *Gospodin* Casanova!«

Ein weiteres, ziemlich beschämendes Zeugnis, das nachträglich meinen Eindruck bestätigte, wie Mutter sich gegenüber Ljubas Freundinnen verhalten hatte, bekam ich viele Jahre nach ihrem Tod; erst da wurde mir die Bedeutung der rätselhaften Dinge klar, die sie an einem der furchtbaren Tage sagte, bevor sie endgültig das Bewußtsein verlor. Damals, es war gegen Abend, Mutter lebte bei uns und saß zusammengekauert wie ein Küken im Bett und wimmerte vor Schmerz, sprach Professor Shmuel Ettinger im Fernsehen zu einem aktuellen Thema. Mutter starrte auf das bebrillte Gesicht mit der silbergrauen Mähne und stieß plötzlich die Worte hervor: »Dieser Kommunist. Der war auch bei uns zu Hause.« Als ich nicht reagierte – ich konnte mir nicht vorstellen, daß der bekannte Professor zum Besitzer einer *Tnuva*-Filiale in Ge'ula zu Besuch gekommen war –, wiederholte sie noch einmal leise und mit großer Bestimmtheit: »Glaub mir, dieser junge Mann hat uns einige Male mit seiner Mutter besucht.« Ich streichelte ihren kahlen Kopf, lobte ihre Erinnerung, die sie trotz der Schmerzen nicht im Stich lasse, war mir aber sicher, daß ihr Bewußtsein sich wieder umwölkt hatte. Dennoch ließen mir ihre Worte keine Ruhe. Ich konnte sie nicht einfach als die Halluzination einer Sterbenden abtun. Mit den Jahren hielt ich diesen Moment für einen Augenblick der Remission, in dem ein Strahl Leben durch das Gespinst des Todes gedrungen war und alles noch einmal kurz erhellte. Das Rätsel ließ sich erst lösen, als ich den Historiker, Professor Ettinger, der heute auch nicht mehr lebt, näher kennenlernte. Er schwelgte am Ende eines Arbeitstreffens in Erinnerungen an seine Jugendzeit und machte eine vage Andeutung über seine Mitarbeit in der von Chanoch Brzoza gegründeten Jüdischen Sektion der Kommunistischen Partei in Erez Israel. Da faßte ich mir ein Herz und fragte ihn, ob er Abraham Rachlewski kenne, natürlich ohne mich ihm zu erkennen zu geben. Ettinger nahm die Brille ab, fuhr sich mit der Hand über Augen und Stirne, spreizte die Finger und strich sich durch seine Mähne, als blickte er in eine endlose Vergangenheit, und als er seine Brille wieder aufsetzte, sagte er, Ljuba, die erste Frau des Mannes, nach dem ich frage, sei eine Jugendfreundin seiner Eltern gewesen; nicht selten habe er, noch als Student, seine Mutter begleitet, wenn sie Ljuba besuchte. Sie hätten Ljubas Mann sogar noch regelmäßig besucht, nachdem er verwitwet gewesen sei, doch einige Monate, nachdem er wieder geheiratet habe, habe seine Mutter beschlossen, das Haus in der Ge'ula Straße nicht mehr zu betreten. »Die neue Frau beschimpfte meine Mutter völlig grundlos und warf ihr vor, sie mache sich an ihren Mann heran. Aber da die Frau schwanger war, zog meine Mutter es vor, ihr nicht zu antworten«, sagte er, und ein Lächeln, von dem er nicht wußte, wie er es beenden sollte, blieb auf seinen ausdrucksvollen Lippen stehen. Und während seine Gedanken noch in jenen Tagen schwebten, da seine Hände einen Stapel Sonderdrucke zusammenlegten, bemerkte er plötzlich meinen aufflammenden Blick, und ich sah in seinen Augen die kostbare Begabung, Einzelheiten wahrzunehmen und zu einem Bild zusammenfügen, und dieses Bild mündete nun in eine Handbewegung, ein Winken –

die Hand hebt sich, winkt, schwebt einen Moment und sinkt wieder –, und danach die zögernden Worte: »Dann waren Sie damals in ihrem Bauch, nicht wahr?«

Mutters waches Bewußtsein hatte die Person Ljuba tatsächlich mutig und sehr schnell transformiert. Diese Frau, die, angetan mit ihrem Brautschmuck zart aus dem von Trauer geschlagenen Körper der Nacht aufstieg, zwischen den Armen des Spinnenlüsters hindurchschlüpfte und sich schließlich wie ein feiner Schal um die neue Ikone des Vaters legte, erschien in Mutters Worten ebenso himmlisch und strahlend wie er selbst. Doch nicht genug. In den drei Tagen, die seit Vaters Tod vergangen waren, etablierte Mutter Bat Zion nicht nur als ihre Verbündete und Mitwisserin hinter den Kulissen der Zeit, sie versuchte vielmehr auch, mich davon zu überzeugen, daß sie Ljuba schon immer so gesehen habe. Dabei blieb sie, auch nachdem die Trauertage vorüber waren und die Figur meines Vaters wieder auf seine vorherigen Ausmaße geschrumpft war.

»Ljuba ist doch von unserem Fleisch und Blut«, erklärte Mutter Onkel Jakob, als er Ende des Sommers 1969 zur Seelenfeier von Vaters sechstem Todestag kam und sie ihn danach einlud, zur Enthüllung eines neuen Grabsteins auf dem zertrümmerten Grab seiner Schwägerin zu kommen. Nachdem in Folge des Sechstagekrieges bekannt geworden war, in welchem Ausmaß die Jordanier den Friedhof auf dem Ölberg geschändet hatten, überkam Mutter ein ungeheurer Drang, die Toten zu besuchen. Zuerst gab sie keine Ruhe, bis sie nicht die Gräber der kleinen Mädchen gefunden und mit dem für Notzeiten beiseite gelegten Geld wieder hatte herrichten lassen. Danach besuchte sie regelmäßig die Büros der Jerusalemer Beerdigungsbrüderschaft, um für die Restaurierung der Grabsteine ihres Vaters und ihres Großvaters zu spenden, und nachdem sie für die Ruhe der Toten im engeren Familienkreis gesorgt hatte, war Ljuba an der Reihe. Mutters neues Faible brachte Tante Ajala auf die Palme; sie schimpfte, Mutter zahle ihre letzten Groschen an die Götter der Unterwelt, statt sich selbst davon ein neues Kleid zu gönnen oder ihrer Enkelin etwas zu schenken, und Mutter fischte die vollgesogenen Blüten aus dem Kamillentee und antwortete zuerst nicht. Doch als Ajala ihr vorwarf, auch ein Opfer der Hysterie in Folge des Sechstagekrieges geworden zu sein, und bitterböse über den neuen Gräberkult herzog, der sich bei uns ausbreite, seit die Wege zu den verfluchten biblischen Gebieten des Landes offen seien, verlor Mutter die Beherrschung und sagte: »Ein rationaler Mensch wie du kann eben nicht verstehen, daß es Dinge auf der Welt gibt, die tiefer und düsterer sind als die Logik.« – »Aber Götzendienst hast du bisher noch nicht getrieben!« Achselzuckend erinnerte Ajala Mutter daran, wie sie sich früher über Leute lustig gemacht hatten, die dauernd ihre Toten besuchten und sich auf den Gräbern niederwarfen; »Jakobswürmer« hatten sie die genannt. Ajala hatte völlig recht; das war die ganzen Jahre Mutters Einstellung gewesen, sie war niemandem verborgen geblieben, und auch Vater hatte deshalb manche Spitze von ihr einstecken müssen. Einmal, nach einem seiner Streifzüge auf der Suche nach begabten Nachwuchskantoren, erzählte er uns aufgeregt, er sei zu einer Gruppe junger Leute des *Bejtar* gestoßen, die in geschlossenen Reihen, blau uniformiert und stolz, zu einem Gebäude in der Nähe von Notre Dame marschierten, von dessen Dach aus man auf den Ölberg blicken konnte; sie wollten zur Jahrzeit des heroischen Selbstmords von Feinstein und Barasani im Jerusalemer Mandatsgefängnis eine kleine Seelenfeier für die beiden abhalten, die die britischen Gefängniswärter und ganz Albion irregeführt hatten. Sie sangen dort ihre Hymne *Migov rikvon we-efer/Aus einem Loch von Staub und Moder*, während sie, durch Ferngläser auf den Platz schauten, wo die beiden vermutlich ruhten. Mutter äffte die Hymne des *Bejtar* nach und sagte: »Diese kleinen Faschisten brauchen vielleicht einen Fetisch, um sich an ihre Helden des Untergrunds zu erinnern. Ich brauche das nicht – ich trage meine Toten hier«, und sie klopfte sich gegen die Brust.

Zu einem von Mutter festgesetzten Termin stiegen wir, eine kleine Gruppe von Verwandten, an einem der letzten Herbsttage hinter Mutter den Ölberg hinauf und traten dabei kleine Lawinen von Geröll und Steinen los. Erfahren leitete sie uns auf den gewundenen Pfaden, als wäre sie hier zu Hause, und zeigte dann auf ein neues Grabmal, das am Abhang zwischen all den zerbröckelnden und halb in der Erde versunkenen Grabsteinen weiß und aufrecht emporragte, und verkündete: »Hier liegt Ljuba!« Mutter stützte die Hände auf die Marmorplatte; ihre Finger trommelten auf den Rand des Grabsteins, so wie Vater auf die Theke getrommelt hatte, wenn er auf Kunden wartete, während sie die Regenwolken betrachtete, die sich im Westen zusammenballten. Der Gegensatz zwischen dem sich herrisch über die Stadt breitenden schwarzen Himmel und den verängstigt wirkenden Häusern, die in dem über sie ausgegossenen, drohenden, alles aufdeckenden Licht ihre Irdischkeit gleichsam aufgegeben hatten, war so dramatisch und spannungsgeladen, daß er binnen weniger Augenblicke in einem Gewittersturm und Wolkenbruch zerplatzen mußte. »Schau mal, eine Stimmung wie auf dem ›Blick auf Toledo‹, flüsterte Mutter, während sie wartete, daß sich die kleine Schar versammelte. (Dies war wohl ihr Lieblingsgemälde von El Greco; über ihrem Bett hing eine etwas beschädigte, aber eingerahmte Reproduktion davon, aus einem der Magazine, mit denen Onkel Jizchak seine Lebensmittel- und Kleiderpakete aus Amerika ausgestopft hatte. »Du wirst später sicher in der Welt herumreisen können«, hatte Mutter mir einmal gesagt, »wenn du nach New York kommst, dann geh ins Metropolitan Museum und schau dir das Original mit eigenen Augen an.« Der Klang ihrer Stimme, in der eine Sehnsucht schwang, die sich nach der Prophezeiung des Kabbalisten nie erfüllen würde, versprach mir, daß sie gleichsam bei mir wäre, wenn ich einmal vor dem ›Blick auf Toledo‹ stünde.) »Heute gibt es endlich Regen«, jubelte Jakob, während er prüfte, wie man die Steinplatten des Grabmals aufeinandergelegt hatte. Mutter räusperte sich verlegen und dankte ihm, daß er trotz des bevorstehenden Regens den Betrieb mitten in den Vorbereitungen für den nahen Winter verlassen habe und auf ihre Bitte hin nach Jerusalem gekommen sei. »Wir haben beide nur getan, was getan werden mußte«, fiel ihr mein Onkel ins Wort; er haßte Höflichkeitsfloskeln, doch Mutter hörte nicht zu und sagte, sie stehe nun zum zweiten Mal hier an Ljubas Grab. Das erste Mal sei genau vor fünfundzwanzig Jahren gewesen. Sie erinnere sich an das Datum, weil es am Tag ihrer Hochzeit mit Vater gewesen sei. An jenem Morgen habe Vater, herausgeputzt in seinem einzigen Anzug, in dem er abends unter den Traubaldachin treten wollte, an die Tür in den *Ungarsch Häusern* geklopft und sie, die gar nicht mit seinem Besuch gerechnet hatte, eingeladen, ihn zu begleiten. »Als er mir wie ein Gentleman die Wagentür des Taxis, das an der rumänischen Kirche wartete, aufhielt, dachte ich, er wolle in ein Schmuckgeschäft fahren und mir eine Perlenkette oder einen Armreif zur Hochzeit kaufen«, erzählte Mutter, »doch als das Taxi losfuhr, sagte er, wir führen zum Ölberg.« Er wolle sich von seiner Jugendliebe verabschieden und ihr seine neue Frau vorstellen, habe er ihr zugeflüstert und seinem schwitzenden Gesicht mit dem Hut Luft zugefächelt, obgleich es ein bewölkter Tag mit ziemlich kühler Luft war. Mutter sei überrascht und sogar verärgert von ihm abgerückt und habe in sich gekehrt dagesessen und keinen Ton gesagt, doch als sie ihren Bräutigam dann hier habe stehen sehen, am Grab dieser Frau, die außer ihm niemanden mehr auf der Welt hatte, wie er seine großen Hände vors Gesicht schlug und leise weinte, sei in ihr Mitleid erwacht, und eine große Liebe. »Nur ein feiner Mensch mit einer edlen Seele ist zu so etwas fähig«, sagte sie nun und versuchte, ihre Tränen zurückzuhalten. Onkel Jakob, der all das mit staunenden Augen anhörte, nahm sie in den Arm, hielt sie liebevoll und fragte, warum sie ihm das bis heute nie erzählt habe.

»Das ist eine Angelegenheit zwischen Mann und Frau, behalte sie bitte für dich«, hatte Mutter mich in jener langen Nacht während der sieben Trauertage gebeten, als sie aus dem Dunkel zu mir sprach. Sie stand auf und trug die Jahrzeitkerze in die Küche hinaus, damit das Flackern ihr keine Alpträume bereite, und sagte, als sie sich wieder auf ihre Matratze legte, mehr noch als dieses Gedenken an seine erste Frau habe Vaters Liebe zu Kindern sie beeindruckt.

Mutters Schwestern und ihre wenigen damaligen Freundinnen verstanden ihre Begeisterung für Vater nicht und redeten ihr zu, das Affidavit für die Amerikareise zu nutzen, das ihr Bruder geschickt hatte, denn schließlich öffneten sich die Tore von Ellis Island nicht jedem Fremden, und selbst wenn sie die Reise noch etwas aufschieben wolle, solle sie doch vorsichtig und besonnen handeln und nicht den alten Fehler wiederholen, sich auf eine Blitz-Heirat mit einem fremdem, völlig mittellosen Mann einzulassen.

Tatsächlich war das erste Jahr der Ehe mit Vater voll Bitternis. Schon bei ihrer Rückkehr von Rabbiner Auerbach, der sie getraut hatte, verjagte Mutter die zweifelhaften Gäste, die ums Haus strichen und um ein Nachtlager baten. »Ich bringe doch kein Kind zur Welt, damit es unter Zuhältern und Huren groß wird«, schmetterte sie dem Mann entgegen, mit dem sie gerade erst den heiligen Bund der Ehe geschlossen hatte, und verkündete ihm, sie sei fest entschlossen, das nächtliche Bordell in seinem Haus ein für allemal zu schließen. Vater schlug die Hände vors Gesicht und bat sie, die Herberge wenigstens für die nächste Zeit bestehen zu lassen, denn sie sei seine Lebensgrundlage, doch Mutter wollte nichts davon hören und erklärte, schon am nächsten Morgen würden noch vor Sonnenaufgang die verlausten Matratzen der Schande hinausgeworfen werden. Dann müsse das Haus neu gestrichen und von allem Dreck gereinigt werden, um es für die Gründung einer Familie vorzubereiten. »Wir sind beide gesunde und tüchtige Menschen, wir werden schon nicht verhungern. Jede Arbeit ehrt den, der sie macht«, versuchte Mutter ihn zu beschwichtigen, und bat ihn, ihr zu helfen, die Betten mit den frisch gestärkten Laken zu beziehen und die Federbetten in die Bezüge zu stecken, die sie mittags, bei ihrer Rückkehr vom Ölberg, schon hergebracht hatte.

Die Flitterwochen begann Mutter am nächsten Morgen im Büro des Bezirksleiters der *Tnuva*-Milchverwertungsgenossenschaft Jerusalem. Was sich davor abspielte, eignet sich als Szene für einen italienischen Film. Eine Frau um die Vierzig verläßt mit entschlossenem Gesichtsausdruck das Haus. Die Kamera wartet an der Schwelle auf sie, verweilt auf dem Kamm, mit dem sie durch ihr welliges Haar fährt, auf den Lippen, die sich mit zurückgehaltener Sinnlichkeit der Bewegung des Lippenstifts anpassen, und auf ihrer Hand, welche eine kleine, über die Schulter gehängte Handtasche hält. Dann folgt man ihr von der Seite, wie sie, ohne den Blick nach links oder rechts zu wenden, an einer endlosen Zahl von Geschäften vorbeigeht. Schließlich tritt sie in den großen Hof einer Molkerei, der eingepfercht zwischen Wohnhäusern liegt, bahnt sich einen Weg zwischen den Lieferanten mit ihren großen Schürzen, die palettenweise Joghurt, *Lebanija* und Weißkäse auf Lastwagen packen, und zwischen bärtigen Milchmännern, die auf mit Kannen beladenen Lastfahrrädern sitzen und warten. Sie steigt eine glitschige Betonrampe hinauf, umgeht Pfützen von geronnener Milch und ein pumpendes Saugrohr, das den restlichen Inhalt eines riesigen Tanks auspumpt; plötzliche Dampfausbrüche aus den Abfüllhallen und Ströme frostiger Luft aus offenen Kühlräumen schlagen ihr entgegen, bis sie in den Büroflügel verschwindet, in dem der Lärm von dicken Steinmauern zurückgehalten wird.

»Genossin, Sie können nicht einfach so in das Zimmer des Direktors platzen«, murmelt der Sekretär, um sie aufzuhalten; er ist ein Albino und senkt, während er spricht, die kurzsichtigen Augen ganz nah auf sein Wurstbrot, um zu sehen, womit es belegt ist. Doch sie, die noch von ihrer Zeit bei der *Lischkat haPoalot* weiß, wie man sich in diesen Kreisen verhält, geht einfach an ihm vorbei, öffnet ohne Zögern die Tür zur Direktion und tritt ein.

Mutter bringt dem Bezirksleiter ihre Bitte vor: Er möge ihr und ihrem Mann einen »Mast« Eier in Kommission geben, damit sie sich redlich von ihrer Hände Werk ernähren können. (Noch bevor ich wußte, was ein Strommast, ein Fahnenmast oder ein Telefonmast war, wußte ich, daß ein »Mast« aus zehn grauen Kartonpaletten bestand, mit einer rauhen Oberfläche und trotzdem etwas nachgebend, die man übereinander stapelte, jede Lage mit dreißig Eiern, fünf Reihen zu sechs oder sechs Reihen zu fünf, und daß nur Vater stark und mutig genug war, diesen Mast hochzuheben.)

»Und wer bürgt für Sie?«

»Die Felder in der Jesreel-Ebene, welche die Brüder meines Mannes im Schweiße ihres Angesichts bebauen«, kommt die Antwort prompt aus Mutters Mund.

Als sie durchblicken ließ, daß sie die Schwägerin von Josef Rachlewski aus Kfar Jehoschua war, der kurz zuvor mit anderen Teilnehmern einer Konferenz von Milchbauern im See Genezareth ertrunken war, als diese auf einem Boot von Deganja nach Ejn Gev fahren wollten, setzte sich der mächtige Mann in seinem Sessel bequem hin, rief seinen Cherub mit dem zweizüngigen Schwert und ließ Tee bringen. Mutter solle von nun an nicht zögern, ihn in allen Dingen um Hilfe zu bitten. »Meine Tür steht Ihnen immer offen«, sagte er und gab dem Leiter der Eierabteilung telephonisch Anweisung, ihr ein Konto zu eröffnen. (»Wie könnte man so eine Frau vergessen«, sagte der damalige *Tnuva*-Bezirksleiter zu mir, als ich mich ihm bei einer Lesung in einem der Kibbuzim in den Hügeln vor Jerusalem vorstellte. Er tätschelte mir dabei liebevoll die Wange und fügte hinzu: »Deine Mutter hätte das Zeug zu einem Minister gehabt.«)

Noch am selben Morgen, einen Tag nach der Hochzeit, stellte sich Vater mit seinem »Mast« Eier an der Ecke Ge'ula Straße und Aschtori haParchi auf, dicht bei der Werkstatt des Schildermalers Reb Jizchok Bak, und wartete auf Kunden. Eine Journalistin, der ich einmal davon erzählte, schrieb in ihrem Artikel, mein Vater wäre Straßenhändler gewesen, was mich furchtbar empörte. Er hatte drei Jahre an der Universität in Kiew studiert und war kein Straßenhändler, argumentierte ich damals wütend, er habe nur auf der Straße Eier verkauft. Dennoch, wie arm dran war dieser

Mann, der mit seinem »Mast« Eier auf einem wackligen Kinderwagen jedesmal fliehen mußte, wenn die gebrechliche Alte, die an der Ecke gegenüber für die Armen der Stadt Geld sammelte, ihn vor den Aufsehern der Stadtverwaltung warnte, sobald deren Schatten bei ›Wolga-Eis‹ auftauchten. Allein Mutters Initiative und ihr Ehrgeiz machten Vater binnen eines Jahres, während sie mich schon im Bauch trug, zum stolzen Besitzer einer *Tnuva*-Filiale, die er mit nicht geringen Bestechungsgeldern an die städtischen Aufsichtsbeamten in dem zu einem Laden umgebauten Vorderraum unseres Hauses eröffnete. Mein Kinderbettchen stand freitags zwischen aufgestapelten Kartons mit *Challa* für Schabbat, vor *Pessach* zwischen Türmen von Matzepaketen. Ein bedrückendes Kapitel meines Lebens; noch heute, da ich zum ersten Mal detailliert darüber schreibe, schnüren mir Tränen die Kehle zu, wenn ich daran denke. Mutter dagegen sah in diesem armseligen Laden ihr Lebenswerk. Einmal, am Ende des Unabhängigkeitstages, als wir die Verleihung des Israel-Preises im Radio verfolgten, bemerkte sie ausgelassen, auch sie hätte den Israel-Preis verdient, und zwar für die Gründung und Etablierung dieses Geschäfts, das nicht nur Vater die Achtung vor sich selbst wiedergegeben, sondern ihnen auch ermöglicht habe, ein Nest für das Kind zu bauen, das sich damals schon angekündigt hatte; ein Nest, in dem sie es beschützen und würdig aufziehen konnten.

»Nichts hast du mir zu bieten gehabt, außer deiner Sehnsucht nach einem Kind«, hatte Mutter aus dem Dunkel gerufen; die Wanduhr schlug ein Uhr nach Mitternacht, doch sie hielt ihre Klage nicht zurück. Schon bei der ersten Begegnung mit Vater habe sie seine Schwächen klar gesehen und war nüchtern genug gewesen, um zu wissen, daß seine Reizbarkeit, seine Ungeduld und sein mangelnder Ehrgeiz ihr das gemeinsame Leben schwer machen würden. Es habe weder der Schwestern noch der Freundinnen bedurft, um sie auf seine Armut hinzuweisen, auf den Altersunterschied von fünfzehn Jahren und sein Entwurzeltsein, und trotz seiner Menschlichkeit und Wärme habe sie damals im Café innerlich schon beschlossen gehabt, ihn nicht wiederzusehen, doch dann habe neben ihnen ein Paar mit einem etwa eineinhalb Jahre alten Kind im Kinderwagen Platz genommen. »Und du«, hatte Mutter einmal zu Vater gesagt, »hast instinktiv den Blick von mir gewandt und angefangen, mit dem Kind zu spielen.« (»Noch nie habe ich einen Mann gesehen, der so verrückt nach Kindern ist wie du.«) Die durchsichtigen Finger des Kindes schwebten luftig über Vaters großer Handfläche, doch als er seine Finger um das kleine Händchen legte, zog die Mutter ihren Sohn von dem Fremden fort und stand auf. Vater schaute zu Mutter, und als ihre Blicke sich trafen, sah sie Tränen in seinen Augen. »Auch Abraham hat noch im Alter einen Sohn bekommen«, flüsterte er; ein Lachen erblühte in seiner Stimme, und für Mutter war es, als höre sie ein Echo der Stimme des Handlesers.

5

Viele Jahre wähnte ich mich in dem Irrglauben, dies sei meine früheste Erinnerung, die ich wie einen Vogel in meiner Hand gefangen hielt:

Die Dinge geschahen während der Belagerung Jerusalems; ich war dreieinhalb. Wenn die jüdische Stadt ohne Vorwarnung beschossen wurde, flohen wir ins innere Zimmer des Hauses. Wir besaßen keinen Luftschutzkeller, aber meine Eltern hatten die hohen Fenster mit Sandsäcken abgedichtet, um das Zimmer einigermaßen vor Kugeln und Splittern zu schützen. Dieses Zimmer, das später, als man die Säcke wegnahm, besonders in den Nachmittagstunden sonnenüberflutet strahlen würde, war düster und modrig wie die Begräbnishöhlen des Synhedrion in dem einsamen Park neben der Polizeischule. Mutter verlangte von mir, während der Angriffe unter eines der Eisenbetten zu kriechen und dort liegen zu bleiben, den Kopf mit den Armen zu schützen und mir gleichzeitig die Ohren zuzuhalten. Vom Boden aufsteigende Kälte, vermischt mit dem Geruch von Staub, Wollmäusen und dem Seegras von Matratzen erwecken in mir bis heute ein Gefühl von Gefahr und Tod.

Wenn die Stadt beschossen wurde, waren wir nicht allein in unserem Haus. Kunden, die sich gerade vorne im Laden aufhielten, und viele Passanten suchten dann bei uns Schutz; dieses zufällige, enge Zusammensein mit Menschen, mit Fremden, ungerufenen Gästen, in den furchtbarsten Momenten des Lebens, ist ein untrennbarer Teil meiner traurigen Erinnerung.

Bei jenem Angriff, auf den sich meine Erinnerung konzentriert, wurde die Wohnung über uns von Granatsplittern getroffen. Mutter erzählte mir später, Vater, der aufgrund des Heulens unterscheiden konnte, welches »unsere« und welches »feindliche« Granaten waren, habe mich beinahe erdrückt, als er sich bei der Explosion auf mich warf, mich dann unter das Bett schob und selbst hinterherkam. Danach habe er vor Erleichterung furchtbar geweint.

Als die Granaten aufhörten, kroch ich unter dem Bett hervor und betrachtete staunend die Stückchen Gips und Putz, die von der Decke rieselten, in den durch die Ritzen zwischen den Säcken dringenden Lichtkegeln tanzten und das Arabeskenmuster unseres Kachelbodens mit einem weißem Flor bedeckten.

»*Waiße murischkes* [weiße Ameisen]«, rief ich mit der törichten Freude eines Kindes, das dem Tod entronnen war.

Waiße murischkes, lachten die zufälligen Gäste, erstaunt über den Vergleich, und Frau Wien, die Mutter von Josch Gafni, küßte meine verängstigte Mutter auf die geröteten Wangen und sagte, ihr Sohn werde noch einmal ein richtiger Dichter.

Doch gerade die kristallene Schärfe, die scheinbare Vollständigkeit dieser Erinnerung und vor allem das Siegel der Berufung, das ihr von Anfang an aufgedrückt war, weckten mit den Jahren in mir den Verdacht, Mutter habe mit in ihrem Bemühen, das Geschehene immer wieder in Worte zu kleiden, damit ich es nicht vergaß, nicht nur das Wundersame und Einmalige darin zum Untergang verdammt, sie habe auch den zarten Eindruck, den das Kind mit seiner frischen Sicht noch in sich trug, verwischt und mir so diese Erinnerung regelrecht geraubt. Was ein noch vibrierendes, gerade erst entstehendes Bild aus schwebenden, surrealistischen Teilchen hätte sein können, verdichtete sich zu einer weißen Linie, ähnlich der, die von Polizeiinspektoren mit Kreide um die Leiche eines Ermordeten gezogen wird, bevor man ihn wegträgt.

Weit davon entfernt, in den gierigen Gefilden des Vergessens, entspringt aber noch eine andere, wohl frühere Erinnerung, an die ich mich im Gegensatz zur ersten nicht heranwagte; ich ließ ihre bösartigen Ströme in den stummen, formlosen Tiefen meiner Selbst, damit sie nur nicht in die offenbareren Schichten des tatsächlichen Seins aufstiegen und es überfluteten.

Vater hatte lila Flecken auf den Lippen; und diese Flecken bekamen jedesmal, wenn er sie mit der Spitze des Stiftes berührte, ein noch tieferes Lila. Der Copystift schmeckt wie Medizin. Vater blättert in seinem länglichen Buch, in das er jeden Abend lange Reihen von Zahlen von oben nach unten einträgt. Auf den Schnitt des Buches sind rundherum goldene und braune Federn gemalt, wie die Flügel des goldenen Wiedehopfs, von dem Mutter mir immer vor dem Einschlafen ein Lied singt. Ich will diese Federn streicheln und klettere auf Vaters Knie. Der Cord seiner Hose ist warm und weich, doch er setzt mich sofort wieder auf den Boden, ohne mich auch nur anzusehen. »Wenn die Polizisten von Dov Josef kommen«, sagt Mutter aufgebracht, »werden sie uns ins Gefängnis stecken.« Vater blättert weiter, die lila Flecken küssen und trennen sich, streiten und versöhnen sich pausenlos, und die Federn verblassen zusehends. Jetzt steht Mutter in der Küchentür und weint, und ich laufe zu ihr und nehme ihre Hand. Die Hand ist kalt. Vater steht auf, wirft seine Brille auf das Buch und läuft hastig im Zimmer auf und ab. Schließlich bleibt er am Tisch stehen, hebt den Arm, und seine große Hand, die fast bis zur Glühbirne reicht, wird zur Faust. »Ruhe endlich«, schreit er mit einer Stimme, die ich bis dahin noch nie gehört habe, und schlägt mit der geballten Faust auf den Tisch. Dann ist es furchtbar still, und in dieser Stille hebt Mutter mich hoch, drückt meinen Mund an ihren Hals; sie zittert und flüstert immer wieder: »Sodom und Gomorrha«, aber ich drehe den Kopf und schaue hin: Die Tischplatte ist in der Mitte zersprungen. Vater tritt gegen den Tisch und schleudert die Stücke der Resopalplatte und alles, was auf dem Tisch liegt, nach allen Seiten. »Du *Mapainikit*, geh doch zu deinem Ben-Gurion!« schreit er, wirft seinen Hut auf den Boden, ebenso das Buch, die Brille und die Apfelsinen und trampelt darauf herum. »Mööördeer«, kreischt

Mutter, springt über die Glassplitter und die zerquetschten Früchte und entkommt mit mir ins Freie, und Vater schwingt in unserer Richtung ein nacktes Tischbein, doch nur ich sehe, wie die aus ihren Höhlen tretenden Augen des Monsters und der kahle, unbedeckte Schädel hinter uns herjagen, wie es uns mit seinen vier riesigen Armen zu fangen sucht. Mutter rennt mit mir durch die Straßen, ich drücke meine Wange an ihre, und während der Geruch meines Weinens sich mit ihrem mischt, schluchzte ich – und dann schlief ich ein. Der zerbrochene Tisch, dessen Stücke nie mehr zusammengefügt wurden, stand jahrelang unter einem Wachstuch im Haus meiner Eltern und später in meinem, bis ich ihn unseren Kindern gab, um ihn bei einem großen Feuer an *Lag baOmer* zu verbrennen; er war nicht nur ein Andenken an das furchtbare Geschehen, an das sich niemand erinnern wollte, sondern auch der handfeste Beweis, daß eben nicht mysteriös flackernde Phantasien mir jene verfluchten Gefilde erhellten, die auch ich so gern vergessen hätte.

Denn die Fundamente unseres Hauses bestanden aus Haß, die Grundmauern aus endlos nachgetragenem Groll, dem »Ekzem«, wie Mutters Schwester, Tante Miriam, die Beziehung meiner Eltern scharfzüngig beschrieb, wenn sie, ohne es zu wollen, in eine dieser stürmischen Auseinandersetzungen zwischen ihnen geriet – ein Ekzem, an dem man manchmal so lange kratzt, bis es blutet, das manchmal ruht, aber das man sein Leben lang nicht wirklich los wird. Die Anlässe für diese Streitereien waren zufällig – Meinungsverschiedenheiten über die Anordnung der leeren Joghurt- und *Lebanija*-Flaschen; die Tatsache, daß Vater nach Mutters Ansicht eine Kundin mit attraktiven Hüften bevorzugte und ihr an einem Freitag eine geflochtene *Challa* zurückgelegt hatte; das »Gelée Royale«, nach dem Vater im Alter fieberte, in der Hoffnung, damit seine Jugend wiederzugewinnen (»Ein Don Juan wirst du schon nicht mehr werden«, schimpfte Mutter damals bösartig, »und statt das Geld für deine Wundermedizin hinauszuwerfen, könnte man dem Kind lieber eine neue Bettdecke kaufen«); oder auch nur die Türen der Küchenschränke, die er immer offen ließ. Wie die Grundfesten von Himmel und Erde waren diese Streitereien das einzig Beständige in ihrem Eheleben und ebenso unerklärlich, *denn wer hat dem Platzregen seine Bahn gebrochen und den Weg dem Blitz und Donner, und aus wessen Schoß geht das Eis hervor*? Insgeheim fachte Mutter unter dem Mantel ihrer Kälte das Feuer an, verstreute scheinbar naiv und ohne böse Absicht Funken, und Vater fing Feuer wie ein Haufen Sägespäne und brannte und wurde verzehrt. So schnell er entbrannte, so schnell verlosch sein Zorn auch, und er versuchte, wieder Normalität herzustellen und Mutter zu versöhnen. Er kaufte ihr eine gebrauchte Waschmaschine, überraschte sie mit einem nach seinem Geschmack von einem befreundeten Schreiner angefertigten Eßtisch und vier Stühlen oder er holte besagten zypriotischen *Kinstler* ins Haus, um die Wände mit jener Fischschuppen-Farbe streichen zu lassen. Doch statt sich versöhnen zu lassen – *sie wirft ihre Schloßen herab wie Brocken; wer kann bestehen vor ihrem Frost?* –, reagierte sie kalt, und an manchen Tagen, wenn sie ihn besonders heimsuchte, zählte sie alle seine schlechten Seiten auf, von A bis Z, beschuldigte ihn, er habe unser Haus zu einer Rumpelkammer gemacht, weil jedes wertlose Gerät, das die feinen Damen aus Rechavia nicht mehr brauchten, schließlich bei uns lande; sie wetterte, der Tisch und die Stühle würden niemals aus der Mode kommen, denn sie seien auch noch nie modern gewesen, und Abbe Schapira, der Tischler, solle lieber weiter Särge für die orthodoxen Griechen zimmern, und die Wände stänken, obgleich sie frisch gestrichen waren, nach totem Fisch.

Wie armselig die engen Grenzen waren, in denen ihre Verachtung sich bewegte, wenn sie mit Vater stritt, wurde mir an einem der Todestage von Jael klar, als die frühere Existenz der Mädchen bei uns schon kein Geheimnis mehr war. Mutter saß abends für sich allein vor dem Jahrzeitlicht, verjagte die um die kleine Flamme kreisenden Nachtfalter. Plötzlich legte sie sich die Hände auf die Wangen, und auf jenem so beherrschten Gesicht, das sie sich für Zeiten großer innerer Erregung zugelegt hatte, taten sich Abgründe auf und vereinten sich mit dem

Schmerz und dem Wahn, der aus ihren Augen aufleuchtete. Sie wasche allen die dreckigen Unterhosen, bügle ihre Hemden, bekoche sie und bereite ihnen ihre Lieblingsgerichte, sagte Mutter wie zu sich selbst und gleichzeitig gegen Vater, der am Tisch saß und wortlos den Fischkopf auslutschte, der noch von Schabbat übriggeblieben war. Für sich selbst wolle sie ja gar nichts, noch nicht einmal nach Schabbatausgang ins Kino gehen, kein neues Kostüm und auch kein Parfum aus Paris, nur ein bißchen Aufmerksamkeit, nicht für sich, natürlich nicht für sich selbst, sondern für ihr Liebstes. »Was kann denn so schwer daran sein, sich an das Datum zu erinnen und *Kaddisch* zu sagen? Alles andere tu ich ja schon selber, aber das kann ich nicht. Und sie ist dort ganz allein, so weit weg und so allein ...« Ohne den Satz zu beenden, stand Mutter auf und ging türenknallend hinaus auf eine ihrer nächtlichen Wanderungen, von denen sie erst gegen Morgen zurückkam, wo sie mich noch angezogen auf sie wartend im Sessel eingeschlafen fand; dann trug sie mich ins Bett, zog mich aus, küßte mich mit ihren kalten Lippen auf die Stirn und sagte »Zum Schluß kommt Mutter doch immer zurück.« Vater hatte den Teller weggeschoben, sich hinuntergebeugt, den Mund am Tischtuch abgewischt, dort Flecken von Fischsauce und Meerrettich hinterlassen und mir dann einen langen, anklagenden Blick zugeworfen. Doch ich war aufgestanden und ohne ein Wort ins andere Zimmer verschwunden, im Wissen, daß ich mich mit meinem Schweigen an ihm versündigte. Nur wenige Monate zuvor, an Towales Todestag, war ich trauriger Zeuge einer anderen Szene gewesen. Er war von der Synagoge heimgekommen, hatte den Hut aufs Bett gelegt, lange in die Flamme des Jahrzeitlichts geschaut und dann laut, damit Mutter es hörte, gesagt, er habe an diesem Abend für die Seele des Mädchens gebetet und für sie *Kaddisch* gesagt. Da war Mutter mit zornigem Blick aus der Küche gerannt gekommen und hatte, während sie sich gegen die Brust schlug, geschrien: »Hat dich jemand darum gebeten? Sie ist doch nicht deine Tochter und auch nicht deine Schwester! Sie ist allein mein Kind!«

Als die Streitigkeiten meiner Eltern immer stürmischer wurden, und Mutter kapitulierend die Hände hob und zugab, daß alle Taktiken, die sie mit ihrem Mann versucht habe, gescheitert seien – »Bitten, Geschenke und Krieg« –, mobilisierte sie als letzten, verzweifelten Versuch Onkel Jakob. Nach einem heftigen nächtlichen Streit ging sie am nächsten Morgen mit zusammengepreßten Lippen zum Postamt nach Mea Sche'arim und schickte ein Telegramm nach Nahalal. Sie war sich sicher, daß er alles stehn und liegen lassen und mit dem ersten Milchwagen, der tags drauf frühmorgens von seinem *Moschaw* nach Jerusalem fuhr, zu uns kommen, und daß Vater ihm dann ohne Widerspruch zustimmen und gehorchen würde, obwohl sein Bruder einige Jahre jünger war als er.

Onkel Jakob war, wie Großmutter zu sagen pflegte, der Priester Aharon unserer Familie. Er trug zwar keine Kopfbedeckung und lief in khakifarbenen Kleidern herum, aber sie meinte, er mache wirklich ernst mit dem Gebot *Suche den Frieden und jage ihm nach*; seine Anwesenheit stiftete in der kleinen Familie, die auseinanderzubrechen drohte, immer wieder Frieden und Ruhe.

Wenn Onkel Jakob aus der dichten Dunkelheit draußen hereinkam und wie ein rettender Engel zwischen unseren ungemachten Betten erschien, in der Hand eine Tasche voll frischer Äpfel oder Weintrauben, dann tauchten die Lichter unseres schweren bronzenen Kronleuchters das kleine Zimmer, das unsere ganze Welt war, in klares, blendendes Licht. Seine leuchtenden Augen und sein sanftes Lächeln bezeugten wortlos, daß er die Schmerzen und Nöte anderer in sich aufnehmen konnte.

Während man noch die Luftdruckbremsen des Milchtankwagens aus Nahalal hörte, der ihn zu dieser frühen Morgenstunde hier abgesetzt hatte und nun die Ge'ula Straße zur *Tnuva*-Molkerei davonfuhr, drückte er schon seine Schwägerin an sich, streichelte ihr angespanntes, das Weinen zurückhaltende Gesicht und warf seinem Bruder einen vorwurfsvollen Blick zu, und der murmelte vielleicht aus Scham, vielleicht vor Wut: »Hat sie dir schon wieder eine *depesche* geschickt?« Dann beugte Onkel Jakob sich über mein Bett.

Sein Gesicht, mit Furchen wie auf Feldern in seinem *Moschaw* und noch feucht vom Tau, beugte sich über mich. Ich war noch ganz benommen vom plötzlichen Erwachen, und er drückte auf meine schläfrigen Lippen einen feuchten russischen Kuß. Er flüsterte meinen Namen (sein Sohn hieß genauso, nach dem Großvater, der auf einem entlegenen Friedhof in Wolhynien begraben lag) und sagte: »Onkel Jakob ist aus Nahalal gekommen, um dir einen Gutenmorgenkuß zu geben.« Dann rieb er seine Bartstoppeln an meinem Hals, vergrub den Kopf in meiner hellblauen, mit dunkelblauen Ankern bedruckten Pyjamajacke und hüllte mich in seinen Geruch – den Geruch eines Menschen, der die Erde bebaute, in dem sich duftende Luzerne, der Schweiß der Maultiere und der Staub offener Weiten miteinander mischten.

Die drei saßen um den Tisch, tranken Tee und schwiegen. Nur das Zerbeißen der Zuckerwürfel und das Schlucken des heißen Getränks waren zu hören. Als sich die aufgehende Sonne in den Fenstern des Arbeitszimmers von Dr. Meschulam Groll im Haus gegenüber spiegelte und ihre Strahlen zu uns reflektiert wurden, seufzte Vater erleichtert, stand auf und ging in die Achwa Synagoge zum Morgengebet, und Mutter begab sich in Begleitung des von weit her angereisten Retters in den Laden.

Während sie die ersten Kunden bediente, schleifte Onkel Jakob die Milchkannen vom Bürgersteig herein und ordnete dann die leeren Flaschen von Joghurt und *Lebanija* der Größe nach in den Metallkisten, damit der Milchmann von *Tnuva* sie abholen konnte. An einem solchen Morgen kam Frau Wiski in den Laden – ihr Mann reiste immer nach Übersee, um Spenden für Waisenhäuser zu sammeln – und fragte Mutter, was denn passiert sei, daß der Schwager plötzlich, schon vor dem Morgengebet erschienen sei. *Gute gäst kummen umgebeten*, antwortete Mutter und fügte hinzu, immer wenn ihr Schwager komme, wehe ein frischer Wind mit dem Duft des wahren Erez Israel durch das stickige Jerusalemer *Schtetl*. »Was ist das für ein Geruch?«, fragte Frau Wiski. »Der Geruch des Feldes«, antwortete Mutter und ging ihrer Kundin in die Falle. *So gebe dir Gott vom Tau des Himmels und vom Fett der Erde und Korn in Fülle und Most*, trällerte da die Frau des reisenden Schnorrers, »wie es heißt, *Sieh, meines Sohnes Duft ist wie der Duft des Feldes* – aber das ist der Geruch von Esau«, und sie erklärte, vom Standpunkt der Jüdischkeit aus müsse Mutter diesem *Tuwarisch* aus dem *Moschaw* meinem Vater vorziehen, der sei der wahre Jakob in der Familie, denn er gehe früh morgens und spät abends in die Synagoge und ins Lehrhaus, und aus seinen Kleidern steige der Duft der Tora auf, wie der Duft des *Tamid*-Opfers im Tempel. Mutter tat ihre Worte mit einer Handbewegung ab, ging hinaus auf den Hof vor dem Laden, um Frau Wien Milch abzufüllen, und Frau Wiski sagte mir, unser jüdischer *Muschik* ziehe durch die Straßen der heiligen Stadt wie ein Bauernstoffel, der seiner Herde nachlaufe.

An solchen Tagen wartete Mutter ungeduldig auf die Mittagspause. Dann schloß sie die Eisenläden, und die drei zogen sich zu einem Gespräch zurück, bei dem sich Onkel Jakob geduldig Mutters Verbitterung anhörte, Vater dann in einigen grundlegenden Fragen des Lebens belehrte und die Dinge zwischen den beiden wieder so weit zurechtrückte, daß Mutter schließlich, wenn auch halbherzig einräumte, sie sei versöhnt.

Nach einer solchen Klärung schlug Onkel Jakob vor, besonders wenn gerade Sommerferien waren, ich solle doch mit ihm nach Nahalal fahren. »Es wird dem Jungen nicht schaden, wenn er ein bißchen Sonne kriegt, frische Milch trinkt, frischgelegte Eier ißt und den ganzen Tag an der Luft verbringt«, redete er auf Mutter ein und versprach, er und Sulka würden sich um mich kümmern und aufpassen, daß mir nichts zustoße. »Aufrecht und stark wie eine Zeder wird er zu dir zurückkommen, mit Muskeln und dazu noch braungebrannt«, wiederholte Jakob so lange, bis Mutter zustimmte und mit Tränen in den Augen meine Kleider in ein kleines Köfferchen packte. Zwischen den Hemden versteckte sie Schokolade und Süßigkeiten für die Kinder der Tochter meines Onkels.

In seinem Haus in Nahalal, unter den gewaltigen, staubigen Kiefern, in deren Kronen Schwärme lärmender Vögel wohnten, wurde mir klar, wie sehr Onkel Jakob und Tante Sulka das neue Erez Israel verkörperten, über dem sich als Himmel ein ungetrübter Zionismus spannte, während eine sozialistische aufgehende Sonne über den Militärflughafen von Ramat David, über die Kuhställe der Familien Dajan und Livne ihr Morgenrot ausgoß, um ihnen zu ihrem Tagwerk zu leuchten.

Ich hing wie eine Klette an Onkel Jakob, folgte ihm überallhin.

In den Kuhstall zum Melken, wo er liebevoll mit den Kühen sprach, so wie Vater mit seinen Nachwuchskantoren, wenn er sie vor den Toraschrein geleitete. Jakob klopfte ihnen das Hinterteil, wusch mit sicherer Hand ihre Euter und spritzte dann den dampfenden Milchstrahl in den Eimer.

Danach gingen wir in den Gerätehof – *das* Symbol zionistischer Kultur – gleich neben dem Haus, oder in den Garten, in dem Obst und Gemüse für den Eigenverbrauch angebaut wurden. Onkel Jakob lehrte mich, keine Angst davor zu haben, eine warme Tomate vom Strauch zu pflücken, sie am Hemdzipfel abzureiben und kräftig in sie hineinzubeißen, oder Zucchini in den Gummikorb zu sammeln, und so fühlte ich in den Handflächen ihren mir bis dahin unbekannten haarigen, etwas kratzigen Flaum.

Einmal nahm er mich zum Pflügen mit. Wir gingen nebeneinander über das Feld, und hinter uns stand die Sonne. Er sprach von der Furche, die so gerade sein müsse wie der Mensch, und lief beharrlich schweigend hinter den beiden Maultieren her, lenkte sie mit geübter Hand geradezu auf einen verborgenen Punkt am Horizont. Als wir ans Ende des Feldes gelangten, wies Onkel Jakob auf den Berg, der sich im Westen erhob. »Das ist der Gipfel des Karmel, dort hat Elia gestanden«, erklärte er mir, während ich noch zwischen den Erdschollen voranstolperte und mir meine weißen Knie aufschlug. »Ja, *Elijahu der Prophet, Elijahu der Tischbi*, aus dem Lied, das man nach Schabbatausgang singt.« Und im Nu wurde aus Elijahu, dem gnädigen jüdischen

Großpapa, der in der Altstadt Jerusalems als zehnter Mann zum Gebet fungierte, ein hebräischer Prophet des Zorns, umgürtet mit Stärke und Heldentum.

»Vielleicht solltest du die Bibel einmal mit dem modernen, wissenschaftlichen Kommentar von Gordon lesen«, riet er mir, als wir abends in seinem Arbeitszimmer saßen, wo ich während meines Aufenthaltes in Nahalal wohnte. »Der *Tenach* ist das Buch von Erez Israel, er ist hier gewachsen, aus dieser sonnenversengten Erde, die nach Regen lechzt, nicht im modrigen Dämmer der Lehrhäuser Osteuropas.« In seinem Bücherschrank spiegelte sich seine ganze Weltanschauung: *Die Bibel mit dem Komentar von Sch.L. Gordon*, *Der Aufstieg des Schalom Laisch*, Erzählungen von Devora Baron, die Schriften von Josef Ch. Brenner, A.D. Gordon und Berl Katznelson, Bände von *Hatekufa*, das *Sefer haAggada* und Gedichte von Bialik, landwirtschaftliche Bücher über Rinderzucht, Ackerbau, zur Pflege von Legehühnern, Broschüren zur Erinnerung an einzelne Gefallene und ganze Bände der Gedenkbücher *Gevilej Esch*.

Onkel Jakob war Parteimitglied der *Mapai* und ist doch nie ein Funktionär gewesen. Unter der Glasplatte seines Schreibtisches lag zwischen den Familienphotos auch ein Bild von Ben-Gurion. Er achtete ihn, befolgte seine Anweisungen, betete ihn aber nicht an. »Ich bin zwar aus einer Familie von Chassiden, die blind ihre Rabbis verehrten, aber ich war nie ein blinder Anhänger von irgendwem«, sagte er. Er las, soviel ich weiß, nur *Davar* und das wöchentlich erscheinende Parteiorgan *Hapo'el haza'ir* und hielt sich ansonsten von Parteigeschäften fern. Er war im Grunde ein parteiloses Mitglied der Partei.

Dabei hatte er sehr klare Wertvorstellungen und wußte genau zwischen Gut und Schlecht zu unterscheiden: Zwischen der Besiedlung des Landes durch Leute, die selbst arbeiteten, und den Großbetrieben in den *Moschawot*; zwischen Bauern und der städtischen Bourgeoisie, zwischen Menschen, die stets bereit waren, ohne sich aus der Verantwortung zu stehlen, für nationale, gesellschaftliche oder militärische Aufgaben zu arbeiten, und solchen, die nur zu ihrem eigenen Nutzen arbeiteten, mehr nahmen, als sie gaben, und die Früchte der Arbeit anderer genossen. An der Spitze seiner Pyramide stand der hebräische Arbeiter, die eine Hand am Pflug, während die andere abwechselnd ein Buch oder ein Gewehr hielt. Viel Worte hat er nie darum gemacht. Er hat es gelebt. Gegenüber anderen war er extrem tolerant. Er kritisierte niemanden direkt; lobte nur, was lobenswert war, und alles Weitere ergab sich schon daraus. Wenn jemand in seiner Anwesenheit diese Regel mißachtete und schlecht über andere sprach, sagte er nur, *Gesegnet bist du in der Stadt, und gesegnet bist du auf dem Feld.*

Seine hervorstechenden Charakterzüge waren Pflichtgefühl und Verantwortung, Genügsamkeit und die Bereitschaft, sich zu den verschiedensten Aufgaben heranziehen zu lassen; eine Art Kreuzung des Max Weberschen Ideals von der protestantischen Ethik mit der talmudischen Maxime: *Alle Juden sind füreinander verantwortlich.* Jakob und Sulka nahmen in ihrem Haus Jugendliche auf, Überlebende der Schoah, und gaben ihnen langsam den Glauben an die Menschen zurück, und auch den Glauben an den Wert der eigenen Arbeit. Wenn sie dann aber ihres Wegs ziehen wollten, sorgten die beiden für alles, was sie brauchten, wie für ihre leiblichen Kinder, und im Hof ihres Hauses richteten sie die Hochzeiten für sie aus. Jakob war eine Vaterfigur. Er breitete seinen Schutz über die Familie, besonders über Sulkas neun Schwestern, die in frühester Jugend verwaisten, als Hetman Kosir Sirko von der Petljura-Armee bei dem Pogrom an den Juden von Owrutsch am 15. *Schewat* 1919 ihren Vater, Jakob Biribis, erschlug. Onkel Jakobs Wesen zeigte sich zum Beispiel daran, daß er seinen Sohn und dessen Frau ermutigte, dem Aufruf Ben-Gurions zu folgen und mit ihren kleinen Kindern in die Wüste Negev zu ziehen und dort in einem *Moschaw* Neueinwanderer zu unterrichten, obgleich ihr Weggehen eine doppelte Belastung für seinen Betrieb bedeutete, den sie inzwischen fast ganz von ihm übernommen hatten. Es spiegelte sich auch in dem kleinen Heftchen, in das er alle Geburtstage von Angehörigen notierte, und seine gesamten Ausgaben, vom Kauf eines Traktors und einer Egge bis hin zu dem Glas Limonade, das er am Kiosk trank, wenn er zu Erledigungen nach Haifa fuhr; und es zeigte sich vielleicht sogar in den Steuermarken des während der Mandatszeit freiwillig abgeführten *Kofer haJischuw*, die auf der Rückseite seines Rundfunkempfängers klebten.

Als sein Körper schon mit der Krankheit kämpfte, von der er sich nicht mehr erholte, erzählte er mir, er sei zum Innenministerium gefahren, um in seinem Personalausweis den Geburtsort korrigieren zu lassen, der dort nicht richtig eingetragen war. Ich fragte ihn, warum er dafür von seinem Krankenlager aufgestanden sei und sich bis nach Haifa bemüht habe. »Was für eine Frage«, antwortete er mir, »der Mensch muß seine Angelegenheiten ordentlich und genau hinterlassen; und in bezug auf seine Vergangenheit muß man ebenso exakt sein wie in Dingen der Gegenwart.«

Einen Höhepunkt seines noblen Verantwortungsgefühls erlebte ich bei einem meiner Aufenthalte in Nahalal, als wir eines Morgens aufstanden und als erste Meldung in den Nachrichten von einer Vergeltungsaktion der israelischen Armee jenseits der libanesischen Grenze hörten. Wenn wir bei uns im Laden von solch einer Aktion erfuhren, reichten die Reaktionen der Kunden von patriotischer Begeisterung bis hin zu Panikzuständen, die sich im Hamstern von Zucker, Öl und Mehl äußerten. Mein Onkel und meine Tante dagegen bissen sich auf die Lippen und schwiegen den ganzen Morgen über, denn sie wußten, in den Mittagsnachrichten würde der Militärsprecher die Namen der Gefallenen bekanntgeben, die für sie meist keine Unbekannten waren, und dann war klar, in welchem Haus nun ein Platz leer blieb. Genauso still reagierte Jakob auch, als er die schreckliche Nachricht bekam, daß ihr Schwiegersohn gefallen war, und kurz nach Sulkas Tod auch ihr Enkel.

Aber da war nicht nur Pflichtgefühl. Es gab auch Liebe und Intimität. Ganz besonders die Liebe zu Sulka. In ihrem Schlafzimmer stand eine Kiste mit Äpfeln. Ein wunderbarer Duft füllte das Zimmer. Onkel Jakob nahm einen Apfel, hielt ihn einen

Moment fest, aber zärtlich in der Hand, reichte ihn mir und sagte dann, etwas errötend vor Scham, er stelle immer eine Kiste Äpfel unter das Bett seiner Frau, und in ihrem kleinen Zimmer im Schatten der alten Kiefern erwachten in mir die Verse aus dem Hohen Lied der Liebe: ... *die darum bittet, an Apfelbäumen gebettet zu werden, weil sie krank vor Liebe ist.*

»*Wie schön und wie lieblich bist du, du Liebe voller Wonne*«, kicherte Mutter und konnte, als ich ihr bei meiner Rückkehr aus Nahalal die biblisch-idyllische Ehe meines Onkels beschrieb, ihren Unglauben kaum verbergen. Sulka bedeute auf Hebräisch zwar Schulamit, wie die im Hohenlied mit Traubenkuchen erquickte und mit Äpfeln verwöhnte Geliebte, begann Mutter sarkastisch, und mein Onkel trage sogar den Namen jenes Gentleman, der in Haran den großen Stein vom Brunnen weggerollt habe, doch diese naive Art von Zionsliebe, die man zu Mapus Zeiten und auf den Bildern von E.M. Lilien und seinen Nachfolgern (»sie wären verhungert, wenn sie keinen Kitsch gemalt hätten«) vielleicht gerade noch hätte ertragen können, entspreche nicht mehr unserer Generation, und ich solle mich doch bitte alsbald von ihr befreien. Selbstverständlich freue sie sich, daß ich früher als geplant nach Hause gekommen sei, registrierte sie, während sie besorgt die Schrammen und Stiche auf meinen Oberschenkeln untersuchte. Wenn ich es aber geschafft hätte, über die Verschlossenheit von Onkel Jakobs »Turnhosenadel« hinwegzusehen – so nannte sie seine Enkelkinder oft – und noch eine Woche dort geblieben wäre, dann wäre ich gewiß aus meiner Illusion erwacht und hätte gesehen, daß dies alles Trugbilder waren, die ich mir aus Neid auf den mächtigen Familienclan zurechtgemacht habe.

Mutter kam auch am darauffolgenden Tag noch einmal auf die Angelegenheit zurück. Wir liefen gerade an dem von Einschüssen vernarbten Speisesaal des Kibbuz Ramat Rachel vorbei, unterwegs, die Überreste einer biblischen Siedlung zu besichtigen, die dort während des Unabhängigkeitskrieges beim Ausheben von Schützengräben entdeckt worden war und nun von Archäologen freigelegt wurde. Sie hatte den Wunsch, mich für die verkürzten Ferien zu entschädigen, mit ihrem eigenen Fernweh verbunden und Vater, wenn auch zögernd, die Verantwortung für das Geschäft übertragen, um mit mir einen Halbtagsausflug in den Süden Jerusalems zu unternehmen. »Die Liebe ist wirklich eine Krankheit, das wußte der Verfasser des Hohenliedes, der tausend Frauen hatte – allerdings nur eine Kinderkrankheit, wie Windpocken, die schnell vorbeigehen und keine Narben hinterlassen, wenn man sie nur nicht aufkratzt«, sagte Mutter und schickte sich an, auf das Dach des Wasserreservoirs zu klettern, von dem aus man einen Überblick über das alte Ausgrabungsgelände hatte. (Ungefähr zwei Monate später, während des Laubhüttenfestes, blickten alle voll Zorn und Schrecken dorthin, nachdem ein Legionär der nahegelegenen jordanischen Militärbasis das Feuer auf die Teilnehmer einer Tagung der ›Gesellschaft zur Erforschung Erez Israels und seiner Archäologie‹ eröffnet und dabei vier Menschen getötet und viele verletzt hatte.) Mutter beobachtete die Arbeiter, die körbeweise Staub zwischen den niedrigen, in der Erde versunkenen Mauern wegschafften, und einen Archäologen mit Strohhut, der die Arbeit beaufsichtigte; dann wandte sie den Blick zu den sanft gewellten weißen Hügeln jenseits des Grenzzaunes und zum Bergrücken von Mar Elias, hinter dem das Grab von Rachel lag, *auf dem Weg nach Efrata, das da ist Bethlehem.*

»Sogar Jakobs große Liebe zu Rachel war Augenwischerei«, sagte Mutter und setzte sich im Schneidersitz wie ein junges Mädchen auf den Boden. Sie breitete ein Tuch aus, holte Butterbrote, Früchte und eine Thermoskanne aus ihrer Tasche und begnügte sich zunächst mit den Weintrauben, die ich selbst bei Onkel Jakob geerntet hatte. Sie nahm jede einzelne Traube, schälte sie mit einem scharfen Messer und holte die Kerne heraus, die nach dem Credo eines ihrer vegetarischen Lehrer für den Magen schädliche Aminosäuren enthielten, und sagte, Jakob, dieser *schlichte Mann, der in den Zelten wohnte*, der zuerst so verrückt nach seiner jungen Frau war, daß ihm die sieben Jahre, die er um sie warb, wie nur wenige Tage erschienen, sei binnen kurzer Zeit wie alle anderen Männer geworden: ein Hahn im Korb, der seine verschiedenen Frauen, Mägde und Kebsweiber besuchte und ihnen Kinder machte. »Für mich ist Liebe etwas Exklusives, aber bei den Männern ist alles nur Camouflage, wie Tante Miriam es so schön sagt: Du kannst einem Mann nicht trauen, noch nicht einmal, wenn er sieben Ellen tief liegt.«

»Da steigt ein Gänsegeier auf, über dem Toten Meer«, sagte Mutter und deutete mit dem Messer in der Hand auf die Stelle, wo der blendende Sommerhimmel den gewölbten Horizont der Wüste berührte. Ein kleiner Punkt bewegte sich schnell auf uns zu, wurde größer, schwebte auf unsichtbaren Luftströmungen gen Westen, bis daraus ein Vogel mit riesigen Schwingen wurde. Mutter stand auf und blickte über die brachliegenden Felder um uns herum: »Hinter einer der Erhebungen des Bodens muß wohl frisches Aas liegen«, sagte sie, »ein verendeter Esel oder ein Kamel. Wenn dem so ist, werden dem einsamen Geier schon bald weitere folgen.« Tatsächlich kreiste nach kurzer Zeit bereits eine ganze Schar von Geiern am Himmel. Die herrschaftlichen Raubvögel segelten langsam, doch in dem Moment, da sie die Erde berührten, war ihr Zauber gebrochen, und sie sahen aus wie ein Haufen glatzköpfiger Truthähne, die schwerfällig auf ihrem Aas herumstaksten.

»So ist es auch mit der Liebe zwischen Mann und Frau«, meinte Mutter. Zuerst lasse sie einen staunen und sei prachtvoll wie der Adler mit seinen weiten Schwingen, der in den Höhen schwebt, wenn sie aber auf den harten Boden der Tatsachen treffe, werde sie ein aasfressender Truthahn. »Alles ist Lug und Trug. Täuschung ist die Essenz des menschlichen Daseins.« Mutters Augen funkelten, sie putzte das Messer ab und steckte es in die Tasche. »Auch du wirst ein Mann werden und dich bis über beide Ohren verlieben, und das nicht nur ein- oder zweimal. Wie könnte ich dir sagen, was du tun sollst? Aber bei deinem Hang zum Dichten, versprich mir zumindest, keine Liebesbriefe zu schreiben, damit es hinterher wenigstens keine belastenden Dokumente gibt.«

Auf dem Rückweg verweilte Mutter einen Moment am Fuß des Denkmals für die Soldaten von Ramat Rachel, die hier in den Kämpfen des Unabhängigkeitskrieges gefallen waren. Starr in einheimischen Fels gehauen, die Augen stolz und revoltierend auf die Felder gen Bethlehem gerichtet, steht da eine Frau, *gewaltig wie ein Heer*, in der einen Hand eine brennende Fackel, während die andere den Zipfel ihres Kleides über einen kleinen Jungen breitet, der ein Bündel Ähren hält und sich an ihr Bein drückt. »Sie haben aus Rachel die *Krassawitza* des Arbeiterbataillons gemacht«, schimpfte Mutter und sagte, jeder male sich seine Volkshelden nach seinen eigenen Vorstellungen, und so sei in der Phantasie der überlebenden Kämpfer der *Gedud haAvoda*, bei jenen, die den Kibbuz aufbauten, aus Rachel eben eine sowjetische Heldin geworden, ähnlich den kräftigen Genossinnen mit aufragender Brust, die uns jede Woche von den grünlich-trüben Photographien auf den Seiten des *Ogoniok* anschauten, in dem Vater blätterte, ohne überhaupt hinzusehen. Danach las sie auf dem Sockel des Standbilds die Weissagung Jeremias über Rachel: *Denn deine Söhne werden zurückkommen in ihre Heimat*, und sagte, es sei vielleicht kein Zufall, daß gerade Rachel, die Geliebte, Verletzte und Vernachlässigte, zum Symbol absoluter Mütterlichkeit geworden sei – und zwar sowohl die biblische Rachel, die das Leben ihres Sohnes mit dem eigenen bezahlte, als auch jene aus dem *Midrasch*, die an der Wegkreuzung steht und bis ans Ende der Zeiten auf die Rückkehr ihrer Söhne wartet. »Wenn es überhaupt irgendwo Liebe gibt, ist es die Liebe einer Mutter zu ihrem Kind«, sagte Mutter und fügte hinzu, sie kenne sonst keine Liebe, die sich nicht mit den Jahren abnutze und verflüchtige.

Diese energische Feststellung (Mutter wird sich später davon distanzieren, wenn sie Großmutter vorwerfen wird, die Mutterschaft sei für sie kein absoluter Wert) machte mich wütend, und ich sagte: »Wenn du dort im Dunkel gelegen hättest und Jakob und Sulka nach getanem Tagwerk nachts in der Küche hättest sitzen sehen, wie nahe sie einander waren und wie sie miteinander sprachen, ohne laut zu werden, dann würdest du vielleicht nicht so über die Liebe reden.«

»Sie wollten dich bloß nicht aufwecken«, sagte Mutter und zuckte mit den Achseln. Doch abends – Vater war von einer ausgiebigen Suche nach neuen Kantorenschülern zurückgekehrt und beim politischen Kommentar von Mosche Medsini im Sessel eingeschlafen, und das Haus hallte von seinem Schnarchen – weckte Mutter ihn mit Geschrei und sagte, vielleicht sei es nun an der Zeit, daß auch er noch einmal nach Nahalal fahre und bei seinem jüngeren Bruder einen Schnellkurs über familiäres Zusammenleben nehme, damit er endlich das einlöse, wozu er sich bei der Hochzeit im Ehevertrag verpflichtet habe, nämlich seine Frau mehr zu ehren als seinen eigenen Leib.

So wurde der in allem erfolgreiche Onkel Jakob nicht zu seinem Vorteil und ohne zu ahnen, welch destruktive Rolle er auf diese Weise in unserer Familie spielte, zum Maßstab, nach dem Mutter ihren Mann beurteilte. »Schau dir doch deinen Bruder Jakob an!« war oft das Startsignal ihrer Anklage, und bei diesem Vergleich hatte Vater keine Chance. Im »elektrischen Fauteuil« kauernd und in Schweigen gehüllt, sah er, wie ihm sein Status des Erstgeborenen entglitt. Genau wie damals, bei den Übungen im Bruchrechnen in den privaten Mathematikstunden, genau wie damals im Holzlager neben der Mühle im Wettstreit mit Zwi Arkes, Pini Katznelson und seinem Bruder, wer die Holzbalken am schnellsten lagenweise kreuz und quer aufstapelte; genau wie damals beim Wettlauf zu den alten Königsgräbern aus der Zeit von König Oleg, oder im Gefolge der Kutschen von Zar Nikolaus II. und seinem Hofstaat bei dessen erstem kaiserlichen Besuch in der wolhynischen Bezirksstadt – war die Welt voller Mißerfolge und Niederlagen angesichts der Eifersucht weckenden Gestalt des jüngeren Bruders, der ihm das Erstgeburtsrecht immer aufs Neue raubte.

Unter Mutters Einfluß erkannte ich während meiner ganzen Kindheit hinter dem Nebel des Alltäglichen weder Vaters verzweifelten Willen zu überleben noch seinen hartnäckigen Kampf gegen Hunger und Armut. Ich hing an dem aus der Arbeiterbewegung geborenen Mythos von Erez Israel und an seiner Manifestation in Gestalt meines Onkels; demnach war nur ein Bauer ein ganzer Mensch, einer, der, einen »Mauser«-Revolver im Gürtel, selbst seinen Boden pflügte, selbst seine Kuh molk, am besten im Jordantal oder in der Jesreel-Ebene. Ich verachtete Vater, den niedergeschlagenen kleinen Ladenbesitzer, der mitten in der Nacht, nachdem die Kunden gegangen waren, alleine im Laden stand und mit dem Eiweiß von faulen Eiern die Zuteilungsmarken so gewissenhaft auf die amtlichen Bögen klebte wie ein Restaurator, der ein wertvolles altes Gemälde wiederherstellt. Ich verachtete ihn, weil er so schlecht Hebräisch sprach, weil er Emigrant war und keine zionistischen Werte und Anschauungen besaß. Erst Jahre nach seinem Tod entdeckte ich in der Bibliothek meines Onkels in Nahalal in dem Buch *Schritte der Erlösung – Ein Buch über den russischen Zionismus* von Arje Zanziper, später Rafaeli, ein Bild des »Zionistischen Vereins in Owrutsch (Bezirk Wolhynien, *Pessach* 5673/1913)«, auf dem mein Vater zusammen mit den siebenunddreißig Zionisten des Ortes vor einem Bild von Herzl, der in Basel über den Rhein blickt, zu sehen ist. Im selben Jahr traf ich bei meinen vergeblichen Versuchen, seiner ausgelöschten Vergangenheit wieder Leben einzuhauchen, auch seinen Owrutscher Freund Pinchas Katznelson; von ihm erfuhr ich, daß Vater, obwohl er als junger Mann Puschkin und Lermontow auswendig konnte und selbst Gedichte auf russisch schrieb, hier kein Russisch mehr sprach, weil die Bolschewiken in den Kellern der Lubjanka seine beiden Brüder unter dem Vorwurf zionistischer Konterrevolution ermordet hatten.

Ich aber verachtete ihn, weil ihn Kantorengesang trunken machte, vor allem, weil er sich zu Kantoren und Kantorenschülern so hingezogen fühlte. Dabei hängt eine meiner frühesten und liebsten Erinnerungen mit dieser völligen Hingabe an die liturgische Musik zusammen. (Ich sitze auf seinem Arm. Er dreht sich um sich selbst, bis ihm schwindelt. Das herrliche Gefühl, die Sinne zu verlieren. Vater schwenkt den Spazierstock seiner Mutter, Großmutter Mindl, die zu ihrem alljährlichen Sommerbesuch zu uns nach Jerusalem gekommen war, schlägt damit in die Luft und singt: *Auf den Fels, hach hach / auf den Felsen hach hach hach / auf den Felsen hach hach / und lebend' Wasser bricht hervor.* – *Majim chajim*, lebendiges Wasser –, und immer, wenn er meinen Namen ausspricht, drückt er mein Gesicht an seine unrasierten Wangen und küßt meinen Kopf.) Doch als ich etwas größer war, wandte ich mich von ihm ab und lief zum feindlichen Bündnis meiner Mutter über, gegen den Götzendienst, den Vater *mit ganzer Seele und mit all seinem Vermögen* trieb.

»Wie bin ich so elend! Wie bin ich so elend! Denn es rauben die Räuber, ja immerfort rauben die Räuber«, klagte Mutter, wenn Vater am Freitagmittag, wenn der Laden voller Kunden war, die ihre letzten Schabbateinkäufe erledigten, in sein Bethaus davoneilte, das er zum Gedenken an Bat Zion gegründet hatte, um es für die vielen Beter vorzubereiten, die sich schon bald dort versammeln und den Gesängen und Gebeten lauschen würden. Nicht nur, daß er sie mit diesem Gedenken an seine erste Frau zutiefst erniedrigte, argumentierte sie, er fülle auch noch jenes Haus – und die Worte »jenes Haus« sprach sie in so giftigem Ton, daß jeder verstand, wovon sie sprach – mit jungen Männern, denen die Dummheit ins Gesicht geschrieben stehe. »Wenn er seinem einzigen Sohn, seinem eigen Fleisch und Blut, auch nur einen Bruchteil von dem widmen würde, was er den Kindern von Fremden zukommen läßt, dann wüchse uns hier ein prächtiger Junge heran«, sagte sie und warb um die Zustimmung der Kunden, die wohl nickten, aber kein Wort sagten.

Unter der Woche besuchten die Kantorenschüler und ihre schon etablierten Kollegen Vater im Laden. Sie waren seine Ziehkinder, hatten in seinem Bethaus ihre ersten Schritte getan, und einige waren inzwischen weltbekannte Vorbeter. Es war die Zeit des Dov Josef, und trotz strenger Rationierungserlasse schob Vater ihnen unerschrocken immer ein paar Eier zu, die sie tranken, um ihre Stimmbänder geschmeidig zu halten. Dabei stand er hinter ihnen, leckte sich die Lippen, während sie sich die so schwer erhältlichen Eier einverleibten, und servierte ihnen zum Nachtisch sogar noch eine Flasche Fruchtnektar. Im Gegenzug gaben die Kantoren Vater und der zusammenlaufenden Kundschaft ein besonders begehrtes Stück zum besten: Das *Rachem-na* von Jossele Rosenblatt, *HaBen jakir li Efraim* von Malawsky und *Wa-tiher Rabbi Jischma'el azmo* von Kwartin, und manchmal sogar Herschmans *Haschkiwenu.* Die anderen Ladenbesitzer behaupteten, Vater lockte ihnen mit seinen Kantoren alle Kunden weg.

Als besonders dankbar erwies sich Welwale mit der Kanarienvogelstimme. Er war sehr klein, fast ein Zwerg, und damit man ihn besser hörte, kletterte er auf ein Faß mit eingelegten Fischen oder einen Sack Buchweizen und trällerte dann mit hoher Stimme. »Er kreischt wie ein Mädchen, das vergewaltigt wird«, pflegte Mutter zu sagen, während sie Blätter von der Toilettenpapierrolle riß, für die ganz besonders Gottesfürchtigen, die sich den Hintern auch am Schabbat abputzen wollten, ohne diesen durch das Abreißen des Papiers zu entweihen.

Bei einem der Auftritte des Zwergenkantors kam zufällig Raw Sevin, der Herausgeber der Talmud-Enzyklopädie, in den Laden, um das Kümmelbrot zu kaufen, nach dem seine Frau ihn geschickt hatte. Unbeteiligt hörte er Welwales Gesang mit an. Mutter hoffte, in diesem Gelehrten Unterstützung für ihre Position zu finden, und tat kund, was sie von seiner Kanarienstimme hielt. Doch der gelehrte Rabbiner teilte ihre Meinung nicht: »Über den Schrei eines Mädchens in Bedrängnis, das auf dem Feld um Hilfe ruft, und keiner kommt ihr zu helfen, macht man keine Witze; schon gar nicht als Frau, die davon nichts versteht«, wies er sie ungeduldig zurecht.

Welwale mit der Kanarienstimme, von dem es hieß, er sei nach Deutschland gezogen, nenne sich nun Wolf und bete als Oberkantor in einer der Frankfurter Synagogen, traf ich Anfang der achtziger Jahre wieder. Es war in Tel Aviv bei einem Konzert für Kantoralmusik zum hundertsten Geburtstag von Jossele Rosenblatt, zu dem ich ging, um mit fünfundzwanzig Jahren Verspätung irgendeinen Zugang zu meinem Vater zu finden.

Auf der erhöhten Terrasse vor der Synagoge Ohel Schem standen etwas abseits von der Menge zwei Männer und warteten auf den Beginn des Konzerts. Der beleuchtete Schaukasten des Saales tauchte sie in ein bleiches, kränkliches Licht. Der eine, hager, in einem Regenmantel, wohl noch aus jenen Tagen, da es an allem fehlte, rieb seinen Rücken an den Schuhspitzen von Max Perlman, der auf dem Plakat von *A masl fun a schlejmasl* eine Geste machte, die einen zum Lachen brachte, während Monika aus dem Stück *Musik is ir lejben* ihn verführerisch anblickte. Ihm gegenüber stand mit hochgerecktem Hals ein stämmiger, kleiner Mann, der theatralisch gestikulierte. Er trällerte *Adoschem hoschia, adoschem hoschia* und versuchte, seine Stimme für die Koloraturen geschmeidig zu bekommen; er schluckte mehrmals, doch seine Stimme wurde noch piepsiger, wie die Stimme einer Frau, und er flehte *HaMelech je'anenu, haMelech je'anenu*, bis ihm sein Borsalino vom Kopf fiel und auf die Erde rollte.

Siß wi zuker, zirpte der Hagere, »von deinem Falsett müßte man eine Schallplatte machen, wirklich, ein zweiter Jossele Rosenblatt.« »Der dritte Jossele Rosenblatt«, korrigierte ihn der Zwerg, setzte sich den Hut wieder auf und erzählte seinem Bekannten, der über so viel Bescheidenheit staunte, der Rabbiner Doktor Schmu'el Rosenblatt, Sohn des Königs der Kantoren, habe die Biographie seines Vaters mit der Geschichte von einem Kantor beendet, der sich selbst in einer Anzeige als Jossele Rosenblatt der Dritte bezeichnet habe. »Warum der Dritte?« fragte ihn der Sohn des berühmten Kantors, und er antwortete: Weil ihm keiner wie ein zweiter gleichen wird. Da erhob der Zwerg nun seine gewaltige Stimme und sang die klassischen Verse *Er ist einzig, es gibt keinen zweiten, der Ihm gleicht* und drehte sich wie ein Ballettänzer auf der Ferse, um zu sehen, welchen Eindruck sein Gesang auf die Menge der Wartenden machte.

Trotz der Falten in seinem Gesicht und trotz des gefärbten, wohlgepflegten Schnurrbarts erkannte ich ihn sofort. Das war

Zeev Rosin, Welwale mit der Kanarienstimme, einer von Vaters Ziehkindern.

Ich mußte es genau wissen und fragte ihn: »Welwale, kennen Sie mich noch?« Er ließ wohl all die Söhne von Zuhältern und Barbesitzern vor seinem geistigen Auge Revue passieren, deren *Bar Mizwa*-Feier er je geleitet hatte, doch unter ihnen fand er mich nicht.

Schließlich machte ich seiner Not ein Ende und verriet, wer ich war, und er umarmte mich herzlich, küßte mich und murmelte: »Wenn der Vater noch leben würde, wenn der Vater noch leben würde – der Patron der Kantoren«.

»Wenn der einzige Sohn meines Patrons sich heute für Kantoralgesang interessiert«, sagte er, »dann hat unser Beruf doch eine Zukunft. Hast du dich trotz allem vom Gift deiner Mutter erholt? Wenn sie gekonnt hätte, sie hätte uns alle in einem Glas Goggelmoggel ertränkt.« Und er lud mich ein, ihm an einem Schabbat zuzuhören, wenn er in der großen Synagoge einer inzwischen eingemeindeten *Moschawa* vorbetete und sang.

»Aber ich wohne in Ramat Gan«, versuchte ich mich herauszureden.

Doch Welwale verkündete mit seiner Kanarienstimme: »Für ein gutes Stück Kantorengesang darf man am Schabbat auch mal mit dem Wagen fahren.«

Der Saal der Ohel Schem Synagoge war angefüllt mit pensionierten Lehrern, hauptsächlich aus der *Misrachi*-Bewegung, mit kleinen Kleiderhändlern aus Nachalat Binjamin und Besitzern von Großhandelsgeschäften in der HaKischon Straße, auch mit Chassiden, *Chassidej Gur* und Kretschnijewer Chassiden – für die dieses Konzert, neben den Kämpfen zwischen ihren beiden chassidischen Höfen, zweifellos die einzige Art der Zerstreuung war – und mit Kantoren, sehr vielen Kantoren. Es schien, als hätten sich sämtliche Kantoren aus der Region Gusch-Dan und den umliegenden Kleinstädten hier versammelt. Wenn man in diesem Saal ein Gerät zur Messung der Dummheit aufstellte, hörte ich Mutters Stimme auch heute wieder, die Nadel würde beim

Ausschlagen den Glasdeckel durchbrechen. Sie hätte ihren Blick über die fensterlosen, mit dekorativen Spanplatten verkleideten Wände des Ohel Schem wandern lassen und gesagt, es sei ja kein Wunder, daß sich alle, die Vater zeitlebens verehrten, hier bei der alljährlichen Zusammenkunft der Dummköpfe trafen. »Weißt du, warum Kantoren so dumm sind?« – den alten Witz hatte sie immer wieder erzählt – »Sie bitten immer, die Fenster zu schließen, um sich nicht zu erkälten, doch wie unsere alten Weisen schon gelehrt haben, *macht gerade die Luft von Erez Israel weise.*«

»Aufgrund der Verdienste deines Vaters wirst du hier in der ersten Reihe sitzen«, sagte Welwale, der, wie sich herausstellte, einer der Organisatoren des Abends war. Er führte mich in die Reihe der Ehrengäste und wies mir den Platz eines der größten Gönner der Stadt an, der im letzten Moment abgesagt hatte. Um uns herum prüften Kantoren, kleingläubig wie sie waren –, ob ihre mitgebrachten Tonbandgeräte auch funktionierten. (Die Branche, so hatte Welwale mir erklärt, komme nicht zur Unterhaltung hierher, sondern um zu arbeiten; sie würden die Aufnahmen zu Hause so oft abhören, bis das *Habet miSchamajim we-re'eh* und *Wehu rachum* weich wie Butter aus ihren Hälsen käme). Welwale beugte sich zu mir und sagte, er verdanke Vater viel mehr als nur seine Karriere. Bei der Suche nach musikalischen Talenten im Blumenthal-Waisenhaus hatte Vater nämlich Welwales absolutes Gehör entdeckt und ihn in den Knabenchor von Kantor Kawetzki in der Hejchal Avinoam Synagoge in der Lämel-Schule aufgenommen (»Du mußt verstehen«, sagte Welwale und versuchte ganz aktuell zu klingen, »dein Vater war so etwas wie der Nachwuchstrainer beim Basketball«). Dreimal in der Woche hatte Vater ihn aus dem Heim geholt, war mit ihm zum Schneider gegangen, damit er einen maßgeschneiderten Anzug bekomme, hatte seine Hemden gewaschen und gebügelt, ihm zu essen und zu trinken gegeben, und wenn Welwale als Jüngster unter den Sängern mit Solostücken auftrat, hatte er immer neben ihm gestanden und sich ungeniert die Tränen getrocknet. Die Chorknaben seien für den so lange kinderlosen

Mann wie eigene Söhne gewesen, und ihn selbst habe er, weil er so jung und so klein war, als Nesthäkchen betrachtet, ihn meist »*main Binjuminke*« genannt. Anders als bei den meisten Chören ließ Vater die Jungen nicht fallen, wenn sie in den Stimmbruch kamen und nicht mehr so hoch trällern konnten; er saß vielmehr stundenlang mit ihnen zusammen, tröstete sie, versprach ihnen, sie könnten in ein bis zwei Jahren wieder auftreten. Denn er hatte sein Bethaus nicht nur gegründet, um eine Brutstelle für junge Kantoren zu haben, sondern auch als einen Ort, an dem alte Kantoren mit schon brüchigen Stimmen noch würdig vorbeten konnten. Die Klingel im Foyer ertönte mehrere Male, und schließlich trat der Moderator, strahlend *wie ein Bräutigam aus seiner Kammer*, ans Mikrophon.

»Möge deine Mutter mir verzeihen, aber dein Vater war alles andere als ein primitiver Fanatiker«, sagte Welwale in der Pause leise zu mir. Er trank seine lauwarme Coca-Cola, um sich, Gott behüte, die Stimmbänder nicht zu verkühlen, und gestand mir, einige der Sänger hätten sich am Schabbat oder an Feiertagen heimlich im Haus des alten Biklis getroffen und dort, um das Grammophon sitzend, das Gebot, *den Schabbat eine Lust zu nennen*, auf ihre Weise erfüllt.

»Was für ein Lächeln versteckst du da?«, fragte Welwale, doch ich brachte das Gespräch schnell auf Rosenblatts Verstrickungen mit einigen Betrügern, die schließlich zu seinem Bankrott geführt hatten, um nicht meiner Geschwätzigkeit zu erliegen und ihm doch noch von dem Glaubenskrieg zu erzählen, den ich genau deswegen an einem Schabbat mit Vater geführt hatte. Denn jeden Schabbatmittag hatte Vater sich aufs Sofa gelegt und den Klängen aus der Nachbarwohnung gelauscht, während er sich jegliches Geräusch in unserer Wohnung verbat. Es war kein Geheimnis, daß er mit Herrn Zuckermann ein Tauschgeschäft ausgehandelt hatte: für die Hühnerreste und Knochen, die Vater Zuckermann für seine vielen Katzen aufhob, drehte der Mann der Perückenmacherin die Lautstärke ganz auf, damit Vater das Wunschprogramm Kantoralmusik mithören konnte, das um diese

Uhrzeit im Radio gesendet wurde. Ich betrachtete Vater mit Abscheu, wenn er sein Ohr an »das goldene Tor« drückte – so nannte Mutter die verschlossene Tür zwischen den beiden Wohnungen. An einem Schabbat hielt ich es nicht länger aus und warf ihm seine Heuchelei vor, daß sein Lebenswandel völlig dem widersprach, wozu er sich bekannte; es sei unmöglich, daß jemand, der erst zwei Tage zuvor Bialik und Rabinowicz im *Sefer haAggada Jarmulken* auf die unbedeckten Köpfe gemalt habe und gerade eben am Mittagstisch den Schabbatgesang *Dieser Tag ist geheiligt vor allen Tagen* gesungen habe, nun den Schabbat entweihe, zudem noch mit heiligen Gesängen, und es folgten noch einige andere absolute Wahrheiten, die ich von meinen Lehrern an der Schule der *Misrachi*-Bewegung gelernt hatte. Doch Vater stellte sich schlafend und genoß weiter die süße Stimme von Goldale Melawski, die *HaBen jakir li* sang, oder Jossele Rosenblatts düsteren *Habet miSchamajim ... / Schau vom Himmel und sieh, wie wir zu Spott und Hohn geworden,* und er *nannte den Schabbat eine Lust*, begleitet von einem leichten Schnarchen der Ignoranz.

6

Vater glaubte nicht an Gott.

Er sprach nur ungern davon, doch diesen Buckel, wie Großmutter es nannte, konnte noch nicht einmal der maßgeschneiderte Anzug von »Monsieur Simon«, dem Pariser Modeschöpfer Schimon Schneider, verbergen.

Eines Tages, als Onkel Jakob zu einem seiner überraschenden Besuche bei uns auftauchte, führten ihn seine Erinnerungen nach Owrutsch zurück, und er erzählte von jenem schrecklichen Tag, an dem die Horden von Petljura in seiner Heimatstadt einen Pogrom veranstalteten – nicht zum ersten Mal lag in den Zimmern der Geruch von verbrannten Menschen, flogen Wolken von Federn auf, und Chajim Nechamkes rannte, nachdem seine ganze Familie getötet worden war, nackt wie am Tag, da er das Licht der Welt erblickte, durch die geplünderten Straßen, stellte sich verrückt, um von dem Erbarmen zu profitieren, das die ungebildeten Ukrainer mit Leuten hatten, die den Anschein von Heiligem Wahn erweckten; doch Vater unterbrach Onkel Jakobs Schilderungen – so sehr versuchte er diese Erinnerung auszulöschen – und sagte, dieses Hurenhaus, das man gemeinhin »die Welt« nenne, habe eben keinen Hausherrn.

Mutter schaute ihn mahnend an, und er korrigierte sich und sagte, die Stadt habe eben keinen Stadtherrn. Nichts haßte Mutter mehr als Flüche und schmutzige Worte.

Und trotz alldem zog sich Vater jeden Freitag nachmittag

frisch rasiert seine Festkleider an – den hellen, cremefarbenen Anzug, die braun-weißen Lederschuhe mit eingestanzten blütenförmigen Löchern, die aussahen wie die Schuhe eines jüdischen Glücksspielers aus Las Vegas, und den breitkrempigen Strohhut – all das war zur Zeit der Lebensmittelknappheit in Carepaketen aus Amerika zu uns gelangt – und begab sich in die Synagoge. Dabei sah er Vittorio Gassman aus dem Film *Profumo di donna* verblüffend ähnlich. Den ganzen Weg entlang standen Frauen auf den Balkonen, schauten ihm nach und tuschelten mit vielsagendem Lächeln, er sehe aus, als gehe er zu seiner Geliebten. Was von der Wahrheit gar nicht so weit entfernt war, denn das Bethaus trug schließlich den Namen seiner Jugendliebe Bat Zion.

Vater gab sich alle Mühe, noch am hellichten Tage ins Bethaus zu kommen, das in einem Klassenzimmer der sephardischen *Talmud Tora*-Schule für Jungen, *Bejt Aharon*, untergebracht war. Beim Eintreten schlug ihm eine Mischung verschiedenster Gerüche entgegen – Kreidestaub, Schulkleber, der Schweiß pubertierender Jungen und der Schimmel vergessener Orangen, die in den Tischfächern liegen geblieben waren. Er lüftete das Zimmer, wischte mit einem feuchten Lappen die mit grüner Ölfarbe gestrichenen Wände ab und *erbaute das Stiftszelt von Neuem*. Er breitete weiße Tücher über die mit Tintenflecken übersäten Schultische (die hatte er aus Ljubas Bettlaken geschnitten und später aus der Mitgift, die Mutter in die Ehe mitbrachte; ein Stück dieser Tücher wurde ihm auf Anraten des Vorstehers der Beerdigungsbrüderschaft später mit ins Grab gelegt, damit es ihm als Fürsprache diene und von seiner Wohltätigkeit zeuge, wenn er einst beim Gericht Gottes vor dem Thron des Höchsten stehe), zog das Katheder in die Mitte des Zimmers und machte daraus das Pult für den Kantor und zum Vorlesen der Tora, und zum Schluß rollte er den Toraschrein auf seinen vier Rädern aus seinem Versteck vor die Ostwand. Wenn er die Flügeltüren des Toraschreins öffnete, die unter der Woche wie die Türen eines ganz normalen Schrankes aussahen, konnte man den bestickten

Vorhang sehen mit den zwei, die Bundestafeln tragenden Löwen. Einmal sagte er mir, die Kinder Israel hätten auf ihrer vierzigjährigen Wüstenwanderung das Heiligtum wohl an jedem Ort neu errichtet und dann wieder auseinandergenommen, aber nie mehrmals an ein und demselben Ort.

Als er fertig war, klopfte Vater sich den Staub von seinem Sommeranzug und schloß zur großen Erleichterung der inzwischen eintreffenden Kantoren die beiden Fenster, die auf die Josef ben Mattatiahu Straße hinausgingen, wo gegenüber, auf einem Felsstumpf die Jeschiwa Me'or Ejnajim der Tschernobyler Chassiden stand. Er betrachtete nachdenklich die Jeschiwa – die zu Ehren des Rabbi von Tschernobyl erbaut war, zu dessen Anhängern seinerzeit auch sein Vater gehört hatte –, und als er vom Fenster zurücktrat, sagte er, das Leben gleiche einer Drehbühne, wie es sie in den großen Theatern der Welt gebe, und so wie die Schauspieler dort, selbst wenn sie rannten, nicht von der Stelle kämen, so kehre auch er, trotz all der Wendungen seines Lebens, im Alter an die Schwelle des Lehrhauses seiner Jugend zurück.

Zu Vaters Bethaus, in dem nur am Schabbat und an Feiertagen gebetet wurde, zog es eine Gruppe von Juden, die in den humorlosen, prätentiösen Synagogen unserer Zeit wohl keinen Platz gefunden hätten.

Zum Beispiel den Herrn Brinker, Ingenieur beim städtischen Sanitärwesen. (»Ich werde immer mein Auskommen haben«, prahlte er wie einer, der sich für etwas ganz besonderes hält, und wenn sein Gegenüber staunend nachfragte, pflegte er zu erklären: »Die Menschen hören auch in der größten Not nicht auf, ihr Geschäft zu machen.«) Dieser hochnäsige Mann, dessen Geigenspiel nachts über die Häuser der Peqi'in Straße hallte, hatte von allen Vorbetern der Synagoge die klarste Stimme. »Unser Chaliapin«, freute sich Vater jedesmal, wenn Brinker sich den schmalen, seidenen Gebetsschal um die Schultern legte, auf der Ecke des Pults mit der Stimmgabel den Kammerton anschlug und mit *Kommt, laßt uns dem Ewigen jubeln, jauchzen dem Fels unseres Heils* zu singen anhob. Im Laufe der Jahre attackierten einige der zugelaufenen Frommen die Verwendung dieses »Musikinstruments«, dessen Gebrauch am Schabbat womöglich verboten war, und so schlug unser Bekannter seine Stimmgabel heimlich an und zwinkerte uns Alteingesessenen dabei zu. Seine große Stunde kam beim *Kol Nidre* am Abend des *Jom Kippur*. Wenn er die Synagoge betrat, zog er die ledernen Mokassins aus und stellte sie im Nebenzimmer ab, wie die Moslems, wenn sie eine Moschee betreten, und trat in Strümpfen vor den Toraschrein. Für ihn war *Jom Kippur* kein Sporttag, an dem alle in weißen Stofftennisschuhen unterwegs waren. Ganze Trauben von Fans standen an den Fenstern, wenn er sein Gebet begann, zuerst geheimnisvoll flüsternd und zum Schluß mit gewaltigem Löwengebrüll. Sogar sein Sohn Menachem, von dem schon in jenen Tagen das Gerücht ging, er sei Kommunist und erklärter Atheist, erschien um diese Zeit in der Synagoge. (Viele Jahre später, in den zehn Bußtagen zwischen *Rosch haSchana* und *Jom Kippur*, fuhren Menachem und ich gemeinsam mit einer Delegation von Schriftstellern nach Moskau. Am Ende des *Jom Kippur*, etwa zur Zeit des *Ne'ila*-Gebetes, verließen wir das Hotel »Ukraine« am Ufer der Moskwa, und gingen zur zentralen Synagoge in der Archipow Straße. Es war am Nachmittag, schneidende Kälte; in schweren Persianermänteln bahnten wir uns unseren Weg durch die Straßen des bröckelnden sowjetischen Reiches zwischen den aus den U-Bahn-Schächten quellenden Massen ausdrucksloser Gesichter und den alten Straßenhändlerinnen, die ihre müden Möhren und gammeligen Steckrüben wieder einpackten, und Menachem sang auf die ferne Melodie seines Vater laut gegen den uns ins Gesicht schlagenden Wind: *Petach lanu Scha'ar – Öffne uns das Tor, wenn schon das Himmelstor sich schließen will! Schon wendet sich der Tag*, und alle Menschen von damals waren um uns, als hätten sie uns nie verlassen.) Sein Vater, dieser Pedant mit seinem streng zurückgekämmten grauen Haar und dem zusammengekniffenen Mund, hatte einen gepfefferten Humor, mit dem er, wenn er guter Dinge war, das Herz seiner Freunde erfreute. An einem *Jom Kippur*, wir standen gerade auf dem Balkon vor dem Bethaus, als ihn einmal jemand rügte, weil er zum Vorbeten nicht den *Kittel* trug – jenes weiße Gewand, das wie ein Totenhemd aussieht und einen an den eigenen Tod erinnert, welches man an den hohen Feiertagen und am *Seder*-Abend trägt – grinste Brinker und fragte sein Gegenüber, ob er wisse, was unsere Weisen gemeint hätten, als sie sagten, *eine Sünde zieht die nächste nach sich*. Der Ausspruch sei auf jemanden gemünzt gewesen, behauptete er, der an *Jom Kippur* eine Scheibe *Challa* in der Tasche seines Kittels versteckt hatte, und jedesmal, wenn man bei der Stelle *und wir knien nieder* auf sein Angesicht fiel, heimlich davon abbiß und sie wieder in die Tasche schob. Als das *Pessach*-Fest nahte, zog der Mann nun seinen Kittel wieder an und ertastete am *Seder*-Abend in dem weißen Gewand die Reste des gesäuerten Brotes. Doch als jener, der ihn gerügt hatte, wieder in der Synagoge verschwand, sagte Brinker, dieser Mann habe wohl gar nicht gemerkt, wie dumm dieser Witz war, denn der Kittel habe keine Taschen. Und eigentlich gebe es da auch überhaupt nichts zu lachen, denn was sollen die, die in die Unterwelt hinabfahren, schon mitnehmen, außer ihre guten Taten aus diesem Leben?

Im selben *Minjan* betete auch der Herr Mordechai Rosenschein, ein verschlossener Mann, der immer, wie damals unter Künstlern üblich, einen Wollschal um den Hals trug und seinen Unterhalt als Plakatmaler für das Kino Orion verdiente: Er saß in einem kleinen Schuppen auf dem Dach des Kinos und schminkte die Augen von Marilyn Monroe oder trug noch etwas Rouge auf die Wangen von Sophia Loren auf. Besonders großartige Arbeiten machte er vor den Feiertagen, wenn er mit bemalten Spanplatten und Jutebahnen auf dem freien Platz gegenüber dem Kinoeingang ganze Szenen aus Kassenschlagern wie *Die Kanonen von Navarone* oder *Die Brücke am Kwai* nachstellte. Zu Hause aber, er wohnte in den Wittenberg Häusern, kam sein Innerstes zum Ausdruck: Ein stürmischer Maler, früher Talmudstudent und dann Meisterschüler von Professor Schatz an der Kunstakademie *Bezalel*, der in Öl- und Pastellfarben Ausdruck für seine Seele suchte. In der Synagoge saß er ganz für sich, die weichen Augen in die Ferne gerichtet, hinaus, auf eine schläfrige Straßenecke oder einen Pfefferbaum mit krummem Stamm, der sich an ein schön geschmiedetes Eisentor schmiegte. Und nur an *Jom Kippur*, wenn er vor den Toraschrein trat und die Verse *Ki hine keChomer beJad haJozer / Denn wie der Ton in des Töpfers Hand* sang, konnte man die selbstbewußte Seele des Künstlers spüren, der sich als Schöpfer seines Werkes sieht, und es *nach seinem Willen preßt und dehnet und spannt*. Der süße Zauber seiner Stimme, die eines aussprach und etwas anderes meinte, ließ in den Augen des Jungen, der ich damals war, Tränen aufsteigen; das Mysterium der Kunst, das ihm, ohne daß er davon wußte, von Geburt an bestimmt war, offenbarte sich ihm.

Oder aber Herr Babad, der Anstreicher mit der schweren Zunge und der grobschlächtigen Figur. Seine gichtigen Finger blätterten im Gebetbuch, und unter den Fingernägeln und in den Ritzen der Haut sah man noch die Farbreste, die Terpentin und heißes Seifenwasser nicht hatten beseitigen können. Oft ging ich auf dem Rückweg von der Synagoge mit ihm und wartete nicht auf Vater, den seine Ämter noch aufhielten. Dann sprach er zu mir von seiner Einsamkeit. »Du bist die einzige Menschenseele, die mir nahe ist«, sagte er in einem seltenen Moment der Offenheit und erzählte mir von Venezia, das er aussprach wie den Namen einer ihm in ferner Vergangenheit verlorengegangenen Geliebten. Als die Krankheit ausbrach, von der er sich nicht mehr erholte, nahm er mich einmal mit auf sein Zimmer – das Zimmer eines allein lebenden Mannes – und schenkte mir ein kleines Postkartenalbum mit Bildern von der Lagunenstadt. Zusammen blätterten wir in den bläulichen Bildern, und er nannte die Namen der photographierten Orte – Piazza San Marco, Palazzo Ducale, das Reiterstandbild des Bartolomeo Colleoni, die Seufzerbrücke – und sagte, wenn ich eines Tages dorthin käme und staunend vor diesen Häusern stünde, deren Konturen in dem von den Lagunen zurückgeworfenen Glanz verschwimmen, solle ich seiner gedenken, der sein Leben lang dorthin zurückkehren wollte und es nicht geschafft hat.

Diese schmerzvolle Welt des Vaters und seines Bethauses, in der man im selben Atemzug eine Sache und ihr Gegenteil sagt, absichtlich Grenzen verwischt und der Wahrheit scheinbar nicht ins Auge blickt, eine solche Welt kann man in der Jugend nicht ertragen, man erwartet von den Mitmenschen klare Unterscheidungen zwischen Gut und Böse, zwischen Wahrheit und Lüge, zwischen Glauben und Ketzerei. So nahm ich schließlich an einem Schabbat, noch furchtsam und zweifelnd, meinen ganzen Mut zusammen und ging nicht mehr in Vaters *Minjan*, sondern ins *Bejt Midrasch* der Bratzlawer Chassiden, die während des Achtzehngebetes vor Begeisterung und im Vertrauen auf die Verheißung des Rabbi Nachman, sein Feuer werde bis zum Kommen des Messias weiterbrennen, in die Hände klatschten, danach Schnaps tranken und einer seiner Wundergeschichten lauschten. (An jenem Schabbat erzählte der Älteste der Chassiden die Geschichte vom Mond, der die Sonne beneidete, worauf die Sonne versprach, ihm ein Gewand nähen zu lassen.)

»*Warum ist der Sohn Isais nicht zu Tisch gekommen, weder gestern noch heute?*« fragte Vater ein bißchen verletzt, als er vom Gebet zurückkam.

Mutter wandte sich ab; sie wollte den Zusammenstoß, auf den wir zusteuerten, nicht mit ansehen, und ich erklärte Vater zornig und mit jugendlichem Eifer, ich hätte die Nase voll von seiner Welt und der seiner Freunde, die gleichzeitig auf zwei Hochzeiten tanzen wollten; Menschen in ihrem Alter müßten sich entscheiden, wo sie stehen, ob sie an Gott glauben – dann sollen sie wie gottesfürchtige Menschen beten – und wenn sie nicht glauben, dann sollen sie zu Hause bleiben und das Haus Gottes nicht mit ihren profanen Schuhen entweihen.

Vater lächelte, was gar nicht seine Art war, und sagte, wir sollten nach dem Essen gemeinsam etwas *Gemara* lernen.

Wenn am Schabbat ein Faß zerbricht, darf man daraus nur das Essen für drei Mahlzeiten retten, las Vater aus dem Traktat Schabbat in der *Mischna* und diskutierte die sich hieraus ableitenden religionsgesetzlichen Fragen; er vertiefte sich in die Gebote über das Aufsaugen und Auspressen, und fand spitzfindige Unterschiede zwischen Oliven und Weintrauben einerseits, Maulbeeren und Granatäpfeln andererseits. Als wir zum Ausspruch des Rami bar Chama kamen, *Wenn ein Flußbehafteter eine Ziege melkt, so ist die Milch unrein,* meinte Vater, wir hätten schon mehr als genug gelernt, und schlug den Talmud zu.

»Hast du verstanden?« fragte er.

»Nein«, sagte ich ärgerlich.

Vater wiederholte die erste Zeile der *Mischna*, sang sie vor sich hin, genoß jede Silbe und sagte dann, sein Glaube sei in jenen weit zurückliegenden Tagen, lange vor meiner Geburt, bei dem Petljura-Pogrom zerbrochen wie dieses Faß, und es seien ihm nur noch die Faßreifen geblieben, die ihn fesselten und daran hinderten, das zu tun, was er wirklich wolle. Die drei täglichen Gebete entsprächen den drei Mahlzeiten, die er noch habe retten können.

»Und warum hast du dir kein neues Faß gesucht?« warf ich ihm vor.

»Ein Faß ist nicht wie ein paar Strümpfe«, sagte Vater und fragte sich, ob ich je verstehen würde, wovon er sprach. »Ein Faß, auch wenn es zerbrochen ist, wechselt man nicht jeden Tag.«

Die Anziehung, die synagogale Rituale und Kantoralgesang auf meinen Vater ausübten, waren, so merkwürdig das klingen mag, eine Art fernes, spätes, vor allem aber ein verzerrtes Echo der europäischen Romantik des achtzehnten Jahrhunderts. Heute scheint er mir einer jener umherirrenden Träumer mit sanftem Blick gewesen zu sein, deren Seelen in der Sehnsucht nach halb verfallenen Schlössern vergehen, nach verwaisten Klöstern mit eingefallenen Dächern, nach sagenumwobenen Ruinen, zerbrochenen Türmen, eingestürzten Wendeltreppen und baufälligen Mauern, die der Mond in sein bleiches, fahles Licht taucht. So standen auch auf Vaters kulturellem Territorium zahllose Ruinen heiliger Rituale und Liturgien, auf deren ausgehöhlten Mauern noch immer ein Abglanz der Pracht vergangener Zeiten lag. Gott – ganz gleich, ob er sich davongemacht hatte oder vertrieben worden war – wohnte dort nicht mehr. Aber das störte Vater anscheinend nicht, im Gegenteil, er nutzte die Abwesenheit des Königs der Könige, um dem Menschen zwischen den einstürzenden Mauern eine Wohnstatt einzurichten. Man könnte natürlich in diesem etwas hinkenden Vergleich weiter argumentieren, warum er nicht erst die Reste der Vergangenheit weggeräumt habe, um den Boden für etwas Neues vorzubereiten, doch Vater hätte wahrscheinlich mit einem Lächeln geantwortet: »Soll schon so bleiben. Wir kommen auch so zurecht«, denn die Zeit und Mühe, die das beanspruchen würde, gingen letztlich auf Kosten des eigentlich Wichtigen.

An einem Schabbat, es war Anfang der fünfziger Jahre, ich ging schon in die Schule, durfte ich jedoch einmal von jener verbotenen Frucht essen, die in Vaters Garten reifte. An diesem Tag sollte der Biblische Zoo seine Tore wieder öffnen, nachdem er wegen des Krieges lange geschlossen gewesen war. Die ganze Woche über war ein Lastwagen mit Lautsprechern durch die Straßen gefahren und hatte die Bewohner Jerusalems aufgefordert, zur feierlichen Eröffnung des Zoos auf dem neuen Gelände im Tel Arsa-Wäldchen zu kommen. Vater hatte neben mir in der Ladentür gestanden, den vorbeifahrenden, mit Tierplakaten geschmückten Wagen betrachtet und mir versprochen, diesmal auf den wöchentlichen Vortrag über *Pirke Avot* zu verzichten und mit mir die Löwen und Leoparden, Hirsche und Adler anschauen zu gehen, die ich bis dahin nur von den Bildern von Reb Jizchok Bak an der Saaldecke der großen Synagoge in Mea Sche'arim kannte. Als wir am Schabbatmittag das Tor des Zoos erreichten, ließ man uns nicht hinein. Vater erstarrte. Er begriff, daß er die Aufrufe wohl mißverstanden hatte. Der Eintritt war nicht kostenlos, und Vater hatte sich nicht noch vor Schabbat um Eintrittskarten gekümmert. Er schaute erst den Mann am Einlaß an, dann die hinter einem Gitter geöffnete Kasse und schließlich mich. Ich stand beschämt da, klammerte mich an den Zaun, und mein Blick folgte den Glücklichen, die den felsigen

Weg zu den unten im Wäldchen versteckten Käfigen hinuntergingen. »Keine Sorge, wir werden den Zoo noch besuchen«, versprach Vater und wandte sich zum Gehen. »Aber ich will heute in den Zoo«, rief ich und stampfte auf. »Wir gehen ja auch heute noch, das habe ich dir doch versprochen«, sagte er, und entferntes Löwengebrüll begleitete seine Worte. Nicht weit von dort, in einem der alten Steinhäuser, in denen früher die deutschen Lehrer der Schneller-Schule wohnten, hatte Vater einen Freund, Herrn Kaminski, der einen Textilladen besaß und dessen Sohn ein bekannter Basketballspieler des Jerusalemer *Hapo'el* war. Vater klopfte an seine Tür. Kaminski kam, vom Mittagsschlaf aufgeschreckt, im Pyjama an die Tür. Die beiden flüsterten eine Weile, dann ging Vater mit ihm ins Haus. Als er wieder herauskam, liefen wir eilig zurück zum Zoo. Vater schaute sich nach allen Seiten um, ging zur Kasse, und als er wiederkam, hielt er zwei Karten in der Hand. Die Freude, die ich empfand, als Vater mich durch das Tor in den für uns verschlossenen Garten führte, hielt viele Tage an. Als Jugendlicher war ich meinem sündigen Vater dann böse, weil er den Schabbat entweiht hatte – vergeblich wollte ich diese beschämende Erinnerung vergessen –, doch als Erwachsener erfüllt mich wieder eine große Liebe zu diesem Mann, der nicht zögerte, die Gebote des Schabbat zu übertreten, weil er die Tränen und die Trauer des Kindes nicht mit ansehen konnte.

Wie weit Vaters Mitgefühl für andere Menschen ging, wie sehr er deren Bedürfnisse wahrnahm, erfuhren wir auch während der Trauerwoche, als der große Reb Arje Levin zu einem Beileidsbesuch kam. Dieser herzensgute Jude, den man den »Rabbi der Aussätzigen und Gefangenen« nannte, weil er diese regelmäßig besuchte, betrat nur zögernd unser Haus und setzte sich zwischen Mutter und mich auf ein niedriges Fußbänkchen, wie einer der direkten Hinterbliebenen. Er nahm meine Hand in seine, die warm und weich war, wie Flaum, streichelte sie lange und weinte still. Jeder, der in diesem Moment im Zimmer war, schloß sich dem einfachen, leisen Weinen des *Zaddiks* an. Unter Tränen wandte er sich zu Mutter; er duzte sie auf Jiddisch und sagte: »*Main tochter, du host farlojren a man, un dein suhn hot verlojren a tatte [Vater], un mir is verlojren a schutef [Geschäftspartner].*« Und nach einer Pause fügte er mit seiner weichen Stimme kaum hörbar hinzu: »*Jo, mir hoben gehat etliche un etliche beschutfessdike assokim [gemeinsame Geschäfte].*« Mutter sagte, sie habe im Laufe der Jahre tatsächlich immer wieder gesehen, wie sich der Vater im Laden mit dem Rebben zurückzog, habe aber nie gewagt, ihren Mann, möge er in Frieden ruhen, zu fragen, was sie da regelten. Reb Arje und Vater kamen – das offenbarte er uns nun – für einen Teil der Ausgaben einer Witwe auf, einer Mutter von vier Kindern, deren Mann bei einer bösen Sache gestorben war. Die Witwe ließ, wie die meisten Kunden, bei uns anschreiben, doch wenn der Zahltag kam, verlangte Vater, ohne daß sie es ahnte, nur die Hälfte des Geldes von ihr. »Wirkliche Barmherzigkeit ist, wenn man die Armen dabei nicht beschämt«, sagte Reb Arje, »und der Vater, möge er in Frieden ruhn, hat dies zeitlebens beherzigt.«

Ungefähr drei Monate später, kurz vor dem Laubhüttenfest, traf ich Reb Arje wieder, als ich in den antiquarischen Buchladen ›Licht‹ in Mea Sche'arim ging. Wie die meisten Buchhandlungen der Gegend wurden auch in Reb Avrum Rubinsteins Laden ab Ende des Monats *Elul Etrogim* verkauft. Der kleine Laden, der die meiste Zeit des Jahres über verlassen und muffig war, wimmelte jetzt von Männern mit langen Bärten, welche die Zitrusfrüchte gegen das Licht hielten und sie, jeder mit der eigenen mitgebrachten Lupe und einem feinen Holzstäbchen, von ihrer kugeligen Spitze bis zum Stielansatz eifrig untersuchten. Ich dagegen stand abseits in einer Ecke bei den Büchern und blätterte in einem mittelalterlichen *Midrasch*, als Reb Arje eintrat, sich einen Weg durch die um die Tür versammelten Männer bahnte, sich zu dem Ladenbesitzer hinunterbeugte und ihn fragte, ob er schon einen *Etrog* für ihn ausgesucht habe. Reb Avrum, der seine ewigen Pfefferminzbonbons lutschte und sie wie die Worte der Tora im Mund bewegte, holte eine in Flachswolle gehüllte Frucht aus der Schublade und übergab sie wortlos. Reb Arje schaute sich den *Etrog* noch nicht einmal an, steckte ihn in die Innentasche seines Mantels und verließ schnell den Laden. Ich stellte das Buch zurück, lief ihm hinterher und rief ihn beim Namen. »*Wos derzejlste, main kind?*« fragte der Rabbiner, erstaunt, mich hier zu treffen, und fragte, wie es der Mutter gehe. Ich sagte ihm, als Sohn seines früheren Partners erlaube ich mir, ihn mit einer vielleicht ungehörigen Frage zu belästigen. Wie sei es möglich, daß alle gottesfürchtigen Männer die *Etrogim* wie Edelsteine untersuchten, während er seinen *Etrog* einfach so, ohne ihn auch nur anzusehen, eingesteckt habe? Reb Arje lächelte und meinte, das sei wirklich eine gute Frage, und er antwortete mir, es gebe nur zwei Gebote, bei denen die Tora das Wort »prächtig« betone. Das eine sei das Gebot des *Etrog*, von dem es heißt, *und nehmt euch eine prächtige Baumfrucht – von den prächtigsten der Früchte*; das andere betrifft die Versorgung und Achtung der Alten, denn es stehe geschrieben: *Vor grauem Haupt sollst du aufstehn und Pracht verleihen dem Antlitz der Alten.* »Die meisten Juden sind auf die prächtige Erfüllung des ersten Gebotes bedacht; meine Wenigkeit dagegen hat sich das andere Gebot gewählt«, sagte der greise, kleinwüchsige Mann und bat mich um Verzeihung, daß er sich kurz fasse, denn er sei in Eile, unterwegs zum Altersheim, einen einsamen alten Mann zu besuchen, um den sich sonst niemand kümmere. Reb Arje streichelte meine Hand, die in der seinen lag, wünschte mir und Mutter: »*Möge das alte Jahr mit seinen Flüchen vergehen und das neue segensreich beginnen*«, reckte sich plötzlich und sagte, er wolle mir noch etwas verraten, was ich sicher nicht wisse: Das Gebiß jenes Mannes, den er jetzt besuchen gehe, habe mein Vater, möge er in Frieden ruhn, aus eigener Tasche bezahlt. »Manch einem hat dein Vater zu essen gegeben, und diesem hat er gegeben, ›womit zu essen‹«, dann seufzte er und ging seines Weges. Ich stand da und blickte ihm nach, diesem Alten, der zerbrechlich, mit winzigen Schritten, zur Busstation tippelte, und ich konnte den Blick nicht von seinen abgetragenen Schuhen lösen, die er bei seinem Schlurfen kaum noch vom Boden hob.

Vaters Nächstenliebe, die grenzenlose Hingabe, mit der er sich um andere kümmerte, war uns natürlich auch zu seinen Lebzeiten nicht verborgen geblieben, doch wie Mutter sagte, war es uns nur beschieden, ihre Kehrseite zu erleben. Nach seinem Tod verstummte Mutters diesbezügliche Kritik, doch an einem herbstlichen Morgen, etwa zwei Jahre später, fiel sie noch einmal in ihre alte Litanei zurück.

Ich kam abends vom Militärdienst nach Hause; Mutter war noch im Geschäft und stapelte hinter geschlossenen Läden die leeren Eierpaletten, die am nächsten Tag vom Lieferanten Herrn Schreiber abgeholt werden sollten. Das Radio lief, und Mutter bat mich, noch die Nachrichten abzuwarten, bevor ich erzählte, wie es mir an dem Tag ergangen war. Als letzte Meldung berichtete der Sprecher von einer Versammlung der früheren Mitglieder des *Etzel* und *Lechi* im Hof des ehemaligen zentralen Mandatsgefängnisses im Russian Compound, mit den besonderen Gästen Menachem Begin und Israel Eldad zu Ehren des »Rabbiners der Gefangenen«, Rabbiner Arje Levin, der heute seinen achtzigsten Geburtstag feiere. »Sie reden vom Kollegen deines Vaters«, grinste Mutter und sagte, alle diese *Zaddikim*, samt den sechsunddreißig angeblich anonymen Gerechten, hätten auch eine Schattenseite, eine verborgene Seite in ihrer Seele, die jener sichtbaren, im blendenden Scheinwerferlicht des Ruhmes erleuchteten Seite erst ihren Glanz verliehe. »Siehst du diese Palette?« fragte sie und schwenkte eine der Eierpaletten durch die Luft. »Was auf der Oberseite eine Erhebung ist, ist auf der Unterseite eine Vertiefung. So ist das überall im Leben.« Die Altruisten seien zwar bereit, ihr eigenes Wohl den Mitmenschen zu opfern, aber dazu treibe sie nicht wirkliche Nächstenliebe, sondern der Wunsch, wie Gott zu sein, *der nach seinem Willen dem Menschen das Leben schenkt und es ihm wieder nimmt.* »›Genial, großzügig und grausam‹, denk an die *Bejtar*-Hymne des von Menachem Begin und Dr. Israel Eldad so verehrten Ze'ev Jabotinski. Vergiß nicht, daß der Hunger nach Ehre immer mit dem nach Macht, Herrschaft und Herrentum zusammengeht!« Die Altruisten seien wohl barmherzig, aber sie schielten dabei aber in aller Bescheidenheit nach dem Beifall der Massen. Wie sonst könne man erklären, daß der große Reb Arje bereit ist, bei einer solchen Massenversammlung zu seinen Ehren teilzunehmen?

Ihre bitteren Worte brachten mich auf, und ich gab zurück, Vater habe alles, was er für Frau R. und den zahnlosen Mann aus dem Altersheim tat, nicht getan, um dafür belohnt zu werden, denn es habe ja niemand davon gewußt.

»Doch, Reb Arje hat davon gewußt«, erwiderte Mutter, die immer das letzte Wort haben mußte, »du kapierst es immer noch nicht. Uns hat Vater dazu nicht gebraucht. Die Anerkennung des verborgenen *Zaddik* hat ihm völlig gereicht.« Und außerdem, fügte sie hinzu, habe er sich nur vorstellen müssen, wie ihn, wenn diese Dinge nach seinem Tod bekannt würden, dann alle bewundern und seine Bescheidenheit und Barmherzigkeit loben und preisen würden, und allein der Gedanke daran war Salböl auf seinem alten Haupt. Mutter sah den Abscheu auf meinem Gesicht und sagte, etwas ähnliches habe sie vor kurzem über einen chinesischen Komiker gelesen. Der habe seine Leute angewiesen, ihm nach seinem Tod seinen festlichen Anzug anzuziehen und ihn abends zu der Zeit zu verbrennen, da er sich immer vor dem Publikum verbeugt hatte; und als man seinem letzten Willen nachkam und das Feuer an seinem Körper züngelte, füllte sich der Himmel plötzlich mit leuchtenden Sternen und bengalischem Feuer, was die Anwesenden mehr erfreute als je eine seiner Vorstellungen auf der Bühne. Später erst kam heraus, daß der Witzbold seine Freunde und Fans noch ein letztes Mal hatte zum Staunen bringen wollen und die Taschen seines Anzugs mit Feuerwerkskörpern hatte vollpacken lassen.

Doch in Wahrheit war die Kränkung darüber, daß Vater sich so um all die Armen kümmerte, die an seine Türe klopften und um Hilfe baten, und die im Rückblick so beschämende Eifersucht auf jene, die den Wettbewerb um seine Aufmerksamkeit gewannen, nur ein Symptom der ständigen Feindschaft, die sein Altruismus bei uns weckte. Wir, und da stand ich Mutter in nichts nach, waren ihm vor allem böse, daß er es nicht uns überließ, ob wir uns an seiner Barmherzigkeit beteiligen wollten, sondern uns dazu zwang.

Hinter der ersten Wegbiegung meiner Kindheit lauerte mir ein stummer Mann auf. Er streckte seinen Kopf aus der Tür seines Kellerlochs, einer Souterrainwohnung, und erschreckte mich furchtbar durch den wilden und gleichzeitig demütigen Blick, mit dem er in die Welt hinausschaute. Jedesmal, wenn wir zu Großmutter gingen und an den Anfang von Mea Sche'arim kamen, wo die breite Straße plötzlich zu einer schmalem, zwischen Häusern eingezwängten Gasse wird, sah ich ihn. Der Mann war rasiert, trug einen schwarzen Samthut und einen gestreiften Anzug – so gut erhalten, wie nur Menschen mit dem Stolz armer Leute auf ihre Kleider achten, auf das einzige Zeugnis der für immer vergangenen besseren Zeiten. Er bettelte. Vater steckte mir regelmäßig eine Münze zu und drängte mich, sie ihm zu geben. Diese Geste, mit der Vater mir ein Vorbild an Barmherzigkeit sein wollte, war, ohne daß er es merkte, ein grausamer Erziehungsakt. Der Stumme streckte mir mit dem gepeinigten Blick eines verfolgten Tieres, das keine Erinnerung mehr zu kennen scheint, jedesmal von neuem die Hand entgegen. »Angsthase«, spottete Vater, wenn ich die Hand erschrocken zurückzog, »was bist du nur für ein Feigling«, und zwang mich, mit meiner geballten Faust die abstoßende Hand des Stummen mit ihren abgenagten Fingernägeln zu berühren. Sobald die Münze in seiner Hand war, öffnete der Stumme seine fleischigen Lippen und stieß ein schließlich brüchig werdendes Wimmern aus, das in dem Zimmer hinter ihm verhallte, einem sorgfältig geputzten Zimmer, mit dem Geruch von Einsamkeit. Ich drückte mich fest an Mutters Bein, atmete ihren schützenden Geruch – eine Mischung aus duftender Seife mit einem Hauch von Schweiß, den ihr Seidenkleid, ein Sommerkleid mit großen braunen Blumen, verströmte.

Auch die Handwerker, die Vater ins Haus holte, um es instand zu halten, wählte er allein nach ihrer Armut aus, nicht nach ihrem Können, und oft erfand er für sie Arbeiten, die letztlich mehr Schaden anrichteten als nutzten. Unser fester Tischler war zum Beispiel ein junger Mann mit verstörtem Blick, der auf dem Gulag im Norden Rußlands nur sein nacktes Leben retten konnte; seine einzige Tochter hatte Kinderlähmung. Die Laubhütte, die er alljährlich in unserem Hof aufbaute, drohte regelmäßig schon in der ersten Nacht des Festes über uns zusammenzustürzen, und die Fenster, die Mutter in Talpiot bei einem Abriß-Bauunternehmer für die Terrasse am Eingang gekauft hatte, wurden unter seinen ungeschlachten Händen völlig unbrauchbar. Manchmal, wenn er sich die Nägel statt zwischen die Lippen, wie Tischler es tun, ganz in den Mund steckte, geriet er in Panik, spuckte sie plötzlich aus und bat Mutter, sie möge ihm schnell Kartoffelpüree kochen, damit sie nicht seinen Magen durchstießen.

Ein entlassener Soldat, der als Überlebender der Schoah ins Land gekommen war und beim Kampf um Latrun ein Auge verloren hatte – Vater hatte ihn mitgebracht, um bei uns eine Schabbatschaltuhr zu installieren –, löste, als er zwei Kabel falsch miteinander verband, beinahe einen Hausbrand aus. In all diesen Fällen protestierte Mutter nicht, sondern fügte sich, wenn auch widerwillig, Vaters Marotten. Doch bei dem verrückten Anstreicher, den Vater auf der Straße aufgelesen hatte, platzte ihr der Kragen. Jedes Jahr vor *Pessach* ließen wir die Küche neu streichen, denn die Wände waren immer rußig; nicht selten stellte Mutter einen Topf auf den Herd, eilte dann in den Laden und wurde dort aufgehalten, bis eine Rauchschwade sie zu dem inzwischen verbrannten Essen zurückholte. Einmal fiel Vaters Wahl auf einen Geisteskranken, der die meiste Zeit des Jahres in der Anstalt *Esrat Naschim* lebte, und wenn er für eine Weile draußen war, mit Leiter und Quast durch die Straßen zog und Arbeit suchte. Mutter bat Vater inständig, nicht gerade diesem Mann die Arbeit zu geben, doch Vater hörte nicht auf sie und sagte, man könne vor *Pessach* keine größere *Mizwa* tun. Der Anstreicher kratzte sorgfältig den alten Putz von den Wänden, und Vater stichelte und sagte zu Mutter, nur ein Irrer mache sein Handwerk heute noch wie es sich gehört. Als er am nächsten Tag auf der Leiter stand, rief er Vater zu sich und bat um eine Flasche Milch. Vater fragte ihn, wozu er die brauche, und er sagte, sie solle dem weißen Kalk einen weicheren Farbton verleihen. Vater kam seiner Bitte nach, doch der Maler schüttete die Milch nicht etwa in die Farbe, sondern trank die Flasche auf einen Zug aus und brach in verrücktes Gelächter aus. Beschämt machte Vater sich aus dem Staub, doch schon bald darauf wurde er zum zweiten Mal gerufen. »Was willst du denn jetzt?« fragte er. »Ich bitte Euch demütig, *Reb Jid*, Eure Decke ist so hoch, und es ist mir schwer, von der Leiter herunterzusteigen, seid so gut, geht für mich Wasser lassen.« Humor war nicht gerade Vaters Stärke. Er lächelte verlegen und sagte, er könne alles für ihn tun, nur dies nicht. »*Ir willt nischt, Reb Jid?*« fragte der Maler. »*Ich will ober ich kenn nischt*«, sagte Vater ratlos. Und dann holte der Verrückte sein teuerstes Stück – wie Mutter das später nannte – heraus und ließ sein Wasser in den Farbeimer, tauchte anschließend den Quast ein und begann, die Küchenwände zu streichen. Mutter, die durch mich davon erfuhr, fing an, im ganzen Haus herumzuschreien. Sie verjagte den Maler, wusch die Wände eimerweise mit Wasser ab und erklärte, sie rede mit Vater nicht mehr – ein Zustand, der mehrere Wochen anhielt. An jenem *Pessach* blieben die Küchenwände nackt, das hatte Großmutter so beschlossen. So sah man all die verschiedenen früheren Farbschichten, bis Vater den schon erwähnten zypriotischen *Kinstler* anheuerte, der die Einöde der Küche wieder sprießen ließ und die Wände mit braunen Meeresnarzissen bemalte.

Während Mutter durch Vaters Verrücktheit gezwungen war, mit immer neuen unfähigen Handwerkern einen aussichtslosen Kampf zu führen, mußte ich mich den verschiedenen *Jeschiwa*-Studenten beugen, die er immer wieder anstellte, damit sie mit mir Talmud lernten. Vaters mildtätiges Herz, das sich der in unserer Nähe lernenden Studenten erbarmte, hatte zusammen mit

Reb Meier Chodosch, dem obersten Aufseher der Hebron-Jeschiwa, diese *Mizwa* ersonnen – für die *alte bochurim*, die Junggesellen, die kein Zuhause hatten und ihre Tage auf abgewetzten Holzbänken in den *Hallen der Tora* und den asketischen, schmutzigen Zimmern des angegliederten Internats ohne jede Privatsphäre verbrachten, oder, wenn sie einmal nicht lernten, ziellos auf der Ge'ula Straße vom Kikar Schabbat bis zu den Toren des Schneller-Camps herumlungerten. »Wenn er auch ein Ungläubiger wird, ein Blatt Talmud muß er wenigstens lesen können. Hauptsache, wir ziehen hier keinen ungebildeten Holzkopf heran«, rechtfertigte Vater sein Handeln vor Mutter, als der erste *jeschiwebocher* zu uns nach Hause kam. »Das große Licht« erschien mit der den Schülern der früheren Slobotka-*Jeschiwa* eigenen Arroganz: den maßgeschneiderten Rock lässig über die Schultern gehängt, mit kokett schräg aufgesetztem Borsalino. All die Jahre, bis kurz vor Vaters Tod, erklang in unserem Haus jeden Tag das Gemurmel gemeinsamen Talmudlernens. Dieses tägliche Lernen hinderte mich daran, den Schwimmkurs im YMCA zu besuchen oder am Modellfliegerkurs an der Allenby-Basis teilzunehmen, und verkam schon bald zu theologischen Streitgesprächen über die Existenz Gottes, über die Bedeutung von Wundern und den Sinn der Gebote, aber auch zu Selbstdarstellungen der gelehrten Genies, die mich mit ihrem Wissen und ihrer Belesenheit beeindrucken wollten. Einer der jungen Männer, der eine Krawatte mit eingewebten Seidenfäden trug, gleichzeitig aber an Kragen und Manschetten Schweißflecken auf seinen weißen Hemden hatte, besaß ein phänomenales photographisches Gedächtnis. Er bat mich, eine Nadel in eine Talmudseite zu stechen und eine beliebige Seitenzahl dazu zu nennen, und nannte mir, ohne auch nur einen Moment zu zögern, das Wort, das dort tatsächlich stand. Ein anderer, mit immer gerötetem, pickelübersätem Gesicht (Mutter: »Da siehst du, was passiert, wenn man statt frischem Obst und Gemüse nur Konserven ißt«), machte mir vor, wie er mit beiden Händen gleichzeitig zwei verschiedene Briefe schrieb, einen über eine schwierige religionsgesetzliche Frage an eine der großen Autoritäten unserer Zeit, und den anderen an seine Verlobte. Der letzte meiner Lehrer erzählte mir phantastische Geschichten, die allerdings nichts mehr mit dem religiösen Studium selbst zu tun hatten: Von einem besonders gelehrten Rabbiner, der ein Buch über die im Zusammenhang mit dem Besuch des Wasserkabinetts zu befolgenden Gebote geschrieben hatte, über einen Toragelehrten, der vor dem Schlafengehen ein Buch der Responsenliteratur unter sein Kopfkissen legte und es am nächsten Morgen bereits auswendig konnte, und von einem *jeschiwebocher*, der den Verstand verlor und aus dem Talmud auf jeder Seite die Stellen des *Tossafot*-Kommentars herausschnitt, die ihm nicht gefielen. Als die Spaßmacher seiner *Jeschiwa* ihn darauf ansprachen und sagten: »Darüber, daß die *Tossafot* an dieser Stelle vielleicht sündigen, wollen wir ja nicht mit dir streiten, aber was kann die Stelle dafür, die auf der Rückseite steht?«, da rezitierte er automatisch *Wehe dem Frevler – und wehe auch seinem Nachbarn.* Nur selten öffneten die jungen Männer mir ihr Herz oder weihten mich in ihre Geheimnisse ein, daß man jetzt etwa eine Braut für sie suche, oder sie erzählten mir von den Kämpfen zwischen den verschiedenen *Jeschiwa*-Leitern und von ihrer Einsamkeit. Das Traurigste aus den wenigen vertraulichen Gesprächen, an das ich mich erinnere, hörte ich von einem Jungen, der seine alte Mutter in Afula verlassen hatte, um in Jerusalem Tora zu lernen, und auf Jiddisch sagte, *A wu is do a schtub is nit do kejn welt, a wu is do a welt is nit do kejn schtub.*

Mutter war zu diesen einsamen, heimatlosen jungen Männern zwar nett, machte ihnen ein Glas Milch warm, schnitt für sie Zwiebelbrötchen auf und bestrich sie mit Butter, doch nachdem sie gegangen waren, verabreichte sie mir eine Überdosis Gegengift, um den Zauber, in den sie mich verstricken wollten, zu brechen. »In den Samthandschuhen dieser freundlichen Fanatiker stecken tatsächlich Eisenfäuste«, erklärte sie mir und berichtete abermals von den Greueln der »Haudegen des Herrn der Heerscharen«, die ihr und ihren Geschwistern das Leben so verbittert hatten.

Ein ganz eigenes Kapitel waren die Beerdigungen der *»gdojlim«* – wie man die berühmten Rabbiner bei uns nannte – an denen ich, von Vater gezwungen, teilnehmen mußte. Mutter fragte er erst gar nicht, sondern nahm mich einfach mit auf jene Totenumzüge, so daß ich, genau wie er, Teil jener schwarzen, schwitzenden Schlange wurde, die sich durch die engen Gassen wand und dann auf dem freien Gelände außerhalb der Stadt unglaublich schnell zum Friedhof schoß, die weiße kleine Leiche verfolgte und zu verschlingen drohte, als wäre sie ein Kaninchen, und das hüpfte vorneweg, versuchte zu fliehen, bis es einen Sprung machte und in einem Erdloch verschwand. »Schau dich gut um«, rief er mir zu, indem er mich anfangs noch auf den Schultern trug, und später, als ich größer war, fest an der Hand hielt, damit ich in der Menge nicht verloren ging, »später kannst du den andern Kindern und deinen Enkeln stolz erzählen, daß du den *Gaon* von Tschebin, Rabbi Isser Salman Melzer und sogar den *Admor* Rabbi Ahronju von Belz auf ihrem letzten Weg begleitet hast.« Doch ich sah nur die unendlich vielen verschwitzten Rücken der Schwarzgekleideten vor mir.

Der Altruismus meines Vaters erreichte, wie mir scheint, den Höhepunkt seiner Gewalt in dem religiösen Festmahl, das er sich zu Ehren meiner *Bar Mizwa* ausgedacht hatte. Mutter und ich hatten versucht, ihn davon abzubringen. Sie redete ihm gut zu, was sonst nicht ihre Art war, und meinte, diese Feier solle vor allem mir eine Freude machen und meine gesellschaftliche Stellung innerhalb der Klasse festigen, doch Vater stampfte auf und sagte, er habe bei meiner Geburt ein Gelübde abgelegt, dieses Festmahl der Dankbarkeit auszurichten, und es noch einmal bekräftigt, als ich mein drittes Lebensjahr vollendet hatte. »Dann gibt es eben keinen Aufruf zur Tora und kein Bonbonwerfen, kein Fest für die Schulfreunde, keine Laterna Magica und auch keine Armbanduhr«, verkündete er, lief türenknallend aus dem Haus und schrie, bereits im Hausflur: *»Kinder habe ich großgezogen und hochgebracht, und sie haben mich verraten!«*

»Du bist doch ein großer Junge. Komm, schluck auch noch

diese Verrücktheit deines Vaters wie bittere Medizin; danach machen wir, was wir wollen«, hatte Mutter gesagt. Sie wußte, Vaters Entscheidung stand fest, und diesmal konnte niemand, noch nicht einmal Onkel Jakob, den furchtbaren Beschluß abwenden.

Das Ereignis, das an jenem Winterabend in unserem Haus stattfand, schien den mittelalterlichen Höllendarstellungen eines Hieronymus Bosch oder Matthias Grünewald entlehnt. Mutter hatte Vaters Sturheit gehorchend neue Tischdecken auflegen, die Tafel mit Porzellan und Silber decken und in der Mitte auch noch den versilberten Leuchter aus Warschau, das Erbstück von der Hochzeit meiner Urgroßmutter väterlicherseits, aufstellen müssen. Am Kopf der in Form eines T aufgestellten Tafel saßen vier angesehene Rabbiner, die dem Anlaß entsprechend in langen, *jontefdik*-glänzenden Kaftanen gekommen waren. Zwischen Raw Kipnis und Raw Sevin zur Rechten und dem großen Reb Arje Levin und Raw Sandomirski zur Linken saßen Vater und ich. Ich hatte eine gebrauchte Fliege aus einem der Amerika-Kleiderpakete umgebunden bekommen, trug eine braune Baskenmütze, die Mutter mir aufgesetzt hatte, damit meine wilde Mähne die Rabbiner nicht gegen sie aufbrachte, und die neue *Doksa*-Uhr über dem Pulloverärmel, so daß alle sie sahen; ich wirkte wohl wie ein Junge aus der französischen Provinz, den es zu einer Zusammenkunft der Heiligen Synode einer finsteren Gemeinde ans Ende der Welt verschlagen hatte. Die erwarteten Gäste würden jeden Moment kommen, und tatsächlich öffnete sich zur festgesetzten Zeit die Tür. Da stand Reb Lejbisch, der stämmige, riesenhafte Ausrufer der *Chewra Kaddischa*, der sonst durch die Straßen zog und mit furchterregender Stimme die Zeiten der nächsten Beerdigungen bekanntgab, und hinter ihm drängten sich nacheinander Bettler und Krüppel, Verrückte und Hungerleider, die er in Vaters Auftrag in den Armenküchen Jerusalems eingesammelt, aus dem *Land der Schatten* und *aus grausiger Grube, aus Schmutz und Schlamm heraufgezogen hatte*, wie in Rabbi Nachmans Geschichte von den sieben Bettlern, die Raw

Sevin später noch in seiner Predigt erwähnen würde. So traten sie ein: ein Blinder und ein Tauber, ein Stotterer, einer mit schiefem Hals, ein Buckliger, ein armloser Bettler und einer ohne Beine, der auf Stümpfen hereingewackelt kam. Dazu, damit das *Minjan* voll werde, Levi Schlepper, der Lastenträger mit dem riesigen, winters wie sommers entblößten Bauch; sein ausgestülpter Bauchnabel, auf dem er zur Freude der Kinder Wassermelonen spaltete, sah aus wie der Knopf auf dem Leuchter im Tempel, und natürlich war Lopka Lopka mit dabei, der Kantor, der bei der Schlägerei mit einem Betrunkenen nach einem Faustschlag auf den Hirnstamm den Verstand verloren hatte, und schließlich der Musikant, der den Fahrgästen am Busbahnhof jeden Tag auf seinem Kamm aufspielte.

Schon als das erste Stückchen Rindersülze aufgetragen wurde, begannen sich die furchtbaren Prophezeiungen meiner Mutter zu erfüllen. Der Stotterer wollte nicht warten, bis er an der Reihe war, und entwendete unter den tastenden Händen des Blinden mit dem pockennarbigen Gesicht flink dessen Portion, und Levi Schlepper verhöhnte den Armlosen, der darauf wartete, von Reb Lejbisch gefüttert zu werden, vergriff sich an seinem Teller und erbeutete mit riesiger Hand das Fleischstück mit dem daran hängenden, bebenden Aspik, stopfte es sich auf eins in den Mund und ließ verächtlich einen fahren. Als die Suppe an die Reihe kam, machten Vaters geliebte Kinder einen Lärm, der sich bis zum Himmel erhob, als ob ein Dutzend Badewannen sich gurgelnd entleerten. Sie tranken die Suppe direkt aus Kellen, Tellern und Schüsseln, und Mutter, die bemerkte, daß die Löffel bereits fehlten, flüsterte Vater ins Ohr, daß das gesamte Silber verschwinde. Doch der saß zufrieden am Kopf der Tafel, der Hut war ihm in den Nacken gerutscht, und sagte, der in den Höhen wohne, werde uns das Fehlende schon wieder ersetzen, und er schaute heimlich zu den Rabbinern, um zu sehen, welchen Eindruck seine Worte machten. Beide Rabbinerpaare waren flüsternd in die Auslegung der Tora vertieft; sie aßen dabei nur kleine Häppchen des Aufgetragenen und führten gesittet den Löffel zum Mund, wie Leute, denen Essen nicht viel bedeutet.

Zwischen Suppe und Hauptgang, während Mutter und zwei unserer Nachbarinnen, Rachel Gruber und Fribe Sochonitzki, die sich bereit erklärt hatten, ihr zu helfen, die Tische abräumten, hielt das erste Rabbinerpaar eine Ansprache. Raw Kipnis erzählte, genau vor fünfzig Jahren seien mein Großvater, nach dem ich benannt bin, und mit ihm die führenden Männer der Gemeinde aus Owrutsch an den Hof des Rabbi Schmu'el Noach Schneuerson in Bobroisk gekommen und hätten ihn, damals noch ein junger Mann mit rosigen Wangen, zum Rabbiner ihrer Stadt gewählt. Die Predigt von Raw Avraham Chajim Sandomirski, dem Rabbiner der Bat Zion Synagoge, drehte sich um den Vers *Der Schmuck der Kinder sind ihre Väter*, und er erzählte, was Vater all die Jahre für das Fortbestehen der Synagoge getan habe. »Noch nie habe ich unseren verehrten Gastgeber in der Synagoge auf seinem Platz sitzen sehen«, sagte der Raw, »und das nicht etwa, Gott behüte, weil er sich draußen über weltliche Dinge unterhielt, sondern weil er seinen Platz immer Gästen anbot.« Beide betonten natürlich, daß ich den goldenen Pfad weiterführen müsse, auf dem meine Vorfahren aus Owrutsch mir bis hierher vorangegangen waren. Während die Rabbiner predigten, aßen unsere ehrbaren Gäste die Suppenmandeln auf, als wären es Erdnüsse, und bewarfen sich händeweise damit, und der Musikant versuchte mehrmals, den Kamm anzusetzen, schreckte aber immer wieder zurück, wenn er Reb Lejbischs drohenden Zeigefinger sah.

Als das Hauptgericht aufgetragen wurde, begann unter den Bettlern ein heftiger Streit, wer die Hühnerschenkel, wer die Fleischklöße und wer die Bruststücke des Huhns bekäme, und bis dies entschieden war, nahmen viele schon einmal ein Viertel Huhn und gebackene Kartoffeln von den Platten und steckten sie sich in die Taschen. Lopka Lopka packte den Leuchter, das alte Familienstück, um seinem krummhalsigen Tischnachbarn zu drohen. Bei dem Gerangel fiel die brennende Kerze auf den

Tisch, das Tischtuch fing Feuer. Der Stotterer schüttete schnell Wein auf die Flammen und sang stammelnd *Mit Freuden werdet ihr Wasser schöpfen aus den Quellen des Heils, Wasser aus den Quellen des Heils.* Erst als der Ausrufer der Beerdigungsbrüderschaft donnernd gedroht hatte, er werde gleich alle zusammen mit dem nächsten Bus auf den Friedhof karren, beruhigten sich die Gemüter wieder, und Raw Sevin, der Herausgeber der Talmud-Enzyklopädie, erhob sich, um das Wort zu ergreifen.

»Das Haus deines Großvaters in Owrutsch war immer voll schöner Juden, wenn auch ihre äußere Erscheinung von der Armut entstellt war.« Mit diesen Worten wandte er sich an mich und fuhr fort, er wisse dies aus eigener Anschauung, denn er habe selbst in Großvaters Haus übernachtet, als er seinen Freund aus Bobroisk, Raw Schmu'el Kipnis, besuchte, der damals dort den Rabbinerstuhl besteigen sollte. »Wenn du groß bist und die Geschichte des Rabbi Nachman von Bratzlaw über die sieben Bettler liest, die sich versammelt hatten, um Braut und Bräutigam zu erfreuen, dann wirst du folgendes entdecken: So, wie der Blinde gar nicht blind ist, ihm vielmehr die ganze Welt keinen Augenblick wert ist – weswegen man ihn für blind hält –, denn er betrachtet die Welt überhaupt nicht, und das Betrachten dieser Welt hat gar nichts mit Sehen zu tun, so stottert auch der Stotterer in Wirklichkeit nicht, denn es ist das Reden der Welt, das nicht zum Lobe Gottes ist, unvollkommenes Gestammel, der Stotterer scheint also nur zu stottern, denn er stottert in Bezug auf dieses Gerede der Welt, in Wirklichkeit ist er aber ein begnadeter Redner und kann Gleichnisse und vortreffliche Gedichte vortragen.« Mein gelehrter Tischnachbar hatte mich lange beobachtet; mein Entsetzen und Ekel angesichts dieses zügellosen Gelages waren ihm nicht verborgen geblieben. Unser Meister, Lehrer und Rabbi Josef Jizchak von Lubawitsch, begann er zu erzählen, habe, als er vier Jahre alt war, seinen Vater gefragt, warum der Mensch zwei Augen habe. Der Vater antwortete ihm, indem er ihn fragte, ob er das Alphabet schon könne, und als er mit ja antwortete, fragte sein Vater ihn weiter, ob er wisse, daß es ein שׁ (Schin) *und* ein שׂ *(Sin)* gebe, und was der Unterschied zwischen den beiden Buchstaben sei, und Josef Jizchak antwortete, das *Schin* habe seinen Punkt rechts, das *Sin* seinen Punkt dagegen links. Da sagte ihm sein Vater: »Eben deshalb hast du zwei Augen; es gibt Dinge, die muß man mit dem rechten Auge betrachten, und andere mit dem linken. Auf einen Juden muß man immer mit dem rechten Auge schauen, und auf Süßigkeiten und Spielzeug immer mit dem linken.« In diesem Moment, so beendete Raw Sevin seine Predigt, habe es sich der große Rabbi zur Regel gemacht, auf jeden Juden, ganz gleich, wer er sei und wie er lebte, immer nur mit Wohlwollen zu blicken.

Während des ganzen Festmahls über war ich unruhig. Was sollte ich nur machen, wenn ich mit meiner Rede an der Reihe war und Reb Jankele Milchiker noch nicht da sein würde, der Kleine-Kinder-Lehrer, der mit mir *Maftir* und die *Haftara* gelernt und meine erste Rede als *Bar Mizwa* für mich geschrieben hatte? Vermutlich schlief er gerade den Schlaf der Gerechten. In dem halben Jahr, das jenem Abend vorausging, war ich regelmäßig zu Reb Jankele gegangen. Das Haus, in dem er wohnte, lag auf der Grenze zwischen den Vierteln Achwa und Sichron Mosche, und dort lernte ich das Vorlesen aus der Tora. Reb Jankele sang mit seiner vollen Stimme einen Vers vor, wie einer, der ein in Tee getränktes Biskuit am Gaumen zerdrückt, und ich mußte ihm nachsingen. Doch noch während ich mir meinen Weg durch das dornige Gestrüpp der Verse schlug, fiel sein Kopf auf die Bibel, und sein Schnarchen erfüllte das stickige Zimmer, in dem auch eine Menge Bettzeug aufgehäuft herumlag. Reb Jankele, der am Schabbat und an Feiertagen als Tora-Vorleser fungierte, war von Beruf Milchmann; er stand jeden Morgen noch vor der Dämmerung auf und zog mit seinen Milchkannen von Haus zu Haus, und so war es kein Wunder, daß ihn mit Einbruch der Dunkelheit Müdigkeit übermannte. Meiner Verlegenheit machte seine große, kräftige Frau, die schon in der Küche lauerte, dann ein Ende, indem sie hereinkam und mit den Fingern schnalzte (bei uns hatte das groteske Paar wegen des Größenunterschieds den

Namen »*schabbes haGodel un kurz freitik*«). »Schon drei Uhr?« fragte Reb Jankele hochschreckend und fuhr sich mit den Fingern, die immer nach Milch und Metallhenkeln rochen, über die Lider.

Als das Backpflaumenkompott ausgeteilt wurde, was auch nicht ohne Zwischenfälle verlief, tauchte mein treuer Lehrer dann endlich auf. Doch ich hatte umsonst gebangt, denn als ich schließlich aufstand, um meine auswendig gelernte Rede zu halten, die sich auf Vaters Vorschlag um den Vers des Predigers Salomo drehte, *Siehe, die Tränen der Bedrückten – sie haben keinen Tröster*, da erhob Lopka Lopka seine gewaltige Stimme und gab einen liturgischen Gesang zum besten, auf dem Kamm begleitet vom Musikanten, und alle Gäste klatschten ihm Beifall und ließen mich, wie es Brauch ist, meine Rede gar nicht mehr halten.

Nachdem der große Reb Arje Levin damit beehrt worden war, nach dem Mahl das Tischgebet zu sprechen, beugte sich Vater zu mir, reichte mir ein Bündel Geldscheine und bat mich leise, wenn die Bettler nun zu mir kämen, um mir *Masel Tow* zu wünschen, jedem beiläufig zwei Scheine in die Hand zu drücken. Ich flehte ihn an, er möge das für mich tun, es ekele mich, sie zu berühren, doch er sagte, die wahre Liebe zu Israel, zu der wir verpflichtet seien, zeige sich darin, die ausgestreckte Hand eines Juden willkommen zu heißen und seine dürstende Seele mit einer barmherzigen Gabe zu laben.

Doch auch damit waren die Qualen dieses Abends noch nicht ausgestanden. Bevor alle gingen, verkündete Raw Kipnis, ein religiöses Festmahl ohne Tanz am Schluß sei nur eine halbe Sache. Und so bildete sich ein Reigen von jämmerlichen Gestalten um die Tafel. Der Taube und der Stotterer hielten den Armlosen am Gürtel, ich hatte meine Hände ergeben in die des Reb Lejbisch und des blinden Bettlers gelegt, und Reb Arje bildete einen eigenen Kreis mit dem Bettler ohne Beine. Mehrere Male umtanzten wir die Tafel; sie sah aus wie Sodom und Gomorrha, nachdem der Engel Gottes Schwefel und Feuer vom Himmel hatte regnen lassen, und Vater stand in der Mitte und sang wie beim Tanz mit den Torarollen am Fest der Torafreude *Der den Armen hilft, möge er helfen. Der da rettet und erlöst, möge er geben, daß es gelingt*, und alle antworteten *Ewiger Fels, antworte uns, wenn wir zu dir rufen.*

Als sich das Haus geleert hatte, brach Mutter endlich ihr beredtes Schweigen, reichte mir ein Handtuch und sagte, nachdem wir Vaters Gala-Vorstellung hinter uns gebracht hätten, müsse ich mich jetzt nur noch mit heißem Wasser und Seife waschen und dürfe dann gleich ins Bett gehen.

Kurze Zeit später kam Vater, der die Rabbiner noch ein Stück begleitet hatte, zurück. Er beugte sich strahlend zu mir herunter und streckte mir die Hände entgegen, um mich zu umarmen. »Jetzt bist du wirklich ein *Bar Mizwa*, das sagen sogar Raw Kipnis und Raw Sevin«, verkündete Vater zufrieden. Doch ich stand, nur noch in der Unterhose, an der Badezimmertür und brach in Tränen aus, warf ihm die neue *Doksa*-Uhr vor die Füße und schrie: »Faß mich nicht an! Faß mich nicht an, du bist verrückt! Ich hasse dich!«

»Du hast ihn so geliebt, als du klein warst«, sagte Mutter, als wir an Vaters Bett im Rambam-Krankenhaus standen und dem Krankenhausbarbier zuschauten, wie er ihm die Wangen einseifte. Die Schwestern der Station hatten versucht, Mutter davon abzubringen, und sie gefragt, wozu man einen Mann, der nach einem Hirnschlag im Koma liege, noch rasieren müsse, doch Mutter bestand darauf und sorgte dafür, daß es gemacht wurde. Jetzt verzog sie, ohne es zu merken, den Mund, verfolgte die Bewegungen der Klinge, wie sie um den offenstehenden, schiefen Mund fuhr, aus dem Speichel rann, und als der Barbier ein dampfendes Handtuch auf Vaters gequältes Gesicht legte und ihn danach mit Kölnisch Wasser einrieb, war sie beruhigt und sagte, sie habe in seinen Gesichtszügen einen Anflug von Zufriedenheit erkennen können.

»Streichle ihn doch«, schlug Mutter vor, »ich bin sicher, daß er das spürt«, und sie erinnerte mich daran, wie ich donnerstags, wenn Vater vom wöchentlichen Rasieren nach Hause kam, immer fröhlich auf ihn zugerannt war, damit er mich hochnahm und durch die Luft wirbelte, und wie ich ihm glücklich schmatzende Küsse auf die geröteten, glatten Wangen gedrückt hatte.

Zögernd berührte ich Vater nach vielen Jahren zum ersten Mal und bewegte meine Finger über das gelähmte Gesicht. Doch seine Verschlossenheit und die Schlaffheit des welken Fleisches, das schon bald zu Staub würde, waren stärker als alle anderen Gefühle, und ich zog die Hand zurück. Vater schlug die Augen auf, starrte mich an und schloß sie gleich wieder.

»Dann sprich wenigstens mit ihm«, sagte Mutter, »erzähl ihm doch was.«

»Was denn?«

»Sag ihm – daß du ihn liebst«, doch diese Worte kamen mir nur schwer über die Lippen.

»Als du gerade zu laufen anfingst, da warst du verrückt nach ihm; wie ein kleines Hündchen bist du ihm hinterhergerannt, und ich habe ihn so beneidet«, erinnerte sich Mutter und erzählte, wie ich mich, wenn er im Sessel saß, an ihn geschmiegt habe und er mich dann auf seine ausgestreckten Beine gesetzt und mich immer wieder hoch und runtergehoben und mir dabei das Lied ›Wolga, Wolga‹ vorgesungen habe. »Laß uns ihm das jetzt singen, vielleicht kommt Mutter Wolga ja und trägt ihn in die Gefilde seiner Kindheit zurück«, sagte Mutter. – Leise und inbrünstig sangen wir das Lied, das die Burlaken sangen, wenn sie die Boote an Seilen den Fluß hinaufzogen. Mutter beobachtete sein ausdrucksloses Gesicht, erwartete irgendein Zeichen, und ich wandte meinen Blick ab und schaute hinaus auf die sich senkende Schranke, die den Verkehr zum Stehen brachte, bis der Abendzug durchgefahren war.

»Ihr hattet ein besonderes Verhältnis«, sinnierte Mutter, als wir später während der Ärzte-Visite auf den Flur gingen, »und dieses Verhältnis hat, wie du weißt, sein Leben gerettet.« Während der

Belagerung Jerusalems, in einer der Feuerpausen, wollte Vater zur *Tnuva*-Molkerei in der Jecheskiel Straße gehen, um Ware für den Laden zu holen, doch ich – damals gerade zweieinhalb Jahre alt – klammerte mich an sein Bein und weinte herzzerreißend, flehte ihn an, nicht aus dem Haus zu gehen. Vater schob mich weg, doch ich, so erzählte Mutter, warf mich auf die Türschwelle und ließ ihn nicht hinaus. »*Der tatte wed machen, wos du wilst, der tatte wed bleiben mit dir, der tatte wed nischt gejn, der tatte wed dir nicht iberlossen allejn*«, redete Vater auf mich ein, versuchte mich zu beruhigen und rieb seine Bartstoppeln an meinem Gesicht. Eine viertel Stunde später hagelte es plötzlich Granaten auf die Stadt. Eine traf den Molkereihof, wo eine Gruppe Bauern, Milchmänner und Filialenbesitzer warteten, und es gab viele Verletzte und Tote.

Bei dem Versuch, die zerstörerische Gegenkraft zu ergründen, die sich in die Abfolge verschiedener Gefühle für Vater einschlich, vielleicht besser: die dort eindrang und alles bis zur Unkenntlichkeit entstellte, zwinge ich mich, die Tonspur zurückzuspulen und das ferne Echo dieser Explosionen noch einmal zu hören, die auf dem staubbedeckten Antlitz der Erinnerung ihre Narben hinterlassen hatten.

»Das Kind wird sein Leben lang ein Analphabet bleiben«, hatte Vater gerufen, die Hände zusammengeschlagen und begonnen, mit großen Schritten immer wieder die Entfernung zwischen den zwei einander gegenüber hängenden Photographien zu messen: Neben der Küchentür hing das Bild eines Babys, das, den Oberkörper auf die Hände gestützt, wie ein kleiner Löwe kauerte und den Kopf mit ernstem Gesicht und staunend aufgerissenen, unendlich neugierigen Augen zum Photographen wandte, und genau gegenüber, oberhalb unseres Philipsgeräts, das Photo eines ausgelassen lachenden dreijährigen Jungen mit langen Locken und einer Geranie in der Hand. Zwei Abbilder, die sich im Glanz ihrer Bilderrahmen gegenseitig spiegeln und sich wieder voneinander trennen; unendlich viele neue Offenbarungen des Gesichts und der Seele wandern in einer endlosen

Bewegung hin und her; die Bewegung eines Menschen, der die Bildnisse, die sein Äußeres in einem Augenblick zum Stillstand gebrachter Zeit festhielten, nun tiefer ergründen will.

»Er wird für immer und ewig ein ungebildeter Holzkopf bleiben«, hatte Vater laut gesagt und auf Mutters Zustimmung gewartet. Doch sie lächelte, strich mir über den Kopf und sagte: »Keine Sorge, zum Schluß wird es schon noch kommen, man braucht nur Geduld.«

Die Tage des *Chanukka*-Festes waren vorüber, und die meisten Kinder in der Klasse begannen schon zu lesen, während ich die fremden Buchstaben noch immer anstarrte und nicht verstehen konnte, was für ein Zusammenhang zwischen ihnen und den wirklichen Dingen bestand – denn die kannte ich gut: jedes von ihnen hatte eine Farbe, einen Geruch, einen Klang und eine bestimmte Festigkeit, die es von den anderen unterschied. Da beschloß Vater, in Absprache mit der Lehrerin, mit mir Lesen zu üben.

Auf das Blatt zeigend saß er mir gegenüber und befahl: »Wiederhole und lies: ›*Chanukka*, das Lichterfest‹«, doch es gab keinen Zusammenhang zwischen den drei Wortzügen und der flackernden Flamme des *Schamasch*, die versucht, sich am Docht der anderen Kerzen festzuhalten und heißes Wachs auf meine Fingerspitzen tropft, was hatten sie zu tun mit dem Geruch der Erdbeermarmelade in den Krapfen und der zum Schneiden dicken Luft unter dem legendären griechischen Elephanten, wo ich mit Eleasar festsitze und die mich niederdrückende Last von Hunderten von Jahren nicht abwerfen kann?

»Träum nicht«, rief Vater bitter. »Sprich genau nach, was ich sage. Man muß ja nicht verstehen, was man liest.« Sein ausgestreckter Finger, der auf die Wörter zeigte, wurde rot, krümmte sich und ballte sich dann, zusammen mit den anderen, zur Faust. Nach dem vierten oder fünften gescheiterten Anlauf schlug Vater theatralisch das Leseheft zu und fällte sein pädagogisches Urteil über mich.

Es war Mutter, die das Unglaubliche schließlich vollbrachte, an einem Schabbat, in den Nachmittagsstunden; Vater war nach Sichron Mosche zu einer Predigt gegangen. Mutter setzte sich zu mir, legte einen Arm um mich und hielt in der anderen Hand *Robinson Crusoe*, den ich bereits auswendig konnte. Sie las mir, wie es ihre Art war, langsam und deutlich vor. Plötzlich kam der Zug von Wörtern in Bewegung und fuhr los. Das Wunder begann. »Ich kann lesen, ich kann lesen«, rief ich, sprang auf und hüpfte über die kleine Lücke zwischen den nebeneinander stehenden Chaiselongues.

Die Vorbereitung auf Diktate und das Auswendiglernen von Bibelversen wurden zu einem weiteren Schlachtfeld, auf dem Vater und ich uns begegneten. Auf Anweisung der Klassenlehrerin, mit der er sich beraten hatte, forderte er von mir, ihm, wenn es sein mußte, den Segen, mit dem Isaak Jakob gesegnet hatte, tausendmal vorzulesen und die letzten Worte Jakobs an seine Söhne auch, bis sie endlich die steinerne Haut meines Hirns durchstoßen würden.

Ich versuchte, mich der angebotenen Hilfe zu entziehen, doch er knöpfte den oberen Knopf seines Hemdes zu und sagte, als Schüler am Gymnasium habe er schon den ganzen *Eugen Onegin* auswendig gekonnt. Ganze Abende habe er seiner Großmutter vorgelesen, und die habe sein Lesen mitverfolgt. Sie verstand zwar kein Russisch und hielt das Buch verkehrt herum – genau wie die Großmutter von Isaak Babel, über die ich ein paar Jahre später in seinen *Geschichten aus Odessa* lesen würde, aber nur so habe er sich die Kenntnis von Puschkins Werken und anderer russischer Dichter erworben.

»Wozu muß man denn heute noch Gedichte und Verse auswendig können?« protestierte ich.

»Oh, das ist sehr wichtig«, schimpfte Vater, »für einen kultivierten Menschen zumindest.«

»Du verstehst überhaupt nichts. Du bist schon alt«, schleuderte ich ihm entgegen.

Meine Seele komme nicht in ihren Rat, und mein Herz sei nicht in ihrer Versammlung; denn in ihrem Zorn haben sie Männer gemordet, und in ihrem Mutwillen haben sie Stiere gelähmt. Verflucht sei ihr

Zorn, daß er so heftig ist, und ihr Grimm, daß er so grausam ist, rezitierte Vater aufgebracht Jakobs Worte an seine widerspenstigen Söhne Simeon und Levi, und sprach mit Absicht so laut, daß auch Mutter in der Küche es hören mußte; dann schlug er mit einem Knall die Bibel zu und lief aus dem Haus.

»Du hättest bestimmt auch lieber einen jungen Vater wie die anderen Kinder«, sagte Mutter und setzte sich an den Tisch, um mir die Verse des Segens für Jehuda auf fünf separate Blätter zu schreiben, damit der Schwall der vielen Wörter nicht über mir zusammenschlug. »Aber es gibt Kinder, Ejtan zum Beispiel, die dich beneiden, denn du hast wenigstens einen Vater, der lebt«, und dann las sie mir einen Vers nach dem anderen deutlich vor; ich sollte auf die verborgene Melodie dieser Worte hören, wahrnehmen, wie ein Klang den nächsten nach sich zog, und der wieder den nächsten, und wie sie sich alle zu einer Harmonie verbanden, die man sich einprägen konnte.

Die verschiedenen Manifestationen des immer gewaltiger werdenden Konfliktes mit Vater hatten wohl eine gemeinsame Wurzel, aus der all die scheinbar voneinander unabhängigen Zusammenstöße sich nährten und ihre Wucht bezogen. Jedesmal, wenn Vater sich mit einer Obrigkeit zusammentat und diese mir gegenüber vertreten wollte – sei es, weil er tief im Innern an seiner eigenen Autorität zweifelte und sie mit Unterstützung von außen stärken wollte, sei es, weil er sich tatsächlich mit ihren Werten identifizierte und sich als ihr Verbündeter sah –, erwuchs daraus jene destruktive Kraft, die das Fundament unserer früheren Liebe auf eine Weise untergrub und erschütterte, die nicht mehr gutzumachen war. So geschah es, daß er den Überredungskünsten des Aufsehers der Hebron-*Jeschiwa* erlag, Scharen von Talmudstudenten ins Haus holte und sich damit einer Autorität beugte, die er in tiefstem Herzen doch ablehnte, und so geschah es, daß er sich mit der Autorität der Lehrer und der Schule identifizierte und mit ihnen kollaborierte, wogegen Mutter ein Leben lang couragiert ihre anarchistische Wildheit verteidigte und jeden Sattel, jedes Joch, das man ihr aufzuzwingen suchte, abschüttelte.

So wie seine zahlreichen Akte der Selbstverleugnung gegenüber der rabbinischen Welt schließlich zu jenem grotesken Armenmahl führten, so endete die lange Reihe von Zwischenfällen in schulischen Angelegenheiten, die sich über Jahre unter Ausschluß der Öffentlichkeit in unseren vier Wänden abspielte, mit einem riesigen Ausbruch und wurde in einer Schreckensnacht in Porija für alle sichtbar.

Kurz vor diesem Jahresausflug nach Galiläa war Mutter zu einem dringenden Gespräch ins Zimmer der Schulschwester bestellt worden, und der Schularzt erklärte ihr mit großem Ernst, begleitet vom ständigen Kopfnicken unserer Florence Nightingale, er müsse wegen der Herzgeräusche, die er bei meiner Untersuchung festgestellt habe, meine Teilnahme an der zweitägigen Fahrt an die Bedingung knüpfen, daß ein Erwachsener mich begleite. Diese Hiobsbotschaft hätte mich womöglich für den Rest meines Lebens ans Bett gefesselt, hätte Vater mich nicht zu seinem langjährigen Freund Dr. Muntner mitgenommen, der nach gründlicher Untersuchung zu dem Schluß kam, der Flickschuster mit dem umgehängten Stethoskop solle sich erst einmal die Ohren spülen lassen. Doch an dem Beschluß der Schule ließ sich schon nichts mehr ändern. In einer Krisensitzung am selben Abend erklärte Mutter, ich müsse nun, so leid es ihr tue, zwischen zwei Übeln wählen. Entweder die beiden Ausflugstage zu Hause bleiben, ausschlafen, ins Kino und zum Eisessen gehen, oder zustimmen, daß Vater mich auf der Fahrt begleite.

In den khakifarbenen Hosen, die bis unter die Brust hochgezogen waren und seinen Bauch verhüllten, mit dem alten, über den Kopf gezwängten Barett und einem aus Restbeständen des Koreakrieges stammenden Rucksack, der nach Gummi und Schiffsmoder stank, sah Vater, als er am Morgen des Ausflugs mit mir vor dem Schultor stand, wie ein Doppelgänger des Soldaten Schwejk aus. Zu meiner großen Erleichterung kämpften die Jungen um die Bänke in den Lastautos, und die Mädchen scharten sich um ihre Lehrerinnen, die das erste Mal in Hosen erschienen waren, und keiner achtete auf Vater, der sein Versprechen hielt, sich nicht in die Angelegenheiten der Schüler einzumischen. Wie Mutter angenommen hatte, wurde Vater von den beiden Fahrern, den Brüdern Attik, die in unserer Synagoge beteten, herzlich begrüßt, und sie stritten sich sogar, neben wem er in der Fahrerkabine sitzen sollte, von der aus er sich während der ganzen Fahrt immer wieder zu mir umschaute, ob mir auch nichts Böses widerfuhr.

Die Stürme, die Böses verhießen, kamen erst am Abend des ersten Tages, als wir die Jugendherberge von Porija erreichten, wo wir übernachten sollten. Die Brüder Attik wollten ein bißchen von der Fahrt und dem Lärm der Kinder ausruhen und drängten Vater, mit ihnen nach Tiberias in ein Fischrestaurant zu fahren, doch er weigerte sich standhaft, wollte bei mir bleiben, damit kein Skorpion mich steche und kein Feuerfunken auf meine Kleider falle.

Von meinem Platz am Lagerfeuer sah ich jenseits der hoch aufschießenden Flammen sein gebeugtes Schattenbild; er saß allein auf einem Steinmäuerchen, aß die Butterbrote, die Mutter ihm morgens geschmiert hatte, und ab und zu biß er in ein hartgekochtes Ei. Seine Einsamkeit und Fremdheit, umgeben von den Dornen auf dem Hügel, im Schein des runden, hinter den schwarzen Bergen aufsteigenden Sommermondes, waren von einer solchen Traurigkeit, daß dieses Bild seither jedesmal wiederkehrt, wenn ich versuche, mir vorzustellen, wie er wohl in jenen geheimnisumwobenen Jahrzehnten aussah, bevor ich in seine Welt drang: Ein schmaler Knabe, der mit seinen Freunden Aharon Rotblatt und Hillel Friedman nackt einen blumenübersäten Hang (»Da war ein atemberaubender orange-roter Blütenteppich«, erzählte mir einmal eine der Frauen aus seiner Stadt) zum Fluß hinunterschlittert. Ein hübscher junger Mann, der in den russisch-japanischen Krieg zieht, angetan mit dem Waffenrock der Zarenarmee und einer Papacha – dem hohen Pelzhut –, im Mundwinkel eine Machorka, begleitet von einem ukrainischen Bettlerlied zu den Klängen der Kobsa: »Auf dem hellen Feld in den Weiten Gottes grünt der Karnelbaum, hoj, da begleitet eine Mutter ihren Sohn zur Armee! Geh also, mein Sohn, geh! Geh schon, mein Sohn, geh . . .!«

Es war von vornherein abgemacht gewesen, daß Vater bei den Brüdern Attik im Zimmer schlief, doch als sie nicht zurückkamen und da sie den Schlüssel mitgenommen hatten, blieb ihm nichts anderes übrig, als seine Decken am Ende des Schlafsaals auszubreiten, der für uns Kinder bestimmt war, und sich dort hinzulegen. Als der Flötenlehrer, Herr Gula, um elf Uhr das Licht löschte und in seinem Zimmer verschwand, war dies das Zeichen, die Puppen tanzen zu lassen: Schmutzige Reden, Witze, Rülpser, Fürze und Lästerlieder vereinten sich zu einer einzigen gewaltigen Kakophonie. Lichtkegel der heimlich mitgebrachten Taschenlampen tanzten im Raum wie Scheinwerferlichter am Abend des Unabhängigkeitstages, kreuzten sich, bündelten sich, erloschen und leuchteten wieder auf. Die mehrfachen, plötzlichen Besuche der Lehrerpatrouille bewirkten, daß sich die erschöpften Kinder allmählich beruhigten und die Müdigkeit sie schließlich übermannte. Ich verkroch mich unter meiner Decke und betete inbrünstig zum Gott meines Vaters Abraham, daß sein Schnarchen nicht von jenen bemerkt würde, die sich mit aller Gewalt wach hielten und auf den richtigen Moment warteten, um über die schon schlafenden Kameraden herzufallen und ihre Gesichter mit Schuhwichse oder Schokoladencreme einzuschmieren. Mitten in der Nacht, als die leuchtenden Zeiger meiner Uhr zehn nach zwölf zeigten, erhoben sich im Dunkel zwei Gestalten und schlichen sich an ihre schlafenden Kameraden heran. Das Geschrei der Gequälten, die von der fiesen Berührung mit den verschiedenen Schmieren erwachten, weckte auch alle anderen. Wieder leuchteten die Taschenlampen auf, wieder füllte sich der vollbelegte Schlafsaal mit Gerangel und Kriegsgeschrei, Siegergesang und Opfergewimmer. Auch die letzten Schläfer standen nun auf, liefen herum, und irgend jemand schaltete die nackten Glühbirnen rasendschnell ein und aus. Mitten in diesem Chaos packte mich beim Anblick meines Vaters Entsetzen. Seine Identifikation mit der Moral der Eltern und Lehrer war nun stärker als alle Versprechen, die er mir gegeben hatte, und sein riesiger Körper erhob sich vom Nachtlager und stampfte in die Mitte des Zimmers, trampelte über am Boden Kauernde, Liegende und sich Niederbeugende – *Denn der Herr wird sich aufmachen wie am Berg Perazim und toben wie im Tal Gibeon, daß er sein Werk vollbringe, aber fremd ist sein Werk, und daß er seine Tat tue, aber seltsam ist seine Tat.* Da stand er, angestrahlt von den Taschenlampen, im Flackern des an- und ausgehenden elektrischen Lichts, *in gattkes und leibele*, und hinter dem offenen Schlitz der langen Unterhosen schimmerte schwarz seine Scham, *und er hob die Hände über die verwüsteten Städte und die geschlagenen Leichen, über die Sündenböcke, die man wegschickt,* und wollte *Babel machen zum Erbe der Igel und zum Wassersumpf, und sie mit dem Besen des Verderbens kehren* und hielt so seine unvergeßliche *Rede über Babel*, die Generationen von Schülern noch lange danach in gereimter Form auswendig lernten und weitergaben:

»Macht das Licht aus!
Morgen müßt ihr früh heraus.
Kein Lehrer kann euch Mores lehren
Ich mach euch den Garaus!«

Und nach einer kleinen Pause beendete er die Standpauke mit seinem Standardkommentar:

»*Swolotschi. Bardak.* Hurenhaus!«

Jahre später, es war in London, erschien mir Vater wieder wie an jenem weit zurückliegenden Abend in Porija, als er auf dem Mäuerchen saß, während der See Genezareth reglos wie ein Kadaver hinter ihm lag. Doch diesmal ließ ihn die sinkende Sonne in goldenem Glanz erstrahlen. Es war ein Sonntag, einer der letzten Tage des Monats *Tammus*, sein Todestag, und ich hatte eine Synagoge gesucht, wo ich *für die Erlösung seiner Seele* das *Kaddisch* sagen konnte. In den Straßen der fremden Stadt lief ich mir die Füße wund, der Stadtplan in meiner Hand wurde immer verknitterter, aber alle Synagogen waren geschlossen. Die Londoner Juden hatten, wie es schien, zum Wochenende die Stadt verlassen.

Am Nachmittag trugen meine Füße mich in die National Gallery. Stundenlang zog ich durch die verschiedenen Säle, und gegen Abend, in Saal 19, geschah vor dem Selbstporträt des dreiundsechzigjährigen Rembrandt das Unglaubliche.

Hinter den Altersflecken, hinter der furchtbaren, tief aus den Augen kommenden Müdigkeit, dem spärlichen Haar, den hängenden Mundwinkeln eines Mundes, in dem die Vorderzähne schon fehlen, hinter schlaffer Stirn und Nase und beschämender Niedergeschlagenheit – entdeckte ich Vater, wie er in seinen letzten Jahren war: Ein einsamer Mann, der langsam in Alter und Tod versank. Jede Woche hatte er auf dem Friseurstuhl des glatzköpfigen Barbiers gesessen und in den Spiegel geschaut, während die Enthaarungscreme auf seinem Gesicht zu Ehren des Schabbat die letzten Bartstoppeln löste, und einen geschlagenen, erniedrigten Mann gesehen, der nicht einmal die Hälfte dessen, was er gewollt hat, erreicht hatte.

Er hatte sich gewünscht, auf dem Schimron-Hügel bei Nahalal neben seiner Mutter begraben zu werden. An einem Sommertag war er seinen Bruder besuchen gefahren, erkrankt, von dort ins Rambam-Krankenhaus in Haifa gebracht worden, hatte geschrien, endlich auf Russisch, nach einem Menschen, hatte in der Sprache von Lermontow, Puschkin, Beria und Stalin um sein Leben gebettelt, war ins Koma gefallen und binnen einer Woche gestorben. Doch weil die *Moschaw*-Verwaltung so stur war, mußten wir ihn mit zurück nach Jerusalem nehmen und ihn in seiner unbarmherzigen Stadt begraben. »Avram, Avram«, hatte Mutter seinen Namen gerufen, doch der weit offene, zahnlose Mund schrie auf Russisch Dinge, von denen wir nie wissen werden, was sie bedeuteten.

Der pakistanische Aufseher geht vor der Tür auf und ab. Eine Hobbymalerin versucht ›Belsazars Gastmahl‹ zu kopieren. Der

König winkt mit der Hand, das Mädchen, das einschenkt, gießt den Wein auf die Erde, der Alte und der Junge werden von Schrecken gepackt, und die Hand des Engels, die das *Mene mene tekel u-parsin* geschrieben hat, wird das »n« am Ende des letzten Wortes nicht vollenden.

Besucher gehen vorbei, vergleichen die beiden nebeneinander gehängten Porträts von Rembrandt – das Selbstporträt mit vierunddreißig und das mit dreiundsechzig –, lächeln unbeschwert angesichts des Zerfalls und des Alters, als gelte die Schrift an der Wand nicht ihnen. Kein Maler habe sich selbst so dokumentiert wie Rembrandt, lese ich später im Museumsladen im Vorwort zu einem Buch mit fast hundert seiner Selbstporträts, die heute in Museen auf der ganzen Welt verstreut hängen und in der Zusammenstellung eine gemalte Biographie ergeben: den rekonstruierten, gesamten Lebenszyklus eines Mannes.

Ein Vater zeigt seinem Sohn, der ein T-Shirt mit den Beatles trägt, einen Bilderrahmen und preist ihn als »gute Arbeit«. Eine Frau in getigertem Bodysuit sagt zu ihrer Freundin, sie habe in Florenz schon bessere Bilder gesehen. Ein Japaner photographiert mit einem winzigen Photoapparat die in der Nähe hängende ›Frau Saskia van Ellenburg‹.

Ich kann meine Augen nicht von diesem Porträt lösen, erkenne immer mehr, daß die Art, wie der Maler sich selbst betrachtet, eben die Art und Weise ist, die mich zu einer versöhnten Sicht meines Vaters führen kann – »ehrlich und liebevoll«, wie Mutter es am Ende ihres Lebens formuliert hatte. Dies ist, wenn wir andere betrachten, wohl die schwierigste Kombination menschlicher Empfindungen. Gibt es etwas Mutigeres, als die Dinge ehrlich und unbestechlich anzuschauen, ohne etwas anderes zu berücksichtigen als das, was das Auge sieht? Und was ist barmherziger, als die Dinge liebend zu betrachten, mit einer Liebe, die verschönert und die Schatten und das Böse verwischt? Wie selten, fast unerreichbar ist die Kombination von Liebe und Ehrlichkeit, ohne Haß und ohne Mitleid. Und wie wenig greifbar, kurzlebig und unwirklich ist die Versöhnung, welche die herrliche Frucht einer so bewußten und reifen Sicht sein soll, gegenüber der ewigen Gewißheit nachtragenden Grolls. Aus diesem wildwuchernden Gefühl der vergangenen Schattenwelt taucht ein Junge auf, erscheint immer wieder an sonderbaren Stellen, in unerwarteten Kontexten, und fordert Genugtuung von den Erwachsenen, die seine Existenz ignorierten und ihn nicht teilhaben ließen an den von ihnen feierlich und auf seine Kosten geschlossenen Bündnissen.

Das Aufleuchten einer Assoziation, die Berührung eines wie ein Schleier vorüberwehenden Geruchs, ein Stolpern im Herzschlag – sie alle erwecken diese rastlose Tätigkeit des Gehirns, welche ganze Tage und Jahre von Schmerz zusammenknäult und gegen die Mauern der Träume schleudert. Bis heute steht in unruhigen Nächten der Junge jenseits des Jabbok und muß allein mit jenem Mann kämpfen: mit dem Mann in der bis zur Brust hochgezogenen Khakihose, der sich weigert, *ihn gehenzulassen, da die Morgenröte anbricht,* der sich mit ihm in unserer Küche in Jerusalem schlägt, ihn ins große Zimmer jagt. Der Mann peitscht das Kind mit dem *Lulaw.* Vom Schwingen des Palmzweigs, dessen Blätter sich öffnen, schreckt eine Schleiereule auf, dreht einen Kreis um den Kronleuchter und hockt schließlich am äußersten Ende des Tisches, in dessen Mitte ein halber Laib Brot und eine Zwiebel liegen. »Pick ihm die Augen aus«, ruft der Junge um Hilfe, doch die Eule regt sich nicht. Er rennt hinter dem Jungen her. Der stößt ihn mit dem Tisch. Die Eule fällt zu Boden und zerspringt. Der Tisch bricht entzwei, und Vater schreit: »Raus hier!«

»Im Traum wirst du immer hierher zurückkehren«, hatte Mutter gesagt, als sie vorsichtig eine kleine Öffnung am Rand meines Kopfkissens auftrennte, während ich fest die Münze umklammerte, die ich im Kissen ertastet hatte. Vor seiner überstürzten Abreise aus Rußland hatte Vater einen ganzen Beutel goldener Münzen in verschiedenen Kissen versteckt. Die meisten Münzen wurden zwar schon bald nach seiner Ankunft in Israel hervorgeholt, doch auch noch Jahre später entdeckten wir hin und wieder Reste des geschmuggelten Schatzes. Meistens bemerkte Mutter das kleine runde Metallstück, das ihren Kopf oder ihre Wange drückte; dann versammelten sich alle zum zeremoniellen Hervorholen der Zarenmünze. In jener Nacht, von der ich hier erzähle, hatte zum ersten Mal ich das Glück, eine goldene Münze zu ertasten. Mutter sprang aus dem Bett und machte alle Lichter an. Vater lag in seinem Bett, zwinkerte von dem blendenden Licht und sagte, er sei gerade noch in Owrutsch am Ufer des Flusses gewesen, dort auf einen Maulbeerbaum geklettert und habe sich den Bauch mit Beeren vollgeschlagen, und nun sei er schon wieder hier in Jerusalem, mit einem bitteren Geschmack im Mund. Mutter tastete in den Tiefen des Kissens, sagte lachend, auch sie kehre im Traum immer wieder auf den langen Balkon jenes Hauses hinter dem Markt von Mea Sche'arim zurück, wo sie geboren war, doch als sie ihre mit Gänsedaunen und Federn bedeckte Hand herauszog, die Münze zwischen den Fingern, sagte sie: »Du dagegen wirst wohl immer hierher zurückkehren. Für dich wird dies hier dein Zuhause bleiben.«

7

Vor einigen Jahren, als ich mal wieder auf den Tischen von Herrn Nissim, dem *bookinist* mit den traurigen Augen an der Ecke Allenby und Grusenberg Straße wühlte, fiel mein Blick zwischen den Stapeln alter Bücher auf ein schmales Heft von Josef Mosche Krumer mit dem anmaßenden und nicht gerade originellen Titel *Zum Wächter gesetzt über das Haus Israel – ein Wecker für mein Volk*; eine Sammlung verrückter Briefe, die dieser Anfang der dreißiger Jahre an die Machthaber in Deutschland, an Zeitungsredaktionen, vor allem aber an Dr. Breslauer, den Leiter der Jüdischen Gemeinde in Berlin, geschickt hatte. Dieser Krumer hatte sich, nachdem all seine Versuche, die Gemeinde der Juden wieder auf den rechten Pfad zu bringen, fehlgeschlagen waren – »das Säugetier weiß, wer es säugt, das Küken weiß, wer es füttert, und nur die Gemeinde der Juden weiß nicht, wer sein Gott ist« – zu seinem großen Kummer dazu gezwungen gesehen, dem Reichspräsidenten von Hindenburg den Rat zu geben, Hitler zum Reichskanzler zu ernennen. »Denn Hitler«, so schrieb er, »ist der beste Wecker; er wird das jüdische Volk aufrütteln und zur Umkehr bringen ... kurz gesagt, Hitler ist nun zum *Schulchan Aruch* geworden; er ist der Mann, der wohl leider kommen mußte, um den Juden zu sagen, daß ein Goj keinen Juden heiraten darf.« Nachdem sein Rat beherzigt worden war, zog Krumer 1934 nach Erez Israel, richtete seine Moral nun gegen die hier ansässigen Juden und argumentierte: »Öffentlich werden in Tel Aviv und in anderen Städten Erez Israels Rasiermesser verkauft, womit man das Volk verleitet, ein ausdrückliches Verbot aus der Heiligen Tora zu übertreten. Wenn Ihr damit weitermachen wollt, verspreche ich Euch, daß die Dinge, die ich schrieb, sich erfüllen werden: ›Dieses Mal wird man Euch nicht aus Erez Israel vertreiben – sondern von ganz alleine werdet Ihr fliehen.‹«

Nach den Kriterien der Vernunft hätte meine Hand zurückzucken müssen vor solchen wahnsinnigen Reden, doch das gräuliche Papier mit dem metallischen Glanz und den Buchstaben, die etwas länger als üblich waren, schienen aus einer längst vergessenen Erinnerung aufzutauchen und ließen mir keine Ruhe. Sah ich hier tatsächlich die ersten Druckbuchstaben wieder, die ich in meinem Leben gesehen hatte, jene Buchstaben, welche der hochgewachsene schweigende Setzer mit einer kleinen Zange aus dem Setzkasten nahm und vor den prüfenden Augen des Kindes, das sein Gesicht an das Ladenfenster drückte, zu Reihen zusammensetzte, die man nur spiegelverkehrt lesen konnte? Tatsächlich stand unten auf der Titelseite in winzigen Miriam-Buchstaben: Erez Israel Druckerei Jerusalem. In dieser kleinen Druckerei, nicht weit von unserem Haus, in einem der Läden unter der Chajej Olam-*Jeschiwa* am Kikar Schabbat (zwischen dem Kronleuchtergeschäft von Solomon, bei dem wir den Spinnenleuchter gekauft hatten, der Apotheke des Herrn Mordechowitsch und dem Kurzwarenladen des kleinwüchsigen Gur-Chassiden, dem die Hand abgerissen war, als er sie auf der Fahrt zur *Lag baOmer*-Feier am Grab des Rabbi Schimon bar Jochai in Meron aus dem Fenster des Autobusses gestreckt hatte), waren seinerzeit die Einladungen zu meiner *Bar Mizwa*-Feier und die Todesanzeigen nach Vaters Tod gedruckt worden.

Doch das Aufregendste hatte ich noch gar nicht bemerkt: Auf der letzten Seite des Büchleins, unter dem typischen lila Stempel »*Mekom Mikdaschejnu* [Ort unseres Tempels]«, der wie üblich im Kolophon von Büchern zu finden war, die in der Heiligen Stadt Jerusalem erschienen, *möge sie bald, noch in unseren Tagen wiederer-*

baut werden, stand die Adresse des Autors: »Jerusalem, Ge'ula, Kumil-Haus«.

Kumil-Haus.

Anfang der fünfziger Jahre, als ich begann, meine Umgebung wahrzunehmen, nannte nur noch der Treuhänder Dr. Alexander Amdur das Haus, in dem wir wohnten, so.

Einmal im Jahr, kurz vor Ende des bürgerlichen Jahres, setzte Vater seinen winterlichen Borsalino auf, den er sonst nur am Schabbat und an Feiertagen trug, zog den Kunstpelzmantel aus einem Paket mit gebrauchten Kleidern von Onkel Jizchak aus Amerika an und ging zum Sansour-Haus am Zionsplatz in das Büro von Dr. Amdur; und ich lief neben ihm her, meine Hand in seiner Hand.

Jedes Jahr irrten wir zuerst durch die Gänge des weitläufigen Bürohauses, vorbei an den Türen von Rechtsanwälten, Export-Import-Agenturen, kleinen Nischen, wo man elektrische Rasierapparate oder Schreibmaschinen reparierte, und befanden uns schließlich wieder am Ausgangspunkt, bis sich Vater nach zwei bis drei solcher Runden überwand und eine der Türen einen Spalt weit öffnete, den Kopf hineinstreckte und fragte. Wenn er den Kopf dann zurückzog und langsam die graue Türe schloß, legte sich das vom Fenster gegenüber einfallende Licht wie ein Kranz um seinen Kopf, und er lächelte und sagte: »Genau wie letztes Jahr; wir haben uns im Stockwerk geirrt.«

Als wir schließlich vor dem Büro des Rechtsanwaltes und Notars Dr. Alexander Amdur standen, zog Vater seinen Mantel so zurecht, daß man das khakifarbene Hemd darunter nicht sah, tastete nach den Geldscheinen in seiner Tasche und klopfte. »Wen sehen unsere Augen denn da? Das ist doch der Herr aus dem Kumil-Haus«, empfing der Treuhänder den Vater. Vater nahm den Hut ab, hielt ihn vor die Brust und trat mit kleinen, zögernden Schritten, deren Geräusch von den schon ausgeblichenen Perserteppichen verschluckt wurde, in das Büro.

»Sieh mal einer an«, murmelte Dr. Amdur mit seinen fleischigen Lippen, »wie die Zeit vergeht, schon ist ein Jahr vergangen, und die Herschaften möchten wieder um eine Verlängerung des Mietvertrages nachsuchen. Herr Gabbai, was meinen Sie«, fragte er und wandte sich an den wohlfrisierten irakischen Schreiber, dessen Haar glänzend an seiner Stirn klebte, »sollen wir dieser Bitte des Mieters stattgeben?« Und Herr Gabbai pflegte zu antworten: »Ganz nach dem Willen meines Herrn.« Er saß an einem Tischchen neben dem riesigen Schreibtisch des Treuhänders und heftete Briefe ab. »Wenn es so steht, dann holen Sie mir bitte die Akte heraus«, sagte er, und indem er sich an Vater wandte: »Der Herr möge verzeihen, aber ich habe Euren Namen vergessen.«

Jahr für Jahr wiederholte sich diese Zeremonie bis ins Detail genau, so daß ich schon damals zweifelte, ob die Zeit wirklich in einer geraden Linie verlief. Vater übergab das von meinen Eltern unter großen Entbehrungen ersparte Geld dem Herrn Rechtsanwalt und Notar Dr. Amdur, und der reichte es mit spitzen Fingern, als handelte es sich um Ungeziefer oder schmutzige Wäsche, dem Herrn Gabbai, worauf der, schwindelerregend schnell, wie der Kassenbeamte mit den behaarten Ohren in der Barclays Bank, die Scheine zählte und sie dann in eine rechteckige Kasse legte, auf deren Deckel »Kumil-Haus« geschrieben war.

Dann kniff mich der Herr Rechtsanwalt in die Wange, fragte nach meinem Namen und ob ich in der *Mischna* schon das Kapitel *Cheskat haBatim* [Das Ersitzen von Häusern] gelernt habe, und konstatierte, das Niveau der Schulen sei in unserer armseligen, verderbten Zeit furchtbar gesunken; als er in meinem Alter gewesen sei – und das hörte ich von ihm alljährlich von meinem vierten bis zum vierzehnten Lebensjahr – habe er schon das dritte Kapitel des Traktats *Baba Batra* mit Raschi-Kommentar und *Tossafot* samt den Kommentaren des Rabbejnu Ascher, Rabbi Schmu'el Ideles, Rabbi Schalom Schar'abi und sogar noch den *Chochmat Schlomo*-Kommentar auswendig gekonnt.

Die Wände der Kanzlei waren mit Nußbaumholz getäfelt, rundherum prangten gerahmte Diplome und Policen. »Möchtest du, wenn du groß bist, auch Rechtsanwalt werden?« pflegte er mich zum Abschied zu fragen und beendete, ohne meine Antwort abzuwarten, unsere Begegnung mit den Worten: »Werd, was du willst, aber schreib bloß keine Bücher. Aus dem Kumil-Haus ist schon ein Schriftsteller hervorgegangen, und auch das war einer zu viel.«

Als wir die Treppen hinuntergingen und dabei darauf achteten, nicht an die Messingleisten zu stoßen, die einst, zu den Prachtzeiten der Brüder Sansour, welche jetzt als Flüchtlinge auf der anderen Seite der Grenze lebten, die Teppiche auf den inzwischen schon ziemlich ausgetretenen Marmorstufen festhielten, setzte Vater seinen Hut auf und warnte mich: »Werd mir bloß kein Advokat, hörst du?«, und er fügte hinzu: »Und studier' ja nicht Jura, verstanden? Es heißt schließlich im Psalm: *So hat er an keinem Volk getan; sein Recht kennen sie nicht. Halleluja!*«

Vater hatte mir nicht sagen können, was es mit Dr. Amdurs Andeutung über den Schriftsteller aus dem Kumil-Haus auf sich hatte, doch der Kantor Lapides, der unser Geschäft von Zeit zu Zeit besuchte, Sauerkraut aß, ein paar rohe Eier schluckte und dafür das *Rasej deSchabbat* von Pintschik vortrug, erzählte einmal, in den dreißiger Jahren habe in eben dieser Wohnung ein verrückter Berliner gewohnt; er habe kleine Broschüren geschrieben, die keiner auch nur anfassen wollte, obgleich er sie kostenlos allen in die Hand drückte, die ihm über den Weg liefen, und schließlich sei er in Tel Aviv ins Wasser gegangen. Lapides hatte seine eigene Theorie, wer dieser sonderbare Kumil war, von dem ich lange Zeit angenommen hatte, die kleinen braungoldenen Kamillenblüten, mit denen Mutter bei Erkältungen gurgelte, seien nach ihm benannt. Der Kantor erzählte, auf einer seiner Überseereisen habe er im Hause von Mister Kumil ein Konzert gegeben. Kumil sei einer der ganz großen Tiere in der amerikanischen Diaspora und besitze zwei riesige Fabriken – eine zur Herstellung von *Charosset* und Kokosöl und eine für Waschblau. Nachdem die Stimmung etwas lockerer geworden sei, habe Mister Kumil ihm erzählt, er besitze auch noch ein Haus in Jerusalem, »in the Ge'ula Quarter«. Mutter versuchte, Lapides Version mit schlagenden Beweisen zu widerlegen, doch als Vater sie schweigen hieß und den Kantor bat, als Zugabe noch etwas von Sirota oder Koussevitzky zu singen, stand sie beleidigt auf und ging hinaus in den kleinen Hof vor dem Haus.

»Eine Tür zur Straße – ein Fenster zum Himmel«, pflegte Mutter zu sagen, wenn sie dort am Straßenrand stand. Früh morgens, noch vor Sonnenaufgang, verfolgten ihre Blicke wie verzaubert die Rudel von beduinischen Schäferhunden und Zivilisationsflüchtlingen, die sich jenseits der Grenze in den Höhlen am Rande der Wüste zusammenfanden und von Norden nach Süden die noch schlummernde Stadt durchstreiften. Sie wartete, daß der rothaarige Rabbi von Gur mit dem Gesicht eines Seraphs schnellen Schrittes bei ihr vorbeikam. Der große *Admor* ging auf Geheiß seiner Ärzte spazieren, begleitet von einem Grüppchen *Jeschiwa*-Studenten, die kaum mit ihm Schritt halten konnten, und an den noch dunklen Straßenecken lauerten ihm aufgeregte Chassiden auf, seinen Segen zu empfangen. Eines Morgens, Mutter war schon verwitwet, ging sie hinaus, um die schweren Milchkannen, die die Milchmänner auf dem Gehweg vor unserem Laden abgestellt hatten, hereinzuschleifen. Der Rabbi bemerkte die Frau, die sich mit den Kannen abmühte, und eilte ihr zur Hilfe. Seitdem fand sie die Milchkannen jeden Morgen direkt vor der Ladentür stehen – das Werk der Chassiden, denen das vorbildliche Handeln ihres Rabbis als Gebot galt.

Mittwochs begleitete Mutter mit besorgtem Blick die Kolonne alter gepanzerter Fahrzeuge, die von der Schneller-Basis in unserer Nähe zur Enklave der Universität auf den Scopusberg mitten im arabischen Teil Jerusalems hinauffuhr, und erwartete mittags mit Bangen ihre Rückkehr, und am Schabbat lauschte sie oft dem Gesang der Gruppe von Chassiden, die einen Bräutigam morgens zur Synagoge begleiteten; dann sagte sie, der gojischen Süße nach klinge die Melodie wie ein Hirtenlied aus den Karpaten, und Vater war schon nicht mehr da, um ihr, wie es seine Art war, zu widersprechen, es handle sich vielmehr um die Weise der Engel, die unseren Stammvater Jakob auf seinem Weg nach Padan in Aram begleiteten, als er sich eine Braut suchte.

Am 1. Mai schlug Mutter die Läden vor, und durch die Sehschlitze verfolgte sie mit unterdrücktem Neid die vorbeiziehenden Demonstranten mit ihren roten Fahnen, die auf der Straße Flugblätter und rote Nelken verstreuten.

Im Frühling versuchte sie gegen Abend, die Ziegen des Herrn Bechor zu zählen, des kleinen Bruders der fünf glatzköpfigen Jungfern, die von der Weide zwischen den Olivenbäumen des Kerem Viertels zurückkamen und einen Teppich braunschwarzer Köttel hinterließen, die »Perlen, die die Ziegen vor die Esel werfen«, wie Mutter zu sagen pflegte.

Mindestens einmal am Tag zog eine schwarze Wolke, so klein wie eine Menschenhand, von Osten herauf, aus Mea Sche'arim. »*A lewaje*«, pflegte Mutter festzustellen, schickte die Kunden aus dem Laden, schlug die Eisentüren vor und trat auf die Straße hinaus. Vater begleitete den Trauerzug, und Mutter umarmte mich, drückte mich fest an sich, an ihre Schürze, die nach Ziegenkäse, Chalwa und frischem Brot roch. Sie murmelte die Worte von Hiob *Er baut sein Haus wie eine Spinne, und wie ein Wächter seine Hütte macht*, während ich von Furcht ergriffen das surrealistische, alptraumartige Schauspiel der sich geradeaus bewegenden schwarzen Masse mit einem auf- und abhüpfenden weißen Streifen in der Mitte verfolgte.

»Eine Tür zur Straße – ein Fenster zum Himmel«, waren wohl die einzigen Worte des Lobes, die Mutter für unser Haus je gefunden hat. Ihrer Meinung nach waren die Decken zu hoch, was es ihr erschwerte, die Spinnweben herunterzuholen. Auch die Wände gefielen ihr nicht, wegen der Fischschuppen des zypriotischen *Kinstlers*, die auf die Möbel rieselten und in der Suppe schwammen. Genauso ärgerte sie sich über die Wurzeln der Kasuarine; sie gruben sich unter den Boden des Hauses und lockerten die Bodenfliesen, was nicht nur das Wischen des Fußbodens erschwerte, sondern auch jeden, der diese Unebenheiten nicht erwartete, stolpern und hinstürzen ließ.

Mutter wollte in eines der Neubau-Mietshäuser von Golda Meyerson in Bejt Masmil umziehen. Dort seien die Decken niedrig, erzählte sie mit glänzenden Augen, wenn sie von einem Besuch im neuen Haus ihrer Freundin Ahuva Chariss in der einfachen Wohnsiedlung in Kiriat Hajovel zurückkehrte, die elekrischen Leitungen lägen unter Putz, und die Fußböden seien eben. Doch Vater bestand darauf, in Jeruschalajim zu wohnen und nicht »in einem der östlichen Vororte von Tel Aviv«, wie er die neuen Stadtviertel nannte. Ins Kumil-Haus – zweistöckig, aus rosaschimmerndem Jerusalemstein gebaut, der durchsichtig wurde, wenn es regnete – hatte Mutter mich an einem verschneiten Freitag aus dem Krankenhaus auf dem Scopusberg mitgebracht, und zwischen seinen schuppenbedeckten Wänden eröffnete sich mir jene Welt, zu deren Geheimnis ich zurückkehren will, an das ich rühren will, nachdem die Dinge selbst für immer vergangen sind.

Ich gebe zu, erst nachdem wir das Haus für immer verlassen hatten, etwa zwanzig Jahre später, entwickelte ich so etwas wie ein »Ortsgefühl«. Vor dem Hintergrund der weichen Landschaften der Küstenebene, die für Wärme und Bäume so viel offener sind, nahmen Jerusalem und das Kumil-Haus ihre mumifizierte und gleichzeitig verträumte Form an, die ich seitdem schriftlich festzuhalten versuche.

Noch jahrelang kehrte ich zum Kumil-Haus ohne das Gefühl »später Rückkehr« zurück. Ich war wohl der konkreten, irdischen Welt genug verbunden, um zu wissen, daß Wunder sich nicht wiederholten, war mir der Schmerzen bewußt, die denjenigen erwarteten, der das, was er als Kind einst sah, mit der Gegenwart konfrontieren möchte, und statt mich vor diesem Schmerz zu fürchten, versuchte ich, ihm eine ironische Dimension abzugewinnen, die gleichzeitig nüchtern und erwachsen machte.

Wenn ich heute zurückkehre, dann mit dem einzigen Wunsch, die Erinnerung aufzuwecken. Doch die weigert sich geradezu böswillig, mir diesen Gefallen zu tun. Ich stehe an dem Ort, an dem die Dinge sich ereignet haben, und trotzdem verbirgt er noch immer sein Antlitz vor mir. Und gerade hier, in dem Durchgang zwischen zwei Häusern, bei dem *bookinist*, ganz zufällig in einem nach Lysol und gammligem Papier riechenden Tel Aviver Hof, neben einem armseligen Feigenbaum, der hartnäckig aus einem Spalt im Beton wächst, begossen von spärlichen Wassertropfen aus Klimaanlagen, umgeben von gebrauchten Büchern, rieche ich wieder den Geruch des Sauerkrauts, das Lapides verdrückte, höre von jenen Lippen, von denen wahre Perlen kamen, den Gesang der Engel Jakobs, den die Hirten in den Karpaten sangen, spüre Vaters haarigen Pelzmantel und sehe das Kumil-Haus zu neuem Leben erwachen.

Waren es die Steine, die Dachschindeln, die braun-gelbgrün gemusterten Bodenfliesen, all diese von nostalgischen Menschen so geliebten Details, die das »Ortsgefühl« ausmachten? War das Kumil-Haus das, was es war, dank den rosa Steinen, die nach dem Regen durchsichtig schimmerten, dank dem Lattenzaun, der die Hausfront von der Straße trennte, dank den orangebraunen Dachschindeln aus Marseille? Gereichte seine furchtbar armselige Hinterseite (Mutter nannte sie »das zerrissene Mantelfutter« unseres Hauses) ihm zum Schaden wegen der von den Baumwurzeln gelockerten Fliesen, wegen der Löcher, die Granatsplitter der arabischen Legion in die oberen Metallfensterläden gerissen hatten? – Was das Kumil-Haus wohl ausmachte, wie jeden anderen Ort auch, waren seine Bewohner, Vater und Mutter und all die anderen Menschen, die mich umgaben und deren Existenz im Grunde die Grenze meiner Welt war.

Wo seid Ihr, Herr Salomon, der Ihr noch vor Sonnenaufgang die Tauben in Eurem Vogelbauer mit Brotkrumen in Milch gefüttert und zur Zeit des *Mincha*-Gebetes den an Eurer Türe wartenden Menschen Blutegel angelegt und Schröpfköpfe aufgesetzt habt? Wo seid Ihr, Frau Hilde Zuckerman, Besitzerin des Perückensalons, deren Haus tagsüber ein begehrter Treffpunkt ultraorthodoxer Frauen war und zu der nachts heimlich ein Franziskanermönch der Custodia Terra Sancta in der Altstadt kam, damit Ihr sein bares Haupt mit einer Perücke aus dem Haar der Jungfrauen aus den *Ungarsch Häusern* bedecktet? Wo ist Arn-Barn, der Unmengen von schokoladenen Katzenzungen und Petit-Beurre Keksen verdrückte und vom Balkon auf die Passanten pischte, bis Vater ihm drohte, er werde ihn am Schwanz zur Polizei schleppen, woraufhin dieser so erschrak, daß er damit aufhörte.

Viele von ihnen leben schon nicht mehr, andere haben sich in die Ferne zerstreut – wie ich zum Beispiel, oder Reb Jejnne Ackerman. Ihn traf ich zufällig vor ein paar Jahren, da saß er auf den Stufen der Synagoge des Altenheims in der Tel Aviver Allenby Straße und verkaufte Transistorradios zweifelhafter Herkunft. Wer weiß, was Ihr alles durchgemacht habt, wo Ihr doch Jerusalems größter Importeur italienischer Äpfel wart. Auf der Hauptstraße des Machane Jehuda standen die Professorengattinnen und die Ehefrauen der höheren Beamten aus Rechavia und Talbije bei Euch für Golden Delicious Schlange, aber in Eurem Verschlag bei uns unter der Treppe habt Ihr gehaust wie ein Hund. »Der hat keinen einzigen Zahn mehr im Mund«, hatte der Bader, Herr Salomon, gesagt, und seine Frau, die Wolle verkaufte, fügte hinzu: »Und noch nicht einmal Strom hat er in seinem Loch.« Doch einmal im Monat machte Ackerman seinen Stand dicht und schrubbte sein Zimmer. Wenn er gegen Abend mit der Arbeit fertig war, ließ er ein Kabel aus der Wohnung über sich herunter und erleuchtete seine Wohnstatt mit strahlendem Licht. Herr Zuckerman, der von der Arbeit seiner Frau, der Perückenmacherin, lebte und Zeit hatte, deutsche Journale zu lesen und sich mit Kindern und allerlei Nichtsnutzen anzufreunden, lauerte Jejnne an solchen Tagen vor seiner Tür auf, um zu sehen, was dort passierte. »Nach den Neun-Uhr-Nachrichten«, erzählte er uns am nächsten Tag, »kam ein junges Weib auf hohen Absätzen zu ihm, und sie ging erst eine halbe Stunde nach Mitternacht wieder.« Keiner zweifelte daran, daß Jejnne schon lange eine Hure in seinem Liebesnest empfing. Auch Vater und Mutter waren davon überzeugt. Erst Jahre später erfuhren wir zufällig, daß die junge Frau seine Tochter war.

Als die Lebensmittelknappheit vorbeiging und die Obsthaine in Galiläa Früchte trugen, gelang es Jejnne nicht mehr, sich den neuen Gegebenheiten anzupassen. Er hatte kein Einkommen mehr, und eines Tages stand er auf, verschloß die Tür seines Verschlags und verschwand.

»Reb Jejnne«, sprach ich ihn an, als er auf den Treppen des Altersheims saß, »wie geht es Euch?«

Er schaute mich nicht an.

»Kennt Ihr mich nicht mehr?« fragte ich.

Er schwieg.

»Wir haben doch zusammen im Kumil-Haus gewohnt, in Ge'ula.«

»Kumil-Haus«, murmelte er und hob seinen Stock, um mich zu verjagen, »so was gab es nicht.«

Die Jahre vergingen. Auch die neuen Mieter sind aus dem Kumil-Haus inzwischen wieder ausgezogen. Vor die verschlossene Türe jeder leeren Wohnung hat man ein Holzbrett genagelt. Die Fenster sind zerschlagen. Die Fensterläden, geschunden von den Winterstürmen Jerusalems, waren aus ihren Verankerungen gerissen oder blieben wie durch ein Wunder an einem Zapfen hängen; Regen drang durch die zerbrochenen Dachschindeln und durchnäßte die dicken Mauern, daß sie schimmlig wurden. Und nicht selten, wenn ich im Bus an unserem alten Haus vorbeifuhr, konnte ich nur einen schmerzvollen Blick auf Jizchak Carassanti werfen, der den kleinen Laden einige Tage vor Ausbruch des Sechstagekrieges von Mutter gekauft hatte und nun weiter einsam hinter seiner Kühlvitrine auf Kunden wartete und zusammen mit ihnen alt wurde.

Im Sommer 1988 hängte jemand ein farbiges Schild an die Frontseite des zerfallenden Hauses: Hier entsteht mit Gottes Hilfe eine Filiale der *Misrachi*-Bank und das prächtige Geschäftszentrum: Ge'ula-Center.

»Die reißen Euer Haus ab«, berichteten mir ein Jahr später einige Jerusalemer, die mich anriefen und erzählten, abgesehen von der Vorderfront mit dem Laden, die wohl stehen bleiben sollte, damit der Bauunternehmer ein paar »Bauprozente« mehr bekam, gebe es nur noch ein gähnendes Loch.

Am Vorabend des dreizehnten Todestages meiner Mutter ging ich mir die endgültige Ruine unseres Hauses anschauen.

Die Kasuarinen, an deren Stämmen Ejtan Weinstein und ich kleine Spiel-Aufzüge befestigt hatten, mit Flaschenzügen aus gezahnten Schreibmaschinenfarbbandrollen, waren gefällt.

Die Decke unserer Wohnung, jene hohe Decke, von der während des Granatenbeschusses die Putzflocken gerieselt waren, die das Kind mit angstgeweiteten Augen *waiße murischkes* genannt hatte, war unter den Stößen des Bulldozers eingestürzt.

Auch der unebene Fliesenboden, auf dem ich die leichte Bewegung des Wassers verfolgte, wenn Mutter vor Schabbat das Haus wischte, war herausgerissen.

Nur die Vorderfront stand noch, wie eine Kulisse an einem verlassenen Drehort, und mit ihr die elterliche *Tnuva*-Filiale. Jizchak Carassanti hatte sich noch immer nicht mit den Unternehmern einigen können und klammerte sich an die Ladenruine wie ein Kapernstrauch.

Am Eingang, über dem rechten Schaufenster, hing ein kleines graues Metalltäfelchen. Dieses Täfelchen, auf dem mit riesigen Buchstaben »Ge'ula 12« geschrieben stand, hatte Vater einige Monate vor meiner Geburt dort angebracht, damit die Briefe aus Kiew, Lebenszeichen seiner Schwägerin, die mit ihrer kleinen Tochter dortgeblieben war, nachdem man seinen Bruder Jizchak unter der Beschuldigung zionistischer Agitation hingerichtet hatte, ihren Adressaten auch wirklich erreichten.

Jizchak Carassanti empfing mich mit Freuden. Er schnitt den Käse mit dem Messer, das schon meine Eltern benutzt hatten, die Waage stand noch an ihrem alten Platz; ihre Waagschalen erzitterten, wenn man Chalwa darauflegte. Automatisch hob ich den Blick zur Zimmerdecke in der südöstlichen Ecke des Ladens. Wenige Jahre bevor wir den Laden verkauften, hatte Mutter den Elektriker, Herrn Kojfmann, bestellt, um für das Ladenschild eine Beleuchtung zu installieren. Der Elektriker hatte geschludert, und als das Kabel nicht ganz um die Ecke reichte, hatte er es nicht an der Wand befestigt, sondern einfach daran gezogen und es lose in der Luft übereck hängen lassen.

»Herr Kojfmann, bitte nehmt es mir nicht übel, aber das wird so nicht halten«, hatte Mutter sich auf Jiddisch beschwert.

»Wos hot ir mojre, dos wed jo haltn [Was sorgt Ihr Euch, das wird halten]«, hatte der Elektriker sie beruhigt.

»Mi-kojich wos wet es haltn? [Dank welcher Kraft wird es halten]*«*, fragte Mutter staunend.

»Mi-kojich ha-kurz«, lachte Kojfman, das Elektrokabel werde gerade deshalb halten, weil es kurz und gespannt sei.

Jahrzehnte waren seitdem vergangen. Vater und auch Mutter lebten nicht mehr. Herr Kojfmann war schon alt. Das Kumil-Haus war fast ganz abgerissen, und nur das Elektrokabel hing noch oben in der Zimmerecke, das einzige Ding, das die Gegenwart mit der Vergangenheit verband, bis man es abklemmen würde.

Jizchak Carassanti war nach einigen Prozessen und massivem Druck auf die Bauunternehmer zu einer Übereinkunft mit ihnen gekommen und ist inzwischen fortgezogen; er hat den professionellen Handwerkern Platz gemacht, die aus der *Tnuva*-Filiale von Mutter und Vater in Kürze das Brillengeschäft ›Ge'ula-Optik‹ machen sollten.

»Endlich sehe ich wieder Nadeln der Kasuarine«, hatte Mutter Jahre zuvor gesagt, als sie ihre neue Brille aufgesetzt und zu den hohen Bäumen hinaufgeschaut hatte, die unseren Hof von der Straße trennten. »Alles ist auf einmal so hell.«

III. Luft, die niemals ruht

I

Mutter verabscheute die Romantik.

Seit sie sich nach dem Tod der Mädchen und dem Scheitern ihrer ersten Ehe dem Rationalismus verschrieben hatte, unterwarf sie ihr Innenleben der Herrschaft der Vernunft und plante alles, was sie tat, logisch, nüchtern und kalt. Doch nicht nur, daß der Widerstand gegen die Romantik ihr Herz dem Pulsieren der Liebe verschloß und ihre Seele davor bewahrte, sich von Stürmen des Gefühls und der Phantasie ergreifen zu lassen, mit der Zeit reifte in ihr auch eine scharfe, kompromißlose Kritik am verborgenen Kernpunkt des romantischen Wesens: sie führte einen »heiligen Krieg« gegen das, wie sie meinte, gefährliche und zügellose Flirten der Romantik mit dem Tod.

»Der spielt mit dem Feuer«, rief sie eines Abends mit rotem Kopf, sprang plötzlich vom Tisch auf und schaltete das Radio ab. Seit Anfang der Woche hatte Mutter die Hausarbeit und die Kontrolle meiner Schularbeiten vernachlässigt und sich nach Ladenschluß bis Mitternacht und oft noch länger in die Lektüre des *Zauberberg* vertieft, dessen beide Bände sie aus der *Bnej Brith*-Bücherei ausgeliehen hatte. Vater war nach den Abendnachrichten zum täglichen Talmudstudium in die Synagoge gegangen und hatte das Radio angelassen, so daß die hohen Klänge eines Streichquartetts die Wohnung erfüllten. Zunächst hatte Mutter die Reihe aufeinanderfolgender, sehr gefühlvoller Variationen nicht weiter beachtet, doch als plötzlich ein langsamer Trauermarsch durch die Stille zog, ließ sie das Buch sinken, nach dessen Lektüre sie sich den ganzen Tag gesehnt hatte, und lauschte dem spannenden Zwiegespräch zwischen dem verführenden Dämon Tod und dem verzweifelt flehenden Leben, bis sie schließlich aufstand und der Sache eine Ende machte.

»Warum denn«, protestierte ich, »das ist so schön.«

»Ich hasse es«, schimpfte Mutter und schlug mit der Faust auf das geschlossene Buch. Schubert habe der Begegnung des bangen Mädchens mit dem Tod, der sein Opfer immerzu mit schönen Worten zu überreden sucht, ihm die Hand zu reichen und mit ihm zu gehen, leichtfertig und hochmütig ihre häßliche Tragik genommen, habe ihr statt dessen Anmut verliehen. »Die Schönheit hat ihn wahnsinnig gemacht«, versuchte sie mich zu überzeugen; Schubert habe, wie alle anderen Romantiker auch, den Tod verherrlicht, habe ihn für eine Art guten Freund mit lauteren Absichten gehalten.

Wie auch früher schon wanderte Mutters Blick über mein Gesicht und versuchte zu prüfen, ob ich der unverhohlenen Schärfe ihrer Worte gewachsen war; am meisten fürchtete sie den düsteren Zauber, mit dem die Romantiker den Tod umgeben. Die jungen Menschen, die noch keine Ahnung haben und von Natur aus zu Selbstzerstörung neigten, erlägen dem mit Begeisterung. »Ich würde euch alle eine Woche lang zum Arbeiten in die Totenkammer schicken«, sagte sie und putzte ihre beschlagenen Brillengläser. »Nachdem ihr einmal mitgeholfen habt, ein totes Kind auszuziehen, wäret ihr für immer von der Sehnsucht geheilt, euch dem Tod in die Arme zu werfen.«

Mutter ließ das Buch von einer Hand in die andere gleiten und schlug es nach kurzem Zögern dort auf, wo sie einen Busfahrschein zwischen die Seiten gelegt hatte; sie selbst wollte jetzt schweigen und lieber Thomas Mann sprechen lassen, auf daß ihm mit seinem kompromißlosen Humanismus das gelinge, woran sie zu scheitern drohte. Sollte er dem Tod endlich die harmlose Maske abreißen, hinter der die Romantiker sein Wesen versteckten! Und so traten wir mit Joachim, der sich verspätet hatte, da er in der Hauptliegekur eingeschlafen war und das Gong überhört hatte, das die Patienten des Sanatoriums zum Nachmittagstee rief, mit einer viertel Stunde Verspätung auf den stillen, menschenleeren Korridor. Da kamen uns drei Männer entgegen, in Spitzenhemden, und ein Kreuz voran, ein goldenes Kreuz mit Laternen; voran der Mann mit dem Kreuz, darauf der Geistliche, eine Brille auf der Nase, er hielt mit ernstem Gesicht das Viatikum an der Brust, und dann noch ein Junge mit einem Räucherfäßchen. Wir stellten uns neben Joachim an die Wand, in anständiger Haltung, und verbeugten uns etwas, als sie bei uns waren, – es war gerade vor dem Zimmer der kleinen Hujus, Nummer achtundzwanzig. Und in dem Moment, als der Junge, der im Heiligtum dient, die Türklinke herunterdrückte und der Priester den Fuß über die Schwelle setzte, ging da drinnen ein Zetermordio an, ein Gekreisch, du hast nie so etwas gehört, drei-, viermal hintereinander, und danach ein Schreien ohne Pause und ohne Absatz, aus weit offenem Mund offenbar, ahhh, es lag ein Jammer darin und ein Entsetzen und Widerspruch, daß es nicht zu beschreiben ist, und so ein greuliches Betteln war es auch zwischendurch, und auf einen Schlag wurde es hohl und dumpf, als ob es in die Erde versunken wäre und tief aus dem Keller käme. Wieso »aus dem Keller«, hörten wir Hans Castorp aufgebracht seinen Vetter fragen. Sie war unter die Decke gekrochen, antwortete ihm Joachim leise und wach. Der Kreuzträger und der Junge, der im Heiligtum dient, standen noch immer zwischen Tür und Angel und konnten nicht eintreten, und wir konnten zwischen ihnen hindurch ins Zimmer sehen. Es ist ja ein Zimmer wie deins und meins, sagte Joachim, am Kopfende standen Leute, die Angehörigen natürlich, die Eltern, und redeten beschwichtigend auf das Bett hinunter; man sah nichts als eine formlose Masse darin, die bettelte und grauenhaft protestierte und mit den Beinen strampelte. Und einen Moment, bevor die drei, die das Sakrament brachten, eintraten und die Türe hinter sich zuzogen, sahen wir noch den Kopf des jungen Mädchens mit wirrem hellblondem Haar für einen Moment auftauchen, und sie starrte mit weitaufgerissenen Augen den Priester an, so blasse Augen, ganz ohne Farbe, und fuhr mit Ah und Huh wieder unters Laken.

Die Angst, die dem tuberkulösen Mädchen in ihrem Todeskampf eine solche Kraft verlieh, übertrug sich tatsächlich, doch Mutter ignorierte das drohende Knarren des Kleiderschrankes, dessen Türen ich in einem fort zwanghaft auf- und zumachte. Die meisten Menschen, sagte sie, und auch die hoffnungslosen Insassen des Sanatoriums in jenem abgelegenen Dorf in den Alpen, verbringen, obwohl ihr Schicksal schon entschieden ist, die Tage damit, Pfefferminztee zu trinken und über Belanglosigkeiten zu reden, allein um die düstere Stimme des Todes zu übertönen, die aus den Nebenzimmern dringt. Mutter strich über das Tischtuch, zog unsichtbare Falten glatt und sagte, nur jemand, den seine Füße in die Korridore des Schmerzes trügen, auf denen man keine lebende Seele trifft, werde im entscheidenden Moment hinter der geschlossenen Tür den Anblick der Auflösung und des Zerfalls mit ansehen.

Mutter blätterte in dem Buch, das schon viele unbekannte Hände aufgeschlagen hatten, und fuhr gedankenverloren fort: Während sich die gewissenlosen Romantiker in Gesellschaft ihrer netten, dummen Anhänger wohlfühlten und zuschauten, wie sich ihre ängstlichen Seelen an prächtigen, obszönen Meisterwerken labten, in denen das Antlitz des Todes stilisiert und mit schönen Worten verfälscht werde, kämen die der Wahrheit verpflichteten Dichter aus dem Kreis jener wenigen Begnadeten, die eine undankbare Mission unternehmen, zu der keiner sie ausgeschickt hat, um nach ihrer Rückkehr ohne Pathos und Beschönigung zu berichten, was sie im tiefsten Dunkel gesehen haben.

Mutters Gedanken überraschten mich wenig; sie hatte diese Dinge schon oft in verschiedenen Situationen auf ähnliche Weise formuliert. Ich glaube, die erste Fassung hörte ich einige Jahre vorher, noch ehe sie begann, sich mit der Romantik zu beschäftigen. Es war am Ende der großen Ferien, kurz bevor ich in die zweite Klasse kam.

An jenem Sommernachmittag zog bei uns das letzte Geleit einer alten Frau aus Bejt Israel vorbei. Wie gesagt, lag unser Haus an der festen Route der Beerdigungszüge, die bis zur Schneller-Basis gingen, von wo aus der schwarze Autobus die Trauernden zum Friedhof nach Giv'at Scha'ul brachte. Als man an der Geschäftigkeit auf der Straße spürte, daß sich ein Bestattungszug näherte, schlug Mutter, wie gewohnt, die Läden vor und trat mit Vater und den wenigen Kunden hinaus, um den Zug ein Stück weit zu begleiten und der Toten so die letzte Ehre zu erweisen. Diesmal war es einer dieser kurzen Beerdigungszüge; außer den zehn Männern, welche die Tote trugen, begleiteten ihn nur wenige zufällig Hinzugestoßene, die ihn an der nächsten Straßenecke auch schon wieder verließen, wenn sie meinten, ihrer Pflicht Genüge getan zu haben. Während bei den meisten Trauerzügen der Tote in der Menge des Trauergefolges verborgen blieb und man ihn nur hin und wieder sehen konnte, war der ins Leichenhemd gewickelte Leichnam dieser Frau die ganze Zeit über zu sehen. Beim Anblick der kleinen Leiche, die im Rhythmus der schnellen Schritte der schweigend an uns vorbeieilenden Männer hin und hergeworfen wurde und immer wieder von der aus zwei Stöcken zusammengehakten Trage zu hüpfen drohte, packten mich Angst und Schrecken, und ich rannte ins Haus, verkroch mich in meinem Versteck unter dem Bett, wie bei den Angriffen während des Unabhängigkeitskrieges.

Lange lag ich mit geschlossenen Augen dort im kühlen, staubigen Dunkel, umgeben vom Gestank der Winterpantoffeln und des Seegrases, das aus der Matratze herausguckte, und um mich zu beruhigen, erzählte ich mir laut eine Geschichte, die ich in diesem Moment erfand; es war eine Geschichte über Adam und Eva. Statt vom Baum der Erkenntnis, ließen sie sich verführen, die Frucht vom Baum des Lebens zu essen. Wohl unter dem Einfluß von Großmutters Geschichten – mehr als einmal hatte sie mir die Legende von Phönix aus der Asche erzählt –, ließ ich Eva nicht der Schlange begegnen, sondern der hebräischen Phönix, der *Of haChol*, die von ihrem herrlichen schon tausend Jahre währenden Leben erzählt und Eva dazu verführt, von der Frucht zu essen, durch die man das ewige Leben erlangt. Gott wandelte auf den Wegen im Garten Eden und ertappte die Menschenkinder bei ihrer Sünde. Er rief die Engel zu einer Beratung zusammen, und der Engel Michael fragte, ob es nachträglich betrachtet nicht doch besser gewesen wäre, Eva und ihrem Gefährten statt Phönix die Schlange zu schicken, *die listiger war als alle Tiere auf dem Felde*, und sie zu verführen, vom Baum der Erkenntnis zu essen. Doch Gott, der auf seinem königlichen Thron saß und die Enden seines Bartes kaute, hieß den Engel Michael ungeduldig schweigen und sagte, was passiert sei, sei nun mal passiert, da könne man nichts mehr machen; man müsse jetzt vielmehr überlegen, wie man die Unmengen Nahrungsmittel für Milliarden Dummköpfe beschaffe, die sich wie Fliegen vermehrten und von denen keiner jemals sterben werde.

»Genau wie Großmutter«, hörte ich Mutter aus der Ferne zu mir sagen, und in ihrer Stimme, die überraschend den Zwischenruf eines Engels übertönte und ihm das Wort abschnitt, klangen Schmerz und Enttäuschung. Eine ganze Weile hatte sie still neben dem Bett gestanden und dem Wortwechsel gelauscht, den ich Eva und der Phönix in den Mund legte, und vor allem dem deprimierten Monolog Gottes. »Genau wie Großmutter«, – mit diesen Worten empfing sie mich, als ich beschämt und eingestaubt unter dem Bett hervorkroch. Trotz der originellen, vielleicht sogar gewagten Idee der Geschichte, die meiner Lehrerin gewiß nicht gefallen würde, wolle sie nicht verbergen, daß meine Geschichte sie letztlich sehr enttäusche, da sie einmal mehr zeige, wie sehr ich doch von Großmutter beeinflußt sei. »Wildes Unkraut hat sie schon in mein Beet gepflanzt«, schimpfte Mutter, während sie mir den Staub von den Kleidern klopfte, »und nachdem ich es gerade mühevoll mit Stumpf und Stiel ausgerottet habe, fängt es an, in deinem Beet zu sprießen!«

»Der Tod kann einen wirklich – zu Tode erschrecken«, meinte Mutter etwas hilflos, als sie zur Mittagspause in die Wohnung kam. Sie wollte den Eindruck der Ereignisse nicht auf sich beruhen lassen. Nachdem ich den Tod heute zum ersten Mal gesehen habe, könne ich schon ein bißchen verstehen, wovon sie rede, obwohl dies nur ein entferntes, verdecktes Abbild des Todes gewesen sei. Die kleinlichen Aufseher der Stadtverwaltung zwangen uns, den Laden über Mittag zu schließen, und Mutter nutzte die Pause an diesem Tag zum Fensterputzen und verkündete auf dem Fensterbrett beim Polieren des Oberlichts von den Höhen des Zimmers herab, man erkenne einen Menschen nicht daran, wie er die Welt draußen betrachte und was er über sie sage, sondern daran, wie er in den innersten Kammern seines Herzens, wenn keiner dabei ist, mit der lähmenden Angst vor dem Tod umgehe. Immer werde man einzelne finden, die es wagten, dem Tod frech ins Angesicht zu blicken, ihn todesmutig herauszufordern, und dank solcher Mutproben und Provokationen würde ihnen auch noch die Bewunderung der Leute zuteil. »In meinen Augen sind das aber keine Helden, sondern bestenfalls Dummköpfe«, urteilte Mutter, veränderte, während sie sich am Fensterrahmen festhielt, vorsichtig ihre Standposition und fragte, ob ich mich noch an die Spanier erinnerte, die sich aus der aufgeheizten Masse in den Gassen gelöst und sich den Stieren auf deren Weg zur Arena in den Weg gestellt und sie provoziert hatten. Am Anfang der großen Ferien war ich mit Mutter in einer Vorstellung im Orion-Kino gewesen, und diese Bilder aus der Wochenschau *Joman Carmel*, die man vor dem Film zeigte, erregten die Gemüter der Jerusalemer Kinobesucher sehr. Beim Anblick der mutigen Männer, *die sich in fremden Hader mischten*, pfiffen und johlten sie, und wenn einige dabei Pech hatten und von den Stieren auf die Hörner genommen oder zertrampelt wurden, schrien sie entsetzt. Mutter war in ihrem Kinosessel immer kleiner geworden und hatte gesagt, diese Quälerei unschuldiger Tiere wecke in ihr nur Abscheu, doch nun meinte sie, diese Revolution und unnötige Selbstgefährdung sei eigentlich ein Ausdruck der Angst dieser Menschen vor dem Tod. Sie schaute zu mir herunter, warf mir ein altes Unterhemd zu, bat mich, ihr einige Bögen Zeitungspapier zu reichen, und schloß damit, daß sich diese Laien-Matadore in ihren Augen nicht sehr von den »Schwarzen Falken« unterschieden, die auf dem Abhang von Scha'arej Chessed zum Kreuzestal gefährliche Motorradrennen veranstalteten, und auch nicht von den Bezwingern des Mount Everest oder den Seefahrern der »Kon-Tiki«, die in den Wellen des Ozeans hätten untergehen können – das alles seien Verrückte, und auch unsere Fallschirmspringer rechne sie dazu.

Ein abstoßender Geruch von vergälltem Spiritus, nassem Zeitungspapier und feuchtem Staub lag im Zimmer. Mutter hauchte auf eine der Glasscheiben, um noch einen hartnäckigen Fleck wegzureiben. Sie sagte, die meisten Menschen versuchten, sich vor dem Tod zu verstecken, machten die Augen zu und hofften naiv, so wie sie ihn nicht sähen, werde auch er sie nicht sehen. Doch dieser Schuft habe tausend Augen wie ein Pfauenschwanz; er sehe uns alle, bis in die letzte Reihe, und keiner könne seinem Blick entrinnen.

Mutter betrachtete das einfache Steinhaus von Dr. Israelit, das jetzt, da die Fenster sauber glänzten, auf der anderen Straßenseite wieder gut sichtbar war, und sagte, wer begabt sei, Geschichten zu erzählen, begnüge sich nicht wie andere Menschen damit, die Augen zu verschließen und in ein Versteck zu kriechen, sondern versuche, seine Angst mit der Behaglichkeit selbst erfundener Geschichten zu bannen, wie einer, der alleine durch die Nacht geht und sich im Dunkeln ein Liedchen pfeift.

»Das tut deine Großmutter schon ihr Leben lang, und nun machst du es ihr nach! Ich hingegen habe dem Tod immer direkt ins Auge geblickt«, sagte Mutter abschließend und stieg von der Fensterbank. Sie hoffe, fügte sie noch hinzu, daß ihr Sohn im entscheidenden Moment, der leider früher oder später komme, all seine Kräfte zusammennehmen und die Augen nicht verschließen werde.

»Bleib hier«, befahl mir Mutter ungefähr acht Jahre später in jener frühen Morgenstunde, als wir von Vaters Stöhnen aufgewacht waren; Vater hatte einen leichten Gehirnschlag erlitten, den ersten einer Reihe von Zwischenfällen, die seinen nahenden Tod ankündigten. Dr. Israelit war schnell herbeigeholt worden und hatte gerade mit der Untersuchung begonnen, als ich mich aus dem Staub machen wollte, doch Mutter legte mir die Hand auf die Schulter und sagte, es sei nicht schön, Vater jetzt, wo er uns am meisten brauche, alleinzulassen. Genau das habe sie gemeint, als sie mit mir über den Mut des direkten Hinschauens gesprochen habe.

Vater hing hilflos im »elektrischen Fauteuil«; seine weit aufgerissenen Augen wanderten zwischen uns und dem Arzt hin und her, der ihm mit einem Hämmerchen aufs Knie klopfte und die Pupillen seiner ausdruckslosen Augen untersuchte. Nachdem er Vaters nackte, schlaffe Oberarme gekitzelt und ihm den Kopf hin- und hergedreht hatte, bat Dr. Israelit Vater, er möge ihm bitte den Satz *Gad Gdud jegudenu wehu jagud akew / Gad gattet sich Gerotte / er geht ihm aufzulauern* nachsprechen. Vater gab sich alle Mühe zu tun, wie der Arzt ihn geheißen hatte, und den Segen nachzusprechen, den Jakob seinen Söhnen gab, als sie sich vor seinem Tod um ihn versammelt hatten, doch plötzlich begann er zu weinen und sagte, nicht umsonst habe er in der Synagoge nie aus der Tora vorgelesen, denn seine Zunge sei schwer, und ausgerechnet jetzt, wo er hier wie ein zerbrochener *Lulaw* sitze, verlange man von ihm eine Aufnahmeprüfung wie Kawetzki von seinen Chorknaben. Dr. Israelit lächelte verlegen, klopfte aufmunternd auf Vaters hängende Schulter und entschuldigte sich, er habe ihn – Gott behüte – nicht irgendwie verletzten wollen, sondern nur prüfen, ob sein Sprachzentrum mitbetroffen sei, eine Untersuchung, die sich erübrige, nachdem er sich soeben nicht weniger eindrucksvoll verteidigt habe als Abba Eban in einer Sitzung der Vereinten Nationen.

Als wir den Arzt später zum Hoftor begleiteten, fragte Mutter ihn beim Bezahlen nach seiner Prognose und ob sich so ein Schlag, wie Vater ihn heut früh erlitten habe, in Zukunft in stärkerer Form wiederholen könne. »Ich sehe, Sie sind schon eine halbe Frau Doktor«, sagte unser Nachbar lächelnd, hielt seine Tasche verlegen mit beiden Händen und machte ein Zeichen in meiner Richtung. »Zögern Sie nicht, bitte sprechen Sie ganz offen mit uns. Sagen Sie uns Ihre Diagnose«, bat Mutter entschieden und zeigte dann etwas verwirrt auf die Hühner der alten Wollmann im Nachbarhof und meinte, »auch der Junge weiß, daß der Tod ein riesiger Misthaufen ist, in dem wir alle herumpicken, und daß jeder von uns zu gegebener Zeit seinen Wurm darin finden wird.«

Etwa zwei Wochen später kam Mutter auf die quälenden Ereignisse jenes Morgens zurück, die mich fast ununterbrochen beschäftigt hatten; es sah so aus, daß Vater sich von seinem Schlaganfall erholte und das Leben langsam wieder seinen gewohnten Lauf nahm. Doch an diesem Abend, ich war gerade von einer privaten Nachhilfestunde in Mathematik zurückgekommen, herrschte in der Wohnung eine unerklärliche, bedrückende Stille, die allein durch Vaters unregelmäßiges, gleichsam ringendes Schnarchen unterbrochen wurde. Auf ärztlichen Rat ruhte er nun viel und ging sogar früh schlafen. Mutter saß auf ihrem Platz im Durchgangszimmer, aufrecht und angespannt wie immer, wenn sie las, doch das Buch aus der Bücherei, das vor ihr im Lichtkreis der Leselampe lag, war zugeklappt, und in ihren in die Ferne gerichteten Augen standen Tränen.

»Vater! Was ist mit Vater?« rief ich entsetzt und nur mit Mühe einen Schrei unterdrückend, schlich ich auf Zehenspitzen ins andere Zimmer, in dem Vater lag. Ein schwacher Streifen Licht fiel auf seinen unruhigen Schlaf, und Qualen gruben, wie in Wachs gedrückt, gewundene Bahnen in sein Gesicht, die schließlich alle im dunklen Loch seines Mundes zusammenliefen.

»Keine Angst«, beruhigte mich Mutter, als ich aus dem Zimmer kam; sie versuchte, optimistisch zu klingen: »Mit Vater ist alles in Ordnung, im Moment jedenfalls.«

»Warum weinst du dann?« fragte ich ungläubig nach. Ich wollte herausbekommen, was sie vor mir verbarg.

Mutter lächelte unter Tränen und sagte, sie sei gerade erst von der Beerdigung des Herrn Golowin zurückgekehrt.

»Noch so einer von Vaters russischen Bekannten?« fragte ich

und sah vor meinem geistigen Auge die kleine Gruppe der Leute aus Kiew mit Parachodnik, Sorokin und Galinka, die ab und zu in unsere Welt einfielen.

»Iwan Iljitsch Golowin ist schon vor achtzig Jahren gestorben«, lächelte Mutter und meinte dann betrübt, wenn meine Lehrer, aus deren ausdrucksleeren Augen nichts als unverbesserliche Dummheit spreche, nicht von uns verlangen würden, die diversen Opferarten des Tempeldienstes auswendig zu lernen samt der jeweiligen Mengen Grieß vermengt mit Öl, die man dabei darbrachte, oder die Liste der achtundvierzig Bundesstaaten der USA mit ihren Hauptstädten herunterzubeten, sondern in uns den Wunsch weckten, die unsterblichen Schätze der Weltliteratur zu entdecken, dann wäre ich nicht so beschämend ungebildet, dann wüßte ich, wer Tolstoi ist und würde mich ehrfürchtig vor dieser wundervollen Erzählung neigen, einem der genialsten Werke der Weltliteratur. Denn was habe sie schon mit Iwan Iljitsch zu schaffen, jenem längst vergessenen russischen *Goj*, einem Amtsrichter, der nach mitleiderregenden Bemühungen endlich befördert worden war, sein ersehntes Einkommen von fünftausend Rubel bekam und in einer der Bezirksstädte des Zarenreiches starb. Man habe doch eigentlich nicht erwarten können, daß sie irgendeine Sympathie für das einfache, offenkundig normale Leben des an Magenkrebs dahinsiechenden Iwan Iljitsch empfinden würde, doch dank der schlichten, tragischen und erschütternden Erzählweise, die scheinbar aller künstlerischen Effekte entbehrte, habe sie sich ganz und gar von der Verzweiflung dieses Mannes packen lassen; der habe niemanden gehabt, der ihn so bemitleidete, wie er es wollte; er habe sich zuweilen nach langen Stunden der Qual danach gesehnt, daß man Mitleid mit ihm habe wie mit einem kranken Kind, doch er schämte sich, wie es ihr schien, das zuzugeben. Ihn verlangte danach, daß sie ihn beschwichtigten, ihn küßten, über ihn weinten, wie man Kinder beschwichtigt und tröstet. Er habe zwar gewußt, daß er ein wichtiges Mitglied des Gerichtshofes war und einen grauen Bart hatte, weshalb keiner der Menschen, die ihn umgaben, weder seine Frau noch seine Kinder und gewiß keiner seiner Richterkollegen ihn wie ein Kind behandeln konnten, obgleich er sich so sehr danach sehnte. Und allein Gerassim, diesem dicken, jungen *Muschik*, der ihn während seiner Krankheit pflegte, gelang es mit seinen einfachen, natürlichen, noch nicht korrumpierten Sinnen, ihm sein Leiden zu erleichtern. Gerne legte Gerassim sich die Füße des Kranken auf die Schultern, so daß Iwan Iljitsch meinte, überhaupt keine Schmerzen mehr zu haben. Diese merkwürdige Stellung, in der die beiden dasaßen und sich unterhielten – der kräftige Bauernsohn, der die Füße des Richters hielt und so den Druck der wachsenden, sich in der Magengrube ausbreitenden Geschwulst etwas minderte – sei eine der wunderbarsten Szenen der Menschlichkeit, flüsterte Mutter, und ihre Augen füllten sich wieder mit Tränen.

Sie drückte sich das Buch an die Brust und fuhr mit beherrschter Stimme fort, während sie sich mit Iwan Iljitschs unerträglich deprimierenden Gedanken gequält habe, als die Verzweiflung ihn zunehmend übermannte und er genau wußte, daß er sterben würde, und sich dennoch nicht daran gewöhnen konnte, es einfach nicht verstand, es einfach nicht verstehen konnte, auf keine Art und Weise, da habe sie nicht nur seine Angst mitempfunden, sondern auch verstanden, daß wir alle dazu verurteilt sind, diese schreckliche Angst im Herzen zu tragen; und bei Iwan Iljitschs letzter Abrechnung mit seinem Leben, das langsam aus seinem gemarterten Körper wich, habe auch sie die Abrechnung mit ihrer Welt gemacht, sich bei seinem Tod den ihren vorgestellt, ihr eigenes Ende, das hinter einer der Wegbiegungen der Zukunft schon auf sie wartete.

Vaters Schnarchen hörte auf; eine scheinbar unheilvolle Stille wehte uns aus seinem Zimmer entgegen. Mehrere Male stand ich von meinem Platz auf und setzte mich nach einem Zögern wieder, bis Mutter schließlich sagte, es sei vielleicht besser, wenn sie zu ihm hineingehe und nach ihm schaue. Müde und langsam schleppte sie sich zur Tür, drehte sich, eine Hand an den Türpfosten gelehnt, noch einmal um und schaute zuerst zu mir und dann auf das Bändchen mit Erzählungen auf dem Tisch. »Du mußt wissen, an dem Morgen, als Dr. Israelit kam, um Vater zu untersuchen, hast du das erste Mal das Zimmer von Iwan Iljitsch betreten. In alle Ewigkeit wird dieses Zimmer den Namen tragen, den Tolstoi ihm gegeben hat, und nur die darin liegen, sind immer wieder andere, nach einer uns verborgenen Regel«, sagte sie und fügte hinzu, vor einigen Jahren, als Großmutters Zeit gekommen war, sei ich ja noch ein Kind gewesen, das abseits stand und mit dem, was es sah, nichts zu tun hatte, doch diesmal sei die Situation eine völlig andere. Ich müsse mich entscheiden, ob ich den Mut aufbrächte, mit ihr zusammen das Zimmer zu betreten, oder ob ich alleine draußen bleiben wolle. »Du mußt dich entscheiden, ob du wie Gerassim sein willst, der mit einer so natürlichen Schlichtheit das Zimmer betrat und wieder herauskam, oder wie Wassili, der arme kleine Gymnasiast, der Sohn des Iwan Iljitsch, der ein- oder zweimal zu ihm ins Zimmer schlich, heimlich ans Bett seines Vaters trat und ihn erschreckt und entsetzt, mit furchtbaren schwarzen Ringen unter den Augen betrachtete. Und diese schwere Entscheidung, die du jetzt triffst, wird dich für immer begleiten und dein Leben lang nicht von dir weichen.« Dann schwieg sie, denn ich starrte sie mit einem Ausdruck an, der ihr wohl wie Entsetzen ausgesehen haben muß.

»Mit Vater ist alles in Ordnung«, hörte ich Mutters Stimme wieder. Sie wirkte irgendwie gelöst, als sie aus seinem Zimmer kam. »Er schläft ruhig und tief. Die Medikamente wirken.« Nachdem sie den Staub von El Grecos Gewitterwolken gewischt und das gerahmte Bild über dem Kopfende des Bettes wieder geradegerückt hatte, setzte sie sich an ihren Platz. Sie flüsterte in einem Ton, als akzeptiere sie meine Entscheidung, jeder habe sein Schicksal selbst in der Hand, jeder könne wählen, bei welchem Kampf er seine Seele einsetze und aus welchem er sich heraushalte.

Mutter blätterte zerstreut in ihrem Buch, sah mich dann plötzlich an und sagte: »Kann ich dich etwas fragen?«

Ich nickte.

»Willst du wirklich Schriftsteller werden?«

»Natürlich, was denn sonst«, antwortete ich ungeduldig.

»Und was wirst du schreiben?«

»Geschichten.«

»Geschichten worüber?«

Ich zuckte mit den Schultern.

»Über das Leben wohl«, sagte Mutter und sprach aus, was sie dachte, »das tun wahrscheinlich alle.«

Darin lag natürlich eine gewisse Wahrheit, doch der Groll zwischen uns war zu groß, als daß ich ihr hätte antworten können.

»Dafür mußt du das Leben aber erst einmal kennen. Erzählerische Begabung, guter sprachlicher Ausdruck und Phantasie reichen dazu nicht aus. Du mußt das Leben mit allen seinen Seiten kennen, mit den schönen und den häßlichen, du mußt das Leben kennenlernen, wie es ist, die feinen Mechanismen erforschen, welche Grausamkeit und Bosheit, Eifersucht und Mitleid auslösen. Du darfst dich nicht damit begnügen, daß du eine Begabung zum Schreiben und empfindliche Sinne hast«, sagte Mutter, und am Fluß ihrer Rede war zu erkennen, daß sie schon viel darüber nachgedacht und diesen Vortrag bereits für sich selbst ausformuliert hatte, bevor ihr der richtige Moment gekommen schien, ihn mir zu halten.

Vor langer Zeit, so erzählte sie, als sie noch Steppdecken nähte und viele Stunden im dem kleinen Lesesaal der *Histadrut* verbrachte, um ihr Leid und ihre Einsamkeit beim Lesen zu vergessen, sei sie in einem Heft des *Haschomer haza'ir* zufällig auf ein Kapitel aus den Erinnerungen eines jüdischen Dichters aus Odessa gestoßen, mit Namen Isaak Babel. Der erzählte dort, wie er als junger Mann jeden Tag zu Gorki gegangen sei und ihm seine ersten Schreibversuche vorgelegt habe. Gorki habe zwar aufmerksam gelesen und ihn ermutigt weiterzumachen, doch als er erkannte, wie fruchtlos diese unreifen Anfänge waren, habe er Babel geraten, aufzustehen und hinauszugehen unter die Menschen und das wirkliche Leben kennenzulernen, bevor er versuche zu schreiben.

»Steh auf und geh hinaus, unter die Menschen«, wiederholte Mutter Gorkis Worte. »Wenn du vor dem Leben wegrennst, in deiner Ecke sitzt und die Augen zumachst, wirst du nie etwas schreiben, was es wert ist, gelesen zu werden.« Und mit einer Handbewegung in Richtung des anderen Zimmers fügte sie hinzu, was sich dort noch abspielen werde, werde nicht nur für mich als Sohn, sondern auch als Schriftsteller von großer Bedeutung sein. »Künstler schaffen aus dem Eiter des Lebens; sie haben kein anderes Material.« Und als sie meinen entsetzten Blick sah, beharrte sie, »es mag für deine Ohren vielleicht unmoralisch klingen, aber das ist das Geheimnis der Kunst, und wer sich zu fein ist und sich davor ekelt, der soll lieber die Finger vom Schreiben lassen und Philosoph werden.«

Es war schon spät, und Vater begann wieder im Schlaf zu stöhnen. Mutter löschte die Leselampe, und in dem schwachen, trüben Licht, das uns plötzlich umfing, konstatierte sie, ein Dichter brauche zwar offene Augen für das Leben, doch das Hinsehen und die Kunst des Beobachtens bringe einem kein Seminar bei, das lerne man nur aus den unsterblichen Werken großer Dichter. »Von mir aus mußt du das Gymnasium nicht beenden, du brauchst kein Abitur und mußt auch nicht an der Universität studieren. Hauptsache, du liest.«

2

Als wissensdurstiges Kind in einem Haus geboren zu werden, in dem es keine Bücher gibt, ist eine furchtbare Sache. Mir war das beschert.

Vater hatte in Kiew zwar eine Bibliothek der besten russischen Klassiker besessen und als junger Mensch selbst viel gelesen, das erzählte mir später einer seiner Freunde, doch von dem Tag an, als die Bolschewiken seinen Bruder in den Kellern der Lubjanka ermordeten, waren ihm diese Bücher zuwider und er ließ sie in den Nußbaumschränken vergammeln; seine erste Frau litt sehr darunter; ihr Mann räche sich in seiner Torheit an den Wanzen, indem er das Bett samt Bettzeug und Matratze mit ihnen verbrenne, meinte sie. Als die beiden nach Israel einwanderten, blieben die meisten Bücher zurück, und die wenigen, auf deren Mitnahme Ljuba bestanden hatte, wurden nach ihrem Tod in alle Winde zerstreut. Und die Bücher, die Mutter während ihrer ersten Ehe angeschafft hatte, blieben fast ausnahmslos in Bündeln verpackt in Großmutters Haus – als traurige Erinnerung an eine Vergangenheit, die alle vergessen wollten.

Das Fehlen der Bücher empfand ich schon als Kind zum ersten Mal.

An einem Winterabend, ich war gerade in der zweiten Klasse, hatte Vater das Radio angeschaltet, und die pathetische Stimme von Schlomo Bertonov ertönte aus dem Lautsprecher. Er las das tägliche Kapitel aus der Bibel. Die stürmischen erez-israelischen

Weiten des Deborah-Liedes aus vergangenen Tagen lebten im grünlichen Auge des Rundfunkempfängers auf. *Herr, als du von Se'ir auszogst und einhergingst im Gefilde Edoms, da erzitterte die Erde, der Himmel troff, und die Wolken troffen von Wasser.* Ein neuer Anfang, gewaltig und ehrfurchtgebietend, eröffnete sich mir mit einer sinnlichen Wonne, die ich bis dahin nicht gekannt hatte.

Nach dem Vortrag – *der Fluß Kischon raffte dahin, es stampften die Hufe der Rosse ... und für Sisra bunte gestickte Kleider zur Beute, gewirkte bunte Tücher um den Hals als Beute* – fragte ich Vater, ob ich diese Stelle nicht noch einmal nachlesen könne.

»Dazu braucht man eine Bibel«, sagte Vater und wandte sich ab.

»Welche Schande für uns«, sagte Mutter, »eine furchtbare Schande.« Schmerz und hilfloser Zorn über diese erbärmliche Armut erfüllte das Zimmer, in dem wir zu dritt unsere Tage und Nächte verbrachten.

Vater stand auf und ging, ohne ein Wort zu sagen, hinaus in die Nacht. Als er zurückkam, hielt er einen abgegriffenen Band des Buches der Richter in der Hand, das er sich beim *Gabbai* der Achwa Synagoge, Herrn Schilem Rotman, ausgeliehen hatte, und noch in derselben Nacht zog der Herr wieder aus von Se'ir, ging einher im Gefilde Edoms, und zog dort ins Land Kanaan. *Die ihn aber liebhaben, sollen sein, wie die Sonne aufgeht in ihrer Pracht!*

Als ich mich von der Magie der gedruckten Worte fesseln ließ und die assyrischen Buchstaben immer schneller las, nahm Mutter mich eines Tages mit hinauf in die kleine Leihbücherei von Herrn Jehuda Marcus in der Jona Straße.

Alle meine Freunde trafen sich damals vor dem gegenüberliegenden Eisgeschäft von Aharon Brojda. Brojda, ein schwerfälliger, kinderloser Mann, stand aufgepflanzt wie ein römischer Feldherr in seinem winzigen Laden, während die Kunden auf dem Gehweg warteten, und schleppte einen Eisblock nach dem andern aus dem Schrank mit den schweren, hohen Türen, legte ihn auf eine Marmorplatte, schwang die Axt darüber, um ihn zu halbieren, zu dritteln oder zu vierteln, und nachdem er einen Block zerteilt hatte, klopfte er auf die Stücke und ließ sie über eine mit Blech beschlagene Schräge direkt zu seinen Kunden rutschen, die schon mit eigens dafür gefertigten Tragezangen bereitstanden. Die Kinder verfolgten seine Arbeit wie hypnotisiert, hofften, daß er danebenschlug und eine Ecke Eis für sie absprang, das man in Notzeiten als Speiseeis feiern konnte. *Er wirft seine Schloßen herab wie Brocken; wer kann bleiben vor seinem Frost?*, rezitierte sein Bruder, Raw Wolf Brojda, einer der wenigen Rabbiner, die es geschafft hatten, aus Rußland zu entkommen, Besitzer eines kleinen, heruntergekommenen Lebensmittelladens, den er für eine Weile alleinließ, um spazierenzugehen und die einfältige Jugend vor dem Laden seines Bruders zu betrachten. Sie wartete vergeblich auf die Eisstückchen, auf die Reste vom hohen Tisch des Meisters.

Ich dagegen begann damals, die Leihbücherei von Herrn Marcus zu besuchen; sie war ein Treffpunkt für die älteren Mädchen des Viertels, für gelangweilte Rentner und einige gebildete Jugendliche, zu denen, wie mir später klar wurde, auch Amos Oz gehörte. Zwei- oder dreimal am Tag ging ich dorthin, und die alte Bücherei wurde zu meinem zweiten Zuhause, wenn nicht sogar mein liebster Ort, bis ich alle Bücher dort ausgelesen hatte.

Während andere Leser drei Bücher pro Woche ausliehen, hatte ich die Erlaubnis, jederzeit und so oft ich wollte, Bücher auszuleihen. Und ich besaß noch ein weiteres Vorrecht: Herr Marcus erlaubte mir nämlich, auf die hohe Leiter zu steigen und mir selbst jedes Buch zu nehmen, das ich wollte. Da stand ich dann eingestaubt und verschwitzt auf der obersten Sprosse der Leiter wie Mattia Pascal, der Held von Pirandello, und stöberte in den Büchern, bis mir plötzlich eines aus der Hand glitt und zu Boden fiel. Der Raum wackelte, eine Staubwolke stieg auf, zwei, drei Spinnen flohen in Panik, und die anderen Anwesenden rannten ihnen, mit Büchern bewaffnet, hinterher und wollten sie töten.

Dank meiner Privilegien entwickelte ich in dieser Zeit eine

Methode, systematisch zu lesen. Im Laufe von zwei Jahren hatte ich die meisten Bücher, die bei Marcus standen, gelesen. Mit unersättlicher Gier las ich alles, was ich in die Finger bekam, ohne auszuwählen, Abenteuerbücher, Schundromane, Kinder- und Jugendbücher und alle Hefte mit den Detektivgeschichten des Officer Tidhar.

Erst Jahre später erfuhr ich, wie ich zu diesen Privilegien gekommen war und warum der Herr Marcus mich so bevorzugt hatte. In einem Interview, das Marcus – später Besitzer eines bekannten Buchladens in der Ben Jehuda Straße und Verleger von Büchern über Yoga und amerikanische Beatnik-Lyrik – einer Jerusalemer Lokalzeitung gab, erzählte er, während der Lebensmittelknappheit Anfang der fünfziger Jahre habe er mit der Besitzerin der *Tnuva*-Filiale, Frau Rachlewski, meiner Mutter also, ein stilles Abkommen gehabt: Er hinderte sie nicht, jeden Tag so viele Bücher auszuleihen, wie sie wollte, und sie gab ihm dafür mehr Butter und Eier, als ihm auf Marken zustanden. »Und sieh nur«, hatte er zu dem Journalisten Dan Omer gesagt, »was aus ihrem Sohn, aus Chajimke, geworden ist, und was aus meinem Schimschon; der ist genau so einer wie der biblische Samson.«

An einem Freitagnachmittag, als ich fast alle Tarzanbücher, alles von Karl May, Jules Verne und Jack London gelesen hatte, stieg Herr Marcus von der Leiter, reichte mir ein dickes Buch und sagte, wer am Schabbat ein Buch von Agnon lesen könne, müsse sich nicht mit der minderwertigen Literatur abgeben, von der seine Leihbücherei aus den Nähten platze – aus dem Buch dieses klugen galizischen Juden könne ich vieles über die Vorfahren meiner Mutter lernen, jene primitiven Fanatiker des *Alten Jischuw*, von denen sich meine Mutter, ich könne mich glücklich schätzen, rechtzeitig losgesagt habe.

Am Sonntag lief ich noch vor Schulbeginn schnell in die Bücherei, um Agnons Roman *Tmol schilschom [Gestern, vorgestern]* zurückzugeben und mir ein neues Buch zu holen, mit dem ich mir die Pausen vertreiben und mich gleichzeitig vor dem Zugriff der Rowdys meiner Klasse retten konnte.

»Nun, was sagst du dazu, wie Agnon über die *Bnej Brith*-Bücherei spottet?« fragte Marcus ungeduldig. Es war bekannt, daß die *Bnej Brith*-Bibliothek am Anfang der Abessynier Straße ein rotes Tuch für ihn war. Seine Leser aus der Nachbarschaft wurden ihm einer nach dem andern untreu und liefen zu der großen öffentlichen Bibliothek über, die auf ihre Auswahl und die billigen Ausleihpreise stolz sein konnte.

»Ich erinnere mich nicht an die Stelle«, gab ich ehrlich zu.

»Dann nimm das Buch wieder mit und lies es noch mal. Wenn du dich auf die Prüfung vorbereitet hast, kannst du wiederkommen.« Es war das erste Mal, seit ich in seinen Laden kam, daß Herr Marcus sich weigerte, mir ein Buch auszuleihen.

Mitte der Woche, als ich wieder zu ihm kam, wo es nach Schulkleber, Staub und altem Papier roch, forderte er mich auf, laut vorzulesen, was Agnon über die *Bnej Brith*-Bücherei schrieb. Er bat um die Aufmerksamkeit der in ihre Lektüre vertieften Lesenden, damit alle hörten, was der berühmte Autor von *Gestern, vorgestern* über die Besucher jenes Hauses voller Bücher sagte, und es sie reute, daß sie sich heimlich mit dem Gedanken trugen, ihn zu verlassen.

Letztlich wurde aber auch ich dem lieben Herrn Marcus, der mir soviel Gutes erwiesen hatte, untreu und kam nicht mehr in seine enge Bücherei, in der Mutter mich unbeaufsichtigt dem Zauber der Bücher überlassen hatte, sondern ging nun lieber in die konkurrierende Bibliothek. Dank irgendeines Überschußabkommens mit der introvertierten Bibliothekarin, die mit dem Ausdruck unendlicher Trauer in den Augen unauffällig in ihrem Eckchen saß, ging ich auch dort ein und aus, als wäre ich ein Teilhaber des Unternehmens. Judith Robinson ließ mich in neuen, noch nicht katalogisierten Büchern stöbern, auch in den reparierten, die frisch vom Buchbinder zurückkamen, und ich durfte sogar an die Schränke mit den selteneren Ausgaben, und immer kam ich vollbepackt nach Hause, mit populärwissenschaftlichen Büchern, Reiseromanen und Bänden über Geographie.

Was ich beim Lesen lernte und erfuhr, behielt ich nicht für

mich. Ich gab es in täglichen Vorträgen weiter. Wenn meine Eltern spätabends in den schon geschlossenen Laden gingen und Kasse machten, die Ware in den Regalen wieder ordneten, nachdem die Kunden dort gewütet hatten, und mit dem Eiweiß eines zerbrochenen Eis die Zuteilungsmarken des Ministeriums für Bewirtschaftung aufklebten, dann stieg ich auf die Leiter und gab meinen Kommentar zum Tagesgeschehen.

Aus den Höhen des Geschäfts, so nah an der Decke, so fern vom Boden, erschien mir die Wirklichkeit anders, reich an Überraschungen und ein bißchen verzerrt. Die mit Fliegendreck gesprenkelte Neonröhre hing nun unter mir, die oberen Regalfächer, an die ich bisher nie herangekommen war, lagen offen und verstaubt da, und endlich erkannte ich das Muster in den verschlungenen Ornamenten der Fußbodenfliesen. Auch Vater und Mutter sahen plötzlich klein und hilflos aus.

Vater schaute mich voll Bewunderung an, staunte, wie ich mich im Sonnensystem, in der Milchstraße und in fernen Galaxien auskannte, was ich von den entlegensten Stämmen Afrikas und Australiens wußte, die ich alle mit Namen kannte, wie auch Seefahrer, Entdecker und Erfinder; *sie troffen wie Tau von meinen Lippen*. Vater klopfte leicht mit der Faust auf die Marken, die nicht auf den Papierbögen festkleben wollten, und sagte stolz, der Junge werde noch ein richtiger Demosthenes, doch Mutter schaute zu mir herauf und erwiderte, erstmal solle ein richtiger Mensch aus mir werden. Ihre Augen schmerzten von den Abrechnungen, die sie auf die Rückseiten der Stimmzettel verschiedenster Parteien kritzelte. Vater hatte sich bei den letzten Wahlen in der Wahlkabine die Taschen mit Stimmzetteln gefüllt, und sie dienten uns noch lange danach als Schreibpapier. Wie bei einem Tanz von Marionetten kamen ihre Köpfe einander näher und entfernten sich wieder, neigten sich einander zu und wandten sich wieder ab, vor der Kulisse eines aus bunten Stimmzetteln auf dem Ladentisch ausgebreiteten Mosaiks.

Nachdem Vater begriffen hatte, daß ich von der Natur weder mit musikalischem Gehör noch mit einer wohlklingenden Stimme ausgestattet war, und sich seine Hoffnung, ich werde eines Tages die Dynastie von Kwartin und Pinchik fortsetzen, zerschlagen hatte, da sollte ich zumindest ein großer Orator werden. Um mich auf diese Bestimmung vorzubereiten, nahm er mich Freitagabends mit in die Synagoge von Sichron Mosche zu den Predigten des Raw Scholem Schwadron. Von ihm sollte ich die Kunst des Redens lernen, und wie man die Herzen der Menschen begeisterte.

»Die ganze, große Kraft des bösen Triebs ist nichts als bloße Einbildung«, – klingt mir bis heute seine Stimme im Ohr. Wie alle großen Prediger wählte er instinktiv ausdrucksstarke Worte, die einfach wirkten. »Ich erzähl euch ein Gleichnis: Einer aus dem Dorf, ein *Muschik*, der noch nie im Leben ein *Cinema* gesehen hat, der kam in eine große Stadt. Da sah er von außen ein großes Haus. Alle Fenster und alle Türen waren zugemauert. Und er fragt, und die Leute, die etwas davon verstehen, sagen ihm, daß da drinnen an einer Wand die ganze Zeit Bilder hin- und herlaufen. Das muß ich sehn. Dann kauf dir doch eine Karte! Er kauft sich eine Karte und geht rein. Und er geht immer weiter nach vorne, immer näher und näher heran, bis er gegen die Wand stößt. Ja, ja, ihr versteht schon, er hatte keine guten Augen. Was macht er da? Er hatte eine große Stablampe dabei, die macht er an, und dann sieht er gar nichts mehr, nur noch die weiße Wand. Alle Bilder sind weg. Da fangen die Leute an zu schreien: Hör auf! Was machst du denn? Und er sagt: Was ich mache? Ich will besser sehen! Und sie rufen: Du Golem von einem Menschen! Hier kann man nur sehen, wenn es im Saal ganz dunkel ist. So dunkel wie Ägypten, als Gott es mit Finsternis schlug! Ihr versteht, meine lieben Zuhörer, wenn man das Licht anmacht, ist die Wand leer, und man sieht nichts mehr. Die Macht des bösen Triebes gibt es nur in der Phantasie. Sie ist nur ein Trugbild ...«

Raw Scholem goß sich aus der Thermoskanne, die hinter ihm auf dem Fensterbrett stand, etwas Tee ein und ließ seinen Blick über das vollbesetzte *Bejt Midrasch* schweifen. Eine Lux-Gaslampe summte, denn die elektrischen Lichter hatten sich längst ausgeschaltet. »Einmal bin ich in London gewesen. Das ist sicher schon fünf Jahre her. Da war ich mit einigen Leuten zusammen, und die wollten mir alles zeigen und sagten: Reb Scholem, hier gibt es den Palast der Königin und hier die königliche Leibwache in blau-roter Uniform, hier ist ein *museum*, und da ist noch ein *museum* und noch eins. Wir fuhren weiter, und sie sagten mir: Da ist wieder ein *museum*. Was ist das für eins? Sie sagten, dieses *museum* hat eine Frau, eine Frau aus Frankreich, eingerichtet, und es gibt dort alle Könige, von den Tagen des Pharao bis hin zu King George V. Sie hat sie alle geschaffen – aus Wachs natürlich. Wie hat denn einst Pharao der Sechste ausgesehen, frag ich mich. Und wie Pharao der fünfte? – Ich habe ja nicht Geschichte studiert. Diese Frau hat sie jedenfalls nach ihrer Phantasie gemacht, so wie sie sich diese Leute vorstellte. Der Pharao trug so etwas auf dem Kopf, so, und ein Gewand, er hatte ein Schwert an der Seite und saß auf seinem herrschaftlichen Thron. Wie viele Könige es dort gab! Sicher zweihundertundfünfzig, vielleicht auch dreihundert Könige und große Minister. Am selben Tag mußte ich einen Vortrag halten, an einer *Jeschiwa* in London, vor frommen Juden, die den ganzen Tag lernen. Da fiel mir etwas ein. Eine Stelle aus dem Talmud fiel mir ein, ganz wunderbar, merkt euch die, sie ist wirklich wunderbar. Da heißt es zu dem Vers aus Prediger Salomo *Eine kleine Stadt, und Menschen sind wenig darin* folgendermaßen (Raw Scholem trank ein paar Schlucke, hielt einen Moment inne, um die Neugier seiner Hörer zu steigern): *›Eine kleine Stadt‹, das ist der Körper, ›und Menschen sind wenig darin‹, das sind die Glieder, die 248 Glieder des Körpers. ›Da kam gegen sie ein großer König‹, das ist der böse Trieb, ›und baute um sie Bollwerke und Netze‹, das sind die Sünden. ›Es fand sich darin ein armer Mann‹, das ist der gute Trieb, ein Männlein, schwach und arm, aber klug, wirklich weise, ›und rettete die Stadt durch seine Weisheit‹, und er rettete sie aus der Hand des großen Königs.* Ich fragte mich: Wenn die Stadt so klein ist, warum muß ein so großer König kommen? Er könnte einfach drei Soldaten schicken, die würden die Stadt schon erobern. Warum muß er da mit Panzern, Divisionen und

Flugzeugen kommen? Und die zweite Frage: Wie hat der schwache Mann, selbst wenn er weise ist, die Stadt wohl gerettet? Kann man denn mit Holzstöcken große Panzer bekämpfen und ganze Divisionen und Flugzeuge? Als sie mir dieses *museum* zeigten, da kam mir eine wunderschöne Erklärung für diese Stelle in der *Gemara*. Was soll ich euch nur sagen? Gold und Silber, wie es von den Worten der Tora geschrieben steht: *Sie sind köstlicher als Gold und viel feines Gold, sie sind süßer als Honig und Honigseim*. Damit sagen wir nämlich: Dieses *museum*, mit den Königen aus Wachs, von dieser Frau ... (Raw Scholem schwieg, als hätte er vergessen, worauf er in seiner Predigt hinauswollte), heute ist das nur Unterhaltung, alle wollen Unterhaltung, auch dort, in diesem *museum* macht man nur Unterhaltung. Da steht ein langer Polizist, ein Engländer, sicher seine sechzig Inch groß, der steht da mit seiner großen Mütze und den Abzeichen auf der Uniform, und man geht rein und fragt ihn »Where I go?«, und er antwortet einem nicht. Warum? Weil auch er aus Wachs ist. Der kann gar nicht antworten, der ist ganz aus Wachs. Da kam mir die Antwort auf alle meine Fragen in der *Gemara*: Das Wesen des bösen Triebes ist Wachs! Er ist eine ›Illusion‹, wie die gelehrten Leute sagen, seine ganze Macht besteht nur aus Wachs. Er trägt eine Krone aus Wachs, auch der König selbst ist aus Wachs, wie der Polizist. Alles ist aus Wachs. Rote Wangen aus Wachs, ein Schwert aus Wachs. Das macht Angst. Dieser König macht einem Angst, er macht den Leuten Angst. Panzer aus Wachs, Flugzeuge aus Wachs, Soldaten aus Wachs. Alles ist aus Wachs. Nur weiß es keiner. Was macht also der kleine Mann? Er ist klug, denn er weiß, daß das alles aus Wachs ist. Er kennt das Geheimnis. Er hat nur eine Schachtel Streichhölzer. Mehr braucht er nicht. Er hält ein Streichholz an den Hut des Königs, eins an die Uniform, eins an die Orden (die Zuhörer beginnen erleichtert zu lachen), alle Orden fallen ab. Schon gibt es keine Orden mehr, keinen König mehr, gar nichts mehr. Er zündet nur ein paar Streichhölzer an, und schon ist alles wieder in Ordnung.«

»Sogar Begin und Mosche Sne könnten sich, mit Verlaub,

die Ehre geben und von unserem alten Juden im *Bejt Midrasch* etwas lernen«, sagte Vater voll Stolz, als wir wieder in die kalte Winternacht hinaustraten; er war überschwenglich glücklich über das, was er an diesem Abend erlebt hatte. Vor den Bäumen, die sich im Wind bogen, versuchte er, die wilde Mimik des Redners nachzuahmen – wie er spöttisch ein Auge zukniff und das ganze Gesicht dabei verzog, seine marshmellow-weiche Stimme und die prophetischen Gesten seiner Arme, deren Schatten auf dem Vorhang des Toraschreins ganze Legionen von Geistern erstehen ließen. Und dann sagte er, wer ein moderner Redner werden wolle, müsse seine Rhetorik bei Raw Scholem lernen und sie mit Allgemeinbildung und neuesten wissenschaftlichen Erkenntnissen anreichern. Am nächsten Morgen würden wir auf den Besuch bei Großmutter verzichten und beide ins *Bejt ha'Am* gehen, um uns dort Wissen zu erwerben und unseren Horizont zu erweitern.

In dem staubigen, ungelüfteten Raum im zweiten Stock der Perlmann-Häuser in der Jaffa Straße versammelten sich am Schabbat vormittags die regelmäßigen Hörer des Kultur-*Schacharit*, das die Stadt Jerusalem Ende der fünfziger Jahre allwöchentlich für ihre Bürger anbot. Dort saßen Überlebende der Schoah, die keine feste Bleibe hatten und immer wieder von ihren Erinnerungen heimgesucht wurden, Rentnerpärchen, die nur einmal in der Woche ausgingen, und zwar am Schabbat, anläßlich eben dieser Zusammenkunft, für die sie ihre Festkleider noch aus besseren Zeiten anzogen, und es kamen vor allem einsame Frauen – Köchinnen, Kellnerinnen oder solche, die Seidenstrümpfe und Schirme reparierten – alle, die in dem ungebildeten Orient, in den es sie zu ihrem Unglück verschlagen hatte, nach ein bißchen Kultur dürsteten. Mit großem, sich bis ins Detail wiederholenden Zeremoniell wischten sie mit eigens dafür mitgebrachtem Taschentuch den Stuhl ab, der über die Jahre ihr Stammplatz geworden war, legten eine alte Zeitung darauf, grüßten zurückhaltend die Nachbarn links und rechts und schauten dann erwartungsvoll auf das leere Rednerpodium.

Als Redner erschienen Dozenten von der Universität. Sie brauchten einen Nebenverdienst und waren bereit, in allgemeinverständlicher Sprache von einer neuen, nun in Israel akklimatisierten tropischen Frucht zu berichten, von den seit Beginn des 19. Jahrhunderts die Region heimsuchenden Erdbeben zu erzählen oder von den neuesten Erkenntnissen aus den letzten archäologischen Ausgrabungen. Auch traten im *Bejt haAm* Rabbiner mit zionistischer Weltanschauung auf und versuchten, für ihre Lehre zu werben, und lokale Journalisten, denen die in Tel Aviv sitzenden Herausgeber nicht wohlgesonnen waren und die sich deshalb nicht angemessen in den dort erscheinenden Blättern ausdrücken konnten; ihnen blieb nichts anderes übrig, als ihre Gedanken und politischen Einschätzungen in diesem Forum zu verbreiten.

Unter den Zuhörern war ich der einzige Jugendliche, ein altkluges, wißbegieriges Kind, und meine völlige Deplaciertheit dort zeugt vielleicht mehr als alles andere von der Armseligkeit dieses sich wöchentlich wiederholenden Ereignisses. Ich setzte mich möglichst unauffällig in die erste Reihe gegenüber dem Rednerpult und beschloß, mir diesmal kein einziges Wort der dort verkündeten Weisheit entgehen zu lassen; doch schon bald begannen meine Gedanken zu wandern, wie in den *Gemara*-Stunden unseres Lehrers Avraham Degani, und die militärischen Bewegungen des syrischen Tyrannen Adib Schischakli wurden zusammen mit den großbusigen Figurinen, die man in Tel Geser oder in Chazor gefunden hatte, von großen Wassermassen fortgeschwemmt, welche der zentrale Wasserkanal in die Negev Wüste brachte. Mein Blick wanderte von den zitternden Blättern des Vortragenden, seinen enttäuscht herabhängenden Mundwinkeln und der Brille, die er von der Stirne auf die ungeduldigen Augen geschoben hatte, zum Publikum. Einige hielten ihr Schabbatvormittagsschläfchen, während andere allerlei Arten der Beschäftigungstherapie nachgingen, indem sie aus den am Eingang verteilten Hektogrammen eindrucksvolle napoleonische Hüte, phantasievolle Teleskope und stolze Segelschiffe falteten.

Bis meine große Stunde kommen sollte, bereitete ich mich, so gut ich konnte, auf meine Bestimmung vor. Unter Vaters Anleitung las ich Churchills Reden aus dem Zweiten Weltkrieg, trank rohe Eier und Honigwasser, übte vor dem Spiegel das Zusammenziehen der Augenbrauen und das theatralische Händefuchteln, und mehr als alles andere pflegte ich meinen Ehrgeiz, denn wie Vater sagte, trägt jeder Soldat den Marschallstab im Tornister.

Wenn ich gelangweilt im Klassenzimmer saß, gegenüber dem Fenster, das auf den Scopusberg hinausging, versank ich in Tagträumen und sah mich selbst an Stelle von Lord Balfour, der bei der Eröffnung der Universität in einem samtenen Talar mit weiten Ärmeln dort gestanden hatte, und verkündete meine Worte an das Volk, das nach langem Exil in sein Land heimgekehrt war. Vor mir, auf den weißen, felsigen Abhängen zwischen den Olivenbäumen, saßen zusammengedrängt *Chaluzim* aus Galiläa, von den Baugerüsten heruntergestiegene Arbeiter mit Schirmmützen, Damen, die an diesem Frühlingstag in Pelzmänteln ausgingen, und Studenten aus den *Jeschiwot* mit feierlich verschränkten Händen. Alle hörten mir zu.

Hinter mir, auf der Bühne, deren Geländer mit Teppichen aus den Salons der Reichen in Jerusalem geschmückt waren, saßen der High Commissoner und Dr. Chajim Weizman persönlich, das Kinn in die Hand gestützt, Raw Kook mit seinem Schabbat-Streimel und der *Rischon leZion* Ja'akov Me'ir, ganz stolz auf die große Ehre, die ihm an diesem Tag zuteil wurde, Bialik mit einem Gesichtsausdruck intellektuellen Genusses, wie es diesem Anlaß gebührte, und ihrer aller Augen waren voll Bewunderung auf meinen Rücken gerichtet; sie warteten nur darauf, daß ich mich auch einmal zu ihnen umdrehte. Meine Gedanken und Worte sprudelten gleichsam wie von selbst, und ab und zu entsprach ich den Erwartungen der Ehrenbürger und Ersten des Landes und wandte mich ergeben zu ihnen um. Dann sah ich die Wüste Juda und die Berge von Moav, die sich hinter ihnen im rosa schimmernden Licht der untergehenden Sonne erhoben, und es schien mir, als schauten auch sie mich voll Staunen an.

Meistens wurde ich unsanft aus diesem Traum gerissen und gleich darauf aus der Klasse geworfen; ich landete auf dem Flur, dessen Fenster auf die »Garage« von Gassner hinausgingen. Der Geruch von Gummireifen und Benzin umgab unsere Schule mit einer dauernden Präsenz. Unten, in dem mit Wellblechstücken umzäunten Hof der Werkstatt rannten die jungen Arbeiter hin und her. Faulheit und mangelnde Intelligenz hatten diese Jugendlichen von der Schulbank in die Ölpfützen des Lebens getrieben, und sie stöhnten unter dem unablässigen Geschrei des Vorarbeiters.

Besonders begeisterten mich Parteiversammlungen. Vor der Ära des Fernsehens wurden sie in Kinosälen abgehalten, und Vater nahm mich dorthin mit, was Mutter nicht gerne sah, denn sie haßte die Politik und vor allem die Politiker. Der Andrang auf die Türen, die schließlich nach innen aufgedrückt wurden, der Sturm auf einen guten Platz in den ersten Reihen, von dem aus man die Ärmelaufschläge Ben-Gurions oder das Zigarettenetui von Golda Meyerson sah, und die gewalttätige Spannung, die in der Luft lag – all das war nur ein Vorgeschmack des Kommenden, wenn das bunte Gesindel von Nichtstuern zu einer Masse wurde, die genau wußte, was sie wollte, und mit rückhaltloser Hingabe auf einfachste Befehle und absolute Wahrheiten reagierte. »Plötzlich steht einer auf, fühlt sich als Volk und geht los«, heißt es in einem Gedicht von Amir Gilboa (auch wenn es etwas bösartig ist, ihn in diesem Kontext zu zitieren). Plötzlich waren sie nicht mehr allein, die armseligen Kreaturen von den staubigen Stühlen aus dem *Bejt haAm*, die erniedrigten, eingeschüchterten Juden des polnischen Grundherrn, welche sonst in den Gleichnissen ihres Predigers für eine kurze Weile Trost fanden; sie waren ein vollwertiges, lebenswichtiges Glied an einem riesigen Körper, mit einem Kopf, der erhoben über dem Volk auf der Bühne saß und Reden hielt, und zwar nicht aus einem Bündel zitternder Blätter und von abgegriffenen Karteikarten und auch nicht, indem er die schon zu oft zitierten Bibelverse aneinanderreihte, sondern aus der tiefen Erfahrung und Weisheit glorreicher Führung.

Später, zu Hause, übte ich das verzaubernde Flüstern, mit dem man Gift und Lähmung verbreitete, die Schreie, mit denen man den letzten Rest von Zweifel und Logik im Publikum niederzwingen konnte, und bereitete meinen nächsten Auftritt auf dem Schulhof vor. Immer wieder versuchte ich, am Rand des Basketballfeldes ein großes Publikum zusammenzutrommeln, um vor ihnen über Fragen der Gesellschaft und des Staates zu dozieren, das Proporzwahlsystem zu verteufeln und die Abschaffung der Todesstrafe zu fordern. Doch meine Klassenkameraden wandten sich alle von mir ab und liefen den Fußballspielern von Izik Simchajof hinterher oder dem begabten Amnon Dankner, der die gesamten Humoresken von Kishon auswendig konnte und zum Besten gab.

Eines Tages, nachdem Vater mal wieder prophezeit hatte, ich hätte das Zeug, wenn ich groß bin, als Demosthenes der Zweite gefeiert zu werden, schimpfte Mutter, Demosthenes habe eine große eigene Bibliothek gehabt, und auch Cicero, und ohne Nichtjuden und Juden in einem Atemzug nennen zu wollen, müsse man doch sagen, daß auch Jabotinsky eine ansehnliche Bibliothek besessen habe. Warum sei mir das verwehrt? Zu dieser Zeit hatten wir zu Hause noch keinen elektrischen Kühlschrank, keinen Gasherd und keine Waschmaschine, doch schon am nächsten Tag ging ich mit Vater nach der Schule zum *Bejt ha-Ma'alot*, um den Grundstock für meine eigene Privatbibliothek zu legen. In einer der Wohnungen dieses mehrstöckigen Hauses, von dessen Dach Mutter sich, wie ich später von ihr erfahren sollte, Jahre vorher in den Tod hatte stürzen wollen, befand sich das Büro des Verlags *Kirijat Sefer*, mit dessen Besitzern mein Vater befreundet war, da sie seinerzeit auf demselben Schiff nach Palästina gekommen waren.

»Du suchst dir heute hundert Bücher aus, die dir gefallen«, sagte Vater, als wir im Treppenhaus standen, »und die Geldangelegenheiten, die überläßt du mir. Ich werde mich mit Herrn Stepanski schon einigen.«

Ganz außer mir vom Anblick dieser unzähligen Schätze lief

ich zwischen den vollgestellten Regalen hin und her, sog den angenehmen Geruch ein, den ich aus den Leihbüchereien nicht kannte – den Duft von Druckerschwärze, glänzendem Papier und frisch getrocknetem Buchbinderleim – und zog mit unstillbarem Appetit ganze Berge von Büchern aus den Reihen. Unter anderem wählte ich *Themen aus den tannaitischen Legenden* von Esra Zion Melamed, *Auslegungen der Bibel* von M.Z. Segal und *Der Fluß Jordan* des amerikanischen Archäologen Nelson Glueck. Die junge Frau des Verlegers zog Vater in eine Ecke und fragte ihn, ob wir denn noch bei Trost seien; nur alte Leute interessierten sich für die Bücher, die das Kind da auswähle.

»Pnina, meine Liebe, er ist kein Kind mehr«, sagte Vater, obwohl ich damals ungefähr zehn Jahre alt war, »er darf sich aussuchen, was er will.«

Als wir nach Hause kamen – meine Finger waren rot, eingeschnitten von den Schnüren der Bücherpakete –, erwartete mich dort auch ein Geschenk von Mutter: ein Gummistempel in Form eines alten, geschmückten Bucheinbandes, auf dem mein Name stand.

An einem der Tage in den Sommerferien zwischen der fünften und der sechsten Klasse meinte ich, nun sei die Zeit gekommen, selbst ein Buch zu schreiben. Ich kaufte mir ein dickes Heft mit 72 Seiten, malte auf das Titelblatt das Minarett einer Moschee und einige Kuppeldächer, umrandete das Blatt mit präzise gezeichneten Halbmonden und schrieb mit abwechselnd blauen und roten Buchstaben meinen Namen in die Mitte, und den Titel: *Die Gassen von Nazareth.*

In weniger als einer Stunde hatte ich das Anfangskapitel fertig; ich beschrieb dort, wie ich mich verschwommen erinnere, ein arabisches Kaffeehaus, in dem zwei bärtige, in *Kafijen* gehüllte Männer sitzen und einen Akt der Blutrache planen. Wie die Handlung des Buches weiterginge, wußte ich allerdings noch nicht.

Nachmittags wollte ich meinen Eltern das Werk vorlesen. Doch Mutter lehnte ab und sagte, man solle einem Unverständigen nicht eine halbfertige Arbeit zeigen. Außerdem gelängen solche Dinge nur im Verborgenen, und in dem Moment, da meine Lippen das von mir Geschriebene aussprächen, würde ihr Zauber verfliegen, und sie würden mir elend und wertlos vorkommen, und dann würde ich, Gott behüte, ihrer überdrüssig und lange Zeit und womöglich nie wieder zum Schreiben zurückkehren wollen.

Vater hielt das für Unsinn und drängte mich, vorzulesen.

»Wundervoll«, sagte er und schnalzte mit der Zunge, »ganz großartig«, und als Mutter aus dem Zimmer gegangen war, meinte er, er wolle mein Werk literaturverständigen Leuten zeigen, die einen guten Geschmack haben.

Der erste Sachverständige war Raw Anchel Lanzhut, ein gelehrter galizischer Jude, der schon jahrelang als Redaktor und Lektor arbeitete und Judaika für den Druck vorbereitete. Seitdem Vater ihn das erste Mal zu Hause besucht und seine umfangreiche Bibliothek gesehen hatte – einige Tausend Bücher aus allen Gebieten jüdischer Gelehrsamkeit und jüdischen Wissens – hing er mit großer Liebe an ihm und plagte ihn immer wieder mit der peinlichen Frage, warum er, anstatt sich die ganze Zeit nur um die Bücher anderer zu kümmern, nicht selbst ein Buch schreibe. »Ich bin gut im Wegstreichen, nicht im selbst Schreiben«, antwortete Raw Anchel dann und lieferte Vater eine ganze Liste von Argumenten gegen das Schreiben von Büchern. Warum zum Beispiel stehe geschrieben, wenn der König, der Messias komme, würden *alle Bäume im Walde jauchzen / vor dem Herrn denn er kommt.* Sie werden sich freuen, antwortete Raw Anchel, weil dann kein unnützes Zeug mehr gedruckt wird und man nicht länger Bäume für die Herstellung von Papier fällt. Oder er erzählte eine Begebenheit, die er von Rav Sevin gehört hatte, warum Rabbi Menachem Mendel von Kotsk sich geweigert habe, ein Buch zu schreiben. Der Kotsker soll geantwortet haben: »Angenommen, ich würde ein Buch schreiben. Wann hätte ein Mensch schon die Muße, es sich anzuschauen? Höchstens am Schabbat, nachdem er gebetet und sich den Bauch vollgeschlagen und eifrig getrunken hat. Dann legt sich der Jude auf sein

Bett, nimmt mein Buch in die Hand, schlägt es auf, und sofort überwältigt ihn der Schlaf, und das Buch fällt zu Boden. Soll ich dafür ein Buch schreiben?«

Raw Anchel gehörte zu den Stammkunden meiner Eltern, und als er an diesem Nachmittag kam, reichte Vater ihm *Die Gassen von Nazareth* und fragte ihn nach seinem Urteil.

Der altgediente Redaktor zog einen Stift aus der Tasche, korrigierte männliche beziehungsweise weibliche Verbformen, setzte Kommas und Punkte und brummte, jedem, der das *Schema Israel* jeden Tag mit Bedacht lese und dabei genau auf alle seine Buchstaben achte, *dem kühle man das Feuer des Gehinoms zumindest etwas ab.* Zum Text selbst wollte er sich nicht äußern, und erst als Vater ihn sehr drängte, sagte er, er halte es da eher mit den Worten des Rabbi Levi Jizchak von Berdyczew, der gesagt habe, *das Weiße des Pergaments zwischen den einzelnen Buchstaben ist heilig, es spendet Licht und Erleuchtung, weshalb eine Torarolle, auf der zwei Buchstaben aneinanderkleben, unbrauchbar ist, denn damit wird das Weiß des Pergaments verdeckt und somit das Licht und die Erleuchtung gemindert.* Und Vater lachte.

Gegen Abend kam Herr Ze'ev Eljaschiw in den Laden, ein hoher Beamter bei der Post. Er war für Vater der Vertreter westlicher Kultur schlechthin, denn er hatte die Tageszeitung *Ha'arez* abonniert, wechselte sein weißes Hemd zweimal am Tag und spielte Flöte. Vater geleitete ihn in unsere Wohnung und bat ihn um ein Gutachten zum ersten Kapitel der Geschichte. Herr Eljaschiw begann zu lesen, verzog den Mund voller Abscheu und sagte dann zu Vater, der Verfasser halte sich nicht an die Wirklichkeit. »In Nazareth leben, wie jedermann weiß, Christen«, sagte er und warf mir einen schrägen, überheblichen Blick zu, »und es gibt dort keine Moscheen, sondern Kirchen.«

Draußen, auf dem Platz vor dem Laden, saßen Vaters Freunde, einfache russische Juden, und führten eines ihrer endlosen Gespräche über Leben und Tod, Politik, Gerüchte, Erinnerungen an vergangene Zeiten und über die Zukunft, ein typisch slawisches Gespräch, in dem alles durcheinanderging. Vater erzählte seinen Freunden seine letzten Neuigkeiten. Herr Muschinski, der Besitzer einer Baumaterialienhandlung, rief mich herbei und sagte, die Worte von Eljaschiw, dem *hoiptbeamter fun der post*, erinnerten ihn an die Geschichte eines Immigranten in Amerika, der einen Job als Echo bekam. »Hör mir gut zu, junger Mann«, riet mir Vaters Freund, »eines Tages wird dir diese Geschichte noch helfen.«

»Einen Job als Echo«, kicherten die Anwesendenen, doch Muschinski hieß sie schweigen und sagte, wenn sie sich statt ihres stundenlangen belanglosen Redens einmal die Zeit nähmen, das Büchlein *Jiddische Parnosses* von Mojsche Nadir zu lesen, wäre ihnen ihre Unbildung nicht so ins Gesicht geschrieben. Dort wird von einem Nichtsnutz erzählt, der den ganzen Tag an einer Bücke stand und als Echo arbeitete.

»Sie müssen meine Lage verstehen«, hatte der Farmer zu dem Arbeitsuchenden gesagt, »es gibt da diese großen Naturfreunde, die hören sehr gerne Echos, und da mein Konkurrent sich letztes Jahr jemanden angestellt hat und ihn irgendwo am Ende seines Grundstücks postiert, damit er Echos ertönen läßt, habe ich dieses Jahr in den Zeitungen veröffentlicht, auf meiner Farm seien die Echos noch lauter als bei ihm, und deshalb sollen Sie jetzt mit Ihrer Stimme vom Himmel mein Echo sein.«

Noch keine Stunde war vergangen, fuhr Muschinski fort, da lag der Jude schon verborgen hinter Büschen auf dem morastigen Boden neben der Brücke und wartete. Und siehe, da kam ein Spaziergänger, und seine Armbewegungen, so als wollte er Schmetterlinge oder Fliegen fangen, verrieten, daß er ein echoliebender Naturfreund war.

Zunächst verlief alles ohne Zwischenfälle. Der Spaziergänger rief einmal, zweimal, dreimal, und das Echo antwortete ihm und hallte von einem Ende der Farm zum andern. Dann war es einen Moment still. Das Echo zündete sich eine Zigarette an, und da rief der Spaziergänger: »Wie geht es Ihnen?« – »Thank you«, antwortete das Echo, »ich bin allright, und wie geht es Ihnen?«

Eine halbe Stunde später hielt das Echo zwei Dollar vierzig, den Lohn für seine Arbeit, in der Hand, und der Farmer zeigte ihm mit ausgestrecktem Finger den Weg zur Bahnstation.

Herr Muschinski schaute mich und Vater an und blickte dann in die Runde. Alle tranken kochendheißen Tee, den Mutter ihnen nachschenkte, und er fragte, ob ich die Lehre aus dem Gleichnis verstanden hätte.

Ich schüttelte den Kopf.

Vaters Freund lächelte und sagte, die Worte von Herrn Eljaschiw über die Treue, zu der ein Dichter verpflichtet sei, sollten mich, Gott behüte, nicht verzagen lassen, ich müsse vielmehr wissen, daß allein das Echo zur Treue verpflichtet sei.

Mutter stand lächelnd daneben, die Hände verschränkt, und mischte sich nicht in das Männergespräch, meinte aber später zu mir, es wäre ein Fehler, die Kritik von Herrn Eljaschiw einfach zu ignorieren und blind der Schlußfolgerung von Herrn Muschinski zu folgen, der sich wohl wie kein anderer mit Schrauben, Nieten und Nägeln auskenne, doch seine Aussagen in Sachen Literatur seien alles andere als niet- und nagelfest. Die Literatur sei zwar Fiktion, aber je fester die realistische Grundlage einer Erzählung sei, je treuer und genauer die Details der Realität entsprächen, um so höher könne sich die wilde Phantasie des Dichters aufschwingen und die unglaublichsten Handlungen erfinden. »In jedem Fall«, sagte sie, »mußt du treu sein – wenigstens gegenüber dir selbst.«

3

So erstaunlich es klingen mag, aber mir wurde erst im Nachhinein bewußt, welch großen Einfluß Mutter auf mein Schreiben gehabt hat. »Du darfst niemals der Versuchung erliegen, dich selbst Dichter zu nennen«, hatte sie zu mir gesagt, nachdem das erste Mal ein Stück Prosa von mir im Literaturteil einer der Lokalzeitungen abgedruckt war und manche Leute begannen, mir diesen heißersehnten Titel von sich aus zu verleihen, »es reicht, wenn du dich damit begnügst zu sagen, daß du schreibst.« Es ging ihr nicht nur um Bescheidenheit, sie fand vielmehr, daß jeder, der sich damit schmückt, ein Dichter zu sein, sich so wichtig nehme wie ein Revierpolizist, der wegen seiner Uniform auffällt und deshalb nicht das sehen kann, was er eigentlich sehen müßte, während der bescheidene Schreiber wie ein Geheimpolizist überall ungesehen hineinschlüpfen kann und seinem Auge nichts verborgen bleibt. Mutter hat in der Überzeugung, dadurch meinen Halt in der Realität zu festigen, ihre unentwegten Bemühungen, mein literarisches Verständnis zu formen, zwar nie versteckt – und sie hielt diesen Halt für bedeutender als den, den die Wissenschaft mir bieten könnte (die Religion betrachtete sie nur als faulen Zauber, für unbedeutsam) –, doch sie war klug genug, dieses Intervenieren so unauffällig zu betreiben, daß ihre Anschauungen, ohne daß ich es merkte, ein Teil meines sich bildenden Bewußtseins wurden.

Erst drei Jahre vor ihrem Tod offenbarten sich mir diese Dinge in ihrem vollen Ausmaß. Es geschah, als ich sie auf dem zugemauerten Balkon unserer Wohnung, der mir damals als Schreibecke diente, stehen sah, während sie in einem Buch mit Essays von Heinrich Graetz blätterte, das sie auf meinem Schreibtisch gefunden hatte. Mutter erklärte, als hätte ich sie bei etwas Verbotenem ertappt, die langen, gewundenen Sätze dieses Historikers gingen zwar über ihr Verständnis, aber den Brief, den er an den Übersetzer geschrieben habe, der sein Werk ins Hebräische übersetzte, errege sie sehr und spreche sie auf irgendeine Art ganz persönlich an. Mutter las mir die Sätze von Graetz vor. Er schreibt dort ganz unverblümt, in der Geschichte des jüdischen Volkes habe Gottes Hand gewirkt, was man aber nicht immer offen zeigen dürfe; wer diese Geschichte schreibe, dürfe Gottes Finger darin nur andeuten, etwa wie der Verfasser des Buches Esther, der diese wunderbare Geschichte der Errettung ohne jede göttliche Intervention beschreibt. Genau das habe auch sie versucht: in meiner Welt präsent zu sein, aber so weit als möglich unsichtbar zu bleiben. Ihr Leben lang, gestand sie mir, habe sie die Selbstbeherrschung bewundert, mit der Miriam am Ufer des Nils stand und gespannt ihrem Bruder Moses nachschaute, der auf dem Wasser davonschaukelte. So habe auch sie ihren Drang einzugreifen in Zaum zu halten versucht, als sich die wackeligen Schilfkörbchen, in denen ich die ersten Kinder meines Geistes auf Fahrt schickte, im Schilf verfingen. Sie habe sich gehütet, die Kräfte des Zufalls zu stören, was immer an Unvorhergesehenem sie mir auch bescherten. »Immer kann sich ein überraschender Gast als Königstochter erweisen, die zum Fluß geht, um sich zu waschen«, sagte Mutter am Ende ihrer Ausführugen, »und die aus Neugierde ihre Magd zu dem Kind in dem Körbchen schickt und es in den Palast holt.«

Jetzt, da meine Gedanken in dem aussichtslosen Versuch, Mutters bröckelndes Bild zu bewahren, zwischen Erinnerungsfetzen hin- und herwandern, sehe ich sie, wie sie etwas abseits an die Ladentür gelehnt steht und aufmerksam verfolgt, wie Vater meinen Schulaufsatz über den ersten Ölstrahl, der bei den Bohrungen in Cheletz aufgeschossen war, vor seinen Freunden in den höchsten Tönen preist. Raw Anchel Lanzhut hatte Vater das Heft aus der Hand genommen, sich die Brille auf die Stirn geschoben und es vor seine kurzsichtigen Augen gehoben, mit dem Ekel, der Neugier und der Leidenschaft, mit der ein alter Feldscher die entzündete Brust einer stillenden Frau betrachtet. Er roch an meinen zögerlichen Zeilen, verzog den Mund und sagte, diesmal werde er sich nicht zurückhalten und alles, was er denke, systematisch und ohne Auslassungen sagen, nachdem er sich vor zwei Wochen bei *Die Gassen von Nazareth* auf bloße Andeutungen beschränkt habe. »Es tut mir leid, Herr Rachlewski, nicht jeder, der gern eine Feder in die Hand nehmen würde, tut dies auch«, sagte der alte Redaktor leise und beherrscht, »ein Jude muß sich in der Heiligen Sprache auskennen, in der die Welt geschaffen und die Tora gegeben wurde, er muß wenigstens zwischen männlich und weiblich, Singular und Plural unterscheiden können, und selbstverständlich seine Finger in Schönschrift üben – in dem, was die Weisen des Talmud Kalligraphie nennen – und die heiligen zweiundzwanzig Buchstaben nicht, Gott behüte, wie Fliegendreck über das Blatt verteilen.«

Vaters Freund, Reb Schlomo Telingator, unterbrach dieses vernichtende Urteil des Sachverständigen; er hatte bisher still auf seinem Platz gesessen und mit seiner Schnupftabakdose gespielt. Der Greis, einer der wichtigen Männer bei den Boyan-Chassiden, der im Achwa Viertel eine kleine Schuhcremefabrik besaß, klopfte mit den Fingern auf das Sphinx-Relief der silbernen Dose und sagte, auch er habe mit Gottes Hilfe eine ganze Anzahl von Büchern redigiert, korrigiert und herausgegeben, deshalb könne er mit Sicherheit sagen, daß all die Mängel, die Rabbi Anchel aufgezählt habe, nicht schwerwiegend und leicht zu beheben seien. Dann nahm er eine Prise Tabak, schnupfte sie geräuschvoll und fügte hinzu, der Heilige, Er sei gepriesen, habe all diese Mängel allein aus dem Grund auf die Erde geschickt, weil das Los der Korrektoren ihn dauerte und er ihnen damit eine würdige Verdienstquelle schaffen wollte, ohne die sie schon längst verhungert wären.

Raw Anchel – sein Gesicht war beschämt, wie das von Vater – wandte sich nun Reb Telingator zu und fragte ihn, ob es ihm denn nicht reiche, daß alle Leute seine Schmiere zum Schuhputz verwenden, was müsse er ihn in aller Öffentlichkeit auch noch mit seinen Worten beschmieren. Doch Reb Schlomo gab nicht nach und sagte, obwohl Raw Anchel schon fast zu den Abtrünnigen zähle, da er mit den zionistischen Religiösen flirte und zu einem Drittel oder Viertel überhaupt ein *Misrachi* sei, sei es ihm bis heute nicht gelungen, die Unbildung der Zanz-Chassiden abzulegen, und er habe sich unverzeihlich an mir versündigt, indem er versucht habe, den göttlichen Schöpfergeist zu unterdrücken, mit dem die Vorsehung mich beschenkt habe. »Wenn das den Knaben bekümmert und lähmt, wird er, Gott behüte, das Schreiben aufgeben und womöglich nie mehr zu dem zurückkehren, wozu seine Seele berufen ist.«

Der Redaktor schwenkte mein Heft in der Luft und sagte, er wundere sich nicht, daß Reb Schlomo die Ungebildeten in so hohen Tönen lobe, denn der Oberste seiner chassidischen Dynastie, Rabbi Israel von Rischin, sei ja ein völliger Analphabet gewesen. Er habe aus berufenem Munde, nämlich vom Buchhändler Reb Lippa Schwager, gehört, daß der Rischiner Rebbe noch nicht einmal seinen Namen habe schreiben können, und daß seine *Gabbaim* für ihn die Briefe unterschrieben hätten.

Vater schaute entsetzt zu Telingator, doch der lächelte heiter und sagte, dies sei ein offenes Geheimnis, und Lippa Schwager, der ein Husiatyn Chassid war, habe es von einem Sohn des Rischiner Rebben gehört, und auch er selbst, Reb Schlomo Telingator, schreibe darüber in seinem Buch *Tif'eret Israel*, das eben in jener Woche herausgekommen sei, in der ich zur Welt kam; er habe es Vater bei meiner Beschneidungsfeier geschenkt. (Tatsächlich hat der Rischiner Rebbe, wie es bei chassidischen Rabbinern üblich ist, kaum geschrieben, und alle seine Briefe wurden von ihm Nahestehenden geschrieben. Wenn er etwas unterschreiben mußte, tat er es mit großen Buchstaben, und der berüchtigte Aufklärer Josef Perl versuchte vergeblich, ihn lächerlich zu machen, indem er seine Handschrift im Schaukasten seiner Schule in Tarnopol ausstellte, um den Passanten die geistige Beschränkheit des großen *Admor* zu demonstrieren.) Reb Schlomo stand nun von seinem Schemel auf, zog sich den Gürtel fest, schloß die Augen und zitierte aus der Erinnerung die Worte des Rischiner Rebben: »Als Vater starb, war ich ein Kind. Ich hatte keinen Lehrer, und meine ganze Tora habe ich einzig und allein aus dem Leben gelernt (*»main tojre hob ich mekabel gewejn fun chaj ha-chajim allejn«*) und zu einer Tora, die man allein aus dem Leben, wie es lebt und webt, gelernt habe, könne noch nicht einmal der Messias neue Aspekte hinzufügen.«

»Der Rischiner war ein Simpel«, sagte Raw Anchel abschließend und bat Mutter, mit ihm in den Laden zu gehen und ihm das Weißbrot und den Magerquark zu geben, um die seine Frau ihn am Morgen gebeten hatte, und er wandte der erregten Gruppe von Männern den Rücken zu und sagte noch, wem seine Zeit teuer sei, der solle sich erst gar nicht auf ein Streitgespräch mit diesen Tagedieben einlassen, die der hochherrschaftlichen Kutsche des Rebbe von Rischin nachliefen, diesem *gurnischt*, der die Dummköpfe segne. Als er mit Mutter allein war, sagte er, nicht umsonst habe man in Galizien die Anhänger des Rischiners »Haspel-Chassiden« genannt, nach den Anfangsbuchstaben der Städte Husiatyn, Sadagora, Potok und Leowo, in denen sich die Nachkommen des Rebben niedergelassen hatten, denn in ihrer Unbildung verhaspelten sie sich dauernd beim Beten und könnten die verschiedenen Teile des Gebets kaum auseinanderhalten.

Als er den Laden verließ und an den Männern, ohne sie eines Blickes zu würdigen, vorbeiging, rief Telingator ihm nach, *a geschtrofter galizianer*, es sei ja kein Wunder, daß die Heimat dieser Leute Galizien heiße, denn die Wasser dort waren bitter wie Galle, bevor die süße Sonne des Rischiner Rebben über ihnen aufging, so daß Menschen dort leben konnten.

Bis Ladenschluß lief Mutter mit zusammengepreßten Lippen herum und sagte kein Wort, doch sobald wir drei alleine waren, ließ sie ihrer Zunge freien Lauf und machte Vater schlimme Vorwürfe wegen seiner Unart, meine Aufsätze vor diesen gewöhnlichen Leuten zu preisen, die sich jeden Tag in dem kleinen Hof vor dem Laden versammelten. Solche Dinge wie das Schreiben gelängen nur im Verborgenen, stellte sie abermals fest, und wer in seiner Torheit Dinge, die im Entstehen begriffen sind, vor ihrer Zeit aufdecke, beraube sie der Möglichkeit des Wachstums – wie ein ungeduldiges Kind, das die Erde von der Erbsensaat hebt, um sich zu vergewissern, daß sie schon keimt, und so ihr vorzeitiges Ende herbeiführt. Vater nahm seinen Hut, schimpfte, sie würde mich bloß in Watte packen und versuchen, mich vor jeder Kritik zu schützen, die einen aber abhärte und erwachsen mache, und ging zornig in die Synagoge.

Die Hoffart des Menschen wird ihn stürzen, flüsterte Mutter in Richtung der zugeschlagenen Tür und fragte mich dann, ob ich ihr helfen könne, die grünen Wollstränge aufzuwickeln, die sie vor kurzem bei Malka Abramson gekauft hatte. Sie löste einen ineinander verschlungenen Strang, spannte ihn über meine vorgestreckten Arme und begann, in rhythmischen Bewegungen vor mir hin- und herzugehen. Während die zwischen meinen Handgelenken gespannte Wolle schnell durch ihre Finger glitt und der Wollball in ihrer Hand immer größer und dicker wurde, sagte sie, heute Abend, als sie sich das Streitgespräch unserer beiden Kunden angehört habe, habe sie erstaunlicherweise eine Zuneigung für den verleumdeten Rischiner *Admor* empfunden. »Eine so litauische Seele wie ich steht, Gott behüte, wirklich nicht im Verdacht, chassidische Neigungen zu hegen«, meinte sie lächelnd, doch sie habe Sympathie für diesen Waisenjungen, der nach dem Tod seines Vaters in der Obhut der Mutter aufwuchs und mit allen Kräften den Schlag, den er in so jungen Jahren erlitten hatte und der ihn hätte niederstrecken können, zu einem nützlichen Instrument und zur Entwicklung seiner geistigen Fähigkeiten verwendete, die ihm Bewunderung von nah und fern einbrachten. »Aus einer Schwäche eine Stärke zu machen, das ist die größte Kunst im Leben«, faßte Mutter zusammen, was sie an diesem Nachmittag gelernt hatte.

»Du meinst ein Kunststück?« fragte ich nach und sah schon die Jongleure im Zirkus Mederano vor mir.

»Nein«, lachte Mutter, und stopfte das Ende des Fadens in das Wollknäuel, »ich meine, daß das wirklich eine hohe Kunst ist.« Als Mutter ihre Arbeit beendete, sagte sie mit weicher Stimme, die Tagediebe, die sich vor unserem Laden versammelten, müßten am nächsten Tag wohl ohne uns diskutieren, denn sie wolle dann mit mir in den Schreibwarenladen von Wilstein, nicht weit von der Hauptpost gehen. Seit einem halben Jahr schon, verriet sie mir, habe sie, um Vater nicht zu erzürnen, heimlich gespart und einen Pfennig zum andern gelegt, um mir eine Schreibmaschine zu kaufen. »Für jemanden, dessen Beruf das Schreiben sein wird, ist das kein Luxus«, antwortete sie, als sie mein Staunen sah, »es ist ein lebenswichtiges Arbeitsgerät – genau wie Hammer und Säge für einen Tischler oder die Spirale für den Klempner«, und während sie sprach, kreisten ihre Hände wie ein besorgter Vogel über dem Reisigkorb, in dem die grünschwarz melierten Wollknäuel wie frisch gelegte Eier lagen. Dann verschleierte sich ihr Blick, und sie erzählte, in ihrer Jugend in den *Ungarsch Häusern*, als sie sich oft aus dem elterlichen Hause stahl und sich ins Studio von Frau Ticho schlich, um ihr beim Arbeiten zuzuschauen, sei ihr aufgefallen, daß die Malerin hin und wieder von ihrem Blatt oder der aufgespannten Leinwand einige Schritte zurücktrat und das Bild betrachtete. »Um der richtigen Perspektive willen muß sich ein Künstler für eine Weile von seinem Werk entfernen«, zitierte sie Frau Ticho und sagte, erst später habe sie verstanden, daß nicht nur Maler diese Distanz brauchen, sondern auch jemand, der schreibt. »Wenn du deine Geschichte ordentlich getippt siehst, statt handgeschrieben, mit allen Streichungen und Einfügungen, wirst du sie besser beurteilen können als ein fremder Leser«, sagte Mutter abschließend, und dann, wie jemand, der sich an etwas Wichtiges erinnert, das er aus unerklärlichen Gründen vergessen hatte, fügte sie hinzu, vor ungefähr einem Jahr, noch bevor sie daran gedacht habe, wie nützlich dieses Gerät für mich sein könne, habe sie zufällig noch eine andere, verborgene Qualität der Schreibmaschine entdeckt: sie bringe nämlich den geheimnisvollen Rhythmus der Poesie hervor.

Das war zu Beginn des Sommers gewesen, vermutlich an *Lag baOmer*, als Mutter ihre Schwester in Ramat Gan besuchen fuhr, sie aber nicht zu Hause antraf. Um sich die Zeit bis zu Tante Miriams Rückkehr zu vertreiben, schlenderte sie ziellos durch die Gegend, gelangte in die Nähe des Jarkon und wanderte dort durch die schläfrigen Straßen des neuen Viertels der Alteingesessenen. In der sich langsam über die Gartenvorstadt senkenden Abendstille hörte sie aus einem einstöckigen Haus das Klappern einer Schreibmaschine, zusammen mit dem unentwegten Zwitschern der Vögel, welche sich in den Baumkronen auf die Nacht vorbereiteten. Das Anschlagen der Tasten klang manchmal zögerlich, sogar stammelnd, dann wieder eigensinnig und widerspenstig; es fesselte sie, und sie blieb im Schatten eines der Bäume stehen und lauschte, bis eine junge Frau mit einem rothaarigen Kind auf den beleuchteten Balkon trat; dann machte sie sich aus dem Staub, bevor man sie bemerkte. Sie zweifelte nicht daran, hinter dem metallischen Klappern den Herzschlag eines betenden Menschen gehört zu haben, einen, der seinen Schöpfer umwirbt, ihn um Vergebung bittet, um sein Leben fleht und um das Leben derer, die ihn als Vorbeter vorgeschickt haben, und sein Herz war zerrissen und geschunden.

(An *Jom Kippur* einige Jahre zuvor, als es so aussah, als bekäme ihr sturer Atheismus plötzlich Risse, hatte Mutter begriffen, daß sogar sie die Ähnlichkeit zwischen Poesie und Gebet nicht länger leugnen könne. Ich war am Mittag aus Vaters Bethaus zurückgekommen, und sie saß da und starrte mit geröteten Augen in die flackernde Flamme der Gedenkkerze, die sie am Vorabend für ihre vielen Toten angezündet hatte. Auf ihrem Schoß lag Großmutters abgegriffenes Gebetbuch für *Jom Kippur*. An den hohen Feiertagen ging Mutter nicht gern zum öffentlichen Gebet. Sie blieb lieber zu Hause, was Vater sehr betrübte, denn er fürchtete, sie räche sich auf diese Art dafür, daß er mit dem Namen des Bethauses den seiner Jugendliebe verewigt hatte. »Um in mich zu gehen und mich zu prüfen, brauche ich nicht die ganzen *jentes* um mich herum, mit ihrem schrecklichen Mundgeruch und den Parfums, mit denen sie ihren Leib besprühen, ganz zu schweigen vom leeren Geschwätz dieser Frauen, die von billigen Pariser Schneiderinnen erzählen, die sie nach Hause holen, und von ihren neuen, bei einem Gelegenheitskauf günstig erstandenen Strickwaren.« So pflegte sie ihm zu antworten, wenn er ihr klagte, daß der Anblick ihres verwaisten Stuhles in der Frauenabteilung ihm großes Leid bereite. Mutter fragte mich damals, ob mir das Fasten nicht schwer falle, und dann, ob ich *Unetanej tokef* wohl auch richtig gelesen habe, und ohne eine Antwort abzuwarten, begann sie aus dem Buch, das hier und da vom Speichel ihres gelähmten Vaters zerfressen war, vorzulesen, mit brüchiger, fast tonloser Stimme und ganz ohne Melodie: *Der Mensch – sein Ursprung liegt im Staub und sein Ende ist im Staub; mit Mühsal verdient er sein Brot, er gleicht dem zerbrochenen Scherben, der welkenden Blume, dem trocknen Gras, er gleicht dem enteilenden Schatten, der entschwindenden Wolke, dem verwehenden Hauch, dem verfliegenden Staub; wie ein Traum fleucht er dahin*, und ohne nach diesen alten Worten innezuhalten – die nach unserer Familienüberlieferung unser Vorfahre Rabbi Kalonymus ben Rabbi Meschulam auf Geheiß des Rabbi Amnon niedergeschrieben hatte, welcher ihm drei Tage nach Rabbi Amnons Tod des Nachts erschienen war , fuhr sie fort, der Mensch versuche mit diesen verhaltenen Worten die vor ihm liegenden unendlichen Weiten zu überwinden und das Göttliche in sich zu finden. Nicht viel anders als ein bedrückter, gequälter Mensch, der nachts in seinem Bett keine Ruhe findet und aufsteht, ein Buch nimmt und darin blättert, bis er plötzlich die Zeilen findet, die seine Situation in diesem Moment ausdrücken, und sie sich leise vorliest und den Eindruck hat, daß es ihm gelinge, den gähnenden Abgrund seiner Einsamkeit zu überwinden. »Doch *das ist alles nur eitel und haschen nach Wind*«, bemerkte Mutter mit einem skeptischen Lächeln. Sie hatte schon wieder ihre habituelle Rolle eingenommen und meinte, sowohl der Beter als auch der Dichter glaubten in ihrer Naivität, vielleicht Dummheit, die Kraft der Worte reiche aus, um in der Realität Veränderungen herbeizuführen.

Mutter rollte die Banderolen, welche die Wollstränge zusammengehalten hatten, zu einer Art Trichter, hielt ihn sich an das eine Auge, kniff das andere zu und betrachtete durch die Öffnung das sich ununterbrochen zusammenziehende und wieder weitende grüne Auge des Rundfunkempfängers. Zufällig habe sie erst letzte Woche erfahren, erzählte sie, wer der Mensch war, dessen schweigendem Gebet an der Schreibmaschine sie damals gelauscht hatte, als sie durch die Gartenvorstadt streifte. »Es war niemand anders als Uri Zwi Greenberg, der Dichter«, sagte sie, und es fiel ihr schwer, zu verbergen, wie stolz sie auf ihren messerscharfen Rückschluß war. Es sei ihr am Mittwochmorgen klar geworden, als sie, wie sie es oft tat, die Zeitungsbündel des Herrn Charlap durchsah. Unser Nachbar hatte sich verspätet und seinen kleinen Laden für Zeitungen, Schreib- und Galanteriewaren noch nicht aufgemacht, und so gaben die Zeitungsboten ihre Bündel bei uns zur Aufbewahrung ab. Mutter nutzte die Gelegenheit, da nur wenige Kunden kamen, alle Zeitungen zu überfliegen, angefangen von der kommunistischen *Kol haAm* und dem nicht minder radikalen *Cherut* der Revisionisten bis zum liberal-progressiven *Semanim* und dem ultraorthodoxen *Hamodia*. In ihren Augen war dies die ideale Art und Weise, die Ereignisse gleichzeitig von verschiedenen Standpunkten aus zu betrachten und sich selbst eine unabhängige Meinung zu bilden. An jenem Morgen fand sie neben einem Bündel von *HaOlam hase* die ersten Nummern einer neuen Wochenzeitung mit dem Namen *Rimon*. Diese Zeitung weckte Mutters Interesse nicht zuletzt wegen der Farbphotos, die man sonst nur in ausländischen Magazinen sah, vor allem aber wegen eines Artikels über Männer, denen nach dem Genuß von hormonbehandeltem Hühnerfleisch Brüste gewachsen waren. Mutter freute sich sehr über diesen Artikel, denn er gab ihr ein neues, schlagendes Argument für die Diskussionen mit ihren Freundinnen über die

Richtigkeit des Vegetarismus. Beim Blättern stieß sie auch auf eine Photoreportage über Uri Zwi Greenberg, in ihrer Erinnerung ein rothaariger, leicht erregbarer Junggeselle, der in den vierziger Jahren in der Strauß Straße in einem Kellerzimmer bei Javins zur Untermiete gewohnt hatte. Mutter betrachtete lange die Bilder der Frau, die er indessen geheiratet hatte, eine junge Frau im gestreiften Sommerkleid, die im Hof Wäsche aufhängte oder ihrem Sohn eine Geschichte vorlas, und erkannte in ihr plötzlich die Frau, die sie an jenem Abend in Ramat Gan auf dem Balkon gesehen hatte. »Sogar das geheime Bethaus, von dem ich dir erzählte, ist dort verewigt«, verkündete Mutter stolz und wedelte mit der Zeitung, die sie zwischen ihren Papieren aufbewahrt hatte: man sah den Dichter auf einem niedrigen Schemel sitzen, wie er sich über eine Schreibmaschine auf einem sehr niedrigen Tischchen beugt, umgeben von Kinderwagen, Windeln und Spielzeug. »So eine Schreibmaschine möchte ich dir morgen kaufen«, verkündete sie und fügte, wobei sie ein Lächeln unterdrückte, hinzu: »Siehst du, selbst Dichter sind zuallererst einmal Menschen.«

Der Gedanke, daß Dichter in Wirklichkeit Tiere seien, hatte sich bei mir eingenistet, als Olga Parachodnik, Vaters russische Verehrerin, mal wieder bei uns zu Hause aufgetaucht war und mir ein Quartettspiel auf mein Krankenbett gelegt hatte. »Alle wichtigen Leute unseres Volkes kommen Dir einen Krankenbesuch abstatten, *sißkeit*«, sagte Tante Olga mit rollender Zunge und wandte sich dann gleich zu Vater und drückte ihm, die Abwesenheit von dessen rechtmäßiger Frau nützend, einen saftigen Kuß auf die Lippen.

Herzl, Pinsker und Nordau mit ihren wohlgepflegten Bärten erschienen mir damals wie ehemalige Vorsteher von Talmudhochschulen, die inzwischen das Joch der Tora abgeschüttelt hatten, Jabotinsky und Trumpeldor dagegen schauten mich mit ihren Schirmmützen von den Spielkarten ganz ernst an, wie zwei Feuerwehrmänner, die nur widerwillig für einen Moment Beil und Wasserschlauch aus der Hand gelegt hatten, um sich porträtieren zu lassen. Dagegen glich das Quartett der Dichter einem Zoo, und noch lange, nachdem sich die roten Nebel der großen Scarlatina meiner Kindheit verzogen hatten, wandelten Mordechai Ze'ev Feierberg mit dem schwindsüchtigen Spatzengesicht, Micha Josef Berdyczewski mit Seehundsbart à la Nietzsche, Saul Tschernichowski mit der Löwenmähne und Josef Chajim Brenner als zorniger, seiner Jungen beraubter Bär durch die unendlichen Weiten meiner Vorstellung.

Am Eröffnungsabend des 24. Zionistenkongresses – es war der zweite, der in Zion selbst stattfand – drang die Realität in meine Kindheitsvorstellung der Dichter als Tiere, auf die Mutter anspielte, als sie mir die erste Ausgabe von *Rimon* zeigte, und erschütterte sie nachhaltig. Vater hielt es für die Pflicht eines jüdischen Vaters, seinem Sohn die Teilnahme an den bedeutenden historischen Ereignissen zu ermöglichen, die unserem Volk in dieser Zeit der *atchalta di-ge'ula,* der »beginnenden Erlösung«, widerfuhren, und er nahm mich gegen Mutters Willen mit zu den Veranstaltungen in den *Binjanej haUma* am Eingang der Stadt.

Viele Stunden standen wir an jenem weit zurückliegenden Aprilabend 1956 unter den gegeneinanderknallenden Fahnen der Nation und betrachteten erwartungsvoll die gleichgültigen und glücklichen Gesandten, die den windigen, steingepflasterten Vorplatz überquerten und in der Eingangshalle mit der lampenbesternten Saaldecke verschwanden, auf dem Weg zu jenem Festakt, zu dem wir nicht geladen waren. Vater, der sich seinen Lebtag die Gesichter der Großen unseres Volkes, seine Sprecher und Anführer von den unscharfen Bildern in den Zeitungen eingeprägt hatte, feierte jeden, den er identifizieren konnte.

»Hier kommt Aharon Ziesling«, jubelte er, sich auf eine Absperrung der Polizei stützend, als er einen braungebrannten, stämmigen Mann sah, den man wohl hinter dem Pflug auf den Feldern von Ein Harod weggeholt und hierher gebracht hatte; »und da ist Schraga'i, der Bürgermeister«, erklärte er, nachdem sein Auge diesen Funktionär des *Misrachi* erspäht hatte, der ganz gemütlich daherkam; er kniff mich in den Arm, damit mir nichts entging, und meinte: »Wenn du nach den großen Ferien in die Schule kommst, kannst du stolz erzählen, daß du sie alle gesehen hast.« Auf dem sich leerenden Platz erschienen in der Dämmerung plötzlich drei Gestalten, silbernes Scheinwerferlicht umgab sie mit einem leuchtenden Schein. In der Mitte lief ein Mann mit einer grauen, im Westwind flatternden Mähne, und links und rechts von ihm, gleichsam als stützten sie ihn, mit ernsten Mienen seine Begleiter, die ihre Schritte den seinen anpaßten. Er fuchtelte mit den Armen, als wäre der Geist Gottes über ihn gekommen, und seine beiden Freunde sorgten gleichsam mit unsichtbaren Schälchen in den Händen, daß keine Perle von seinen Lippen zu Boden fiel. »Das ist der Dichter Abraham Schlonski!« stellte Vater gelehrt fest, und die beiden andern sind Meir Ja'ari und Jaakov Chasan, die Parteiführer der *Mapam*.« Ich dagegen war davon überzeugt, Aaron und Hur zu sehen, die in Raphidim den Hügel besteigen, um gegen Amalek zu kämpfen, und zwischen ihnen Moses selbst mit dem Stab Gottes in der Hand.

Daß ich zum ersten Mal einen lebendigen Dichter traf und sogar mit ihm sprechen konnte, war allerdings das Verdienst von Mutter.

Jeden Donnerstag, wenn sie zum Machane Jehuda ging, Seefisch oder Karpfen kaufen, um Vaters Appetit auf Fleisch wenigstens ein bißchen zu befriedigen, führte ihr Weg sie immer erst zur nahegelegenen Kesselschmiede von Serach Halevi, wo sie mich zur Aufbewahrung abgab. Meine leicht zu beeindruckenden Kinderaugen sollten nicht die flossenschlagenden Karpfen sehen, die versuchten, Vaters Freund, Matthes dem Hohepriester, zu entkommen, und nicht die schuppenübersäte Hand von Korporal Epstein, der bei ihm im Fischgeschäft arbeitete und über ihnen das Hackmesser schwang, damit in mir nicht die Lust am Töten erwache.

Die Kesselschmiede von Reb Serach Halevi war schwarz wie die Höhle Elias' in der Felswand des Karmel. Reiben, Becher, Lampen und *Chanukka*-Leuchter, alle aus Blech gefertigt, hingen in Trauben an den Wänden, und er saß mitten zwischen ihnen, die Augen entzündet von Rauch und ewigem Dämmerlicht.

»Reb Serach ist ein Dichter«, redete Mutter mir gut zu, wenn ich darauf bestand, sie in den Fischladen zu begleiten, »seine Gedichte werden sogar in der Zeitung gedruckt«, und der kleine Kesselschmied, der Mutter von Jugend auf kannte, hielt mir einen blechernen *Chanukka*-Leuchter und einen in Aluminiumfarbe getauchten Pinsel hin und sagte verlegen lächelnd: »Lieber mit Altblech arbeiten als selbst zum alten Eisen gehören.«

Und während ich dort saß und die Aufdrucke von Konservenfabriken, die von der früheren Verwendung der Blechstücke zeugten, zögernd mit einer Farbschicht überzog und Reb Serach den Blasebalg betätigte oder aus flachgehämmerten Blechstücken Kreise und Rechtecke schnitt, füllte sich der kleine Laden mit Geschichten, die jetzt aus der großen zeitlichen und örtlichen Entfernung wieder auftauchen wie die funkelnden Reststücke, die von seiner großen Schere beim Schneiden des Bleches abfielen.

Aus dem Gedächtnis schnitt er gleichsam die Profile seiner Vorfahren: Die Großmutter mütterlicherseits, die für den Unterhalt in dieser Welt Milch verkaufte, und, um ihren Lohn in der kommenden Welt zu mehren, tote Frauen wusch; sein Vater, Reb Serach Jizchak, den man, weil er sich mit mystischen Dingen beschäftigte, »den Messias« nannte. Dessen prächtige Laubhütte in Maskeret Mosche duftete wie ein ganzer Orangenhain, ein *Pardess*, und ihr Inneres war geschmückt mit den Anfangsbuchstaben der vier Auslegungstechniken *peschat, remes, drasch und ssod.* Sein Großvater väterlicherseits war in der Jugend, zur Zeit des Zaren, zum Militärdienst gekidnapt worden, nach vielen Abenteuern freigekommen und hatte dann am Gymnasium in Kiew gelernt, war nach Palästina gezogen und hatte für seinen Unterhalt Adressen auf die ins Ausland gerichteten Schnorrbriefe der Armenküche geschrieben, den Jugendlichen Jerusalems die Sprachen »fremdzüngiger Nationen« beigebracht und zu nächtlicher Stunde einen neuen Kommentar zum Buch *Sohar* verfaßt, ein Manuskript voll mystischer Zeichnungen, das bei der Explosion im Hause seines Onkels, wo es aufbewahrt war, verbrannte.

Als ich regelmäßig in seinen Laden kam, begann Reb Serach sich zu öffnen und erzählte auch von seinem Vater, dem Kesselschmied, der an *Chanukka* 1918, nachdem die Engländer ins Land einfielen, auf die verlassenen Schlachtfelder außerhalb Jerusalems zog, Geschoßmäntel von Granaten sammelte und aus ihnen das nötige Gerät für Haus und Küche fertigte. »So ging Jesajas Weissagung in Erfüllung: *Und sie werden ihre Schwerter zu Pflugscharen und ihre Spieße zu Sicheln machen*«, sagte Serach Halevi und erzählte, das aus glänzender Bronze gefertigte ewige Licht, das in der Tif'eret Israel Synagoge in der Altstadt bis 1948 hing, *als Ungläubige kamen und unser Heiligtum entweihten*, sei eine Arbeit seines Vaters gewesen. Dessen Arbeiten seien so wundervoll gewesen, daß sogar der Herr Professor Boris Schatz und der Herr Bar Adon mit ihren Schülern von der Kunstakademie *Bezalel* ihn in seiner Werkstatt in Sichron Tuvia besuchen kamen, mit ihm redeten und seine Arbeiten mit den schönsten Psalmen lobten. Und obwohl seine Geräte prächtig und die von mehreren Getreidemühlen bei ihm bestellten Maschinen zum Reinigen des Weizens und seine Eisenbehälter zum Kaffeerosten fachmännisch und hochentwickelt waren, und obwohl seine Fertigkeit im Löten von Metallen vom deutschen Ingenieur der Jerusalemer Bahnstation mit großem Lob bedacht worden war, blieb er dennoch arm, wie unsere Weisen schon sagten: *Dem Armen folgt die Armut wie ein Schatten*, und diese furchtbare Armut hatte auch Serach Halevi von seinem Vater geerbt.

Er sprach ruhig und flüssig, wenn er von seinen Vorfahren und deren Wirken erzählte, doch als er es schließlich wagte, über sein eigenes Leben zu sprechen, das Leben eines jungen Mannes in Jerusalem, Sohn des *Alten Jischuw*, der aus der Finsternis hinauswollte, aber aus Mitleid mit seinen Eltern und wegen seines weichen Wesens Streitgesprächen immer lieber aus dem Weg ging und deshalb seinen Plan nicht in die Tat umsetzte, da erregte er sich. Er erzählte, wobei sein helles Gesicht sich rötete, wie er als treuer Helfer im Betrieb seines Onkels gearbeitet habe – drei lange Jahre lang dort jede schwere Arbeit verrichtet und heimlich die Lehrbücher gelesen habe, die aus Deutschland für die Schulen des *Esra* importiert wurden. Er erzählte von seiner kurzen Karriere an der Musikschule »Schulamit«, die abgebrochen wurde, als sein Vater erfuhr, daß in diesem »Institut« junge Mädchen und Burschen gemeinsam sangen, denn er fürchtete die »Aufseher«, welche die *Chalukka*-Gelder an die Familie verteilten. Ein ganz eigenes Kapitel war sein Dienst im *Gedud haIvri* [den jüdischen Einheiten im britischen Militär], wohin er sich aus dem Betrieb des Onkels geflüchtet hatte. Immer wieder tauchten Szenen aus dieser Zeit auf, etwa das Zeltlager am Fuße des Karmel, seine Teilnahme an der Bewachung von Sichron Ja'akow, das *Lag baOmer*-Feuer in Atlit, wo ein alter Bauer ihnen ›*Zion, Zion, main hailige land*‹ vorgesungen hatte, und immer zum Schluß, wie eine Wunde, die nicht desinfiziert wurde, das Ertrinken des Korporal Schor am Strand von Haifa – *Auch beim Lachen kann das Herz trauern, und nach der Freude kommt das Leid.*

Eines Tages legte er den Blasebalg aus der Hand, nahm die Schürze ab und setzte den Hut auf, als mache er sich bereit, zum Beten zu gehen, da wußte ich, daß unsere Donnerstagsfreundschaft keiner weiteren Beweise mehr bedurfte. Mit seinen schwarzen, von Wunden übersäten Händen holte er aus der Innentasche seines Mantels einige Blätter hervor und las mir ein immer wieder und immer perfekter überarbeitetes Gedicht vor. Er beschrieb einen gleichsam wundervollen Lüster – die Fackel des Königs in den Höhen –, die er gegen Morgen über dem Düsterdämmer der Stadt hatte aufgehen sehen, ein Lüster, dessen Kerzenlichter wie tausendfach gespiegelte Feuerfunken blitzten, ein Lichtermeer schufen, überquellend von Glanz und sprudelndem Leben. Im Nu verwandelte sich der Laden in lichte himmlische Hallen, und die Blechgefäße, die für den Tisch armer Leute gemacht waren, wurden zu funkelnden Leuchtern. Und alle Sehnsucht, seine Schmerzen und das ganze Leid dieses etwas verschlafenen jungen Mannes – dem sein Vater, als er vom Militärdienst zurückkam, das Handwerk des Kesselschmieds nur sehr flüchtig beigebracht hatte, ein mühsames Handwerk, welches er von ganzem Herzen haßte –, klopften nun mit zögernder Hand an die verschlossenen, aus Rebellion und Trost gemauerten Tore seiner Worte.

Gedichte anderer zu lesen weigerte er sich. »Mir reicht das Buch der Psalmen«, sagte er und blies in die erlöschende Glut, und wenn ich ein neues Wort brauche, versorgen mich unsere großen Dichter des goldenen Mittelalters in Spanien mit genügend Material.« Er versuche, bis zur Grenze des Möglichen originell zu sein und sich von niemandem beeinflussen zu lassen –, antwortete er immer wieder auf meine Frage, welche Dichter ihm gefielen. Um seine überhebliche und naive Sturheit zu erschüttern, brachte ich zu meinem letzten Besuch bei ihm zwei Lyrikbändchen mit und zwang ihn, sich einige Gedichte von Jizchak Schalew anzuhören, mit denen er in jenen Tagen die Lyrikfreunde im Sturm erobert hatte. Reb Serach saß gebeugt in seiner Ecke, die Hände im Schoß unter der Schürze versteckt, kein Muskel regte sich in seinem gequälten Gesicht.

»Das ist ein Gesang der Fische«, schoß es dann aus seinem Mund, und mit einer rebellischen Bewegung des Kinns wies er die Bücher zurück, die ich ihm dalassen wollte. »Wenn du um die Ecke in den Laden von Rappoport gehst und dir die Fische im Becken anschaust, wirst du sehen, daß sich ihre Lippen unentwegt bewegen. Frag den Reb Matthes, er ist doch ein Freund deines Vaters, der wird dir bestätigen, daß die Fische, wie alle anderen Geschöpfe auch, ein Lied singen.« Der alte Kesselschmied fuhr sich mehrere Male mit dem Handrücken über die rissigen Lippen und murmelte wie zu sich selbst: »aber ihre Stimme dringt nicht zu uns.«

Diese Worte von Serach Halevi machten mich wütend; ich habe ihn seitdem nicht mehr besucht, und sogar, wenn ich seine gebeugte Gestalt gegen Mittag an unserem Laden vorbeigehen sah, wie er den kaputten Kinderwagen voll Altblech vor sich herschob, versteckte ich mich. Einmal wurde Mutter zufällig Zeugin dieses Ausweichens. Aus dem Augenwinkel sah ich ihr Erstaunen, doch noch bevor es zu Worten wurde, wich es von ihren Lippen und hinterließ nur ein Zucken des Schmerzes. An diesem und an den folgenden Tage spürte ich, daß ihr besorgter Blick nun länger als sonst auf mir ruhte, es war der Blick eines Menschen, der plötzlich etwas Neues und Bedrohliches über jemanden erfahren hatte, von dem er bisher alles zu wissen glaubte, doch sie hütete sich, mich zu fragen, was zwischen dem Dichter und mir vorgefallen war.

Die Sache tauchte eine Woche später, als ich sie längst für vergessen hielt, in einer Anspielung während eines Streites der Eltern wieder auf. Vater hatte entdeckt, daß Mutter sich insgeheim mit Ahuva Chariss versöhnt hatte und sie, trotz ihres großen Zerwürfnisses, sogar bei sich zu Hause besuchte. Er provozierte sie, sie sei inkonsequent, spottete, daß sie ihre feierlichen Gelöbnisse, mit diesem dummen Huhn kein Wort mehr zu reden, nicht in dieser Welt und nicht in der kommenden, breche. »Das geht dich nichts an«, schnitt Mutter ihm das Wort ab, sie wisse nicht, räsonierte sie weiter, ob sie sich über die jungen Leuten ärgern oder sie beneiden solle, die so unbeschwert, ohne das Gefühl von Verlust oder Schuld jemandem, mit dem sie befreundet waren und den sie jetzt nicht mehr brauchen, den Rücken zukehren und ihn aus ihrem Leben streichen, als wäre er nie dagewesen.

4

Erst einige Tage, bevor tatsächlich einmal etwas von mir in der Zeitung veröffentlicht wurde, las Mutter das erste Mal einen Text von mir, und auch da sträubte sie sich zunächst, wie es ihre Art war, und sie hätte es nicht getan, wenn ich sie nicht ausdrücklich gebeten hätte, von ihrem alten Grundsatz abzuweichen. Rückblickend kann ich nicht verstehen, wie sie es ganze acht Jahre ausgehalten hat, ihre Neugier zu beherrschen. Tatsache ist aber, daß sie, von dem Moment an, da wir gemeinsam den Laden von Wilstein verließen und ich meine neue Remington in einem feierlichen Siegesmarsch stolz durch die Straßen Jerusalems trug, sich ihrem festen Entschluß folgend hinter die Kulissen zurückzog und von dort aus meinem zögerlichen Tippen, das oft aus meiner Arbeitsecke zu hören war, nur noch lauschte, mich aber nie fragte, worüber ich schrieb, geschweige denn darum bat, etwas lesen zu dürfen.

Mutter, die ihr Angesicht vor meinem Schreiben verdeckt hatte und die sich so gerne mit Moses' Schwester verglich, welche von Ferne das Schilfkörbchen ihres Bruders verfolgte hatte, meinte nämlich, meine schöpferische Freiheit zu bewahren und zu garantieren, indem sie mich unbeobachtet schreiben ließ. Das erklärte sie mir an einem jener Tage, als wir auf dem Flur der onkologischen Abteilung im Bejlinson-Krankenhaus saßen, auf die Bestrahlung warteten – möge die Erinnerung daran für immer ausgelöscht sein –, und sie mir noch eilig einige Dinge sagen wollte, bevor der Tod seinen trennenden Vorhang fallen ließ. Sie hielt die Ergebnisse ihrer Blutuntersuchung an die Brust gedrückt und sagte, jede Einmischung von außen, und sei sie noch so gering, hätte mein Ringen um eine eigene Ausdrucksform stören und womöglich sogar beenden können. Manchmal, erzählte sie, habe sie befürchtet, ich könne ihre Zurückhaltung falsch verstehen und als Desinteresse oder gar Ignoranz deuten. Obgleich sie innerlich darauf gefaßt gewesen sei, hätte ich mich jedoch nie darüber beschwert oder Verbitterung gezeigt, sondern ihr Verhalten wohl als selbstverständlich betrachtet.

»Du mußt wissen, statt meine Zeit und Kraft in unnötige Einmischungen zu investieren, habe ich damals dafür gesorgt, daß du soviel Zeit wie möglich zum Schreiben hattest«, sagte Mutter und fuhr sich mit durchsichtigen Fingern behutsam über den kahlen Kopf, über die Schläfe und das Augenlid über ihrem fehlenden Auge, strich dabei über die vier Kreuzchen, die der Röntgenarzt dort aufgezeichnet hatte, um das Bestrahlungsquadrat zu markieren, und redete weiter, nur wer in seiner Seele frei sei und keine Verpflichtungen anderen gegenüber habe, wer die Weite des Nichts-tun-müssens vor sich sehe, nur der könne sich letztlich den Mysterien der menschlichen Existenz stellen. Tatsächlich hatte Mutter ihre ganze schöpferische Kraft in diesen Jahren in das Schreiben von Entschuldigungen an die schulischen Autoritäten gesteckt, in denen sie mein dauerndes Fehlen mit verschiedenen Krankheiten, Beschwerden und erfundenen Familienereignissen begründete.

Die gesegneten ungestörten Morgenstunden, die sie mir damit verschaffte, verwendete ich zum Schreiben, Lesen und zu häufigen Besuchen in Antiquariaten, die, um den Titel von Gorki zu verwenden, *Meine Universitäten* waren. Auf halbem Weg zwischen der abgeschiedenen Privatheit der Arbeitszimmer von Dichtern und Wissenschaftlern und der kühlen Öffentlichkeit von Bibliotheken und Vortragssälen der Universität spürte ich hier, an diesem Ort höchster Intimität das Werden und Wachsen der Kultur. Mutter ermutigte meine Antiquariatsbesuche nicht nur, sie öffnete sogar die Ladenkasse und drängte mich, mir, was ich brauchte, zu nehmen.

Am meisten sehnte ich mich nach der Buchhandlung von Bamberger & Wahrmann, von der es damals hieß, alle wichtigen Leute Jerusalems verkehrten dort. Der Antiquar und große Gelehrte Reb Michl Rabbinowitz war gestorben, nachdem, kurz bevor die Briten das Land verließen, seine Buchhandlung »HaDarom« bei der Explosion in der Ben Jehuda Straße zerstört worden war. Immer wieder kam ich zu diesem Laden, nahe der Druckerei der *Jerusalem Post*, doch der Schreiber direkt hinter der Eingangstür wies mich jedesmal mit dem Briefmesser in der Hand zurück und sagte, sie verkauften hier keine Lehrbücher an Gymasiasten. Wenn ich mich nicht abweisen ließ und ihm erklärte, ich wisse ganz genau, was für Bücher man hier verkaufe, antwortete er mit einem mürrischen Lächeln, mein Äußeres lasse darauf schließen, daß ich gar nicht das Geld für so teure Bücher habe. Abgewiesen und gekränkt schaute ich seitdem immer nur durch das staubige Schaufenster hinein, blickte sehnsüchtig auf einen in Gedanken versunkenen Intellektuellen, der an einem Regal stand und mit auf die Stirn geschobener Brille das Gesicht in einem alten Buch vergrub, oder auf eine Gruppe von Gelehrten, die, bewacht von dem Cherub mit dem flammenden, blitzenden Schwert, miteinander flüsterten und sich große Geheimnisse anvertrauten. Ich konnte sie nur sehen. Wie es dort roch, erfuhr ich erst Jahre später, als ich Agnons Roman *Schira* las: »Der Geruch der alten Bücher kam ihm in den Mund, der Geruch von Staub und altem Papier, von Leder und von Leinwand, und dazu der Geruch der Generationen, die diese Bücher in den Händen gehalten haben; er gleicht anfangs einem Wehen der Sehnsucht und wird zu einem Verlangen, das alle Bücher der Welt nicht stillen können.«

Von diesem Antiquariat, in das man mich nicht einließ, zog ich bitter und zornig zum Laden von Reb Avrum Rubinstein, der mich stets freundlich empfing, und von dort auch noch in einige Buchläden weiter westlich. Gegenüber der Apotheke von Sar Schalom Deutsch, der, wie Großmutter wußte, das versteckte Medizinbuch des Königs Hiskia gefunden hatte, befand sich der Buchladen von Schejnberger, dem Bruder des »Außenministers« der *Neturej Karta*, Reb Schaja Schejnberger. Schejnberger, ein früher rothaariger, nun weiß gewordener Jude, saß im schwarzen Mantel und mit zerzausten Schläfenlocken mitten in seinem Laden, in dem es weder Regale noch Tische gab, umgeben von regelrechten Mauern von Büchern. Er ließ niemanden herein; von der Tür aus mußte man ihm zurufen, was man wollte. Meistens verkaufte er nicht viel, aber manchmal, wenn ich gerade beim Friseur gewesen war und ohne die wilde Mähne der säkularen Israelis zu ihm kam, war er mir freundlich gesonnen, denn er hatte meinen Großvater gekannt, und nachdem er mich verhörte, ob ich noch immer Schabbat hielt und jeden Morgen *Tefillin* legte, zog er ein Buch aus einem der Stapel, in der Regel einen Jerusalemer Erstdruck, und sagte, dieses Buch würde er heute gerne verkaufen.

Der strengste all dieser Buchläden war, wie mir scheint, der von Reb Josef Dov Stitzberg und seinem Sohn Reb Selig, oben in der Mea Sche'arim Straße, nicht weit vom Postamt Ge'ula. Von außen sah der Laden ziemlich verwahrlost und verwaist aus. Am Schaufenster klebten noch immer kreuzweise die Stoffstreifen, die im Unabhängigkeitskrieg das Glas vor den Explosionen der arabischen Legion hatten schützen sollen, und darüber Reste von Plakaten, auf denen Wallfahrten zu den Gräbern der *Zaddikim* angepriesen wurden oder Weintrauben, bei deren Anbau garantiert sämtliche religionsgesetzlichen Vorschriften beachtet worden waren, oder die Ankündigung der Ankunft eines großen Rebben in der Stadt. Die Ladentür war geschlossen und ließ sich nur mit Mühe knarrend öffnen. Drinnen befand man sich dann in einer der wenigen sorgsam geordneten Buchhandlungen des Landes, wie ich sie sonst erst Jahre später in den Straßen um die British Library sehen sollte. Die dicht bepackten Regale an den Wänden reichten bis zur Decke. Es war ein außerordentlich hoher Raum – vielleicht fünf Meter hoch. An einer Seite saß, über Karteikästen gebeugt, Reb Selig, ein kleiner Mann mit scharfem, prüfendem Blick und einem grauen, spitzen Bart. Gekleidet wie die Gur-Chassiden, trug er einen großen, runden Hut und Pluderhosen, die in schwarzen Strümpfen und Halbschuhen steckten. Seine Stimme klang weich und großzügig, die Stimme eines Menschen, der seine Manieren noch vor dem Ersten Weltkrieg in einer Metropole mit Namen Warschau gelernt hatte, doch sein Geschäftsgebaren war das eines pedantischen Bankdirektors, der von seinen um ein Darlehen nachsuchenden Kunden verlangte, ihn mit schlagenden Beweisen davon zu überzeugen, daß sie im Grunde auch ohne Kredit zurechtkämen. Stitzberg, der Sohn, verlangte von seinen Kunden, daß sie ihre Kenntnis des Buches, das sie erwerben wollten, unter Beweis stellten, bevor er es ihnen verkaufte. Er stellte gelehrte, scharfsinnige Fragen, fuhr mit seinem Verhör so lange fort, bis man ihn überzeugt hatte – und ihn zu überzeugen war nicht leicht. Als er eines Tages so großzügig war, sich von dreien seiner Bücher zu trennen, ohne mich über ihren Inhalt auszufragen, wußte ich, daß ich mein Pflichtstudium bei ihm mit *summa* abgeschlossen hatte und mir der ersehnte Weg zur Promotion nun endlich offenstand.

So wie Mutter mich an Schultagen vor dem spähenden Auge der Schulbehörde bewahrte, so nahm sie mich auch vor dem Jähzorn Vaters in Schutz, der immer gereizter reagierte, wenn ich am Schabbat das Haus verließ. Damit wollte er sich nicht abfinden. *»Herr mein Gott, was willst du mir geben? Ich gehe dahin ohne Kinder,* und meine einzigen Gefährten in der Synagoge sind die Enkel meiner Freunde«, hörte ich ihn sich beim Himmel beklagen, als ich mich an einem Schabbat während des Mittagessens aus dem Staub machte. Er schluckte seine Tränen und fragte Mutter, ob seine Schuld denn so groß sei, daß ich ihn nicht nur im Bethaus alleine lasse – dort finde er zum Glück einen gewissen Trost in den Nachkommen seiner Mitbeter, die seine Nähe wegen der Kaubonbons in seinen Taschen suchten. Aber daß ich mich nun auch noch an ihnen versündigte, indem ich mich mitten während des Essens davonmachte und meine beiden alten Eltern in ihrer Einsamkeit zurückließ und aus ihrer Freude ein Trauerspiel machte, das gehe über seine Kraft.

»Stör ihn nicht in seinem Leben«, mahnte ihn Mutter und erwehrte sich seiner Versuche, sie auf seine Seite zu ziehen. Als Eltern müßten sie das Recht ihres Sohnes anerkennen, sich, wann immer er wolle, von ihnen zurückzuziehen, ohne sich dafür rechtfertigen zu müssen.

»Wenn ich wenigstens wüßte, wohin er den halben Schabbat verschwindet«, schimpfte Vater weiter, und Mutter servierte ihm noch einen Teller Suppe und sagte mit absoluter Sicherheit: »Wohin es sein Herz zieht, dahin tragen ihn seine Füße.«

Gleichsam von alleine trugen mich meine Füße auf abgelegenen Sträßchen zuerst zu Nebi Kimmer, um in die modrig dunkle, voll grünlichen Regenwassers stehende Begräbnishöhle der legendären moslemischen Helden, die im Kampf gegen die Kreuzritter gefallen waren, hineinzuschauen; von dort zu der in ohnmächtiger Mittagshitze daliegenden Prophetenstraße und dann zu dem menschenleeren Gelände des Russian Compound.

In der Sonne glänzten die behauenen, weichen gelben Steine der Häuser, in denen alte russisch-orthodoxe Nonnen wohnten und in denen später die Abscheu erregenden Gefängniszellen der Polizei untergebracht werden sollten. Durch die einen Spalt geöffnete Tür konnte ich heimlich in den Vorraum schauen. Oben, über dem Eingang, hing eine Ikone, bedeckt von einer Glasplatte, hinter der sich Schimmelflecken gebildet hatten. Der Geruch von *trefenem* Essen, Schweinefleisch, das in den hinteren Räumen des Gebäudes eine ganze Nacht lang auf dem Herd zusammen mit Brot und Kraut geköchelt hatte, war in die dicken Mauern eingedrungen. Mein Blick verweilte einen Moment an dem Fenster, vor dem eine zerrissene, staubige Spitzengardine hing, welche den Passanten den Einblick ins Innere verwehrte; auf dem breitem Steinsims stand eine schlichte Glasvase mit einem Kiefern- oder Akazienzweig. Erst Jahre später, als ich in *Eugénie Grandet* die Widmung von Balzac für eine gewisse Maria las – er beschrieb ihren Anblick »wie den gesegneten Kiefernzweig, abgebrochen von einem unbekannten Baum, der aber gewiß durch die Religion geheiligt wurde; rechtschaffene Hände sorgen dafür, daß er immer schön grün und frisch bleibt, um das Haus zu beschützen« –, würde ich verstehen, was dieser Anblick bedeutete.

Von dort aus ging ich in das Wäldchen auf dem steilen Abhang von Muss'rara, dessen Kiefern sich alle gen Osten neigten, hüpfte zwischen den kleinen Betonpyramiden mit abgewetzten Spitzen umher, den »Drachenzähnen von Ernest Bevins perfidem Albion«, wie unser Nachbar Har Scheleg die Panzersperren zu nennen pflegte, die noch von der Belagerung von »Bevingrad« stehengeblieben waren, zerrieb Kamillenblüten zwischen den Fingern und roch an ihnen dann den Geruch von Apotheke.

Bei den hinteren Fenstern der Laboratorien der Universität, die in der Zeit nach dem Unabhängigeitskrieg im russischen Konsulat untergebracht waren, am Beginn der Schiwtej Israel Straße, nicht weit von dem Mandatsgefängnis, wo Feinstein und Barasani sich mit an der Brust versteckter Granate umarmt und gesprengt hatten, setzte ich mich und gab mich ganz meiner Einsamkeit hin. In einem Wirrwarr von Angst, Hingezogensein und Abscheu sog ich den Geruch der kleinen Meerschweinchen ein und der Schicht Sägespäne, die den Boden ihrer Käfige polsterte; er mischte sich mit dem scharfen Geruch des Chinesischen Götterbaums, jenes wilden Baumes mit länglichen Blättern, der sich zwischen den vielen Stacheldrahtrollen im Hof des Zentralgefängnisses hemmungslos ausgebreitet hatte, und ich wußte noch nicht, daß die aus diesen Anblicken und Gerüchen, aus Schmerz und Schönheit stammende Energie, welche in diesen feinen, flüchtigen Momenten entstand, eines Tages einen Ausdruck finden würde.

Zum Abschluß meiner ziellosen Wanderungen gelangte ich immer an die Grenze. Am einen Ende der Welt, wo alte Schützengräben und rostiges Stacheldrahtgewirr wahllos verlassene Hinterhöfe zerschnitten, den einfallenden Flügel eines verwaisten Hauses zweiteilten oder ein Stück blinde Straße, deren Asphaltschicht von Unkraut aufgebrochen wurde, blieb ich, ohne es zu wollen, stehen und starrte auf die gegenüberliegende Seite, auf das andere Ende der Welt. Das Gefühl der Gefahr, wegen der Minen, die hier ganz in der Nähe verstreut lagen, und wegen der unsichtbaren Scharfschützen, deren mit roten *Kaffijen* umwickelte Köpfe für einen Moment hinter den Sandsäcken ihrer Posten auftauchten, verstärkte in mir nur die Begierde, mich der verbotenen Stadt zu nähern, jenseits des zerstörten Streifens des Niemandslands. Autohupen und ferne Rufe der arabischen Händler vom Markt durchbrachen die Schabbatstille; sie klangen in meinen Ohren wie der sehnsüchtige Schrei der andere Seite, doch wir waren nun einmal, wie Rabbi Nachman von Bratzlaw es gesagt hat, *auf der Seite und am Rand von Israel, dort, wo das Territorium von Israel aufhört*, und in die Stadt der Vorfahren meiner Mutter würde ich nicht gelangen, *denn jedes Ding hat seine Zeit und sein Ende.*

Wie weit Mutter in ihren Bemühungen gegangen war, mir solche Inseln in der Zeit zu bewahren, die sie in jenen Jahren für mich eroberte, erfuhr ich zufällig während einer der kurzen Remissionen ihrer Krankheit, als die Kopfschmerzen etwas nachließen und sie zu ihren alten Lesegewohnheiten zurückkehrte. Beim Durchblättern eines neuen Bandes mit Artikeln des Bibliographen A.M. Haberman hatte ein Kapitel über eine lange Liste von Werken ihr Interesse geweckt, deren Verfasser bestimmt hatten, daß sie für immer weggeschlossen oder sogar verbrannt werden sollten. Die geschundenen Seelen solcher Autoren faszinierten sie, ihr Schwanken zwischen Reue, Depression und Demut im Stile von *Wer bin ich schon? Was ist meine Sippe, was das Geschlecht meines Vaters?* einerseits und übertriebenem Hochmut und Stolz andererseits, die sich in Sätzen wie »Für wen arbeite ich denn?« und »Noch ist meine Zeit nicht gekommen« ausdrückten. Lange saß sie zurückgezogen in meiner Arbeitsecke, und ihr eines Auge wanderte zwischen qualmenden Feuern, Haufen von zerrissenem Papier und offenen Gräbern hin und her, in die Tote und Manuskripte hinuntergelassen wurden, und sie versuchte das düstere Geheimnis jener zu lüften, die Hand an ihre eigenen Werken legten. Dann lachte sie laut und bat mich, zuzuhören, was dem Schriftsteller Jakob Rabinowicz passiert sei. Rabinowicz, so las Mutter vor, habe das Diktum geprägt, einem Dichter sei es befohlen, jeden Tag zu schreiben, sogar am Schabbat, und das habe er auch getan, doch habe er am Tag darauf, am Sonntag, alles verbrannt, was er verbotenerweise geschrieben hatte, um aus der am Schabbat verrichteten Arbeit keinen Nutzen zu ziehen. Mutter schaute sich nach allen Seiten um, *wie Mose, als er den Ägypter erschlug und im Sand verscharrte*, und als sie sah, daß wirklich niemand außer uns im Haus war, sagte sie: »Was für ein Glück, daß du es in jenem Jahr nach Vaters Tod nicht auch so gemacht hast! So ist uns wenigstens dein Gedicht über Vater noch erhalten. Wenn du das vernichtet hättest, es hätte dich bis an dein Lebensende gereut.« Obwohl sie entdeckt hatte, daß ich damals den Schabbat entweiht hatte, versuchte ich zu leugnen. Ich brauste auf, doch Mutter hieß mich verletzt schweigen. Wenigstens an ihrem Lebensabend habe sie gehofft, unser Verhältnis endlich von Scheinheiligkeit und frommer Verstellung befreien zu können, meinte sie. Obgleich viele Jahre seitdem vergangen waren, sehe sie mich ganz deutlich vor sich, wie ich damals nach Hause gekommen war; mein Gesicht verriet Müdigkeit, große Konzentration und innere Anspannung. »Ich habe gleich gespürt, daß ich Zeugin wurde, wie ein neues Gedicht entstand«, sagte sie wie zu sich selbst, und von den silbern glänzenden Gläsern ihrer Sonnenbrille, die sie nun wieder aufsetzte, blickte mich mein doppeltes Abbild an, und es war erschrocken und voll Angst. Nach kurzem Schweigen fügte sie hinzu, sie habe dann unter irgendeinem Vorwand schleunigst das Haus verlassen, damit, wenn mich der Wunsch überkäme, das Gedicht aufzuschreiben, obwohl Schabbat war, ihre Anwesenheit mich nicht hinderte. »Ich weiß doch, wenngleich ich nie selbst geschrieben habe, daß in solchen Momenten Bestehen und Untergehen nur um Haaresbreite voneinander getrennt sind.«

An jenem Schabbat im Winter 1964 hatte ich unbeteiligt und fremd geworden in dem kleinen Bethaus gesessen, das Vater in

Erinnerung an seine Jugendliebe errichtet hatte. Etwa ein halbes Jahr nach seinem Tod waren von seinem Geist nur noch die Tischdecken übrig, die er aus Ljubas Bettlaken hatte nähen lassen, eine von Fliegendreck gesprenkelte Neonlampe, auf deren Metallfassung die Namen der Eltern verewigt waren, und der neue Toraschrein auf Rädern, den Mutter und ich zum Ende der dreißig Trauertage gestiftet hatten.

Ich war müde, von dem erniedrigenden Grundwehrdienst erschöpft, und fürchtete Gott nicht. Schalom Gad Brinkers süße Stimme erfüllte den Klassenraum der sephardischen Jungenschule, der am Schabbat und an Feiertagen vorübergehend zum Bethaus wurde, er las von Josef, dem bei Dothan in die Grube geworfenen Träumer, von dem bunten Rock, den sein Vater ihm gemacht hatte, der nun in Blut getaucht wurde, und ich ersehnte mit immer schwereren Lidern das Ende des Gebetes und das Waisen-*Kaddisch* danach, da begegnete mir plötzlich Tamar, verhüllt mit einem Schleier, und setzte sich an *den Eingang von Ejnajim*, auf dem Wege nach Timna.

Beim *Eingang von Ejnajim* packte mich ein wildes Fieber. *Petach Ejnajim*, wörtlich »Eingang der Augen« – was für eine befremdliche Wortverbindung! Etwas Mystisches, eine Öffnung, aus der Augen hervorquollen. Und ich schaute instinktiv auf Raschis Kommentar und las: »Sie setzte sich an die Mündung der beiden Wege, an den Eingang zu den beiden Straßen, an den Scheideweg auf der Straße nach Timna; unsere Weisen erklären: an den Eingang zu unserem Vater Abraham, den zu sehen alle Augen sich sehnten.« Und im Nu erstand Vaters Bild vor mir. Seine müden Knochen hatten inzwischen das Wasser der wilden Regengüsse aufgesogen, und wildes Grün sproß aus ihnen und würde, wenn der Frühling kam, aus den Ritzen zwischen den Steinen seines Grabes und der weißen Erde des Har haMenuchot herauskommen. Doch gleichzeitig sah ich ihn dasitzen, wie den alt werdenden Abraham bei *Petach Ejnajim*, und sehnsüchtig auf den Sohn warten, der sich inständig weigerte, geboren zu werden, so wie er am Eingang seines Ladens in Ge'ula, auf dem Weg zum

Schneller-Camp gesessen und auf Kunden gewartet hatte, kraftlos und hoffnungsleer.

Noch bevor das Gebet zu Ende war und ohne *Kaddisch* zu sagen, floh ich hinaus auf die Straße und streifte gedankenverloren umher, murmelte wie ein Verrückter die Worte, die sich immer wieder neu zusammenfügten und schließlich zu einem Gedicht wurden. Gegen Mittag, vom Wandern müde, kehrte ich nach Hause zurück.

Auf dem Fensterbrett lagen in einer tiefen Tonschale, deren Inneres so blau war wie die Mitte des Meeres, Granatäpfel, vertrocknete Granatäpfel des Sommers. Mit wachsender Wut schnitt und riß ich die Früchte auf, die Mutter einige Tage vor Vaters Tod gekauft hatte und die keiner von uns mehr essen wollte. Alle – bis zur letzten – waren innen faul.

Um die Zeit des *Mincha*-Gebetes setzte sich endlich jener ursprüngliche Trieb der harmonischen Selbstentäußerung durch, als Nadeschda Mandelstam in *Das Jahrhundert der Wölfe* das poetische Schaffen ihres Mannes Ossip beschreibt, ein Trieb, den man weder simulieren noch künstlich herbeiführen kann. Nichts konnte sich der klaren inneren Stimme in den Weg stellen, auch nicht das Verbot, am Schabbat zu schreiben. Und um die Stunde, da sich die Stimmen in den Bethäusern mit den Worten *Segne uns alle mit dem Licht deines Angesichtes* aneinanderschmiegten, so durchsichtig und bebend wie die untergehende Sonne, setzte ich mich hin und schrieb: *Wie Abraham.*

Wie Abraham
war mein Vater in den fernen Tagen,
stand früh am Morgen auf,
wartete auf die Engel
sehnsüchtig bei *Petach Ejnajim.*
Er wußte, sie trugen auf Händen
eine Nachricht für ihn
wie ein Vater seinen kleinen Sohn trägt
den ganzen Weg.

Doch jeder Tag versank hinter einem der Berge
und der Abend richtete sich vor ihm auf
wie drei Engel, die nicht kamen.
Licht, ausgegossen
in die Furchen seiner Wangen
ein weiteres Kernchen Purpur
auf seiner Schläfe, die der Scheibe des Granatapfels glich.

Mutter legte das Buch von Haberman zurück an seinen Ort, oben auf einen neuen Bücherstapel, der auf meinem Schreibtisch in die Höhe wuchs, und sagte, obgleich ihre Feindschaft gegenüber der Religion mit den Jahren etwas abgenommen habe, solle ich daraus nicht schließen, daß ihre grundsätzliche Einstellung zur schöpferischen Freiheit des Künstlers sich verändert habe. Der müsse ihrer Meinung nach niemandem gehorchen, und ganz gewiß nicht Rabbinern und Autoriäten des Religionsgesetzes, sondern einzig und allein der Stimme seines Herzens. Mit demonstrativer Ungeduld klopften ihre Finger auf die Tischplatte. Ich solle nicht vergessen, daß ich es war, der ihr irgendwann gegen Ende meiner Gymnasialzeit die mutigen und eindeutigen Worte von Alexander Uri erzählt hatte, jenem *Chossid* mit den sanften spirituellen Augen, der als Hausmeister im Krankenhaus von Dr. Wallach arbeitete. Als ich gerade auf dem Weg zur Musterungsstelle war und die Straße überqueren wollte, war mir dieser Bekannte Vaters entgegengekommen, der in seiner Jugend zur Gründergruppe des *Haschomer haza'ir* in Galiläa gehört hatte; er sprach mit mir über Schriftstellerei und Autoren, und er sagte unter anderem, Agnon sei ein großer Dichter, in dessen Herz kein Gott wohne, außer dem Gott seiner Kunst.

»Kein Gott wohnt in seinem Herzen«, sagte Mutter aufgeregt und begann, die Bücher auf meinem Tisch zu ordnen; es sei ihr Schicksal gewesen, schimpfte sie, daß ihr unermüdliches Mühen, mir Zeit zum Schreiben zu schaffen, von Anfang an mit einem anderen Kampf verbunden gewesen sei, dem nämlich, mich aus den Fesseln der Religion zu befreien, in die ich mich in meiner

Dummheit freiwillig begeben hatte, da ich den fliegenden Händlern des Herrn der Heerscharen immer wieder leichtsinnig auf den Leim ging. So hatte sie versucht, den Schaden zu begrenzen, den die von Vater ins Haus geholten *Jeschiwe*-Studenten anrichteten, so hatte sie mich mit allerlei Tricks wieder aus den Fängen einer faszinierenden halblegalen Gruppe herausgeholt, gegründet von einem ultraorthodoxen Bauunternehmer, der eine Weile später zu einer politischen Figur in der Hauptstadt wurde. Ohne ihr Eingreifen hätte man mich dort nicht nur erfolgreich zum gewalttätigen Kampf gegen christliche Einrichtungen rekrutiert, ich hätte diesen Leuten auch nachgegeben und die Schule verlassen, um mit meinen dreizehn Jahren auf einer *Jeschiwa* zu lernen. Im Zuge dessen hatte sie mir nach einem Besuch während des Laubhüttenfestes bei Raw Kipnis sogar verboten, noch einmal meinen Fuß über die Schwelle seines Hauses zu setzen, denn bei jenem Besuch hatte Vater vor seinem hochverehrten Lehrer damit geprahlt, daß ein Gedicht von mir demnächst auf der Kinderseite des *Davar* abgedruckt werde. Unser Gastgeber hatte daraufhin voll Abscheu den Mund verzogen und Vater gefragt, ob er sich denn nicht mehr an die Hornistopol Synagoge in Owrutsch erinnere, am Ende der Schächter Straße, nicht weit vom alten Friedhof. Vater nickte und hätte nun zu gern in Erinnerungen geschwelgt, doch der Raw erstickte die aufkeimende Nostalgie und erzählte, die Alten hätten noch berichtet, daß dort früher eine etwa dreihundert Jahre alte Synagoge gestanden habe, welche von den ersten Juden, die in diese Gegend kamen, erbaut worden war. In dieser Synagoge saß, so erzählte Raw Kipnis, allabendlich ein fleißiger, immerzu studierender junger Mann aus aufgeklärtem Hause, der so lange seine ketzerischen Texte zwischen den Seiten der *Gemara* schrieb, bis eines Nachts das Feuer seiner Kerze den Vorhang des Toraschreins erfaßte und die ganze Synagoge verbrannte. »Seit den Tagen von Mappke«, sagte der Raw abfällig über den Dichter Avraham Mapu, »tragen die Dichter wie die beiden Söhne Ahrons ein fremdes Feuer der Abtrünnigkeit in den Tempel und so ins gesamte Volk Israel«, und es sei Vaters Verantwortung, dafür zu sorgen, daß ich meine Begabung nicht länger auf Nichtigkeiten verschwende, sondern meine ganze Kraft in die Tora investiere, auf daß ich eines Tages gelehrte *ssforim* und nicht billige *bichlach* schreiben werde.

»Noch so eine Geschichte, mit denen die Frommen uns einschüchtern wollten«, hatte Mutter mit rotem Kopf gesagt und gemeint, so wie ich diesen Leuten, die sich vor dem Wehrdienst drücken und das durch übelste Gewalttätigkeiten gegen Andersgläubige kompensieren, eines Tages die Maske vom Gesicht reißen müsse, so würde ich auch diese ultraorthodoxe Legende noch widerlegen. Nachträglich kam allerdings heraus, daß sich die Dinge, die Raw Kipnis erzählt hatte, tatsächlich in etwa so ereignet hatten. 1850 ging die Synagoge in Owrutsch, in der die jüdischen Schächter beteten, in Flammen auf, und nach dem Brand floh Jakow Schmuel Halevi Trachtman, ein etwa neunzehnjähriger aufgeklärter Mann, aus der Stadt. Er fand Zuflucht auf einem Bauernhof und arbeitete bei dessen jüdischem Besitzer dreizehn Jahre als Wirtschafter und Buchhalter. Trachtmans Aufsätze und Erzählungen wurden seit den sechziger Jahren des 19. Jahrhunderts mehrfach gedruckt und erschienen in allen literarischen Foren, bis er 1925 hochbetagt starb.

Mutters religionsfeindlicher Ausbruch, der die ganze Welt und alles, was darinnen ist, zu vernichten drohte, verging so plötzlich wie er gekommen war, und sie suchte, nun wieder mit beherrschten, bedachten Bewegungen, weiter in dem Bücherstapel nach einem Titel, der sie fesseln würde. Ich nutzte diese friedliche Ruhe, um herauszubekommen, woher sie denn wußte, daß das Gedicht, für das ich den Schabbat entweiht hatte, jenes über Vater gewesen war.

»Die Granatäpfel haben es verraten.« Wie aufgebrochene Schädel hätten sie in der blauen Schale auf der Fensterbank gelegen, aber in ihrer poetischen Verwandlung dann um ein Vielfaches heller als zuvor gestrahlt.

»Wenn ich mich recht entsinne, überführte auch Sherlock

Holmes einen der vorsichtigeren Mörder allein aufgrund eines unbedacht am Tatort zurückgelassenen Haares oder einiger Tabakkrümel. Das ist, wie du weißt, bloß eine Frage der Aufmerksamkeit für die kleinen Dinge.« Mutter stieß diese Worte schnell hervor, und mir war nicht klar, ob sie spottete oder triumphierte angesichts der Überraschung, die sie in meinen Augen las. Danach fügte sie noch hinzu, es sei richtig gewesen, dieses Gedicht trotz seiner Farblosigkeit in meinen Gedichtband aufzunehmen – »Machen wir uns doch nichts vor, ein unangenehmer Dunst steigt von ihm auf, wie von feuchten Brettern nach dem Regen, wenn die Sonne auf sie scheint.« Wäre dieses in jungen Jahren geschriebene Gedicht auf den verknitterten Seiten der Zeitschrift, in der es zum ersten Mal erschien, vergessen worden, hätte mein literarisches Profil wohl eher davon profitiert, argumentierte Mutter, doch der Mensch in mir hätte die Schmach des Gedichtes noch jahrelang hingebungsvoll gehegt und gepflegt, wenn ich das mir angetane Unrecht nicht durch das Abdrucken des richtigen Textes wiedergutgemacht hätte.

In der Tat hatte mir die einige Jahre zurückliegende erste Veröffentlichung dieses Gedichtes, das später den ersten Zyklus meiner erschienenen Gedichte abschließen würde, nur Kummer bereitet: Als ich mit Bangen in der neuen Ausgabe der Zeitschrift blätterte, entdeckte ich entsetzt, daß der Herausgeber bei den Worten *Sehnsüchtig bei Petach Ejnajim*, die, wie gesagt, der erste Impuls zu dem Gedicht gewesen waren, die Feder angesetzt und sie nach seinem Verständnis in »vor dem Haus« verbessert hatte. Dieser empörende Akt machte mich rasend. Statt mich damit zu begnügen, die herausgerissenen Augen in ihre Öffnungen zurückzusetzen, schwärzte ich in kindlicher Wut wie in einem Selbstbestrafungsritual meinen Namen an allen Stellen – auf dem Titelblatt, im Inhaltsverzeichnis und auf der Seite, auf der das Gedicht selbst stand –, so, als könne dieses Verleugnen meiner Autorenschaft die Schande tilgen, die so leichtfertig über das Gedicht gebracht worden war. Ich beweinte es lange, und auch als die Wut schon der Trauer wich und ein Seufzen die Tränen ablöste, erkannte ich das Gedicht nicht als meines an und vermied es, mit jemandem darüber zu sprechen, schon gar nicht mit Mutter, ohne deren taktvolle Abwesenheit es nicht zustande gekommen wäre.

»Vater steigt jetzt zwischen den sieben Himmelsgewölben auf und ab, und in seinem gewohnten Versteck, in dem verschwitzten Futter seines Borsalino, liegt das Gedicht, das du über ihn geschrieben hast.« Mit diesen Worten und Freudentränen in den Augen empfing Mutter mich an einem Freitag, etwa sechs Wochen, nachdem das Gedicht erschienen war, als ich vom Militär zum Wochenende nach Hause kam. In der Überzeugung, es handle sich um eine freudige Überraschung, fuchtelte sie mit der Zeitung, die ihr in die Hände gefallen war. Durch einen Tränenschleier hindurch erzählte sie, sie könne Vater sehen, wie er dort oben zwischen seinen vielen Bekannten hin und her läuft, zwischen all denen, die ihn während seiner langen kinderlosen Jahre gemieden hatten, und mit seinem Sohn, seinem einzigen, prahlt, der nicht nur ein Poet geworden ist, sondern nun auch seiner elenden Vaterschaft die Worte dieses Schmerzenspsalms verliehen hatte.

»Hab ich etwas Falsches gesagt?« fragte Mutter, die ich bisher nicht in mein Geheimnis eingeweiht hatte, als sie bemerkte, daß ich verbissen schwieg; ich mußte ihr wohl gestehen, welche Schmerzen das gedruckte Gedicht mir bereitet hatte.

»Auch im teuersten Perserteppich wirst du immer einen Fehler finden«, sagte sie und erzählte mir, die Teppichknüpfer arbeiteten mit Absicht Fehler in ihre Kunstwerke, um deren Perfektion zu stören. In ihrer Jugend, als sie bei Frau Ticho ein- und ausging, habe sie einmal einen Nachmittag in der Halle des Ticho-Hauses gesessen und gewartet, bis die Malerin mit dem Auskochen und Desinfizieren der Instrumente von Dr. Ticho fertig war; sie habe währenddessen lange einen farbenprächtigen Wandteppich betrachtet, bis sie entdeckte, daß der rechte Rand nicht genau dem linken entsprach. Frau Ticho staunte über den scharfen Blick des jungen Mädchens und bestätigte, dies sei tatsächlich weder eine optische Täuschung noch ein Versehen, sondern ein beabsichtigter Fehler. Sie habe das bei einem Besuch in der Albertina erfahren. Der Kurator des Wiener Museums, ein Fachmann für asiatische Teppiche, zeigte ihr die beinahe unsichtbaren Fehler in Teppichen aller Arten und Muster und begründete sie mit dem Wunsch der Künstler, sich vor dem Neid von Kollegen zu schützen und deren bösen Blick abzuwenden. Hier in Jerusalem jedoch, in der Augenklinik ihres Mannes, erzählte Frau Ticho, habe sie einen alten jüdischen Teppichweber aus Kaschan getroffen, der sich über diese praktische Erklärung des österreichischen Kurators nur amüsierte und ihr erklärte, die Begründung sei wesentlich spiritueller: durch die kleinen Fehler drücken die Weber ihre Bescheidenheit gegenüber Gott aus, der das Vollkommene symbolisiert, und bekennen, daß wir Menschen, die wir in einer sterblichen Hülle aus Staub und Lehm leben, ihm niemals gleichen können und noch nicht einmal an den Saum seines Gewandes rühren können, denn alles, was Odem hat, mache Fehler, und dagegen sei keiner gefeit.

Fasziniert von der anrührenden Bescheidenheit der mittelasiatischen Webkünstler, kam sie auf die prächtigen Gebäude des Seiden- und des Perlenhändlers Dudajof und Zofijof zu sprechen: die Architekten oder die Besitzer hätten entschieden, durch uneinheitliche Abstände zwischen den Fenstern die architektonische Perfektion zu stören; so hätten sie die Harmonie der Fassade zerstört und damit ihre Überzeugung ausgedrückt, daß der Mensch niemals die göttliche Vollkommenheit erreichen könne.

»Gleich beginnt der Schabbat, und ich stehe hier und erzähl dir Geschichten von persischen Teppichen und bucharischen Palästen«, lachte Mutter und gab zu, daß der von ihr gewählte Vergleich etwas hinkte. »Das Gedicht ist auch nach der mißlungenen Korrektur sehr bewegend«, flüsterte sie dann beinahe und sagte, wenn ich eines Tages einen Gedichtband herausgeben würde, könne ich es ja korrigieren. »Wörter kann man, anders als Menschen, immer wiederbeleben.«

5

Beinah zwei Jahre lang ging ich regelmäßig bei den Redaktionen der verschiedenen Feuilletons hausieren. Alles, was ich anzubieten hatte, war ein Bündel Gedichte, die, wie Isaak Babel in seinen Memoiren über seine Jugenderzählungen schreibt, ebenso kurz wie frech waren. Die Sekretärinnen der Feuilletonchefs baten mich, das »Material« abzugeben, und ließen mich nicht ins Heiligtum vor, versprachen mir aber eine schriftliche Antwort. So wartete ich jeden Tag vergeblich auf Post. Nur einmal in dieser ganzen Zeit kam Post für mich. Ein Brief von der Redaktion des *Hazofeh*. Seine Dicke verhieß nichts Gutes. Als ich den Umschlag öffnete, flogen mir die schmerzlich bekannten Blätter entgegen und ein mit einer Büroklammer daran befestigter, äußerst erbaulicher Brief des Redaktionsassistenten, in dem es hieß, obgleich man merke, daß ich eine fundierte religiöse Bildung genossen habe, seien meine Gedichte dennoch nicht zur Veröffentlichung in einer von Rabbi Meir Bar Ilan gegründeten Zeitung geeignet, da sie jeder Gottesfurcht entbehrten. Umgehend verurteilte ich den Brief zu den vier im Talmud bekannten Todesarten: Ich zerriß ihn, verbrannte ihn, verstreute seine Asche in der Toilettenschüssel und ließ ihn vom Wasser fortspülen. Doch es gelang mir nicht, damit das Wort »entbehren« auszulöschen. Immer wieder stieg er aus den Tiefen des Schmerzes auf. Unten auf der Seite hatte der Assistent handschriftlich noch folgendes hinzugefügt: »Die Epoche der Aufklärung ist längst vorüber und, Gott sei Dank, vom Antlitz der Erde verschwunden; warum singst du heute *ma-jafis* vor den Ungläubigen und schmeichelst dich bei ihnen ein? Hast du dafür an unseren prächtigen Schulen gelernt, ist das der Lohn für das, was unsere Lehrer und Erzieher in dich investiert haben?«

Als ich es schon fast aufgegeben hatte, ein Dichter zu werden, dessen Gedichte auch gedruckt erscheinen, bekam ich eines Tages dann doch eine Nachricht von *Davar*, daß Esra Sussman, der Chef des Feuilletons, mich zu sehen wünsche.

An einem Mittwochnachmittag ging ich zur Redaktion in der Schenkin Straße in Tel Aviv und stieg mit weichen Knien hinauf in sein schmales, mit Büchern vollgestopftes Zimmer im vierten Stock. Sussman war ein edler Dichter, zurückhaltend und rätselhaft, der wie ein Engel mit hängenden Flügeln dort wandelte, wo täglich die hebräische Literatur gemacht wurde. Obwohl damals schon Mitte sechzig, hielt er sich mit dem eigenen Schreiben zurück und schob die Veröffentlichung seiner Gedichte in Buchform immer wieder hinaus, wohl in dem Gefühl, sein Werk noch nicht hinreichend geläutert und ausgefeilt zu haben.

Sussman saß auf der Stuhlkante, weitab vom Tisch, mit einem Stapel Zeitungen und Briefe auf den Knien – ich bemerkte, wie er die Füße etwas aufstellte, den Winkel der Knie veränderte, damit ihm die Papiere nicht hinunterfielen –, und riß geistesabwesend eine graue Papierbanderole von einer Ausgabe des *Nouvel observateur.* Obwohl es sein Zimmer war, wirkte er darin genauso fremd wie ich.

»Ich bin nur ein Gast/ geh von Tor zu Tor/ von Tor zu Tor – keiner macht auf/ wo ist der Hüter?« werde ich einige Jahre später in seinem ersten Gedichtband lesen, der 1968 erschien und bei dessen Drucklegung ich ironischerweise als angehender Lektor des Verlages ein bißchen mitwirkte.

»Also dann«, sagte er mit russischem Akzent, »also dann ...« Mich beeindruckte seine Nase, groß und fest, die das kasteite Gesicht und den ganzen asketischen Körper gleichsam nach unten zog, und der Ärmel seines hellblauen Hemdes, der viel weiter war als sein braungebrannter, sehniger Arm eines Dichters und Bauern. »Also dann«, sagte er, »ich habe gelesen, nun gut, also, ja ...«, und er spielte mit seinem Strohhut, der dem eines französischen Weinbauern glich, und legte ihn schließlich auf einen Stapel Manuskripte, »also dann, wenn das so ist ... drucken wir.«

Sussman murmelte in seinen Hemdkragen, mal zögernd vorsichtig, dann wieder sicher, er sprach wie in einer unklaren Handschrift, in der man noch viele Stellen enträtseln mußte, er radierte, schrieb neu, verschob Sätze auf andere Seiten.

Ab und zu kam jemand herein, schwenkte ein getipptes Blatt und rief: »Esra, um Himmels willen, so können wir nicht weitermachen!« – »Mal sehn«, sagte Sussman, während er den Brillenbügel kaute, »was ich hier geschrieben habe, laß mal sehen ...« Er murmelte verlegen und scheu, die Brille, die in seinem Mund hing, wackelte hin und her. Als ich ihn schon eine Weile kannte, verstand ich, was für eine Bewandtnis es mit diesen immer wieder hereinstürzenden, verärgerten Leuten hatte. Sussman hatte die Schreibmaschine entdeckt, und sie wurde zum Alptraum der Setzer und Korrektoren. Er schrieb seine literarischen Essays und Theaterkritiken auf Papierbögen unterschiedlicher Breite, die er zufällig in der Druckerei oder in der Redaktion fand, machte sich aber nicht die Mühe, jeweils die Randeinstellungen am Anfang und Ende der Zeile entsprechend anzupassen, und so tippte er einen Teil seiner Texte statt aufs Papier auf die Walze der Schreibmaschine.

»Also dann«, sagte Sussman und schrieb etwas in die linke Ecke über meinem Gedicht, »nun gut ... wir drucken.«

Hatte er gemerkt, daß ich dieses Gedicht geschrieben hatte, als ein junges Mädchen meine Liebe nicht erwiderte? Hatte er die Metaphern verstanden? Spürte er den Schmerz und die Enttäuschung? Kannte dieser weiche und rätselhafte Mann die Geheimnisse der Liebe?

Erst Jahre später, als ich die Zeile von ihm las: »Hier hat mein Herz geliebt, hier hat mein Herz gefehlt/ in seinem Scheitern ist es wach und singt«, bat ich ihn im stillen um Vergebung für die Stumpfheit und den Hochmut des jungen Dichters, der sich für den ersten und einzigen auf Erden gehalten hatte.

Bei unserer ersten Begegnung redete Sussman noch lange. Ich wußte nicht, wann ich gehen sollte. Schließlich war ich aufgestanden.

»Sie gehen«, sagte er, und ich wußte nicht, ob das eine Feststellung, eine Frage oder eine Bitte war. Als ich in der Türe stand, schon halb im Flur, faßte ich mir ein Herz und fragte: »Das Gedicht – ich meine, ist das Gedicht, mein Gedicht, finden Sie es gut?«

»Ich habe es gelesen«, sagte Sussman und schaute mich staunend an, er überlegte vermutlich, ob ich ihn ganz verstanden hatte. Ich begriff erst später, daß dies der größte Akt der Barmherzigkeit war, den ein Dichter von seinem Mitmenschen erwarten konnte.

Eine Woche darauf wurde ich dringend ins Korrektorenzimmer bestellt. »Fichsler sucht Sie«, hatte man mir am Telefon gesagt, »es geht um das Gedicht.«

In dem kleinen Zimmer über dem lauten Saal der Setzerei, auf halbem Weg zwischen Druckerei und Redaktion, lärmte es zu dieser Vormittagsstunde wie in einer litauischen *Jeschiwa,* wenn alle gemeinsam lernen und diskutieren. Zwei untergeordnete Korrektoren lasen sich gegenseitig Anzeigentexte vor. »Den Inserenten, von denen die Zeitung Geld bekommt, denen sind wir eine anständige Korrektur schuldig – nicht den Dichtern, die von der Zeitung für ihr Schreiben auch noch bezahlt werden«, hatte Schapira, der Leiter der Druckerei, einmal zornig gesagt. An einem Holzkarussell, das auf der Durchreiche zwischen zwei Zimmern stand und als Telefonständer diente, lehnte ein hochmütiger Mann mit einem gepflegten weißen Vollbart und wetterte in den Hörer: »Sagen Sie es ihm genau mit diesen Worten: Lang schreibt ›das Koffer‹ und nicht ›der Koffer‹!« In der Ecke am Fenster saß ein weißhaariger Mann mit schwarzen Ärmelschonern, das Hemd bis oben zugeknöpft, und trug in beinahe ritualisierten Bewegungen seine Korrekturen in die Druckfahnen ein.

»Sie kennen die Punktierungsregeln nicht«, rügte er mich. Ich glaube, er lutschte dabei ein Hustenbonbon von »Pantero«. Er schluckte den Speichel herunter und sagte mit einer Stimme, in der man noch immer ein Echo des Singsangs transsilvanischer *Jeschiwe*-Studenten hören konnte: »Ein Dichter muß die Punktierung beherrschen.«

Jizchak Fichsler war der ungekrönte König im Korrektorenzimmer. Nur er korrigierte die Artikel von großen Dichtern und Essayisten, die für die Zeitung schrieben, wie Salman Schasar, Dov Sadan, Schin Schalom, Elieser Steinmann und David Sakkai. Das war sein Privileg. Als ich später mit ihm im selben Zimmer arbeitete und er mich einmal bat, für ihn eine Glosse von Sakkai zu korrigieren, wußte ich, daß wir Freunde waren.

Viele suchten seinen fachmännischen Rat, stellten ihm Fragen, und nie antwortete er, bevor er nicht in der Bibel nachgeschlagen hatte und in den alten Wörterbüchern des neuzehnten Jahrhunderts. Nur wenn die Zeit sehr drängte, erlaubte er es sich, in dem etwas moderneren Wörterbuch von Jehuda Gur aus den dreißiger Jahren nachzuschlagen, den er vertraulich »Grasowski« nannte. Das neue Wörterbuch von Even Schoschan überließ er jedoch den »Leuten mit den leeren Krügen«, und sagte, in Verehrung von Groucho Marx: »Ich vertraue keinem Wörterbuch, an dem ich selbst hätte mitarbeiten können.«

Er war noch ein echter Talmudgelehrter, *sein Flüstern glich dem Zischen der Schlange und all seine Worte waren wie Feuerkohlen*, und seine leise aber scharfsinnige Kritik an den Aktivisten der *Mapai*, die auf den Seiten der Zeitung langatmig über Sozialismus und Zionismus philosophierten, bereitete ihm ein beinahe perverses Vergnügen. Einmal kam jemand von der Partei zu ihm mit einem lobhudelnden Artikel über Golda Meir, ehemals Meyerson, die damals Parteisekretärin war, und fragte, ob man schreiben könne, sie habe über der Klärung einer Angelegenheit *sieben reine Tage gesessen*. »In ihrem Alter?« fragte Fichsler ehrlich erstaunt, »geht es ihr denn wie unserer Stammutter Sara?« Lang und Pessach Mejlin bogen sich vor Lachen, während der Journalist, der den religionsgesetzlichen Ausdruck für die sieben reinen Tage nach dem Ende der Menstruation nicht kannte, beschämt davonschlich und zu Sakkai hinaufging, damit der ihm die unverständliche Antwort des leicht zu erzürnenden obersten Korrektors erkläre.

»Sie kennen die Punktierungsregeln nicht«, hatte Fichsler mir bei unserer ersten Begegnung gesagt und mir das Manuskript meines Gedichtes zurückgegeben, dessen Punktierung mit grüner Tinte korrigiert war.

»Wissen Sie, was Agnon dazu sagt? ›Gedichte ohne Punktieren gleichen Menschen auf allen Vieren‹«, und sein pedantisches, metallen scheppterndes Lachen brach unvermittelt ab.

Jeden Freitag ging ich frühmorgens zu einem entfernten Zeitungsstand, bei dem man *Davar* kaufen konnte, schlug zitternd das Blatt auf und sah, daß mein Gedicht wieder nicht gedruckt worden war.

Zuerst schob ich diese Verzögerung auf die lange Reihe anderer Poeten vor mir, doch mit der Zeit verfluchte ich im Stillen alle, die einen neuen Gedichtband herausbrachten, ein Jubiläum feierten und sogar jene, die aus dieser Welt abberufen wurden.

Ungefähr einmal im Monat schlich ich in die Druckerei und zog, ohne daß jemand es bemerkte, die schwere Schublade auf, in der die Bleizeilen meines Gedichtes mit einer Schnur abgebunden lagen. Sie lagen dort zwar, doch um sie herum türmten sich andere Gedichte und drohten, mein kleines Gedicht, *das Geringste in Manasse, das Jüngste in meines Vaters Haus* zu erdrücken. Nachts plagten mich Alpträume, in denen sich das Zeilengefüge auflöste, Zeilen aus den Gedichten Fremder sich in mein Gedicht mischten, und so erschien es dann.

Irgendwann erzählte mir Jossel Birstein einmal, was mit seinen ersten Gedichten geschehen war, als sie in einer dreisprachigen jüdischen Zeitschrift in Australien veröffentlicht wurden. An einem Freitag, an dem er, genau wie ich, mit Bangen die

Zeitung aufschlug, freute er sich, seine Verse endlich dort zu finden, doch als er zu lesen begann, wurde ihm schwarz vor Augen. Zwischen seine Zeilen hatten sich andere gemischt, die er nicht kannte. Ungeduldig wartete er, bis das Wochenende vorüber war, und lauerte am Montag früh dem Chefredakteur an der Straßenecke auf. Gegen neun Uhr erschien er: Ein alter, müder, verbitterter Jude. Birstein zog ihn am Ärmel und erzählte, was für ein Unglück ihm passiert war. »Ich weiß, *junger man*, ich weiß«, sagte der und lud den jungen Dichter in sein Zimmer ein. Auch er habe in seiner Jugend Gedichte geschrieben, erzählte er, Gedichte, die niemand habe drucken wollen, und die lägen seitdem zu seinem großen Bedauern in der Schublade. Er könne sie nicht mehr veröffentlichen, denn sie seien unreif, paßten nicht zu einem Mann seines Alters, aber wenn ihm ein junger Dichter unterkomme, füge er dessen Gedicht einige seiner unglücklichen Strophen hinzu, die schon so lange auf ihre Erlösung warteten.

Nach meinen Alpträumen ging ich immer in die Druckerei und lauerte Arje Lerner auf, dem Vize des Feuilletons. Er kam zu den unmöglichsten Zeiten in die Redaktion geschlichen, in der Hand eine große Ledertasche, vollgestopft mit Lyrikbändchen und einer dickbauchigen Flasche Cognac, die ihn schier zu Boden zog, im Mundwinkel eine erloschene Zigarette. Immer wieder um sich blickend wie ein verfolgtes Tier, verbrachte er dann Stunden in der Druckerei am Umbruchtisch.

Anfangs fragte ich ihn nur beiläufig, was aus meinem Gedicht geworden sei, dann unterbreitete ich ihm meine Bitte, flehte ihn regelrecht an, und nach neun Monaten quälenden Grübelns, ob er und Sussman ihre Meinung geändert hätten, ob ihnen das Gedicht nicht mehr gefiele, sie es vergessen oder sich gegen mich verbündet hätten, ging ich schließlich zu ihm und forderte das Gedicht zurück.

»Komm am Mittwoch früh zu mir in die Druckerei, wenn ich den Umbruch für Freitag mache«, sagte Lerner und drückte sich zum soundsovielten Male um eine Antwort.

Am Mittwoch fand ich ihn in der Druckerei ehrfürchtig und gehorsam neben Jizchak Furman, dem großen Metteur von *Davar*, der mit *seiner vollen, offenen, heiligen und freigebigen Hand* die Bleiplatten aus den Regalen zum Umbruchtisch trug.

»Jetzt siehst du, wie wir arbeiten«, sagte Lerner. »Erst machen wir den Umbruch für die Artikel, dann füllen wir den Keller mit einer Geschichte oder einem Essay.« Während er redete, tat Furmann eben diese Dinge. »Und jetzt haben wir noch ein paar Lücken auf dem Blatt ...« Ich wußte noch immer nicht, worauf er hinauswollte. »Und die fülle ich mit Gedichten.« Der stellvertretende Feuilletonchef zeigte auf eine dicke, von Druckerschwärze und Schweiß fleckige Pappmappe mit Korrekturfahnen von Gedichten und sagte: »Und jetzte messe ich, wie lang und wie breit die Lücke ist, und suche ein passendes Gedicht.«

Ich stand da, es hatte mir die Sprache verschlagen.

»Wenn ich eine passende Lücke für dein Gedicht habe, wird es veröffentlicht, und keine Woche vorher.«

Mir kamen die Tränen. Ich war für ihn ein bloßer Lückenfüller. Doch ich sagte nichts und blieb dort stehen wie ein Idiot. Da wurde Lerner zum Telefon gerufen, und Jizchak Furman legte mir in einer väterlichen Geste seine großen, verschwitzten schwarzen Hände auf die Schultern.

»Du bist nächste Woche in der Zeitung, und wenn einer dieser Graphomanen dafür ein paar Federn lassen muß, das ist mir egal.« Furman blätterte im Kalender und sagte, so käme ich gerade noch in das letzte Feuilleton dieses Jahres, »und im nächsten Jahr bist du dann schon ein altgedienter Dichter.«

»Und was wird Lerner dazu sagen?« fragte ich ängstlich.

»Hier unten bin ich der Chef«, sagte Furman, »frag doch Natan, wenn du mir nicht glaubst.« Gemeint war Natan Alterman.

Furman hielt Wort. Doch auch nach diesem Hürdenlauf lauerte, noch unsichtbar, am darauffolgenden Mittwoch ein letztes unerwartetes Hindernis, das mir den Weg zum Ziel verstellen wollte: Der Umbruch der Wochenendausgabe und der Neujahrsausgabe, die am Sonntag erscheinen sollte, hatte diesmal länger als sonst gedauert, und der alte Lerner hatte sich danach schleunigst in sein Zimmer verzogen, um bis zum nächsten Mittwoch nicht mehr in der Druckerei zu erscheinen, da holte Furman mich aus dem Korrektorenzimmer, wo ich ohne Erlaubnis der Militärbehörden neben meinem Wehrdienst zu arbeiten begonnen hatte, und stieß mich in die Arena.

»Jetzt ist deine Stunde gekommen, mein Lieber«, rief der oberste Metteur laut, nahm aus der eben erst montierten Seite das Gedicht eines krakeelenden Modernisten heraus, den der Vizechef favorisierte, und ließ es von seinem Lehrling in jene finsteren Gefilde bringen, wo die Gedichte der ihnen vom Zufall bestimmten Stunde harrten.

»Salman sagte mir einmal«, begann er – und diesmal meinte er Salman Schasar –, »jeder Engel bekomme immer nur eine Aufgabe, niemals zwei«, und er lächelte und schickte einen zweiten Lehrling, ebenfalls einen gehorsamen bärtigen jungen Mann von der Arbeiterjugend, zu den Lagerregalen, um mein beschämt wartendes Gedicht zu bringen.

Der *Herr der Erniedrigten, der die einen klein und die anderen groß macht*, rieb sich die Hände und freute sich, mir zu zeigen, daß hier, in seinem Königreich, *allein durch seinen Odem mächtige Taten entstehen, Neues geschieht, Gerechtigkeit gesät wird und Erlösung erwächst.* Doch meine Freude verflog, als ich sah, wie sich der ausgeschickte Lehrling zwischen den aufgezogenen Schubladen aufrichtete und verzweifelt mit den Schultern zuckte, um uns zu sagen, daß meine punktierten Bleizeilen spurlos verschwunden waren, als hätte die Erde sie verschluckt. Auch Furman, der selbst ungeduldig mitsuchte, konnte sie nicht finden. Als dann auch noch die Korrekturbögen, die immer in der Mappe des Feuilletons in der Druckerei blieben, nicht auffindbar waren, wußte ich sicher, daß eine böse Hand nach dem Gedicht gegriffen hatte, um es für immer aus der Welt zu schaffen.

»Jetzt krieg mir bloß keine Paranoia«, sagte der Metteur wohlwollend, als er sah, wie ich verzweifelt in die Lücke im Bleisatz starrte, »erst letzte Woche haben Lerner und Sussman ein Manuskript von Schin Schalom verloren.« Er trank einen Schluck von der warmen Milch, die man ihm alle paar Stunden brachte, leckte die Haut darauf ab, trank gierig schlürfend und sagte dann, wenn ich ihm bis drei Uhr das Manuskript des Gedichtes beschaffe, würde er persönlich dafür sorgen, daß es neu gesetzt und in die Seite eingefügt wird, so, als wäre nichts geschehen. »Und was Furman verspricht, das hält er auch!«

Alle meine Versuche, das Gedicht aus der Erinnerung zu rekapitulieren, schlugen fehl. Zu dieser Zeit lag die einzige ordentliche Fassung davon in Jerusalem, und da wir zu Hause kein Telefon hatten, überwand ich mich, obwohl es mir höchst unangenehm war, und nutzte das nur für äußerste Notfälle gemeinte Angebot, Mutter zum Telefon unserer Nachbarin, Frau Israelit, rufen zu lassen. Erschrocken hörte Mutter sich an, was in der Druckerei passiert war, wiederholte folgsam meine Anweisungen, wo sie das Gedicht unter meinen ganzen Papieren finden könne, und eine viertel Stunde später diktierte sie mir aus der Apotheke von Herrn Ribakow Wort für Wort das Liebesgedicht, das ich für die Ohren einer jungen Frau geschrieben hatte, die auf mein Werben nicht eingegangen war; sie sprach sachlich, gewissenhaft und ohne jede Emotion.

Am Freitag, den 28. *Elul* im Jahr 1964 erschien das Gedicht. Ich meinte, die ganze Welt würde den Atem anhalten. Doch niemand verlor auch nur ein Wort darüber.

»Wie ist das Gedicht?« platzte ich herein, als ich am darauffolgenden freien Wochenende am Freitag gegen Abend nach Hause kam.

»Ich habe es noch nicht lesen können«, entschuldigte Mutter sich und schimpfte auf die Kunden, die sie mit ihrer Nörgelei über die an diesem Tag nicht braun genug gebackene *Challa* fast ins Grab gebracht hätten.

»Aber du hast es mir doch vorgestern am Telefon vorgelesen«, rief ich ungläubig.

»Am Mittwoch hab ich es dir nur diktiert, heute werde ich es lesen.« Gleich frühmorgens habe sie fünf Zeitungen gekauft, um sie jenen bösen Lehrern zu schicken, die mich ihrer Meinung nach all die Jahre unterschätzt hatten. Mutter nahm von diesem Vorhaben jedoch schließlich Abstand, und die Zeitungen blieben im Kleiderschrank aufbewahrt, bei den Photographien von Jael und Towale und dem amerikanischen Visum.

Den ganzen Schabbat über las Mutter immer wieder *Stadt aus Gold*, bis sie das Gedicht wohl auswendig konnte, und am Schabbatausgang, kurz bevor ich zurück nach Tel Aviv fuhr, sagte sie, die junge Frau, für die ich dieses Gedicht geschrieben habe, sei das Gedicht aber nicht wert. Ich erklärte ihr, daß ich sie immer noch liebte, obleich sie mich nicht wolle; vielleicht sei es mir gerade, weil sie so liebenswert war, so gut gelungen, daß es für wert befunden wurde, in der Zeitung von Berl Katznelson und Mosche Bejlinson gedruckt zu werden. »So ein Unsinn«, sagte Mutter, »so ist das immer – je höher der Mist, um so schöner die Blumen darauf.«

Immer wenn Furman mich in der Druckerei traf, vor allem, wenn ich zur Stempeluhr hinunterging, fragte er mich: »Nu, hat man dich schon bezahlt?«

Zwei Monate später kam das Honorar.

»Sie haben gezahlt«, verkündete ich Furman noch am selben Tag.

»Und wieviel haben sie dir bezahlt?«, fragte er, und ich antwortete ihm.

»Komm, laß uns die Rechnung überprüfen.« Er fuhr sich mit der Hand über die riesige Stirn. Dann multiplizierte er die Zahl der Zeilen mit dem üblichen Zeilenhonorar und sagte: »Geh zur Buchhaltung und sag ihnen, Furman hat gesagt, daß sie dich übers Ohr gehauen haben.«

»Wieso?« fragte ich.

»Für die beiden Leerzeilen zwischen den Strophen haben sie nicht bezahlt.« Ich hatte zu Jizchak Furman volles Vertrauen, und so ging ich ohne zu zögern zur Buchhaltung und forderte den Rest.

Genosse Tomer brach in schallendes Gelächter aus und jagte mich zum Teufel.

Wieder kamen mir die Tränen.

Als ich Furmann am nächsten Tag sah, fragte ich ihn, warum er mich unbedingt zum Gespött der Leute machen wollte, ich hätte mit diesem Gedicht doch schon genug gelitten.

»Ich habe das gemacht, weil du wissen mußt, daß einem Dichter auch für sein Schweigen Geld zusteht.«

Ein schmerzvolles Zucken huschte über Mutters Gesicht, als ich ihr davon erzählte, nachdem ich die Verletzung verwunden hatte und diese Lehre sich als zweifellos richtig erwies. Sie preßte die Lippen zusammen und sagte kein Wort.

»Meinst du nicht, daß Furman recht hat?« fragte ich.

»Nicht das treibt mich um«, sagte sie langsam und erklärte, indem sie die Worte vorsichtig wählte, soweit sie wisse, sei das Gedichteschreiben eine erschöpfende und subtile Arbeit, bei der man gleichzeitig viele verschiedene Dinge bedenken müsse, und da verstehe sie nicht, wie ich noch Energien dafür aufbringen könne, mich mit anderen Dingen zu beschäftigen. »Ich würde dir raten, bloß deine Arbeit zu machen. Das allein ist doch oft schon mehr, als einer leisten kann.«

Zwei lange Sommer hatte die Sonne die Korrekturbögen meines ersten Buches ausgeblichen, das auf einem Regal am Fenster eines Büros des Verlags *Am Oved* nur noch wartete, in die Druckerei gegeben zu werden. Jeden Morgen, wenn ich im selben Haus als untergeordneter Korrektor zur Arbeit kam, ging ich heimlich zu dem Bündel meiner Gedichte, strich mit dem Finger über die Einkerbungen, welche die Bleizeilen unter dem Druck der Handpresse im Papier hinterlassen hatten, wischte den Staub weg, der sich zwischen den Seiten gesammelt hatte, und schaute mit ergebenem, feuchtem Blick zu den Verlagsangestellten in der Hoffnung, ihr Herz werde sich erweichen und sie würden meine Gedichte endlich drucken.

In jenen Tagen war mein ganzes Leben eingebunden in das schmale Bündel Papierbögen, das von einem blauen, in der Hitze schon porös gewordenen Gummiband zusammengehalten wurde: die Essenz meiner Schmerzen, meiner Freuden und meiner Erinnerung, gekleidet in ein starres Gewand aus Wörtern.

An einem Tag im Monat *Nissan*, als winzige Frühlingsspinnen und Silberfischchen das Regalbrett mit den Druckanwärtern neu belebten, war mein Bündel plötzlich verschwunden und hatte auf dem darunterliegenden Manuskript einen hellen Fleck hinterlassen.

Der für die Produktion Verantwortliche, der mir am Mittag die freudige Botschaft überbrachte, ein praktischer Mensch, riet mir, um weitere Verzögerungen zu vermeiden, mich selbst um ein Titelbild zu kümmern.

Nach einigem Zögern rief ich eine junge Malerin an, deren Bilder ich damals sehr mochte, und fragte sie, ob sie bereit sei, den Umschlag für meinen Gedichtband zu zeichnen.

Die Freude, die ich in ihrer Stimme hörte, schmeichelte mir, und wir verabredeten uns für die Halbfeiertage in der *Pessach*-Woche in einem kleinen Café am Ende der Dizengoff Straße. Es war eine angenehme Unterhaltung, an deren Ende die Malerin die Druckfahnen einsteckte und sagte, wir sollten uns in einer Woche wieder treffen, wenn sie die Gedichte gelesen habe.

Am besagten Tag rief ich sie an. Wäre ich wacher gewesen, hätte ich sicher etwas von ihrer Zurückhaltung und ihrem Schrecken bemerkt. »Wir sollten uns treffen«, sagte sie, »vielleicht kommen Sie uns besuchen, wenn Sie mal wieder in Jerusalem sind. Übrigens würde auch mein Mann – und sie nannte den Namen eines ziemlich bekannten Literaturkritikers – gerne mit Ihnen über Ihre Gedichte reden.« Begeistert verabredete ich mit ihr einen Termin.

Gegen Abend kam ich zu ihrem Haus. Es stand in einer der gewundenen Straßen, die zum Kreuzestal hinabführen. Ihr Mann führte mich ins Dunkle. Er war ein grobschlächtiger Mensch mit einem welken Gesicht, das sich nicht gut rasieren ließ. Eine kleine Tischlampe warf einen Lichtkreis auf meine Gedichte, die in einer Tonschale zusammen mit einigen vergammelnden Orangen lagen. Seine Frau habe in einer dringenden Angelegenheit wegfahren müssen, sagte er, ohne mich anzuschauen. Er fuhr sich mit der Zunge über das Zahnfleisch, um dort klebende Essensreste zu lösen, und wenn ihm dies gelang, kaute er sie mit großem Eifer. »Wir haben Ihre Gedichte gelesen«, sagte er. »Zweifellos sind Sie ein Epigone von Aharon Shabtai. Sie haben viel Material aus seinem Buch *Das Lehrerzimmer* übernommen.« Ich kam ins Schwitzen, sagte, ich habe das Buch von Shabtai wohl gelesen und auch gemocht, doch der Stoff für die Gedichte stamme aus meinem eigenen Leben. »Ich rede nicht von mögen«, sagte der Kritiker kühl, gähnte, und eine Mischung aus Mundgeruch und geräucherten Sprotten breitete sich in dem kleinen, ungelüfteten Zimmer aus, »ich rede von geistigem Diebstahl, von Plagiat!« Die ganze Syntax sei typisch für Shabtai, die Figuren wie Großmutter und Tante, und auch die erste Zeile eines Gedichtes: »Anfang der fünfziger Jahre«, sei wortwörtlich aus dem *Lehrerzimmer* abgeschrieben. Der Höhepunkt der Frechheit aber sei der Gebrauch des Wortes »Blechwannen«. Ein typisches Shabtai-Kompositum. Wie konnte ich es wagen, dieses Wort in meinem Text zu verwenden! »Warum schreiben Sie statt ›Blechwannen‹ nicht ›Kupferwannen‹?« schlug er vor. In meiner Dummheit versuchte ich ihm zu erklären, es habe in den Jahren, um die es in meinen Gedichten gehe, in den fünfziger Jahren, bei uns zu Hause eben nur Blechwannen gegeben. Die Kupferwannen, ein paar seltene Erbstücke, waren längst verloren oder verkauft, und Plastik habe man damals noch nicht gehabt. Bei uns zu Hause gab es, wie auch in anderen Häusern, eben jene »Gut-für-alles«-Blechwannen, die wir auf Zuteilungsmarken des Dov Josef gekauft hatten. »So ein Unsinn«, rief der Kritiker und setzte seinen Monolog aus gelehrtem Dünkel, Verachtung und Feindseligkeit fort.

Viperngift ließ meine Adern schwellen, doch ich saß ihm noch lange gegenüber und hörte mir seine Beleidigungen an. Ich fand nicht die Kraft aufzustehen. »Wenn Sie die deutlichen Einflüsse von Shabtai in Ihren Gedichten nicht beseitigen, muß ich meiner Frau davon abraten, den Umschlag für Ihr Buch zu zeichnen«, schloß er abrupt seine Rede. Sein polnischer Akzent war jetzt noch stärker, und er begleitete mich zur Tür.

Abgekanzelt und beschämt verließ ich mit meinen Gedichten sein Haus. Ich haßte sie. Ich haßte mich selbst. Später, als die Ehe der jungen Malerin und des alternden Literaturkritikers auseinanderging, wurde mir klar, daß ich das Opfer ihrer von Mißtrauen geprägten Beziehung gewesen war. Die temperamentvolle Malerin hatte ihrem Mann wohl des öfteren Hörner aufgesetzt, weshalb er mich verdächtigte, ein Verhältnis mit ihr zu haben. Sie hatte das abgestritten, doch er forderte von ihr zum Beweis, daß sie den Umschlag für mein Buch nicht zeichne, und ihn die Angelegenheit auf seine Art beenden ließe. Aber all das wußte ich damals natürlich nicht.

Die ganze Nacht lief ich wie ein Mondsüchtiger durch die steilen Straßen Jerusalems, und es reute mich mein Leben. Mit dem ersten Bus, zusammen mit einigen früh aufgestandenen Soldaten, fuhr ich zurück nach Ramat Gan. Mutter saß auf dem Mäuerchen vor unserem Haus und erwartete mich. Ohne etwas zu sagen, hörte sie sich mein Weinen und meine Geschichte an. Erst als ich zum Ende kam, goß sie mir einen Kaffee ein und meinte, ein Dichter müsse eben nur Gedichte schreiben, nichts weiter. Er brauche sich nicht um Bucheinbände kümmern und sich auch nicht mit Kritikern, Literaturwissenschaftlern und deren erlesenem Geschmack herumschlagen, um seine Sache voranzubringen.

»Und jetzt haben wir genug geredet.« Mutter erhob sich wie von einem Kondolenzbesuch in einem Trauerhaus, ging in die Dusche, um zu sehen, ob das Wasser schon heiß war, und erklärte, als sie zurückkam: »Du kannst schon duschen.« Und unvermittelt fügte sie noch hinzu, bis heute sei sie stolz darauf, mir in der Kindheit zwei Dinge beigebracht zu haben: wie man einen Knoten so bindet, daß man ihn immer wieder lösen kann, und wie man auf einen Stuhl steigt. »Stell ihn mit der Lehne an die Wand, damit du beim Runtersteigen nicht über sie fällst. – Man muß aufpassen, daß das, was einem im Leben Halt gibt, einen beim Abstieg nicht zu Fall bringt.«

6

Mutters Freude und Stolz über die lang ersehnte Veröffentlichung meines ersten Buches wichen schon bald trauriger Enttäuschung. Sie konnte sich nicht daran gewöhnen, daß ich mich nun endlos mit den kleineren und größeren Folgen seines Erscheinens beschäftigte. Es stieß sie ab, wenn ich kleinlich mit jenen abrechnete, die das Buch nicht positiv aufnahmen, oder mit denen, die es wohl gelobt hatten, aber meines Erachtens nicht genug. Auch litt sie unter der Spannung, mit der ich sie und alle, die mich umgaben, ansteckte, wenn ich auf die Freitagsausgaben der Zeitungen wartete, deren Feuilletons über das Schicksal des folgenden Ruhetages entschieden, ob es ein Tag der Freude wurde oder ein Trauertag. Meine zwanghafte Beschäftigung mit dem Ordner, in dem ich alle Kritiken und die etwas gezwungenen Antwortbriefe anderer Dichter und Schriftsteller abheftete, denen ich das dünne Büchlein mit einer übertrieben herzlichen Widmung geschickt hatte, fand sie besonders widerwärtig. »Wie alle Männer in unserer Familie, blickst auch du lieber zurück, statt mutig nach vorne zu schauen«, quälte sie mich, wenn sie es gar nicht mehr aushielt, »du erinnerst mich langsam an meine Freundin ›die geknickte Gladiole‹.« Deren Sohn hatte nicht nur die ranke Größe, sondern auch das stürmische Temperament seiner Mutter geerbt und war einer der ganz Großen im israelischen Basketball geworden. Viele Jahre hatte Mutters Freundin, die inzwischen tot war, nur wenig Freude an ihrem Sohn gehabt.

Schon zu Anfang der Pubertät rauchte er in der Öffentlichkeit, war dauernd mit Mädchen zusammen, schlenderte mit Brillantine im Haar und klackenden Absätzen durchs Viertel und schaute unentwegt neugierig herum, kurz gesagt ein ungeratener Knabe. Nicht selten hatte die Gladiole Mutter vorgejammert, die Krampfadern an den Beinen habe sie vom vielen Stehen vor den Türen des Rektorats und des Lehrerzimmers bekommen; sie wurde regelmäßig herbeizitiert, um sich die Rügen über das Verhalten ihres Sohnes anzuhören. Bis eines Tages über diesem begabten Jungen der Stern des Basketballs aufging: Er hatte sich einer erfolgreichen Lokalmannschaft angeschlossen, wurde auf Händen getragen, und sogar in den Zeitungen in Tel Aviv feierte man ihn. Da konnte seine Mutter endlich aufatmen und die grauen Schulflure verlassen. Von nun an verbrachte sie ihre Vormittage lesend im engen Laden von Herrn Charlap, überflog sorgfältig alle Zeitungen und kaufte jede Ausgabe, in der ihr Sohn erwähnt wurde. Ihre Wohnung sah aus wie der Umkleideraum des *Makkabi* bei der Turnhalle im Hof der Lämel-Schule. Wenn wir die beiden besuchten, sahen wir nur verschwitzte Trikots, die auf den Stühlen, dem Eßtisch und der Kommode herumlagen oder an den Fensterhaken hingen; Bälle und Impander zum Muskeltraining lagen in allen Ecken, und Turnschuhe wohin man nur sah. Mutter rümpfte die Nase über die Gerüche und fragte scheinbar beiläufig, ob es nicht allmählich an der Zeit sei, daß der Junge einen anständigen Beruf erlerne. Doch im Gegensatz zu ihrer ständigen Niedergeschlagenheit in der Zeit vor dem Basketball war die Gladiole nun guter Dinge. Sie legte uns dicke Aktenordner mit Zeitungsberichten vor, die liebevoll ausgeschnitten und auf hellblauen oder rosafarbenen Karton geklebt waren, und während sie genauestens auf die Hände der Besucher achtete, damit sie beim Blättern keinen Zeitungsausschnitt überschlugen, versuchte sie vergeblich, wie ein professioneller Spieler einen der herumliegenden Bälle zu dribbeln, und deklamierte dabei in höchsten Tönen, was man eben im Radio über ihren Sohn gesagt hatte. Eines Tages, als die Gladiole gerade über einen dahergelaufenen Journalisten herzog, der etwas Schlechtes über ihren geliebten Sohn geschrieben hatte, stürmte der wie ein Hurrikan ins Haus. »Die können mich mal«, rief er und schnitt seiner Mutter das Wort ab, und nachdem er, während er auf der Stelle weitertrabte, eine Milchflasche auf einen Zug geleert und eine Salve von Fürzen abgefeuert hatte, verkündete er, statt seine Zeit mit dem Quatsch, den man in den *Sportnachrichten* über ihn schreibe, zu verschwenden, gehe er lieber gleich zurück in die Halle und trainiere für das Derby am Schabbat.

Wenn uns die Tora nicht gegeben worden wäre, so könnten wir die Keuschheit von der Katze lernen, das Verbot des Raubens von der Ameise und das Verbot des Ehebruchs von der Taube, zitierte Mutter im Singsang der Volksprediger die Worte unserer Weisen, »und von dem hüpfenden und furzenden Champion könnten wir lernen, zwischen Wichtigem und Unwichtigem zu unterscheiden.« Mit diesen rätselhaften Worten versuchte sie, mich auf den rechten Weg zu bringen und davon zu überzeugen, Nebensächlichkeiten wie den Ehrgeiz, das Streben nach Ehre und Anerkennung aufzugeben und an den Schreibtisch zurückzukehren. Doch als sich die letzten Nebel der Euphorie über das Erscheinen des Buches verzogen hatten, zeigte sich die bittere Wahrheit häßlich und nackt: ein bösartiges Schweigen, das ich nicht deuten konnte und dessen Ausmaß ich noch nicht ahnte, breitete sich in mir aus und lähmte mich bis hin zum völligen Verstummen. Ich konnte nicht mehr schreiben.

Mutter hatte dies mit ihren äußerst wachen Sinnen sofort bemerkt. Ohne zu zögern, änderte sie ihre Haltung und ließ mich einige Wochen später beiläufig wissen, das Schweigen sei eigentlich keine Katastrophe, sondern die innere, weniger offenbare Seite des Sprechens. Schweigen und Reden seien wie ein von beiden Seiten zu tragendes Kleid, das man, je nachdem, mal von der einen und mal von der anderen Seite tragen könne, genau wie jene Cowboyweste, die ich zu meiner *Bar Mizwa* aus Amerika bekommen hatte. Sie tat so, als merke sie nicht, wie unangenehm mir das Gespräch über mein plötzliches Schweigen war.

Für jemanden, der schreibe, seien diese Trockenzeiten nicht weniger bedeutsam als die der Fruchtbarkeit, unter der Bedingung natürlich, daß er keine Abneigung oder gar Angst ihnen gegenüber entwickle und ihnen keine destruktive Bedeutung beimesse, sondern sie ihre Aufgabe erfüllen ließe.

»Man sollte wohl besser von einer Inkubationszeit sprechen«, sagte sie mit plötzlich sehr weicher Stimme, setzte sich das kleine wollene Küken auf den Schoß, das Scharoni, ihre kleine Enkelin, auf dem Sofa vergessen hatte, und meinte, jede Schöpfung brauche eine gewisse Brutzeit, und der warmen Intimität gehe, bevor sie ans Licht der Welt komme, eine unsichtbare, verborgene Latenzzeit voraus.

»Ich habe nicht geahnt, daß Schreiben für Dich eine Art Krankheit ist«, sagte ich, ohne auch nur zu versuchen, meine Wut zu verstecken, und hoffte, sie würde mich endlich damit in Ruhe lassen.

»Und ich habe an die süßen Küken gedacht, die sich in Onkel Jakobs Brutkäfig tummelten«, lachte Mutter und strich sich mit dem weichen Flaum des Plüschtiers über die Wange. Wenn ich diese Metapher wegen der Assoziation von Krankheit nicht akzeptieren könne, wolle sie versuchen, mich mit einem positiveren Gleichnis zu überzeugen. Vor vielen, vielen Jahren, als sie einen passenden Stoff für ihr Hochzeitskleid suchte, habe sie gehört, wie Joskowitz, dem das kleine Stoffgeschäft gehörte, einem Kunden eine Geschichte aus *Sefat Emet* erzählte. Die habe sich ihr vor allem wegen ihrer Moral eingeprägt. Einmal, so erzählte der Kaufmann, ein Verwandter des Rabbi von Gur, einmal, als der Rabbi zu den heilenden Quellen in einen entfernten Kurort reiste und die Chassiden ihn bis zur Landesgrenze begleiteten, klammerte sich ein besonders waghalsiger *Jeschiwe*-Student an das Fenster des Zuges, während der schon aus dem Bahnhof ausfuhr, und bat den Rabbi um »*letztgeld*«, das heißt, er solle ihm als Abschiedsgeschenk ein weises Wort mit auf den Weg geben. Der Rabbi zeigte in Richtung der schnaufenden Lokomotive und sagte ungefähr folgendes: »Weißt du, junger Mann, woher diese Lokomotive die Kraft hat, alle die Waggons zu ziehen? – Daher, daß sie ihren Dampf in sich zurückhält ...«

Da war es wieder, das Loblied auf die Zurückhaltung und das geduldige Abwarten, der traditionelle Vergleich mit der Schwester Moses', die aus der Ferne seinen Weg verfolgte, war nicht weit. Dabei versuchte sie krampfhaft, mein Nichtschreiben zu ignorieren. Doch als ich meinen furchtbaren Neid auf einen Bekannten nicht mehr verbergen konnte, dessen neuer Roman sehr erfolgreich war und Leser wie Kritiker mit seinem geschickten Aufbau, der provokativen und überraschenden Handlung und einem sprachlichem Feuerwerk begeisterte – Dinge, die in mir wie Gewürm im Fleisch eines Toten fraßen –, zögerte sie nicht, ein vernichtendes Urteil über dieses Buch und seine Rezeption zu fällen. »Glaub mir, das ist ein überflüssiges Buch. Es wird schon bald vergessen sein«, sagte sie in der Hoffnung, ich würde auf ihren literarischen Geschmack vertrauen, der mich bisher noch nie enttäuscht hatte. Dieses Buch, das mir schlaflose Nächte bereite, sei ein selbstgefälliges Resultat von Dünkelhaftigkeit, mehr nicht. Ein wahres Buch sei nicht, wie unverständige außenstehende Beobachter sagen mögen, ein erhabenes kulturelles Gut, sondern etwas Wildes, etwas Zügelloses, das geschrieben werden mußte, weil der Autor keine andere Wahl hatte. »Solches Müssen hat nichts gemeinsam mit der Abgeklärtheit und artifiziellen Raffinesse dieses Buches.« Sie schob das Buch von sich, das mein Bekannter mir mit einer herzlichen Widmung in der Hoffnung geschenkt hatte, ich werde darüber eine positive Kritik in einem Feuilleton schreiben. »Wenn du die Sache objektiv betrachtest«, sagte Mutter, während sie meinen lang verwaisten Schreibtisch und die darauf verstreuten, schon eingestaubten Blätter anschaute, »mußt du zugeben, es gehört schon eine gehörige Portion Frechheit dazu, aus seinem privaten Loch herauszukommen und zu fordern, die Welt solle stillstehen und zuhören, was man zu sagen habe.« Sie stand auf und ging im Zimmer auf und ab. Der dem Schreiben eines Buches ähnlichste Akt sei das Unterbrechen der Toravorlesung in der Synagoge, erklärte sie. Jedermann dürfe die Toralesung unterbrechen, so wie jeder, auch wenn er nicht dazu berufen ist, das Recht habe, ein Buch zu schreiben, und doch wage es nur selten einer, aufzustehen, mit der Faust aufs Pult zu schlagen, während die Torarolle dort offen liegt, und die versammelten Beter zu bitten, die Lesung zu unterbrechen, um gegen ein in der Gemeinde geschehenes Unrecht zu protestieren, zu dem man nicht schweigen dürfe.

»Du erinnerst dich doch sicher noch an den Herrn Elieser Eliner«, sagte Mutter. Ihre Augen funkelten, und sie fuhr, ohne meine Antwort abzuwarten, fort, dieser gottesfürchtige Talmudgelehrte habe vor etwa zehn Jahren Himmel und Erde in Bewegung gesetzt, damit Dr. Soblen nicht des Landes verwiesen werde. Dieser Dr. Soblen, ein Psychiater, der in den Vereinigten Staaten wegen Spionage für die Sowjets zu lebenslanger Haft verurteilt worden war, hatte sich nach Israel geflüchtet und um politisches Asyl gebeten; doch die Behörden zögerten noch nicht einmal und gaben dem amerikanischen Auslieferungsantrag statt. Eliner, so erzählte Mutter, habe sich nicht gescheut, am Schabbat in dic Hejchal Schlomo Synagoge zu gehen, wo die feinen Leute und auch Innenminister Schapira beteten, und während der Toralesung einen Aufruhr anzuzetteln, der aus der tiefen moralischen Überzeugung kam, daß man diese Brutalität Ben-Gurions nicht zulassen dürfe und einen Fliehenden nicht denen ausliefern, die ihn verfolgen. Mutter prüfte, ob ich das Gleichnis richtig verstand, und sagte, erst wenn ein Mensch wirklich etwas Wichtiges zu sagen habe, solle er sich an den Schreibtsich setzen und schreiben, und keinen Moment früher.

Ihren unumstößlichen Beschluß, sich nicht in das Schweigen einzumischen, das mich befallen hatte, stieß Mutter überraschenderweise drei Jahre später um. Es war in dem furchtbaren Winter nach dem *Jom-Kippur*-Krieg, als mein zweiter Urlaub vom Militär vorüber war und ich auf die andere Seite des Suezkanals zurückkehren mußte.

Den ganzen Schabbat über hatte ich mich bemüht, meine Familie zu beruhigen und sie mit Geschichten aus dem Infanterie-Hauptquartier, dem ich angehörte, zu unterhalten. Wir waren in den Unterständen der Attrappe einer ägyptischen Raketenbasis in G'enifa untergebracht, und ich erzählte ihnen von Schießübungen, die der Oberfeldwebel mit seinen Leuten veranstaltete, wo sie mit Eiern und Tomaten auf Zielattrappen in dem trockenen Flußtal warfen, das vom Jabbel Attakka herunterkam; ich erzählte vom Divisionsrabbiner, einem kampfesfreudigen Fallschirmspringer mit einem Rotschwanzgesicht und von dessen Heißhunger nach Schmelzkäseecken und Anchovispaste; von den Hubschraubern, die jeden Morgen auf dem Weg zu den Gesprächen am Kilometer Hundertundeins über uns flogen; und vom privaten Gehilfen des Majors, einem glatzköpfigen, etwas unterbelichteten Knaben, der seinem Herrn überallhin folgte und einen erbeuteten ägyptischen Sessel mitschleppte, damit der Vorgesetzte seinen müden Hintern dort plazieren konnte. Mutter hörte sich meine Geschichten mit zusammengepreßten Lippen an; ihr entsetzter Blick verriet völligen Unglauben. Gegen Abend, als meine Frau mit den Kindern in den nahen Park gegangen war, nutzte Mutter unser Alleinsein und sagte, die stumpfen Augen und die Apathie bei meinem letzten Urlaub vor zwei Monaten hätten sie weniger beunruhigt als diese allzufröhliche Stimmung, die ich heute verbreiten wollte. »Deine Augen erzählen eine ganz andere Geschichte«, sagte sie und versteckte ihre Erregung nicht länger. »Mir kannst du die Wahrheit sagen. Du weißt, ich schweige wie ein Grab.«

Während der Abend sich über die Stadt senkte, erzählte ich ihr Dinge, über die ich mir geschworen hatte, mit niemandem zu sprechen, und als uns völliges Dunkel umfing – wie in den weit zurückliegenden Jahren in den *Ungarsch Häusern* am Schabbatausgang, wenn Großmutter in ihrer Ecke saß und leise vor sich hinsang: *Got fun Awrohm, fun Jizchok und fun Jankew, hiet dain folk Jisroel*, und wir beide leise miteinander flüsterten –, konnte ich nicht mehr und erzählte ihr, wie eines Tages an der »Tirtur«-Linie, nicht weit von der »Leksikon«-Kreuzung, ein einsamer ägyptischer Bomber auf unsere Kolonne gestoßen war und einen Benzintankwagen, der vor uns fuhr, traf. Die Splitter lagen überall verstreut. Bleich und schweißgebadet rannten wir herum und suchten nach dem Fahrer. Auf einem Sandhügel zwischen Geschoßmänteln der Granaten neben einem gebeugten Wüstenbusch sah ich eine Hand – eine abgerissene Hand, braungebrannt, behaart, und daran eine große Männeruhr aus Stahl, die stehengeblieben war.

Am nächsten Morgen erschien Mutter früh in unserer Wohnung, um mich zum Bus zu begleiten. Wir gingen durch die verregnete Dämmerung, in der Nacht war plötzlich der erste Regen gefallen, und sie wollte mir unbedingt den schweren Seesack abnehmen, bestand darauf, ihn bis zur Haltestelle zu tragen – ich würde den Tag über noch genügend Gelegenheit haben, ihn selbst zu schleppen. Niemand war in der Nähe, als wir schweigend unter dem Dach standen, nur ein Honigsauger mit seinem penetranten Zwitschern. »Wenn ihr nur auch auf der andern Seite des Suezkanals in dieser trockenen Wüste solches Wetter habt«, sagte sie schließlich, und fügte, nachdem sie eine innere Hürde überwunden hatte, hinzu: »Diese Hand, die Hand, die du da gesehen hast, die wird noch einiges schreiben.« Ohne auf den Bus zu warten, küßte sie mich, und das nur mühsam durch die Wolken brechende graue Morgenlicht fiel auf sie, als sie davonging.

Natürlich war Mutter nicht überrascht, als ich ein Jahr später mit einigen gerade fertiggeschriebenen Seiten zu ihr kam, an denen ich seit meiner Entlassung aus dem langen Reservedienst im Sinai ständig gearbeitet hatte. Ihr Zimmer, das auf die Wipfel der Zypressen und Sandelholzbäume im kleinen Park hinter ihrem Haus hinausging und auf die bläulichen Berge von Judäa am fernen Horizont, füllte sich für einen Augenblick mit Spiegelungen von Ereignissen, die sich meiner Vorstellungskraft gebeugt und zusammengefügt hatten, mit vertrauten Personen, die allein noch in ihren Dialogen, Gebärden oder Sehnsüchten lebten. Mal nahmen sie mehr Raum ein als in Wirklichkeit, mal schrumpften sie auf einen kurzen Moment zusammen, ungeordnet, in willkürlichen Bewegungen, die sich bewußt aus ihren wirklichen Rhythmen und Zeitläufen gelöst hatten; und die Lichtreflexe dieser erdichteten Biographie des Schmerzes, in der sich die hellen Tage der Kindheit mit den Alpträumen des Erwachsenen vermischten, zogen über Mutters zuhörendes Gesicht wie über eine Leinwand.

»Ich hatte nicht den leisesten Zweifel, daß du, wenn deine lähmende Phase der Depression vorüber sein würde, eine reife Prosa schreiben würdest. Genau so, wie du auch als Kind das Lesen schließlich gelernt hast«, sagte Mutter, nachdem ich ihr den Text vorgelesen hatte.

Sie bat mich, den Text, der später das erste Kapitel von *Federn* wurde, noch einmal vorzulesen, und schlug mir dann eine Reihe Korrekturen vor: ich solle auf den wenig inspirierten Titel, den ich dem Kapitel gegeben hatte, verzichten und es *Kreist, Kraniche, kreist* nennen, nach dem Lied von Matthatiahu Schelem, das die verärgerte Mutter auf dem Heimweg von der Schneiderin unablässig singt, während sie ihren Sohn fest an der Hand hält. »Die Bewegungen, mit denen die Vögel lautlos oben am Himmel kreisen«, sagte Mutter, »gleichen dem inneren Rhythmus dieser Erzählung«; ich solle den Text an eines der Feuilletons schicken, vielleicht würde er irgendeinem Chefredakteur gefallen und noch in der *Pessach*-Ausgabe erscheinen.

Ich will nicht verhehlen, daß ich, seit ich an diesem Stück Prosa schrieb, gefürchtet hatte, Mutter mit den vielen Parallelen zwischen ihr und Vater und den Eltern des Erzählers zu verärgern oder, was schlimmer gewesen wäre, zu betrüben. Je näher das Schreiben seinem Ende kam, um so größer war meine Angst geworden und hatte ihren Höhepunkt erreicht, als ich bei Mutter saß und ihr die Geschichte schließlich vorlas. Doch die feine Mimik ihres Gesichts, ihre genüßlich halb geschlossenen Augen und das brummende Lachen, das sie ab und zu nicht unterdrücken konnte, ließen meine Bedenken verfliegen, so daß ich ihr sogar davon erzählte, bevor ich mich verabschiedete. Mutter lehnte am Balkongeländer und betrachtete die blühenden Hahnenkämme der Sandelholzbäume, die den nach dem Blätterfall neu erwachenden Park in Korallenrot tauchten. Sie richtete sich auf, wandte sich zu mir und sagte mit einer Entschiedenheit, die keinen Zweifel zuließ: »Du und ich, wir wissen doch ganz genau, daß der Vater nicht Vater ist und daß die Mutter nicht ich bin. Und was Tante Ajala sagen wird oder unsere Nachbarn in Jerusalem, das interessiert mich wirklich nicht. Nur um dich mache ich mir Sorgen, denn dich scheint diese Frage zu beschäftigen.« Dann blätterte sie in den Seiten; sie hatte mich gebeten, sie ihr über Nacht dazulassen, damit sie selbst darin lesen könne. (»Ein Buch muß man mit den Augen lesen, nicht von Vorlesern oder anderen Vermittlern hören«, sagte sie einmal, als sie zu einem Leseabend nicht mitkommen wollte, zu dem ich sie eingeladen hatte, »bei dieser intimen Begegnung brauche ich keine Agenten.«) In einer Mischung aus Enttäuschung und Schmerz sagte sie dann, es sei nun endlich an der Zeit, mich gegen die Ansprüche und Erpressungsversuche meiner Umgebung zu wappnen. Meine destruktive Neigung, mehr als nötig auf die gesamte Welt Rücksicht zu nehmen, werde mich noch dazu bringen, die innere Wahrheit der Geschichte zu verraten. »Zum Schluß wirst du dich verpflichtet fühlen, die Figuren des Vaters und der Mutter in der Geschichte aufzupolieren, du wirst die dämonischen und grotesken Züge ihrer Persönlichkeiten übermalen, damit Gott behüte an mir oder deinem Vater kein Makel hängen bleibt, bis deine Geschichte so untadelig ist, daß man sie in den Schulbüchern des *Misrachi* abdrucken kann.«

»Du meinst also, ich muß alles noch einmal in der dritten Person schreiben?« fragte ich deprimiert.

»Bist du verrückt? So eine Geschichte rührt man nicht mehr an!« sagte sie und lachte. »Ich schlage vor, daß du in den weiteren Kapiteln uns, Vater und mich, in unwichtigen Nebenrollen auftreten läßt. Ajala und die Nachbarn werden sich freuen, uns dort zu finden, so schön und strahlend und vor allem immer optimistisch, wie wir alle und jeden mit unserer Liebe beglücken, und du bist ganz frei, mit den Eltern deines Helden zu machen, was du willst.«

Ihre Lösung überraschte mich, sie war so einfach und genial.

Mutter bemerkte die aufblitzende Freude in meinen Augen: »Telingator von der Schuhcremefabrik hat immer gesagt, den Dienst an Gott müsse man zwar in größter Einfalt verrichten, doch um die Stufe eines einfältigen Lammes zu erreichen, müsse man schlau sein wie ein Fuchs.«

So viele Ereignisse, die sich in einem Durcheinander von Ort und Zeit miteinander verbanden und wieder voneinander trennten ... Doch diese genüßliche Freude der Erinnerung, wohl die Essenz dieser einen süchtig machenden Beschäftigung des Schreibens, ließ mich für keinen Moment vergessen, daß das Leben, dem ich seine verlorene Frische und Fülle hatte wiedergeben wollen, längst vergangen und im Nichts versunken war. In dem Maße, in dem die Reste widerspenstiger Erinnerung meinen Beschwörungen gehorchten und sich zu einem wenn auch bruchstückhaften Bild zusammenfügen ließen, erschien auch der Tod; er hatte seinen Schatten von Anfang an auf das Erzählte geworfen, wurde immer wirklicher und gewisser, denn seine Herrschaft regiert alles, *ohne Anfang, ohne Ende, und die Macht und die Herrschaft sind sein*, wie ich es als Kind jeden Tag von Gott gesungen habe.

Kreist, Kraniche, kreist war erst kurz zuvor in der *Pessach*-Ausgabe des *Ma'ariv* erschienen, und ich saß schon am nächsten Kapitel, da bekam Mutter furchtbare Kopfschmerzen und sah mit dem linken Auge nur noch unscharf. Nachdem sie alleine von einem Arzt zum nächsten gelaufen war und man ihre Beschwerden vorschnell damit abtat, es handele sich um einen akuten Migräneanfall oder um ein bekanntes Symptom seelischer Notzustände, begab sie sich eines Morgens in die Notaufnahme des Bejlinson-Hospitals und sagte, sie werde nicht eher fortgehen, als bis man den Grund für ihre Qualen herausgefunden habe. All das erfuhren wir erst am Mittag desselben Tages beim Mittagessen. Bis zu meinem letzten Atemzug wird mich dieser Anblick quälen: ihr wirres Haar, das glühende Gesicht und die von Todesangst wahnsinnigen Augen, als sie vom Krankenhaus zurückkam und plötzlich vor der Wohnungstür stand. Sie warf sich aufs Sofa, ein lautes Weinen brach aus ihr heraus. Dr. Arbit, ein kluger junger Arzt von der Neurochirurgischen Abteilung, der erste, der sie gründlich untersucht hatte, so erzählte sie von Weinen geschüttelt, habe eine Geschwulst an der Hirnhaut entdeckt, und diese Geschwulst wachse sehr schnell, sie dränge sich in die Augenhöhle und drücke auf den Sehnerv. Deshalb müsse man sie umgehend operieren, noch in derselben Woche.

Schon eine halbe Stunde später kehrten wir widerwillig an den Tisch zurück. Wir staunten, wie schnell Mutter ihre Gefühle wieder unter Kontrolle hatte. Sie wusch sich das Gesicht, kämmte sich und bat, sich unserem unterbrochenen Mittagessen anschließen zu dürfen. »Seit heut früh habe ich nichts gegessen. Ich sterbe vor Hunger«, sagte sie wieder völlig normal und erzählte, auf dem Rückweg vom Krankenhaus, beim Umsteigen in den nächsten Bus, habe sie beschlossen, noch am selben Nachmittag mit ihren beiden Enkeln Geschenke kaufen zu gehen – eine Armbanduhr für Roni und ein Dreirad für Memi – damit sie sich mit Liebe an sie erinnerten, denn man wisse ja nicht, was für ein zerbrochenes Geschöpf mit entstelltem Gesicht da vom Operationstisch aufstehen werde.

Das Apfelkompott wollte sie nicht mehr, statt dessen eine Tasse Tee. »Als die Zeit meiner Geburt gekommen war und ich das Licht der Welt erblicken sollte, schickte mich der Engel zum Herrn der Seelen, damit ich die mir zugemessenen Jahre entgegennähme«, sagte sie und gab sich große Mühe, ihren Humor nicht zu verlieren. »Da sah ich, daß auch er nur ein Obstverkäufer ist. Er legte mir siebzig Äpfel in den Korb, einen für jedes Jahr, aber ich war dumm und gierig, wie nur ein kleines Kind dumm und gierig sein kann, und wollte mehr. So bückte er sich zu der Kiste mit angeschlagenen Äpfeln und legte mir noch drei angefaulte und wurmige dazu. Die muß ich jetzt wohl auch noch aufessen.«

Mutters letzte zweieinhalb Jahre waren eine Reihe von Krankenhausaufenthalten, Operationen, Bestrahlungen und Chemotherapie. Dennoch versuchte sie, den Rest ihrer Tage ganz zu leben. »Ich bin keine kranke Frau«, sagte sie zu der Sozialarbeiterin auf der onkologischen Station und schaute ihr fest in die Augen, als diese sie ausfragte, »ich habe nur ein Meningiom.« Und so, wie sie mit sich selbst nicht zimperlich war, forderte sie auch von mir immer wieder, ich solle trotz der Sorgen und der verschiedenen Rennereien, die wir wegen ihr nun hatten, an meinem Roman weiterarbeiten und den Fluß des Schreibens nicht noch einmal unterbrechen.

Zum Schreiben kam ich natürlich nur während der Remissionen zwischen den Schüben der Krankheit, in denen wir in unserer Naivität glaubten, der Tod sei tatsächlich wieder abgetreten. »Alles, was ich durchmache und was ihr hier mit mir durchmacht, wird letztlich seinen Weg in das Buch finden«, entschuldigte Mutter sich einmal verlegen, als ich sie im Badezimmer über das Waschbecken gebeugt überraschte, während sie ganze Büschel von Haaren herausfischte, die ihr wegen der Bestrahlung ausfielen. »Genau wie die Schreie der Möven ihren Weg in die Gedichte von Dylan Thomas gefunden haben.« Ich staunte, wie genau sie sich in der Biographie des walisischen Dichters auskannte, dessen Gedichte sie meines Wissens nie gelesen hatte, doch sie erklärte mir, in den ersten Monaten meines Militärdienstes, als ihr die Stille und Einsamkeit der langen Winternächte unerträglich wurde, habe sie sich die Zeit mit Lesen vertrieben. Da habe sie auch irgendwo von Dylan Thomas gelesen. Nicht selten, wenn er in seinem kleinen, abgelegen Haus auf einem Felsen an der Steilküste des Golfs saß und ein Gedicht schrieb, seien Möwen mit heiseren, häßlichen Schreien über ihm geflogen und hätten sofort in einem Bild seines Gedichtes ihren Platz gefunden, wie ein zufälliger Passant, der in ein fremdes Photo läuft. Nach Mutters Tod fand ich unter ihren vielen Büchern *Die Nacht der schrecklichen Tänze* von Jehuda Amichai, und zwischen den Seiten eine Postkarte, die ich ihr aus dem Grundwehrdienst geschickt hatte; sie lag an der Stelle, wo Amichai die wilden Landschaften von Dylan Thomas beschrieb.

Während der immer kürzer werdenden Remissionen ging ich jeden Abend zu ihr und las ihr die neuen Seiten meines Buches vor, und obwohl wir wußten, daß bei diesem Wettlauf mit der Zeit der Tod uns schließlich einholen würde, erfüllte diese tägliche Zeremonie sie – und warum soll ich es leugnen, auch mich – mit einem Gefühl triumphierender und doch trauriger Freude.

Als ich ihr das letzte Mal vorlas, saß sie wie immer aufrecht auf dem Bett und schaute aus dem Fenster. Ihr Blick klammerte sich an die gen Osten ziehenden Wolken, folgte ihnen zu den Hügeln, in deren Erde sie am Ende des Sommers ewige Ruhe finden sollte, und sie lauschte der Geschichte, wie der Erzähler und sein Vater einmal mitten in der Nacht auf den Zionsberg hinaufgingen, um beim Segnen des ersten Sonnenlichtes dabeizusein. Es war die Nacht auf Mittwoch, den 23. *Nissan* 1953 – den Tag, an dem die Sonne nach den Berechnungen der alten Astronomen ihren großen achtundzwanzigjährigen Zyklus vollendete und an genau jenen Platz im Himmel zurückkehrte, wo sie am vierten Schöpfungstag aufgehängt worden war. Der Vater hielt sich die ganze Nacht über mit schwarzem Kaffee und Zigaretten wach und erwartete die besagte Stunde. Um zwei Uhr schaltete er die Lichter an, streichelte den Kopf des Jungen und sagte ihm, wenn er den Sonnenaufgang nicht verpassen wolle, müßten sie jetzt aufbrechen.

Das durch die dichten Baumkronen dringende grünliche Licht der Straßenlampen warf nadelartige, durchsichtige Schatten. Sie tanzten zum Rhythmus des Windes über die Häuserwände und auch über das Nachtschränkchen neben Mutter und über den weißen, gesichtslosen Styroporkopf mit der grauen Perücke, der zwischen Gläsern mit Heilpflanzen, einer Thermosflasche und den Photos ihrer Enkel stand. Der Vater nahm den Jungen bei der Hand und bat ihn, sich diese Nacht und diesen Ausflug gut einzuprägen, denn er werde sich sicher später einmal daran erinnern, »wenn ich«, wie er sagte, »schon nicht mehr bei dir sein werde.«

Mutter drückte sich die Wärmflasche an die Brust und wandte ihren Blick noch immer nicht von dem sich dauernd verändernden Himmel, als das Kind und sein Vater den bewohnten Teil der Stadt hinter sich ließen und ihnen ein kalter Wind entgegenschlug. Der Vater legte sein Jackett um die Schultern des Jungen. Es reichte ihm bis zu den Knöcheln, und der Vater lachte, er solle nicht traurig sein, denn nächstes Mal, in achtundzwanzig Jahren, werde er derjenige sein, der sein Jackett ausziehen und es seinem Sohn um die Schultern legen werde, wenn sie zusammen aus der Stadt gingen, um die neu erstehende Sonne zu begrüßen.

»Er war guter Laune, er machte allerlei Unsinn und hüpfte über das Straßenpflaster; die Geschichten sprudelten nur so aus seinem Mund. Noch nie war ich Vater so nah wie in dieser Stunde«, las ich weiter, doch Mutter machte mir mit der Hand ein Zeichen, einzuhalten. Sie schloß ihr eines Auge und sagte leise, es quäle sie jetzt, daß sie damals so hartherzig gegen uns gewesen war und mit allen erdenklichen Begründungen – die frühe Stunde, die Kälte, die Gefahren des Grenzgebietes – verhindert hatte, daß Vater mich auf seinen nächtlichen Ausflug zum Zionsberg mitnahm, den er schon viele Tage vorher geplant hatte.

»Dieses Unrecht kannst jetzt du wenigstens wiedergutmachen«, sagte sie, und ihr Kinn mit den darauf sprießenden grauen Barthaaren bebte. »Schade, daß ich nie versucht habe zu schreiben. Jemand, der schreibt, kann sein Leben noch einmal leben, aber für mich ist es schon vorbei, zu spät«, und sie setzte sich wieder aufrecht hin, machte das Auge auf, und ihr Kopf ragte aus dem Nachthemd auf, so kahl wie der eines Geiers.

Am Ende des Monats *Adar* ging ihre letzte Remission zu Ende. Mutter saß im Halbdunkel, von Kissen gestützt, und aß schweigend ihre Mahlzeiten. Einige Male hatte sie versucht aufzustehen und ins Badezimmer zu gehen, um selbst ihre kleine Wäsche zu waschen, doch als es ihr immer wieder mißlang, ließ sie davon ab. Die meisten Tage schlummerte sie vor sich hin, und wenn sie langsam das Auge aufmachte, sprach sie zu mir auf Jiddisch, die Sprache ihrer Kindheit drängte das Hebräische immer mehr zurück. Als sie begann, mich »Vater« zu nennen, wurde mir klar, daß sie uns entglitt in jenes unbekannte Gefilde der Lichtschatten ihrer Kindheit.

Im Saal Nr. 42 der Tate Gallery in London fand ich Anfang der achtziger Jahre einen erschütternden Ausdruck für jene Tage, die ich nicht zu vergessen wage. In einer Ecke des Surrealistensaales, voller Bilder von Max Ernst, Miró und dem Telephon von Salvador Dalí mit dem riesigen roten Hummer auf dem Hörer, hing neben der Tür ein kleines Bild von René Magritte. Anscheinend kein besonders beachtetes Werk, denn die Museumsleitung hatte davon weder eine Postkarte noch ein Dia anfertigen lassen, und auch in den prächtigen Alben des populären belgischen Malers war es nicht zu finden. Doch in mir verursachte das Betrachten von ›The Spirit of Geometry‹ einen scharfen Schmerz. Nach den zahllosen barmherzigen Madonnen mit dem netten Kind im Arm oder auf dem Schoß, welche die christliche Malerei seit Generationen bevölkern, hing hier eine Pietà, und zwar eine umgekehrte: Ein Erwachsener mit einem satten, gefühllosen Kindergesicht trägt in den Armen ein in Windeln gewickeltes kleines Mädchen mit dem Gesicht einer gealterten Frau. Mich hat er damit gemeint. Ich bin derjenige, der seine alte, kranke Mutter pflegen muß, faule Frucht einer modernen Medizin, die das Leben eines Menschen verlängert, ohne ihm zumindest minimale Lebensqualität zu schaffen, einer Medizin, die kranke, strauchelnde, hilfsbedürftige Eltern in die Arme ihrer Söhne wirft, welche sich selbst noch als Kinder begreifen und den Geschmack des Lebens noch nicht gekostet haben.

Am Vorabend des *Pessach*-Festes, an dem man das Haus nach *Chametz* durchsucht, vier Monate, bevor wir sie der Erde zurückgaben, verlor Mutter das Bewußtsein. Am Nachmittag hatte ich ihr Bett frisch bezogen, eine weiße gebügelte Tischdecke auf den Tisch gelegt und ihr den neuen geblümten Morgenmantel gezeigt, den meine Frau für sie zum Fest gekauft hatte, und um ihr eine Freude zu machen, sagte ich, sie werde ihn am nächsten Tag bei uns am *Seder*-Tisch zum ersten Mal tragen. Sie schloß ihr Auge, und es sah aus, als sei sie eingeschlafen und in tiefen Schlaf gesunken. Ich ging leise aus dem Zimmer. Als ich nach zwei Stunden wiederkam, war ihr Bett leer. Ich fand sie in der Küche, erschöpft an den Spülstein gelehnt mit einer Schachtel Streichhölzer in der Hand. »Schimpf mir nicht, schimpf mir nicht, ich habe ja kein Feuer gelegt«, murmelte sie, als ich sie auf den Armen ins Zimmer trug und in ihr Bett legte. Ihre Handflächen waren rußig, sie klapperte mit den Zähnen. Ich gab ihr etwas Warmes zu trinken und fragte immer wieder: »Warum, Mutter, warum nur?« Aber sie antwortete nicht. Im Zimmer, um den Nähmaschinentisch, dessen Schubladen ausgeleert waren, lagen Kissenbezüge und vollgepackte Plastikbeutel. In meiner Abwesenheit hatte sie es geschafft, Nähseiden, Nadeln, Stickgarn, Schnittmuster zum Selberschneidern, *Burda*-Hefte, Wollknäuel, Stricknadeln, Photos und Zeitungsausschnitte mit meinen Gedichten und Artikeln zusammenzupacken. Alles war fertig, wie für die Reise. In der Küche auf dem Spülstein standen Dutzende halbierter Kerzen, und im Spülbecken, sorgfältig in Zeitungspapier gewickelt, so als warteten sie nur darauf, in den Müll geworfen zu werden, ihre Perücke, ihr Korsett, ein alter Kessel, Kämme, ein Schuhlöffel, das Medikamententablett und der neue Morgenmantel. Viele Streichhölzer, von denen die meisten gleich nach dem Anzünden verloschen waren, lagen verstreut drumherum, die Ecken des Zeitungspapiers waren verkohlt, und kleine Rußflocken schwebten durch die Luft. Ich wollte Ordnung in das Durcheinander bringen, doch Mutter hob mit letzter Kraft ihre Hand über die Decke und machte ein Zeichen, es bitte zu lassen.

Die Qualen von Mutters Dahinsiechen und ihrem Tod, die ich in meiner Leichtfertigkeit der Mutter in meinem Roman *Federn* verliehen hatte, an dem ich nach ihrem Tode weiterschrieb, wollte ich noch einmal aufgreifen, sie befreien und in den Kontext setzen, in den sie wirklich gehören. Doch Mutters strahlendes Gesicht, das mich während der letzten zwei Jahre begleitet hatte, seit ich an diesem neuen Roman schrieb und verwirklichte, was Ruchama Weber mir einmal zugeflüstert hatte, nämlich daß ich eines Tages vielleicht noch etwas aus Mutters Leben machen würde – Mutters strahlendes Gesicht war plötzlich dunkel. Einmal, als sie merkte, daß ich etwas, das ich bereits veröffentlicht hatte, noch mal in einen Essay verwendete, hatte sie gesagt, und ihre Stimme klang mir nun in den Ohren: »Bei uns erklärt man ›Du sollst nicht stehlen‹ anders als sonst, »bei uns bedeutet ›Du sollst nicht stehlen‹, sich selbst nicht zu bestehlen.«

7

An einem Schabbatmorgen, nicht lange vor Mutters Krankheit, waren einmal nur wir beide zu Hause geblieben. Mutter las ein Buch, und ich schaute mir an, wie der Wind mit den Rändern der beiden Gardinen spielte, mit ihnen den Glanz des alten Bauhinia-Baumes, der gegenüber unserem Fenster blühte, verdeckte und wieder freigab. Ein junger, dummer Sperling, der zwischen den wehenden Stoffbahnen hindurchgeflogen war, fand sich plötzlich im Zimmer gefangen, und bis ich die gegenüberliegenden Fenster weit öffnete, stieß er immer wieder gegen die Scheiben und landete schließlich hilflos auf dem Sofa darunter.

Mutter verfolgte von ihrem Sessel aus die kleine Störung der Schabbatruhe. Aus irgendeinem Grunde erinnerte sie das an eine meiner privaten *Gemara*-Stunden, an denen sie immer schweigend hatte teilnehmen müssen, sagte sie. Ein *Jeschiwe*-Student, den Vater angeheuert hatte, damit er mein Talmudstudium vertiefe, hatte sich große Mühe gegeben, mit mir die Frage zu diskutieren, wem eine Geldbörse gehöre, die in den Raum eines Hauses durch eine Tür hineingeworfen wird und durch eine andere wieder hinausfliegt. Ob die Börse während des Fluges in den Besitz des Hausbesitzers übergeht oder nicht. Die Antwort, so versuchte er mir beizubringen, hing von der Feststellung ab, ob eine Sache, die sich in der Luft befindet, die niemals ruht, als dort liegend begriffen wird oder nicht. »Diese Formulierung von der Luft, die niemals ruht, hat mich so sehr berührt«, sagte Mutter, »daß mich die ganze nachfolgende talmudische Diskussion gar nicht mehr interessierte.« Der *Jeschiwe*-Student verzweifelte schon, da es ihm nicht gelang, mir den entscheidenden Punkt verständlich zu machen, und beschloß, mir den Zustand der Börse als von einer Art Luftblase umgeben zu veranschaulichen, der ähnlich einem Zeppelin durch den Raum des Hauses schwebt, und er schwang seine Geldbörse und warf sie durch die Luft. Die Münzen flogen durch das ganze Zimmer, und wir mußten so lachen, daß die *Gemara*-Stunde vorzeitig beendet war.

»Wie diese fliegenden Geldbörsen durchqueren auch wir einer das Leben des andern«, sagte Mutter und schwieg.

Da kam abermals ein Sperling zwischen den beiden leicht gegeneinanderschlagenden Vorhängen hereingeflogen, durchquerte das Zimmer der Länge nach und flog zum gegenüberliegenden Fenster wieder hinaus.

»Ob das wohl der Vogel von vorhin war?« fragte ich.

Mutter schwieg. Doch dann sagte sie beiläufig: »Was wissen wir schon voneinander?«

Glossar

Im Roman sind Zitate aus Bibel, Talmud und Gebetsbüchern kursiv gesetzt.

Abba Eban: israelischer Diplomat, von 1948-1959 Botschafter Israels in den Vereinten Nationen, später israelischer Außenminister, ein hervorragender Redner

Abbu Jilda: Spitzname des arabischen Bandenführers Achmed Chamad El-Machmud, der in den dreißiger Jahren mit seinen Leuten in Samaria Angst und Schrecken verbreitete; die Opfer seiner Raubzüge und Morde waren Araber; dennoch wurde er von der arabischen Bevölkerung gedeckt, galt als arabischer Volksheld und die britischen Behörden konnte ihn erst 1934 ergreifen, verurteilten ihn zum Tode und vollstreckten das Urteil. Abbu Jilda ist die Bezeichnung für einen sehr wilden Menschen und einen romantischen Banditen

Abbu Jilda aus Nahalal: meint den israelischen Offizier und Politiker Mosche Dayan (1915-1981), er führte 1956 den Sinaifeldzug an und war während des Sechstagekrieges 1967 Verteidigungsminister

Achad Ha'am (1856-1927): Zionisischer Philosoph und Literat

Adar: Monat des jüdischen Kalenders, ungefähr im Februar/März; in diesem Monat liegt das Purimfest

Admor: hebräische Abkürzung für »Unser Herr, Lehrer und Rabbi«; ein Ehrentitel für einen chassidischen Rabbiner und religiösen Führer

alte mojd (jiddisch): altes Mädchen

Alter Jischuw: die alte orthodoxe, vor allem aschkenasisch-jüdische Bevölkerung in Palästina, die schon in den vier heiligen Städten Jerusalem, Hebron, Safed und Tiberias lebte, bevor die zionistische Einwanderung begann

aparatschiks fun der jiddischer medine (jiddisch): Funktionäre des jüdischen Staates

arobnemen a goldern tellerl fun Himmel (jiddisch): die Sterne vom Himmel holen

atchalta di-ge'ula (aramäisch): »Beginn der Erlösung«; der religiöse Zionismus sieht in der jüdischen Nationalbewegung und der Gründung des Staates Israel die ersten Stadien der Erlösung

babylonische Juden: seit der Zerstörung des ersten Tempels bestand in Babylonien/Mesopotamien eine zu gewissen Zeiten sehr bedeutsame jüdische Exilgemeinde; die Judenheit aus dem Irak (bis auf 6000 Juden) wanderte Anfang der fünfziger Jahren nach Israel ein

Balfour: Der britische Außenminister Lord Arthur J. Balfour erklärte am 2. November 1917 in einem Brief an Chaijm Weizman im Namen der britischen Regierung, sie »betrachte die Schaffung einer nationalen Heimstätte für das jüdische Volk mit Wohlwollen« und werde größte Anstrengungen unternehmen, um die Erreichung dieses Ziels zu erleichtern.

Bar Mizwa (hebräisch): »Gebotspflichtiger«; ein jüdischer Junge wird mit Vollendung des 13. Lebensjahres im Sinne des Religionsgesetzes volljährig und ist damit verpflichtet, das Religionsgesetz zu halten. An diesem Tag wird der Junge zum ersten Mal aufgerufen, aus der Tora vorzulesen; die Feier dieses Tages heißt ebenfalls *Bar Mizwa*

Baron, Devora (1887-1956): Schriftstellerin aus Litauen, kam 1911 nach Palästina, engagierte sich im *Hapo'el haza'ir*; sie schrieb vor allem über das jüdische Leben im Exil und verfaßte dabei sehr einfühlsame Schilderungen von Frauenschicksalen

Bat Mizwa (hebräisch): »Gebotspflichtige« (s. *Bar Mizwa*); ein jüdisches Mädchen wird mit zwölf Jahren religionsgesetzlich volljährig. Die Feier heißt entsprechend *Bat Mizwa*

Bat Zion (hebräisch): »Tochter Zions«

Begin, Menachem (1913-1992): israelischer Politiker, gehörte ab 1939 zum radikalen Flügel der Revisionisten, ab 1943 Kommandant der antibritischen Untergrundorganisation *Etzel* (*Irgun zwa'i le'umi*); Vorsitzender der *Cherut*-Partei und 1948-1977 Oppositionsführer in der Knesset, von 1977-1983 Ministerpräsident

Bejt haAm (hebräisch): »Volkshaus«; von der Stadtverwaltung seit Anfang des Jahrhunderts betriebenes Kulturzentrum für die breite Öffentlichkeit; in den fünfziger Jahren verlor es seine zentrale Bedeutung

Bejt haChaluzot: von der israelischen Frauenliga geführtes Haus, in dessen oberen Stockwerken junge, alleinstehende Neueinwanderinnen unter gewissem Schutz wohnen konnten; im Erdgeschoß gab es einen Saal für Veranstaltungen

Bejt haMa'alot: das erste moderne vielstöckige Wohnhaus, das in Jerusalem 1935 im europäischen Baustil gebaut wurde

Bejt Israel: religiöses Viertel, gehört zu den Satellitenvierteln von Mea Sche'arim, wurde 1886 gegründet und hat bis heute seinen Charakter bewahrt

Bejt Masmil: Kiriat Hajovel

Bejt Midrasch (hebräisch): »Lehrhaus«; eine der wichtigsten Einrichtungen jüdischen Lernens, die allen offensteht

Bejtar: hebräisches Kurzwort für »Brit Trumpeldor«, Trumpeldor-Bund; 1923 in Riga gegründete Jugendorganisation der Revisionistischen Partei; ihre Mitglieder in Palästina stellten die meisten Kämpfer in den Untergrundorganisationen *Etzel* und *Lechi*

Besek: israelische Telefongesellschaft

Bessomim-Büchse: meist kunsthandwerklich aufwendig gestaltete Büchse, die wohlriechende Kräuter oder einen trockenen *Etrog* enthält. Am Ausgang des Schabbat, bei der *Hawdala*, wird an diesen Kräutern gerochen

Bevingrad: Spitzname für ein von der britischen Mandatsmacht besonders befestigtes Territorium (security zone b) auf dem *Russian Compound* in Jerusalem, wo sich unter anderem das Gericht und das Gefängnis befanden; benannt nach dem verhaßten Außenminister Ernest Bevin

Bezalel: erste Kunst- und Kunstgewerbeschule in Erez Israel; wurde 1906 in Jerusalem gegründet

Bilu: Name einer 1882 in Charkow von Studenten gegründeten Pionierbewegung, deren Hauptziele der nationale Widerstand der Juden gegen Verfolgung und die Rückkehr des jüdischen Volkes zur Landwirtschaft waren. *Bilu*-Mitglieder gehörten zu den frühesten Einwanderern der ersten *Alija* (Einwanderungswelle) Ende des letzten Jahrhunderts

Binjanej haUma: hebräisch, »Haus der Nation«; Stadthalle für große Veranstaltungen

Bitterkraut: eine der symbolischen Speisen am *Seder*-Abend, zur Erinnerung an die bittere Knechtschaft in Ägypten

Bnej Brith (hebräisch): »Söhne des Bundes«; interterritoriale Vereinigung jüdischer Logen; begann Ende des 19. Jahrhunderts in Palästina zu arbeiten, förderte die Integration und Modernisierung in Jerusalem und gründete in Jerusalem eine große Bibliothek

bobbe (jiddisch): »Großmutter«

Brenner, Josef Chajim (1881-1921): hebräischer Dichter, geistiger Führer, Lehrer und Berater der Arbeiterbewegung in Erez Israel

Brith haChaschmona'im: legale, sehr nationalistische und gleichzeitig religiöse Jugendbewegung in Palästina vor der Staatsgründung

Challa (hebräisch): pl. *Challot,* »Teighebe«; geflochtenes Weißbrot, das am Schabbat und an Feiertagen gegessen wird

Chalukka: Spendengelder aus den Gemeinden der Diaspora zur Unterstützung ihrer Gemeindemitglieder, die im *Jischuw* in Erez Israel lebten: Die Gelder wurden von *Gabbaim* verteilt, die dadurch große Macht besaßen

Chaluz (hebräisch): pl. *Chaluzim,* »Pioniere«

Chamez (hebräisch): »Gesäuertes«; religionsgesetzlicher Begriff für Getreide, die mit Wasser in Berührung kamen und in denen der Prozeß der Gärung begonnen hat. An *Pessach* ist der Besitz und Verzehr von *Chamez* verboten; statt normalem Brot wird ungesäuertes Brot [*Mazza*] gegessen

Channa Rowina (1889-1980): Schauspielerin, erste Frau des hebräischen Theaters am *Habima*-Theater in Tel Aviv

Chanukka: achttägiges Lichterfest im Dezember zur Erinnerung an die Wiedereinweihung des von Antiochus IV. Epiphanes entweihten Tempels, nach einem von Judas Makkabäus geführten Aufstand (vgl. das zweite Makkabäerbuch)

Charosset: eine der symbolischen Speisen, die am *Seder*-Abend gegessen werden: süßer Brei aus geriebenen Äpfeln, gehackten Nüssen, Rosinen, Zimt und Wein, in Erinnerung an den Lehm, aus dem die Kinder Israel als Sklaven in Ägypten Ziegel brennen mußten

Chasan (hebräisch): pl. *Chasanim,* »Vorbeter, Kantor«

Chassid (hebräisch): Anhänger der mystisch-religiösen Volksbewegung des Chassidismus

Cheskat haBatim (hebräisch): »Das Ersitzen von Häusern«, Kapitel in der *Mischna* über den Erwerb von Häusern durch andauernde Nutznießung

Chewra Kaddischa (hebräisch): »heilige Vereinigung«; die in allen jüdischen Gemeinden bestehende Beerdigungsbrüderschaft kümmert sich in Krankheits- und Todesfällen um Kranke, Sterbende und deren Angehörige; ihre Mitglieder begleiten den Sterbenden schon vor und in der Stunde des Todes, bereiten den Leichnam für die Beerdigung vor und bestatten ihn

chossid (jiddisch): Chassid

Chowewej Zion (hebräisch): »Zionsliebende«, in Rußland unter dem Eindruck der Pogrome 1880/81 entstandene national-kulturelle Bewegung von Anhängern der Zionsidee

Chuppa (hebräisch): »Traubaldachin«, zwischen vier Stöcken ausgespannte Decke, unter der die Trauung stattfindet

dajen (jiddisch): für hebräisch *Dajan*; »Richter«

Davar: 1925 gegründete erste Tageszeitung der Arbeiterbewegung in Palästina, herausgegeben von Berl Katznelson

Der Aufstieg des Schalom Laisch: autobiographischer Roman von Schlomo Lavi (Levkowitz), dem Vordenker des Gedankens der vereinten Kibbuzbewegung zur politischen und gesellschaftlichen Durchsetzung sozialistischer und zionistischer Vorstellungen

Derascha: von hebäisch »darasch«, forschen, auslegen; hier: Predigt zur Erbauung und religiösen Unterweisung

Eldad, Israel (1910-1986): zentrale Figur im *Lechi* und dessen bedeutender Denker, übersetzte u.a. Nietzsche ins Hebräische. Sein bürgerlicher Name war Israel Scheib; während seiner Zeit im Untergrund war sein Deckname Israel Eldad, den er später als seinen offiziellen Namen beibehielt

Elephant, der legendäre griechische: Anspielung auf die im ersten Buch der Makkabäer geschilderte Schlacht 163 vor Chr., in der Eleasar, der Bruder von Judas Makkabäus, im Kampf bei Bejt Secharia einen besonders prächtig gepanzerten Kampfelephanten sah; er nahm an, der König säße auf diesem Tier, und warf sich mit seiner Waffe unter den Elefanten, erstach ihn tatsächlich und wurde von dem zusammenbrechenden Tier erdrückt

Elul: letzter Monat des jüdischen Kalenders (August/September) vor Neujahr (*Rosch haSchana*) und *Jom Kippur*.

Erez Israel: die historische hebräische Bezeichnung für das Land Israel, ungeachtet der verschieden Herrschaften über das Land; der Gebrauch dieses Ausdrucks impliziert die kontinuierliche Verbundenheit mit dem Land Israel seit biblischer Zeit

Esra (hebräisch): »Verein zur Unterstützung ackerbautreibender Juden in Palästina und Syrien«; wurde 1883 von deutschen Juden zur Kolonisation Palästinas gegründet; er errichtete verschiedene fortschrittliche Erziehungseinrichtungen wie Kindergärten, Schulen, Lehrerseminare und die Technion-Universität

Esrat Naschim: erste psychiatrische Anstalt in Jerusalem, gegründet aufgrund einer Initiative von Frauen, die den bis dahin meist auf der Straße lebenden Nervenkranken Jerusalems einen sicheren Platz geben wollten

Etrog: Zitrusfrucht, die zum Feststrauß des Laubhüttenfestes gehört; beim Kauf der Frucht untersucht man sie genau, ob sie ohne Fehl und Tadel ist; nach dem Fest wird die trockene Frucht in ein geschlossenes Gefäß (*Bessomim*-Büchse) gelegt, um ihren Duft zu bewahren; am Schabbatausgang wird über ihren Duft ein Segen gesprochen

Etzel: Kurzwort für *Irgun zwa'i le'umi*, »Nationale Militärorganisation«, bürgerliche, zionistische, extrem nationalistische militärische Untergrundorganisation in Palästina; stand der revisionistischen Partei nahe

Federn: Titel eines 1976 erschienenen Romans von Chaim Be'er; (Übersetzung in Vorbereitung)

Feinstein und Barasani: Untergrundkämpfer des *Etzel* und *Lechi*, die von der britischen Mandatsregierung zum Tode verurteilt waren und denen es gelang, vor der Vollstreckung des Urteils sich gemeinsam das Leben zu nehmen

Gabbai (hebräisch): pl. *Gabbaim*, Synagogenvorsteher, der oft auch mit den finanziellen Angelegenheiten der Gemeinde betraut ist

Gaon: Ehrentitel für besondere jüdische Gelehrte

gattkes und leibele (jiddisch): lange Unterhosen und Unterhemd

gdojlim (jiddisch): »die Großen«; vertraulich für besonders berühmte Persönlichkeiten oder Rabbiner

gebrocktes (jiddisch): aus zerbröckelten, eingeweichten *Matzen* in der *Pessach*-Woche bereitete Speisen; Chassiden essen in dieser Zeit nur trockene *Matzen*, aus Sorge, die feuchten *Matzen* könnten noch nachträglich gären und dann doch als »Gesäuertes« (*chamez*) gelten, das an *Pessach* verboten ist

Gedud haAvoda: 1920 von Einwanderern der zweiten Alija gegründete, in Kommunen lebende »Kompanien« von Arbeitern, die zur Bewältigung großer Pionierarbeiten im Straßenbau und in Steinbrüchen eingesetzt wurden

Gemara: die erklärenden und kritischen Erörterungen über die *Mischna*, welche zusammen mit dem *Mischna*-Text im Talmud abgedruckt sind

Geniza (hebräisch): Aufbewahrungsort für unbrauchbar gewordene heilige Bücher und Ritualgegenstände, bevor diese in Gräbern rituell bestattet werden

Ge'ula: zwischen Sichron Mosche und dem Bucharenviertel lag ein felsiges unbebautes Gelände, das der modernen Jugend Jerusalems für romantische Treffen diente; dort wurde in den zwanziger Jahren ein Viertel für den Mittelstand gebaut, in dem traditionell lebende und nichtreligiöse Juden, Lehrer und Kaufleute lebten; in dieser Gegend wuchsen Autoren wie Amos Oz auf; heute ist Ge'ula ein ultraorthodoxes Viertel

Goggelmoggel: Getränk aus Eigelb, Honig und einem hochprozentigem Alkohol; wird als Stärkungsmittel und von Sängern zur Pflege der Stimmbänder getrunken

Goj (hebräisch): pl. *Gojim*, »Volk« in der jiddischen und hebräischen Umgangssprache Bezeichnung für Nichtjuden; davon auch das Adjektiv gojisch

Gordon, A.D. (1856-1922): geistiger Vater der frühen jüdischen Arbeiterbewegung in Palästina, hat durch persönliches Beispiel und seine Schriften über die ethischen und moralischen Werte Generationen von *Chaluzim* (Pionieren) geprägt.

Gordon, Sch.L.: schrieb einen populären, moderne Forschungsergebnisse berücksichtigenden Kommmentar zur hebräischen Bibel; dieser wurde in den ersten Jahrzehnten nach der Staatsgründung in den staatlichen Schulen benutzt

Gospodin: russische Anredeform; »Herr«

gurnischt (jiddisch): »garnichts«, meint u.a. eine leere, hohle Person

Hadani, Eldad: jüdischer Weltreisender um 880; er wußte die wunderlichsten Dinge vom Verbleib der zehn verlorenen Stämme Israels zu berichten

Haftara: Abschnitt aus den biblischen Prophetenbüchern, der nach der Toralesung beim Morgengebet zum Abschluß gelesen wird; dieser Abschnitt wird oft von Jungen bei ihrer *Bar Mizwa* in der Synagoge vorgelesen

Hapo'el haza'ir (hebräisch): »der junge Arbeiter«; jüdisch-sozialistische Arbeiterpartei in Palästina, entstand 1906 mit dem Ziel, die Verwurzelung der jüdischen Arbeiterschaft auf allen Gebieten des wirtschaftlichen Lebens, auch in der Landwirtschaft, zu erreichen;
außerdem: wöchentlich erscheinendes Organ der Parteien *Hapo'el haza'ir* und *Mapai*

Har haMenuchot (hebräisch): »Berg der Ruhe«; Zentralfriedhof auf einem Hügel im Nordwesten Jerusalems

Haschomer haza'ir (hebräisch): »der junge Wächter«; größter zionistischer Jugendbund Osteuropas, radikal sozialistisch orientiert; ab Anfang der zwanziger Jahre gründeten seine Mitglieder eine Reihe von Kibbuzim;

sie waren beeinflußt vom Gedankengut der Oktoberrevolution, der Wandervogel- und der Pfadfinderbewegung, von der Idee eines nationalen Erwachens der Juden

Hawdala (hebräisch): »Unterscheidung«; rituelle Zeremonie am Ausgang des Schabbats oder eines Festtages vor dem erneuten Beginn der Werktage; zur *Hawdala* gehört neben einigen Bibelstellen der Segen über einen Becher Wein, über Wohlgerüche (vgl. *Bessomim*-Büchse) und über die Flamme einer geflochtenen Kerze

Hebron-Massaker: arabischer Pogrom an den in Hebron lebenden Juden während der arabischen Unruhen im Jahr 1929. Die wenigen Überlebenden flohen aus der Stadt; Hebron ist eine der vier Städte in Palästina, in denen schon vor Beginn der zionistischen Bewegung Juden lebten

Herzl, Theodor (1860-1904): Schriftsteller, Journalist und zionistischer Politiker; sein 1896 erschienenes Werk *Der Judenstaat* gab den entscheidenden Anstoß zur Gründung der zionistischen Bewegung und zur Einberufung des 1. Zionistenkongresses 1897; sein Leichnam wurde 1949 zur Gedenkstätte auf dem Herzlberg in Jerusalem überführt

Histadrut (hebräisch): »Zusammenschluß«; sozialistisch orientierte, zionistische Arbeitnehmerorganisation, die institutionell und ideologisch die Schaffung des jüdischen Staatswesens vorbereitete. Die meisten Kibbuzim und *Moschawim* sind ihr angeschlossen; sie ist nicht nur im engeren Sinne gewerkschaftlich, sondern auch als Unternehmer- und umfassende Wohlfahrtsorganisation tätig

Jabotinsky, Ze'ev (1880 Odessa – 1940 USA): Publizist und zionistischer Politiker, kam nach dem ersten Weltkrieg nach Jerusalem, Führer der Revisionisten und scharfer Gegner der Politik Weizmanns und der Arbeiterbewegung; er verfaßte den Text der Hymne des *Bejtar*: »Aus einem Loch aus Staub und Moder wird unser Volk erstehen: genial, großzügig und grausam«

Jahrzeit: jährliche Feier des Todestages, an dem für die Verstorbenen *Kaddisch* gesprochen wird und eine Kerze, das Jahrzeitlicht, angezündet wird

Jarmulke (jiddisch): das traditionelle Käppchen frommer Juden

Jemin Mosche: um 1890 gebautes Wohnviertel mit Blick auf die Mauern der Altstadt, neben der Windmühle und Mischkenot Scha'ananim, benannt nach Sir Mosche Montefiore; hatte einen aschkenasischen und einen sephardischen Teil

jente (jiddisch): abschätzig für eine beschränkte, lächerliche, ein bißchen behäbige Frau

Jeschiwa (hebräisch): pl. *Jeschiwot*, Talmudhochschule

jeschiwe-bocher (jiddisch): Student auf einer Talmudhochschule

Jiddische Parnosses: (jiddisch): Jüdische Arten, sein Geld zu verdienen

Jom Kippur (hebräisch): »Versöhnungstag«; der höchste jüdische Fest- und Fasttag am Ende einer zehntägigen Bußzeit, die mit dem Neujahr beginnt; es ist der Tag der Versöhnung zwischen Gott und den Menschen

jonteftik (jiddisch): »feiertäglich«

Kaddisch (aramäisch): »heilig«; aramäischer Gebetshymnus mit hebräischen Einschüben, der mehrfach im Gottesdienst gesprochen wird. Das Waisenkaddisch wird von den Trauernden während den elf Monaten des Trauerjahres täglich im Gottesdienst und jährlich am Todestag (Jahrzeit) gesprochen

Kaffijen (arabisch): Plural von *Kaffija*: Palästinensertuch

Katznelson, Berl (1887 Bobruisk, Rußland – 1944 Jerusalem): Chefideologe und geistiger Führer der zionistischen Arbeiterbewegung in der Zeit zwischen den Weltkriegen; er gründete zahlreiche Kultureinrichtungen und Projekte der Arbeiterbewegung und war Herausgeber der sozialistischen Tageszeitung *Davar*

Kfar Jehoschua: Moschaw in der Jesreel-Ebene, nahe von Nahalal

Kiddusch (hebräisch): »Heiligung«; Segensspruch bei einem Becher Wein, durch den der Schabbat und andere Feste geheiligt werden

Kikar Schabbat: Zentraler Platz an der Kreuzung zwischen Mea Sche'arim und Ge'ula; in den fünfziger Jahren Schauplatz dauernder Zusammenstöße zwischen Religiösen und Nichtreligiösen, bis das ganze Viertel am Schabbat für den Verkehr gesperrt wurde

Kiriat Hajovel: in den fünfziger Jahren, auf den Ruinen des arabischen Dorfes Bejt Masmil im Südwesten Jerusalems errichtetes neues Stadtviertel aus vielen, schnell und oft schlampig gebauten Wohnsiedlungen, die das Wohnungsproblem der Masseneinwanderung lösen sollten

Kittel: einfaches weißes Obergewand, ähnlich einem Totenhemd; um der eigenen Vergänglichkeit zu gedenken, wird der Kittel von Männern an *Rosch haSchana*, *Jom Kippur* sowie am *Seder*-Abend an *Pessach* getragen

Kofer haJischuw: innerjüdische freiwillige Steuer an die zionistische Bewegung in der Mandatszeit zur Finanzierung der Verteidigungsausgaben; man bezahlte diese Steuer ab 1938 auf Luxusartikel wie Radios

Kohen (hebräisch): pl. *Kohanim*, »Priester«; Nachkommen des Priestergeschlechts

Kol Nidre (aramäisch): »alle Gelübde«; Einleitungsgebet am Abend des Versöhnungstages *Jom Kippur*, von dem der ganze Abend seine Bezeichnung erhielt

Krassawitza (russisch): »die Schöne«

Kugel für den Schabbat zubereitete süße, oder auch gepfefferte Mehlspeise, die wegen ihrer runden Form so bezeichnet wird

kurve (jiddisch): »Hure«

Lag baOmer (hebräisch): »der 33. Tag des *Omer*-Zählens« zwischen *Pessach* und *Schawuot* (Wochenfest); an diesem Tag sind die für diese Zeit geltenden Trauerriten ausgesetzt, Festlichkeiten sind erlaubt; mit großen Feuern feiert man verschiedene Wunder, die in der jüdischen Geschichte mit dem Datum verbunden sind

Laubhüttenfest (hebräisch): *Sukkot*; Erntefest zwei Wochen nach Neujahr, zum Gedenken an den Schutz, den Gott seinem Volk während der Wüstenwanderung gewährte; man wohnt in dieser Zeit in Laubhütten; beim Gottesdienst schüttelt man den Feststrauß, der aus einem Palmzweig (*Lulaw*), drei Myrtenzweigen und zwei Bachweiden und dem *Etrog* besteht

Lebanija (hebräisch): eine Art Joghurt

Lechi: Kurzwort für *Lochamej Cherut Israel*, »Kämpfer für die Freiheit Israels«; militärische zionistisch-revisionistische Untergrundorganisation, die sich 1940 vom *Etzel* abspaltete

Leviathan: mythologisches Tier, das nach jüdischer Tradition am Ende der Tage für das Festmahl der Gerechten bestimmt ist

Leviim (hebräisch): Leviten; Nachkommen des Stammes Levi, dessen Angehörige die verschiedenen Dienste im Tempel verrichteten; heute werden sie in der Synagoge nach den *Kohanim* als zweite zur Toralesung aufgerufen und übergießen den *Kohanim*, bevor diese den Priestersegen sprechen, die Hände mit Wasser

lewaje (jiddisch): »Beerdigung«

Lischkat haPoalot: gewerkschaftliche Fraueninitiative zur Arbeitsvermittlung und Arbeitsbeschaffung für Frauen

Lulaw (hebräisch): »Palmzweig«, Teil des Feststraußes zum Laubhüttenfest

Ma'ariv (hebräisch): »Abendgebet«

Machane Jehuda: jüdischer Markt in Jerusalem

Maftir: letzter Abschnitt der Toralesung, vor der *Haftara*; beide werden von derselben Person vorgelesen

Maggid (hebräisch): »Erzähler«; Wanderprediger, überwiegend in Osteuropa

ma-jafis singen: jiddisch und hebräisch, sich bei den Mächtigen anbiedern. »*ma-jafit*« (»wie schön bist du«) ist ein alter Schabbatgesang mit einer besonders schönen Melodie, den man am Freitagabend beim Essen singt. In Polen wurden die Juden früher oft gezwungen, bei Gelagen oder Festtafeln der Gutsbesitzer, für die sie arbeiteten, dieses Lied vorzusingen, um sie zu unterhalten, dabei wurden sie aber auch oft verspottet

Makkabi: jüdische Sportvereinigung

Mapai: Abkürzung für *Mifleget Poalej Erez Israel*, »Arbeiterpartei des Landes Israel«, 1930 gegründte, säkulare, zionistische, gemäßigt sozialistische und demokratische Partei, die noch vor der Staatsgründung zur führenden Partei wurde

Mapainik: weiblich: *Mapainikit*; Spottname für Sozialdemokraten

Mapu, Avraham (1808-1867): einer der großen Prosadichter der jüdischen Aufklärung, Verfasser von *Ahavat Zion* (Zionsliebe)

Masel Tov wünschen: jiddisch für »gratulieren«, Glück wünschen

Matzen: ungesäuertes Brot, vgl. *Mazza*

Mazza (hebräisch): ungesäuertes Brot; sehr dünnes, zerbrechliches Brot, das während der *Pessach*-Woche gegessen wird, da der Genuß von »gesäuertem« Teig verboten ist

Mea Sche'arim: bedeutenstes der streng religiösen Viertel in Jerusalem, 1874 gegründet, erlebte sie ihre Blütezeit bis in die fünfziger Jahre und wurde zum Symbol für die Abgeschlossenheit ultraorthodoxen Lebens; als Umgangssprache wird das Jiddische benutzt, da die heilige Sprache Hebräisch nicht für profane Zwecke entweiht werden soll

Mekor Baruch: orientalisch-aschkenasisch gemischte Nachbarschaft im Nordwesten Jerusalems, in den zwanziger Jahren gegründet

Meyerson, Golda (1898-1978): Golda Meir, Lehrerin und israelische Politikerin; sie war ab 1956 zehn Jahre Außenministerin und von 1969 bis 1974 Ministerpräsidentin Israels

Midrasch (hebräisch): bezeichnet eine Methode jüdischer Schriftauslegung [die zunächst nur mündlich überliefert, dann auch in Sammelwerken zusammengestellt wurde]

Mikwe (hebräisch): »Becken«; öffentliches Tauchbad zur rituellen Reinigung; Chassiden gehen nicht nur nach ritueller Verunreinigung, sondern täglich, zumindest aber vor jedem Schabbat in die Mikwe

Mincha (hebräisch): Mittagsgebet; das zweite der drei täglichen Gebete

Minjan (hebräisch): das erforderliche Quorum von zehn Juden als Mindestzahl, die zur Abhaltung eines Gottesdienstes anwesend sein müssen; wird auch verwendet als Bezeichnung einer Gruppe von regelmäßig gemeinsam betenden Juden

Mischna: Nach der Bibel das wichtigste Buch im Judentum, in dem die über Jahrtausende mündlich tradierten Lehrsätze des Judentums von Rabbi Jehuda ha-Nassi im zweiten Jahrhundert zusammengestellt und erstmals niedergeschrieben wurden; die *Mischna* bildet das Kernstück des *Talmud*, um das sich spätere Auslegungstraditionen ranken. [Abschnitte aus der *Mischna* werden in vielen Synagogen abends vor oder nach dem Abendgebet gemeinsam studiert]

Misrach (hebräisch): Osten, Sonnenaufgang; die Himmelsrichtung des Tempelberges in Jerusalem, zu dem sich Juden beim Gebet wenden. Um die Gebetsrichtung für das häusliche Gebet anzuzeigen, wird in frommen Häusern an der Ostwand ein Misrachbild angebracht, auf dem meist der Tempelberg oder die Stadt Jerusalem abgebildet sind

Misrachi: eine 1902 unter Rabbi Jizchak Reines in Wilna gegründete religiös-zionistische Gruppierung, die einerseits die areligiöse Entwicklung im Zionismus bekämpfen wollte, andererseits die antizionistische Tendenz der jüdischen Orthodoxie ablehnte. Der *Misrachi* gründete einen eigenen zionistisch-religösen Zweig in der Erziehung in Palästina/Israel

Mizwa (hebräisch): pl. *Mizwot*; Gebot Gottes, die einzelne religiöse Forderung oder Pflicht; auch eine ›gute Tat‹

Moschaw (hebräisch): pl. *Moschawim*; auf Privatbesitz basierende, in vielen Lebens- und Wirtschaftsbereichen aber genossenschaftlich organisierte Siedlung

Moschawa (hebräisch): pl. *Moschawot*; die meistverbreitete landwirtschaftliche Siedlungsform zu Beginn des Zionismus. Diese landwirtschaftlichen Kolonien waren kleine Dörfer selbständiger Bauern mit privatem Grundbesitz, die mit Lohnarbeitern (meist Arabern, nur selten Juden) das Land bestellten

Mosche Rabbejnu (hebräisch): »Moses unser Lehrer«; traditionelle Bezeichnung für den biblischen Moses

Muschik (russisch): »Bauer«

Mussar (hebräisch): »Moral, Ethik«, Mitte des 19. Jahrhunderts in orthodoxen Kreisen unter I.L. Salanter entstandene Bewegung zur Erhaltung und Pflege der Tradition und zur Erbauung des einzelnen und streng ethischer Lebensführung. Später entstanden eigene Lehrmethoden und eine ganze eigene religiöse Literatur von ethischen Abhandlungen zu Talmud, *Midrasch* und Bibel

Nachalat Schiw'a: 1869 eine der ersten Nachbarschaften außerhalb der Stadtmauern Jerusalems an der Jaffa Straße; sieben Familien des *Alten Jischuw* hatten sich zusammengetan, um dort zu bauen

Nahalal: ältester *Moschaw* Israels in der Jesreel-Ebene auf trockengelegten Sümpfen, wurde 1921 von Einwanderern aus Osteuropa gegründet; ein Zentrum der Elite der Arbeiterbewegung. Mosche Dayan und andere wichtige Leute des Militärs und der Politik lebten dort

Natan aus Gaza: war der Prophet des Pseudomessias Sabbatai Zwi

Ne'ila (hebräisch): »Verschließen«; Schlußgebet am Ende von *Jom Kippur* nach den zehn Bußtagen; die himmlischen Tore werden geschlossen, zu dieser Zeit wird der himmlische Urteilsspruch über den Menschen besiegelt

Nejten's Häuser (jiddisch): Hof mit wenigen Gebäuden, zwischen Mea Sche'arim und den *Ungarsch Häusern*, wurde 1903 gebaut und von Ultraorthodoxen bewohnt

Neturej Karta (aramäisch): »Wächter der Stadt«; seit 1935 politisch aktive militante Gruppe aus Mitgliedern des *Alten Jischuw*, die einen erbitterten, gewalttätigen Kampf gegen Zionismus und Moderne führt und den Staat Israel vehement ablehnt, da die Erlösung der Juden aus der Diaspora allein Gottes Werk sein dürfe

Nidda (hebräisch): »menstruierende Frau«; Traktat der *Mischna* mit den religionsgesetzlichen Reinheitsgeboten, welche die jüdische Frau zu beachten hat

Nissan: Monat des jüdischen Kalenders, im März/April; in diesen Monat fällt *Pessach*

Ogoniok (russisch): »Funke«; Wochenzeitschrift der Kosmoljugend

pave (jiddisch): Pfau

peschat, remes, drasch und sod (hebräisch): Die vier Methoden (Einfache Erklärung, Andeutung, Auslegung und Geheimnis), nach denen die Tora ausgelegt wird; ihre Anfangsbuchstaben ergeben das Wort *Pardess*: Hain

Pessach: siebentägiges Fest zum Gedenken an die Befreiung des Volkes Israel aus ägyptischer Knechtschaft; in der *Pessach*-Woche wird kein Brot und nichts aus gesäuertem Teig gegessen; statt dessen gibt es *Mazza*, ein flaches, aus ungesäuertem Teig gebackenes Brot. Der erste Abend des Festes ist der *Seder*-Abend.

Pessachim: Traktat in der *Mischna*, in dem die Regelungen und Vorschriften für das Pessachfest beschrieben und diskutiert werden

Pirke Avot: Die Sprüche der Väter; Traktat in der *Mischna*

Purim: Freudenfest zum Gedenken an die Errettung der persischen Juden durch Esther vor der Verfolgung Hamans; man liest die handgeschriebene Rolle des biblischen Buches Esther; an diesem Fest wird ein Freudenmahl gehalten, es wird viel getrunken, man verkleidet sich, die Geschichte von Esther wird in Form von Purimspielen für die Gegenwart adaptiert und aufgeführt

Rabbi (hebräisch): »mein Lehrer«; Titel, hier speziell für Rabbiner der chassidischen Strömung

Ramat Gan: Stadt im nahen südöstlichen Vorortbereich von Tel Aviv

Rambam: Kurzwort für *Ra*bbi *M*osche *b*en *M*aimon (Moses Maimonides), 1135-1204, der bedeutendste jüdische Philosoph und Rechtsgelehrte des Mittelalters

Raschi: Kurzwort für *Ra*bbi *S*alomo ben *I*saak, 1040-1107, bedeutender Bibel- und Talmudkommentator

Raw (hebräisch): »Lehrer«; Titel für Rabbiner aus den litauischen Kreisen der Gegner des Chassidismus

Raw Kook (1865 Griva, Lettland – 1935 Jerusalem): Rabbiner, Philosoph und Mystiker; wurde 1921 zum ersten aschkenasischen Oberrabbiner Palästinas berufen. Im Gegensatz zur Mehrheit der orthodoxen Rabbiner betrachtete er das profane Siedlungswerk (etwa der Kibbuzim) als religiös-messianisches Werk und »Beginn der Erlösung«

Reb (jiddisch): allgemeine jiddische Anredeform für einen Juden, unabhängig davon, ob der Angesprochene rabbinisch gebildet ist oder nicht; auch *Reb Jid*

Rebbitzn (jiddisch): »Frau eines Rabbiners«

Rechavia: die Generation der Leute, die das Jerusalemer Viertel Sichron Mosche verließen, gründeten zusammen mit den aus Deutschland eingewanderten Juden in den zwanziger Jahren dieses europäische Viertel nahe dem Stadtzentrum Jerusalems; in fast jedem Haus lebten Denker und Professoren, die ihre europäische Kultur mitgebracht hatten, etwa Gershon Scholem, Hugo Bergmann, Arthur Ruppin, Yeschajahu Leibowitz, Werner Kraft

Revisionistische Partei: von Vladimir Ze'ev Jabotinsky 1925 gegründete zionistische Partei, die ein radikal nationalistisches Programm verfocht; sie wollte die Politik der Zionistischen Weltorganisation dahingehend »revidieren«, daß nicht nur eine »Heimstätte«, sondern die Gründung eines jüdischen Staates zu beiden Seiten des Jordan anzustreben sei

Rischon leZion (hebräisch): »der erste der Juden« in Erez Israel; intern. jüdische Bezeichnung für den (sephardischen) Oberrabbiner in Jerusalem

Rosch haSchana (hebräisch): »Neujahr«

Russian Compound: kleine russische Stadt innerhalb Jerusalems, wurde von der proslavischen Delegation des russischen Zaren nach dem Krimkrieg errichtet und diente den großen Wellen russischer Pilger; in der Zeit des britischen Mandats wurden dort das Gericht, die Polizeistation und das Gefängnis eingerichtet

Sabbatai Zwi: Ein falscher Messias Mitte des sechzehnten Jahrhunderts, sein Prophet und Künder war Natan aus Gaza; nach dem Tod der beiden lebte die sabbatianische Bewegung in Polen, in der Türkei und in Italien weiter, wurde vom Judentum aber als Irrglaube bekämpft

Sambatjon: legendärer, in Syrien vermuteter Fluß, der am Schabbat ruht

Schacharit (hebräisch): »Morgengebet«

Schamasch (Schames) (hebräisch): »Diener«; die neunte Kerze beim *Chanukka*-Leuchter, mit der alle anderen angezündet werden; auch: Synagogendiener

Schechina (hebräisch): »Einwohnung Gottes«; Bezeichnung für die Gegenwart Gottes in der Welt

Scheitel (jiddisch): »Perücke«

Schema Israel: »Höre Israel«; zentrales Glaubensbekenntnis der Juden (aus 5. Mose 6,4–9); es wird zweimal am Tag gesprochen

Schiw'a (hebräisch): wörtl. »sieben«; Trauerwoche von der Beerdigung ab gerechnet; die nahen Angehörigen verlassen sieben Tage lang nicht das Haus, sitzen auf dem Boden oder auf Schemeln und empfangen Kondolenzbesuche; zu den Trauerbräuchen gehört es auch, sich einen Riß ins Gewand zu machen, keine ledernen Schuhe zu tragen, die Kleider nicht zu wechseln, sich nicht zu waschen oder zu rasieren

Schiwe: jiddisch für hebräisch *Schiw'a*

Schneller, J. Ludwig: deutscher Missionar, kam 1854 im Auftrag der von Pfarrer Spittler geleiteten Pilgermission auf St. Chrischona in Basel nach Palästina und erwarb 1956 ein großes Grundstück außerhalb der Stadtmauern Jerusalems. Nach dem Blutbad der drusischen Araber an den maronitischen Christen (im Libanon), bei dem Tausende von Christen ermordet wurden, reiste Schneller 1860 nach Beirut, um überlebende Waisenkinder zu retten. Für neun Kinder von dort gründete er das Syrische Waisenhaus in Jerusalem, das schon bald zur größten protestantischen Missionseinrichtung im Nahen Osten wurde. Nachdem Deutschland England den Krieg erklärt hatte, übernahmen die britischen Mandatsbehörden das Areal, das mittlerweile mitten zwischen jüdischen Vierteln lag, und errichteten dort eine Militärbasis. Seit der Staatsgründung dient es der israelischen Armee. Die Wohnhäuser der Lehrer lagen außerhalb der Mauern des Waisenhauses

Schulchan Aruch (hebräisch): »gedeckter Tisch«; Titel des von Josef Karo im 16. Jahrhundert verfaßten religionsgesetzlichen Kompendiums, das sich in allen Exilländern der Juden als verbindlicher Kodex durchsetzte.

Schwarzjohr (jiddisch): »verfluchtes Jahr«; besonders starker Fluch

Seder: häusliche Feier am ersten Abend des *Pessach*-Festes, an dem verschiedene symbolische Speisen zum Gedenken an den Auszug aus Ägypten gegessen werden. In der *Seder*-Schüssel liegen außer den *Matzen*, dem ungesäuerten Brot, ein gekochtes Ei, ein gebratener Knochen, grünes Kraut, ein Schälchen mit Salzwasser, *Charosset* und Bitterkraut

Sefer haAggada (hebräisch): *Buch der Legenden*, eine sehr umfassende Sammlung jüdischer Legenden aus Talmud und *Midrasch*, die von Chajim Nachman Bialik und Rawnitzki zusammengestellt und bearbeitet wurde. Bialik arbeitete daran, im Rahmen seines enzyklopädischen Konzeptes für die jüdische Gesellschaft am Anfang des 20. Jahrhunderts eine Auswahl und Sammlung ihrer wichtigsten Kulturschätze zu treffen

Sefirot: kabbalistischer Begriff für die zehn Stufen göttlicher Emanation, die bildlich als Baum oder als Mensch dargestellt werden

Sichron Mosche: 1906 in der Nähe von Mea Sche'arim gegründetes Viertel mit vielen Gärten, das sowohl von aschkenasischen als auch von sephardischen Angehörigen der Intelligenzia bewohnt wurde, die sich gegen den *Alten Jischuw* und dessen Lebensart absetzen wollten; unter ihnen waren viele Lehrer der ersten modernen Lämel-Schule; der Dichter Abraham B. Jehoschua ist dort geboren; heute ein ultraorthodoxes Viertel

Siddur (hebräisch): »Ordnung«; das jüdische Gebetbuch für Werktage und für Schabbat

Sne, Mosche (1909-1972): Politiker und zionistischer Führer, begann seine politische Laufbahn in der radikal rechten zionistischen Jugendbewegung in Polen, kam 1940 nach Palästina und wurde zu einem der Führer der *Hagana.* 1947 entwickelte er den pro-sowjetischen Flügel der *Mapam*, trat nach den Prager Ärzteprozessen aber aus und schloß sich der späteren kommunistischen Partei *Maki* an, deren Kopf er bis 1965 war. Am Ende seines Lebens kehrte er zum Zionismus zurück. Er war ein begabter Parlamentarier und begeisternder Redner.

ssforim (jiddisch): für hebräisch *sefarim*; Bücher

Swolotschi (russisch): »Scheißkerl, Aas«

Ta'anit Esther: Fastentag am Tag vor dem *Purim*-Fest, in Erinnerung an das von Königin Esther ausgerufene Fasten

Talbije: Jerusalemer Wohnviertel; wurde während der Mandatszeit von reichen arabischen, christlichen Familien gegründet; nach dem Unabhängigkeitskrieg wohnten dort viele jüdische Intellektuelle, unter anderem Martin Buber

Tammus: Monat im jüdischen Kalender (Juni/Juli)

Tefillin (hebräisch): »Gebetsriemen«; zwei Lederkapseln, die spezielle, auf Pergament geschriebene Schriftverse enthalten, die von jüdischen Männern beim Morgengebet mit Hilfe von Lederriemen am linken Arm und an der Stirn befestigt werden, um das Gebot in Dtn. 6,8 zu erfüllen

Tenach: hebräische Bibel, Kurzwort nach den Anfangsbuchstaben der drei kanonischen Hauptelemente (*Tora* = Fünf Bücher Mose, *Nevi'im* = Propheten, *Ketuwim* = Schriften)

Ticho, Anna Malerin (1894-1980): in Österreich geboren, studierte in Wien, wanderte 1912 mit ihren Eltern nach Palästina aus; Frau des bekannten Augenarztes Abraham Ticho; ihr Haus war ein Treffpunkt für Künstler und Intellektuelle; sie malte vor allem Landschaftsbilder

Tnuva (hebräisch): »Ernte, Ertrag«, korporative Organisation der Einheitsgewerkschaft, über die vor allem landwirtschaftliche Produkte der Kibbuzim und *Moschawim* wie Milchprodukte, Eier und Gemüse vermarktet wurden

Tora (hebräisch): »Lehre«; meint im engen Sinne die fünf Bücher Mose, im weiteren Sinne die hebräische Bibel, und im weitesten Sinne die gesamte schriftliche und mündliche Lehre des Judentums

Tossafot (hebräisch): »Hinzufügungen«; Bezeichnung für Sammlungen von Erklärungen und Glossen zu bestehenden Talmudkommentaren, speziell zum Raschi-Kommentar; die Verfasser dieser *Tossafot* heißen Tossafisten

trefe (jiddisch): von hebräisch *taref*, »rituell unrein, unbrauchbar«, bei Nahrungsmitteln: aufgrund der religionsgesetzlichen Vorschriften zum Verzehr verboten

Tuwarisch (russisch): »Genosse«

Ungarsch Häuser (jiddisch): *Batej Hungarim* auf Hebräisch; Gebäudekomplex aus mehreren Häusern, der 1891 von den ultraorthodoxen Gemeinden aus Ungarn gegründet wurde, um das Wohnungsproblem der eigenen Armen zu lösen; dies waren Menschen, die nach Palästina kamen und ihr ganzes Leben dem Studium der Tora widmeten; erste Armensiedlung Jerusalems, bis heute Symbol für kompromißlosen religiösen Fanatismus

»Von Mosche bis Mosche gab es keinen wie Mosche«: hebräische Redewendung; bezog sich ursprünglich auf den biblischen Moses und den mittlalterlichen jüdischen Philosophen Moses Maimonides, wurde von den Anhängern der jüdischen Aufklärung auch auf Moses Mendelssohn bezogen und im hiesigen Kontext auf Mosche Dayan

waiße murischkes (jiddisch): »weiße Ameisen«

Zaddik (hebräisch): pl. *Zaddikim*, »Gerechter«; jemand, der rechtschaffen lebt oder, seit talmudischer Zeit, jemand der über die Erfüllung des religionsgesetzlich Gebotenen noch hinausgeht; solange es sechsunddreißig Gerechte in der Welt gibt, wird diese nicht untergehen. Im Chassidismus spielt der *Zaddik* eine zentrale Rolle, er gilt als Vermittler zwischen Mensch und Gott, gibt Ratschläge, wirkt Wunder und heilt

Ziona Tag'er: bedeutende Malerin (1900-1988), geboren in Jaffa